KB180317

JOHANN WOLFGANG
VON GOETHE

폰 괴테를 읽다

폰 괴테를 읽다

초판 1쇄 인쇄 2014년 2월 14일
초판 1쇄 발행 2014년 2월 19일

지은이 | 요한 볼프강 폰 괴테
옮긴이 | 류시건
펴낸이 | 박영철
펴낸곳 | 오늘의책

책임편집 | 정창진
디자인 | 송원철

주소 | 121-894 서울 마포구 잔다리로7길 12 (서교동)
전화 | 02-322-4595~6 팩스 02-322-4597
이메일 | tobooks@naver.com
블로그 | blog.naver.com/tobooks

등록번호 | 제10-1293호(1996년 5월 25일)

ISBN 978-89-7718-348-3 03840

이 도서의 국립중앙도서관 출판시도서목록(CIP)은
e-CIP 홈페이지(http://www.nl.go.kr/cip.php)에서 이용하실 수 있습니다.
(CIP제어번호 : CIP 2014004628)

JOHANN WOLFGANG VON GOETHE

폰 괴테를 읽다

Johann Wolfgang von Goethe | 류시건 옮김

Contents

파우스트

100살이 된 노학자 파우스트는 맹인이 되지만
심안心眼은 더욱 밝아진다.

Johann Wolfgang von
Goethe

훌륭한 인간은 설사 유혹에 쫓기더라도
올바른 길만은 결코 잊지 않는 법이다.

JOHANN
WOLFGANG
VON
GOETHE

등장인물

1부

파우스트 | 16세기의 전설적인 마술사, 학자, 끊임없는 인생 탐구자. 제1부에서는 지식에 절망하고 사랑에서 삶의 보람을 찾는다.

메피스토펠레스 | 파우스트 전설의 악마. 파우스트의 길동무가 되어 그의 영혼을 뺏으려 한다.

마르가레테 | 순진하고 가엾은 소녀.

마르테 | 마르가레테의 이웃 여자, 뚜쟁이.

2부

파우스트 | 제2부에서는 미美와 행위의 단계를 체험하고 승천한다.

메피스토펠레스 | 추악한 마녀 포르키스로 변신한다.

황제 | 이름이 없고, 향락을 즐기는 호인.

바그너 | 제1부에서는 학자였지만 여기서는 대학자로 되어 있다.

헬레네 | 그리스의 이상적인 미인, 파우스트와 결혼한다.

드리는 말씀

다시 다가오는구나.
그 옛날 나의 흐린 눈에 나타났던 어렴풋한 모습들이여,
이번에는 기어이 그대들을 잡을 수 있을까?
내 마음은 아직도 그 환상에 끌리는 것일까?
그대들이 몰려오는구나! 그러면 좋다,
아지랑이와 안개 속에서
내 주위에 나타나 마음대로 해보라.
그대들을 감싼 요염한 숨결에,
내 마음은 두근거리고, 젊어지는 것을 느낀다.

그대들은 즐거웠던 날들을 일깨우며,
수많은 환상을 떠오르게 하는구나.
거의 잊어버린 옛이야기처럼
첫사랑도 우정도 함께 되살아난다.
고통은 새로워지고,
슬픔은 인생의 끝없는 미로를 거듭 헤매며,
덧없는 행복에 속아 아름다운 세월을 보지 못하고,
나보다 앞서 어디론지 사라져 간 그리운 사람들의 이름을 불러 본다.

처음에 나의 노래를 들어 주던
그들은 이제 나의 다음 노래를 듣지 못하게 되었으며
정다웠던 모임은 흩어지고
처음에 울렸던 그 반향反響도
아, 사라져버렸다.
나의 노래는 낯선 무리들에게만 울리고
그들의 박수 갈채는 오히려 내 마음을 두렵게 하는구나.
내 노래를 듣고 즐거워할 친구들이
아직은 살아 있으나 사방으로 흩어져 버렸다.

그 고요하고 엄숙한 영靈의 나라에 대한 그리움은
이제 다시 나를 사로잡는구나.
나의 속삭이는 노래는 바람의 신이 타는 하프 소리와도 같이
가냘픈 소리를 내며 바람에 스쳐가니
나는 전율에 사로잡혀 눈물이 흐른다.
굳어진 마음이 부드러워지는 것 같고
눈앞에 있는 것은 아득히 보이며,
사라진 것이 다시 살아나는구나.

1부

무대에서의 서막

단장, 전속 시인, 어릿광대.

단장 자네들은 이제까지 여러 번이나, 고난과 역경 속에서 나를 도와주었었네.
　　　이번 흥행이 독일 각지에서
　　　얼마나 성공할지, 말좀 해보게.
　　　많은 손님들을 즐겁게 해주고 싶네.
　　　그들이 즐거우면 우리도 윤택해지니까.
　　　벌써 기둥노 섰고, 부대의 널도 깔았으니,
　　　즐거운 일이 시작되기만 기다리고 있네.
　　　구경꾼들은 벌써 자리에 앉아 눈썹을 치켜세우고
　　　깜짝 놀래 주기만 기다리고 있네.

나도 관중의 마음을 사로잡는 방법은 알지만,

이번처럼 당황한 적은 이제껏 없었네.

하긴 그자들이 늘 걸작만 보아 온 것은 아니지만,

사실 읽은 것이 많단 말일세.

어떻게 모든 것을 새롭고 신기하고

게다가 그들의 마음에까지 들게 할 수 있겠는가?

나야 물론 초만원을 바라지.

사람들이 물밀듯이 우리 가설 극장에 몰려들어,

밀리며 밀려나며 고래고래 아우성을 치고,

비좁은 극장 문에 서로 들어가려고,

네 시도 안 된 대낮부터 벌써

서로 부딪치며 매표구에 몰려들어

흉년에 빵집 앞에서 소동이 나듯

한 장의 표를 위해 목이 부러질 지경이 된다면 얼마나 좋겠나.

이러한 기적을 각계각층의 구경꾼들에게 나타낼 수 있는 사람은

다름 아닌 시인뿐일세.

여보게, 이번에 그렇게 좀 해보게나.

시인 아, 제발 그 난잡한 무리들 말씀은 마십시오.

그들을 보기만 해도 시인의 넋은 달아나 버립니다.

자기도 모르게 우리를 소용돌이 속으로 밀어 넣는

그런 들끓는 무리들은 보이지 않게 해주십시오.

제발 시인의 순수한 기쁨의 꽃이 피는

고요한 천국의 한 구석으로 데려다 주십시오.

기기서만이 사랑과 우정이 우리들 마음의 축복을,

신들의 손길로 빚어서 길러줍니다.

아, 여기 우리들의 가슴 깊이 솟아나는 것,

그것을 입술로 조심스레 중얼거려 봅니다.

때로는 그르치고 때로는 잘 되기도 하지만,

무서운 찰나의 힘이 용서 없이 삼켜 버리고 맙니다.

때로는 몇 해나 긴 고생 끝에

완성된 모습으로 나타나기도 합니다.

황홀하게 번쩍이는 것은 순간을 위해 태어난 것이고,

참된 것은 후세까지 길이 남는 법입니다.

어릿광대 제발 그 후세라는 말만은 듣고 싶지 않습니다.

만일 내가 후세를 운운 한다면,

도대체 이 세상 사람들은 누가 웃겨줍니까?

모두들 웃고 싶어 하니 그래야 하겠지요.

훌륭한 배우가 한 사람이라도 있다는 것은

그것만으로도 대단한 일이지요.

사람들을 웃기는 재주만 있다면,

구경꾼의 심술쯤은 화낼 것도 없습니다.

물론 손님들이 많을수록 좋겠지요.

구경꾼이 많을수록 감동시키기는 훨씬 쉽거든요.

그러니 당신노 훌륭한 솜씨를 보여 주십시오.

공상에다 있는 대로 모든 노래를 곁들여 들려 주시오,

이성과 지성과 감정과 정열을요.

하지만 익살을 잊어선 안 됩니다.

단장 무엇보다 많은 사건이 일어나게 하게.

　　손님들은 구경하러 올 것이고, 무엇보다 보는 것을 좋아한다네.

　　깜짝 놀라서 입을 딱 벌리도록

　　눈앞에다 여러 사건을 잔뜩 펼쳐 주면,

　　자네는 대중의 마음을 사로잡았다고 할 수 있고,

　　순식간에 인기 작가가 되는 걸세.

　　수數는 양量으로 이기는 수밖에 없네.

　　그러면 결국 저마다 뭔가 좋아하는 것을 찾아내게 마련일세.

　　많이 보여주면 뭔가를 얻어가는 사람도 늘어나고

　　그러면 누구나 만족해서 돌아가지.

　　한 가지를 내놓아도 여러 개로 조각을 내도록 해주게.

　　그런 요리쯤은 쉽게 해낼 수 있을 테지.

　　쉽게 생각해내 쉽게 늘어놓을 수 있지 않는가.

　　완전한 것을 통째로 내놓는다 해도 그게 무슨 소용인가.

　　어차피 구경꾼은 발기발기 뜯어 버릴걸세.

시인 그러한 잔재주가 얼마나 나쁜 짓이며 또 그것이

　　진정한 예술가에게는 얼마나 부당한 짓인지 당신은 모르나요.

　　그같은 잔재주만이, 엉터리 선생들의 장난이

　　당신들에게는 이미 원칙이 되어 버린 것 같군요.

단장 그만한 비난쯤엔 꼼짝도 않네.

　　제대로 일을 해보겠다는 자라면,

　　제일 좋은 연장을 골라야 하네.

　　그대는 연한 나무를 쪼개는 일을 하고 있는 것일세.

　　그리고 누구를 상대로 글을 쓴단 말인가.

지루해서 찾아오는 자도 있고,

진수성찬에 배가 차 지쳐서 오는 자도 있네.

그리고 못쓸 구경꾼은

신문 잡지를 읽다가 싫증이 나서 오는 자라네.

가장무도회라도 가는 듯이 멍청히 달려오는 자도 있고,

또 호기심에 가득 차 오는 자들도 있다네.

여자들은 화려하게 단장한 제 꼴을 구경시켜 주며

보수도 안 받고 연극을 함께 해주는 셈이지.

도대체 그대는 그대들 시인의 천국에서 무엇을 꿈꾸고 있단 말인가?

그러면 극장이 터지도록 만원이 된 객석을 즐거워하는 것은 웬일인가?

그 관객들을 가까이서 자세히 보게나!

반은 냉담하고, 반은 설익은 상판들이라네.

연극이 끝나면 카드놀이를 하자고 하는 자가 있는가 하면,

여자에게 안겨서 광란의 밤을 보내는 자도 있다네.

그런 자들을 상대로 그 상냥스러운 시의 여신을 괴롭히려 하다니,

그지없이 어리석지 않은가?

그러니 군소리 말고, 그저 많이만 늘어놓게.

그러면 절대로 목적한 바에서 벗어날 염려는 없을 걸세.

어차피 인간을 만족시키기란 어려운 일이니,

얼렁뚱땅 해치우는 걸세 —

아니 왜 그러나? 신이 나나? 아니면 괴로운가?

시인 정 그렇다면 어디 가서, 고분고분 당신 말만 잘 듣는 종놈이나 찾으시오!

명색이 시인라는 자가 자연이 베풀어 준 최고의 권리를,

인간의 그 권리를 헛되이 당신들 때문에,

내동댕이치란 말이오?

대관절 시인은 무엇으로 만인의 가슴을 움직이지요?

무엇으로 지수화풍地水火風의 온갖 힘을 이겨낼 수 있단 말이요?

그것은 가슴에서 넘쳐 나와 온 세계를 움직이고

그 가슴에 다시 휘감아 들이는 조화의 힘이 아닐까요?

자연은 끝없이 긴 실을

되는대로 물레에 감아 넣습니다.

만물의 잡다한 것들이

어수선하게 뒤섞여서 소리를 냅니다.

이렇게 변치 않는 단조로운 흐름을 구분지어

가락을 만들고 생생하게 활기를 주는 것은 누구란 말입니까?

파편처럼 흩어진 것을 전체의 거룩한 질서 속에 불러들여,

희한한 화음和音을 울리게 하는 것은 누구입니까?

누가 폭풍우를 정열의 광란으로 만들며,

붉은 저녁노을이 엄숙한 뜻을 지니고 타오르게 한단 말이오?

그 누가 사랑하는 님이 가는 길에

아름다운 봄날의 꽃을 피우게 하는 것일까요?

그 누가 보잘것없는 푸른 잎을 엮어서,

갖가지 공훈을 찬양하는 명예로운 관으로 만들지요?

올림푸스를 진정시키고 신을 모이게 하는 건 누구일까요?

그것은 시인에 의해서 제시되는 인간의 힘입니다.

어릿광대 그렇다면, 그 아름다운 힘으로

　　시인이란 장사를 좀 해보시구려,

　　마치 우리가 연애의 모험이라도 하듯 말이오.

우연한 일로 가까워지고, 무엇엔가 감동되어 발을 멈추고

그리곤 점차 서로 얽히게 되고

행복이 자라면 방해가 끼어들고

황홀해지면 괴로움이 찾아들고

미처 정신을 차리기도 전에 이미 소설이 되어 있단 말이에요.

우리도 그 같은 연극을 하나 만듭시다!

그저 풍만한 생활 속에서 대담하게 잡으시구료.

누구나 그렇게 살지만 의식하지는 못하지요.

그것을 잡기만 하면 재미는 나지요.

화려하고 복잡한 그림에다 뚜렷한 점을 그리고,

많은 오류 속에 한 가닥 진리의 빛을 비추면

그러면 아주 좋은 술이 빚어지고,

그것이 온 세상 사람에게 기쁨을 주고, 기운을 돋우지요.

아름다운 젊은이들이

당신의 작품 앞에 모여들어 그 계시啓示에 귀를 기울이게 될 것이오.

또 부드러운 마음씨를 지닌 사람은 반드시 당신의 작품에서

우울한 양분을 흡수할 것입니다.

드디어는 이런저런 감격을 느끼게 되고

각자 자기 마음속에 간직한 것을 알게 될 것입니다.

젊은이들은 금세 울다 웃다 합니다.

감정의 비약을 숭상하고 가상假象을 즐기기도 합니다.

완성된 인간에게는 어쩔 수 없지만,

성장하는 인간은 언제나 고맙게 생각할 것입니다.

시인 그럼 그 시절을 다시 돌려주시오.

내 자신이 젊었던 청춘의 나날을.

솟아오르는 노래의 샘이

끊임없이 새로운 것을 낳고 있던 나날을.

안개가 부드럽게 나의 세계를 감싸고,

꽃봉오리가 아직도 기적을 약속하던 나날을.

골짜기마다 가득가득 만발한

무수한 꽃을 꺾던 나날을.

그 무렵 나는 아무것도 갖지 않았지만 충만했지요,

진리를 추구하는 마음과 환상을 좋아하는 마음으로.

그 무렵 그대로의 그 충동과

고통에 가득 찬 깊은 행복을,

증오할 수 있는 힘과 사랑의 위력을,

나의 청춘을 돌려주시오!

어릿광대 아니, 가만, 그대에게 꼭 청춘이 필요한 건

전쟁이 나 적이 공격해올 때라든가,

너무도 귀여운 아가씨가 힘껏

그대 목에 매달릴 때라든가,

경주할 때 아직 멀리 보이는 결승점에서

승리의 월계관이 손짓하고 있을 때라든가,

눈이 빙빙 도는 춤이 끝난 뒤

몇 밤이고 잔치를 벌여 술로 세월을 보낼 때겠지요.

그와는 반대로, 손에 익은 현악기의 가락을

대담하고 우아하게 울리면서,

스스로 정한 목표를 향해

흐릿한 환상 속을 이리저리 헤매는 일,

이거야말로 연로한 당신네들의 일입니다.

그런 당신들을 우리는 아낌없이 존경합니다.

늙으면 아이로 돌아간다고 사람들은 말하지만,

늙어야 신에 가까운 참된 어린애가 되지요.

단장 자, 말은 그만하면 충분하네.

이쯤에서 행동으로 보여주게나!

둘이서 겉치레 말을 주고받는 사이에,

쓸모 있는 일이 생길 법도 하네그려.

기분이 이렇다저렇다한들 무슨 소용 있겠나?

우물쭈물 미루는 인간에게 기분은 솟아나지 않네.

일단 시인이라고 자처하고 나온 이상은,

시에게 호령이라도 해서 불러보게나!

우리에게 필요한 것은 그대들도 알다시피

독한 술을 마시고 싶다는 것이네.

그러니 어서 빚어주게나!

오늘 하지 못하면 내일도 못하네.

하루도 헛되이 보내서는 안 되네.

마음을 정하고 우선 할 수 있는 것부터

기회라는 머리채를 휘어잡고

컬고 놓아서는 안 되네.

그러면 영락없이 일은 진척이 된다네.

잘 알다시피 우리 독일 무대에선

저마다 하고 싶은 일을 해볼 수 있다네.

그러니 이번에는

배경이건 도구건 아낄 것 없네.

햇빛이건 달빛이건 마음대로 써 보게나,

별이 얼마든지 반짝여도 상관없네.

물이건 불이건 그리고 돌벽이건,

짐승이건 새건 마음대로 하게나.

비록 비좁은 극장이지만

피조물의 전 영역을 끝까지 거닐며

신중하게, 서둘지 말고,

천국에서 이 세상을 지나 지옥에 이르도록 끌어가 보게.

천상의 서곡

주님, 천사의 무리, 뒤에 메피스토펠레스.
세 명의 대천사가 앞으로 나온다.

라파엘¹ 태양은 예나 다름없는 가락으로,
　　　한겨레인 별들과 다투어 노래 부른다.
　　　그들의 정해진 길을
　　　우레의 우렁찬 걸음걸이로 나아간다.
　　　그 광경을 보면 천사들은 힘이 솟는다.
　　　아무도 그 근본을 캐내지는 못하지만,
　　　그 위대하고 드높은 성업聖業은
　　　천지개벽의 날과 다름없이 장엄하도다.

가브리엘 빨리, 아무도 상상 못할 속도로

　　장엄한 지구는 돈다.

　　낙원과 같이 밝은 낮과

　　소름끼치는 깊은 어둠이 뒤바뀐다.

　　바다는 넓은 조수를 이루어

　　깊은 바다 속 바위에 부딪혀 끓어오르고,

　　바위며 바다며 영원히 빠른

　　천체의 운행에 휩쓸려 간다.

미하엘 폭풍은 바다에서 육지로, 육지에서 바다로

　　다투어 휘몰아치고

　　광란하며 그 주위에

　　깊고도 깊은 작용의 사슬을 빚어낸다.

　　우레가 내리치고 파괴의 번갯불이

　　우리 가는 길에 타오른다.

　　하지만 주여, 당신의 사도들은

　　하루하루 평온한 움직임을 찬양합니다.

　　셋이 함께 아무도 그 근본을 캐내지는 못하지만,

　　천사는 그 광경을 보면 힘이 솟는다.

　　당신의 드높은 성업은

　　천지개벽의 그날처럼 여전히 장엄하다.

메피스토펠레스 이거, 나리, 또 이렇게 오셔서

　　저희 꼴이 어떻게 되어 가는지 물어 주시고

　　게다가 늘 저 같은 것도 잘 대해 주시니

　　나리의 종들 속에 끼어 저도 나타났습니다.

용서하십시오. 저는 고상한 말을 할 줄 모릅니다.

늘어 서 있는 분들이 비웃을지는 모르지만!

점잖은 체 해봤자, 별 수 없이 웃음거리만 될 것입니다.

물론 웃음 같은 것은 잊으신 지가 오랜 지 모르겠습니다만요.

태양이니 천지니 하는 것을 저는 모릅니다.

제 눈에 보이는 것은 인간들이 고생하는 꼴뿐이지요.

인간이라는 이 지상의 어린 신들은 늘 같은 꼬락서니여서

나리가 만드신 천지개벽하던 날과 조금도 다름없이 기묘하기만 합니다.

차라리 그들에게 하늘의 불빛 같은 것을 주시지만 않았으면,

좀 더 잘 살 수 있었을 텐데요.

그놈들은 그것을 이성이라 부르며 오직 그것을,

어느 짐승보다도 더욱 짐승답게 사는 데에만 이용하고 있습니다.

말씀드리기 거북합니다만, 저에게는 그 인간이란 것들이,

다리가 긴 메뚜기처럼 여겨집니다.

늘 푸르르 날고 뛰고 하다가는,

금새 풀 속에 기어들어, 낡아 빠진 노래나 부르죠.

차라리 언제까지나 풀 속에나 누워 있으면 좋으련만,

거름 더미만 보면 코를 쑤셔 박습니다.

주님 네가 할 말은 그것뿐이냐?

너는 나타나기만 하면 불평이구나.

저 지상의 일은 영원히 내 마음에 들지 않는단 말이냐?

메피스토펠레스 예, 나리! 거기는 항상 좋지 못합니다.

날마다 괴로워하며 살아가는 인간을 보면 하도 딱해서,

저 같은 놈도 그 불쌍한 놈들을 놀릴 기분이 안 날 정도니까요.

주님 너는 파우스트를 아느냐?

메피스토펠레스 그 박사 말씀입니까?

주님 나의 종이니라!

메피스토펠레스 그러고 보니 그자는 묘한 방법으로 나리께 봉사하고 있더군요.

그 어리석은 녀석이 먹고 마시는 건 지상 것이 아닙니다!

들끓는 가슴으로 아득한 곳을 동경하고,

자신이 미치광이 같다는 것도 반쯤은 알아차리고 있습니다.

하늘에서 제일 아름다운 별을 갖고자 하고

지상에서는 최상의 쾌락을 맛보려 하고 있습니다.

그리고 가까운 것이건 먼 것이건

그 녀석 깊숙이 들끓고 있는 마음을 만족시킬 수가 없습니다.

주님 지금 그는 혼돈 속에서 나를 섬기지만,

머지않아 밝고 맑은 곳으로 인도하리라.

정원사도 어린 나무에 파란 싹이 트면

꽃이 피고 열매가 맺는다는 것을 아는 법이다.

메피스토펠레스 그럼 내기를 하시겠습니까? 그 녀석을 나리의 손에서 빼앗아 보죠.

나리만 허락하신다면,

그 녀석을 제 길로 슬슬 끌어넣겠습니다.

주님 그 사람이 지상에 살고 있는 한,

네가 무슨 짓을 하든 나무라지 않으마.

인간이란 노력하는 동안 방황하느니라.

메피스토펠레스 그거 참 고맙습니다.

원래 저는 죽은 놈 다루는 것은 질색이니까요.

그저 제일 좋아하는 건 통통하고 싱싱한 볼이지요.

송장은 질색입니다.

살아 있는 쥐를 좋아하는 고양이 심보니까요.

주님 그럼 됐다, 그대에게 맡겨 보겠다.

그 영혼을 근원에서 떼어 내어,

만일 그대가 잡을 수만 있다면

너의 길로 끌고 들어가거라.

하지만 너는 결국 이렇게 인정하면서 부끄러워할 게다.

착한 인간은 아무리 암흑의 충동에 쫓기더라도

결코 올바른 길을 잃지 않는 것이라고.

메피스토펠레스 좋습니다! 뭐 그리 오래 가지 않을 것입니다.

나는 이번 내기를 조금도 걱정하지 않습니다.

만일 내가 목적을 이루면

목청껏 승리의 함성을 지르랍니다.

그놈에게 쓰레기를 처먹이겠습니다. 그것도 신이 나서 먹게 하겠습니다.

바로 저의 아주머니인 저 유명한 뱀[2]처럼 말씀입니다.

주님 다음에라도 오고 싶으면 언제라도 오너라.

나는 너희들을 한 번도 미워한 적이 없다.

무엇이나 부정하는 모든 영들 가운데서

내게 가장 방해가 되지 않는 것은 장난꾼이니라.

인간의 활동은 너무 이완하기 쉽고,

자칫하면 무조건 휴식을 좋아하는 법이다.

그래서 나는 그들에게 친구를 붙여주어,

자극하고 정신차리게 하며 악마의 일을 시켜야만 하는 것이다.

그러나 너희들 신의 참된 아들들아,

이 생생하고 풍성한 아름다움을 즐겨라!

영원히 살아서 움직이는 생성生成의 힘이,

사랑의 부드러운 울타리로 그대들을 감싸리라.

변화하며 떠도는 현상을

끊임없는 사상으로 잡아매어 두도록 하라.

천국은 닫히고, 대천사들 흩어진다.

메피스토펠레스 (혼자) 가끔 저 영감을 만나는 것도 나쁘진 않아,

그래서 의가 상하지 않게 조심하고 있지.

대단한 영감이란 말이야. 기특한 일이지.

악마인 나에게도 그처럼 인간답게 말을 해주니.

---

1 라파엘은 태양의 운행을, 가브리엘은 지구의 운행을, 미가엘은 지구를 감싸고 있는 대기의 제현상을 다스린다.

2 아담과 이브에게 금단의 열매를 먹게 하여 인간을 타락시킨 뱀.

[비극 제1부]

주님, 천사의 무리, 뒤에 메피스토펠레스.
세 명의 대천사가 앞으로 나온다.

밤

높고 둥근 천장의 좁은 고딕식 방에서, 파우스트가 초조하게 책상 앞 팔걸이의자에 앉아 있다.

파우스트   아, 나는 이제 철학도, 법학도, 의학도,
   게다가 쓸데없이 신학까지

열심히 공부하고 철저히 연구했다.

그 결과가 이 가련한 바보 꼴이구나.

그렇다고 전보다 조금도 현명해지지 않았다.

석사니 박사니 하는 칭호를 들어가면서,

그럭저럭 10년이나

학생들의 코를 쥐고

아래위로 이리저리 잡아 흔들고 있지만 —

우리는 아무것도 알 수 없다는 것을 알았을 뿐이다.

그것을 생각하면 가슴이 터질 것만 같다.

그야 나도 박사니 석사니 법관이니 목사니 하는

따위의 온갖 바보들보다는 나을는지 모른다.

나는 회의나 의혹으로 괴로워하지는 않는다.

지옥도 악마도 두렵지 않다 —

그 대신 나의 모든 기쁨을 빼앗기고 말았다.

웬만큼 안다는 자부심도 없거니와

인간을 선도하고 개심改心시키기 위해

무언가를 가르칠 만한 자신도 없다.

심지어 재산이나 돈도 없으며

세상의 명성이나 영화도 갖지 못했다.

이런 꼴로 산다는 건 개라도 싫어할 것이다!

그래서 나는 영靈의 힘과 말을 빌어,

여러 가지 비밀이 계시啓示되지나 않을까 해서

마술에 몸을 맡겨 보았다.

그렇게 하면 이제 더는 비지땀을 흘려가며

모르는 것을 말할 필요도 없고,

이 세계를 가장 깊은 내부의 마음에서 지배하는 것이

무엇인지 알 수 있으며,

모든 활동을 일으키는 힘과 종자種子[1]을 알 수 있고,

부질없는 말들을 하지 않아도 되리라 생각했던 것이다.

오, 교교한 달빛이여,

네가 나의 고통을 보는 것도 이게 마지막이면 좋으련만.

내가 잠 못 이루는 한밤중에 몇 번이나

이 책상에 앉아 네가 떠오르기를 기다렸던가.

그럴 때면 슬퍼 보이는 벗이여,

너는 책과 종이 위에 그림자를 비추어 주었지!

아, 지금이야말로 너의 상냥한 빛을 흠뻑 받으며,

산마루를 거닐고 싶구나.

산속 동굴 근처를 정령들과 돌아다니고 싶구나.

너의 은은한 빛 속에서 들판을 거닐며

온갖 지식이 빚어내는 자욱한 연기 속에서 벗어나,

너의 이슬에 촉촉이 젖어 건전해지고 싶구나.

슬프구나! 나는 아직도 이 감방 속에 갇혀 있단 말인가?

여기는 저주받은 음산한 담벼락의 굴 속,

이 속엔 정다운 하늘의 빛마저,

채색한 유리창을 통해 칙칙하게 비쳐들 뿐이다!

좀이 슬고 먼지에 덮인

드높은 천장까지 쌓인 책에는

그을린 종잇조각이 사방에 흩어져 있고,

산더미 같은 책들로 굴속은 비좁기 한이 없다.

유리병과 상자들이 사방에 놓여 있고,

여러 가지 실험 기구들이 가득 차 있으며,

대대로 물려받은 가구들마저 처박혀 있다 —

이것이 너의 세계다! 이것을 세계라고 할 수 있는가!

이래도 너는 아직, 어째서 너의 심장이

가슴 속에서 불안하게 압박을 느끼는지 이상하게 생각하느냐?

어째서 알 수 없는 고통이

네 모든 생명의 충동을 방해하고 있는가를 의심하느냐?

신은 살아 있는 자연 속에서 살라고,

인간을 만들어서 넣어 주셨건만

너는 그을음과 곰팡이에 묻혀

짐승과 사람의 해골에 싸여 있단 말이냐!

자, 달아나라! 넓은 세상으로!

노스트라다무스[2]가 자필로 쓴

신비에 가득 찬 한 권의 책은

너의 안내자로서 충분하지 않은가.

이것으로 별의 운행을 알고

또한 자연의 가르침을 받는다면,

영혼의 힘이 네 속에서 눈을 뜨고

영과 영이 주고받는 말도 이해할 수 있으리라.

메마른 상념에 의지하여,
이 책의 신성한 부적을 해명하려고 해도 아무 소용없다!
영들이여, 너희들은 내 곁에 떠돌고 있다.
내 말이 들리거든 대답을 해보라.

그 책을 펴고, 대우주의 부적을 본다.

오호! 이것을 보니, 어쩌면 이렇게 벅찬 환희가
갑자기 나의 오관에 넘치는구나!
나는 느낀다, 젊고 성스러운 삶의 행복감이
새로이 타올라 신경과 혈관 속에 흐르는 것을.
이 부적을 쓴 것은 신이 아닐까?
이렇게 설레이는 내 가슴을 진정시켜 주고,
비참한 내 가슴을 기쁨으로 채우며,
불가사의한 힘으로
자연의 힘을 내 주위에 드러내 보이는 이 부적.
아니면, 내가 신일까? 내 마음이 맑아지는구나!
이 청순한 필적을 보고 있으니,
생동하는 자연이 내 영혼 앞에 나타난다.
이제야 비로소 나는 옛 현자가 한 말의 의미를 알겠다.
"영의 세계가 단힌 것이 아니라
그대의 귀가 막히고 그대의 가슴이 죽었노라.
일어나거라, 학도들이여! 참고 견디어
세계에 젖은 그 가슴을 아침 햇살로 씻어 내라!"

부적을 바라본다.

오, 모든 것이 짜여서 하나를 이루고,

하나하나가 어울려 살아서 작용하고 있구나!

하늘의 모든 힘이 오르락내리락,

서로 황금의 두레박을 주고받는구나!

그 모두가 축복의 향기 그윽한 날갯짓으로

하늘에서 내려 이 땅에 스며들어

삼라만상 속에 조화를 이룬다!

아, 장관이구나!

아, 그러나 한낱 장관에 지나지 않는구나.

내 그대의 어디를 붙잡아야 하는가, 무한한 자연이여?

너희들의 젖가슴은 어디란 말이냐?

하늘과 땅의 근거인 일체의 삶의 샘이여,

나의 시든 가슴이 너를 동경하며 찾는다.

너는 쉴 새 없이 샘솟아 만물을 먹이지만 나는 왜 이토록 목말라야 하는가?

못마땅한 듯 책장을 넘기고 지령地靈의 부적을 본다.

이 부적이 주는 작용은 어찌 이다지도 다를까!

대지의 영이여, 너는 내게 훨씬 더 가깝다.

갑자기 힘이 솟아남을 느낀다.

독한 술을 마신 듯이 몸이 달아오른다.

용감하게 세상에 뛰어들어,

모든 지상의 괴로움과 행복을 짊어지고,

폭풍우와 싸우면서,

난파선의 삐걱대는 소리에도 굽히지 않는 용기를 느낀다.

머리 위에 구름이 이는구나 —

달빛이 숨어버리는구나 —

등불이 꺼진다!

안개가 낀다! — 붉은 광선이

내 머리 위에 번쩍인다 — 천장에서

소름이 쫙 끼치는 기운이 불어와

나를 엄습한다.

네가 내 주위를 떠돌고 있음을 느낀다. 내가 부른 영이여!

모습을 나타내라!

오, 내 가슴이 쥐어뜯기는 것 같구나!

나의 오관이 파헤쳐져서,

새로운 감정이 솟아오르는구나!

내 마음을 송두리째 너에게 정복당한 느낌이다!

모습을 나타내라! 나타내! 내 목숨을 주어도 좋다.

책을 움켜쥐고, 지령의 주문을 신비스런 어조로 왼다. 붉은 불길이 타오르고, 지령이 그 속에서 나타난다.

지령 나를 부르는 자가 누구냐?

파우스트 (외면하며) 무시무시한 얼굴이군!

지령 너는 내 영역 안에 끈덕지게 달라붙어, 끈질긴 힘으로 나를 끌어당겼다.

그런데 —

파우스트 아, 괴롭다, 너를 더 볼 수가 없다!

지령 너는 숨을 헐떡이며 나를 보고 싶다,

　　내 목소리가 듣고 싶다, 내 얼굴이 보고 싶다고 애원했다.

　　자, 여기 있다!

　　초인超人이라는 네가 이 무슨 가련하기 짝이 없는 공포에 사로잡혀 있느냐!

　　영혼의 부르짖음은 어디로 갔느냐?

　　하나의 세계를 자신 속에 만들어서,

　　그것을 품어 기르며, 기쁨에 떨면서,

　　우리들 정령과 겨루어 보겠다고 기를 쓰던 가슴은 어디 갔느냐?

　　너는 어디 있느냐, 파우스트여, 나를 부른 너는?

　　온 힘을 다하여 덤벼들던 너는?

　　이것이 너냐?

　　내 입김이 닿자마자 생명의 그 깊은 속에서 벌벌 떨며,

　　겁을 먹고 오그라든 벌레가 너란 말이냐?

파우스트 불길에 싸인 네 모습에 내가 겁낼 줄 아느냐!

　　그렇다, 내가 파우스트다. 너와 꼭 같은 무리이다!

지령 생명의 물결 속에서, 행동의 폭풍우 속에서,

　　나는 물결치며 올라갔다가 내려간다.

　　저리 갔다가 이리 돌아온다!

　　탄생과 무덤,

　　영원한 대양大洋,

　　변전變轉하는 자연의 활동,

　　타오르는 생명!

이렇게 시간의 소란한 베틀에 매달려,

신의 생동하는 옷을 짜고 있다.

파우스트 넓은 세계를 구석구석을 떠돌아다니는 너,

부산한 영이여, 내가 얼마나 너를 가까이 느끼고 있는지 모른다!

지령 너는 네가 생각하는 영과 닮았지.

나를 닮지는 않았다! (사라진다.)

파우스트 (비실비실 쓰러진다.)

너를 닮지 않았다고,

그럼 누구를 닮았단 말이냐?

신의 모습을 그대로 닮은 내가 아니냐!

그런데 너조차도 닮지 않았다니!

노크 소리가 난다.

이런 빌어먹을! ─ 저건 내 조수 녀석이다 ─

이것으로 나의 더없는 행복이 무너져 버리는구나!

이처럼 영감으로 충만된 순간에

살금살금 돌아다니는 저 메마른 좀도둑 같은 녀석의

방해를 받아야 하다니.

바그너, 잠옷 바람에 잠자리 모자를 쓴 채 한쪽 손에 램프를 들고 등장. 파우스트 못마땅한 듯이

돌아본다.

바그너 용서하십시오! 선생님의 낭독하시는 소리가 들리기에

아마 그리스 비극을 읽고 계신 모양이지요?

저도 그런 낭송법을 배웠으면 합니다.

요즘 세상엔 그런 것이 상당히 인기 있으니까요.

그것에 관해 칭찬이 자자하다고 들었습니다만.

뭐 배우도 목사를 훌륭하게 가르칠 수 있다지요.

파우스트 음, 목사가 배우라면 그럴 테지.

가끔 그런 일이 없는 것은 아니니까.

바그너 아, 저같이 늘 연구실에 갇혀 있어

세상을 보는 것은 겨우 휴일 정도이고

그것도 멀리서 망원경으로 보는 처지에

어떻게 연설로 세상 사람들을 지도할 수 있겠습니까.

파우스트 자네가 진정으로 느끼고 영혼에서 우러나와,

강한 흥미를 가지고

듣는 사람 모두의 마음을 사로잡지 못하면

자네가 생각하는 것을 이룰 수는 없을 것일세.

고작 한다는 게 앉아서 아교로 붙임질이나 하고,

남의 진칫상 찌꺼기나 모아 잡탕이나 만들고,

긁어모은 쥐꼬리만한 자네 자신의 잿더미로

빈약한 불씨나 일구어 보게나.

아이들이나 원숭이는 감탄해 주겠지!

그것으로 만족한다면 말일세.

하지만, 결코 다른 사람의 마음을 움직일 수는 없어.

정말로 자네 마음에서 우러난 것이 아니라면.

바그너 하지만 말재주만 가지고 연설가로 성공하는 것은 아니지요.

저도 그것은 잘 알고 있지만 아직 거기까지 미치지 못합니다.

파우스트　분수에 맞는 성공을 바라게나!

요란스레 종만 울려대는 바보가 되어서는 안 돼!

분별과 마음만 곧으면

재주를 부리지 않아도 연설이야 저절로 나오는 법일세.

진정으로 우러나오는 말이라면

말을 꾸밀 필요가 없지.

자네들의 연설이란 인생의 휴지을 꾸겨서 만든 조화 같은 것이라면,

아무리 번드레하게 사람을 현혹시키더라도,

가을의 가랑잎 사이에서 버석거리는

축축한 바람처럼 불쾌한 것일세!

바그너　아! 예술은 길고,

인생을 짧습니다.

저는 비판적 연구에 종사하고 있노라면,

가끔 머리와 가슴이 불안해집니다.

무릇 지식의 원천까지 거슬러 올라가는 방법을

제것으로 하기란 참으로 어려운 일입니다!

길을 절반도 가기 전에,

가엾게도 우리는 죽어버릴 것입니다.

파우스트　그런 고서古書 따위가 그래 한 모금 마시면

기갈을 영원히 멎게 하는 신성한 샘이린 말인가?

자네 자신의 영혼에서 솟아나는 것이 아니면

몸과 마음을 상쾌하게 해주지는 못하는 법일세.

바그너　그렇게 말씀하시지만,

모든 시대정신 속에 자신을 옮겨 놓아,

현명한 선인들이 어떻게 생각했나를 살피고

마침내 우리가 그것을 얼마나 훌륭하게 발전시켰는가를

되돌아보는 것도 큰 기쁨입니다.

파우스트 암, 하늘의 별까지 닿을 만한 발전이겠지.

그런데 여보게, 지나간 시대라는 것은

우리들에게 있어서 일곱 겹으로 봉인한 책이란 말일세.

게다가 자네들이 시대의 정신이라고 부르는 것은

요컨대 그 시대를 반영하는

선생들 자신의 정신이란 말이야.

그래서 정말 딱한 일이 자주 일어나지!

사람들은 자네들을 한번 보면 달아나 버리거든.

자네들이 보여 주는 것은 쓰레기통이나, 넝마 창고,

더 나아 봐야 겉만 번드레한 역사극이야.

하기야 꼭두각시 대사에나 어울릴

그럴싸하고 실용적인 격언을 엮어 넣긴 하지만.

바그너 하지만 이 세계! 인간의 마음과 정신!

이런 것에 대해선 누구나 조금은 인식하고 싶어하지요.

파우스트 그래, 그 인식 말인데!

누가 바른 말을 숨김없이 할 수 있겠나?

그야 더러는 다소의 진실을 알고

어리석게도 그 벅찬 마음을 은밀하게 숨겨두지 못하고

느끼고 보는 것을 천민들에게 밝힌 이들은

예부터 십자가에 못 박히고 화형을 당하곤 했지.

미안하지만 여보게, 이제 밤도 깊었으니,

오늘밤은 이것으로 그만하세.

바그너 저는 내일까지도

선생님과 학문에 관한 이야기를 하고 싶습니다.

하지만 내일은 부활절의 첫날이니,

한두 가지만 더 질문하게 해주십시오.

저는 지금까지 열심히 연구에 몰두해서

꽤 많은 것을 알고 있습니다만 모든 것을 알고 싶습니다. (나간다.)

파우스트 (혼자서) 저 친구 머리에서 아직 희망이 사라지지 않았다니.

언제까지나 시시한 일에 그달려

탐욕스레 보물을 파내려고 허둥대다가

지렁이를 발견하고도 좋아하고 있으니!

영기가 나를 가득 에워싸고 있는 이 방에

저런 인간의 목소리가 울려서야 되겠는가?

그러나 아! 이번만은 너에게 감사해야겠지.

이 세상 모든 사람들 중에서 가장 가련한 너에게.

하마터면 나의 감각을 송두리째 파괴하려던 절망에서,

너는 나를 구해 주었다.

아! 그 모습은 너무나도 위대해서

정말 스스로 난쟁이가 된 느낌이었다.

신의 모습을 닮은 나는, 이미

내가 영원한 진리의 거울에 완전히 접근한 줄 알고,

천국의 광명 속에서 스스로를 즐기며

이 세상 인간의 껍질을 완전히 벗어 던진 느낌이었다.
또한 천사보다도 자유로운 힘이
이미 내 자신의 혈관 속에 흐르고
창조하면서 신들의 생활을 즐길 수 있으리라.
자부하고 있었는데, 이런 벌을 받다니!
벼락같은 말 한마디로 혼비백산하였으니.

나는, 너를 닮았다고 주제넘게 생각하지 말았어야 했다!
나는 너를 끌어낼 힘은 있었지만,
너를 붙잡아 둘 힘은 없었다.
생각하면 그 행복한 순간에
나는 자신을 실로 초라하게 또 위대하게 느꼈다.
너는 가혹하게도 나를
덧없는 인간의 운명에다 다시 몰아넣었다.
누가 나에게 가르쳐 준단 말인가? 무엇을 피해야 한단 말인가?
그런 마음의 충동을 따라야 할 것인가?
아! 우리의 고뇌와 마찬가지로 행위
그 자체가 우리의 삶의 길을 가로막는 것이다.

정신이 획득한 가장 훌륭한 덕성일지라도
어느새 이질적인 요소가 따르게 마련이다.
우리가 이 세상의 부귀영화에 도달하면,
더욱 높은 영적인 것을 허망이고 망상이라고 부른다.
우리에게 생명을 부여한 아름다운 감정도

이 지상의 혼란 속에서 굳어 버린다.

지금까지는 대담하게 공상으로

희망에 넘쳐 영원의 경지까지 날개를 폈지만,

믿었던 행운이 차례로 시간의 소용돌이 속에서 부서져 버리면,

자그마한 영역도 그에겐 달가운 것이다.

그러면 가슴속 깊숙이 시름이 깃들고,

거기서 남모르는 고통이 빚어져

불안스레 몸부림치며 기쁨과 휴식을 방해한다.

이 시름은 언제나 새로운 가면을 쓰고

집이나 대궐이 되고 처자가 되고

불이나 물, 비수와 독약이 되어 나타난다.

너는 기우杞憂에 지나지 않는 일 때문에 겁을 먹고,

잃지도 않는 것이 아까워 줄곧 울어야 한다.

나는 신들을 닮지 않았다! 이것을 뼈저리게 느꼈다.

쓰레기 속에서 꿈틀거리는 구더기를 닮았을 뿐이다.

쓰레기를 먹고 간신히 살아가며

길 가는 사람에게 밟혀 죽어 묻혀 버릴 뿐이다.

서재의 높은 벽을 수백 개의 선반으로 칸을 막아

더욱 숨 막히게 만드는 이것들도 다 쓰레기가 아닌가?

이 좀벌레의 세계 속에서 오만 가지 하찮은 물건으로

나를 처넣고 있는 이 고물도 쓰레기가 아니더냐?

이런 곳에서 어떻게 내가 구하는 것을 찾아내려고 한단 말인가?

만 권의 책을 펴놓고,

어디서나 인간은 괴로워하고 있다는 것,

어쩌다가 행복한 사람도 있다는 것을 깨달으란 말인가?

속 빈 해골아, 왜 이빨을 드러내고 나를 노려보느냐?

너의 뇌수도 내 것처럼 한때는 갈피를 못 잡고

안이한 날을 찾다가는 어스름 속에서

오로지 진리를 추구하며 비참하게 헤매지 않았더냐?

수레바퀴, 톱니바퀴, 롤러, 손잡이가 달린 기구들,

너희들도 분명히 나를 비웃고 있으리라.

내가 문 앞에 섰을 때 너희는 열쇠가 되었어야 했다.

너희들의 열쇠 끝은 깊었지만, 자물쇠를 열어 주지는 못했다.

신비에 찬 자연은 대낮에도,

베일을 벗어 주지 않는다.

자연이 사람의 마음에 밝히고 싶지 않는 것을,

지렛대나 나사로 비틀어 열 수는 없다.

나에게 소용없는 낡은 연장들아, 너희들은

나의 아버지가 사용했다는 이유만으로 여기 있는 것이다.

너 낡은 양피지 두루마리 녀석아, 네 놈은 책상에서

이 희미한 램프가 시커먼 연기를 내는 동안은 그을리게 되리라.

이런 쓸데없는 것을 짊어지고 땀을 뻘뻘 흘리느니,

차라리 팔아치웠더라면 훨씬 좋았을 것을!

조상에게서 물려받은 것을

진실로 소유하려면 그것을 제 힘으로 만들어야 한다.

활용하지 않는 것은 무거운 짐일 뿐이다.

필요에 따라 만들어진 것만이 순간순간 이용할 수 있는 것이다.
그런데 내 눈은 어째서 그곳에 달라붙어 떨어질 줄 모르는가?
저 작은 병은 눈을 끌어당기는 자석이란 말인가?
어째서 내 마음이 갑자기 흐뭇하게 밝아지는 것일까?
마치 밤의 숲속에서 달빛이 비치기나 하는 것처럼.

오, 하나밖에 없는 목이 긴 작은 병이여,
경건한 마음으로 공손히 너를 집어 내린다!
네 속에 있는 인간의 지혜와 기술을 찬양하노라.
조용히 잠들게 하는 묘약이여!
죽음을 가져다주는 미묘한 모든 힘의 정수여.
너의 주인에게 호의를 표시해다오.
너를 보니 고통이 사그라지는구나.
너를 손에 들면 긴장된 마음이 풀리고
정신의 고조된 조수潮水가 차츰 스러져간다.
나는 멀리 바다 한가운데로 끌려나가
발밑에 남실거리는 거울 같은 물결이 반짝이며,
새로운 날이 새로운 기슭으로 나를 손짓한다.

불 수레가 훨훨 하늘로 날아서,
나를 맞이하러 온다! 나는 새로운 길을 밟으며
창공을 뚫고 들어가, 순수한 활동의 신천지로 갈,
마음의 준비가 되었음을 느낀다.
이 비할 데 없는 고귀한 생활, 신들과 같은 환희!

아직도 벌레에 불과한 네가 그것을 누릴 자격이 있을까?

좋다. 고귀한 이 세상의 태양에서,

과감히 돌아서라!

모두가 살금살금 스치고 지나는 문을

대담하게 열어젖혀라!

사나이의 위엄은 신들의 권위도 두려워하지 않고,

공상이 스스로 그려내는 고뇌 속에 떨어지는

저 어두운 죽음의 동굴도 겁내지 않고,

지옥의 불길이 비좁은 입구로 뿜어 나오는

저 통로를 향해 돌진하여,

설사 허무 속에 모든 것을 잃을 위험이 따르더라도

가슴을 펴고 명랑하게 첫걸음을 내디딜 결의를,

행동으로 증명할 때는 지금이다!

자, 내려오느라. 맑은 수정의 술잔아!

오래도록 너를 잊고 있었다만,

이제 그 헌 상자 속에서 나와 다오.

너는 조상들의 잔치 때 빛을 냈다.

손님들의 손에서 손으로 차례차례 돌아갈 때마다,

근엄한 손님들까지도 흥겨워했었다.

기교를 다한, 네 주위의 눈부신 그림 무늬,

그것을 즉흥시로 설명하고는,

단숨에 들이키는 것이 술꾼들의 관습이었지.

그런 일들이 청춘의 밤들을 생각나게 하는구나.

오늘밤에는 너를 이웃 손님에게 권하지도 않고,

너의 그림 무늬를 보고 즉흥시를 읊을 생각도 없다.

여기 있는 것은 사람을 단번에 취하게 하는 액체이다.

이 갈색의 액체로 너의 배를 채우련다!

내 손으로 빚고, 내 손으로 고른,

이 마지막 한 잔을 지금 정성껏

축하연의 엄숙한 인사로 아침을 위해 건배한다.

잔을 입에 댄다.

종소리와 합창

천사들의 합창 그리스도는 부활하셨네!

죽어 갈 자에게 기쁨이 있으라.

남몰래 다가와서

멸망으로 이끄는

원죄에 얽매인 자에게.

파우스트 오, 이 은은한 종소리, 이 맑은 노랫소리!

아, 이 잔을 도저히 비울 수가 없구나.

저 둔하게 속으로 스며드는 종소리는,

벌써 부활절의 시작을 알리는 것인가?

저 합창의 소리는

그 옛날 어두운 무덤가에서 천사의 입술에서 흘러나와,

신약新約의 바탕을 이룬 그 위안의 노래를 벌써 부르는 것이냐?

여인들의 합창 우리는 향유로

주님의 몸을 씻으리.

우리들, 주를 섬기는 자들이

주의 몸을 뉘어 드렸네.

천과 끈으로,

단정하게 염을 하여 드렸네.

그러나 아, 이미

여기 주는 계시지 않네!

천사들의 합창 그리스도는 부활하셨네!

자비를 베푸신 주여, 복 받으소서.

괴로움은 크셔도

인간에게 행복을 주시려고,

시련을 이겨내신 주여.

파우스트 어째서 천상의 목소리는, 억세게 그리고 상냥하게

티끌 속에 있는 나를 찾아 드는 것인가?

마음씨 고운 사람들이 있는 곳에나 울려라.

복음 소리는 들려오지만, 내게는 신앙이 없네.

기적은 신앙의 귀여운 자식이다.

그 고마운 복음이 울려 오는,

그 경지로 나는 감히 갈 생각이 없다.

그러나 어릴 때부터 귀에 익은 소리라,

나를 다시 이 삶으로 돌아오게 한다.

옛날에는 엄숙한 안식일의 고요 속에서

사랑에 찬 천상 사람의 입맞춤이 내게 쏟아져 내렸다.

그러면 울려 퍼지는 종소리에 예감이 넘쳐흐르고,

나의 기도는 활활 타는 기쁨이 되었었지.

무엇인지 알 수 없는 기쁜 동경에 사로잡혀,

나는 숲과 들을 헤매었다.

한없이 뜨거운 눈물을 흘리면서

나를 위해 또 하나의 세계가 탄생하는 것을 느꼈다.

그때, 이 노래는 청춘의 즐거운 놀이를

봄 축제의 자유로운 행복을 알려 주었다.

추억은 이제 어린 시절의 감정으로,

나를 이 최후의 엄숙한 발걸음에서 구해 주고 말았구나!

오, 사뭇 울려라, 감미로운 천상의 노래여!

눈물이 솟는다. 대지는 나를 다시 찾았도다.

사도들의 합창 땅에 묻히신 분,

　　　　살아서 숭고하신 분은

　　　　이미 엄숙하게

　　　　하늘에 오르셨네.

　　　　생성하는 기쁨 속에

　　　　창조에 가까우셨네.

　　　　아! 우리는 서럽게도

　　　　이 땅의 품에 아직도 안겨 있네.

　　　　주는 우리를 애도하시며,

　　　　여기 남겨 놓으셨네.

　　　　아! 주님이시여, 우리는 당신의 복락 때문에,

　　　　여기서 통곡합니다.

천사들의 합창 그리스도는 부활하셨네.

썩은 대지의 품을 벗어나셨네.

너희들도 기쁜 마음으로

세상의 굴레를 끊음이 좋으리라!

행동으로 주님을 찬양하는 자,

이웃을 사랑하는 자,

형제처럼 양식을 나누는 자,

전도하여 길을 가는 자,

영원의 기쁨을 약속하는 자,

주님은 그대들 가까이 계신다,

주님은 그대들과 함께 계신다!

성문 앞

산책하는 각양각색의 사람들이 나온다.

수습공 몇 사람 왜 그리로 가는 거지?

다른 수습공들 사냥꾼의 집으로 갈 참이야.

처음 수습공 몇 사람 우리는 물방앗간 집으로 갈까 하는데.

수습공 1 강변 집이 더 좋을걸.

수습공 2 그쪽은 가는 길목이 시시하단 말이야.

수습공 2의 무리 너는 어떻게 할래?

수습공 3 다들 가는 데로 가지 뭐.

수습공 4 산성山城 마을로 올라가자. 계집도 아주 예쁘고, 맥주 맛도 좋아. 그리고 기막힌 싸움판도 벌일 수 있고 말이야.

수습공 5 이 친구 좀 봐.

또 두들겨 맞고 싶어, 두 번이나 맞아놓고?

난 싫어, 생각만 해도 끔찍하다.

하녀 1 싫어, 싫어! 난 시내로 돌아갈 테야.

하녀 2 그이, 틀림없이 버드나무 밑에 와 있을 거야.

하녀 1 와도 나는 조금도 반갑지 않아.

그이는 너하고만 걷잖아?

무도장에서도 너하고만 춤을 추구.

너야 즐겁지만, 내가 무슨 상관있니?

하녀 2 그이 오늘은,

틀림없이 혼자가 아닐 거야.

그 고수머리하고 같이 온다고 했어.

학생 1 야, 저년들 신나는 걸음걸이 좀 봐!

가자! 저것들 뒤를 따라가 보자고.

독한 맥주에다 독한 담배,

게다가 멋을 부린 계집이 내 취미거든.

여염집 처녀 어머, 저 근사한 학생들 좀 봐!

정말 창피해.

얼마든지 좋은 상대와 사귈 수 있을 텐데,

저런 하녀들 꽁무니를 쫓아다니다니!

학생 2 (학생 1에게) 너무 서둘지 마! 저 뒤에 오고 있는 두 처녀도,

제법 예쁜 차림을 하고 있잖아.

아, 우리 이웃 처녀도 끼어 있구나.

나는 저 애가 무척 좋아.

둘 다 천천히 걷고 있지만

결국은 우리와 어울리게 될 거야.

학생 1 그만둬, 난 답답한 것은 질색이야.

우물쭈물하다가는 큰 고기를 놓친다고.

토요일에 빗자루를 드는 손이라야,

일요일에 남자를 최고로 어루만져 준단 말이야.

시민 정말 마음에 안 드는데요, 새 시장市長은!

시장이 되기만 하면, 날이 갈수록 난폭해지거든.

그리고 시를 위해선 대관절 무엇을 하고 있습니까?

시정은 날마다 나빠지기만 하고 있잖습니까?

이래라 저래라 전보다 더 귀찮고

전에 없이 많은 세금을 바쳐야 하니 말이오.

거지 (노래한다.) 인정 많은 나리들, 어여쁘신 마나님들,

단장도 좋으시고, 혈색도 고우신데,

이쪽을 좀 돌아보시고,

딱한 저를 도와주십시오.

이 손풍금을 헛되이 울게 하지 마세요!

적선을 하셔야 즐거워집니다.

여러분이 노시는 오늘이,

저의 추수하는 날이 되게 하세요.

시민 2 일요일이나 축제날에 가장 재미있는 것은,

전쟁에 관한 이야기나 소문을 주고받는 일이죠.

멀리 떨어진 터키 같은 데서,

다른 나라들이 치고받는 일이라면 말이죠.

우리는 창가에서 술잔을 기울이며

오색찬란한 배들이 강을 미끄러져 내려가는 것을 보지요.

그리고 저녁에는 즐겁게 집에 돌아가서,

천하태평을 축하하는 겁니다.

시민 3 정말이야! 옆에 있는 양반, 나도 마찬가집니다.

딴 놈들이야 서로 머리를 깨든 말든,

모조리 뒤집어엎건 말건,

우리 집만 무사해라! 바로 이겁니다.

노파 (어염집 처녀들에게) 아이고, 치장들도 잘했고,

어여쁜 아가씨들뿐이네!

누구든지 홀딱 반하고 말겠네.

하지만 너무 새침 떨지 말고! 이제 됐어요!

아가씨들 소망은 내가 이루어 드리지.

어염집 처녀 아가테, 가요!

저런 요술 할멈하고, 남이 보는 데서 얘기를 하다니, 조심해야 해!

하기야 저이는 성聖 안드레아스[3]의 날 밤에,

내 미래의 그 분 모습을 보여주기는 했지만 —

처녀 2 나한테는 수정[4] 속에 비춰서 보여 주더라.

억세게 생긴 사람들하고 같이 있는 군인 같았어.

허지만 아무리 주의 깊게 살펴봐도

그런 사람이 눈에 안 띄지 뭐야.

병사들 성이라면 높고

든든한 것,

차갑게 돌아서는
새침한 아가씨.
차지하고 말자!
힘은 들지만
보람은 더욱 있으리.

나팔 소리 울린다.
어서 달려 나가자,
즐거운 자리로,
수라장의 자리로.
이거야말로 돌격!
이거야말로 보람!
아가씨도 성도
차지하고 말자.
힘은 들지만
보람은 더욱 있으리.
그래서 병사는
씩씩하게 전진한다.

파우스트와 바그너

파우스트 생명을 불러일으키는 봄의 정다운 눈길을 만나,
크고 작은 강이 얼음에서 해방되었다.
골짜기에는 희망에 찬 행복이 파랗게 돋아난다.

겨울은 늙어 쇠약해져서,

황량한 산으로 물러갔다.

물러가면서 겨울은,

얼음의 낱알을 흩날려

파릇파릇해지는 들에 줄무늬를 그으려 한다.

그러나 태양은 이제 흰빛이 남는 것을 허용치 않는다.

곳곳에 생성과 노력이 약동하며

모든 것이 화려하게 활기를 띠어간다.

그러나 이 근처는 아직 꽃이 피지 않아,

그 대신 울긋불긋한 차림의 인간을 태양은 끌어낸다.

고개를 돌려 이 언덕에서

시내를 바라보게.

텅 빈 어두운 성문에서

가지각색 사람들이 쏟아져 나온다.

오늘은 모두 양지쪽에 나오고 싶어 한다.

모두 주의 부활을 축복하고 있다.

그것은 자기들 스스로가 부활했기 때문이다.

나직한 집의 음울한 방에서

일자리와 장사의 번거로움에서,

짓누르는 지붕과 박공博栱의 압박에서,

붐비는 좁은 한길에서,

교회의 답답한 어둠 속에서,

모두 햇빛을 찾아 나온 것이다!

자, 보라. 얼마나 많은 사람들이 활발하게,

들과 밭을 지나 재빨리 흩어지는지.

강에는 아래위로 왼쪽 오른쪽으로,

많은 놀잇배를 띄우고 있다.

저 마지막 놀잇배는,

가라앉을 만큼 사람을 태우고 떠나가는구나.

먼 산의 오솔길에도,

화려한 색깔의 옷들이 아른거린다.

벌써 마을의 웅성거림이 들린다.

여기야말로 민중의 진정한 천국이다.

늙은이도 젊은이도 만족하여 소리를 지른다.

"지금은 나도 인간이다. 아름다울 수 있다!"고.

바그너 선생님! 선생님을 따라 산책하는 것은,

영광이기도 하고, 즐겁기도 합니다.

하지만 저는 거친 것을 싫어해서,

혼자 이런 곳은 오지 않습니다.

바이올린을 켜고, 왁자하게 떠들고 구주희九柱戲를 굴리는,

그런 소리가 저는 질색입니다.

모두 귀신에게 홀린 듯이 떠들어대면서,

그것을 기쁨이니 노래니 하고 말하고 있으니까요.

농부들 보리수 밑에서 춤과 노래.

　　춤추러 간다고 양치기가 단장했네,

　　화려한 저고리에, 리본과 꽃다발,

멋지게 차려입은 꼴들이 멋들어지군.
보리수 둘레에 몰려나온 사람들,
벌써 미친 듯이 춤들을 추고 있네.
유흐헤! 유흐헤!
유흐하이자! 하이자! 헤!
바이올린의 가락도 그와 같이 들리네.

양치기도 허둥지둥 그 속에 뛰어드네.
얼떨결에 팔꿈치로
한 아가씨를 밀어붙였네.
팔팔한 아가씨가 돌아보고 소리치네.
"아니, 이건 얼간이로군!"
유흐헤! 유흐헤!
유흐하이자! 하이자! 헤!
"버릇없는 사람이 나는 싫어요!"

그래도 재빨리 뱅글뱅글 돌아간다.
바로 추고, 외로 춘다, 신나게 돌아간다.
옷자락이 모두 너풀거린다.
얼굴은 불그락 몸은 후끈 달아서,
서로 팔짱을 끼고 숨을 돌리고 있네.
유흐헤! 유흐헤!
유흐하이자! 하이자! 헤!
어느새 허리에 팔이 스치네.

너무 그리 친근하게 굴지 말아 주어요!

색시로 삼겠다고 굳은 약속해놓고,

버린 남자가 얼마나 많다고요!

그래도 교묘하게 구슬려서 데리고 가네.

멀리 보리수 쪽으로,

유흐헤! 유흐헤!

유흐하이자! 하이자! 헤!

사람의 고함 소리, 바이올린 켜는 소리.

늙은 농부 아이고, 선생님, 잘 오셨습니다.

선생님 같은 높으신 학자님이,

오늘은 저희 같은 천한 것들을 싫다하지 않으시고

이 들끓는 속에 몸소 나와 주시다니!

자, 그럼 방금 술을 가득 따라 놓은

가장 좋은 이 술잔을 받으십시오.

이 잔을 올리면서 제가 소리 높이 소망하노니,

이것이 선생님의 갈증을 가셔줄 뿐 아니라,

여기 남은 술 방울 수만큼이나

수명이 늘어나서 오래오래 사소서!

사람들이 모여든다.

파우스트 모처럼 이 시원한 술을 들고,

　　여러분께 축복과 감사를 돌려 드립니다.

늙은 농부　정말이지, 오늘 같은 즐거운 날에,

　　잘 와 주셨습니다.

　　지난 날 저희들이 재앙을 당했을 때엔

　　선생님의 은덕을 많이 입었습니다.

　　이렇게 살아 있는 사람들 가운데는

　　선생님의 부친께서 전염병을 막아 주셔서,

　　심한 열병의 아슬아슬한 순간에 구원받은 자도 적지 않습니다.

　　그때 선생님께선 아직 젊으셨지만

　　환자의 집을 일일이 찾아주셨습니다.

　　실려 나간 시체도 많았지만,

　　선생님은 무사히 벗어나셨습니다.

　　몹시 괴로운 일을 용케도 견디어 내셨습니다.

　　남을 돕는 사람은 하늘이 도와주시는 것이지요.

　　모두들 훌륭하신 선생님께서 건강하시어,

　　오래도록 저희들을 도와주십시오!

파우스트　하늘에 계시는 분께 고맙다고 인사드리십시오.

　　남을 구하는 것을 가르쳐 주시고, 구원을 내려주시는 분에게.

　　바그너와 걸어가기 시작한다.

바그너　선생님, 참으로 굉장하십니다. 이렇게 많은 사람에게

　　존경받는 기분이란 어떤 것일까요!

　　아, 자기 재능으로 이렇듯

성공을 거두시니 이 얼마나 행복한 일입니까!

아버지는 자식에게 저 분이 그 어른이라고 가리키고,

모두들 어디냐, 어디냐고 물으면서 앞을 다투어 선생님께 달려옵니다.

바이올린 소리는 그치고, 춤추던 사람도 발을 멈춥니다.

선생님이 지나가시면 사람들이 양쪽에 늘어서서,

모자를 공중에 날립니다.

그야말로 땅바닥에 꿇어앉을 지경이군요.

마치 성체聖體라도 지나갈 때처럼 말씀입니다.

파우스트 저 바위가 있는 곳까지 좀 더 올라가서,

거기서 잠시 쉬기로 하세.

나는 가끔 거기 앉아 홀로 생각에 잠긴 채,

기도와 단식으로 내 몸을 괴롭히곤 했었지.

희망에 차고, 신앙이 굳었던 나는

눈물을 흘리면서 한숨을 쉬고 두 손을 비비며,

그 흑사병이 더 퍼지지 않게 해주십사

하늘에 계시는 주님께 애원했네.

지금 많은 사람들이 칭찬하지만, 나에게는 비웃음처럼 들리네.

아, 자네는 내 속을 모르겠지만,

우리들 부자父子는

그런 칭찬 받을 만한 자격이 없네.

내 선친은 숨은 군자 같은 분이라,

자연과 그 신성한 운명에 대해서

성실하기는 하나 독특한 방식으로

망상에 가까운 노력을 하며 연구하셨다네.

연금술사_{鍊金術師}의 무리들과 어울려서

그 '컴컴한 주방'⁵에 틀어박혀

무수한 처방에 따라

서로 성질이 맞지 않는 것을 조화시키려고 했었지.

그래 대담한 구혼자_{求婚者}인 '붉은 사자'⁶를

미지근한 탕 속에서 '나리꽃'과 짝을 지웠지.

그리고 이 둘을 타오르는 불로 지지며.

이 신방에서 저 신방으로 몰아치곤 하였네.

그러나 오색찬란한

유리그릇 속에 '젊은 여왕'이 나타났지.

바로 그것이 약이었지만 환자는 잇따라 죽었다네.

누가 나았느냐고 묻는 이는 하나도 없었지.

이렇듯 우리는 터무니없는 연약_{鍊藥}을 가지고

이 골짜기, 저 산으로 돌아다니며

흑사병보다 더 해독을 끼치며 날뛰었네.

나 자신 이 독약을 수천 명에게 주어

그들은 말라 죽었는데 나는 이렇게 살아남아서

파렴치한 살인자가 사람들의 칭찬을 받게 되었네.

바그너 어째 그런 일로 괴로워하십니까!

선인들에게서 물려받은 기술을

정확하게 실행하기만 하면,

그것으로 훌륭한 인간이라고 할 수 있지 않습니까?

선생님은 젊으셨을 때 아버님을 존경하신 이상,

그분이 물려주시는 것을 기꺼이 받으셔야겠죠.

어른이 되어 학문을 쌓으시면,

아드님은 더 높은 목적을 이루시게 될 테니까요.

파우스트 아, 이 미궁의 바다에서 헤어날 수 있다고,

여전히 생각하고 있는 자는 행복하도다!

우리는 모르는 것을 반드시 필요로 하며

알고 있는 것은 별로 소용이 없는 것이다.

그러나 이 한때의 행복을

이런 우울한 기분으로 망쳐 버리지 마세.

자, 보게, 붉은 저녁 노을을 받아

초록에 둘러싸인 집들이 빛나고 있네.

해는 기울어 오늘 하루도 저물어 가고 있구나.

해는 저쪽 나라로 달려가서 새로운 생활을 재촉할 것이다!

내게 날개가 있어 땅 위에서 날아올라,

어디까지나 저 뒤를 쫓아갈 수 있었으면!

그러면 영원한 저녁놀 속에

고요한 세계를 발밑으로 보며

봉우리마다 붉게 타오르고 골짜기마다 고요하며,

은빛 시냇물이 황금빛 강으로 흘러드는 것을 볼 수 있으련만,

그러면 수많은 깊은 골짜기를 가진 험한 산들도

신과 같이 나는 나의 길을 가로막지는 못하련만,

물이 미지근한 항만을 낀 바다가,

벌써, 놀란 내 눈앞에 펼쳐진다.

그러나 태양의 여신은 기어이 가라앉고 만다.

하지만 나에게 새로운 충동이 일어나고,

여신의 영원한 빛을 삼키려고 여전히 쫓는다.

내 앞에는 낮, 내 뒤에는 밤,

위에는 하늘, 아래는 파도를 바라보며,

이것은 아름다운 꿈이다. 그 사이 해는 멀어져 간다.

아, 정신의 날개는 날고 싶어 퍼덕이는데,

육체의 날개는 쉬 따라 주지 않는구나.

그러나 우리들의 머리 위에서 푸른 하늘로 사라져 가며,

종달새가 밝은 노래를 우짖을 때,

치솟은 전나무 꼭대기 위에서

독수리가 날개를 활짝 펴 날고,

들과 호수를 건너

학이 곧장 고향을 찾아 날아가는 것을 볼 때면,

사람의 감정이 하늘 높이 위로 치닫는 것은

누구나 타고난 천성이 아니겠는가?

바그너 저도 가끔 변덕스러운 생각을 합니다만,

그런 충동은 아직 한 번도 느낀 적이 없습니다.

숲과 들을 보고 있으면 곧 싫증이 나고

새의 날개 따위는 조금도 부럽지 않습니다.

그에 비해, 한 권 한 권, 한 장 한 장 책을 읽어나가는

정신의 기쁨이란 각별합니다.

그것으로 긴 겨울밤도 사비롭고 아름다워지며

도취되는 생명의 기쁨에 온몸이 달아오릅니다.

더구나, 소중한 양피지를 읽고 있으면,

천국이 온통 당신에게로 온 듯 느끼실 겁니다.

파우스트 자네는 한 가지 충동밖에 몰라.

또 하나의 충동은 모르는 게 좋다네!

아, 내 가슴에는 두 개의 영혼이 깃들어 있어.

그것들이 서로 떨어져 나오려고 한다네.

하나는 음탕한 정욕을 불태우며

현세에 집착하여 떨어지지 않는다네.

또 하나는 어떻게든 먼지 낀 속세를 피하여,

선현이 사는 높은 영의 세계로 오르려 하네.

아, 만일 영들이 대기 속에서

하늘과 땅을 지배하며 날고 있다면,

제발 금빛 안개 속에서 내려와

나를 새롭고 찬란한 삶으로 인도해다오!

그렇다, 하다못해 마술의 망토라도 입혀

나를 낯선 나라로 날라다 준다면,

그것이 내게는 어떤 값진 의상보다도,

제왕의 어의보다도 값진 것이 되련만.

바그너 제발, 그 악명 높은 마귀들은 부르지 마십시오.

그들은 대기 속에 널리 퍼져

인간에게 오만가지 해를

사방에서 가하려 하고 있습니다.

북쪽에서는 날카로운 이빨을 가진 마귀가

화살같이 뾰족한 혀로 선생님께 덮칩니다.

동쪽에서 오는 놈은 만물을 메마르게 하며

선생님의 폐에서 양분을 빨아먹고 제 배를 불립니다.

남쪽 사막에서 보내오는 놈은,

선생님의 머리 위에 불을 뿜습니다.

서쪽에서 몰려오는 놈은, 처음에는 시원하게 활기를 주지만

당신과 논밭을 물로 덮고 맙니다.

놈들이 다른 사람의 말을 잘 듣는 사람의 재앙을 달콤하게 여기기 때문이며,

곧잘 순종하는 것은 우리를 속이려는 수작이지요.

겉으로는 하늘에서 보내온 것처럼 꾸미고

천사처럼 속삭이며 거짓말을 하지요.

자, 이제 가십시다! 벌써 어두워져

공기가 차고, 안개가 낍니다!

저녁때가 되니 집이 고마워지는군요.

무엇을 그렇게 서서 놀라신 듯 바라보십니까?

어스름 속에 무엇이 그렇게 마음을 끕니까?

파우스트 새싹과 그루터기 사이에 배회하는 검은 개가 보이나?

바그너 아까부터 보았지만 별것 아닌 것 같습니다.

파우스트 잘 보게. 저 짐승이 뭐라고 생각하나?

바그너 검은 삽살갭니다. 제 버릇대로

부지런히 주인 발자국을 찾고 있군요.

파우스트 저 놈이 멀찍이 원을 그리며

우리 주위를 돌아 차츰차츰 다가오는 것을

내가 잘못 본 것이 아니라면 불의 소용돌이가,

저놈의 뒤를 띠처럼 따라오고 있네.

바그너 꺼먼 삽살개 이외엔 아무것도 보이지 않습니다.

선생님이 잘못 보신 게죠.

파우스트 저놈이 미래의 인연을 맺기 위해,

　우리들 발에다 눈에 띄지 않는 마법의 올가미를 치고 있는 것 같군.

바그너 저놈은 자기 주인은 눈에 띄지 않고,

　낯선 사람만 둘이 있으니 불안스럽고 겁이 나 우리 주위를 뛰어다니고 있는 것

　같은데요.

파우스트 원이 좁아졌다! 벌써 가까이 왔군!

바그너 보세요! 역시 갭니다. 마귀가 아닙니다.

　끙끙거리고, 기웃거리고, 엎드리고

　꼬리를 흔들기도 하고, 모두 개가 하는 짓입니다.

파우스트 이놈아, 같이 가자! 이리 와!

바그너 삽살개답게 익살꾸러기군요.

　선생님이 말을 건네시니, 매달립니다.

　무엇을 던지면 집어 오겠는데요.

　선생님의 단장을 찾으려고 물속에라도 뛰어들겠군요.

파우스트 자네 말이 맞을지도 몰라.

　마귀 같은 구석은 조금도 없고 모든 게 훈련된 탓이군.

바그너 길이 잘 든 개라면

　현명한 사람의 마음에도 들 것입니다.

　이놈은 학생으로서는 좋은 제자이니

　분명 선생님의 호의를 받을 자격이 있습니다.

둘이서 성문 안으로 들어간다.

서재 1

파우스트 삽살개를 데리고 등장한다.

파우스트 깊은 밤의 장막에 싸인
   들과 밭에서 나는 돌아왔다.
   밤은 예감에 찬 신성한 두려움으로
   우리 마음속에 보다 나은 영혼을 일깨운다.
   온갖 분방한 행동이 따르는
   거친 충동은 잠들고,
   이제는 인간애가 움직이고 있다,
   신에 대한 사랑이 움직이고 있다.
   조용히 해라, 삽살개야, 이리저리 뛰지 마라!
   문지방에서 무슨 냄새를 맡고 그러느냐?
   난로 뒤에 가서 누워 있거라!
   내 가장 좋은 방석을 네게 주마.
   네가 바깥 언덕길에서 이리 뛰고 저리 달리며
   우리를 즐겁게 해준 대신에
   이젠 환영받은 얌전한 손님이 되어
   나의 대접을 받아라.
   아, 이 좁은 방에
   램프가 다시 정답게 켜지면,
   우리들의 가슴속이
   자기를 아는 그 마음이 밝아진다.

이성이 다시 말하기 시작하고
희망이 다시 꽃피기 시작한다.
사람은 생명의 흐름을,
아, 생명의 근원을 동경한다.
으르렁 거리지 마라, 삽살개야! 지금 내 영혼을,
감싸고 있는 신성한 음향에
짐승의 소리는 어울리지 않는다.
인간은 자기가 모르는 것을 비웃고
선과 미에 대하여도 이따금,
성가셔지면 투덜거리는 꼴을
우리는 잘 알고 있지만,
개도 인간들처럼 그것을 보고 으르렁 거리는 것이냐.

아! 아무리 간절해도
이 가슴에선 이제 만족은 솟아나지 않을 것 같구나.
그러나 어째서 이다지도 빨리 생명의 흐름이 말라,
우리는 다시 목말라해야 하는가?
그런 경험은 몇 번이나 겪었다.
그러나 이 결함은 메울 수 있다.
우리는 초자연적인 것이 귀중하다는 것을 알고,
또한 신의 계시를 동경한다.
그 같은 계시는 신약성서 속에 나타난 것보다도
가장 존귀하고 아름답게 빛나는 것은 없느니라.
바로 그 원전을 펼쳐

성실한 마음으로 한번
신성한 원문을
내가 사랑하는 독일어로 옮겨 보고 싶어졌다.

한 권의 책을 펴놓고, 번역을 시작한다.

기록하여 가로되 "태초에 말씀이 있었느니라!"
여기서 벌써 막혀 버린다. 누구의 도움으로 계속할 수 있을까?
나는 말이라는 것을 그렇게 높이 평가할 수 없다.
영의 올바른 계시를 받고 있다면,
달리 옮겨 놓아야 할 것이다.
기록하여 가로되 "태초에 뜻이 있었나니라."
경솔하게 붓을 휘둘지 않게끔
첫 구절을 신중하게 생각해야겠다.
만물을 창조하여 움직이는 것은 과연 뜻일까?
이렇게 써야 하지 않을까. "태초에 힘이 있었느니라."
하지만 이렇게 쓰고 있는 동안에,
벌써 이래서는 안 된다는 느낌이 일어난다.
영의 도움이다! 갑자기 좋은 생각이 떠올라
확신을 가지고 이렇게 쓴다. "태초에 행위가 있었느니라."

나와 함께 이 방에 있고 싶거든
삽살개야, 울지 말아 다오.
짖어대지 마라!

이렇게 귀찮은 친구를

옆에 둔다는 것은 참을 수 없다.

우리 둘 중 어느 하나가

이 방을 나가는 수밖에 없다.

본의 아니지만 손님 대접을 취소한다.

문은 열려 있다. 마음대로 나가거라.

그런데 이것이 어찌된 일이냐!

이런 일이 저절로 일어날 수 있을까?

이것이 환상이냐, 현실이냐?

삽살개가 가로 세로 마구 커지다니!

기를 쓰고 일어난다.

이것은 개의 모습이 아니다!

정말 내가 도깨비를 집에 데려왔구나!

벌써 하마 같은 꼴을 하고

불같은 눈에 무시무시한 이빨을 드러내고 있다.

오, 네놈은 이제 내 손아귀에 들어 있다.

이따위 지옥에서 반편으로 태어난 놈에게는

솔로몬의 열쇠란 주문이 잘 들을 것이다.

영들 (복도에서)

이 속에 한 놈이 갇혔네.

모두 밖에 있거라, 아무도 따라 들어가지 마라!

덫에 걸린 여우처럼

지옥의 늙은 살쾡이가 겁을 먹고 있구나.

하지만 조심해야지.

저쪽으로 둥실 이쪽으로 둥실

위아래로 둥실거려라.

그러는 동안에 그놈은 빠져 나오리라.

그 친구에게 도움이 된다면

이대로 내버려 두지는 말아라.

우리는 지금까지 여러 가지로

그 친구의 신세를 졌으니까.

파우스트 이런 짐승을 다루려면,

우선 기본적인 네 가지 주문이 필요하다.

불의 요정 샐러맨더여, 타거라.

물의 요정 운디네여, 굽이쳐라.

바람의 요정 질페여, 사라져라.

흙의 요정 코볼트여, 수고하라.

이 네 가지 주문을

그 가진 힘을

그 성질을

모르는 자는

영들을 다스리는

스승이라고 할 수 없다.

불 꽃이 뇌어 사라져라,

샐러맨더여!

소리 내어 한 데 흘러라,

운디네여!
유성과 같이 아름답게 빛나라,
질페여!
집안 일을 거들어라,
인쿠브스, 인쿠브스여![7]
자, 나와서 끝장을 내거라!

네 가지 주문의 어느 하나도
저 짐승에겐 소용이 없구나.
태연히 이빨을 드러내고 나를 노려보고 있다.
아직 따끔한 맛을 못 보았구나.
그렇다면 더 효과 있는
주문을 들려주마.

　　　이놈 너는 지옥의 도망자냐?
　　　그렇다면 이 부적[8]을 보아라.
　　　이것을 보면 암흑의 악마들도
　　　머리를 숙인다!

벌써 털을 곤두세우고, 부풀어 오르는구나.

　　　불길한 놈 같으니!
　　　이것을 읽을 줄 아느냐?[9]
　　　생겨나지 않은 자,

모든 하늘나라에 골고루 넘쳐,

흐르는 자,

그리고 무참히도 꿰찔린 자이다.

난로 뒤에 갇히어,

저놈은 코끼리처럼 부풀고 있다.

온 방안을 가득 채우고는

안개가 되어 사라지려는구나.

천장으로는 오르지 마라!

이 스승의 발아래 엎드려라!

공연히 위협하고 있는 것이 아니다.

신성한 불길로 너를 지지겠다!

세 겹으로 타오르는 불을

기다릴 셈이냐!

나의 술법 중에 제일 강한 것을

기다리지 말거라!

안개가 사라지고 메피스토펠레스가 방랑하는 학생의 모습으로 난로 뒤에서 나타난다.

메피스토펠레스 왜 이렇게 떠드십니까? 무슨 일이십니까?

파우스트 이제 보니, 이게 삽살개의 정체였구나.

　　편력하는 학생이라, 이거 참 우습게 되었군.

메피스토펠레스 박학하신 선생님, 인사드립니다.

　　정말 진땀을 흘렸습니다.

파우스트 이름은 뭐라고 하는가?

메피스토펠레스 시시한 질문이시군요.

　　말을 그만큼 경멸하고,

　　모든 겉모양을 무시하고,

　　오직 본질의 깊은 곳에 뜻을 두신 분으로서는 말씀이죠.

파우스트 그러나 너희들 패거리는

　　이름만 들어도 본질을 알 수 있지.

　　파리의 신이라든가, 유혹자, 위선자 하면,

　　그것으로 오죽이나 똑똑이 알 수 있냐 말이다.

　　그럼 좋다, 대관절 자네는 뭘 하는 자인가?

메피스토펠레스 항상 악을 원하지만,

　　늘 선을 행하는 그런 힘의 일부분입니다.

파우스트 그 수수께끼 같은 말은 무슨 뜻이냐?

메피스토펠레스 나는 항상 부정만 하는 영입니다.

　　그리고 그것은 당연한 일이죠. 생겨나는 모든 것은,

　　의당 말하는 가치밖에 없을 뿐 아니요?

　　그러나 차라리 생겨나지 않는 것이 좋지요.

　　그래서 당신네들이 죄니 파멸이라 부르는 것,

　　악이라 부르는 일체의 것이,

　　바로 나의 본성이죠.

파우스트 자네는 자기를 부분이라고 하면서 전체로서 내 앞에 서 있지 않은가?

메피스토펠레스 에누리 없는 진실을 말씀드렸을 뿐입니다.

　　어리석은 인간은 자기를 소우주小宇宙라 하고,

　　흔히 자기를 전체라고 생각하지만 —

나 같은 놈은 처음에는 일체였던 일부분의 또 일부,

빛을 낳은 어둠의 한 부분이지요.

그 교만한 빛은 이제 와선 모체였던 밤을 상대로

해묵은 지위와 공간을 두고 다투고 있지만,

잘될 리가 없지요. 제 아무리 애써 본들

빛은 물체에 사로잡혀서 떨어지지 않으니까요.

빛은 물체에서 흘러나와 아름답게 하지만,

물체는 빛의 진로를 막아 버리지요.

그러니까, 오래지 않아

물체와 더불어 빛은 멸망할 것이오.

파우스트 이제 너의 그 굉장한 임무를 알았다.

자네는 전체를 파괴할 수 없으니,

작은 일부터 시작하자는 수작이구나.

메피스토펠레스 물론 그래 가지고도 별일은 못해냅니다.

무無에 대립하는 어떤 유有,

즉 이 볼품없는 세계 말인데요.

지금껏 내가 여러 가지로 해본 바로는,

이놈은 감당할 수가 없습니다.

해일, 폭풍우, 지진, 화재, 무엇을 가지고 공격해도,

역시 바다도 육지도 그대로 태연합니다!

게다가 그 못마땅한 놈인, 동물이니 인간의 부류에는

전혀 손을 쓸 수가 없단 말씀이오.

이제까지 얼마나 많은 놈들을 매장했는지 모릅니다!

그래도 여전히 신선한 피가 돌고 있단 말예요.

이런 형편이니 우리도 미칠 지경입니다!

공기 속에서, 물, 땅 속에서,

수많은 싹이 터져 나오거든요.

마른 곳, 습한 곳, 따뜻한 곳,

그리고 추운 곳에서도 말이지요!

만일 내가 불이라는 놈을 잡아두지 않았던들

내게는 이렇다할 무기도 없었을 겁니다.

파우스트 그래서 영원히 쉬지 않고

복된 창조를 계속하는 힘에 대하여,

자네는 싸늘한 악마의 주먹을 음흉하게 불끈 쥐고,

공연히 휘두르고만 있군!

혼돈이 낳은 기괴한 아들아,

무언가 다른 일을 해보면 어떤가?

메피스토펠레스 그 문제라면 요다음에 더 생각해봅시다!

오늘은 이만 물러가도 되겠지요?

파우스트 왜 그런 걸 묻는지 모르겠네.

이제 자네와 알게 되었으니,

마음이 내키거든 다시 찾아오게나.

여기 창이 있고, 저쪽에 문이 있네.

굴뚝도 자네한텐 안성맞춤이겠지.

메피스토펠레스 털어놓고 말씀드리죠.

내가 밖으로 나가는 데에 작은 방해물이 있습니다.

저 문턱 위에 그려 놓은 별 모양의 액막이 말입니다!

파우스트 이 펜타그램[10]이 너를 괴롭혔던 말이냐?

그렇다면 여보게, 지옥의 아들이여,

이것이 자네를 묶어 놓았다면 어떻게 들어왔지?

이런 영검 있는 것을 어떻게 속였나?

메피스토펠레스 잘 보십시오! 완전하게 그려져 있지 않습니다.

밖으로 향한 한쪽 모서리가,

보시다시피 조금 모자라지 않습니까?

파우스트 그것 참 의외의 소득이구나!

그래서 자네는 내 포로가 되었단 말이지?

이건 뜻밖의 성공이군!

메피스토펠레스 삽살개로 뛰어들 때는 아무것도 깨닫지 못했지요.

그런데 이제 사정이 좀 달라져서,

악마는 이 집을 나갈 수가 없습니다.

파우스트 왜 창문으로 나가지 않나?

메피스토펠레스 악마나 유령들은 규칙이 있어서,

들어온 데로 나가야 합니다.

들어오는 것은 자유지만, 나갈 때는 제한을 받습니다.

파우스트 지옥에도 규칙이 있단 말이지?

그것 참 잘 됐구나. 그럼, 자네 같은 신사들하고도

계약을 적당하게 맺을 수가 있겠군?

메피스토펠레스 약속한 것은 틀림없이 드립니다.

에누리 따윈 하지 않습니다.

하지만, 이런 이야기는 그리 간단하게 되지 않으니,

이 의논은 다음으로 미룹시다.

이번에는 나를 놓아 주시기를

간절히 부탁드립니다.

파우스트 잠깐만 더 있게나,

무슨 재미있는 이야기라도 해주지 않겠나?

메피스토펠레스 지금은 좀 놓아 주십시오. 곧 돌아오겠습니다.

그땐 무엇이든지 물어보십시오.

파우스트 내가 자네를 노린 것은 아니야.

자네 쪽에서 그물에 걸려들었지.

악마를 붙잡은 이상, 간단히 놓칠 수야 없지.

그리 쉽게 두 번 다시 잡히지 않을 테니까.

메피스토펠레스 원하신다면 나도 용의가 있습니다.

여기 남아 상대해 드리죠.

다만 심심풀이로 나의 재간을

보여 드린다는 조건을 붙이겠습니다.

파우스트 기꺼이 보기로 하지. 뭐든지 해보게.

다만 재미있는 것이라야 해!

메피스토펠레스 그야, 당신의 감각이

이 한 시간에 얻는 것은,

단조로운 일 년보다 더 나을 겁니다.

상냥한 영들이 불러 주는 노래와

그들이 보여주는 아기자기한 모습들은

허망한 요술의 장난이 아닙니다.

코에는 향긋한 냄새가 풍길 것이고,

입에는 달콤한 맛을 느낄 겁니다.

그리고 기분도 황홀해질 겁니다.

준비할 필요도 없지요.

모두 모였으니, 자, 시작들 하렴!

영들 사라져라, 머리 위의

어두운 둥근 천장아!

정답고 따뜻하게,

들여다보라.

푸른 하늘아!

어두운 구름은

흩어져 버리거라!

어린 별은 반짝이고,

태양처럼 큰별들

어울려 밝게 빛난다.

영처럼 아름다운

하늘의 아들들,

너울너울 허리 굽혀

두둥실 떠가는구나.

그리운 마음으로

그 뒤를 쫓아가렴.

그리고 그 옷의

펄럭이는 허리띠는

들과 산을 덮고

정자를 덮는다.

정자 아래 사랑하는 이들

깊은 사랑에 잠겨

백년해로를 언약하는구나.
정자들 즐비하게 늘어서고
싹트는 덩굴은 기어오른다.
주렁주렁 무르익은 포도송이는
포도를 짜는 술 창고의
통 속에 넘쳐흘러
거품이 이는 포도주가 되어
시냇물처럼 흘러
투명한 보석같이
바위틈을 누비고
산을 뒤로 두고
곧장 흘러가서,
풍요로운 초록빛의
수많은 언덕 가에
퍼져 호수가 되는구나.
새들은 무리지어
환희를 마시고
태양을 향해 날며,
물결 사이에
두둥실 떠도는
밝은 섬들을
향하여 날아간다.
섬에는 합창의
함성 들리고,

들에는

춤추는 사람이 보인다.

누구나 집에서 나와

즐거운 날을 보내는구나.

높은 산을

오르고,

호수를 헤엄쳐

건너며,

어떤 이는 하늘을 날며

모두 생을 갈망하고

사랑하는 별들을 바라보며

거룩한 자비의,

저편으로 향한다.

메피스토펠레스 이제 놈이 잠들었구나! 잘했다. 날렵하게 하늘을 나는, 상냥한 아이

들아!

너희는 자장가를 불러 놈을 잠재워 주었다!

이 합창의 은혜는 나중에 갚으마.

네 놈은 아직 악마를 붙잡아 둘 재간이 못 되지!

애들아, 이놈의 꿈에 요염한 여자라도 나타나게 해,

환상의 바닥에 처넣어 버려라.

그런데 이 문턱의 마력을 풀려면,

쥐의 이빨이 필요하구나.

그까짓 것들을 불러내는 데야 긴 주문이 필요 없지.

벌써 저기서 바스락거리니 내 목소리가 들릴 테지.

큰 쥐, 작은 쥐, 파리, 개구리,

이 빈대들아, 너희들 주인의

명령이다. 나와서 이 문턱을 갉아라.

이렇게 기름을 발라 주마 —

벌써 기어 나오는구나!

어서 일을 시작해라, 내게 방해가 되는

모난 곳은 맨 앞의 뾰족한 모서리다.

한 번 더 갉아라, 그래, 이젠 됐다 —

그럼, 파우스트 선생, 또 만날 때까지 단꿈이나 꾸시오.

파우스트 (눈을 뜨고) 또 속았단 말이냐?

영들의 예감으로 가득했던 그 순간이,

꿈속에 악마를 보고,

삽살개가 도망친 그것으로 끝나 버렸단 말인가?

서재 2

파우스트, 메피스토펠레스

파우스트 노크를 하는구나. 들어와요! 누가 나를 또 괴롭히려는 것일까?

메피스토펠레스 납니다.

파우스트 들어오게!

메피스토펠레스 세 번 말해 줘야 하오.

파우스트 들어오라니까!

메피스토펠레스 됐어, 고맙소.

　　우리는 서로 친해질 수 있을 것 같군요.

　　당신의 우울증을 쫓아드리기 위해서

　　귀공자의 모습으로 왔소이다.

　　금으로 단을 장식한 붉은 웃옷에,

　　두툼한 비단 망토를 걸치고,

　　모자에는 수탉의 깃털을 꽂았으며,

　　길고 뾰족한 칼을 찼습니다.

　　단도직입적으로 말하지만,

　　당신도 나와 같은 차림을 하시구료.

　　모든 속박을 끊고 자유롭게,

　　인생이 어떤 것인지 체험해 보시구료.

파우스트 어떤 옷을 입어도 이 비좁은

　　지상 생활의 괴로움은 피할 수 없을 게다.

　　나는 그저 놀고 먹기에는 너무 늙었고

　　희망을 버리기에는 아직 젊다.

　　세상이 대체 무엇을 나에게 줄 수 있단 말인가?

　　곤란을 참아라, 없는 대로 만족하라!

　　이것이 영원한 노래인 것이다.

　　누구의 귀에나

　　평생 동안 끊임없이

　　목쉰 소리로 들려온다.

　　아침에 눈을 뜰 때마다 두렵게 느끼지 않는 적이 없다.

　　하루가 지나는 동안에 한 가지,

단 한 가지 소원도 이루어지지 않고,

어떤 환희의 기대마저

고루한 세상 사람들의 시비로 부서지고,

넘치는 내 가슴의 창조력도

추악한 세상에 의해 방해받을 것을 생각하면

쓰라린 눈물을 흘리며 울고 싶어진다.

밤의 장막이 내려덮여도,

나는 두려워하면서 잠자리에 들어야 한다.

잠자리에서도 안식은 주어지지 않고,

사나운 꿈에 위협받는다.

내 가슴속에 살고 있는 신은

깊숙이 내 마음속을 뒤흔들어 놓을 수는 있지만

나의 온간 힘을 지배하는 이 영은

외부의 것은 하나도 움직일 수가 없는 것이다.

그래서 나는 살아 있다는 것이 무거운 짐이 되고

죽음만을 바람직하고, 삶이란 그저 저주스럽기만 하다.

메피스토펠레스 하지만 죽음도 환영할 만한 손님은 아니더군요.

파우스트 아, 승리의 영광 속에서

피에 물든 월계관을 쓰고 죽는 자는 복 받으리.

진이 빠지도록 미친 듯 춤을 춘 뒤에,

아가씨 품에 안겨 숨을 거두는 자도 복 받으리.

오, 나도 숭고한 지령地靈의 힘을 보았을 때,

넋을 잃고 쓰러져 버렸으면 좋았을 것을!

메피스토펠레스 그래도 누군지 그날 밤,

갈색 액체를 마시지 않던데요.

파우스트 염탐 하는 것이 자네의 취미군.

메피스토펠레스 죄다 안다고는 할 수 없지만, 여러 가지를 알고 있지요.

파우스트 그 무서운 마음의 착란 속에서

귀에 익은 감미로운 노랫소리에 끌리고,

어린 시절의 남은 감정이

즐거웠던 날의 여운에 속기는 하였으나,

유혹과 농락으로,

눈속임과 감언이설로

이 슬픔의 동굴인 육체 속에다

영혼을 가두는 모든 것을 나는 저주한다!

인간의 정신이 스스로 잘났다고 하는

오만불손한 마음을 나는 저주한다!

우리의 오관五官을 매혹하는

현상의 현혹이 저주스럽다!

꿈을 가지고 우리를 유혹하는

명예나 명성이 불멸하다는 속임수가 저주스럽다!

처자가 되고 종이 되고 쟁기가 되어

'내 소유물'로 아첨하는 것이 저주스럽다!

재물로 우리에게 대담한 행동을 하도록 자극하고

안일한 쾌락에 잠기게 하려고

부드러운 이부자리를 펴주는

부의 신도 저주한다!

포도의 영액靈液에 저주 있어라!

저 최고의 사랑의 신의 자비에 저주 있어라!

희망에 저주 있어라! 신앙에 저주 있어라!

그리고 무엇보다도 인내에 저주 있어라!

영들의 합창 (모습은 보이지 않는다.) 슬프다, 슬프다!

그대는

아름다운 세계를

억센 주먹으로 부수어 버렸다!

세계는 무너져 쓰러진다.

반신半神의 인간이 그것을 부수었다!

우리는 그 파편을

허무 속에 나르며

잃어버린 아름다움을

한탄한다.

지상의 아들 중

힘이 억센 자들아,

보다 더 아름답게

이 세상을 재건하여라.

가슴속에 이룩하여라.

새 생의 걸음을

상쾌한 마음으로

내딛기 시작하라.

그때, 새로운 노래가

울려 퍼질 것이다!

메피스토펠레스 저것은 우리집 아이들입니다.

들어 보십시오. 점잖은 말투로

환락과 행동을 권하고 있나 들어 보시오.

피도 마음도 얼 듯

고독한 경지에서

넓은 세계로

당신을 유혹하려 하오.

사나운 독수리처럼 당신의 생명을 쪼아 먹는

근심을 희롱하는 짓은 그만두시오.

아무리 졸렬한 친구라도 어울려 보면,

당신도 인간과 더불어 살아야 한다는 것을 느끼게 될 것입니다.

그러나 이렇게 말한다고 해서

당신을 천한 무리 속에 몰아넣자는 건 아닙니다.

나는 결코 위대한 사람은 아니지만,

당신이 나와 어울려

세상에 발을 들여놓을 생각이라면,

나는 당장에 기꺼이

당신 것이 되겠소.

당신의 길동무가 되어

만일 내가 하는 일이 마음에 든다면,

하인이건 종이건 무엇이든 되어 드리다.

파우스트 그 대신 나는 뭘 해주면 되나?

메피스토펠레스 그건 아직 충분한 시간이 있습니다.

파우스트 아니, 안 된다! 악마는 이기주의자라,

　　남에게 좋은 일을

공짜로는 하지 않는다.

조건을 분명히 말해 보게.

자네 같은 하인은 위험을 자아내는 법이거든.

메피스토펠레스 그럼, 이 세상에서 당신께 봉사할 의무를 지고, 쉬지 않고 지시대로

하겠습니다.

그 대신 저승에서 다시 만나게 되면,

당신이 같은 일을 내게 해주면 됩니다.

파우스트 저승 같은 것을 나는 그다지 마음에 두지 않네.

자네가 이 세상을 산산이 부순 뒤에

어떤 세계가 생겨 나와도 무관하네.

이 땅에서만 나의 기쁨은 솟아나오며,

이 태양만이 나의 괴로움을 비쳐 줄 뿐일세.

내가 그것들과 헤어진 뒤에야

어떻게 되든 상관이 없네.

저 세상에서도 사람이 미워하고 사랑하는지,

그 다른 세계에서도

상하의 구별이 있는지 없는지,

나는 그런 것을 알고 싶지도 않네.

메피스토펠레스 그렇다면 과감하게 하실 수 있습니다.

계약을 합시다. 그러면 앞으로는 곧

내 재주를 즐겁게 구경시켜 드리지요.

어떤 인간도 보지 못한 것을 보여 드리겠습니다.

파우스트 자네 같은 하찮은 악마가 무엇을 보여주겠다는 건가?

숭고한 노력을 하는 인간의 정신을

자네들 따위가 언제 이해한 적이 있나?

아니면 자네는 아무리 먹어도 배부르지 않는 음식이나,

수은처럼, 가만히 있지 않고

손가락 사이로 흘러 없어지는 황금이나,

결코 이긴 적 없는 도박이나,

내 품에 안기기가 무섭게

이웃 사내에게 추파를 던지는 여자나,

더없는 기쁨의 도취 속에서,

유성처럼 사라져 버리는 명예라도

보여주겠다는 말인가?

따기도 전에 썩어 버리는 과일이나,

날마다 새싹이 트는 나무건 보여 주게나!

메피스토펠레스 그런 주문쯤엔 놀라지 않습니다.

그 정도의 진품이라면 곧 마련해드리고말고요.

하지만, 선생, 무언가 맛좋은 것을 천천히,

맛보고 싶을 날이 머지않아 닥쳐올걸요.

파우스트 내가 언제라도 한가히 안락의자에 눕게 된다면,

나는 그것으로 끝장을 본 것일세.

자네가 달콤한 말로 나를 속여서,

나를 내노라하게 할 수 있고,

향락으로 내 눈을 멀게 만든다면,

그 날이 나의 마지막 날이지!

자, 내기를 하지!

메피스토펠레스 좋소!

파우스트 자, 그럼 다시 한 번 약속이다.

　　내가 어떤 순간을 향해

　　멈추어라, 너는 정말 아름답구나 하고 말한다면,

　　그때는 나를 꽁꽁 묶어도 좋다.

　　그때는 나는 기꺼이 망하겠다!

　　그때는 조종이 울려 퍼져도 좋다.

　　그때는 자네도 내 머슴살이에서 해방된다!

　　시계가 멎고, 바늘이 떨어져도 좋다.

　　나의 생애는 그것으로 끝이니까.

메피스토펠레스 잘 생각하시구료. 하신 말씀은 잊지 않으니까요.

파우스트 물론 잘 기억해두게.

　　나는 터무니없는 말은 하지 않으니까.

　　한 군데 머무른다면 나는 노예에 틀림없다.

　　자네의 노예건, 누구의 노예건 묻지 않는다.

메피스토펠레스 오늘 당장 학위 축하연에서

　　하인의 의무를 시작하겠습니다.

　　다만 한 가지! ― 만일을 위해서

　　두어 줄 적어 주시면 좋겠습니다.

파우스트 증서까지 필요한가? 성가신 녀석이구나.

　　자네는 남자라는 것을, 대장부의 일언―言이 어떤 것인지 아직 모르는가?

　　내가 한 말이 영원히

　　나의 일생을 지배한다는 것만으로는 부족하단 말인가?

　　세계는 수많은 물줄기로 갈라져서 사납게 흐르고 있는데

　　나는 한 가지 약속에 얽매여야 한단 말인가?

그러나 그런 어이없는 생각이 우리 마음에 뿌리를 내려,

아무도 기꺼이 거기서 벗어나려 하지 않는다.

변치 않는 신의를 깨끗이 가슴에 품은 자는 행복하다!

그는 어떤 희생도 마다하지 않을 것이다!

그러나 글자를 쓰고 봉인을 한 양피지는

누구나 두려워 하는 도깨비와 같은 것이다.

문자는 붓끝에서 이미 생명을 잃게 되고,

봉인이나 양피지가 지배권을 쥔다.

이봐, 악마, 자네는 무엇을 원하는가?

청동인가, 대리석인가, 양피진가, 보통의 종인가?

철필로 쓸까, 끌로 새길까, 펜으로 쓸까?

선택은 자네에게 맡기겠다.

메피스토펠레스 어째서 당신은 말만 하면

금세 그렇게 기를 쓰고 떠듭니까?

아무 종잇조각이라도 좋습니다.

다만 한 방울의 피로 서명해주시오.

파우스트 그것으로 정말 자네가 만족한다면,

어리석은 짓이지만, 하겠네.

메피스토펠레스 피라는 것은 특별한 액체니까요.

파우스트 내가 이 계약을 깨뜨릴까, 걱정할 필요는 없다!

내가 전력을 다해서 노력하고 있는 것이,

바로 내가 한 약속을 지키는 일이다.

나는 지금까지 너무 잘난 체했다,

나는 바로 너 정도의 인간밖에는 안 되는데.

그 위대한 영은 나에게 호통을 치고,

자연은 내 앞에 문을 닫았다.

사색의 실마리는 끊어지고,

모든 지식에 구역질을 느낀 지 오래다.

관능의 심연 속에 들어가

이 불타는 정열을 식히게 해라!

꿰뚫어볼 수 없는 신비의 장막 뒤에

갖가지 기적을 당장 마련해라!

시끄러운 시간의 여울 속으로

사건의 와중으로 뛰어들자!

거기에서는 고통과 쾌락,

성공과 불만이

번갈아 덤벼들어도 좋다.

쉬지 않고 활동해야 비로소 남자다.

메피스토펠레스 당신한테는 거기까지라든가 하는 말은 하지 않겠습니다.

마음 내키는 대로 아무 데서나 집어 드시고,

달아날 때는 무엇이건 날쌔게 후려 가시구료.

좋아하는 것은 실컷 드십시오.

용감하게 손을 내밀어야 합니다. 망설이지 말고!

파우스트 아니, 아까도 말했듯이, 나는 쾌락 같은 것은 문제가 아니네.

아찔한 느낌에 잠기고 싶은 것일 뿐이네.

극도의 괴로운 향락도 좋고,

사랑으로 생긴 증오도 좋고, 속이 후련해지는 화풀이라도 좋네.

지식욕을 후련하게 버린 내 가슴은,

앞으로 어떤 고통이고 맞아들여

인간 전체가 받아야 하는 것을,

나의 자아로 음미하고 싶네.

내 정신으로 가장 높은 것과 가장 깊은 것을 사로잡아

인류의 행복과 비애를 이 가슴에 쌓아 올려,

나의 자아를 인류의 자아에까지 넓히고

인류 그 자체와 함께 나도 마침내 부서지고 싶네.

메피스토펠레스 수천 년 동안 이 세계라는 딱딱한 음식을

되씹어온 내 말을 믿으십시오.

요람에서 관 속에 이르는 동안

그 누구도 이 해묵은 빵의 효모를 삭여 내지 못했습니다.

우리네 말을 믿으십시오.

이 모든 것은 오직 신 하나만을 위해 만들어진 것이오.

신은 자기만 영원의 빛 속에 살면서

우리는 어둠 속으로 밀어 넣은 자요.

당신네 인간들이 쓸 수 있게 한 것은 낮과 밤뿐이오!

파우스트 그러나 나는 해보겠다!

메피스토펠레스 잘 들어 두겠습니다!

다만, 한 가지 염려되는 것이 있군요.

인생은 짧고, 예술은 길어서 말이지요.

지혜를 하나 빌려 드리겠는데,

시인과 결탁하도록 하시오.

그 시인으로 하여금 공상의 날개를 펴게 해서

온갖 슬기로운 자질을 모조리

당신의 정수리에 영예롭게 쌓아 올려 달라시오.

사자의 용기라든가

사슴의 민첩성이라든가

이탈리아 사람의 끓는 혈기라든가

북국인의 끈기 같은 것을 말이지요.

그 시인에게 배우시오.

관대한 마음과 간사한 지혜를 결합시켜

뜨거운 청춘의 충동을 간직하며

일정한 계획에 따라 연예하는 비법秘法을.

그런 선생이면 나도 사귀고 싶고

소우주 선생이라 부르고 싶군요.

파우스트 내가 일체의 지각이 추구하고 있는

인류의 영광을 끝내 손에 넣지 못한다면,

대체 나는 무엇이란 말인가?

메피스토펠레스 당신은 결국 — 당신이지요.

몇백만의 고수머리 털로 심은 가발을 쓰거나

몇 자나 되는 굽 높은 신을 신더라도

당신은 역시 당신이지요.

파우스트 나도 그렇게 느끼고 있다. 나는 부질없이,

인간 정신의 모든 보물을 긁어모았지만

결국 이런 꼴로 이렇게 앉아 있으니,

아무런 새로운 힘도 생기지 않는다.

나는 머리카락 폭만큼도 높아지지 않았고

무한한 것에는 한 걸음도 접근하지 못했다.

메피스토펠레스 그러면 선생, 당신이 사물을 보는 방식은,

세상 사람들과 똑같군요.

삶의 기쁨이 달아나기 전에

좀 더 약게 굴어야 합니다.

아시겠습니까! 물론 두 손, 두 발 그리고

머리며 엉덩이는 당신 것입니다.

그러나 자기가 새로이 얻었다고 해서

그것이 자기 것이 아니라고는 못할 거요.

가령 내가 여섯 필의 말 값을 치렀다면,

그 놈들의 힘은 내 힘이 되지 않겠소?

나는 마구 달릴 수 있으니

스물네 개의 훌륭한 다리를 가진 사나이와 같지요.

그러니 힘을 내시오! 생각 따위 모두 집어치우고

곧장 세상으로 뛰어나갑시다!

감히 말씀드리지만, 궁리 따위를 하는 놈은

메마른 황야에서 악령에게 홀려

빙빙 끌려 다니는 말과 소나 다름없단 말이오.

바깥 언저리에는 아름다운 푸른 목장이 있는데 말이지요.

파우스트 어떻게 시작하면 되나?

메피스토펠레스 그대로 떠나는 거죠.

여긴 정말 지독한 고문장 아닙니까?

자기 자신도, 학생들도 지루하게 만들면서

이런 것을 생활이라고 할 수 있습니까?

이런 것은 동료인 배불뚝이 선생에게나 맡겨 두시오.

어쩌자고 고생해가며, 이삭도 없는 짚단을 훑고 있나요?

당신이 알 수 있는 최상의 것은,

학생들에게는 말할 수도 없는 것입니다.

아, 마침 복도에 한 사람 와 있는 것 같던데요.

파우스트 이 마당에 지금 학생을 만나고 싶지 않네.

메피스토펠레스 딱하게도 저 친구는 오래 기다렸는데요.

한마디 위로의 말도 없이 돌려보낼 수는 없지 않소.

자, 당신 웃옷하고 모자를 빌려주시오.

이 가장假裝은 내게 기막히게 잘 어울리지요.

옷을 갈아입는다

지금부터 나에게 맡겨 두십시오.

15분이면 넉넉합니다.

그 동안에 즐거운 여행 채비나 하십시오!

파우스트 나간다.

메피스토펠레스 (파우스트의 긴 옷을 입고) 이성이니, 학문이니 하는

인간 최고의 힘을 경멸하려무나.

요술이나 마술에 탐닉하여,

거짓 정신으로 기운을 얻어 보려무나.

그러면 너는 틀림없이 내 손아귀에 들었다 ―

운명이 저자에게 쥐어 준 정신은

무턱대고 앞으로 치닫고 싶어 한다.

그래서 너무 성급히 뛰어나가려다가

이 세상의 기쁨을 지나쳐 버렸다.

나는 저자를 분방한 생활과

평범하고 시시한 일 속으로 끌어넣으리라.

허우적거리고, 움츠리고, 끝내는 매달리게 만들어야지.

저자의 끝없이 탐욕스런 입 앞에

맛있는 음식을 보여줘야지.

저자는 요기시켜달라고 애걸하겠지만, 누가 주나.

그러면 악마에게 몸을 맡기지 않아도

반드시 파멸하고 만다!

한 학생 등장

학생 저는 이 고장에 온 지 얼마 안 됩니다.

누구나 들어도 존경하는 분을

한번 뵙고 말씀을 듣고자,

실례를 무릅쓰고 찾아왔습니다.

메피스토펠레스 공손한 인사, 과분하오!

나는 흔한 평범한 사람이오.

다른 데도 더러 찾아가 보셨소?

학생 잘 부탁드리겠습니다!

저는 크게 용기를 내어 찾아왔습니다.

넉넉한 학비와 혈기도 왕성합니다.

어머니는 저를 보내기 싫어하셨지만,

고향집을 떠나 여기서 열심히 공부할 생각입니다.

메피스토펠레스 마침 알맞은 곳에 왔네.

학생 사실은 벌써 돌아가고 싶어졌습니다.

이곳의 높은 돌담과 강당은

아무래도 마음에 들지 않습니다.

너무나 옹색한 곳이라

푸른 것도 나무도 전혀 보이지 않는군요.

강당에 가서 의자에 앉아 있으면

귀도 눈도 머리까지도 멍해집니다.

메피스토펠레스 그것은 습관들이기에 달렸네.

갓난아기도 처음에는 어머니 젖을

곧 물지는 않는 법이야.

그러나 얼마 안 가서 좋아라고 먹게 되지.

그와 마찬가지로 자네도 날이 갈수록

지식의 달콤한 맛을 좋아하게 될걸세.

학생 지식의 목이라면 매달리고 싶은 심정 간절합니다.

어떻게 그렇게 될 수 있는지, 제발 가르쳐 주십시오.

메피스토펠레스 다른 말을 하기 전에,

어떤 과를 택하겠는지 말해 보게.

학생 훌륭한 학자가 되고 싶습니다.

지상의 일, 천상의 일,

남김없이 규명하고 싶습니다.

학문과 자연을 다 알고 싶습니다.

메피스토펠레스 그거 참 좋은 생각이야.

　그러나 정신이 산만해서는 안 되지.

학생 심신을 기울여서 하겠습니다.

　하지만 즐거운 여름 방학 같은 때는,

　조금쯤 자유와 오락을 즐겨도

　나쁘지는 않겠지요?

메피스토펠레스 시간을 활용하게. 세월은 유수 같네.

　그러나 규칙 있게 움직이면 시간을 얻을 수 있지.

　그러니까, 자네는 우선

　논리학부터 하게.

　그러면 자네의 정신은 충분히 훈련받고,

　꽉 죄어지니까.

　한층 더 신중하게, 한 걸음 한 걸음

　사상의 길을 걷게 되네.

　도깨비불처럼 가로 세로

　뛰어다니지 않게 되지.

　그리고 얼마 안 가서

　먹고 마시는 일처럼 예사로

　지금까지는 단숨에 해낸 일도

　하나, 둘, 셋 순서가 필요하다는 것을 배우게 될걸세.

　정말이지 사상의 공장도

　베 짜는 일과 같아서

　한 번 밟으면 천 가닥의 실이 움직이고

　북이 좌우로 넘나들며

실이 눈에도 안 보이는 속도로 흘러

한 번 치면 천 개의 발이 생기네.

거기에 철학자는 들어와서

이래야만 된다고, 자네에게 증명할 걸세.

첫째는 이렇고, 둘째는 저렇고

그러니 셋째와 넷째는 이렇고 저렇다.

만약에 첫째와 둘째가 없다면,

셋째와 넷째는 결코 있을 수 없다고.

이러한 이론은 어느 학생이고 고마워하지.

그러나 일찍이 방직공이 된 학생은 없거든.

생명 있는 것을 인식하고 기술하려는 자가

먼저 정신을 도외시하고 덤빈단 말이야.

그래서 부분 부분은 손에 쥐고 있지만,

슬프게도 전체를 연결하는 정신적 유대가 없지.

화학에서는 이것을 '자연의 조작造作'이라고 부르지만,

자기 스스로를 조롱하는 것밖에는 안 되는 것이면서도 그 이치를 모르고 있다네.

학생 무슨 말씀인지 이해가 안 가는데요.

메피스토펠레스 차차 알게 될 걸세.

　　모든 것을 하나로 환원하여

　　적당히 분류하는 것을 배우기만 한다면.

학생 물레방아가 머릿속에서 돌고 있는 것처럼,

　　뭐가 뭔지 모르겠습니다.

메피스토펠레스 다음에는 무엇보다도,

　　형이상학을 해야 하네!

그러면 인간의 머리에 들어가기 힘든 것을,

깊이 사색하여 포착할 수 있게 되지.

머릿속에 들어가는 것이고, 안 들어가는 것이고,

훌륭한 술어가 붙어 있어서 편리하네.

그러나 우선 처음 반 년가량

특히 질서라는 것에 주의를 기울이게.

매일 다섯 시간씩 수업이 있으니

종소리가 나면 곧 안으로 들어가게.

미리미리 예습을 잘해서

한 구절 한 구절 충분히 머릿속에 넣어 두게.

그러면 선생은 책에 씌어 있는 것밖에

말하지 않는다는 것을 나중에 알게 되지.

그러나 부지런히 필기하지 않으면 안 되네.

성령이 불러 주신다는 생각으로!

학생 그것은 말씀하실 필요도 없습니다.

필기가 얼마나 유용한가는 이미 잘 알고 있습니다.

흰 종이에 까맣게 쓴 것은

안심하고 집에 가지고 갈 수 있으니까요.

메피스토펠레스 그런데, 무슨 과를 택할지 정해야지!

학생 법률학은 마음이 내키지 않습니다.

메피스토펠레스 그것도 무리는 아니지.

그 학문의 실태를 나도 잘 일서든.

법률이나 권리라는 것은

영원한 병처럼 유전되어 가지.

시대에서 시대로 느릿느릿 전해지고

이곳에서 저곳으로 서서히 옮아가네.

도리가 비리로 바뀌고, 선행이 고통의 원인이 되기도 한다네.

자손으로 태어난 자가 가엾지.

타고난 권리 따위는

유감스럽게도 결코 문제가 되지 않네.

학생 그 말씀을 들으니 점점 더 싫어졌습니다.

선생님의 가르침을 받는 사람은 참으로 행복하겠습니다!

그럼, 신학이나 해보면 어떨까요?

메피스토펠레스 자네를 그릇된 길로 인도하고 싶진 않네.

그 신학이라는 학문은,

사도邪道를 피하기가 참으로 어렵지.

그 속에는 눈에 보이지 않는 독이 많이 숨어 있는데,

그것을 약과 구별하기란 거의 불가능하거든.

이 경우에도 가장 좋은 방법은 오직 한 스승만 받들어,

그 스승의 말을 굳게 믿는 것일세.

대체로 말에 의존하는 길밖에 없네!

그러면 안전이라는 문을 지나

확신이라는 전당으로 들어갈 수 있지.

학생 하지만 말에는 개념이 없으면 안 됩니다.

메피스토펠레스 그야 그렇지!

다만 너무 꼼꼼히 애를 태울 필요는 없네.

왜냐하면, 개념이 결핍된 바로 그 자리에

말이 때맞추어 나타나기도 하거든.

말만 있으면 훌륭하게 토론도 할 수 있고

말만 있으면 체계도 세울 수 있고

말이야말로 곧잘 신앙의 대상이 되지.

말에서는 한 점, 한 획도 **뺏**을 수가 없네.

학생 귀찮게 질문을 드려서 죄송합니다만,

한두 가지만 더 수고를 끼쳐야겠습니다.

제발 의학에 대해서도

적절한 말씀을 들려주십시오.

3년이면 짧은 세월인데,

아, 학문의 세계는 너무나 넓습니다.

무언가 지침이라도 주시면,

손으로 더듬어 나아갈 수 있을 것 같습니다.

메피스토펠레스 (혼잣말) 이젠 무미건조한 말에 진력이 나는구나.

슬슬 악마의 본성을 드러내야겠군.

(큰소리로) 의학의 정신은 파악하기 쉽지.

자네는 크고 작은 세계를 연구해야 해.

그리고 결국은 신의 뜻에

맡기는 수밖에 더 있나.

학문을 한답시고 돌아다녀 본들 소용없는 일,

누구나 배울 수 있는 것밖에 못 배우는 거야.

허나 순간을 사로잡는 일이야말로

신짜 사나이의 본분이지.

자네는 체격도 꽤 좋고,

배짱도 없진 않아 보이는군.

자네가 자신만 생긴다면,

다른 사람도 자네를 믿게 될 걸세.

특히 여자 다루는 법을 배워야 해.

여자는 아프니, 괴로우니, 이러니저러니,

불평이 끊일 새 없지만,

꼭 한 군데를 고쳐주기만 하면 되는 법이지.

그러고 자네가 적당히 성실하게 해나가기만 하면,

여자를 모두 자네 손아귀에 넣을 수 있을걸세.

학위가 있으면, 자네의 솜씨가 누구보다도

뛰어나다는 것을 우선 믿게 할 수 있지.

그리고 환영하는 표시로 다른 친구들이 여러 해 동안 어루만지던

소중한 일곱 군데를 더듬어 주는 거야.

맥을 기분 좋게 잘 짚어 줘야 해.

그리고 타는 듯한 능청스런 눈길을 보내면서

허리끈을 얼마나 단단히 졸라맸는지

그 날씬한 허리를 대담하게 잡아보란 말일세.

학생 그편이 훨씬 그럴싸합니다!

어디를 어떻게 해야 하는지 잘 알 수 있으니까요.

메피스토펠레스 여보게, 모든 이론은 잿빛이고,

푸른 것은 인생의 황금빛 나무란 말이야.

학생 솔직하게 말씀드려서 저는 꿈만 같습니다.

다음에 다시 선생님의 깊이 있는 학문을

여쭈어보러 찾아뵈어도 괜찮겠습니까?

메피스토펠레스 내가 할 수 있는 일은, 기꺼이 해주겠네.

학생 이대로는 떠날 수가 없습니다.

제 기념첩이 있습니다.

만나 뵌 표시로 한 말씀 적어주십시오.

메피스토펠레스 좋아. (적어서 준다.)

학생 (읽는다.)

"그대 신과 같이 되어 선악을 알게 되리라."

공손히 기념첩을 접고 물러간다.

메피스토펠레스 이 옛 문구와 나의 숙모인 뱀을 따르라!

언젠가는 너도 반드시 자기가 신을 닮은 것이 두려워질 것이다!

파우스트 등장

파우스트 자, 어디로 갈 건가?

메피스토펠레스 어디든지, 좋으신 곳으로.

우선 작은 세상를 본 다음

큰 세상를 보기로 합시다.

이 과정을 공짜로 즐길 수 있다는 것이

얼마나 재미있고 즐거운지 모릅니다!

파우스트 그러나 이렇게 긴 수염을 기른 체면에

함부로 행동할 수는 없지.

무엇을 해봐야 잘 되지 않을걸.

나는 원래 세상에 어울린 예가 없네.

남 앞에 서면 내 자신이 무척 조그맣게 느껴지거든.

앞으로도 늘 우물쭈물할 걸세.

메피스토펠레스 뭐, 어떻게 되겠지요.

자신을 가지면 예사로 살아갈 수 있습니다.

파우스트 대관절 어떻게 이 집을 빠져나가지?

말과 마부와 마차는 어디 있나?

메피스토펠레스 이 망토를 펴기만 하면,

우리를 싣고 하늘을 날아갈 겁니다.

대담무쌍한 나그네 길에는

큰 짐은 가져가지 못합니다.

내가 마련한 약간의 불기운이

순식간에 우리를 땅 위에서 들어 올릴 것입니다.

짐이 가벼울수록 빨리 오를 수 있지요.

새 인생의 출발을 축하드립니다.

라이프치히의 아우어바흐 지하실 술집

명랑한 패들의 주연酒宴

프로슈 아무도 안 마시나? 웃는 놈도 없나?

그 상판을 울상으로 만들어 줄까!

자네들 오늘은 젖은 짚단 같군.

언제나 벌겋게 달아오른 놈들이.

브란더 그건 자네 탓이야. 자네가 아무것도 안 하니까 그렇지.

　　늘 하던 어리석은 짓도, 더러운 장난도.

프로슈 (포도주 한 잔을 브란더 머리에다 붓는다.) 자, 두 가지 다 보여 주마!

브란더 이 돼지 같은 놈! 이게 무슨 짓이야!

프로슈 자네가 하랬잖아!

지벨 싸우고 싶은 놈은 밖에 나가 싸워라!

　　가슴을 쫙 펴고 룬다를 불러라! 마셔라, 외쳐라!

　　자, 홀라, 호!

알트마이어 아이구, 못 견디겠다. 내가 졌어!

　　솜을 다오! 저놈 때문에 귀청 찢어지겠다!

지벨 천장이 울려야 비로소,

　　저음의 위력을 아는 법이야.

프로슈 맞았어, 정말이야, 불평하는 놈은 밖으로 끌어내!

　　아! 타라 라라 다!

알트마이어 아! 타라 라라 다!

프로슈 장단이 맞는구나! (노래한다.)

　　사랑하는 신성로마제국이여,

　　어이하여 아직도 남아서 서 있느냐?

브란더 기분 나쁜 노래다! 쳇! 정치 노래구나!

　　집어 쳐라, 아니꼬운 노래다! 아침마다 신께 감사해라,

　　네놈들이 신성로마제국을 걱정하지 않아도 된다는 것을!

　　내가 황제도, 재상도 아닌 것을

　　여간 고마운 일이 아니라고 생각하고 있다.

　　하지만 우리에게도 두목은 필요하지.

우리의 교황을 선출하자.

어떤 자격이 있어야 교황이 되는지

자네들은 다 알고 있겠지.

프로슈 (노래한다.) 높이 날아올라라, 꾀꼬리야,

나의 임한테 안부를 전해다오.

지벨 임한테 안부라니, 집어쳐라. 듣기 싫다!

프로슈 임에게 안부를 전해다오, 키스도 전해다오! 훼방놓지마! (노래한다.)

빗장을 열어라, 고요한 밤에.

빗장을 열어라, 내가 왔다.

빗장을 걸어라, 날이 밝았다.

지벨 그래, 실컷 노래나 불러서, 그녀를 찬양해라!

언젠가는 내가 웃어 줄 날이 올 게다.

내가 꼬임수에 넘어간 것처럼 네놈도 넘어가리라.

그녀의 서방으론 도깨비가 제격이다!

연놈이 네거리에서 희롱이나 실컷 하라지!

거기에 브로켄 산에서 돌아오는 늙은 염소가

달려오며 "재미봐요"하고 인사나 하라지!

진정한 육신과 핏줄을 가진 어엿한 사내라면

그런 화냥년한텐 너무나 과분하다.

그런 년한테 안부를 전하라니 어이가 없다.

창문에 돌이라도 던지겠다!

브란더 (테이블을 두드리며) 조용히! 조용히! 내 말 잘 들어라!

내가 세상을 잘 안다는 건 자네들도 인정하지.

여기, 여자한테 반한 친구가 둘이 모여 있네.

그들에게 오늘 저녁 인사로,

우리 신분에 어울리는 노래를 선사하지.

잘 들어라! 최신 유행가다!

후렴을 힘차게 불러라!

쥐가 창고 속에 살고 있었네.

기름기와 버터를 배불리 먹고

토실토실 살이 쪄서 배가 나오니

루터 박사와 흡사하구나.

이놈에게 식모가 쥐약 놓았네.

쥐는 비틀비틀 나가지도 못하네.

가슴이 사랑으로 욱신거리듯.

합창 (기뻐 날뛰며) 가슴이 사랑으로 욱신거리듯.

브란더 이리 뛰고 저리 뛰고 몸부림치네.

시궁창 물을 벌컥벌컥 들이마시네.

온 집안을 긁어대고 할퀴면서

발버둥을 쳤으나 보람이 없네.

몇 번이고 버둥대며 뛰어오르다,

이윽고 가엾게도 뻗어 버렸네.

가슴이 사랑으로 욱신거리듯.

합창 가슴이 사랑으로 욱신거리듯.

브란더 버둥대던 나머지 백주 대낮에

정신없이 부엌으로 달려 나가서

부뚜막에 부딪혀 쓰러지더니

보기에도 딱하게 헐떡거리네.

　　　식모가 이걸 보고 웃어대면서

　　　"숨결이 괴로워 보이는구나,

　　　　가슴이 사랑으로 욱신거리듯."

합창 가슴이 사랑으로 욱신거리듯.

지벨 시시한 놈들, 좋아들 하는구나!

　　　불쌍한 쥐새끼한테 쥐약이나 먹인 것이,

　　　고작 네놈들의 재주로구나!

브란더 자네는 꽤 쥐새끼를 귀여워하는 모양이군.

알트마이어 대머리의 배뚱뚱이 같으니!

　　　계집 운이 나빠서 기가 죽었군!

　　　물에 불은 쥐를 보고

　　　동정이 간 모양이지.

　　　파우스트, 메피스토펠레스 등장

메피스토펠레스 무엇보다도 먼저 당신을

　　　즐겁게 놀아나는 친구들에게 데리고 가야겠소.

　　　얼마나 마음 편히 살 수 있는지

　　　알 수 있도록 말이죠.

　　　이 친구들에겐 나날이 잔칫날이지요.

　　　머리는 둔하지만 아주 흥에 겨워

　　　제 꼬리를 좇는 새끼 고양이처럼,

　　　작은 원을 그리며 춤을 추고 있지요.

　　　골치가 아프지 않는 한은,

주인이 외상으로 술을 주는 동안은,

큰소리를 치면서 즐기고 있습니다.

브란더 저놈들은 나그네들이군.

괴상한 꼬락서니를 보니 짐작이 가는군.

여기 온 지 한 시간도 되지 않았을 거야.

프로슈 자네 말이 옳아! 우리의 라이프찌히를 나는 찬양하지!

작은 파리라고 할 만큼, 사람들이 땟물을 벗었거든.

지벨 저 낯선 친구들은 뭐지?

프로슈 내가 만나 보지! 한잔 듬뿍 먹여서,

어린애 이빨 뽑듯 쉽게

정체를 밝혀내고 말 테니까.

집안은 좋은 모양이군,

거만스레 못마땅한 얼굴을 하고 있는 걸 보니.

브란더 야바위꾼이야, 저놈들 틀림없이. 내기해도 좋아!

알트마이어 그럴지도 모르지.

프로슈 잘 봐, 내가 놀려 줄 테니!

메피스토펠레스 (파우스트에게) 놈들은 악마라는 걸 도무지 모르는군요.

설사 제 목덜미를 잡혀도 말이죠.

파우스트 안녕들 하십니까, 여러분!

지벨 안녕하세요?

메피스토펠레스를 옆에서 보며 작은 소리로

이자는 한 발은 절름발이[11] 아냐?

메피스토펠레스 우리가 끼어도 괜찮겠습니까?

  좋은 술도 없는 것 같으니,

  함께 어울려 이야기나 하고 즐깁시다.

알트마이어 몹시 사치스러운 분 같군요.

프로슈 당신들은 아마 늦게 리파흐[12]를 떠난 모양이지요?

  거기 한스 군하고 저녁을 드셨나요?

메피스토펠레스 오늘은 만나지 않고 지나왔지만,

  지난 번에는 만났지요.

  조카님들 이야기를 많이 하면서,

  여러분에게 안부를 전해 달라더군요.

  프로슈에게 허리를 굽힌다.

알트마이어 (작은 소리로) 당했는걸! 제법이야!

지벨 호락호락 넘어갈 놈이 아니야.

프로슈 가만있어, 내가 찍소리 못하게 해 줄 테니!

메피스토펠레스 아까, 연습을 많이 한 목소리로

  합창을 하고 계셨지요?

  여기는 합창하기에 좋은 데죠.

  저 둥근 천장이 잘 울리겠어요!

프로슈 당신은 전문가신가요?

메피스토펠레스 천만에요! 소질은 없지만 취미는 많죠.

알트마이어 한 가락 불러주십시오.

메피스토펠레스 원하신다면, 얼마든지!

지벨 아주 최신 유행가를 부탁합니다.

메피스토펠레스 우리는 막 스페인에서 돌아왔는데,

술과 노래의 나라라더군요. (노래한다.)

옛날에 어느 임금님이

큼직한 벼룩을 한 마리 길렀네.

프로슈 들었나? 벼룩 한 마리라네. 알겠나?

벼룩이라니, 근사한 손님이군 그래.

메피스토펠레스 (노래한다.) 옛날에 어느 임금님이

큼직한 벼룩 한 마리를 길렀네.

마치 왕자와 다름없이

끔찍이도 벼룩을 사랑했네.

어느날, 재단사를 부르셔서

재단사가 헐레벌떡 대령했다네.

"자, 도련님의 저고리와

바지의 치수를 재도록 하라!"

브란더 잊지 말고 재봉사한테 엄한 분부를 내려 주게,

치수를 어김없이 재라고.

그리고 목숨이 아깝거든,

바지에 주름이 잡히지 않도록 하라고!

메피스토펠레스 바단으로 안를 받친 벨벳 옷을

벼룩 도련님이 입었네.

저고리에는 리본을 달고

십자가도 꽂았네.

그러자 바로 대신에 임명되어

커다란 훈장을 받았네.

그래서 연줄 있는 벼룩 형제들도

고위 고관이 되었네.

궁중의 귀인과 귀부인들은

그 때문에 매우 괴로워했네.

왕비도, 시녀들도

마구 물리고 빨렸다네.

그러나 눌러 죽이면 큰일이 나고,

긁어서 쫓아내도 안 되었다더라.

우리네라면 물기만 하면

당장에 문질러 죽여 버리지.

합창 (환성을 울리며)

우리네라면 물기만 하면

당장에 문질러 죽여 버리지.

프로슈 만세! 만세! 멋있다.

지벨 벼룩이란 놈을 모조리 그렇게 해치워라!

브란더 손가락 끝으로 꼭꼭 잡아라!

알프마이어 자유 만세! 포도주 만세!

메피스토펠레스 이 술이 좀 더 좋은 술이었으면,

　　나도 자유를 위해 건배하겠는데.

지벨 그 말 한 번 더 해봐라, 가만두지 않는다.

메피스토펠레스 이 집 주인이 투덜대면 곤란하지만,

　　그렇지만 않다면, 여러분께

　　우리 술광에 있는 것을 대접하고 싶은데요.

지벨 상관없소, 주시오. 잔소리는 내가 맡을 테니까.

프로슈 좋은 술을 한잔만 대접해준다면야, 칭찬해주지!

　　　하지만 쥐꼬리만큼 적으면 곤란하지.

　　　내게 술맛을 감정시키려거든

　　　듬뿍 먹여줘야 직성이 풀린다오.

알트마이어 (작은 소리로) 저놈들 라인 지방에서 온 것 같애.

메피스토펠레스 송곳을 갖다 주시오!

브란더 송곳으로 어쩌려고?

　　　설마 문 밖에 술통을 갖고 온 것은 아니겠지?

알트마이어 저 안에 이 집 주인의 연장 바구니가 있소.

메피스토펠레스 (송곳을 들고 프로슈에게) 마시고 싶은 술을 말하시오.

프로슈 뭐라구요? 그렇게 여러 가지가 있소?

메피스토펠레스 여러분이 희망하는 대로 드리지요.

알트마이어 (프로슈에게) 저런! 벌써 입술을 핥기 시작하는군.

프로슈 좋아, 고른다면 난 라인 포도주로 하겠소.

　　　뭐니뭐니해도 국산이 제일이지.

메피스토펠레스 (프로슈가 앉아 있는 테이블 가에 송곳으로 구멍을 뚫는다.) 밀초를 좀 갖다

　　　주시오, 곧 마개를 하게!

알트마이어 아하, 요술이군.

메피스토펠레스 (브란더에게) 그리고 당신은?

브란더 나는 샴페인으로 하겠소.

　　　거품이 잘 나는 걸로!

　　　메피스토펠레스, 송곳을 비빈다. 그 동안에 한 사람은 밀초 마개를 만들어서 막는다.

브란더 외국산이라고 다 배척할 수는 없지.

　고급품이란 흔히 먼 곳에 있는 법이니까.

　순수한 독일인은 프랑스 놈들을 싫어하지만,

　그들의 포도주만은 즐겨 마시지.

지벨 (메피스토펠레스가 그의 자리에 다가오자)

　솔직히 말해서 나는 신 것을 싫어하오.

　달콤한 놈으로 한잔 부탁하오!

메피스토펠레스 (송곳을 비빈다.) 그럼 토카이 주를 드리죠.

알트마이어 아니, 여보시오. 내 얼굴을 좀 보게!

　당신들 우리를 놀리는 거지?

메피스토펠레스 천만에요! 여러분 같은 점잖은 손님을

　누가 감히 놀리겠습니까?

　자! 서슴치 말고 말씀하십시오!

　어떤 술을 드릴까요?

알트마이어 뭐든지 좋소!

　귀찮게 묻지 마시오.

　구멍을 다 뚫고 마개를 한 다음

메피스토펠레스 (기묘한 몸짓으로)

　포도는 포도나무에!

　뿔은 숫염소에게 나네.

　포도주는 물, 포도는 나무,

　나무 책상에서도 포도주가 솟네.

자연을 깊이 통찰하시오.

여기 기적이 있으니, 믿어만 주오!

자, 마개를 뽑고 맛을 보시오!

모두들 (마개를 뽑으니 저마다의 잔에 원하는 술이 흘러든다)

야, 아름다운 샘이 솟는구나!

메피스토펠레스 한 방울도 흘리지 않도록 조심하시오!

모두들 연거푸 마신다.

모두들 (노래 부른다.)

유쾌하다, 유쾌해, 모두 유쾌해.

500마리의 돼지들 같다!

유쾌하다, 유쾌해, 모두 유쾌해.

500마리의 돼지들 같다!

메피스토펠레스 민중은 자유스럽소. 보십시오,

얼마나 유쾌해 보입니까!

파우스트 난 나가고 싶어졌네.

메피스토펠레스 지금부터 볼 만할 겁니다.

야수野獸의 기질이 기막히게 발휘될 테니까요.

지벨 (어설프게 마시다 술이 바닥에 흐르니 불길이 된다.)

사람 살려! 불이야! 사람 살려!

지옥의 불이다!

메피스토펠레스 (불길을 향해 왼다.)

진정하라, 정다운 원소元素여!

모두를 향하여

이번에는 한 방울의 연옥煉獄의 불로 끝났습니다.

지벨 이게 무슨 짓이지? 가만있어! 그냥 안 둘 테다.

　　우리를 잘못 본 모양이구나.

프로슈 다시 이따위 짓을 해봐라!

알트마이어 저놈을 살살 내보내는 게 좋겠어.

지벨 뭐야, 당치도 않게.

　　여기서 요술을 부릴 참이야?

메피스토펠레스 닥쳐라, 낡은 술통아!

지벨 뭐야, 빗자루 같은 놈이!

　　그래도 우리한테 싸움을 걸 작정이냐?

브란더 가만 있어! 주먹맛을 보여 주겠다!

알트마이어 (테이블에서 마개를 하나 뽑으니 불길이 솟는다.)

　　앗 뜨거! 나 타 죽는다!

지벨 마술이다!

　　죽여라! 이런 놈은 죽여도 상관없다!

모두 칼을 뽑아들고 메피스토펠레스에 덤벼든다.

메피스토펠레스 (짐짓 점잖은 몸짓으로)

　　허망한 그림자와 언어言語여,

　　마음과 장소를 바꾸어라!

　　여기에 있으되 저기도 있어라!

모두 놀라서 일어나며, 서로 얼굴을 쳐다본다.

알트마이어 여기가 어디지? 아름다운 경치로구나!

프로슈 포도밭이다! 꿈이 아닌가?

지벨 포도가 손에 잡힌다!

브란더 이 푸른 잎의 그늘에, 보라구. 이게 웬 덩굴이지! 이게 웬 포도송이지?

지벨의 코를 쥔다. 다들 번갈아 가며 그렇게 하며 칼을 쳐든다.

메피스토펠레스 (아까와 같이)

거짓이여, 눈가리개를 풀어라!

악마의 장난을 잊지 말아라.

파우스트와 함께 사라진다. 모두 손을 놓는다.

지벨 어떻게 된 거지?

알트마이어 이상한데?

프로슈 이게 자네 코였나!

브란더 (지벨에게) 내가 자네 코를 쥐고 있었어.

알트마이어 짜릿한 게 온몸에 퍼졌다.

의사를 다오, 쓰러질 것만 같다!

프로슈 이상하다. 대관절 어떻게 된 거야?

지벨 그놈은 어디 갔지? 요담에 만나면,

살려 두지 않을 테다!

알트마이어 나는 그놈이 술통을 타고, 문에서 나가는 것을 보았어.

　　다리가 납덩이처럼 무거운데.

　　테이블 쪽을 보고

　　아! 어쩌면 아직도 술이 나오지 않을까?

지벨 모두 속은 거야. 거짓이야, 속임수야.

프로슈 하지만, 틀림없이 포도주를 마신 것 같은데.

브란더 그 포도송이는 어떻게 된 노릇일까?

알트마이어 이래도 기적을 믿지 말라고 할 수 있나!

마녀의 부엌

나지막한 부뚜막에 큰 냄비가 걸려 있다. 거기서 솟아오르는 김 속에 온갖 모습이 나타난다. 꼬리가 긴 한 마리의 원숭이 암컷이 냄비 옆에 앉아서 거품을 떠내며 냄비의 것이 넘치지 않도록 하고 있다. 꼬리가 긴 원숭이 수컷과 새끼들이 곁에 앉아서 불을 쬐고 있고, 벽과 천장은 기괴하기 짝이 없는 마녀의 연장으로 장식되어 있다.

　　파우스트, 메피스토펠레스 등장

파우스트 이런 미치광이 같은 요술 장난은 정말 재미가 없었는걸.

　　너는 그런 떠들썩한 미친 지랄로

　　내 심신이 소생하리라고 장담할 수 있느냐?

늙은 마녀 따위한테 부탁해서

이런 지저분한 국물로

나를 30년이나 젊게 해줄 수 있단 말이냐?

네게 더 나은 생각이 없다니, 한심한 노릇이군!

이제 내 희망은 사라졌네.

자연이나 성현들이 지금까지

무슨 묘약 하나 발견하지 못했단 말이냐?

메피스토펠레스 아니, 또 군소리를 시작하는군요?

당신을 젊게 만드는 자연의 방법도 있지요.

그러나 그것은 다른 책에 실려 있는데,

기묘하게 씌어 있지요.

파우스트 그것을 알고 싶네.

메피스토펠레스 좋습니다! 그것은 돈도, 의사도,

마술도 필요 없는 방법입니다.

당장 들로 나가서

밭을 갈고 파헤치기 시작하시구료.

그리고 몸과 마음의 세계를

극히 제한된 범위에 두어 보시오.

자연식으로 몸을 보양하고

가축과 함께 가축처럼 살며

자기가 거두는 밭에

스스로 거름을 주는 것입니다.

이것이 바로 여든 살까지

젊게 사는 가장 좋은 방법입니다!

파우스트 그것은 내게 익숙지 못한 일이라,

쟁기를 들 생각은 없네.

답답한 생활은 내게 어울리지 않아.

메피스토펠레스 그럼 역시 마녀가 있어야겠군요.

파우스트 어째서 꼭 그 할멈이라야 하나?

자네는 그 약을 지을 수 없는가?

메피스토펠레스 그건 시간이 너무 걸리거든요.

그럴 틈이 있으면 요술 다리를 천 개라도 놓겠소.

그 일에는 기술과 학문뿐 아니라,

인내가 필요합니다.

느긋한 놈이 오랜 세월 일을 해야 하지요.

미묘한 발효는 시간의 힘만이 효력을 나타냅니다.

거기에 필요한 것은 모두

이상야릇한 것들뿐이란 말이오.

악마가 마녀에게 가르쳐 준 것은 틀림없지만,

악마 혼자선 만들 수는 없습니다.

짐승들을 보면서

보십시오, 얼마나 귀엽습니다!

이것이 하녀, 이것이 하인입니다!

원숭이들에게

어째 할멍이 집에 없는 모양이구나?

원숭이들 굴뚝으로 해서

　　집을 나가

　　잔칫집에 갔어요!

메피스토펠레스 보통 얼마나 쏘다니다가 오지?

원숭이들 우리가 손을 쬐고 있는 동안입니다.

메피스토펠레스 (파우스트에게) 어떻습니까, 이 귀여운 놈들이?

파우스트 이렇게 못생긴 것은 생전 처음 본다.

메피스토펠레스 아니, 방금 주고받은 문답이

　　바로 내가 제일 좋아하는 것이지요!

　　원숭이들에게

이 빌어먹을 꼭두가시 같은 놈들아,

　　너희들이 짓고 있는 그 죽은 뭐냐?

원숭이들 거지에게 나눠 줄 멀건 죽입니다.

메피스토펠레스 그럼 많이들 모이겠군.

원숭이 수놈 (다가와서 메피스토펠레스에게 아양을 떤다.)

　　어서 주사위를 던져서

　　부자로 만들어 주세요.

　　돈을 벌게 해주세요!

　　지금은 완전한 빈털터리.

　　저도 돈만 있으면

　　철이 든답니다.

메피스토펠레스 원숭이도 복권이나 탈 수 있다면,

　　얼마나 행복하다고 생각할까!

　　그 동안 새끼 원숭이는 큰 공을 갖고 놀다가 그것을 앞으로 굴리며 나온다.

원숭이 수놈 이것이 세상이다.

　　올라가면 내려가고,

　　끊임없이 도는구나.

　　유리 같이 소리가 나는구나 ―

　　참 깨지기도 잘하지.

　　속은 빈털터리지.

　　이쪽이 번쩍번쩍.

　　저쪽은 더욱 번쩍번쩍.

　　나는 정말로 살아 있다!

　　귀여운 내 아들아,

　　물러서거라,

　　목숨이 위험하다!

　　이것은 질그릇이니

　　깨지면 산산조각이 나리라.

메피스토펠레스 그 체는 무엇에 쓰나?

원숭이 수놈 (그것을 들어 내린다.) 당신이 도둑이라면,

　　이것으로 당장 알 수 있지요.

　　원숭이 암놈한테 달려가서 비추어 보인다.

이 체로 비추어 보구료.

도둑인 줄 알아도

이름을 대서는 안 되요.

메피스토펠레스 (불 있는 데로 다가서면서) 그럼 이 냄비는?

원숭이들 미련한 바보!

냄비도 모른다.

냄비도 모른다!

메피스토펠레스 버릇없는 놈들이군!

원숭이 수놈 이 먼지떨이를 가지고,

의자에 앉으시요!

메피스토펠레스를 억지로 앉힌다.

파우스트 (그 동안 거울 앞에서 다가섰다 물러섰다 하더니)

여기 보이는 게 뭐지? 선녀 같은 모습이

이 마귀의 거울에 비치고 있구나!

아, 사랑의 신이여, 당신의 가장 빠른 날개를 빌려주어

그리고 나를 저 사람이 있는 곳으로 데려다 주오!

아, 내가 이 자리에 머물지 않고

가까이 다가가려고 하면,

그녀는 안개에 싸인 듯 희미하게 흐려져 보일 뿐이구료!

그야말로 여인 중에서도 가장 아름다운 모습이구료!

이런 일이 있을 수 있을까, 여인이 이렇게도 아름답다니?

이렇게 쭉 뻗고 누운 몸에

하늘의 매력이 다 나타나 있지 않나?

이런 것이 지상에 있을 수 있을까?

메피스토펠레스　물론 신이 엿새나 고생한 끝에

마지막에 스스로 기막히다고 했을 정도니,

그럴싸한 것이 만들어졌겠지요.

우선 실컷 구경하십시오!

저런 아가씨를 찾아 드리지요.

저런 여자를 집에 데려갈 수 있는 신랑은

얼마나 행운아이겠습니까!

파우스트는 줄곧 거울을 들여다본다. 메피스토펠레스는 안락의자에 몸을 쭉 펴고, 먼지떨이를 만지작거리며 이야기를 계속한다.

여기 앉아 있으니, 옥좌에 앉은 왕 같구나.

군주도 지팡이도 여기 있으니, 그저 없는 것은 왕관뿐이다.

짐승들　(그때까지 갖가지 몸짓을 하고 있더니, 큰소리를 지르면서 메피스토펠레스에게 관을 바친다.)

제발 부탁입니다.

땀과 피로

이 관을 붙여 주셔요!

서투르게 관을 다루다가 두 동강 낸다. 저마다 조각을 들고 뛰어다닌다.

기어이 깨버렸다!

우리는 말하고, 보고,

들어서 시를 짓는다오 ―

파우스트 (거울을 향해) 아, 괴롭다!

미칠 것 같구나.

메피스토펠레스 (짐승들을 가리키며) 이러니 나도 머리가 어질어질해지는구나.

짐승들 우리도 재수 좋게

형편만 잘 풀리면

사상思想이 있다고 하겠지요!

파우스트 (전과 같은 태도로) 가슴이 타기 시작한다!

어서 떠나세!

메피스토펠레스 (전 같은 태도로) 하여간 이놈들이 적어도

정직한 시인임을 인정해야겠소.

그때까지 암놈 원숭이가 등한히 했던 냄비가 넘기 시작한다. 불꽃이 일어나서 굴뚝으로 치솟는다. 마녀가 불길 속을 빠져나와 요란한 소리를 지르면서 내려온다.

마녀 아우! 아우!

우라질 놈들! 빌어먹을 돼지들!

냄비를 살피지 않아 주인을 그을리게 하다니!

빌어먹을 짐승들!

파우스트와 메피스토펠레스를 보고

이건 또 뭐야?

너희들은 누구냐?

무엇하러 여기 왔나?

몰래 숨어들었나?

뼈에 사무치도록

불벼락을 맞아 볼 테냐!

거품을 걷는 국자를 냄비에 처넣고 불똥을 파우스트와 메피스토펠레스와 짐승들 쪽으로 튕긴다. 짐승들 킹킹대며 운다.

메피스토펠레스 (손에 든 먼지떨이를 거꾸로 들고 유리그릇과 항아리를 두들긴다.)

두 동강을 내어라, 두 동강!

얼씨구, 죽이 흐르는구나!

깨져라, 유리 그릇!

이건 아직 장난에 지나지 않는다.

너의 가락에 맞추는

장단이다, 이 더러운 년아!

마녀는 몹시 화를 내며, 놀라서 물러선다.

나를 모르느냐, 해골 같은 년아! 이 마녀야!

네 주인님, 스승님을 모르겠느냐?

사정 보지 않겠다, 이렇게 두들겨서

너도, 도깨비 고양이도 박살을 내주마!

이 붉은 조끼가 이젠 두렵지 않단 말이냐?

모자에 꽂은 수탉 깃도 몰라본단 말이냐?

내가 언제 얼굴을 가리기라도 했단 말이냐?

나더러 이름을 대란 말이냐?

마녀 어머나, 나리, 실례를 했습니다!

말발굽이 보이지 않아서 말씀이죠.

또 당신이 키우던 두 마리 까마귀는 어디 있지요?

메피스토펠레스 이번만은 봐주마.

하기야 서로 안 본 지도

꽤 오래 되었으니까 말이다.

온 세계를 핥고 있는 문화라는 것이,

악마에게까지 미치게 되었으니

북극의 허깨비는 이제 볼 수 없게 되었지.

뿔이나 꼬리나 발톱 같은 것을 어디서 찾을 수 있단 말인가?

발이라고 하면 나에게는 말발굽이 없으면 곤란하지만,

사람들을 대하게 되면 내게 해가 되지.

그래서 나도 젊은이들처럼

가짜 종아리를 달고 걸어다니고 있지.

마녀 (춤을 추며) 젊은 마왕을 다시 만났으니

어리둥절해서 넋을 잃을 지경이군요.

메피스토펠레스 할멈, 그 이름을 입 밖에 내면 어떡하나!

마녀 왜요? 그 이름이 어떻게 되었나요?

메피스토펠레스 그 이름은 이제 옛이야기 책에나 나오지.

그렇다고 인간은 조금도 나아진 게 없네.

악마는 없어졌지만, 악당들은 여전히 남아 있지.

나를 남작이라고 불러 주면 좋겠어.

나도 다른 어떤 기사들과 다름이 없는 기사니까.

내 신분이 고귀한 건 자네도 의심치 않겠지.

자, 보게나, 이게 우리 집 휘장이네.

음탕한 몸짓을 한다.

마녀 (요망스럽게 웃는다.) 호호호, 그래야 당신답지요!

언제나 변치 않는 장난꾸러기군요!

메피스토펠레스 (파우스트에게) 자, 요령이나 배워 두시오!

이것이 마녀를 다루는 요령이지요.

마녀 그런데 나리들 용건이 뭐지요?

메피스토펠레스 그 물약을 한 잔 그득하게 담아 다오.

제일 오래 묵은 놈으로 부탁한다.

해가 묵을수록 효력이 배가 되니까.

마녀 좋고말고요! 여기 한 병 있습니다.

저도 가끔 홀짝 마셔 봅니다.

이제 조금도 구린내가 나지 않아요.

이걸 한 잔 드리지요.

작은 소리로

하지만 이분이 갑자기 이걸 마시면,

잘 아시다시피 한 시간도 못 삽니다.

메피스토펠레스 소중한 친구니, 효력이 있기를 바라네.

　　자네 부엌에 있는 것 중 제일 좋은 걸 먹이고 싶은데

　　원을 그리며 주문을 외어 주게나.

　　그리고 한 잔 그득히 따라 드리게!

마녀는 이상한 몸짓으로 원을 그리고, 별의별 기묘한 것을 가운데다 놓는다. 그동안에 유리
그릇이 울리고 냄비가 소리를 내기 시작하더니 음악을 연주한다. 마녀는 큰 책을 꺼내더니
꼬리가 긴 원숭이를 원 속에 넣는다. 한 마리는 책상이 되고 또 한 마리는 횃불을 들고 선다.
마녀는 파우스트에게 자기 곁으로 오라고 눈짓한다.

파우스트 (메피스토펠레스에게) 이런 짓이 무슨 소용 있는가?

　　이런 어리석은, 미치광이 시늉,

　　어리석기 짝이 없는 속임수.

　　내 다 알고 있네, 정말 질색이야.

메피스토펠레스 이건 장난입니다. 하찮은 우스개지요.

　　그렇게 진지하게 생각하지 마시구료!

　　할멈도 의사라 요술을 부려야만 하오.

　　약효가 생기게요.

그는 파우스트를 억지로 원 안에 밀어 넣는다.

마녀 (수다스런 어투로 책의 일부를 낭독하기 시작한다.)

　　　　그대 알아야 하느니라!

　　　　하나로 열을 만들라.

둘은 사라지게 하고

셋을 즉각 만들지어다.

그러면 그대는 부유하리라.

넷을 버려라!

다섯과 여섯으로,

마녀는 말하되

일곱과 여덟을 만들지어다.

그러면 성취되리라.

이리하여 아홉은 곧 하나이니

열은, 즉 공이니라.

이것이 마녀의 구구ㅠㅠ셈이니라.

파우스트 할멈이 열이 나서 헛소리를 하는 모양이구나.

메피스토펠레스 아직도 끝나려면 멀었습니다.

나는 잘 알지만, 책 전체가 저런 투지요.

나도 저것 때문에 꽤 시간을 허비했습니다.

왜냐하면, 모순된 것은

현자에게나 어리석은 자에게나 다 같이 신비롭게 들리니까요.

학술이란 낡고도 새로운 것입니다.

셋과 하나[13]니, 하나와 셋이니 하면서,

진리 대신 미혹을 퍼뜨리는 것은

어느 시대에나 있어 왔단 말이오.

그런 식으로 지껄이고 가르쳐도 무방하거든.

누가 바보들을 상대한단 말입니까?

흔히 인간은 말만 들어도

무슨 내용이 있으리라 믿고 있단 말씀이에요.

마녀 (계속한다.) 학술의

숭고한 위력은

온 세계에 감추어져 있나니.

사고하지 않는 자가

그 힘을 갖게 되고

애씀 없이 이를 얻으리라.

파우스트 이 무슨 잠꼬대 같은 것을 외우고 있는가?

머리가 당장 터질 것만 같구나.

마치 십만 명의 바보들이 모여

합창하는 것을 듣는 기분이다.

메피스토펠레스 이제 됐다, 됐어. 아, 훌륭한 무당님!

얼른, 약을 가져와서

이 잔 가득히 따라다오.

내 친구가 그 약에 탈이 날 염려는 없으니까.

이분은 학식을 많이 쌓으신 훌륭한 분이시라

이것저것 좋은 약을 많이 마셔 보셨다네.

마녀는 갖가지 의식을 올리면서 약을 잔에다 붓는다. 파우스트가 그것을 입으로 가져가자 연하게 불길이 인다.

메피스토펠레스 자, 단숨에 들이키세요! 쭉!

곧 마음이 흥이 일어날 테니

악마하고 너나하는 사인데,

불길을 두려워해서야 되겠습니까?

마녀가 원을 푼다. 파우스트가 걸어 나온다.

메피스토펠레스 자 어서 나갑시다! 쉬어서는 안 됩니다.

마녀 약이 기분 좋게 듣기를 빌겠습니다.

메피스토펠레스 (마녀에게) 네가 내게 부탁할 게 있으면,

　　발푸르기스의 밤에 말을 하거라.

마녀 여기 노래가 하나 있어요. 가끔 이것을 부르시면

　　약의 효과를 한결 더 느끼시게 될 거예요.

메피스토펠레스 (파우스트에게) 자, 빨리 갑시다. 안내하리다.

　　약기운이 온몸에 스며들도록

　　땀을 좀 흘려야 합니다.

　　지금부터 고상한 안일安逸의 맛도 느끼게 해 드리지요.

　　그리고 곧 사랑의 신이 꿈틀대고

　　이리 뛰고 저리 뛰는 것을 흥겹게 느끼실 겁니다.

파우스트 얼른 한 번 더 거울을 보게 해주게!

　　그 여인의 모습은 너무나 아름다웠어!

메피스토펠레스 그만두시오! 이제 곧 여자 중에서 가장 아름다운 여자를,

　　산 채로 보여드리리다.

　　작은 소리로

그 약이 몸에 들어갔으니, 얼마 안 가서 모든 여자가 헬레네처럼 보이리라.

길거리

파우스트, 마르가레테가 지나간다.

파우스트 아름다운 아가씨, 실례지만,

　내 팔을 빌려 모셔다 드릴까요?

마르가레테 전 아가씨도 아니고 아름답지도 않아요.

　바라다 주시지 않아도 갈 수 있습니다.

　뿌리치고 퇴장

파우스트 거 참 아름다운 처녀구나!

　저런 처녀는 아직 본 일이 없다.

　얌전하고 행실이 바르고

　그러면서도 약간 새침한 데도 있고.

　그 붉은 입술이랑 빛나는 볼을

　나는 평생 잊지 못하리라!

　눈을 아래로 살짝 내려 감는 모습이,

　깊이 내 마음에 새겨졌다.

　톡 쏘면서 거절하는 품이,

　정말 매력적이구나!

　메피스토펠레스 등장

파우스트 여보게, 저 처녀를 내 손에 넣게 해주게!

메피스토펠레스 어느 처녀 말입니까?

파우스트 지금 막 지나간 처녀 말이야.

메피스토펠레스 저애요? 저애는 성당에서 돌아오는 길이지요.

　신부한테서, 아무런 죄도 없다는 말을 듣고 말입니다.

　고해석告解席 옆으로 슬쩍 지나가 보았는데,

　참으로 순진한 처녀입니다.

　죄도 없는데 참회하러 가거든요.

　저런 애한테는 맥을 못 씁니다.

파우스트 하지만, 열네 살[14]은 넘었을 테지.

메피스토펠레스 아주 난봉꾼 같은 말씀을 하시는구료.

　꽃다운 여자는 모두 자기 것으로 만들고 싶고

　아무리 굳은 여자의 정이나 정조라도

　못 꺾을 건 없다고 뽐내는 놈과 같군요.

　그러나 늘 그렇게는 되지 않을걸요.

파우스트 이것 봐, 점잖은 도학자 선생,

　도덕의 율법 따위는 들먹거리지 말아 주게.

　분명히 말해두네만,

　만일 저 귀여운 젊은 아가씨를

　오늘밤 내 품에 안지 못하면

　오늘밤으로 자네와는 결별이야.

메피스토펠레스 될 일과 안 될 일을 생각해주십시오.

　적어도 두 주일은 말미를 주셔야지요,

　좋은 기회를 잡는 데만도 말입니다.

파우스트 일곱 시간만 여유가 있어도

저런 계집애를 유혹하는데,

악마의 도움은 필요도 없단 말이다.

메피스토펠레스 이런, 어느새 프랑스 놈 같은 말투가 되셨네요.

하지만 제발 너무 서둘지 말아 주십시오.

그렇게 허겁지겁 즐겨서 무슨 소용 있습니까?

우선 이러저리 주물럭거리고

오만가지 장난을 한 다음에

귀여운 인형을 반죽해서 요리하는 편이,

훨씬 더 기쁨이 클 것입니다.

이태리나 스페인 소설에 흔히 나오듯이 말이죠.

파우스트 그런 짓 할 것 없이 당장 먹고 싶단 말이다.

메피스토펠레스 그럼, 험구 농담은 젖혀 놓고,

딱 잘라 말씀드리지만,

저 어여쁜 아이는

그리 손쉽게 얼른 되지 않습니다.

단숨에 습격해서 점령할 수도 없으니,

계략을 꾸미는 수밖에 도리가 없을 거요.

파우스트 그렇다면, 그 천사 같은 애가 지닌 물건이라도 구해다오!

그 처녀가 자는 곳으로 날 데려다 주게!

그애 가슴에 맸던 스키프라도 좋고

양말 대님이라도 좋으니 내 사랑의 욕망을 위해 갖다 주게!

메피스토펠레스 당신의 괴로움을 덜어 드리고 싶다는

도움이 되어 드리고 싶다는 나의 심정을 보여 드리기 위해,

한시도 우물쭈물하지 않고,

오늘 중으로 당신을 그애 방에 모셔다 드리지요.

파우스트 꼭 만나게 해주겠는가? 내 손에 넣어 주겠는가?

메피스토펠레스 아니오!

그애는 이웃 아낙네한테 가 있을 겁니다.

그 동안에 당신은 혼자 그 방에서

앞으로 닥칠 기쁨에 가슴 두근거리며

그애 체취나 실컷 즐기십시오.

파우스트 그럼, 지금 가도 되는가?

메피스토펠레스 아직 너무 이릅니다.

파우스트 그애에게 줄 선물을 마련해주게!

메피스토펠레스 벌써 선물을? 이거 참 놀랍군!

그것 좋군! 그러면 성공하겠지!

나는 좋은 데를 여러 군데 알고 있지.

옛날에 보물을 묻은 곳 말이야.

좀 조사를 해봐야겠는걸. (나간다.)

그날 저녁

조그마하고 말쑥한 방.

마르가레테, 머리를 땋아 올리면서

마르가레테 오늘 그 분이 누구였을까?

알 수만 있다면 인사를 하겠는데!

정말 믿음직한 분이었어.

아마 좋은 집안 출신인가 봐.

얼굴을 보면 알 수 있지.

그렇지 않고서는 그렇게 대담하게 할 수 없었을 거야. (나간다.)

메피스토펠레스, 파우스트

메피스토펠레스 들어와요, 자, 살짝 들어와요

파우스트 (한참 말이 없다가) 제발 혼자 있게 해다오.

메피스토펠레스 (사방을 살펴보면서) 어떤 처녀라도, 이렇게 깨끗이 해두지 않을 겁니다. (나간다.)

파우스트 (주위를 둘러보면서) 이 신성한 전당에 감도는

다정한 황혼의 어스름이여!

가슴을 죄고 희망의 이슬을 마시며 살아가는

감미로운 사랑의 고뇌여, 나의 가슴을 쥐어뜯어라.

이 주위에 가득 찬 정적과

질서와 그리고 만족이 따뜻이 숨 쉬는구나!

이 가난 속의 풍요!

이 좁은 방안에 어찌 이같은 축복이 깃들어 있는 것이냐!

침대 옆에 놓인 가죽의자에 털썩 앉는다.

아, 나를 쉬게 해다오, 의자여, 너 일찍이 그 애의 조상들을

기쁠 때나 슬플 때나 팔을 벌려 맞이했겠지.

아, 몇 번이나 이 가장家長의 자리를 에워싸고

아이들이 둘러싸고 매달렸던가!

나의 귀여운 그 애도 어린 볼을 물들이고,

크리스마스 선물에 대한 인사를 하면서,

할아버지의 시든 손에 입을 맞추었으리라.

오, 귀여운 소녀여, 나는 느낀다. 그대를 이끄는

풍요와 질서의 정신이 나를 둘러싸고 움직이는 것을.

바로 그 정신이 어머니처럼 너를 위하여,

식탁에 하얀 보를 깨끗이 펴게도 하고

발밑에 모래[15]를 물결무늬로 뿌리게도 하였으리라.

오, 사랑스러운 손! 신의 손과도 같구나!

이 조그만 집도 그 손으로 천국이 되는 것이다.

그리고 이곳은!

침대의 커튼을 쳐든다.

오! 이 환희의 전율!

몇 시간이고 여기 머물러 있고 싶구나.

자연, 그대는 여기서 가벼운 꿈속에서,

타고난 천사를 길렀다!

여기 그녀는 따뜻한 생명으로 채워진

보드라운 가슴으로 누워 있었다.

그리고 신성하고 깨끗한 자연의 힘으로

그 신과 같은 소녀가 태어난 것이다!

그런데 너는?

무슨 심보로 여기 숨어 들어왔는가?

여기서 얼마나 깊은 감명에 잠겨 있는가!

너는 여기서 무엇을 할 작정이냐? 왜 가슴이 이리도 답답한 것일까?

가엾은 파우스트여! 너는 이제 아주 몹쓸 놈이 되어 버렸구나.

나는 지금 이상한 숨길에 둘러 싸여 있다.

오로지 정욕에 못 이겨 찾아왔는데,

이제 사랑의 꿈에 녹아 사라질 것만 같구나!

우리는 대기 압력의 노리개란 말인가?

지금 당장 그녀가 들어온다면,

네 이런 방자스런 짓을 어떻게 속죄할 것인가?

잘난 체 하던 놈이 마치 조무라기처럼 위축되어

녹아 없어질 듯이 그녀 발밑에 엎드릴 것이다.

메피스토펠레스 (등장) 어서 나오십시오! 그애가 저 밑에 오고 있어요.

파우스트 가자! 가자! 다시는 오지 않겠다!

메피스토펠레스 여기 좀 묵직한 작은 상자가 있습니다.

다른 데에서 집어 왔지요.

이것을 옷장 안에 넣어 두십시오.

그애는 정신이 아득해질 것입니다.

공주님이라도 유혹할 수 있는

근사한 것을 넣어 두었습니다.

　　뭐니뭐니해도 어린애는 어린애고 장난은 장난이니까요.

파우스트　그런 짓을 해도 괜찮을까?

메피스토펠레스　아직도 불평입니까!

　　아니면 이 보물을 당신이 갖고 싶단 말입니까!

　　그렇다면 당신도 방탕한 짓을 위해

　　귀중한 시간을 허비하지 말고

　　나에게도 이 이상 헛수고를 시키지 마십시오.

　　설마 구두쇠가 된 것은 아니겠지요!

　　나는 당신을 위해 이렇게 골머리를 썩이고 있는데

　　작은 상자를 옷장 안에 넣고 다시 자물쇠를 잠근다

　　자, 가십다! 빨리 —

　　그 귀여운 애를

　　당신 뜻대로 하자는 것입니다.

　　그런데도 당신은 마치

　　강의실에라도 들어가는 꼴이군요.

　　눈앞에 자연과학과 형이상학이

　　잿빛으로 생생하게 나타나기라도 한 듯이!

　　자, 가십시다. (나간다.)

　　마르가레테 램프를 들고 등장

마르가레테　여긴 왜 이리 무덥고 답답하지.

창문을 연다.

밖는 그다지 덥지 않은데.
기분이 이상하다, 웬일일까? ―
어머니가 빨리 돌아오시면 좋은데.
온몸이 오싹오싹해지는 것 같애 ―
나는 왜이리 어리석고 겁이 많은 여자일까?

옷을 벗으면서 노래를 부르기 시작한다.

　　　옛날 툴레의 임금님이 계셨네.
　　　백년해로를 맹세한 왕비는
　　　황금의 술잔을 남겨 놓고
　　　먼저 세상을 떠나갔네.

　　　그에게는 다시없는 보물이기에
　　　잔치마다 그 잔으로 마셨다네.
　　　그리고 그 잔을 비울 때마다
　　　그의 눈에는 눈물이 넘치었다네.

　　　돌아가실 날이 다가오자
　　　나라 안의 모든 것을
　　　대를 이을 아들에게 물려주었지만,
　　　이 잔만은 물려주지 않으셨네.

바닷가 높은 성 위에
유서도 깊은 넓은 대청
왕은 잔치에 납시었네.
기사들이 주위에 늘어앉았네.
늙은 왕은 일어나서,
마지막 들으시는 생명의 불길,
지극히도 거룩한 황금의 잔을
깊은 바다에 던져버렸네.

바닷물에 떨어져
가라앉는 모양을 바라보다가
왕도 이윽고 눈을 감으시고
그 이상 한 방울도 안 마셨다네.

옷을 치우려고 옷장 문을 연다. 그리고 장신구의 작은 상자를 발견한다.

어떻게 이런 예쁜 상자가 여기 들어 있을까?
틀림없이 옷장을 잠가 두었는데.
정말 이상하다! 대체 뭐가 들어 있을까?
아마 누가 담보로 가져와서
어머니가 그 값으로 돈을 빌려 준 것일까?
어머, 이 리본에 열쇠가 달려 있네 ―
열어 볼까!
이게 뭐지? 아이고머니나! 굉장하구나.

이것 좀 봐.

이런 것은 생전 처음 본다!

노리개구나! 이것은 귀부인이

어떤 축제에나 달고 나갈 수 있겠다!

이 목걸이가 내게 어울릴까 몰라!

이렇게 훌륭한 것이 대체 누구 것일까?

그것을 몸에 달고, 거울 앞으로 간다.

이 귀걸이만이라도 내것이었으면.

전혀 딴 얼굴로 보일 텐데!

아무리 예쁘고 젊어도 소용이 없지 뭐.

그것도 물론 나쁘진 않지만,

사람들은 단지 그뿐이라고 생각할 거야.

칭찬을 하면서도 반은 가엾게 여기는걸.

모두 돈 때문에 모여들고,

돈에 달려 있는 거지 뭐!

아, 우리처럼 가난해서야!

산책

파우스트, 생각에 잠겨 오락가락 하고 있다.

거기에 메피스토펠레스가 온다.

메피스토펠레스 에이 속상해! 빌어먹을 할망구!

　　속이 후련해질 만큼 더 지독한 욕은 없나?

파우스트 왜 그러나? 왜 그렇게 화를 내고 있지?

　　그런 얼굴, 처음 보겠군!

메피스토펠레스 당장 악마에게라도 몸을 팔고 싶은 심정입니다.

　　내가 진짜 악마가 아니라면 말이지요!

파우스트 머릿속에서 뭐가 뒤틀리기라도 했나?

　　미치광이처럼 날뛰니 자네한테 어울리긴 하네만!

메피스토펠레스 생각 좀 해보십시오. 내가 그레첸을 위해서 구해온,

　　그 노리개를 신부 녀석이 쓸어가 버렸단 말입니다.

　　그것을 그애 어미가 보더니만,

　　당장에 어쩐지 무서워졌단 말이에요.

　　그애 어머니는 냄새를 아주 잘 맡아서

　　노상 기도서에 코을 틀어박고 있을 뿐 아니라

　　집안의 가구도 모조리 쿵쿵거려 보고

　　그 물건이 깨끗한지 더러운지 냄새를 맡고 다닌단 말예요.

　　그 노리개도 별로 축복이 깃들어 있지 않다고

　　어김없이 냄새를 맡아 버린 것이지요.

　　그래서 딸에게

　　"애야, 불의의 보물은

　　사람의 마음을 사로잡고 피를 좀먹는단다.

　　이것은 성모님께 드리기로 하자.

　　그러면 하늘의 은혜를 내려 주실 게다!"

　　귀여운 마르가레테는 입가를 조금 삐죽거리며 생각했지요.

"빌어먹을 형편에 무슨 불평이 있으랴,

그리고 이렇게 고맙게 갖다 주신 분은

신을 저버린 분은 아닐 거야!"

어머니는 신부를 불렀습니다.

신부는 내력도 채 듣기 전에

그것을 보고 홀딱 반해서

"아, 그것 참 옳은 생각입니다!

스스로 욕심을 버려야 이익이 돌아오는 법.

교회는 튼튼한 위장을 갖고 있습니다.

지금까지 많은 땅

심지어 나라까지 삼켰지만

아직 한 번도 배탈이 나지 않았습니다.

오직 교회만이 부인들이여,

불의의 재물을 소화시킬 수 있습니다."

파우스트 그야 흔한 일이지, 유대인이나 임금님도 하는 짓이야.

메피스토펠레스 그리고 신부는 팔찌, 목걸이, 반지를

아무 값어치 없는 물건처럼 슬쩍 쑤셔 넣고는,

호두라도 한 광주리 얻은 정도로

인사를 하는 둥 마는 둥 하고

하늘의 은혜가 충만할 거라고 뇌까렸는데 ―

여자들은 또 그게 고마워서 어쩔 줄 모르더란 말이에요.

파우스트 그레첸은 어떻게 되었나?

메피스토펠레스 도무지 마음이 진정되지 않아서

자기가 뭘 하고 싶은지, 어떻게 해야 좋을지 모르고,

자나깨나 그 노리개만 생각하고 있습니다.

아니, 그보다 그 노리개를 가져온 분을 더 생각하고 있지요.

파우스트 그 귀여운 애를 괴롭혀서는 안 되지.

당장에 새로운 노리개를 마련해주게!

먼저 것은 그리 대단한 물건이 아니었어.

메피스토펠레스 그러실 테죠. 주인 눈에는 뭐든 어린애 장난 같겠죠!

파우스트 어서 내 뜻대로 해다오.

우선 그 이웃집 여자와 사귀도록 해 ―

악마인 주제에 멍청하게 꾸물거리지 말고,

새 패물을 마련해와!

메피스토펠레스 예, 예, 분부대로 하겠습니다.

파우스트 (퇴장)

메피스토펠레스 저렇게 여자한테 반한 바보는,

해건 달이건 총총한 별이건 사랑하는 여자를 위해

꽃불처럼 쏘아 올리려고 하거든. (나간다.)

이웃 여인의 집

마르테, 혼자서

마르테 하느님이 우리집 양반을 용서해주시면 좋은데.

그이는 내게 잘해주지는 않았지!

무작정 세상으로 뛰쳐나가

나 혼자 이렇게 거적 위에다 내버려 두었으니 말이지.

나는 그이에게 고생도 시키지 않았고,

또 얼마나 진심으로 사랑했는데!

운다.

어쩌면 그이는 죽었는지도 몰라! ― 아, 어쩌면 좋지!

사망 증서라도 있으면 좋으련만!

마르가레테 등장

마르가레테 마르테 아주머니!

마르테 그레첸 아니야? 웬일이냐?

마르가레테 전 하마터면 주저앉을 뻔했어요!

또 이런 조그만 흑단 상자가

제 옷장 안에 들어 있지 않겠어요.

게다가 들어 있는 물건이 기가 막혀요,

먼저 것보다 더 값진 거여요.

마르테 어머니한테 말하면 안 돼.

말하면 또 고해할 때 들고 가버릴 테니까.

마르기레데 자 이것 좀 보세요! 잘 보세요!

마르테 (마르가레테를 꾸며 준다.) 너는 참 복도 많구나!

마르가레테 하지만 아무 소용이 없어요, 이걸 달고

한길에도 교회에도 나갈 수 없는걸요.

마르테 우리 집에 자주 와

여기서 몰래 달아보면 되잖아.

그리고 한 시간쯤 거울 앞에서 왔다 갔다 하면,

그것만으로도 매우 즐거울 거야.

그러다가 명절 같은 때 슬쩍슬쩍 달고 나가는 거야.

처음에는 목걸이, 다음엔 진주귀걸이.

어머니는 눈치를 못 채실 게고. 또 무슨 핑계고 할 수 있어.

마르가레테 하지만, 대체 누가 두 번씩이나 상자를 갖다 놓았을까요?

왠지 심상치가 않아요!

노크 소리

마르가레테 어머, 큰일이야! 어머닌가?

마르테 (창문 커튼 사이로 내다보며) 낯선 양반인데 — 들어오세요!

메피스토펠레스 등장

메피스토펠레스 이렇게 함부로 들어와서,

부인들께 용서를 빌어야겠습니다.

마르가레테에게 경의를 나타내고 물러선다.

마르테 슈베르트라인 부인을 뵐까하고요!

마르테 저예요, 무슨 일이신지?

메피스토펠레스 (작은 소리로 그녀에게)

이렇게 뵙게 됐으니 다행입니다.

지체 높으신 아씨께서 오신 듯한데

실례를 용서하십시오.

오후에 다시 오겠습니다.

마르테 (큰소리로) 어머나, 얘, 어쩌면!

이분은 너를 귀한 댁 아씬 줄 아시는구나.

마르가레테 저는 가난한 집 딸이에요.

그런 말씀을 하시면 곤란해요.

이 패물이나 보석은 제 것이 아닌걸요.

메피스토펠레스 아니, 그 노리개만 두고 한 말이 아닙니다.

인품과 눈매에 품위가 있으십니다!

이대로 얘기해도 괜찮으시다면, 얼마나 기쁠지 모르겠습니다.

마르테 그런데 무슨 볼일로 오셨는지요? 궁금해서 못 견디겠어요.

메피스토펠레스 아, 좀 더 좋은 소식이었더라면 좋았을걸!

제발 저를 원망하지 마시기 바랍니다!

실은 바깥양반께서 돌아가셨습니다. 그때 부인께 안부를 전하더군요.

마르테 돌아가셨다고요! 우리 그이가요? 아이고, 기막혀라!

영감이 죽었단 말이에요? 아, 이 일을 어떡하지?

마르가레테 아, 아주머니, 낙심하지 마세요!

메피스토펠레스 그 슬픈 이야기를 들어 보세요.

마르가레테 그래서 저는 평생 사랑하고 싶지 않아요.

헤어지면 죽도록 슬프지 않겠어요.

메피스토펠레스 기쁨에는 슬픔이, 슬픔에는 기쁨이 따르게 마련이지요.

마르테 우리 주인의 마지막 얘기나 해주세요!

메피스토펠레스 유해는 파도바에 모셨지요.

　　성 안토니우스 사원의

　　아주 신성한 자리를 마련하여,

　　영원한 안식의 자리를 삼으셨지요.

마르테 그밖에 저한테 전하실 건 없나요?

메피스토펠레스 예, 한 가지 대단히 어려운 부탁을 하셨습니다.

　　당신를 위해 300번 미사를 올려 달랍니다!

　　그렇지만 제 주머닌 빈털터리로 왔습니다.

마르테 뭐라구요? 유물로 메달 한 개, 패물 하나 없단 말예요?

　　떠돌이 직공이라도

　　기념이 될 만한 물건을

　　전대 속에 간직해 두고

　　굶거나 구걸을 할망정 내놓지 않는 법인데!

메피스토펠레스 부인, 정말 안 됐습니다.

　　하지만 그분은 사실 낭비하지는 않았답니다.

　　그리고 자기 잘못을 몹시 후회하고

　　자기의 불운을 더 한탄하고 있었습니다.

마르가레테 아, 사람들은 왜 이다지도 불행할까요!

　　저도 그분의 명복을 빌어 드리겠어요.

메피스토펠레스 아씨는 곧 결혼하시게 되겠지요.

　　무척 애교가 많은 분 같은데.

마르가레테 별 말씀을, 아직 그런 처지가 못 되요.

메피스토펠레스 결혼이 아니라도, 애인이 있으면 되지요.

그런 사랑하는 사람을 꼭 껴안는 것은

이 세상의 더없는 즐거움이랍니다.

마르가레테 그런 짓은 이 고장에서는 안 됩니다.

메피스토펠레스 안 하고 하고가 어디 있어요! 하면 되지.

마르테 그 이야기를 더 들려 주셔요!

메피스토펠레스 저는 그분의 임종 때 입회했습니다.

그것은 쓰레기보다는 좀 나은 자리긴 하였지만,

다 썩어가는 거적대기였습죠. 하지만 그리스도 신자로서 돌아가셨습니다.

그리고 아직 속죄할 게 많이 있다는 것을 아는 것 같더군요.

"이렇게 직업도 마누라도 버리고 가다니,

속속들이 나라는 인간이 원망스럽다"고 하시더군요.

"아! 옛 생각을 하면 죽어 마땅하다.

살아 있는 동안에 마누라가 용서해주었으면!" 하면서 ―

마르테 (울면서) 그렇게 좋은 사람이 또 있을까!

나는 벌써 용서해주었는데.

메피스토펠레스 "하지만 모르긴 몰라도 마누라가 나보다 죄가 더 많아" 라고 말하더

군요.

마르테 거짓말! 무슨 소리에요! 죽어가면서까지 거짓말을 하다니!

메피스토펠레스 아마 숨이 넘어갈 때의 헛소리겠죠.

나는 사정을 잘 모르지만

이런 소리를 하디군요.

"난 한가로이 멍청하게 지낸 것은 아니다.

우선 자식들이 생기니 그것들에게 먹일 것을 벌어야 했다.

먹을 것이라고는 하나 가장 넓은 의미의 빵을 말하는 것이다.

그래서 한 번도 내 몫을 천천히 먹을 수도 없었다."

마르테 그이는 내가 바친 정성도 사랑도,

　　밤낮 없는 고생도 죄다 잊어버렸군요!

메피스토펠레스 아닙니다, 그 점은 진심으로 생각하고 있더군요.

　　이렇게 말하던데요.

　　"나는 말타 섬을 떠날 때,

　　처자를 위해서 열심히 기도드렸다.

　　그래서 그랬던지 운수 좋게,

　　우리들의 배가 터키 왕의 보물을

　　싣고 가는 배를 한 척 사로잡았지.

　　그래서 용맹스런 일에 보람이 있어.

　　당연한 일이지만, 나도

　　응분의 몫을 받았지."

마르테 네! 어디다 묻어 두었을까요?

메피스토펠레스 동서남북, 어느 바람이 실어 갔는지.

　　나폴리에서 낯선 거리를 헤매고 있다가,

　　어여쁜 아가씨가 보살펴 주었더란 말이에요.

　　그 여자가 어찌나 정성껏 섬겼던지

　　죽을 때까지 그것이 골수에 사무쳤지요.

마르테 몹쓸 사람 같으니! 자식들의 몫을 훔친 거지 뭐예요.

　　아무리 타락해도, 아무리 궁해도!

　　욕된 생활은 버리지 못했군요.

메피스토펠레스 그렇지요! 그 죗값으로 죽었습니다.

　　그런데 내가 부인의 처지라면,

앞으로 일년상—年喪은 치르고

그럭저럭 좋은 사람을 찾겠는데요.

마르테 어머나, 무슨 말씀을! 그래도 그이 같은 사람은

이 세상에선 좀처럼 만나기 어려울 거예요!

그렇게 정다운 호인은 없을 거라고요.

흠이 있다면 떠돌아다니기를 좋아 했고,

타향의 계집들과 술

게다가 망할 놈의 노름을 좋아한 게 탈이었지요.

메피스토펠레스 그렇군요. 그 양반 쪽에서도 그처럼

부인을 관대하게 봐주었다고 한다면,

서로 균형이 잡혀 있었던 셈이군요.

그런 조건이라면 저도 기꺼이

당신하고 반지를 교환하고 싶군요.

마르테 어머나, 농담도 좋아하시네!

메피스토펠레스 (혼자말로) 슬슬 물러가야지!

이 여자는 악마의 말꼬리도 곧잘 잡겠는걸.

그레첸에게

그런데, 아가씨 마음은 어떠신가요.

마르가레테 무슨 말씀이세요?

메피스토펠레스 (혼자말로) 정말 순진한 처녀구나!

(큰소리로) 안녕히 계십시오, 부인들!

마르가레테 안녕히 가세요!

마르테 아, 잠깐 한마디만!

　　제 남편이 언제 어디서 어떻게 죽어 묻혔는지

　　증명서를 받았으면 하는데요.

　　저는 무엇이나 꼼꼼하게 해두는 것을 좋아하는 성미죠.

　　그이가 죽은 것을 주보에 냈으면 해서요.

메피스토펠레스 아니, 부인, 증인만 둘 있으면

　　어디 가서나 진실이 인정됩니다.

　　신분이 좋은 내 친구가 하나 있으니,

　　그 친구를 재판관 앞에 세우기로 하지요.

　　여기로 데리고 오겠습니다.

마르테 제발 좀 그렇게 해주세요!

메피스토펠레스 그때는 이 아가씨도 여기 계시겠죠? ―

　　훌륭한 청년이죠! 여행도 많이 하고

　　아가씨들에 대한 예절도 다 알고 있습니다.

마르가레테 그런 분 앞에 나서면 전 그만 부끄러워서.

메피스토펠레스 아가씨 같으면 이 세상 어느 왕 앞에 나가도 부끄러울 게 없습니다.

마르테 그럼 오늘 밤, 우리 집 뒤뜰에서

　　두 분을 기다리겠어요.

길거리

파우스트, 메피스토펠레스

파우스트 어때? 잘될 것 같은가? 곧 잘 되겠나?

메피스토펠레스 됐습니다! 꽤 달아올랐군요.

　얼마 안 가 그레첸은 당신의 것이오.

　오늘 저녁 마르테 집에서 만나게 해드리지요.

　그 사람은 중매꾼이나 뚜쟁이로서는 알맞은 여자더군요!

파우스트 그것 잘 됐군!

메피스토펠레스 그런데 우리한테도 부탁이 있던걸요.

파우스트 가는 정이 있어야 오는 정이 있지.

메피스토펠레스 그 여자 남편의 죽은 몸뚱이가

　파도바의 거룩한 곳에 잠들고 있다는

　유효한 증명만 해주면 됩니다.

파우스트 꽤 빈틈이 없군! 그러면 먼저 그곳에 다녀와야 하지 않은가?

메피스토펠레스 원 이렇게도 순진하시기는! 그럴 필요는 없습니다.

　적당히 말해서 증명만 하면 되요.

파우스트 그런 짓까지 해야 한다면 이 계획은 집어치우겠네.

메피스토펠레스 오, 참 성인이시군. 그러니 성인이라 할 수 있지!

　거짓 증언을 한 적이

　지금까지 한 번도 없단 말이오?

　당신은 신과, 세계와, 세계 안에서 움직이고 있는 것과,

　인간이라든가 인간의 머리나 가슴속에서 꿈틀거리고 있는 것을,

　자신만만하게 정의를 내린 적이 없단 말이오?

　뻔뻔스럽게 으스대면서 말이지요.

　하지만 곰곰이 생각해보면

　솔직하게 말해서 당신은 그런 것에 대한 지식은

슈베르트라인 씨의 죽음보다 더 많이 아는 것이 없지 않소!

파우스트 자네는 변함없이 궤변가에다 거짓말쟁이야!

메피스토펠레스 내가 좀 더 깊이 당신을 몰랐더라면 그렇죠.

　　내일이면 당신은 점잖은 얼굴로

　　그 가엾은 그레첸을 꾀려고,

　　진정으로 당신을 사랑하느니 어쩌니 말하게 될 테니까요.

파우스트 정말 진정으로 사랑한단 말이야!

메피스토펠레스 훌륭하십니다!

　　그러시다면, 영원히 변치 않는 사랑이니, 진정이니,

　　단 하나의 무엇보다도 강한 열정이니 ―

　　이런 것도 진심에서 우러나오는 것이겠죠.

파우스트 그만둬! 진심에서 우러나오는 것이야! ―

　　내가 마음으로 느끼는 것을

　　그 감정, 그 설렘을,

　　분명하게 표현하려고 말을 찾다가 찾지 못하고

　　오관을 모조리 동원하여 이 세상을 두루 헤매면서,

　　온갖 최상의 말들을 휘어잡아

　　나를 불태우는 이 열정을

　　무한이다, 영원히 영원이라고 부른다고 해서,

　　그것을 악마의 헛소리라고 할 수 있는가?

메피스토펠레스 그래도 내 말은 사실입니다!

파우스트 이봐, 잘 들어 ―

　　제발 쓸데없는 말은 하지 마 ―

　　제 고집을 부려서 한 가지 말만 하면,

그야 이길 수도 있겠지.

가자, 나는 수다에 싫증이 났다.

자네가 옳다. 이렇게 말하는 수밖에 별 도리가 없군.

정원

마르가레테는 파우스트의 팔을 끼고, 마르테는 메피스토펠레스와 같이 산책하면서 왔다 갔다 하고 있다.

마르가레테 전 잘 알고 있어요, 선생님이 저를 위로해주시려고,

　　비위를 맞춰서 상대해주신다는 것을, 그래서 부끄러워요.

　　나그네는 예의상 싫은 얼굴을 하지 않는

　　버릇에 익숙하니까요.

　　그런 견문이 넓은 분에게

　　저의 실없는 이야기가 어떻게 재미있겠어요.

파우스트 당신의 눈길, 당신의 말 한마디가

　　이 세상의 모든 지식보다 즐겁습니다.

　　그녀의 손에 입을 맞춘다.

마르가레테 억지로 그렇게 하실 필요 없어요! 이런 손에 입을 맞추시다니?

　　이렇게 흉하고 거친 손에!

　　저는 뭐든지 하지 않으면 안 된답니다.

어머니가 너무 엄하셔서요.

두 사람이 지나간다.

마르테 그래서 선생님은 늘상 여행을 하시나요?

메피스토펠레스 예, 늘 직업과 의무에 쫓겨 어쩔 수 없으니까요.

고장에 따라서는 떠나기가 무척 괴로운 곳도 더러 있지요.

하지만 한 곳에 눌러 붙어 있을 수는 없습니다.

마르테 젊으실 때는 그것도 좋겠지요.

세상을 마음대로 돌아다니는 것도 말예요.

하지만 점점 나이가 들고

그것도 홀아비로 혼자서 무덤을 향해 걷는다는 것은,

그리 반가운 일은 아닐 거예요.

메피스토펠레스 그것을 예감하니 무시무시합니다.

마르테 그러니까 지금 정신을 차리셔야죠!

두 사람이 지나간다.

마르가레테 네, 정이란 안 보면 날로 멀어지는 거예요!

선생님은 사람의 마음이 떠나지 않게 사귀는 데 익숙하세요.

그렇지만 친구분들이 많으실 테고

저보다 모두 총명한 분들이겠지요.

파우스트 천만에! 총명하다는 것은

대체로 허영과 천박한 지식에 지나지 않아요.

마르가레테 네에?

파우스트 아, 청순하고 순진한 사람은 끝내

　　자기 자신의 신성한 가치를 모르는구나!

　　겸양과 겸손한 마음이야말로,

　　따뜻하고 자비로운 자연의 최고의 선물이건만 ―

마르가레테 선생님은 한순간 저를 생각해주실 뿐이지만,

　　저는 평생 잊지 않을 거예요.

파우스트 당신은 혼자 있을 때가 많지요?

마르가레테 네, 저희들 살림살이는 작지만

　　여러 가지 할 일이 많답니다.

　　하녀가 없어서, 밥 짓고, 청소하고, 뜨개질하며,

　　바느질도 해야 하니, 아침부터 밤늦게까지 일을 해야 돼요.

　　게다가 어머니는 모든 일에

　　무척 꼼꼼하세요!

　　그렇게 옹색하게 살지 않아도

　　어지간히 수월하게 살 수 있긴 합니다만,

　　아버지가 약간의 재산과

　　변두리에 자그마한 집과 조그만 정원을 남겨 두셨거든요.

　　요즈음은 아주 조용한 날을 보내고 있답니다.

　　오빠는 군에 나갔고,

　　어린 누이는 죽었어요.

　　전 그애 때문에 무척 애를 많이 태웠죠.

　　그런 고생이라면 기꺼이 한 번 더 할 수 있어요.

　　너무나 귀여운 아이였으니까요.

파우스트 당신을 닮았으면, 천사 같았겠지요!

마르가레테 제가 길러서, 무척 저를 따랐어요.

　　아버지가 돌아가신 뒤에 태어났어요.

　　그때 어머니는 도저히 가망이 없을 만큼,

　　쇠약해져서 누워 계셨어요.

　　회복이 무척 느렸거든요.

　　그래서 어머니는 가엾은 아기에게

　　젖을 물릴 생각조차 못 하셨습니다.

　　그래서 저 혼자서 길렀죠.

　　물과 우유로, 그래서 제 아이가 되어 버렸죠.

　　제 품에 안기고, 제 무릎에 오르는 걸

　　좋아했고 바둥거리며 컸어요.

파우스트 무엇보다도 순결한 행복을 맛보셨군요.

마르가레테 하지만, 정말 괴로운 때도 있었어요.

　　밤에는 아기의 요람을

　　제 침대 곁에 놓아두고

　　조금만 움직여도 제가 얼른 잠이 깨게 해두었습니다.

　　젖을 먹이거나, 제 곁에 안아 눕히기도 하고,

　　울음을 안 그칠 때면 자리에서 일어나

　　춤이라도 추는 듯 방안을 왔다 갔다 했죠.

　　아침에는 일찍부터 빨래를 하고

　　장도 보러 가고, 부엌일도 보살피면서

　　날마다 같은 일을 되풀이 했습니다.

　　그래서 늘 기분이 유쾌하지는 않았지만

그 대신 밥맛이 좋고, 잠도 잘 잘 수 있었어요.

두 사람이 지나간다.

마르테 여자는 그런 때 참 곤란해요.

　독신자를 개종시키기는 어려운 일이거든요.

메피스토펠레스 나 같은 인간의 마음을 뜯어고치는 것은

　당신 같은 분의 수완에 달렸지요.

마르테 똑바로 말씀해보세요. 아직도 못 찾으셨나요?

　어디고 마음을 매 둔 데가 없으신가요?

메피스토펠레스 속담에 이런 말이 있죠.

　"문전옥답과 착실한 부인은 금 주고도 못 산다"고.

마르테 당신은 한 번도 그런 생각이 안 들었느냐 말이에요?

메피스토펠레스 어딜 가나 정말 정중히 대접을 받았죠.

마르테 진정으로 마음에 두신 적은 없으셨냐 하는 거예요.

메피스토펠레스 물론 부인네들한테 농을 할 수야 없지요.

마르테 아, 정말 선생님은 제 말을 못 알아들으시네요!

메피스토펠레스 유감이군요!

　하지만 알지요. 당신이 매우 상냥하다는 것을.

두 사람이 지나간다.

파우스트 저를 바로 알아보셨나요, 제가 정원에 들어섰을 때?

마르가레테 못 보셨나요, 저는 곧 눈을 아래로 깔았는데요.

파우스트 내 실례를 용서해 주시겠습니까?

요전에 당신이 성당에서 돌아오실 때,

뻔뻔스러운 짓을 한 것을?

마르가레테 전 깜짝 놀랐어요, 한 번도 그런 일이 없었거든요.

저는 누구한테도 손가락질을 받아 본 적이 없었는데.

아, 저분은 내 태도에서

건방지고 얌전치 못한 점을 보시고

이 계집애는 쉽게 다룰 수 있다는 생각을,

혹시 가진 것은 아닐까 하고요.

하지만, 솔직히 말씀 드리겠어요!

선생님을 좋은 분이라고 생각하는 마음이,

그때 벌써 일어나기 시작하고 있었던 거예요.

그래서 저는 약이 더 올랐어요.

선생님께 왜 좀 더 화를 낼 수 없었던가 하고요.

파우스트 귀여운 사람!

마르가레테 잠깐만!

들국화 한 송이를 꺾어서 꽃잎을 하나하나 뜯는다.

파우스트 무얼 하는 거요? 꽃다발을 만드시오?

마르가레테 아니에요, 그저 장난하는 거예요.

파우스트 어떤?

마르가레테 저리가세요. 웃으실 거예요.

꽃잎을 뜯으면서 중얼거린다.

파우스트 무얼 중얼거리지?

마르가레테 (약간 큰소리로) 그이는 나를 사랑하지 ― 사랑하지 않는다.

파우스트 오, 천사같은 천진한 얼굴!

마르가레테 (계속해서) 나를 사랑하신다 ― 안 하신다 ― 하신다 ― 안 하신다.

마지막 꽃잎을 뜯으면서 즐거운 듯

아, 사랑하신다!

파우스트 사랑하고말고! 그 꽃 점을

신의 말씀이라 생각하오! 당신을 사랑하오!

그 의미를 아시겠소, 당신을 사랑한다는 말을? 사랑하고말고.

그녀의 두 손을 잡는다.

마르가레테 마음이 떨려요!

파우스트 아, 떨지 마시오! 나의 이 눈길로

당신의 손을 쥐는 나의 이 손길로

말할 수 없는 것을 말하게 해주오.

모든 것을 다 바쳐서

영원한 기쁨을 느끼오.

이것은 영원히 사라지지 않을 것이오,

그렇소, 영원히! ― 그것이 사라지면 절망이오.

아니, 결코! 결코 끝나지 않을 것이오!

마르가레테는 파우스트의 손을 꼭 쥐었다가 뿌리치고 달아난다. 파우스트는 잠시 생각에 잠겨 있다가 그녀 뒤를 쫓아간다.

마르테 (등장하면서) 어두워졌어요.

메피스토펠레스 그렇군요, 자, 갑시다.

마르테 좀 더 계시라고 부탁드리고 싶지만,

무척 말이 많은 곳이에요, 여기는.

이웃 사람들이 하는 행동, 하는 일을,

일일이 엿듣고 구경하는 일 외에는

할 일이 없는 것 같은 사람들뿐이거든요.

아무리 조심해도 이러쿵저러쿵 말을 듣게 된답니다.

아니, 그 두 사람은?

메피스토펠레스 저쪽 길로 뛰어가더군요.

멋대로 놀아난 나비들처럼.

마르테 그분은 저애가 마음에 드시나봐요.

메피스토펠레스 아가씨도 그런 모양이지요. 세상이란 그런 거랍니다.

정자

마르가레테가 뛰어 들어와서 문 뒤에 숨어, 손가락 끝을 입에 대고 틈새로 내다본다.

마르가레테 오셨어!

파우스트 (들어오며) 얄미운 사람, 나를 놀리다니!

　자, 잡았다! (그녀에게 키스한다.)

마르가레테 (파우스트를 껴안고 키스를 돌려주며)

　아, 그리운 분! 전 진정으로 당신[16]을 사랑해요!

메피스토펠레스가 노크한다.

파우스트 (발을 구르면서) 누구야!

메피스토펠레스 친굽니다!

파우스트 빌어먹을!

메피스토펠레스 이제 갈 시간이에요.

마르테 (등장) 네, 이제 너무 늦었어요.

파우스트 바래다 주면 안 될까?

마르가레테 하지만, 어머니가 — 안녕!

파우스트 이대로 돌아가야 하나?

　그럼, 안녕!

마르테 다시 만나요!

마르가레테 곧 다시 만나요!

　파우스트와 메피스토펠레스 퇴장

마르가레테 아, 정말! 저분은

　모르는 게 없으셔!

저분 앞에선 나는 그저 수줍어할 뿐이야.

그리고 무슨 말에라도 네, 네, 할 뿐이야!

난 가난하고 아무것도 모르는 계집애인데,

나의 어디가 마음에 드셨을까. (나간다.)

숲과 동굴

파우스트, 혼자서.

파우스트 숭고한 대지의 영[17]이여, 그대는 나에게 주었다.

　　내가 원하는 모든 것을. 그대가 불길 속에서

　　나에게 얼굴을 보인 것은 허사가 아니었다.

　　웅장하고 화려한 자연을 천국으로서 나에게 주었고,

　　그것을 느끼고 즐기는 힘까지 주었다.

　　단지 냉정하게 자연과 접촉하는 것을 허락해 주었을 뿐 아니라,

　　다정한 친구의 가슴과 자연의 품속을

　　깊숙이 들여다보는 은혜를 내게 베풀어 주었다.

　　그대는 살아 있는 모든 것들의 대열을 인도하여

　　내 앞을 지나가고 고요한 숲과

　　바람과 물속에 있는 내 형제들을 만나게 해주었다.

　　그리고 비바람이 숲을 요란스레 휘젓고

　　주위의 나뭇가지와 줄기를 휩쓸면서

　　커다란 전나무가 쓰러지고,

그 울림이 언덕에 둔하게 망망히 메아리칠 때면

그대는 나를 고요한 동굴로 인도하여

내 스스로를 돌아보게 한다. 그러면,

이 가슴속에 깃든 깊은 신비와 경이가 드러난다.

그리고 내 눈앞에 밝은 달이

나를 위로하러 온화하게 떠오르면,

암벽과 이슬에 젖은 덤불 속에서

전설의 세계에 사는, 온갖 모습이 은빛으로 떠올라,

엄하게 관찰하려는 내 마음을 부드럽게 해준다.

아, 인간에게 완전한 것은 하나도 주어지지 않음을,

이제야 나는 절실히 느낀다. 너는 나를 신들에게

가까이 데려다 주는 환희에다,

귀찮은 동행을 붙여주었다.

그놈은 냉혹하게 뻔뻔스레, 내 스스로 천하게 느끼게 하고

말 한마디로 내 선물을 허무로 돌려 버릴 수 있지만,

난 이제 그자 없이는 지낼 수 없게 되었다.

그놈은 내 가슴속에 부산하게도

그 아름다운 모습에 대한 사나운 불길을 부채질하고 있다.

그리하여 나는 욕망과 향락 사이를 비틀거리면서

향락을 누리고, 욕망을 갈망한다.

메피스토펠레스 등장

메피스토펠레스 이 생활에도 이젠 슬슬 싫증이 나시지요?

질질 끌면 재미있을 리가 없지요.

한번 시도해 보는 것도 좋지만,

또 무언가 새로운 것을 해봐야죠!

파우스트 모처럼 내가 기분 좋게 지내고 있는데,

군이 방해하지 않더라도 자네가 할 일은 있을 법하네만.

메피스토펠레스 예, 예! 그럼 이제 당신의 휴식을 방해하지 않겠습니다.

뭐 그렇게 역정을 내실 것까지야 없잖습니까.

당신처럼 그렇게 무뚝뚝하고 퉁명스럽고 미치광이 같은,

길동무는 없어져도 별로 아쉽지 않습니다.

하루 종일 일만 잔뜩 시키고 말이죠!

더구나 마음에 드는지 안 드는지

당신의 안색으로는 알 수도 없어요!

파우스트 이제야 실토를 하는구나!

남을 따분하게 해놓고 감사까지 해 달라는군.

메피스토펠레스 당신 같은 불쌍한 사람은,

내가 없었더라면 어떻게 사시겠소?

그 갈팡질팡하는 시시한 공상 속에서

당신은 잠시라도 구해준 것은 나라고요.

내가 없었던들 당신은 벌써,

이 지구상에서 정신없이 사라졌을 것이오.

어쩌자고 당신은 이런 동굴의 이런 바위틈에서,

부엉이처럼 멍하니 앉아 있습니까?

어쩌자고 질척한 이끼나 물이 묻은 바위에서,

두꺼비처럼 양분을 빨고 있습니까?

　　　참으로 근사한 취미군요!

　　　당신 몸에선 아직 학자의 냄새가 다 빠지지 않았어요.

파우스트 이렇게 황야를 헤매고 있노라면,

　　　어떤 새로운 생명력이 솟아나는지, 자네는 몰라.

　　　아니, 그것을 알 수 있다면 자네는

　　　악마의 본성을 드러내어 내 행복을 방해할 거야.

메피스토펠레스 현세를 벗어난 만족감이라, 이거군요!

　　　밤이슬에 젖어 깊은 산속에 누워서,

　　　땅과 하늘의 황홀함에 젖어 얼싸안고,

　　　스스로 부풀어 올라 신이나 된 느낌으로

　　　대지의 골수를 예감의 힘으로 파헤치고,

　　　엿새 동안의 신의 창조를 가슴에 느끼며

　　　오만스레, 자기도 모르는 것을 즐기고

　　　때로는 사랑의 기쁨에 취하여 만물 속에 녹아들고

　　　지상의 아들로서의 모습은 흔적도 없이 사라지고

　　　그리하여 그 고상한 직관적 관찰을 — 입으로는 말하기 어렵지만.

　　　음란한 몸짓을 하며

　　　이런 식으로 끝을 맺자는 것이겠지요.

파우스트 이런 괘씸한 녀석!

메피스토펠레스 마음에 안 드시는 모양이군요.

　　　점잖게 괘씸하다고 하시는 것도 좋겠지요.

　　　순결한 마음을 지닌 사람일지라도 억제해도 억제할 수 없는 것을 순결한 귀에다 말해서는 안 된다는 말씀이군요.

요컨대 가끔 자기를 속이는 재미를

말리지는 않습니다.

하지만 오래 계속하진 못할 겁니다.

당신은 벌써 녹초가 되어 있는걸요.

이 이상 계속하면 닳고 닳아서

미치거나 고민하거나 공포에 사로잡히고 말거요.

그건 그렇다치고! 당신의 귀여운 애인은 거기 틀어박혀서,

모든 게 애달파 슬프게만 되었단 말이오.

당신을 도무지 잊지 못 해서지요.

무던히도 당신을 사랑하니까요.

처음에는 눈이 녹아 시냇물이 넘치듯이,

당신은 넘치는 사랑의 격정을

그 아이의 가슴에 쏟아 넣었는데,

지금 당신의 시냇물은 다시 마르기 시작했군요.

내 생각으로는, 당신이 이런 숲속에서

왕처럼 앉아 있기보다는

그 불쌍한 어린 처녀의

애틋한 사랑에 보답하는 편이 어울릴 것 같군요.

그녀는 견딜 수 없도록 시간이 길게 느껴질 겁니다.

창가에 서서 낡은 성벽 위를,

덧없이 흘러가는 구름만 보고 있어요.

"이 몸이 새라면!" 이런 노래를

진종일, 한밤중까지 부르고 있단 말씀이오.

때로는 명랑할 때도 있지만 대개는 우울해져서

하염없이 우는가 하면

다시 진정하는 것 같기도 하고요.

하지만 못내 사모하는 것은 사실이오.

파우스트 독사 같은 놈!

메피스토펠레스 (혼잣말) 됐다! 내 손아귀에 들어왔다!

파우스트 망할 놈 같으니! 썩 꺼져라.

그 귀여운 아이 얘기는 이제 하지 마라!

반쯤 미쳐가고 있는 내 마음에 두 번 다시,

그 달콤한 육체의 욕망을 일으키게 하지 마라!

메피스토펠레스 대관절 어쩌시려는 겁니까? 그녀는 당신이 도망친 줄 알고 있습

니다.

사실 반은 달아나고 있는 셈이지만.

파우스트 나는 그 애 가까이에 있다. 비록 멀리 떨어져 있더라도,

나는 결코 그 애를 잊을 수 없다, 버릴 수도 없다.

그렇다, 나는 성체_{聖體}까지도 샘이 난다,

그 애 입술이 거기 닿는다고 생각하니!

메피스토펠레스 그러실 테지요! 당신이 부러웠으니까요,

장미꽃 그늘에서 풀을 뜯는

쌍둥이 사슴을 생각하면 말이죠.

파우스트 나가! 이 뚜쟁이 놈아!

메피스토펠레스 좋소! 당신은 욕을 하지만 제게는 우습기만 하군요.

사내와 계집을 만든 신도

스스로 뚜쟁이 노릇하는 것이

가장 고귀한 사명임을 깨달았단 말이오.

자, 가 보시죠! 가엾기 짝이 없습니다.

당신의 연인 방으로 가보란 말이오.

죽으러 가라는 말이 아니란 말이오.

파우스트 그녀 품에 안긴 천국의 기쁨이,

대체 무엇이란 말인가?

그녀의 품안에서 이 몸을 녹이는 동안에도

나는 줄곧 그녀의 괴로움을 느끼고 있지 않은가.

나는 도망자가 아닌가? 집도 절도 없는 놈이 아닌가?

목적도 안식도 잃어버린 비인간이며,

마치 바위에서 바위로 세차게 날뛰는 폭포수가,

정욕에 미쳐 심연으로 떨어져 가는 것과 같구나.

그런데 그 애는 한옆에 비켜서서 어린애처럼 천진스레,

알프스의 조그만 들에 있는 오막살이 같은 집에 살며

돌보는 집안일이란 모조리

그 옹졸한 세계 속에 한정되어 있는 것이다.

그런데 신의 미움을 산 인간은,

바위를 움켜잡고

산산조각으로 부수고도

직성이 풀리지 않아

그 애를, 아니 그 애의 평화를 파괴하고 말았다!

오! 지옥아, 너에게는 이 희생이 꼭 필요했단 말이냐!

악마야, 나를 도와 이 공포에 찬 시간을 줄여다오!

그 애의 운명이 내 머리 위에 무너져서,

그 애도 나와 함께 멸망하는 한이 있더라도 좋다.

메피스토펠레스 또 마음이 끓어올라 타기 시작했군요!

어서 가서 그애를 위로해주시구료, 천치 같은 양반아!

편협한 머리를 가져 빠져 나갈 길을 찾지 못하면,

당장에 죽을 것을 생각하는 법이니까.

대담하게 밀고나가는 자가 승리한단 말이오!

당신도 이제 어지간히 악마다워졌을 텐데,

절망한 악마만큼 꼴사나운 것도 없지오.

그레첸의 방

그레첸, 혼자 물레 앞에 앉아서

그레첸 마음의 평화 사라지고

내 가슴은 무겁구나.

그 편안함은

끝내 돌아오지 않네.

님 안 계시면

어디나 다 무덤 터.

세상이 온통

내게는 쓰디쓸 뿐.

아, 가엾은 내 머리는
미쳐버리고
아, 가엾은 내 마음은
산산이 조각났네.

마음의 평화 사라지고
내 마음은 무겁구나.
그 편안함은
끝내 돌아오지 않네.

창밖에 찾는 것은
오직 님의 모습뿐.
집을 나서는 것도
님을 찾기 위해서네.

님의 씩씩한 걸음
기품 있는 그 모습
입가에 띄우는 미소
눈에 서리는 정기.

님이 하시는 말씀
그 오묘한 물결
꼬옥 잡으시는 손,
아, 그 입맞춤!

마음의 평화 사라지고
내 가슴은 무겁구나.
그 편안함은
끝내 돌아오지 않네.

내 가슴은 오직
님만 찾고 있네.
아, 님을 붙들어
힘껏 끌어안고

내 마음에 찰 때까지
입맞추고 싶어라.
그 입맞춤에 내 넋이
사라질지라도!

마르테의 집 정원

마르가레테, 파우스트

마르가레테 분명히 말씀해주세요, 하인리히 씨!
파우스트 내가 할 수 있는 일이라면.
마르가레테 그럼 말씀해주세요.
　　종교를 어찌 생각하세요?

당신은 정말 좋은 분이지만,

종교를 별로 중히 여기는 것 같지 않아요.

파우스트 그런 이야기는 그만둡시다!

내가 당신을 사랑하고 있다는 것은 알고 있겠지?

나는 사랑하는 사람을 위해서는 살도 피도 아끼지 않소.

그리고 누구의 신앙도 교회도 뺏을 생각은 없소.

마르가레테 그것은 옳지 않아요. 직접 믿으셔야 해요!

파우스트 그래?

마르가레테 당신께 무언가 해드릴 수 있으면 좋겠는데!

당신은 성사聖事도 공경하지 않으시죠?

파우스트 그야 공경하지.

마르가레테 하지만, 진심은 아니잖아요.

벌써 오랫동안 미사에도, 고해하러도 안 가셨죠?

당신은, 하나님을 믿으세요?

파우스트 이봐요, 누가 감히 말할 수 있나요?

내가 신을 믿는다고

신부나 학자에게 물어보구료.

그 대답은, 질문한 사람을

우롱하는 것으로밖에 들리지 않을 테니까.

마르가레테 그럼, 믿지 않으시는 거군요?

파우스트 내 말을 오해하지 말아요. 그레첸!

누가 감히 신이라고 이름 붙일 수 있을까?

누가 공언할 수 있을까,

나는 신을 믿는다고!

누가 마음에 신을 느끼고 있으면서

나는 신을 믿지 않는다고

감히 말할 수 있을 것인가?

만물을 감싸 안는 자,

만물을 지탱하는 자,

그것이 당신도 자기 자신까지도,

품에 안고 받쳐 주고 있지 않소?

하늘은 저기 저렇게 둥글게 덮여 있고,

땅은 여기 이 아래에 굳건히 깔려 있지 않소?

그리고 영원한 별들은

정다운 듯 바라보며 떠오르고 있지 않소.

당신과 이렇게 서로 눈을 마주 보고 있으면,

온갖 것이 당신의 머리와 가슴으로 몰려와서,

영원한 신비 속에 싸여 당신 곁에서

보일 듯 안 보일 듯 움직이고 있지 않소?

그 정감으로 당신의 가슴을 채우고,

그 느낌에 젖어 당신이 대단하게 축복받은 듯이 느낄 때,

그것을 당신 마음대로 부르면 되는 거요.

행복! 정열! 사랑! 신이라고!

나는 그것을 무엇이라고 부르면 좋을지 모르겠소!

감정만이 전부요.

이름은 천장의 불길을 어렴풋이 감싸는

공허한 울림과 연기에 지나지 않소.

마르가레테 말씀하시는 것은 모두 아름답고 훌륭해요.

신부님도 대개 그렇게 말씀하세요.

다만 쓰시는 말이 약간 달라요.

파우스트　어디로 가나,

청천백일하에 사는 사람은 누구나,

저마다 자기의 말로 말하거든.

나라고 나대로 말해서 안 될 것이 뭐요?

마르가레테　그 말씀을 들으니 그럴 듯하게 여겨지지만,

역시 왠지 어딘가 이상해요.

당신은 그리스도교를 믿지 않으시니까요.

파우스트　원 당신도!

마르가레테　저는 전부터 마음에 걸렸어요.

당신이 그런 분하고 같이 다니시는 것이.

파우스트　어째서?

마르가레테　당신이 늘 같이 다니는 그분,

저는 그분이 정말 싫어요.

그이의 천한 얼굴을 보고 있으면

제 가슴을 가시로 콕콕 찌르는 기분이 드는데,

그런 기분은 난생 처음이에요.

파우스트　그런 사람을 무서워할 건 없소!

마르가레테　그분이 곁에 있으면, 전 피가 끓어요.

전 평소에 아무도 나쁘게 생각하지 않아요.

하지만 당신을 아무리 만나고 싶을 때라도,

그분을 보면 어쩐지 소름이 끼쳐요.

그분은 왠지 악한 같은 생각이 들어요!

제가 잘못 보았으면 너무나 미안한 일이지만!

파우스트 그런 괴짜도 있어야 하는 법이오, 세상에는.

마르가레테 그런 분하고는 같이 살고 싶지 않아요!

그분은 문간에 들어설 때마다,

늘 사람을 조롱하는 듯한

심술궂은 얼굴을 하고 있어요.

남이야 어떻게 되든 상관없다는 표정이에요.

어떤 인간하고도 사랑할 수 없다고

그분의 이마에 씌어 있어요.

당신 품에 안겨 있으면 전 기분이 좋아서

모든 것을 내맡긴 포근한 기분이 드는데,

그분이 오면, 가슴이 꽉 죄는 것 같아요.

파우스트 아주 눈치 빠른 천사로군!

마르가레테 그런 느낌에 전 완전히 압도되어서

그분이 우리한테 오기만 하면,

전 그만 당신마저 싫은 듯한 느낌이 들어요.

그리고 그 분이 있는 곳에서는 기도를 드릴 수가 없어요.

그게 자꾸만 마음에 걸려요.

하인리히 씨도 그렇죠?

파우스트 그건 말하자면 본시 성질이 맞지 않는 탓이겠지.

마르가레테 전 이제 가봐야겠어요.

파우스트 아, 단 한 시간이라도

마음 놓고 당신 품에 안겨서

가슴과 가슴, 마음과 마음을 맞닿게 할 수는 없을까?

마르가레테 아, 저 혼자서만 잔다면!

오늘밤 빗장을 열어놓고 싶지만,

하지만 어머니는 잠귀가 밝으세요.

어머니한테 들키기라도 한다면,

전 그 자리에서 죽어버릴 거예요!

파우스트 그런 일이라면 문제없소.

여기 병이 있소! 이것을 세 방울만

어머니가 마시는 것에 떨어뜨리면

기분 좋게 푹 주무시게 될 거요.

마르가레테 당신을 위해서라면, 무슨 일이든지 하겠어요!

하지만, 어머니한테 해가 되지는 않겠지요?

파우스트 해가 된다면, 권하지도 않소.

마르가레테 당신 얼굴을 보고 있으면

왠지 모르지만, 그만 당신 뜻대로 되어버려요.

전 벌써 당신을 위해 많은 것을 해서,

이젠 할 일이 별로 안 남은 것 같아요. (나간다.)

메피스토펠레스 등장

메피스토펠레스 그 철부지는 가버렸나요?

파우스트 또 엿들었구나?

메피스토펠레스 자세히 들었지요.

박사님께서 교리 문답을 당하시더군요.

마음의 양식이 되기를 바라겠소이다.

계집애들은 역시 무척 신경을 쓰는 법이죠.

사내가 옛날식대로 신앙이 깊고 순박한지 어떤지 말이지요.

그쪽에 머리를 숙이는 사내면 이쪽 말도 들어준다고 생각하거든요.

파우스트 자네 같은 괴물이 뭘 알아.

그 성실하고 상냥한 애는

자기에게 축복을 주는

오로지 단 하나의 신앙을

가슴에 듬뿍 안고서

사랑하는 남자가 길이나 잃지 않을까

진정한 마음으로 걱정하고 있는 거야.

메피스토펠레스 성적 매력이 넘치는 구애를 한 양반이

정말 매력 없는 말씀을 하시는군요.

그러다가는 어린 계집의 놀림감이 될걸요.

파우스트 이 똥과 지옥의 불에서 생겨난 병신아!

메피스토펠레스 게다가 그앤 관상도 기막히게 잘 보던데.

내 얼굴을 보면, 왠지 이상하게 느껴진대요.

그 계집애는 나의 정체를 간파한 모양이죠?

내가 보통 인물이 아니라는 것을

어쩌면, 악마라는 것을 눈치 채고 있는지도 몰라요.

그런데 오늘밤엔 —

파우스트 쓸데없는 긱징바라!

메피스토펠레스 아니, 나도 그게 반가워서요.

우물가

그레첸, 리스헨, 물동이를 들고서.

리스헨 바르바라 얘기 못 들었니?

그렌첸 아무 말도 못 들었어. 난 좀처럼 사람들과 어울리지 않으니까.

리스헨 정말이래, 지빌레한테 들었어.

　　　그앤 결국 홀딱 넘어갔다는구나.

　　　그렇게 거드름을 피우더니.

그렌첸 어떻게 됐는데?

리스헨 큰일 났더라!

　　　이제 먹고 마시는 게 두 사람 몫이 되었대.

그렌첸 어머나!

리스헨 정말이지, 될 대로 된 거지 뭐니.

　　　어지간히 오랫동안 그 남자한테 죽자 사자 매달려 있더니!

　　　산책을 같이 안 하나,

　　　마을 무도장에 안 따라가나,

　　　어디를 가든지 제일가는 여자라는 아첨을 들었지.

　　　남자가 늘 파이나 포도주로 비위를 맞춰 주었단 말이야.

　　　그래서 그 애도 제가 미인이 된 듯 신이 나서,

　　　사내한테 선물을 받아도

　　　부끄러운 줄 모를 만큼 천해진 거야.

　　　둘이 시시덕거리고 핥고 빨고 한 끝에,

　　　소중한 꽃이 져버린 셈이야!

그레첸 가엾어라.

리스헨 어머나, 가엾다고 생각하니?

　　　우리는 물레질을 해야 하고

　　　밤에는 어머니가 밖에 내보내 주지 않을 때,

　　　그애는 좋아하는 남자를 만나

　　　문간 벤치나 어두운 복도에서,

　　　시간 가는 줄 모르고 재미를 봤다고.

　　　그러니까 이번에는 풀이 죽어서

　　　죄수복이라도 걸치고, 교회에서 고해나 하라지 뭐!

그레첸 그 사람이 그애를 색시로 맞이할 게 아냐.

리스헨 그 사내가 바본가 뭐! 빈틈없는 젊은 사내라면,

　　　다른 데서도 얼마든지 기분풀이를 할 수 있는걸.

　　　그 사내도 실은 벌써 달아나 버렸대.

그레첸 그건 너무했다!

리스헨 그 사내하고 결혼만 해봐라! 혼을 내 줄테니까.

　　　사내들은 그 애의 꽃판을 뜯어 버릴 거구,

　　　우린 문 앞에 지푸라기를 뿌려 줄 테니까. (나간다.)

그레첸 (집으로 돌아가면서) 지금까지는 다른 처녀들이 실수를 하면,

　　　어떻게 그처럼 대담하게 헐뜯을 수 있었는지!

　　　다른 사람의 죄를 책망하는 데는

　　　아무리 지껄여도 말이 모자라는 것 같지!

　　　남이 한 짓이 검게 보이면, 더 시커멓게 칠하려고 했고

　　　그래도 충분히 검다고는 생각하지 않았지.

　　　그리고 자기는 행복한 줄 알고, 무척 잘난 척했었는데,

그런 내가 지금은 죄악에 몸을 맡기고 있으니!

하지만 — 이렇게 되기까지 모든 것이,

아, 그렇게 좋았는데, 그렇게 즐거웠는데!

성 안쪽 골목

성벽에는 고난의 성모상이 있고, 그 앞에 꽃병이 놓여 있다.
그레첸, 꽃병에 새 꽃을 꽂는다.

그레첸 아, 괴로움 많으신 마리아님,

너그러운 얼굴로

제 곤경을 살펴주십시오!

가슴에 칼을 맞으시고,

수없는 고통을 받으시며

아드님의 죽음을 지켜보고 계시군요.

하늘에 계신 아버지를 우러러,

아드님과 당신의 괴로움 때문에,

한탄의 소리를 보내고 계시는군요.

얼마나 심한 고통이

저의 뼛속을 에는지

누가 느껴 주겠습니까?

저의 가엾은 가슴이 왜 불안을 느끼고
왜 떨며, 무엇을 원하는지
그것을 아시는 이는 오직 당신뿐입니다.

어디를 가나 저의 가슴속이 왜 이렇게
쓰리고 쓰린 것일까요.
저는 아, 혼자가 되면
울고 울고 또 울어서,
이 가슴은 미어집니다.

오늘 아침 당신께 바치려고
이 꽃을 꺾었을 때,
창가의 화분을
아, 저는 눈물로 적셨습니다.
제 방에 환하게
아침 해가 비쳤을 때,
저는 벌써 자리에서 일어나
고민에 몸부림치고 있었습니다.

구해주십시오, 치욕과 죽음에서 건져주십시오!
아, 괴로움 많으신 마리아 님,
제발 저의 곤경을 자비로이
굽어 살펴주십시오!

밤

그레첸의 집 앞길.

발렌틴 (군인, 그레첸의 오빠) 제 자랑이 하고 싶어지는,

　　술자리에 끼어서,

　　친구들이 어떤 꽃 같은 처녀를

　　내 앞에서 큰소리로 칭찬하고,

　　찬사 속에서 술잔을 들이킬 때 ―

　　나는 팔꿈치를 괴고

　　여유만만하게 자리에 앉아

　　모두들 지껄이는 소리를 듣고 있다가,

　　웃으면서 수염을 쓰다듬고는

　　남실거리는 잔을 들고 말했다.

　　"모두 저마다 제멋이 있겠지.

　　그러나 온 나라 안에 누구라도

　　나의 귀여운 그레첸에 견줄 만한 아이가,

　　내 누이한테 시중이라도 들 만한 아이가 있느냐?" 하면

　　"그렇다! 그렇다!" 하는 환성과 술잔 부딪치는 소리.

　　몇몇이 소리쳤다.

　　"자네 말이 맞다,

　　그애는 온 여성의 자랑이다!"

　　그러면 전에 자랑하던 놈들은 입을 다문다.

　　그런데 지금은 ― 머리를 쥐어뜯고

담벼락을 뛰어올라가도 시원하지 않다! —

빗대어 코를 실룩거리면서

돼먹지 못한 놈도 나를 모욕한다!

나는 빚진 죄인처럼 웅크리고

무심히 하는 말에도 진땀을 흘려야 한다.

놈들을 때려 주고 싶지만,

거짓말쟁이라고 할 수가 없다!

저기 오는 저게 뭐지? 살금살금 오고 있는 저놈들은?

잘못 본 게 아니면, 두 놈이구나.

저게 그놈들이라면 당장 멱살을 잡아서

이 자리에서 살려 보내지 않을 테다!

파우스트, 메피스토펠레스.

파우스트 저기 사제 휴게실 창문에

영원한 등불이 불타오르고

옆으로는 멀어지며 점점 희미해져

이윽고 주위의 어둠 속에 잠겨 버린다!

내 가슴도 저와 같이 캄캄하구나.

메피스토펠레스 그런데 나는 발정한 고양이가

비상 사다리를 따라

살며시 담을 기어가는 기분인데요.

아무튼 즐겁습니다.

반은 도둑 근성이고, 반은 색골 근성이지만요.

벌써 나의 전신에 오싹오싹.

저 희한힌 발푸르기스의 밤[18]이 느껴지는군요.

내일 모레면 그 밤이 돌아옵니다.

왜 밤을 새는지는 가 보면 알게 될 것이오.

파우스트 저기 저쪽에 불길이 치미는 것이 보이는데,

보물이 땅속에서 솟아나는 게 아니냐?

메피스토펠레스 머지않아 보물이 든 냄비를 집어 드는,

기쁨을 맛볼 겁니다.

며칠 전 곁눈질로 슬쩍 보았더니

멋있는 사자 무늬의 금화가 들어 있더군요.

파우스트 내 귀여운 아가씨를 단장할

보석이나 반지는 없더냐?

메피스토펠레스 그 속에 진주를 꿰놓은,

목걸이 같은 것이 보이던데요.

파우스트 그것 잘됐네! 선물도 안 가지고,

그 애한테 간다는 게 그렇단 말이야.

메피스토펠레스 공짜로 재미 보는 따위의

비참한 꼴은 당하지 않게 해드리겠소.

하늘에 별이 가득 빛나는 밤이니

진짜 예술적인 노래를 들려 드리지요.

그애를 더한층 홀리기 위해,

마음 설레는 노래를 불러 드리겠소.

기타 반주에 맞추어 노래한다.

사랑하는 이의 문 앞에서

카타리나는

이런 첫새벽에

무엇을 하고 있나?

아서라, 말아라!

들어설 때는

숫처녀지만 나올 때는

숫처녀가 아니라네.

정신을 차려라!

끝나 버리면

그만이란다.

가엾은 아가씨야!

제 몸이 귀하거든

사랑의 도둑에게

마음을 주지마라,

제대로 반지를 끼워 줄 때까지는.

발렌틴 (앞으로 나선다.) 이놈아, 누구를 꾀어내려고 그래? 괘씸한 놈들!

저주받을 오입쟁이들아!

먼저 그 깡깡이부터 부숴 버리겠다!

그리고 노래한 놈을 죽여 버리겠다!

메피스토펠레스 기타가 두 동강 났어! 이제 못 쓰겠는걸!

발렌틴 이번엔 대갈통을 빠개 놓겠다!

메피스토펠레스 (파우스트에게) 선생님, 물러서지 말아요! 기운을 내요!

　　내게 바싹 붙어서, 내가 시키는 대로만 해요.

　　당신의 먼지떨이를 쑥 뽑아요!

　　자, 찌르시오! 받는 건 내가 맡을 테니.

발렌틴 이걸 받아라!

메피스토펠레스 못 받을 게 뭐냐.

발렌틴 이것도!

메피스토펠레스 놓칠 성 싶으냐!

발렌틴 아, 이놈은 악마인 모양이구나!

　　이게 웬일이지? 벌써 손이 말을 듣지 않는다.

메피스토펠레스 (파우스트에게) 자, 찌르시오!

발렌틴 (쓰러진다.) 아앗!

메피스토펠레스 놈이 뻗었구나!

　　자, 갑시다. 얼른 종적을 감춰야지.

　　벌써 살인이라 외치는 소리가 들리는군요.

　　경찰을 다루는 거야 문제없지만,

　　신의 이름으로 하는 재판은 질색이란 말이오.

마르테 (창가에서) 누구 좀 나와요! 나와 보세요!

그레첸 (창가에서) 불을 좀 가져 오세요!

마르테 (전과 같이) 칼싸움이 벌어졌어요!

사람들 저기 한 사람이 죽어 있다!

마르테 (집에서 나온다.) 죽인 놈은 벌써 도망쳤나요?

그레첸 (집에서 나온다.) 저기 쓰러져 있는 이는 누구예요?

사람들 네 오빠다!

그레첸 아, 하느님! 이 일을 어쩌나!

발렌틴 나는 죽는다! 말도 빨랐지만

더욱 쉽게 나는 죽게 되었다.

이봐요, 부인네들, 왜 그렇게 서서 울고불고 하는 거요?

이리 와서 내 말 좀 들어 보시오!

모두 그의 주위에 모여든다.

얘, 그레첸, 넌 아직 어려서

도무지 철이 없다.

그래서 일을 저지르고 말았다.

아무도 모르게 말해 두지만

넌 창녀가 되어 버렸다.

이제 어쩔 수 없는 일이다.

그레첸 아니 오라버니! 아, 하느님!

어째서 저에게 그런 말씀을?

발렌틴 하느님이라니, 농담이라도 그 이름을 들먹이지 마라.

이미 일어난 일이니 딱하지만 할 수 없다.

그리고 어차피 될 대로 되겠지.

너는 한 남자와 남몰래 사랑을 시작했다.

하지만 그런 놈들이 점점 늘어갈 거다.

그것이 열이 되고, 열다섯이 되어,

너는 온 장안의 노리갯감이 될 것이다.

그러다가 죄의 씨라도 갖게 되면

아무도 몰래 그 애를 낳아서

어둠의 너울을 머리에 푹

덮어씌워 주겠지.

아니, 죽이고 싶어질 게다.

그러나 그애는 자꾸만 자라서

대낮에 얼굴을 들고 돌아다니겠지만

그애는 여전히 추한 죄의 자식이다.

인간이 추하면 추할수록,

더 밝은 데로 나가고 싶어 하는 법이지.

벌써 내 눈엔 보이는 것 같구나.

거리의 성실한 사람들이 모두

염병에 걸려 죽은 송장이나 보듯

너라는 창녀를 비켜가는 꼴이.

모두 너를 훑어보면

너의 몸과 마음은 섬뜩해질 것이다.

이제는 금목걸이도 걸 수는 없다!

성당에 가도 제단 앞에는 서지 못한다.

아름다운 레이스의 깃을 달고

춤추며 즐길 수도 없다.

거지나 병신들 속에 끼어

어둡고 비참한 구석에 숨어 있어야만 한다.

설사 하느님이 용서하시더라도

이 세상에서는 저주받은 몸인 것이다.

마르테 그런 말 그만하고

당신 영혼이나 구원을 받도록 해요.

그런 욕지거리로 죄를 더 걸머질 작정이에요?

발레틴 이 철면피 같은 뚜쟁이 계집년아!

네 말라빠진 몸뚱이를 실컷 두들겨 주었으면 좋겠다.

그러면 내 죗값을 톡톡히

치르고도 남을 테니 말이다.

그레첸 오라버니! 얼마나 괴로우시겠어요!

발렌틴 새삼 눈물 따위를 짜지 마라!

네가 정조를 버렸을 때

내 가슴은 가장 아픈 상처를 입었다.

나는 눈을 감고 자는 듯이 죽어서

군인으로서 용감하게 하느님에게로 가련다. (죽는다.)

사원

장례 미사, 오르간과 노랫소리.

그레첸, 많은 사람들 속에 끼어 있다.

악령이 그 뒤에 있다.

악령 그레첸, 너는 많이도 변했구나.

네가 천진난만하게

저 재단 앞으로 걸어 나와

다 해진 기도서를 펼치고,

반은 어린애 장난으로

반은 하느님에 대한 신앙으로

혀짧은 소리로 기도를 올리던 그때와는!

그레첸!

네 머릿속은 어떻게 된 거지?

네 가슴속에는

무서운 죄업이 숨어 있구나!

너는 너 때문에 기나긴 괴로움을 당한

죽은 어머니의 영혼을 위해 기도하는 거냐?

너의 집 문턱에는 누구의 피가 흘렀지?

— 그리고 너의 가슴속에서는

무언가가 벌써 꿈틀거리며,

미래의 불안을 예감하고,

이미 너 자신까지도 괴롭히고 있지 않느냐?

그레첸 아아, 괴롭구나!

이 괴로움에서 달아나고 싶다!

나를 책망하려고

오락가락하는 이 세상에서!

합창 노여움의 날, 그날이 오면

세계는 변하여 재가 되리라.

오르간 소리

악령 신의 노여움이 널 사로잡는다.

천사의 나팔이 울린다!

무덤이 모조리 흔들린다!

그리고 네 영혼은

죽음의 재 속에서의 안식으로부터

불길의 고통으로

다시 불려 나가

겁을 먹고 떨리라!

그레첸 여기서 나갈 수 있으면 좋으련만!

저 오르간 소리가 내 숨결을

꽉꽉 틀어막는 것 같구나.

저 노랫소리가 내 심장을

갈기갈기 찢는 것 같구나.

합창 심판자가 자리에 앉으면

숨은 죄가 모두 드러나,

벌을 받지 않고는 못 견디리라.

그레첸 가슴이 죄는 것 같다!

벽의 기둥이

나를 사로잡는다!

둥근 천장이

나를 짓누른다! —아, 답답하다!

악령 네가 숨어도 죄와 더러움은

숨길 수 없다.

답답하다고? 눈이 부시다고?

불쌍한 것!

합창 가엾은 나, 그때는 무슨 말을 하리.

　　　그 누구에게 보호를 구하리.

　　　올바른 이조차 불안할진대.

악령 성스러운 사람들은

　　　너를 외면할 것이다.

　　　너에게 손을 내밀려다가

　　　순결한 자들은 몸을 뗄 것이다.

　　　불쌍하구나!

합창 가엾은 나, 그때 무슨 말을 하리.

그레첸 옆에 계시는 아주머니! 그 향수병[19]을 좀!

　　　기절한다.

발푸르기스의 밤

하르츠 산중, 쉬르케와 엘렌트 근처.

파우스트, 메피스토펠레스

메피스토펠레스 빗자루 같은 거라도 필요치 않소?

　　　나는 억센 숫양[20]이라도 한 마리 있으면 하오.

　　　목적지까지는 아직 가야 하니까요.

파우스트 내 다리에 아직 싱싱한 기운이 도는 동안은

이 마디 굵은 지팡이면 충분하네.

별로 서두르는 길도 아니고 보면

골짜기의 꾸불꾸불한 길을 따라

다음에 이 바위를 올라가면

거기서는 샘물이 영원히 콸콸 흐를 테지.

이것이 산길을 걷는 흥취가 아닌가?

봄은 벌써 자작나무 가지를 물들이고

전나무마저 이미 봄의 기척을 느끼고 있구나.

우리들의 사지에도 봄기운이 동하는 것 같구나.

메피스토펠레스 그런데 사실은 그런 걸 조금도 느끼지 못 하겠는걸요!

내 몸 속은 아직도 겨울입니다.

차라리 가는 길에 눈이나 서리가 깔렸으면 싶군요.

붉은 조각달이 나지막이 열을 뿜으며,

구슬프게 솟아올라

희미하게 비치는 바람에, 한 발자국마다

나무와 바위에 부딪힐 것 같군요!

미안하지만, 도깨비불한테 부탁하는 수밖에 없네요!

마침 저기 신나게 타오르는 놈이 보입니다.

여보게, 친구! 이리 와 줄 수 없나?

그렇게 헛되이 타서 어쩌려고 그러나.

우리들에게 올리기는 길을 쫌 밝혀 주게.

도깨비불 삼가 저의 주책없이 흔들리는 성품을

어떻게든 억제해 보기로 하겠습니다.

갈지자로 걷는 게 저희들의 버릇이랍니다.

메피스토펠레스 아니, 이놈 봐라! 인간의 흉내를 낼 참이구나.

똑바로 걸어라. 악마의 이름으로 명령한다!

그렇지 않으면, 네놈의 깜박이는 목숨의 불을 확 불어 꺼버릴 테다!

도깨비불 당신이 이 산의 상전이라는 것을 잘 알고 있습니다.

기꺼이 마음에 드시게끔 하지요.

하지만 생각 좀 해보십시오! 오늘은 산이 온통 미쳐 날뛰고 있습니다.

도깨비불한테 길잡이를 시키시려면,

너무 잔소리를 하지 마십시오.

파우스트, 메피스토펠레스, 도깨비불 (번갈아 노래를 부른다.)

꿈의 나라, 마귀의 나라에

우리들은 들어섰구나.

잘 안내하여 생색을 내라!

앞으로 나아가면 이윽고

넓은 황야에 이르리라!

나무들 차례차례

언뜻언뜻 뒤로 물러간다.

허리 굽힌 낭떠러지,

길게 뻗은 바위 콧대들

으르렁거리며 숨을 내뿜는다!

돌 사이를 누비고 풀을 헤치며

시냇물, 개울물이 흘러내린다.

들리는 것은 물소리냐, 노랫소리냐?

달콤한 사랑의 하소연이냐?

들리는 것은 행복했던 젊은 날의 잠꼬대냐?

희망의 노래여, 사랑의 가락이여!

메아리가 지난날의 옛이야기처럼

울려 퍼져 되돌아온다.

갖가지 울음소리 다가온다.

부엉이, 갈까마귀 그리고 어치

모두들 아직도 깨어 있었더냐?

덤불 속을 기는 것은 도롱뇽이냐?

긴 다리에 배가 부르구나!

나무뿌리가 뱀들처럼

바위의 모래에서 굽이쳐 나와

요사한 밧줄을 뻗어서

우릴 위협하고 잡으려 한다.

살아 있는 듯한 굵은 옹두리는

해파리처럼 팔을 뻗어

나그네의 발목을 낚으려 한다.

가지각색 들쥐는 떼를 지어

이끼와 덤불 속을 내닫는다.

반딧불도 별을 뿌린 듯이

이리서리 떼를 지어 날아다니며

나그네의 길을 어지럽힌다.

그런데 우리는 걸음을 멈추고 있는가?

　　　　아니면 앞으로 나아가고 있는 것일까?

　　　　모든 것이 빙빙 도는 것 같구나.

　　　　바위와 나무도 얼굴을 찌푸리고

　　　　도깨비불은 수가 늘어나

　　　　빙빙 돌고 있는 것만 같구나.

메피스토펠레스 내 옷자락을 꼭 잡으시오!

　　　　여기는 말하자면 중턱의 고개로

　　　　산속에 묻힌 황금이 얼마나 빛나는지

　　　　놀랄 정도로 잘 보이죠.

파우스트 먼동이 틀 무렵처럼 붉고 희미한 빛이,

　　　　골짜기마다 아련하게 비치고 있는 것이 정말 이상도 하구나?

　　　　깊고 깊은 골짜기의 틈새까지

　　　　그 빛이 스며들고 있구나.

　　　　저기서는 물김이 서려 오르고 가스가 뻗어나간 곳도 있고,

　　　　여기선 안개와 연기 속에서 불길이 타오른다.

　　　　그 빛은 가느다란 실처럼 기어가기도 하고

　　　　샘처럼 용솟음치기도 한다.

　　　　그것이 서리서리 얽혀서

　　　　긴 골짜기를 메운다.

　　　　그러나 이 좁은 구석에서는

　　　　갑자기 풀려서 산산이 흩어진다.

　　　　그러면 근처에 금모래를 뿌린 듯이

　　　　온 사방에 불꽃이 튄다.

　　　　그러나 보라! 저 돌바위 절벽은

모조리 불에 타고 있구나!

메피스토펠레스 오늘밤의 축제를 위해 황금의 신이

궁전을 화려하게 밝힌 것이 아니겠습니까?

당신이 이것을 구경하였으니 복도 많소.

벌써 미쳐 날뛰는 마녀들이 오는 것 같군요.

파우스트 오, 공중에 미쳐 날뛰는 회오리바람!

무서운 힘으로 내 목덜미를 치는구나!

메피스토펠레스 그 바위의 갈빗대를 꽉 잡으시오.

그렇잖으면 계곡 밑으로 떨어져 버릴 것입니다.

안개가 어둠을 더욱 짙게 만들고 있군요.

숲에서 와지끈거리는 소리를 들어봐요!

놀란 올빼미가 날아갑니다.

들어보세요, 영원히 푸르른 궁전의

둥근 기둥이 갈라지는 소리를.

나뭇가지가 부러지는 소리.

나무줄기가 요동치는 소리.

뿌리가 우지직 갈라지는 소리.

모두가 무섭게 얽혀서 쓰러지고,

겹쳐서 떨어지는 무서운 산울림.

산산조각 난 나무로 가득 찬 골짜기에

바람이 휙휙 불어 지나갑니다.

높은 곳의 서 소리가 들리나요?

먼 곳에서도, 가까운 곳에서

아니, 이 산 전체를 뒤흔들 듯이

미친 듯한 마녀의 노래가 들려옵니다!

마녀 (합창) 마녀들이 브로켄 산으로 몰려가네.

　　　　그루터기는 누렇고, 새싹은 초록.

　　　　그곳에 굉장한 무리들이 모여드는구나.

　　　　우리안[21] 님의 선창에 맞추어,

　　　　돌뿌리 나무뿌리 넘어서 갑니다.

　　　　마녀는 방귀를 뀌고, 숫양은 구리네.

목소리 바우보[22] 할멈이 혼자서 오네.

　　　　새끼 밴 돼지를 타고요.

합창 훌륭한 마녀라면 존경해야지!

　　　　바우보 할머니 앞장서서 안내하시오!

　　　　돼지는 씩씩하고, 타신 분은 어머니시다.

　　　　마녀들이 모조리 뒤따라갑니다.

목소리 어느 길로 왔느냐?

목소리 일젠슈타인 재를 넘어왔지!

　　　　거기서 부엉이 집을 들여다보았더니

　　　　두 눈을 부릅뜨더라!

목소리 이크, 위험해!

　　　　왜 그렇게 빨리 달리나!

목소리 생채기를 냈어요.

　　　　이 상처 좀 봐요!

마녀 (합창) 길은 넓고도 멀다.

　　　　밀치락달치락하지 마라!

　　　　갈퀴는 찌르고, 빗자루는 할퀴고,

배 안의 아기는 숨이 막히고, 어미는 배가 터진다.

요술쟁이 (반수半數 합창) 우리는 어정어정 달팽이 걸음,

계집들은 모두 앞질러 가네.

악마의 소굴을 찾아갈 때엔

계집들이 천 걸음 앞장서 가네.

나머지 반수 우리는 그것에 신경쓰지 않겠네.

여자들은 바쁘게 종종 걸음으로,

아무리 여자가 서둘러 가더라도,

사나이는 단번에 펄쩍 뛰어 앞서네.

목소리 (위쪽에서) 어서 와요, 어서 와! 산간 호수의 친구들!

목소리 (밑에서) 우리도 높은 곳에 함께 가고 싶어요.

몸은 날마다 씻어서 번쩍이지만

평생 아이는 배지를 못한답니다.

양쪽의 합창 바람은 자고, 별은 달아난다.

흐린 달은 벌써 얼굴을 가린다.

마법의 합창 소리 울려 퍼지면,

하늘에 무수한 불꽃이 튄다.

목소리 (밑에서) 잠깐! 기다려요!

목소리 (위에서) 누구야, 그쪽 바위틈에서 부르는 게?

목소리 (밑에서) 나를 데리고 가요, 같이 가요!

나는 3백 년이나 계속 오르고 있지민

아직도 꼭대기에 이르지 못했네.

친구들과 함께 어울리고 싶은데!

양쪽의 합창 빗자루도 태워 주고, 지팡이도 태워 준다.

갈퀴도 태워 주고, 산양도 태워 준다.

오늘밤에 올라오지 못하는 놈들은

언제까지나 올라오지 못한다.

반마녀 (밑에서) 저는 오래 전부터 아장아장 쫓아가고 있지만,

모두들 벌써 저렇게 멀리 가버렸어요!

집에 있으면 안절부절 못하겠고

와봐야 따라가지도 못하겠어요.

마녀의 합창 고약을 칠해 기운을 내거라.

넝마 조각만 있으면 돛이 되고

어떤 물통도 근사한 배가 된다.

오늘 날지 않으면 영원히 날지 못하니.

양쪽의 합창 우리는 언덕을 날아 돌아갈 테니

너희들은 땅바닥을 기어가거라.

아득한 황야에 떼 지어

마녀의 무리로 가득 채우자.

모두 바닥에 앉는다.

메피스토펠레스 밀치고, 달치고, 내닫고, 덜거덕거린다!

쉭쉭거리고, 웅크리고, 잡아채고, 조잘댄다!

번쩍이고, 번득이고, 풍기고, 타오른다!

이거야말로 진정 마녀의 세계로다!

나를 꼭 잡으시오! 놓치면 당장 떨어지고 맙니다.

아니, 어디로 갔어요?

파우스트 (멀리서) 여기 있네!

메피스토펠레스 뭐요! 벌써 거기까지 휩쓸려 가다니!

이렇게 되면 내가 주인 노릇을 아니할 수 없군.

비켜라! 폴란트²³ 공자님이 나가신다! 비켜라, 이놈들아, 비켜!

자, 선생님, 나를 잡아요! 껑충 뛰어서

이 혼란에서 벗어납시다.

하도 미쳐 날뛰니, 나 같은 놈까지도 질색이군요.

저기 뭔가 이상하게 빛나는 게 있군요.

어쩐지 저 수풀이 끌리는데요.

자, 이리 오시오! 저리로 기어 들어갑시다.

파우스트 이 심술꾸러기 같으니! 좋다, 가자! 어디든지 데리고 가거라.

하지만 생각하건대 이래야 하나.

우리는 발푸르기스의 밤에 브로켄 산까지 와서

군이 이런 곳에 쓸쓸히 떨어져 있겠다는 거냐.

메피스토펠레스 저거나 좀 보시구려, 얼마나 오색찬란한 불길입니까!

신나는 패들이 둘러앉았습니다.

규모가 작은 모임에서는 따돌림은 안 당합니다.

파우스트 하지만 나는 저 위로 가보고 싶다.

벌써 불길과 소용돌이치는 연기가 보인다.

많은 무리들이 마왕에게로 몰려가는구나.

저기 가면 여러 가지 수수께끼가 풀리겠지.

메피스토펠레스 그 대신 많은 수수께끼가 얽히기도 하지요.

저 큰 세계는 떠들게 내버려 두고,

우리는 여기 조용한 곳에 자리를 잡읍시다.

큰 세계 안에 여러 작은 세계를 만드는 것은

옛날부터의 관습이지요.

보세요. 젊은 마녀애들은 발가벗었고,

나이 든 것은 꽤 맵시 있게 살을 가렸군요.

제발 제 체면을 생각해서 대해 주시구료.

애는 쓰지 않아도 재미는 크답니다.

무슨 악기 소리가 들리는군요!

굉장히 귀에 거슬리지만 이내 익숙해져야 하죠.

자, 갑시다, 같이! 별 수가 없지 않소.

내가 앞서 가서 당신을 소개하죠.

새 인연을 맺어 드리리다.

어떻습니까? 좁은 곳도 아니죠.

저걸 보시오! 끝이 안 보일 지경입니다.

수백 개나 되는 불이 줄지어 타고 있지요.

춤추고, 지껄이고, 끓이고, 마시고, 사랑을 하지요.

이보다 더 좋은 곳이 있거든 말해 보구료.

파우스트 그런데 우리가 여기 한 몫 끼려면

자네는 마술사 행세를 할 텐가, 아니면 악마 노릇을 할 텐가?

메피스토펠레스 나는 암행暗行하는 것이 익숙하지만

축제일에는 훈장을 달고 싶어 하지요.

가터 훈장도 여기서는 소용없고

말말굽이 여기서는 제격이지요.

저기 저 달팽이가 보입니까? 이쪽으로 기어오는군요.

저놈은 저 촉각으로

벌써 나를 알아봤어요.

여기서는 내 정체를 속일 수가 없단 말씀이오.

가십시다! 모닥불에서 모닥불로 돌아다녀 봅시다.

나는 중매쟁이고, 당신은 구혼자입니다.

꺼져 가는 숯불에 둘러앉은 몇 사람에게

노인장들! 이런 구석에서 무얼 하고 계십니까?

버젓이 한복판에 나가서

떠들썩한 젊은이들 속에 끼는 것이 좋을 텐데.

쓸쓸하게 앉아 있는 것은 집만으로도 족합니다.

장군 누가 국민을 믿으려 하겠소!

그들을 위해서 그만큼 일했건만.

평민들이란 마치 계집들 같아서

언제나 젊은 놈들만 죽자 사자 한단 말이오.

대신 요즘 세상은 정의에서 너무 멀어졌소.

나는 선량한 옛사람을 찬양하오.

사실 우리가 무슨 일에건 중용되었던 시절이

그야말로 참다운 황금 시대였을 게요.

벼락부자 우리도 사실은 어리석지는 않았지요.

해서는 안 될 짓도 자주 하긴 했지요.

하지만 모든 것이 뒤집히고 말았어요,

재물을 정직하게 지키려고 했는데.

저술가 온건하고 현명한 내용의 책을

요즘 세상에 누가 읽고 싶어 합니까!

정말이지 오늘의 젊은 놈들만큼

이렇게 건방진 때는 일찍이 없었지요.

메피스토펠레스 (갑자기 늙은 체 한다.)

나는 이번을 마지막으로 마녀의 산에 올라왔지만,

모두 마지막 심판을 받을 때가 다가온 것 같군요.

내 술통의 술이 바닥이 나서 탁해진 것을 보니

이 세상도 슬슬 말세가 된 모양입니다.

고물상 마녀 자, 자, 나리들, 그냥 지나가지 마세요!

좋은 기회를 놓치지 마세요!

우리 물건을 잘 살펴보고 가세요!

온갖 구색을 다 갖추어 놨습니다.

우리 가게는 다른 집과 달라서

이 세상에 흔한 것은 별로 없습니다.

그리고 인간이나 세상에 조금이라도

해를 끼치지 않은 것은 없습니다.

피를 흐르게 하지 않은 비수도 없거니와,

튼튼한 몸에 치명적인 독약을

부어 보지 않은 잔도 없습니다.

아름다운 여자를 홀리지 않은 노리개도 없고,

맹세를 어기거나, 상대를 뒤에서,

찌르지 않은 칼도 없습니다.

메피스토펠레스 이봐요, 아주머니! 당신은 세태를 잘 모르는군.

한 일은 지난 일이고 지난 일은 다 끝난 일!

　신기한 것을 팔도록 해봐요!

　신기한 것이 아니면 우리 눈을 못 끌어요.

파우스트　어째 정신이 아찔하구나!

　이건 마치 대목 장에 온 것 같군!

메피스토펠레스　이 들끓는 군중들은 위로만 가려고 하고 있지요.

　당신은 남을 밀고 있다고 생각할지 모르지만, 실은 밀리고 있는 거요.

파우스트　저건 누구지?

메피스토펠레스　자세히 보시구료! 릴리트지요.

파우스트　누구라고?

메피스토펠레스　아담의 첫 마누라 말입니다.

　저 아름다운 머리칼을 조심하시오,

　저게 다시없는 자랑거리 장식이지요.

　저걸 가지고 젊은 사내를 손에 넣기만 하면,

　좀처럼 놓아 주지 않는단 말이에요.

파우스트　저기 둘이 앉아 있네. 할머니와 딸이.

　저것들은 벌써 실컷 춘 모양이군!

메피스토펠레스　저들이 오늘 쉴 리가 없지요.

　다시 춤을 시작할 겁니다. 자, 우리도 춥시다.

파우스트　(젊은 마녀와 춤춘다.)

　언젠가 꾸었지, 좋은 꿈을,

　한 그루의 사과나무의 꿈을.

　예쁘게 반짝이는 사과가 두 개

　마음이 끌리어 올라갔었지.

마녀　사과는 벌써 천국 때부터

남정네들이 탐내던 물건.

우리 집 뜰에도 열렸으니,

나는 좋아요, 나는 기뻐요.

메피스토펠레스 (늙은 마녀와 같이)

언젠가 꾸었지, 이상한 꿈을.

거기에는 있었네, (큰 구멍이)

(크지만) 내 마음에 쏙 들었네.

늙은 마녀 말발굽을 가진 기사님,

참으로 잘 오셨어요!

(큰 구멍)이라도 싫지 않다면

(마개) 하실 준비나 어서 하세요.

엉덩이 마술사²⁴ 이 망할 놈들! 무슨 짓들이냐?

유령이 버젓한 다리가 없다는 건,

이미 오래 전에 증명된 일 아닌가?

그런데 너희들이 인간처럼 춤을 추다니!

마녀 (춤을 추면서) 저이는 무도회에 와서 어쩌자는 것인지?

파우스트 (춤을 추면서) 저놈 말인가! 저놈은 어디고 안 가는 데 없지.

남이 춤을 추면 비평하지 않고 못 배기거든.

어떤 스텝이건 저놈이 잔소리를 하지 않으면,

그 스텝은 밟지 않은 것이나 다름없다고 생각하고 있지.

우리가 앞으로 나가는 것이 저놈은 제일 못마땅거든.

이렇게 빙빙 돌고만 있으면

저놈 집의 낡은 물레방아가 돌아가듯이

제법 좋은 편이라고 한단 말이지.

제발 고평高評을 바란다 하면 더욱 좋다고 할 게고.

엉덩이 마술사 아직도 그러고 있구나? 어이없는 놈들.

어서 썩 꺼져라! 우리는 세상을 계몽하고 있는 것이다.

악마들이란 법칙을 무시하는 놈들이란 말이다.

우리는 이렇게 총명해졌는데 아직도 테겔 근처에서는 도깨비가 나온다.

꽤 오랫동안 미신을 쓸어내 왔건만,

아직도 깨끗해지지 않았다. 쾌씸한 노릇이다!

마녀 그만해요, 따분해요!

엉덩이 마술사 너희들 도깨비 상판에 대고 말하지만

심령의 독재주의는 결코 용서 않는다.

내 심령은 그런 짓을 할 수가 없다.

춤은 계속된다.

오늘은 아무래도 성산이 없구나.

하지만 여행기[25]는 늘 가지고 다니다가,

마지막 걸음을 내딛기 전까지는

악마와 시인놈들 혼을 내주고 말 테다.

메피스토펠레스 저자는 곧 물구덩이에 앉을 거야.

그것이 저자가 편히 쉬는 방식이니까.

그리고 거머리가 엉덩이 피를 빠는 동인

저 녀석은 도깨비들과 제 심령에게서 해방이 되는 거지.

춤에서 떨어져 나온 파우스트에게

　　그렇게도 귀엽게 노래하며 춤을 춘

　　예쁜 아가씨를 왜 놓아 주었지요?

파우스트　놀랐어! 한창 노래를 부르는데,

　　입 속에서 빨간 쥐새끼가 튀어나오잖아.

메피스토펠레스　이상할 것 없어요! 염려할 것 없어요.

　　잿빛 쥐가 아니어서 다행입니다.

　　재미를 보는 판에 누가 그런 걸 문제 삼아요?

파우스트　그리고 또 내 눈에 ―

메피스토펠레스　뭐지요?

파우스트　메피스토펠레스, 저기

　　아 여쁜 아이가 창백한 얼굴로 혼자 있는 게 보이나?

　　가 까스로 느릿느릿 움직이고 있는데,

　　차꼬가 채워진 모양이야.

　　솔직히 말해서, 내 눈에는

　　착한 그레첸을 닮은 것 같단 말일세.

메피스토펠레스　내버려두세요! 건드리면 좋을 게 없어요.

　　저건 마魔의 살아 있지 않은 환영입니다.

　　저런 걸 가까이 해서 좋을 것이 없지요.

　　저 차가운 눈이 바라보면, 인간의 피도 얼고 말아요.

　　몸이 둘로 변하고 말지요,

메두사[26]　이야기는 당신도 들었겠지요.

파우스트　확실히 저 눈은 죽었을 때

　　사랑하는 이의 손이 감겨 주지 않은 눈이다.

　　저건 그레첸이 내게 바친 가슴이다.

저 육체는 내가 즐기던 그리운 육체다.

메피스토펠레스 저건 요술이라니까요. 참 쉽게 넘어가는군요!

저 여자는 누구에게나 자기 연인처럼 보이는 여자란 말이에요.

파우스트 정말 기쁘기도 하고! 괴롭기도 하구나.

나는 저 눈초리에서 떠날 수가 없구나.

작은 칼의 잔등만큼도 넓지 않은 붉은 끈

한 오라기가 저 아름다운 목을,

두르고 있으니 참으로 이상하구나!

메피스토펠레스 정말 그렇군요! 내게도 보입니다!

저 여자는 자기 머리까지도 겨드랑이에 끼고 다닐 수 있을지도 모르지요.

페르세우스가 그 목을 잘랐으니까요.

여전히 당신은 망상에 잠겨 있군요!

자, 이 언덕을 올라갑시다.

프라터[27]같이 신나는 곳이랍니다.

내가 홀린 것이 아니라면

정말 연극까지도 하고 있군요.

거기서 하는 게 대관절 뭐지요?

안내역 곧 또 시작됩니다.

새 작품인데, 일곱 가지 연극 중 마지막 것입니다.

이 정도 보여드리는 게 이 고장의 관습입니다.

전문가가 아닌 사람이 쓰고

보통사람이 연극을 하지요.

용서하십시오, 실례하겠습니다.

저도 그런 사람으로, 막을 열어야 하니까요.

메피스토펠레스　너희들을 브로켄 산에서 만나서 반갑다.

　　여기는 너희들에게 알맞은 곳이니까.

발푸르기스 밤의 꿈

별명 오베론과 티타니아[28]의 금혼식

막간극

무대 주임　오늘은 우리 미딩[29] 스승의

　　젊은 제자들도 놀게 되었소.

　　해묵은 산과 축축한 골짜기,

　　무대는 이것뿐이니까!

해설자　금혼식이라면!

　　50년이 지나야 합니다.

　　하지만 부부 싸움은 끝났으며

　　더구나 즐거운 임금님의 금혼식이오.

오베론　여봐라, 영들아, 가까이에 있거든

　　지금 이 자리에 모습을 나타내어라.

　　왕과 왕비가 새로이

　　인연을 맺느니라.

푸크　푸크가 나타나 비스듬히 돌면,

　　원무 형식으로 발을 끌며 나갑니다.

　　　나와 같이 즐기고 싶다며

　　　백 명이나 뒤에서 따라옵니다.

아리엘　아리엘이 선창을 하여

　　　하늘의 묘한 노래 들려주면,

　　　추한 자도 홀려서 모여들지만,

　　　미남 미녀도 유혹합니다.

오베론　금실 좋게 지내고 싶은 부부는

　　　왕과 왕비에게 배워라!

　　　두 사람이 서로 사랑하기 위해서는

　　　두 사람을 떼어놓으면 된다.

티타니아　남편이 화를 내고, 아내가 토라지면

　　　당장 두 사람을 붙잡아다가

　　　여자는 남쪽, 남자는 북쪽,

　　　끝까지 데리고 가버리면 된다.

관현악 합동 연주　(가장 강하게)

　　　파리의 주둥이에 모기의 코끝

　　　그 일가친척들이 다 나왔습니다.

　　　나뭇잎의 개구리에 풀 속의 귀뚜라미

　　　이것들이 모두 악사樂士랍니다!

독창　퉁소군이 나왔습니다!

　　　실은 비눗물의 거품이지요.

　　　슈네케, 슈니케, 슈니크 하고

　　　납작코에서 울려나오는 소리.

갓난요정　거미 다리에 두꺼비 배,

꼬마 요정이지만 날개도 있네.

안 어울리는 부부 꿀 같은 이슬과 그윽한 향기 속을

아내는 아장아장, 남편은 깡충깡충 뛰네.

아내여, 아무리 종종걸음을 쳐도

하늘까지는 날지 못할걸.

호기심 많은 나그네 이것은 가장무도회의 장난인가?

아름다운 신 오베론을

오늘 이런 데서 볼 줄이야,

내 눈이 헛본 것이 아닐까?

정교政敎 신도 발톱도 없고, 꼬리도 없다!

그러나 의심할 여지가 없다!

그리스의 여러 신처럼

저 오베론도 실은 악마다.

북쪽의 화가 지금 내가 그리고 있는 것은,

확실히 습작에 지나지 않지만

언젠가는 준비를 갖추어

이탈리아에 다녀와야지.

보수파³⁰ 어쩌다가 이런 곳에 왔을까?

예의범절도 없구나!

이렇게 많은 마녀 중에서

머리에 분을 바른 것은 둘뿐이구나.

젊은 마녀³¹ 머리분이니 옷치레니 하는 것은

백발 노파에게나 맞는 일이라고요.

나는 알몸으로 숫염소를 타고,

탐스런 육체를 보여 주죠.

노 귀부인[32] 우리는 너희들과

입씨름을 하기에는 너무 점잖지만,

너희들의 그 젊고 보드라운 몸뚱이가,

그대로 썩어 문드러졌으면 좋겠다.

악장 파리의 주둥이에 모기의 코끝.

벌거벗은 여자에게 넋을 잃지 마라!

나뭇잎의 개구리에 풀 속의 귀뚜라미

노래의 박자를 깨지 마라!

풍향 깃발[33] (이쪽을 향하여) 더할 나위 없이 훌륭한 아가씨들이군요.

정말 훌륭한 색싯감뿐이구나!

총각들도 누구 하나 빠짐없이

믿음직스럽구나.

풍향 깃발 (저쪽을 향하여) 땅이 입을 딱 벌려,

저놈들을 모두 삼켜 버리지 않는다면,

차라리 내가 그쪽으로 달려가서

곧장 지옥으로 뛰어들고 말 테다.

크세니엔 우리는 날카로운 가위를 가진

곤충의 모습으로 찾아왔어요.

우리 아버지인 악마대왕에게

걸맞은 경의를 표하려고요

헤닝스[34] 저것 봐라! 저놈들 한데 어울려

분별없이 장난치고 있는 꼴들을!

저러다가 저놈들 마지막에 가서는

우리는 착해요, 할지도 모르지.

무자게트 나도 이 마녀의 무리 속에

기꺼이 끼어들고 싶구나.

뮤즈 신을 다루기보다는

마녀들의 지휘가 더 능숙하니까.

전슛 시대 정신 높은 사람에게 붙어야 출세를 한다.

자, 내 옷자락을 잡아라!

브로켄 산도 독일의 파르나스도

꼭대기엔 빈자리가 아직도 많다.

호기심 많은 나그네 저 으스대는 자는 누구지?

걸음걸이가 거만스럽군.

뭐든지 냄새를 맡아내는 놈이지.

예수회 냄새가 난다는 친구로군요.

학[35] 맑은 냇물에서 낚시하고 싶지만,

흐린 냇물도 아무 상관 없습니다.

그러나 너희들은 신앙심이 깊은 어르신네들이

악마하고 사귀는 수작을 보아 두란 말이다.

속인[36] 정말이지 신앙이 두터운 사람에겐

만사가 목적을 위한 수단이랍니다.

그래서 이 브로켄 산에서도

여러 가지 비밀 회합을 열고 있지요.

무용수들 새로운 합창대들이 오는 모양이지?

멀리서 북소리가 들린다 —

조용히 해요! 저것은 갈대밭 속에서

우짖는 해오라기야.

무용 선생 모두들 잘도 발을 치켜드는구나!

되도록 알몸을 드러내 보이겠다는 거지!

꼽추도 깡충깡충, 뚱뚱보는 뒤룩뒤룩,

어떤 꼴로 보이든지 안중에 없는 듯하구나.

바이올린 악사 저 건달들은 서로 몹시 미워해서,

서로 아옹다옹하면서도

퉁소 소리에 어울려 노는구나,

오르페우스의 소리에 짐승들이 모여들 듯이.

독단론자 비판론이니 회의론이니 하여

큰소리 쳐도 나는 미혹되지 않는다.

악마라도 반드시 그 무엇인 것이다.

왜냐하면 악마는 이미 존재하기 때문이다.

관념론자 내 마음속에서 공상의 힘이

좀 지나치게 활개를 치는구나.

확실히 모든 것이 '자아'라고 한다면,

나는 오늘 아무래도 상궤를 벗어났다.

실재론자 악마의 존재들은 정녕 나의 고민이다.

나를 무조건 괴롭히고만 있더니

여기에 와서 비로소 나는

나의 입장이 흔들리기 시작했다.

초자연론자 여기 와 있으니 아주 유쾌하게

이 친구들 즐겁게 지낼 수가 있구나.

확실히 악마의 존재를 통하여

착한 영들을 증명할 수 있을 테지.

회의론자 저들은 조그마한 불길을 쫓아다니며

보물을 찾아낼 수 있다고 믿고 있다.

악마와 운이 맞는 것은 의혹뿐이니,

나야말로 여기에 걸맞다고 할 수 있지.

악장 나뭇잎의 개구리, 풀 속의 귀뚜라미.

이 서툰 풋내기 악사들아!

파리의 주둥아리, 모기의 코끝,

너희들도 어쨌거나 악사들이다!

처세의 능수들 끙끙 앓지 말고 살아가자고,

신나는 패들[37]이 모였습니다.

다리로 걷지 못하면

머리로 걸어 다닐 수 있지요.

곤경에 빠진 사람들[38] 지금껏 아첨으로 단물도 빨았지만,

이제는 정말 끝장이 났다.

신은 춤추느라 다 닳았고

맨발로 쏘다니는 형편이란다.

도깨비불[39] 우리는 더러운 늪에서 태어나

더러운 늪에서 찾아왔다.

그러나 춤추는 축에 끼면

어느새 멋쟁이로 바뀐다.

유성[40] 별처럼 반짝이고, 불처럼 빛나면서

나는 하늘에서 떨어져 내려왔어요.

지금은 풀밭 속에 뒹굴고 있는데 ―

누가 일으켜 주겠습니까?

거대한 똥보[41] 비켜라, 비켜! 물러나라!

    풀들도 이렇게 굽어 엎드리지 않느냐.

    도깨비가 나오신다. 도깨비 역시

    살찐 사지는 가지고 있단 말이다.

푸크 코끼리 새끼처럼 뒤룩뒤룩

    육중한 몸집으로 나오지 마라.

    오늘 가장 쿵쿵이 역은

    듬직한 푸크, 바로 나란 말이다.

아리엘 자비로운 자연과 신령이

    너희들에게 날개를 주었으니

    나의 가벼운 발길을 따라

    장미의 언덕까지 날아오너라.

관현악 (가장 약하게) 흘러가는 구름도 흐르는 안개도

    점점 위로부터 밝아오는구나.

    숲속, 갈대 속에 바람이 불어

    모든 것이 흔적 없이 사라졌도다.

    흐린 날의 들판

    파우스트, 메피스토펠레스.

파우스트 비참한 꼴을 당하고 있구나! 절망하고 있구나!

    애처롭게도 이 세상을 오랫동안 헤매다가 이제는 사로잡힌 몸이 되었구나! 죄인
이 되어 감옥에 갇혀 무서운 고역을 치루고 있구나. 그 상냥스러운 아이가! 이렇

게까지, 이렇게까지 되었는가! 불행하구나! — 아무짝에도 소용없는 배반자의 영야, 그런데 네놈은 그것을 내게 숨기고 있었구나! — 그렇게 우두커니 서 있거라! 그 악마의 눈깔을 마음껏 굴려 대고 있거라. 그렇게 뻣뻣이 서서 네놈의 참을 수 없는 꼴로 내게 덤벼들거라! 그 애는 갇혔다! 다시는 돌이킬 수 없는 비참한 꼴을 당하고 있다.

무서운 책망의 영들에 둘러싸여 냉혹한 판관判官의 수중에 떨어진 것이다! 더구나 그 동안에 네놈은 그 재미없는 심심풀이로 나를 끌어 놓고 하루하루 늘어나는 그 애의 애처로운 괴로움을 감쪽같이 감추고, 그 애를 구원할 길도 없는 파멸의 구렁텅이에 떨어뜨렸구나!

메피스토펠레스 그 애가 처음 당한 애는 아니란 말이오.

파우스트 이 개같은 놈아! 흉악한 짐승 놈아!! — 숭고한 지령이여, 이 버러지 같은 놈을 다시 개로 돌려 놔 주오. 이놈은 자주 그런 개의 꼴로 밤이면 가끔 내 앞에서 이리 뛰고 저리 뛰고 아무 죄도 없는 지나가는 사람의 발밑에 뒹굴다가 그 사람이 쓰러지면 어깨를 물고 늘어지려 하였단 말이다. 이놈을 그런 제가 좋아하는 꼴로 돌려 놔 다오. 그러면 내 발밑의 모래밭을 배를 깔고 기어 다니는 이 놈을 짓밟아 주겠다. 이 망할 놈을! — 그 애가 처음이 아니라고!! — 참으로 처참한 일이다! 처참한 일이다! 인간으로서는 도저히 이해할 수 없구나. 이런 비참한 구렁텅이에 떨어진 것이 한 사람만이 아니고 영원히 죄를 용서하시는 자의 눈앞에서 그 몸부림치던 괴로움을 제일 먼저 받은 자만으로도 모든 인간의 죄가 충분히 씻어지지 않았다니. 나는 오직 이 한 아이의 비참한 운명에 뼈가 사무치고, 창자가 끊어지는 것 같은데 — 그런데 네놈은 무수한 사람의 운명을 태연하게 비웃고 있구나!

메피스토펠레스 자, 이쯤이면 우리들이 가진 지혜의 한계도 끊어지고 당신들 인간은 미쳐 버릴 지경이 되지요. 하지만 끝까지 해낼 수도 없는데 왜 나와 한패가 되었나요? 날고 싶지만 현기증 난다는 말인가요. 내가 당신한테 억지로 매달렸나요? 아니면 당신이 우리에게 졸라댔나요?

파우스트 물어뜯을 듯 내게 그 흉악한 이빨을 드러내지 마라! 속이 뒤집힌다. — 위대하고 장엄한 지령이여, 그대는 나에게 모습을 나타내 보여 주었고 또한 내 마음도 영혼도 알고 있으면서, 어째서 이런 인간의 화를 좋다 하고, 인간의 파멸을 즐겨 핥아먹으려는 비열한 놈을 친구로 만들어 주었는가?

메피스토펠레스 다 끝났습니까?

파우스트 그 아이를 구해내라. 그렇지 않으면 혼을 내 줄 테다! 몇천 년을 두고 너에게 무서운 저주를 퍼부을 테다!

메피스토펠레스 나는 신의 이름으로 재판관이 걸어 놓은 오랏줄을 풀 수도 없거니와 감옥의 자물쇠를 열 수도 없소이다 — 그 애를 구해 내라고요! — 그 애를 이렇게 파멸에 빠뜨린 것은 누구지요? 난가요, 당신인가요?

파우스트 (미친 듯 주위를 둘러본다.)

메피스토펠레스 벼락이라도 쥐어 나를 태워죽이고 싶어 두리번거리나요? 당신들, 가엾은 인간들에게 그런 것은 주어지지 않아 다행이군요. 하지만 이렇게 죄도 없이 상대를 해주는 자를 박살을 내겠다니 당황한 나머지 화풀이를 하는 폭군의 짓 아닙니까. 무슨 방법으로도 울분을 풀면 된단 말이죠.

파우스트 날 데려다 다오! 무슨 수를 쓰더라도 그 아이를 살려내야 한다!

메피스토펠레스 당신은 당할 위험은 어떻게 하지요? 잊지는 않았죠. 거리에는 아직 당신이 저지른 살인죄가 그대로 남아 있는 것을. 죽은 자의 무덤에는 복수의 영들이 떠돌고 있어 살인자가 오기만을 기다리고 있는 것을.

파우스트 새삼 그런 말까지 네놈에게 들어야 하다니! 세상의 모든 살인죄와 죽음의 저주를 죄다 너란 괴물 위에 뒤집어 씌어줄 테다! 날 데려가란 말이다! 그 아이를 구해내란 말이다!

메피스토펠레스 데려다 드리지요. 하지만 내가 할 수 있는 일이 무엇인지 들어 보시
　　　지오. 내가 천지간의 모든 능력을 다 가지고 있는 줄 아십니까? 내가 감옥 문지
　　　기의 정신을 몽롱하게 만들어 놓을 테니 열쇠를 빼앗아 그 아이를 데리고 나오십
　　　시오. 내가 망을 보고 마법의 말을 준비해 놓았다가 당신들을 도망가게 해드리겠
　　　소. 그런 일이라면 저도 할 수 있으니까요.

파우스트 자, 가자!

밤, 훤한 벌판

파우스트와 메피스토펠레스, 저마다 검은 말을 타고 질주해온다.

파우스트 저놈들은 저 형장에서 무엇을 하고 있지?

메피스토펠레스 모르겠네요. 무엇을 끓여 만들고 있는 걸까요?

파우스트 둥둥 떠올랐다 내려갔다, 허리를 구부렸다 폈다하는데.

메피스토펠레스 마녀들 같군요.

파우스트 무엇을 뿌리고, 주문을 외고 하는군!

메피스토펠레스 어서 지나갑시다! 어서 지나가요!

감옥

파우스트, 열쇠 다발과 램프를 들고 조그만 철문 앞에서.

파우스트 오랫동안 잊었던 전율과

인간의 모든 고통이 나를 엄습하는구나!

이 습기 찬 담벼락 속에 그 애가 있다.

저지른 죄라야 악의 없는 미혹迷惑에 지나지 않는데!

너는 그 애에게로 가는 것을 망설이는구나!

너는 그 애하고 다시 만나는 것을 겁내고 있구나!

빨리 가라! 네가 망설이면 그 애의 죽음을 재촉할 뿐이다.

자물쇠를 잡는다. 안에서 노랫소리가 들린다.

우리 어머니는 나쁜 사람

나를 죽이고 말았어요.

우리 아버지는 나쁜 사람

나를 먹어 버렸어요.

나의 어린 누이동생이

나의 뼈를 거두어 고이 싸서

시원한 나무 밑에 묻었어요.

나는 예쁜 새가 되어

멀리, 멀리 날아갑니다!

파우스트 (자물쇠를 열면서) 애인이 여기서 귀를 기울이고

사슬이 절렁거리고, 짚이 버석거리는 소리를 듣고 있는 줄은 꿈에도 모를 테지.

안으로 들어간다.

마르가레테 (자리에서 몸을 숨기면서) 아! 어쩌나! 사람이 온다. 나는 죽는구나!

파우스트 (나직한 소리로) 쉿! 조용히! 나야. 당신을 구하러 왔어.

마르가레테 (그의 앞에 굴러 나오면서) 당신도 사람이라면, 저의 고초를 살펴주세요.

파우스트 소리를 지르면 간수가 잠을 깨요!

그녀의 사슬을 잡아 끄르려고 한다.

마르가레테 (무릎을 꿇고) 형리인 당신에게,

누가 나를 처형하라고 했지요?

이런 한밤중에 벌써 나를 끌어내리고 오다니.

제발 저를 가엾이 여겨 살려주세요!

내일 아침이라도 안 늦잖아요?

일어선다.

난 아직도 이렇게 젊은데, 이렇게도 젊은데,

벌써 죽어야 하나요, 너무해요!

그리고 좀 예뻤죠. 그래서 몸을 망치게 된 거예요.

그분이 가까이 계셨지만 이제 멀리 떠나 버렸어요.

신부의 화관花冠은 뜯기고 꽃잎은 산산이 흩어졌어요.

그렇게 억세게 붙잡지 마세요!

상냥하게 대해주세요! 제가 당신한테 무슨 잘못을 했나요?

제 소원을 흘려듣지 마세요, 네!

전 당신을 아직 뵌 일도 없어요!

파우스트 이 애처로운 꼴, 차마 보고 있을 수가 없다!

마르가레테 전 이젠 당신한테 달려 있어요

　하지만, 제발 아기에게 젖이나 먹이게 해주세요.

　밤새도록 꼭 끌어안고 있었어요.

　날 괴롭히려고 아기를 빼앗아 놓고,

　이번엔 내가 이 애를 죽였다고 하잖아요.

　이제 다시는 즐거운 날이 없을 거예요

　모두 나를 빈정대며 노래 불러요! 심술쟁이들이죠!

　옛 이야기에 그렇게 끝나는 것이 있어요.

　하지만 그게 바로 내 얘기라야 하나요?

파우스트 (무릎을 꿇고) 여기 당신을 사랑하는 남자가 당신 발밑에 있소,

　비참하게 사로잡힌 고통에서 당신을 풀어주기 위해서.

마르가레테 (그 옆에 무릎 꿇고) 아, 우리 함께 꿇어앉아

　성자님께 기도드려요!

　보세요! 이 계단 밑

　문지방 밑에는

　지옥의 불이 타오르고 있어요!

　악마가

　무섭게 화난 얼굴로

　소리치고 있어요!

파우스트 (큰소리로) 그레첸! 그레첸!

마르가레테 (귀를 기울이며) 어머, 그이의 목소리야!

　벌떡 일어난다. 사슬이 떨어진다.

어디 계실까? 그이의 부르는 소리가 들렸는데.

살았다! 아무도 막지 못할걸.

그이 목에 매달려서,

그이 가슴에 안길 테야!

그레첸이라고 부르셨어! 문턱에 서 계셨어.

지옥의 고함 소리와 떠들썩한 소리 속에서

성난 악마의 조소 속에서

그이의 상냥하고 그리운 목소리가 똑똑히 들렸어.

파우스트 나요!

마르가르테 당신이군요! 아, 한 번 더 말씀해주셔요!

그를 붙잡고

당신이군요! 당신이야! 나의 괴로움이 다 어디로 갔지?

감옥의 무서움, 쇠사슬의 두려움은 어디로 갔을까?

당신이군요! 나를 구하러 오셨군요!

난 살았어! —

벌써 저기, 내가 당신을

처음 만났던 그 길이 다시 보여요.

그리고 나와 마르테 아주머니가

당신을 기다리던, 그 즐거운 추억의 뜰도.

파우스트 (데려가려 애쓰며) 자, 가요, 함께.

마르가레테 아, 잠깐 기다리세요!

전 당신이 계시는 곳에 있고 싶어요.

그를 애무한다.

파우스트 빨리!

    빨리 하지 않으면,

    돌이킬 수 없는 일이 일어나요.

마르가레테 왜 그러세요? 이젠 키스도 못 하세요?

    잠시 떨어져 있었다고

    벌써 키스도 잊으셨나요?

    당신 목에 매달려 있는데, 왜 이렇게 불안할까요?

    전에는 당신이 말씀하시거나 쳐다만 보셔도

    하늘 전체가 나를 덮어 씌우는 것 같았는데,

    그리고 숨이 막히도록 키스해 주셨는데,

    키스해 주셔요, 네!

    안 하시면 제가 하겠어요!

그를 끌어안는다.

    어머! 당신 입술이 왜 이리 차가워요.

    아무 말씀도 안 하세요!

    당신의 애정은

    어디로 가버렸나요?

    누가 나에게서 빼앗아 갔지요?

그에게 등을 돌린다.

파우스트 자, 갑시다! 나를 따라와요! 자, 힘을 내요!

   천 배의 정열로 사랑해줄 테니!

   아무튼 따라와요! 제발!

마르가레테 (그를 돌아보고) 정말 당신이세요? 틀림없이 당신이세요?

파우스트 나야! 자, 같이 갑시다.

마르가레테 당신은 사슬을 풀어 주시고

   다시 나를 당신 품에 안아 주시는군요.

   당신은 어째서 무섭지 않나요? ─

   당신은 지금 누구를 구하고 계시는지 아세요?

파우스트 갑시다. 자, 곧 날이 새오.

마르가레테 나는 어머니를 죽였어요.

   애기를 물속에 던져 버렸고요.

   그애는 당신과 나한테서 생긴 애예요

   정말로 당신인가요! 당신이군요! 이게 정말일까.

   당신의 손을 이리 주세요! 꿈이 아니네요!

   그리운 당신의 손! ─ 아이 축축해라!

   씻어 버리세요! 어째

   피가 묻은 것 같아요.

   어머, 무슨 일을 하셨어요?

   칼은 칼집에 꽂으세요,

   제발 소원이에요!

파우스트 과거는 다 지난 일로 해둡시다.

   그런 말을 들으면 난 죽고만 싶소.

마르가레테 아니에요. 당신은 살아계셔야 해요!

당신에게 묏자리를 부탁해야겠어요.

내일 곧 돌보아 주셔야 해요.

어머니에게 제일 좋은 자리를,

오빠는 바로 그 옆에,

나는 좀 떨어진 곳에 해주세요.

하지만 너무 떨어지면 싫어요!

그리고 애기는 내 오른쪽 가슴 옆에 묻어 주세요.

그밖에 아무도 내 옆에 묻으면 안 돼요 —

나는 당신 곁에 꼭 붙어 있던 일이

정말 기쁘고 즐거웠어요!

하지만 이제 그럴 수는 없을 것만 같군요.

어쩐지 내가 억지로 당신 곁에 가려고 하는 것 같고

당신이 나를 떼밀어 낼 것 같은 기분이 들어요.

하지만, 역시 당신이군요. 무척 상냥하고 부드러운 눈으로.

파우스트 난줄 알았으면 자, 갑시다!

마르가레테 저리로?

파우스트 밖으로!

마르가레테 저 밖에 무덤이 있고

죽음이 기다리고 있다면 가겠어요.

여기서 곧장 영원한 안식의 잠자리로 —

거기서 더는 한 발짝도 안 기겠어요.

당신은 그만 가버리시는 거예요? 아, 하인리히 씨 나도 같이 갔으면!

파우스트 갈 수 있지! 그럴 생각이라면 문은 열려 있소.

마르가레테 난 갈 수 없어요, 어차피 희망이 없는걸요.

도망친들 무슨 소용 있겠어요. 모두 저를 노리고 있는데.

빌어먹어야 한다는 것도 너무 비참한 일이에요.

게다가 양심의 가책까지 받아야 하는 걸요!

낯선 고장을 헤매는 것도 너무 비참해요.

결국 붙잡히고 말 테니까요.

파우스트 내가 당신 곁에 있지 않소.

마르가레테 빨리! 빨리요!

당신의 가엾은 아기를 살려줘요!

저쪽이에요! 이 길로 곧장,

시내를 따라 거슬러 올라가서

조그만 다리를 건너

숲속으로 들어가면

왼편에 두꺼운 널판으로 다리를 놓은

연못이에요.

떠오르려고

아직도 허우적거리고 있어요!

살려줘요! 살려줘요!

파우스트 정신 차려요!

단 한 걸음이면 밖에 나갈 수 있소!

마르가레테 우리, 빨리 이 산을 넘어요!

저기, 어머니가 돌 위에 앉아 계시네.

어쩐지 목덜미가 서늘해요!

어머니가 돌에 앉아서

머리를 끄덕이고 계세요.

눈짓을 하는 것도, 고개를 끄덕이는 것도 아니에요, 머리가 무거운가 봐요.

오랫동안 주무셔서, 이젠 깨어나지 못하세요.

우리들이 즐길 수 있도록, 어머니는 주무시는 거예요.

정말 행복했어요!

파우스트 아무리 애원하고 타일러도 소용이 없다면,

당신을 안고 나가는 수밖에.

마르가레테 놓으세요! 싫어요, 완력은 싫어요!

그렇게 마구 잡지 마세요!

여태까지 당신을 위해서 뭐든지 해드리지 않았어요?

파우스트 날이 샌다! 그레첸! 그레첸!

마르가레테 날이! 그렇군요, 아침이 오는군요! 마지막 날이 왔어요!

내 혼인날이 되었을 것인데!

그레첸을 찾아갔었다는 말, 아무한테도 하지 마세요.

내 화관은 망치고 말았어요!

할 수 없죠 뭐, 이렇게 된걸.

우리 다시 만나요.

하지만 춤추는 데서는 싫어요.

벌써 많은 사람이 몰려와요. 소리는 안 들리지만.

광장에도, 골목에도,

들어설 틈이 없어요.

종이 울리고, 지팡이[42]도 부러졌어요,

나는 꽁꽁 묶여요.

벌써 형틀에 끌려왔어요.

내 목덜미에 번쩍이는 서늘한 칼날,

벌써 구경꾼들은 자기 목에 섬뜩함을 느끼고 있어요.

온 세상이 무덤처럼 소리 하나 내지 않아요!

파우스트 아, 나는 이 세상에 태어나지 말았어야 하는데!

메피스토펠레스 (문 밖에 나타난다.) 자, 갑시다!

그렇지 않으면, 끝이오!

무얼 망설이고 있소! 우물쭈물 쓸데없는 소리만 지껄이고!

말이 몸서리를 치고 있어요.

날이 곧 밝아 온단 말이오.

마르가레테 저게 뭐예요, 땅에서 솟아오른 것이?

아, 그 사람이군요, 그 사람! 쫓아버려요!

이 신성한 곳에 무슨 일이죠?

나를 잡아가려는 거지요!

파우스트 당신을 살리려고 온 거야!

마르가레테 하느님, 심판해주세요! 저는 하느님께 이 몸을 맡깁니다.

메피스토펠레스 (파우스트에게) 자, 갑시다. 어서!

당신하고 그 애를 내버려두고 가겠소!

마르가레테 하느님, 저는 당신의 것입니다.

저를 구하소서!

천사여, 신성한 천사들이여,

주위를 둘러싸고 저를 보호하소서!

하인리히, 나는 당신이 무서워요.

메피스토펠레스 그 애는 벌을 받았다!

목소리 (천상에서) 구원을 받았느니라!

메피스토펠레스 (파우스트에게) 이리 와요!

파우스트와 함께 사라진다.

목소리 (안에서 차차 사라진다.)

　하인리히! 하인리히!

---

1 씨앗은 연금술의 용어로 원소와 같은 것. 군데군데 비슷한 신비적인 말이 사용 되고 있다.

2 노스트라다무스는 16세기 프랑스의 점성학자이며 의사.

3 성聖안드레아스 날 밤에 미혼의 여자가 이 성자에게 기도를 드리면 미래의 애인 모습을 볼 수 있다고 전한다.

4 수정을 바라보게 하여 그 속에 원하는 사람의 모습을 나타나게 한다.

5 검은 주방은 연금술사의 실험실.

6 붉은 사자는 파라셀수스가 붙인 약명.

7 인쿠브스는 흙의 요정인 동시에 집안을 돌보는 요정, 셀러맨더는 불의 요정, 운디네는 물의 요정, 질페는 바람의 요정, 코발트는 흙의 요정.

8 부적의 표시는 JNRJ(유대의 왕 나사렛 예수).

9 이하 4행은 그레스토에 대한 설명.

10 펜타그램는 마귀를 쫓는 부적.

11 악마는 천국에서 지옥으로 떨어질 때 절름발이가 되었다고 한다. 그리고 말발굽을 갖고 있거나, 뿔이 있거나 한다.

12 리파흐 마을은 라이프치히 교외에 있는 농촌. 이 고장의 한스 아르슈(엉덩이라는 뜻)라 하면 우둔한 사람을 말한다.

13 셋과 하나란 그리스도교의 삼위일체를 뜻함.

14 열네 살 이하의 소녀와 결혼을 하거나 육체적 관계를 맺는 것은 당시 법으로 금지되어 있었다.

15 마룻바닥에 흰 모래를 깔아, 거기에다 아름다운 무늬를 그리는 습관이 있었다.

16 마르가레테는 처음으로 파우스트를 '당신(dich)'으로 부른다. 아주 가까운 남녀 사이를 의미한다.

17 숭고한 영이란 지령을 말한다.

18 발푸르기스의 밤에는 브로켄 산에 마녀들이 모여서 음란한 춤을 춘다고 전한다.

19 사원의 의식 때 뇌빈혈이나 졸음을 쫓으려고 지니는 약병 혹은 향수병.

20 마녀들은 빗자루나 숫양을 타고 온다.

21 우리안이란 성명 미상의 인물을 부르는 이름.

22 바우보는 그리이스 생산의 여신으로 데메테르의 유모. 데메테르의 딸이 유괴되자 음탕한 이야기로 그녀를 위로했다고 한다.

23 폴란트는 악마의 이름.

24 엉덩이 마술사는 당시의 계몽주의 시인이자 출판업자인 니콜라이를 가리킨다. 베를린 교외 테겔의 훔볼트 저택에 유령이 나온다는 소문이 났을 때, 그는 자신의 강연에서 자기도 한 요괴를 보았는데 이는 뇌의 울혈에 기인한 것으로, 엉덩이에 거머리를 붙여 울혈을 뽑는 치료를 한 뒤 요괴를 본 일이 없다고 했기 때문에 엉덩이 마술사라는 이름이 나온 것이다. 괴테는 숭고한 정신을 상실한 불쌍한 계몽주의자로서 니콜라이를 브로켄 산의 마귀로 만든 것이다.

25 여행기는 먼저 말한 니콜라이의 과장된 독일, 스위스 여행기.

26 메두사는 그리스 신화의 여괴로 그 머리카락은 뱀이다. 페르세우스가 그 목을 잘랐다. 그러나 그 잘린 목을 보는 사람은 모두 돌로 변한다.

27 프라터란 비엔나 공원 이름.

28 오베론과 티타니아는 요정의 왕과 왕비. 두 사람은 오랫동안 다툰 뒤 화해를 하고 금혼식을 올린다. 셰익스피어의 『한여름 밤의 꿈』을 모방한 것. 이 부분은 괴테가 쉴러와 함께 쓴 풍자한 단시집.

29 미딩은 바이마르 극장의 무대 감독.

30 보수파란 외면을 좋아하는 인위적 예술가.

31 젊은 마녀란 노골적인 젊음과 야성을 구가하는 작가에 대한 풍자이다.

32 노 귀부인은 형식과 체면을 지키는 보수주의자를 말한다.

33 풍향 깃발이란 때로는 젊은 마녀를 칭찬하고, 때로는 노 귀부인을 칭찬하는 아첨 떠는 악장 라이하르트를 가리킨다.

34 헤닝스는 덴마크 사람으로 「시대정신」이라는 잡지에서 「호렌」과 「연간 시집」을 비난했기 때문에 「크세니엔」에서 쉴러와 괴테의 공격을 받았다.

35 학은 괴테의 친구 라바터을 말함. 걸음걸이가 학 같았다고 한다.

36 속인이란 괴테 자신이며, 거짓 신앙가를 비꼰 것이다.

37 새로운 패들이란 새로운 학설을 제창한 철학자. 그 논쟁은 단조로와 해오라기의 울음소리 같다.

38 곤경에 빠진 사람들이란 프랑스 혁명의 망명자들.

39 도깨비불은 정변으로 출세한 정치가를 가리킨다.

40 유성은 도깨비불과 반대로 삼일천하를 뽐내던 실각한 정치가들.

41 거대한 똥보는 혁명에 있어서 파괴적인 폭동인들.

42 사형 집행의 종이 울리면 재판관은 흰 지팡이를 꺾어 죄인의 발밑에 던져 집행을 재촉한다.

2부

[비극 제2부]

제1막

우아한 곳

파우스트, 꽃이 핀 풀밭에 누워, 지쳐서 불안한 마음으로 잠을 청하고 있다.
해질 무렵. 요정의 무리, 가볍게 떠돌며 움직이는 우아한 조그마한 모습들.

아리엘[1] (노래, 바람의 신이 켜는 하프를 반주로)

　　　꽃이 봄비가 내리듯

　　　모든 것들 위에 떨어지고,

들판의 초록빛 축복이

땅 위의 자식들에게 빛날 때,

몸은 작아도 마음 너그러운 요정들은,

구원할 수 있는 사람에게로 달려가네.

거룩한 자이건 흉악한 사람이건,

불행한 이를 불쌍히 여기네.

이 사람의 머리 위를 감돌며 날아다니는 요정들아,

너희들의 거룩한 힘을 보여 다오.

이 사람 가슴의 무서운 고뇌를 달래어 주고,

타는 듯 쓰라린 가책의 화살을 뽑아내어

이제껏 겪은 공포에서 그의 마음을 씻어내 다오.

밤의 시간은 넷²으로 구분되지만,

자, 지체 말고 그 시간을 정답게 베풀어 다오.

우선 그의 머리를 시원한 베개 위에 뉘이고

망각의 강 레테³의 물로 목욕시켜라.

기운을 차려 쉬고 새벽을 기다리는 동안,

경련으로 굳어진 사지도 곧 부드러워지리라.

요정의 가장 아름다운 의무를 다하여,

그를 신성한 아침의 빛 속으로 돌려주어라.

합창 (한 사람씩, 혹은 두 사람이나 여럿이 번갈아 나왔다가 모였다가 하면서)

산들바람이 훈훈하게

초록의 들에 가득 찰 때,

황혼의 달콤한 향기와

안개의 휘장을 끌어내려

즐거운 평화를 은밀히 속삭이며

마음을 흔들어 아기처럼 재운다.

여기 이 고달픈 사람의 눈에다,

하루의 문을 닫아 주려무나.

벌써 밤의 장막이 내렸다.

별들은 맑게 어울리고

큰 불빛과 작은 불꽃이

가까이서 멀리서 반짝이며 빛난다.

여기 호수에도 비쳐서 반짝이고

저기 맑은 밤하늘에도 걸려서 빛난다.

깊은 안식의 행복을 지켜보며,

달은 엄숙히 교교하게 비친다.

이미 시간은 흘러

괴로움도 기쁨도 사라졌다.

안심하여라! 그대는 낫는다.

새로운 날이 밝아 옴을 믿어라.

골짜기는 푸르고 언덕은 너울지고,

숲은 안식의 그늘을 짓는다.

그리고 은빛 물결을 이루며

오곡은 추수의 날을 기다린다.

소원을 차례로 풀기 위해서

우러러보라, 저 아침 햇살을!

그대는 잠시 가볍게 사로잡힌 몸이거늘,

잠은 껍질에 불과하다, 벗어 던져라!

뭇사람이 모두 겁을 먹고 망설일지라도
주저하지 말고, 용감히 일어서라
사리를 밝고 재빠르게 손을 쓰는
위대한 인물은 못할 것이 없다.

무섭게 큰소리가 태양이 다가옴을 알린다.

아리엘 들어라! 시간의 여신이 일으키는 폭풍 소리를!
요정들의 귀에는 벌써
새로운 날의 소리가 들린다.
바위 문이 소리 내며 열리고,
태양신의 수레가 우렁차게 굴러 나온다.
빛이 싣고 오는 굉음!
크고 작은 나팔 소리 울려 퍼지고,
눈이 번쩍이고 귀가 놀란다.
그 지나친 소란한 소리 참을 수가 없구나.
꽃받침 속으로 숨어들어 가라,
조용히 살기 위해 깊숙이,
바위 속으로, 나뭇잎 그늘로.
저 소리에 부딪치면 귀가 멀리라.
파우스트 생명의 맥박은 새로운 기운[4]으로 고동치고,
대기의 어스름 빛에 부드러이 인사를 한다.
대지여, 그대는 간밤에도 변함이 없이,
새로이 소생하여 내 발밑에서 숨쉬고,

벌써 기쁨으로 나를 감싸기 시작하는구나.

나를 움직여 힘찬 결심을 고무시켜,

지고의 존재를 향해 끊임없이 노력하라고.[5]

새벽녘 어스름에 세계는 이미 활짝 열려 있고,

수많은 생명의 소리가 숲속에 울려 퍼지고,

골짜기에서 골짜기로 안개의 띠가 걸린다.

그러나 하늘의 밝음은 낮은 곳에도 비쳐서

크고 작은 나뭇가지가 싱싱하게 되살아나

숨어 잠자던 깊은 산골에 상쾌하게 움튼다.

꽃과 잎이 한들거리며 진주알 이슬을 뿌리는 대지에,

온갖 색깔이 한 꺼풀 한 꺼풀 벗겨지듯 나타난다.

나의 주위는 낙원으로 전개되는구나.

우러러보라! — 거대한 산꼭대기가

벌써 장엄한 시간을 알리고 있다.

저 꼭대기는 제일 먼저 영원한 빛을 누릴 수 있고

뒤늦게 그 빛은 우리에게도 내려온다.

이제 알프스의 낮은 초원에도

새로운 광휘의 밝은 빛이 쏟아져

한 발 한 발 아래로 기어 내려온다.

태양이 나타난다! — 그러나 슬프게도 나는,

눈이 부시고 아파, 얼굴을 돌린다.

아마도 이런 기분일까, 간절한 소망이,

지고의 소원을 향해 치달아 오르다가,

성취의 문이 활짝 열리는 것을 본다면.

하지만 그 영원한 밑바닥에서

엄청난 불길이 터져 나오면,

우리는 깜짝 놀라 걸음을 멈춘다.

생명의 횃불[6]에 불이나 붙일 생각이었는데,

불바다가 우리를 휩싸 버렸으니, 이게 웬 불이란 말인가!

우리를 삼키려고 활활 타는 이 불은 사랑인가, 미움인가?

싱싱한 안개 속에 몸을 숨기고자

우리는 다시 대지로 눈을 돌린다.

태양이여, 내 등 뒤에 머물러 다오!

갈라진 바위틈에서 우렁차게 분출하는 폭포수.

그것을 바라보니, 황홀한 나의 기쁨은 점점 더해간다.

쉴 새 없이 흘러 떨어지는 물줄기는 이제,

천 갈래의 분류가 되어 흩어져 쏟아지며

하늘 높이 물보라를 날린다.

하지만 이 빗발치는 물보라 속에 나타나는,

오색영롱한 무지개의 종잡을 수 없이 변하는 모습은,[7] 참으로 아름답구나.

또렷이 드러나는가 하면, 하늘로 슬며시 사라지고,

향기롭고 시원한 안개비를 흩뿌린다.

무지개야말로 인간의 노력을 비추는 거울.

그것을 보고 생각하면 좀 더 잘 알게 되리라,

인생은 색색가지 영상에 지나지 않는다[8]는 것을.

황제의 궁성

옥좌가 있는 황실

대신들이 황제를 기다리고 있다.

나팔 소리,

여러 신하들 화려한 차림으로 등장. 황제가 옥좌에 앉는다.

그 오른편에 천문 박사가 서 있다.

황제 멀고 가까운 곳에서 찾아온

경들을 환영한다.

현자는 내 옆에 보이는데,

어릿광대는 어디 갔는고?

귀공자 1 폐하의 옷자락 바로 뒤에 따라오다가

계단에서 쓰러졌습니다.

누군지 그 뚱뚱한 몸을 들고 나갔습니다만,

죽었는지, 취했는지 알 수가 없습니다.

귀공자 2 그러자 놀랄 만큼 빨리

그를 대신해서 어떤 자가 들이닥쳤습니다.

꽤 화려한 차림을 하고 있습니다만,

하도 우스꽝스러워 모두 어이없어하고 있습니다.

호위병이 입구에서 창을 열십자로 엮어

그자를 가로막고 있습니다만 —

아, 저기 들어왔습니다, 앞뒤를 가리지 않은 저 바보 놈이.

메피스토펠레스 (옥좌 앞에 무릎을 꿇으면서)

고약한 놈이라는 말을 들으면서 언제나 환영받는 놈이 누구이겠습니까?

와 주었으면 하면서 언제나 쫓겨나는 놈은 누구이겠습니까?

언제나 보호를 받게 되는 놈은 누구이겠습니까?

지독하게 욕을 먹고 항상 잔소리를 듣는 놈은 누구이겠습니까?

폐하께서 불러내서 안 될 사람은 누구이겠습니까?

누구나 그 이름을 듣고 좋아하는 놈은 누구이겠습니까?

옥좌의 계단에 다가오는 놈은 누구이겠습니까?

스스로 추방을 당하도록 만든 놈은 누구이겠습니까?

황제 여기서 그런 수다는 그만하라!

여기는 수수께끼를 할 장소가 아니다.

수수께끼는 여기 있는 경들의 소관이다.

그거라면 마음대로 풀어 보아라! 그렇다면 나도 들어 주마.

나의 어릿광대는 멀리 가버린 모양이니,

그대가 대신 내 곁에 있도록 하여라.

메피스토펠레스는 위로 올라가서 왼쪽에 선다.

좌중의 중얼거리는 소리 새로운 어릿광대라 — 새로운 골칫거리구나 —

어디서 왔지? — 어떻게 들어왔을까? — 먼젓놈은 쓰러졌다. — 죽어 없어진 거

지 — 그놈은 술통이었는데 —

이놈은 나뭇잎이로군.

황제 그러면, 멀고 가까운 곳에서 찾아온

경들을 환영한다!

그대들은 좋은 별 아래 모였다.

저 하늘에는 행운과 축복이 있다고 적혀 있구료.

그런데, 우리는 근심 걱정을 털어 버리고,

가장무도회의 가면이나 쓰고,

오로지 유쾌하게 즐기려 하는데,

어째서 회의 따위를 열어 고생하려고 하는가?

그대들이 이렇게 하는 수밖에 없다고 하기에

이렇게 소집은 했지만,

그러면 어디 시작해보시오.

재상 최고의 덕이 성자의 후광처럼

폐하의 머리를 감싸고 있습니다.

폐하만이 그 덕을 보람 있게 행하실 수 있습니다.

그것은, 즉 정의입니다! ― 만인이 사랑하고

또한 요구하며, 바라고, 없어서는 안 되는 덕,

이것을 백성에게 베푸시는 것은 오직 폐하께 달렸습니다.

하오나, 아! 인간의 정신에 도리가,

마음의 선의가, 선뜻 나서는 열성이 손에 있고,

나라 안이 열병에 걸린 듯 온통 뒤끓고,

흉악한 것이 다시 흉악한 것을 낳고 있으니

아무 소용도 없는 것입니다.

이 높은 궁전에서 넓은 나라 안을 내려다보는 사람은,

괴로운 꿈을 꾸는 듯한 심정이 들 것입니다.

괴물이 기괴한 꼴로 날뛰고,

불법이 널리 퍼져,

오류투성이의 세계가 펼쳐지고 있으니까요.

어떤 자는 가축을 훔치고, 여인을 겁탈하고,

제단에서 잔을, 십자가를, 촛대를 훔치는 무리들이

오랜 세월 동안 평온무사할 뿐 아니라,

처벌 하나 당하지 않고, 오히려 그 소행을 자랑하고 있습니다.

고소인이 꼬리를 물고 법정으로 달려가지만,

재판관은 높은 의자에 앉아 거드름만 피우고 있습니다.

그 동안에 폭동의 소동은 점점 커져서,

무서운 파도가 되어 밀려옵니다.

세력 있는 공범자가 뒤에 버티고 있으면,

파렴치한 행동과 악행도 대로를 활보할 수 있습니다.

반대로 죄 없는 자라도 자신밖에 의지할 데가 없으면,

당장, 유죄가 선고되고 맙니다.

이렇듯 세상은 온통 산산조각이 나고,

올바른 질서가 무가치하게 되었습니다.

이래 가지고서야 우리를 정의로 이끄는 유일한 것,

덕의 마음이 어떻게 뻗어나가겠습니까?

끝내는 아무리 마음 착한 자라도,

아첨하는 자나 뇌물을 쓰는 자에게로 기울고,

죄를 벌할 수 없게 된 재판관은

결국 범죄인과 한패거리가 되고 말지요.

이렇게 말씀드리면, 제가 마치

너무 어둡게 묘사한 것 같습니다만,

차라리 두꺼운 천으로 덮어씌우고 싶은 심정입니다.

잠시 후

단호히 결단을 내려주시기 바랍니다.

모두가 서로 해를 입히는 상태에서는

폐하의 존엄도 빼앗기게 되옵니다.

육군 대신 요즘의 어지러운 세상은 정도가 지나칩니다!

모두가 서로 치고 죽이고 하는 판이라,

명령 따위는 통하지도 않습니다.

시민은 성벽을 등지고,

기사는 산성에 의거하여

작당을 하고는 우리를 무찌르려고

세력을 군히고 있습니다.

고용된 병사들은 안달을 부리며,

급료를 달라고 떠들어댑니다.

만일 우리가 더 미루지 못하고 다 갚아 주는 날이면

놈들은 모두 도망치고 말 것입니다.

놈들이 하고 싶어 하는 일을 금지하다가는

벌집을 쑤셔 놓은 듯이 될 것입니다.

그들이 지켜야 할 이 제국은

약탈당하고 황폐되어 있습니다.

그들이 미쳐 날뛰게 내버려 두었기에,

이미 국토의 절반은 결단이 나고 말았습니다.

아직 변방의 왕들이 있지만,

도무지 내 일처럼 생각하는 자는 없습니다.

재무 대신 우방의 왕을 누가 믿을 수 있습니까!

　　우리에게 약속한 원조금은

　　수돗물이 끊어지듯 멎고 말았습니다.

　　폐하, 그리고 이 넓은 나라의 소유권이

　　누구의 손에 있는지 아십니까?

　　어디를 가나 새로운 놈이 세력을 확장하려 하고,

　　아무 제약 없이 독립하여 살아가려 합니다.

　　그놈들의 행위를 방관하는 수밖에 없습니다.

　　우리는 너무 많은 권리를 포기했기에,

　　이젠 아무 권리도 남아 있지 않습니다.

　　당파도, 어떤 명목을 붙이거나,

　　오늘날에 와서는 믿을 수가 없습니다.

　　당파가 뭐라고 비난을 하건, 칭찬을 하건,

　　사랑도 미움도 냉담한 것이 되었습니다.

　　황제파고 교황파고 간에 모두 어디서,

　　안일을 누리고 있는지 나타나지도 않습니다.

　　이런 때 누가 이웃 나라를 도우려 하겠습니까?

　　저마다 자기 일로 꽉 차 있습니다.

　　돈의 유통 경로는 막혀 버렸고,

　　저마다 멋대로 긁고 파고, 끌어 모아서,

　　국고는 텅텅 비어 있습니다.

궁내 대신 우리도 얼마나 고통을 겪고 있는지 모릅니다.

　　매일같이 절약한다고 생각하면서도,

　　매일같이 지출은 늘어만 가고 있습니다.

그래서 날마다 새로운 고생이 생깁니다.

요리사들이 물자 부족으로 애먹는 일은 아직 없습니다.

멧돼지, 사슴, 토끼, 노루,

칠면조, 닭, 거위, 오리,

이러한 자연의 공물은 아직도,

확실한 수익으로서 상당히 많이 들어오고 있습니다.

하지만 마침내 포도주가 떨어지게 되었습니다.

전에는 지하실 광에 술통이 들어차고,

산지도, 햇수도 최상급인 것이 그득했는데,

고귀한 분들이 끝없이 퍼마시는 바람에,

마지막 한 방울까지 동이 났습니다.

시청이 관리하는 재고품을 사들이고 있습니다만,

모두 큰 잔으로 들이키고, 사발로 마시는 통에,

식탁 바닥까지 술에 취하는 형편입니다.

그런데 셈과 사례는 제가 하지 않으면 안 됩니다.

유대인은 인정사정이 없습니다.

세입을 담보로 하지 않으면 빌려 주지 않기 때문에,

해마다 다음 해의 세입은 미리 먹히고 맙니다.

돼지는 살찔 틈이 없고,

침대의 이불마저 저당 잡혀 있으며,

식탁에 오르는 빵도 외상으로 사온 것입니다.

황제 (잠시 생각한 뒤에 메피스토펠레스에게)

여봐라. 어릿광대, 너도 무슨 불평이 있느냐? 있으면 말해보아라.

메피스토펠레스 저 말씀입니까? 전혀 없습니다.

폐하와 대신님들의 위세를 이렇게 뵙고 있을 뿐입니다.

폐하께서 다신 두말 못하게 명령을 내리시면

평소의 위력으로 적을 무찌르고,

지력智力을 겸비한 의지와 다방면의 활동력이

마련되어 있는데, 무슨 걱정이 있겠습니까!

이렇게 신하들이 기라성처럼 빛나고 있사온데,

화근이나 불행의 씨가 될 만한 것이 뭐가 있겠습니까?

중얼거리는 소리 수상한 놈이다 ― 제법이야 ―

감언이설로 ― 정체가 드러날 때까지 해볼 속셈이군. ―

다음에는 무슨 말을 할까? ― 나쁜 계략을 쓸 테지 ―

메피스토펠레스 이 세상 어디를 간들 부족한 것이 없는 곳은 없습니다.

여기선 이게 없고, 저기선 그게 없고,

그리고 폐하의 나라에선 돈이 부족합니다.

돈이란 마룻바닥에서 긁어모을 수는 없지만,

지혜가 있으면 아무리 깊은 데서라도 캐낼 수가 있습니다.

심산의 광맥 속에서, 돌담 밑에서,

금화나 노다지를 발견할 수 있습니다.

누가 그것을 캐내느냐고 물으신다면,

재능 있는 자의 본성과 정신의 힘이라 말씀드리겠습니다.

재상 뭐, 본성과 정신[9]이라고? ―

그런 짓은 그리스도 교도에게 할 말이 못 된다.

그러한 말투는 지극히 위험하다.

무신론자를 태워 죽이는 것도 그 때문이다.

본성은 죄악이고, 정신은 악마다.

이 두 가지가 합쳐져서, 그 사이에

회의라는 병신 혼혈아가 태어난다.

우리에겐게 그런 것은 질색이다 ― 황제의 이 오랜 나라에는,

두 가지 씨족이 성립되어 있어서

그것이 거룩한 옥좌를 받들고 있다.

성직자와 기사가 바로 그것이다.

그들은 어떤 폭풍우라도 견디어 내며,

그 대가로 교회와 국가를 위임받는 것이다.

정신이 혼란한 무리들의 야비한 근성에서는

반역이 생기는 마련이다.

이단자나 마법사가 바로 그것들이다.

그들이 도시와 나라를 해친다.

너는 그 뻔뻔스러운 농담을 빌어서,

그런 놈을 이 고귀한 궁중에 끌어들이려고 하는구나.

경들은 이 고얀 놈의 말에 흥미를 느끼는 모양인데,

어릿광대도 이단자나 마법사와 같은 패거리란 말이오.

메피스토펠레스 그 말씀을 듣고 보니

재상께서 학자라는 것을 알겠습니다!

자기 손으로 만져지지 않는 것은 몇 마일이나 멀리 떨어져 있고,

자기가 잡은 것이 아니면 전혀 존재하지 않고,

자기가 가르치지 않는 것은 모두 진실이 아니고,

자기가 재보지 않은 것은 무게가 없고,

자기가 만들지 않은 돈은 통용되지 않는다고 생각하십니다.

황제 그런 말을 해봐야 우리나라의 부족한 것이 해결되지 않는다.

재상은 지금 그런 단식절의 고해 설교를 해서 대체 어쩌자는 거요?

이러면 어떨까, 저러면 어떨까, 하는 말 따위는 신물이 나도록 들었소.

부족한 것은 돈이니, 돈을 만들면 될 게 아니냐.

메피스토펠레스   원하신다면 소인이 장만하겠습니다. 원하시는 이상이라도 장만하

지요.

쉬운 일이기는 합니다만, 그 쉬운 일이 어려운 법이지요.

돈은 여기 있습니다. 그런데 그것을 손에 넣는 것이

재간이란 말씀입니다. 누가 그것을 발휘하지요?

생각 좀 해보십시오. 저 공포시대에

이민족의 물결이 나라와 백성을 물속에 빠뜨렸을 때,

모든 사람이 몹시 겁을 먹고

가장 소중한 것을 여기저기에 감추었습니다.

강대한 로마시대부터 이미 그러했고,

어제까지, 아니 오늘까지도 그러합니다.

그것이 모두 땅속에 조용히 묻혀 있습니다.

땅은 폐하의 것입니다. 폐하께서 모두 가지셔야 할 물건입니다.

재무 대신 어릿광대치고는 제법 말을 잘하는군.

확실히 그것은 예부터 황제의 권리로 되어 있지.

재상 악마가 금실로 짠 덫을 경들에게 치는 것이오.

신의 뜻에 맞는 올바른 일은 아니오.

궁내 대신 우리 궁정이 바라는 물건을 마련해준다면,

약간 올바르지 않더라도 나는 꺼리지 않겠습니다.

육군 대신 저 놈은 똑똑하군.

모든 사람이 소중히 하는 것을 약속해주니.

군인은 돈의 출처 따위를 문제 삼지는 않을 것이오.

메피스토펠레스 여러분께서 제게 속는다고 생각하신다면,

여기 마침 좋은 분이 계시니, 이 천문 박사에게 물어보십시오!

천계의 구석구석까지 시각과 성좌를 알고 계십니다.

자, 말씀해보시죠, 하늘의 형편은 어떻습니까?

중얼거리는 소리 두 놈 다 악당이다 — 벌써 배가 맞는군 —

어릿광대와 허풍선이가 — 저렇게 옥좌 바로 곁에 —

싫증이 나도록 들은 — 낡은 넋두리지 —

어릿광대가 대사를 불어넣고 — 박사가 지껄인다 —

천문 박사 (메피스토펠레스가 일러주는 대사를 지껄인다.)

본시 태양 그 자체는 순금[10]입니다.

수성은 사자로 발탁되어 은총과 보수를 위해 일하고,

금성 부인은 여러분을 유혹하여

아침이나 밤이나 여러분께 추파를 던집니다.

순결한 달은 변덕스러운 아첨꾼이고

화성은 여러분을 태우지는 않아도 그 힘으로 위협합니다.

목성은 여전히 가장 아름답게 빛나고

토성은 크지만, 보기엔 멀고 작으며

납이라 금속으로서는 별로 귀중하다 할 수 없습니다.

값어치는 얼마 안 되지만 무게는 무겁지요.

그렇습니다, 달이 상냥하게 태양에 붙어서면,

은과 금이 어울리니 세상이 밝아지고,

무엇이든지 얻을 수 있습니다.

궁전이건, 정원이건, 사랑스런 유방이건, 빨간 볼이건,

대학자는 뭐든지 손에 넣을 수 있습니다.

우리들이 아무도 못하는 일을 그이는 할 수 있습니다.

황제 저 놈의 말은 이중으로 겹쳐서 들리는걸.[11]

그래도 나는 납득이 가지 않아.

중얼거리는 소리 무슨 소리야 — 케케묵은 농담이다 —

점술인가 — 연금술인가 —

저런 소리는 몇 번이고 들었다 —늘 속기만 했지 —

그런 자가 오더라도 — 어차피 협잡꾼일 게다 —

메피스토펠레스 여러분은 빙 둘러서서 놀랄 뿐

이 귀중한 발견을 도무지 믿지 않으시는군요.

그러면서도 맨드레이크의 뿌리[12]로 부자가 되었다느니,

검둥개가 보물을 캐낸다느니 하면서

터무니없는 말을 믿습니다.

아는 체하며 트집을 잡거나

마술을 비방해본들 무슨 소용이 있습니까?

사실 발바닥이 근질거릴 때도 있거니와

아무렇지도 않은 발걸음이 말을 듣지 않는 경우도 있으니까요.

여러분은 모두 영원히 지배하는 자연의

신비로운 작용을 느끼고 계시지요.

지하의 밑바닥에서 생동하는 기미가

솟아 올라오기 때문이지요.

만약 사지가 여기저기 꿈틀거리거나,

어떤 장소에 갔더니 기분이 나빠지거나 하거든,

당장에 큰맘 먹고 그 자리를 파헤쳐 보십시오.

악사樂師가 묻혀 있거나 보물이 있을 것입니다!¹³

중얼거리는 소리 난 발이 납덩이처럼 무거운걸 ―

팔이 꿈틀거린다 ― 이건 통풍이야 ―

나는 엄지발가락이 쑤시는데 ―

등이 온통 아픈걸 ―

이런 징조가 있으니 아마 여기는 잔뜩 보물이 있을 것 같군.

황제 자, 서둘러라! 이젠 달아나진 못할 게다.

네놈의 거짓말이 정말이라는 증거로,

당장 그 귀중한 장소를 알리도록 하여라.

네 말이 거짓말이 아니라면

나는 왕자와 칼과 홀을 내려놓고,

손수 땅을 파겠다.

만약에 거짓말이라면, 너를 지옥에 보내리라!

메피스토펠레스 지옥으로 가는 길이라면 모를 것도 없습니다만,

묵직하게 금화가 담긴 땅속의 항아리를,

하지만 주인 없이 기다리고 있는 보물을,

여기서 일일이 말씀드릴 수는 없지요.

밭을 가는 농부가 흙덩이와 함께

황금단지를 파내는 수도 있고,

진흙 담벼락에 끼는 암염巖鹽을 채취하려다가

금빛으로 번쩍이는 금화 다발을 발견하고,

가난에 찌든 손으로 움켜쥐고 울고 웃는 수도 있습니다.

보물이 있는 데를 아는 자는

어떤 땅굴이나 폭파해야 하고

아무리 깊은 구렁텅이건 굴속이건

지옥 근처까지라도 들어가지 않으면 안 될 것입니다.

예부터 소중이 간직되어 온 넓은 술 창고에는,

큼직한 금잔과 쟁반과 접시가

즐비하게 늘어 놓인 것을 발견하는 수도 있습니다.

다리가 긴 루비 잔이 있기도 합니다.

그것으로 한잔 하려고 하면

그 곁에 아주 오래된 포도주를 발견하곤 하지요.

— 하지만 이 방면에 능통한 저를 믿어 주시겠지만 —

술통의 나무는 오래 전에 썩어서

굳은 주석酒石이 통의 구실을 하고 있습니다.

금이나 보석뿐 아니라

그런 귀한 술의 정수도,

무서운 어둠 속에 숨어 있습니다.

현자는 그런 곳을 끈기 있게 찾지요.

대낮에 드러나는 것을 알아채는 것쯤은 어린애 장난과 같습니다.

신비로운 것은 어둠을 집으로 삼는 법입니다.

황제 그런 신비 따위는 너에게 맡기겠다!

어둠 속에 있어서야 무슨 소용 있느냐?

값어치 있는 것은 백일하에 드러나야 한다.

깊은 밤중에 악한을 어떻게 분간하겠느냐.

밤의 소는 검고, 밤의 고양이는 잿빛으로 보이느니라.

묵직하게 금이 담겨 있는 땅속의 항아리를

　　　네 쟁기로 파내 오도록 하여라.

메피스토펠레스　쟁기, 괭이를 잡으시고 친히 파십시오.

　　　농군의 일을 하시면 폐하의 위엄이 높아집니다.

　　　금송아지[14]가 떼를 지어,

　　　땅속에서 튀어나올 것입니다.

　　　그러면 폐하께서는 주저 없이 기뻐하시며,

　　　폐하 자신과 여왕님을 치장하실 수 있습니다.

　　　빛깔과 윤기가 찬란한 갖가지 보석은

　　　아름다움과 위엄을 한층 더 높여 드릴 것입니다.

황제　자, 어서 해라, 어서! 무엇을 꾸물거리고 있느냐!

천문 박사　(전과 같이) 폐하, 그런 성급한 욕망을 누르시고,

　　　우선 화려하고 즐거운 놀이부터 끝내십시오.

　　　마음이 산란해서는 목적을 이룰 수가 없습니다.

　　　먼저 마음을 진정시키고 하늘과 화합하여

　　　천상의 은혜로 지하의 보물을 얻어야 합니다.

　　　좋은 것을 원하는 자는 스스로 좋은 사람이 되어야 하고,

　　　기쁨을 원하는 자는 자기 피를 진정시켜야 하며,

　　　술을 원하는 자는 무르익은 포도를 짜야 하고,

　　　기적을 원하는 자는 스스로의 신앙을 굳혀야 합니다.

황제　그렇다면 명랑한 놀이로 시간을 보내기로 하자!

　　　곧 사육제의 마지막 수요일이 다가온다.

　　　좌우간 그 동안 신나는 사육제를,

　　　한층 더 신명나게 실컷 즐기기로 하자.

나팔 소리. 퇴장

메피스토펠레스 행복에는 고생이 따른다는 것을
　　저 어리석은 작자들은 도무지 깨닫지 못한단 말이야.
　　비록 저들이 현자의 돌을 가졌다 한들,
　　현자는 사라지고 돌만 남을 것이다.

많은 방이 이어진 넓은 홀

가장무도회를 위한 장식이 되어 있다.

의전관 여러분께서는 악마춤, 바보춤, 해골춤의 본고장인
　　독일 국내에 있다고 생각해서는 안 됩니다.
　　더 신나는 잔치가 여러분을 기다리고 있습니다.
　　폐하께서는 로마 원정을 하셨을 때,
　　당신의 이익을 위해 여러분의 즐거움을 위해,
　　높은 알프스를 넘으시고,
　　명랑한 나라를 손에 넣으셨습니다.
　　폐하께서는 교황의 덧신에 입 맞추시고, 국토 지배의 권력을 얻으셨습니다.
　　그리고 황제의 관을 쓰고 돌아오시는 길에
　　저희들에게 기념으로 어릿광대의 벙거지까지 갖다 주셨습니다.
　　그후 저희들은 모두 새로 태어난 사람처럼 되었습니다.
　　처세에 능한 분은 모두 이 모자를,

머리와 귀를 덮도록 포근하게 푹 써 보시란 말입니다.

그러면 미친 천치처럼 보이지만,

모자 속에선 얼마든지 약삭빠르게 굴 수 있지요.

벌써 많이 모여든 것 같습니다.

비틀비틀 떨어졌다가는 다시 정답게 짝을 짓곤 하는군요.

합창단도 계속 몰려오고 있군요.

들어오고 나가고, 모두 정신들이 없습니다.

예나 지금이나 변함없이

이 세상은 무수한 사람들이 희극을 벌이고 있는

하나의 커다란 천치에 불과하니까요.

꽃 가꾸는 여인들 (만돌린의 반주로 노래한다.)

　　　여러분께 칭찬을 받으려고,

　　　저희들 피렌체의 처녀들이,

　　　오늘 저녁 곱게 치장하고,

　　　화려한 독일 궁전을 찾았습니다.

　　　밤색 고수머리 가득

　　　예쁜 꽃 장식을 달았습니다.

　　　비단실과 비단 천으로

　　　저마다 장식품 구실을 하고 있어요.

　　　확실히 이 장식은 소중하여

　　　칭찬할 만한 가치가 있거든요.

　　　우리의 빛나는 이 조화는

일 년 내내 피어 있답니다.

오색찬란한 종잇조각을
좌우 똑같이 이었습니다.
한 잎 한 잎을 보면 초라하여도,
전체를 보면 마음이 끌리지요.

저희들 꽃 가꾸는 처녀들도
보시면 귀엽고 멋이 있지요.
여인의 자태 그 자체가,
뛰어난 예술로 보이거든요.

의전관 머리에 인 꽃바구니에서
가슴에 안은 꽃바구니에서
아름다운 꽃이 넘칩니다.
마음에 드시는 걸 고르십시오.
푸른 잎 그늘의 오솔길이
꽃밭이 되도록 서두르시오!
꽃 파는 아가씨도 팔리는 꽃도
모두들 모여들만한 값어치가 있습니다.

꽃 가꾸는 여인들 이 번화한 곳에서 흥정을 하세요.
하지만 장바닥은 아니랍니다.
사시는 꽃송이 하나하나에
뜻 깊은 꽃말이 붙어 있어요.
열매에 달린 올리브 가지

아무리 만발한 꽃이라도 나는 부럽지 않습니다.

어떤 싸움이건 피한답니다.

그것은 내 성질에 맞지 않으니까요.

저는 야산의 정화精華랍니다.

틀림없는 담보물과 같아서

모든 곳의 평화가 상징이 되어 있지요.

오늘은 될 수만 있다면,

여러분의 아름다운 머리를 멋있게 꾸미고 싶군요.

보리 이삭의 관 (금빛) 곡물의 여신 케레스의 선물은

여러분을 아름답고 귀엽게 꾸며 줄 것입니다.

무엇보다도 실용적으로 환영받는 이 물건은

여러분의 아름다운 장식이 되기를 빕니다.

환상적인 화환 당아욱과 비슷한 오색의 꽃,

이끼에서 피어난 신비의 꽃!

자연에는 흔히 볼 수 없는 일이지만,

유행은 이런 것을 만들어 냅니다.

환상적인 꽃다발 제 이름으로 여러분께 가르쳐 드리기는

식물학의 아버지 테오프라스토스라도 감히 못할 거여요.

하지만 저는 여러분 모두에겐 아니더라도,

몇 분의 마음에는 들고 싶어요.

그리고 그분 것이 되고 싶어요.

저를 머리에 꽂아 주시거나

마음의 어딘가에 놓아 주실

생각만 해주셔도 좋겠어요.

도전挑戰[15] 색깔도 화려한 공상의 꽃은

　　　　그때의 유행으로 피어나려무나.

　　　　자연계의 어디서도 볼 수 없는

　　　　신기한 꽃을 피우려무나.

　　　　초록빛 줄기에 금빛 종 모양으로

　　　　탐스러운 고수머리 속에서

　　　　내다보려마!

장미 봉오리　하지만, 우리들은 —

　　　　숨어 있겠어요.

　　　　신선한 우리의 모습을 찾아내는 분은 행복하죠.

　　　　이윽고 여름이 다가와

　　　　장미 봉오리가 빨갛게 탈 때,

　　　　그 행복을 맛보지 않고 견뎌낼 사람 있을까요?

　　　　미래를 약속하고 그걸 이루는 것

　　　　그것이 꽃의 나라에서는

　　　　눈도 마음도 가슴도 함께 지배하지요.

　　푸른 잎 그늘의 오솔길에서 꽃 가꾸는 여인들이 아름답게 자신들의 조화를 장식한다.

뜰 가꾸는 사나이　(저음 만돌린의 반주로 노래한다.)

　　　　보세요, 여러 가지 꽃이 조용히 피어나서

　　　　여러분의 머리를 곱게 꾸미는 것을.

　　　　나무 열매는 유혹하지 않습니다.

　　　　맛을 보시며 즐기십시오.

볕에 그을린 얼굴로 저희들은
버찌며, 복숭아며, 자두를 내밉니다.
사십시오! 보시기만 해선 안 됩니다.
입으로, 혀로 맛을 보셔야지요.

어서 오셔서 잘 익은 과일을
맛있고 즐겁게 잡수십시오!
장미라면 시로도 읊을 수 있지만,
사과는 먹어 보지 않으면 안 됩니다.

용서하십시오, 꽃 파는 아가씨들.
그 탐스러운 꽃과 함께 있고 싶습니다.
이 무르익은 과일을 산더미처럼
그 옆에 푸짐하게 쌓아 놓겠습니다.

재미있게 얽힌 나뭇가지 밑에,
화려하게 꾸민 정자 구석에,
무엇이든 죄다 볼 수 있습니다.
봉오리도, 푸른 잎도, 꽃도, 열매도.

기타와 저음 만돌린의 반주로 윤창輪唱하면서, 두 패의 합창단이 물건을 쌓아올리며 손님을 기다린다.

어머니와 딸

어머니 애야, 네가 태어났을 때,
　　　　예쁜 모자를 씌워 주었지.
　　　　얼굴은 참으로 귀여웠고
　　　　몸매도 정말로 예뻤단다.
　　　　그때 벌써 네게 새색시나 된 듯이
　　　　제일 부잣집에 시집이나 간 듯이
　　　　아씨가 된 듯이 생각이 들었단다.

　　　　아, 그후에 여러 해의 세월이
　　　　덧없이 흘러가고 말았구나.
　　　　색싯감을 고르기 위해 찾는 이도 많더니만,
　　　　다 그대로 지나가 버렸구나.
　　　　너도 어떤 이와 날렵하게 춤도 추고,
　　　　어떤 이에게는 승낙의 표시로
　　　　팔꿈치를 넌지시 누르기도 했건만.

　　　　아무리 궁리해서 모임을 가져 봐도
　　　　어쩐지 아무런 효과가 없고,
　　　　벌금내기, 술래잡기, 별일을 다 했지만,
　　　　도무지 소용이 없지 않았느냐.
　　　　오늘은 턱없는 소란이 벌어질 테니
　　　　너도 한번 요염하게 설쳐 보아라!

누가 걸려들지 모를 일이니.

젊고 예쁜 여자 친구들이 끼어들어 순진한 수다가 벌어진다.

어부와 새 잡는 사람, 그물과 낚싯대, 끈끈이 장대,

그 밖의 연장을 가지고 등장하여, 아름다운 여자들 사이에 낀다.

서로 유혹하고, 껴안으려 하고, 도망치려 하고, 붙잡으려 하면서

즐거운 대화의 실마리를 만들어 낸다.

나무꾼들 (시끄럽고 거칠게 등장)

비켜! 비켜!

장소가 필요하다.

우리가 나무를 베면

우지끈 쓰러진다.

메고 걸어가면

여기저기 부딪힌다.

우리의 거친 일도

훌륭한 줄 알아라.

우리같이 거친 놈이

일을 하지 않는다면

고상한 양반들이

제아무리 영리해도

어떻게 살아가리오?

이것만은 잊지 마라.

당신들이 안 얼도록

우리가 땀 흘림을.

어릿광대들 (우둔하고 미련하게)

당신들은 바보야.

굽은 허리로 태어났지.

우리들은 영리하여

무거운 짐은 안 진다.

우리들의 모자도,

저고리도, 앞치마도,

너무나 가볍지.

그리고 한가하게

하는 일 없이

덧신을 신은 채

시장이나 인파 속을

어슬렁거리면서

구경에 넋도 잃고

친구들도 불러대지.

그런 소릴 신호 삼아

혼잡한 사람 속을

요리조리 빠져나가

한데 어울려 춤도 추고

왁자하게 외쳐대지.

당신들이 칭찬하건

아니면 욕을 하건

우리는 내버려두는 거야.

식객들 (굽실거리며 무엇을 탐내는 듯이)

　　　　당신네들 억센 나무꾼도

　　　　또 당신들의 의형제인

　　　　숯 굽는 사람들도

　　　　우리에겐 모두 소중한 분들이죠.

　　　　아무리 굽실굽실

　　　　지당한 말씀이라고 고개를 끄덕끄덕

　　　　여러 가지 고운 말로

　　　　비위를 맞추느라

　　　　치켜 올리고 놀려도 보고

　　　　갖가지 재주를 부려 본들,

　　　　무슨 소용이 있을까요?

　　　　그야, 하늘에서

　　　　번갯불 같은 것이

　　　　떨어지는 수도 있지만,

　　　　장작이 없다면

　　　　숲이 없다면

　　　　아궁이가 벌겋게

　　　　타오를 순 없지요.

　　　　그래야 비로소 굽고, 지지고,

　　　　물을 끓일 수 있지요.

　　　　접시까지 핥는

　　　　진짜 식도락은

　　　　고기 냄새를 맡고

생선을 알아채지요.

그래야 주인이 초대를 하면

진미를 만끽할 수 있지요.

주정꾼 (정신이 없이)

오늘은 내게 덤비지 마라!

매우 홀가분하고 기분이 좋다.

상쾌한 기쁨과 명랑한 노래를

갖고 온 건 나란 말이다.

그러니 나는 마신다, 실컷 마신다!

잔을 부딪쳐라! 쨍그랑, 쨍그랑 하고!

여보, 거기 있는 양반, 이리 와요!

잔을 부딪치자고요, 됐어요!

우리 여편네는 화가 나서 소리치잖아.

이 화려한 윗도리를 보더니 상을 찡그리고 말이야.

내가 아무리 뽐내 봐야

가장복假裝服이나 걸어두는 옷걸이라는 거야.

하지만 나는 마신다, 실컷 마신다!

잔을 부딪쳐라! 쨍그랑, 쨍그랑 하고!

옷걸이 여러분, 잔을 부딪칩시다.

소리가 나면, 됐어요!

나를 길 잃은 놈이라고 하지 말아요.

나는 기분 좋은 곳에 있으니까.

주인이 외상을 안 준다면, 안주인이 주겠지.

안주인이 안 된다면 하녀가 주겠지.

어쨌든 나는 마신다, 실컷 마신다!

거기도 마시라고요! 쨍그랑 쨍!

모두 연거푸 마시라고요!

그래, 그러면 됐어요!

어디서 어떻게 내가 재미를 보든

제 멋대로 하게 내버려 두라고.

내가 누은 곳에 그대로 재워 주게.

이젠 더 이상 서 있을 수 없으니까.

합창 모두 사이좋게 마셔라, 마셔!

신나게 건배하자. 쨍그랑 쨍!

의자와 빈 술통에 단단히 앉아라.

바닥에 쓰러진 놈은 내버려 두어라.

의전관이 각종 시인의 등장을 알린다. 자연 시인, 궁정 시인, 기사 시인, 풍자 시인, 정열 시인 등 온갖 계층의 사람들이 앞을 다투며 다른 사람에게 낭독할 기회를 주지 않는다. 한 시인이 몇 마디 지껄이고 물러간다.

풍자 시인 여러분, 시인인 내가,

참으로 좋아하는 것이 무엇인가를.

누구도 듣기 싫어하는 것을

노래 부르라고 말할 수 있습니다.

밤의 시인과 무덤의 시인은 못 온다는 기별을 해온다. 막 소생한 흡혈귀[16]와 흥미진진한 대화중이라, 거기서 새로운 시풍이 발전될지 모르기 때문이라는 것이다. 의전관은 하는 수 없이 그것을 양해하고, 그리스 신화의 인물들을 불러낸다. 그것은 새 시대의 가면을 쓰고 있지만, 성격도 매력도 그대로이다.

우아한 세 여신들[17]

빛의 여신 아글라이아 우리는 아리따운 마음을 인생에 주었으니,
　　물건을 줄 때에도 아리따운 마음이 있어야 합니다.
행복의 여신 헤게모네 받는 쪽도 아리따운 마음으로 받아야 하며
　　소원이 이루게 됨은 즐거운 일이 아닐까요.
기쁨의 여신 에우프로시네 평온한 날이 계속되는 한,
　　감사의 마음도 아리따워야 할 것이오.

운명의 세 여신들[18]

생명의 실을 끊는 여신 아트로포스 제일 큰 언니인 내가
　　이번엔 실을 잣기 위해 불려왔어요.
　　생명의 실은 가늘어서
　　마음 쓰는 일도 많지요.

　　그 실이 나긋하고 부드럽도록
　　가장 좋은 삼麻을 골랐지요.
　　그 실이 매끈하고 고르도록

재간 있는 손끝으로 가려냅니다.

재미를 보거나 춤을 출 때나
지나치게 흥에 겨워지거든,
실의 한계를 생각하고
조심하세요, 끊어질지 모르니까.

실 잣는 여신 클로트 알아 두세요, 요즘에
가위는 내가 맡고 있어요.
나의 언니의 행실이
흡족하지 않을 때가 있거든요.

언니는 이제 아무 쓸모 없는 실밥을
오랫동안 빛과 바람에 날리면서,
기막힌 희망으로 부플은 실오리는
잘라서 어두운 무덤으로 끌고 가지요.

하지만 저도 젊고 서툴러서
실수를 몇 번이나 저질렀지요.
오늘은 되도록 자중하려고
가위를 가위집에 넣었습니다.
나를 이와 같이 훈계하면서
가만히 구경하고 있겠습니다.
여러분, 오늘은 허락된 날이니

마음껏 안심하고 즐기세요.
운명을 정하는 여신 라케시스 나 혼자만이 분별이 있어서
질서를 유지하는 일을 맡았어요.
줄곧 움직이는 나의 물레는
결코 너무 **빨리** 돌진 않지요.

흘러오는 실을 물레에 감고
가닥마다 제 갈 길로 인도하여
한 올도 빗나가게 아니하지요.
실아, 잘 돌아서 따라가거라.

내가 한 번 한눈을 팔면,
세상은 무서운 꼴이 되지요.
시간의 명을 세고, 나이의 무게를 재고,
베 짜는 신은 운명이란 실타래를 앗아가지요.
의전관 이번에 나타나는 것은 뭔지 모르실 것입니다.
아무리 여러분이 고서에 밝더라도.
무척 나쁜 짓을 하는 여자들이지만,
반가운 손님으로 보일 겁니다.

저것은 복수의 여신들인데,
아마 아무도 믿지 않으실 것입니다.
예쁘고, 맵시 좋고, 정답고, 젊거든요.
그러나 한번 사귀어 보시면 알게 될 것입니다.

이 비둘기들이 뱀처럼 문다는 걸.

아주 음흉한 여자들이지만,

그래도 오늘만은

바보들이 모두 자기 결점을 자랑하는 판이니,

그들도 천사라는 명성을 바라지 않고,

도시나 시골의 망나니를 자처하고 있습니다.

복수의 세 여신들**19**

증오의 여신 알렉토 결국 여러분은 우리를 믿게 될 거에요.

우리는 예쁘고, 어리고, 응석부리는 새끼고양이니까요.

여러분 가운데 연인이 있는 분에게

살금살금 파고들어 친해지지요.

눈과 눈을 마주보고 말해드리지요.

그녀는 당신 외에 여러 남자에게 추파를 던지고,

게다가 머리는 미련하고 허리도 굽었으며 절름발이다.

색시가 되더라도 도무지 쓸모가 없다고요.

그리고 아가씨에게도 이렇게 이간질을 하지요.

당신 애인은 몇 주일 전에 어떤 여자에게

당신의 욕을 하고 있더라고요!

화해해도 이쯤되면 뭔가 남지요.

적의敵意의 여신 메게라 그런 건 약과지요! 드디어 두 사람이 결혼을 하면,

그때부터 내가 맡아서 근사한 행복도 변덕을 부려서

반드시 진저리나게 만들어 놓지요.

인간도 변하는 것이며 시간도 변하는 것이니까요.

아무도 자신이 그렇게 원하던 것을 품안에 간직하지 못하고,

더없는 행복에도 익숙하고 버릇이 되어

어리석게도 더 나은 것을 동경하는 법이죠.

따스한 태양을 등지고 차가운 서리로 따스해지려 하죠.

저는 이런 모든 것을 처리하는 재주가 있으므로,

부부를 갈라놓은 아스모디라는 친구를 데리고 와서,

적당한 때에 불행의 씨를 뿌리고,

짝을 지은 남녀들을 망쳐 놓을 겁니다.

생명을 뺏는 여신 티시포네 나는 독설 대신 독을 타고

칼을 갈지요, 배신자에게는.

딴 여자를 사랑하면 언젠가는

그 몸에 파멸의 독이 돌지요.

한때의 기쁨도 거품이 되는

노여움과 쓴 독으로 변할 거예요.

거기서는 에누리도 흥정도 없고

범한 죄는 벌을 받아야 하지요.

용서하라는 말은 입에 담지도 말아요.

내가 바위를 향해 호소하면

들어 보세요, 메아리는 복수라고 대답합니다.

배신하는 남자는 살려 두지 않아요.

의전관 여러분, 미안하지만 옆으로 물러서시오.

지금 나타나는 것은 여러분들과 다르니까요.

보시는 바와 같이 산더미[20]가 들이닥치고 있습니다.

옆구리에는 화려한 양탄자를 자랑스레 늘어뜨리고

머리에는 긴 어금니와 구렁이 같은 코가 있습니다.

정체가 궁금하다면, 이것을 푸는 열쇠를 드리지요.

목덜미에는 예쁘고 상냥한 여자가 타고 앉아

가느다란 채찍으로 익숙하게 부리고 있습니다.

그 위쪽 등에 서 있는 당당하고 고귀한 부인은

후광에 싸여 눈이 다 부십니다.

그 양쪽에는 기품 있는 부인들이 사슬에 묶여 걸어가고 있습니다.

한 여자는 불안한 듯, 한 여자는 즐거워 보입니다.

한 여자는 자유를 구하고, 한 여자는 자유를 즐기고 있습니다.

자, 저마다 자신을 소개해주세요.

공포 그을리는 횃불과 등불과 촛불이

붐벼대는 잔치를 은은하게 비칩니다.

이들 거짓 얼굴 속에, 아아,

나는 사슬에 묶여 있습니다.

비켜요, 웃고 있는 어리석은 자들이여!

그 일그러진 웃음이 더 수상쩍어요.

나의 원수 모두

오늘밤에 나를 노리고 있어요.

저것 봐요, 친구가 또 원수가 되었어요!

저 가면을 나는 진작 알고 있었지요.

저 자는 나를 죽이려고 하다가,

탄로 나서 슬금슬금 달아나고 있어요.

아, 어느 방향이든 좋아요.

이 세상에서 도망치고 싶어요.

하지만 저 세상의 죽음이 나를 위협하여,

나는 어둠과 무서움 속에 사로잡히고 맙니다.

희망[21] 어서 오세요. 여러분들.

여러분은 어제와 오늘,

가장을 즐기지만,

내일은 틀림없이

가장을 벗을 것입니다.

횃불 빛 아래서는

별로 기분이 밝을 수 없지만,

맑게 갠 날이면

우리는 저마다 마음 내키는 대로

때로는 여럿이, 때로는 혼자서

아름다운 들판에서 자유로이

쉬기도 하고 거닐기도 하면서,

근심을 모르는 살림 속에서

부족을 모르고 언제나 노력하지요.

그러니 어디서든 환대받는 손님으로서

우리는 안심하고 발을 들여놓습니다.

틀림없이 지선至善의 보물은

어디서건 찾아낼 수 있으니까요.

지혜 인간 최대의 적인

공포와 희망을 사슬에 묶어서

여러분 곁에 못 가게 하고 있어요.

길을 비키시오. 당신들은 안심하시오.

보시오, 등에 탑을 걸머진

살아 있는 거상을 나는 몰아갑니다.

이놈은 험한 길을 끈기 있게

한 걸음 한 걸음 나아갑니다.

이 탑 위에는

여신이 날개를 활짝 펴고

승리를 거두려고

사방을 돌아보고 있습니다.

여신을 에워싼 영광이

멀리 사방으로 비치고 있습니다.

그는 스스로 승리의 여신이라 일컫는

온갖 활동을 다스리는 여신이지요.

헐뜯는 난쟁이 초일로와 테르지테스²² 흐, 흐, 이거 참 마침 잘 왔군.

너희들은 모두 돼먹지 않았다!

하지만 내가 제일 눈독을 들인 것은

저 위에 있는 승리의 여신이란 말이다.

커다란 흰 날개를 펴고

자기가 마치 독수리나 된 줄 알고 있다.

어디고 자기가 얼굴을 돌려보기만 하면

사람이건 땅이건 모두 제 것이 되는 줄 알거든.

나는 어디서나 명예로운 일이 이루어지면

당장 벨이 꼴린단 말이야.

낮은 곳은 높다고, 높은 것은 낮다고,

비뚤어진 것은 곧고, 곧은 것은 비뚤어졌다고,

트집 잡지 않으면 직성이 풀리지 않거든.

이 세상 모든 것을 그렇게 하고 싶어진단 말이다.

의전관 이 불한당 녀석 같으니!

이 거룩한 지팡이로, 호된 일격을 받아라.

그리고 그 당장 몸을 웅크리고 버둥거려라 —

아니, 난쟁이 두 놈이 겹친 것 같은 몸뚱이가,

순식간에 구역질 나는 흙덩어리로 변했구나! —

— 이거 참, 희한도 하다! — 흙덩어리가 알이 되어

부풀어 오르더니 두 조각으로 갈라져서,

아, 쌍둥이로군.

살무사와 박쥐구나.

살무사는 먼지 속으로 기어 다니고,

박쥐는 시커먼 몸뚱이로 천장으로 날아간다.

밖으로 나가 다시 합치려고 서두는구나.

나는 그런 중매꾼 노릇은 싫단 말이다.

중얼거리는 소리　자, 어서! 안에서는 벌써 춤을 추는군요 —

싫어요, 저는 이제 돌아가고 싶어요 —

무시무시한 귀신 같은 기운이

돌아다니고 있는 것을 모르세요? —

머리 위를 무엇이 날아다니고 있어요 —

발에 걸리는 것도 같고 —

아무도 다친 사람은 없어요 —

하지만 모두 겁을 먹고 있어요 —

재미보긴 이제 다 틀렸군 —

저 망할 것들이 한 짓이야.

의전관　이 가장무도회가 열릴 때마다,

의전관의 직무를 맡고부터,

엄한 문지기 노릇을 하며

이 즐거운 자리에 행여

방해자가 숨어들지 않도록

동요도 하지 않고 지키고 있습니다.

그러나 걱정스러운 것은, 혹시 창문으로

하늘에 떠도는 도깨비가 들어오지 않나 겁이 납니다.

그런 헛것이나 유령을 쫓아내고,

여러분을 지켜 드릴 수는 없습니다.

그 난쟁이들도 수상쩍었지만,

저길 봐요! 저쪽에도 억센 친구들이 오고 있군요.

저 가장한 것이 무엇인지

직책상 설명해드리고 싶습니다만,

내가 알 수가 없는 것은

역시 설명할 수가 없습니다.

여러분의 지혜를 빌리고 싶습니다! —

많은 사람들 가운데서 흔들리며 오는 것이 보입니까?

네 마리의 용이 끄는 화려한 수레가,

여러분들 사이를 뚫고 달려오고 있습니다.

그러나 군중을 헤치는 기색도 없고,

혼란도 일어나지 않고 있습니다.

멀리서 색깔도 아름답게

갖가지 별들이 어지러이

환등처럼 반짝이고 있습니다.

수레를 끄는 용이

가쁘게 숨을 몰아쉬며 달려들고 있습니다.

자, 비키십시오! 나도 소름이 끼칩니다!

수레를 모는 소년[23] 멎거라!

천마天馬들아! 날개를 접어라.

이 익숙한 고삐를 느끼지도 못하느냐.

내가 너희들을 다 누르듯, 너희들도 스스로 억제하라.

내가 기운을 불어넣으면 날개를 퍼덕이며 달려 나가거라 —

이 안에서는 얌전히 굴어야 한다.

주위를 둘러보아라, 너에게 감탄하는 사람들이

점점 불어나서 몇 겹으로 둘러싸고 있다.

의전관 양반, 자, 당신의 법칙에 따라,

우리가 멀리 가버리기 전에

우리를 소개해주십시오.

우리는 비유(알레고리)란 말입니다.

이제 우리의 정체를 아시겠지요.

의전관 당신의 이름은 모르지만,

본 대로 설명할 수는 있겠지요.

수레를 모는 소년 그럼 어디 해보시구료!

의전관 솔직히 말해서

첫째, 당신은 젊고 아름답소.

제법 어른다운 소년이오. 하기야 부인네들의 눈에는

당신이 성숙한 어른으로 보일 거요.

어쩐지 당신은 바람둥이 같구려.

말하자면 타고난 오입쟁이라고나 할까.

수레를 모는 소년 그거 참 재미있는 말씀입니다! 계속해 보시구료.

시원하게 수수께끼를 푸는 재미나는 말을 생각해 내시구료.

의전관 두 눈에서는 검은 번갯불이 번쩍이고

칠흑 같은 머리는 보석의 끈으로 아름답게 단장했군요!

그리고 이루 말할 수 없이 고운 옷이,

어깨에서 발꿈치까지 드리워져 있군요.

게다가 보랏빛 단에 반짝이는 별장식까지!

여자 같다고 비난받을지 모르지만,

벌써 아가씨들 사이에서 인기가 대단해서

즐거운 일, 괴로운 일이 많을 것이오.

아가씨들에게 사랑의 수법을 배운 지도 오랠 것이고.

수레를 모는 소년 그리고 이 수레 위의 옥좌에

당당히 앉아 계시는 분은 누구신지 아시오?

의전관 부귀를 갖춘 인자한 임금님 같군요.

그분의 은혜를 입는 자는 복될 것이오!

더는 갖고 싶은 것이 없으며

어디 곤란한 자가 없나 살피다가

시주를 하시는 깨끗한 즐거움은

혼자만의 부귀나 행복보다 더 소중히 생각하시는 분이겠죠.

수레를 모는 소년 거기서 그치지 말고,

더 자세히 설명해주십시오.

의전관 저분의 위엄을 설명하기가 쉽지 않구려.

하지만 달처럼 건강한 얼굴,

탐스러운 입술, 윤기 나는 볼이,

터번의 장식 아래서 빛나고 있소이다.

품이 넉넉한 옷을 입으시고, 의연하게 아주 편하신 듯하군요.

그 태도의 훌륭함을 뭐라고 표현해야 좋을지?

왕자로서 저분은 유명한 분 같군요.

수레를 모는 소년 부귀의 신이라 불리는 플루투스[24]시지요!

이런 훌륭한 차림으로 거동하시게 된 것도,

황제 폐하께서 간청을 하셨기 때문이지요.

의전관 그럼 당신 자신은 누구이며 무얼 하는 사람이요?

수레를 모는 소년 나는 낭비하는 놈이죠, 시인이란 말이오.

　　나의 가장 소중한 보물을 낭비하여

　　내 스스로를 완성시키는 시인이지요.

　　나 역시 헤아릴 수 없는 부귀를 누리고 있어,

　　플루투스만 못할 것이 없다고 자부하고 있소.

　　저분의 무도회나 주연에 활기를 불어넣고,

　　저분에게 없는 것을 나누어 드리고 있지요.

의전관 그 큰소리가 당신에게는 잘 어울리는군.

　　그러면 어디 당신의 재주를 한번 보여주구료!

수레를 모는 소년 그럼 보십시오. 이렇게 내가 손가락을 퉁기기만 하면,

　　금세 수레의 주위가 번쩍거리기 시작하지요.

　　자, 이렇게 진주 목걸이도 튀어나온단 말이오.

　　사방으로 계속 손가락을 튀긴다.

　　자, 받으세요, 금목걸이와 귀걸이를,

　　흠잡을 데 없는 빗과 조그만 관冠,

　　반지에 새긴 기막힌 보석도,

　　때로는 조그만 불꽃[25] 나오지요.

　　어디 불을 붙일 곳은 없을까 하고요.

의전관 많은 사람이 서로 빼앗고 움켜쥐고 야단이구나!

　　저러다간 주는 사람이 꼼짝도 못하고 짓눌리게 되었구료.

　　마치 꿈속처럼 손가락으로 보석을 튀겨 내고 있군요.

모두들 서로 주우려고 넓은 방에서 덤비는구나.

아, 이번에는 새로운 수를 쓰는 모양이지.

한 친구가 간신히 움켜쥐었는데,

날개라도 생긴 듯이 둥실둥실 날아가 버렸군.

공연한 헛수고만 했구나.

진주를 꿴 줄이 갑자기 풀리더니,

손바닥에는 풍뎅이가 기어 다닌다.

저런 저 딱한 친구가 그것을 내던지니,

풍뎅이들이 머리 주위를 윙윙거리며 맴도는구나.

다른 친구들은 실속 있는 물건을 잡은 줄 알았는데,

엉뚱하게 나비를 움켜쥐고 있네.

저 고약한 놈은 큰소리를 탕탕 쳐놓고,

금빛으로 번쩍이는 가짜 물건을 뿌렸을 뿐이야.

수레를 모는 소년 확실히 당신은 가장은 설명할 줄 알지만,

껍질 속의 본질을 밝히는 일은,

당신의 힘에 겨운 것 같군요.

그런 일을 하려면 좀 더 날카로운 눈이 필요하지요.

하지만 나는 싸움은 일체 하고 싶지 않습니다.

그래서 임금님께 여쭙겠습니다.

플루투스를 향하여

임금님은 저에게 네 마리가 끄는

질풍 같은 용 수레를 맡겨 주지 않았습니까?

분부대로 잘 끌지 않았습니까?

대담하게 날아서 당신을 위해,

영예의 종려 잎을 따오지 않았던가요?

당신을 위해 몇 번이나 싸웠는지 모릅니다만,

싸울 때마다 저는 이겼습니다.

지금 당신의 머리를 장식하고 있는 월계관도,

제가 이 마음과 손으로 엮어 드린 것이 아닙니까?

부귀의 신 플루투스 그대에게 나의 증명이 필요하다면,

기꺼이 말해주리라, 그대는 내 정신의 정신이라고.

그대는 언제나 나의 뜻에 따라 행동하고,

나 자신보다도 부유하다.

그대 공로에 보답하기 위해 그대가 엮어준 푸른 나뭇가지를

나의 모든 관권보다도 소중히 여기고 있다.

진실한 말로 모든 자에게 알리노라,

"사랑하는 내 아들아, 그대는 참으로 내 마음에 드노라."

수레를 모는 소년 (군중에게) 내 수중에 있는 가장 좋은 선물을,

여기서 여러분께 죄다 뿌렸습니다.

여기저기 사람들의 머리에서

내가 던진 불씨가 타고 있습니다.

불씨는 이 사람에게서 저 사람에게로 튀어서

어떤 이에게는 머물고, 어떤 이에게서는 사라져 버립니다.

아주 드문 일이지만 확 불길이 솟아올라,

순식간에 불꽃이 피어나기도 합니다.

그러나 대개는 사람들이 알아차리기도 전에,

슬프게도 다 타 버려 꺼져 버립니다.

여자들의 수다 저 사두마차에 타고 있는 놈은,

아마 틀림없이 협잡꾼일 거야.

그 뒤에 부엉이처럼 쭈그리고 앉은 어릿광대 좀 봐요,

굶어서 말라비틀어진 꼴은

정말 못 봐 주겠어.

꼬집어도 아마 아프지도 않을 거야.

말라빠진 사나이[26] 내 옆에 오지 마라, 이 구역질 나는 여편네들아!

너희들이 항상 나를 싫어한다는 것은 알고 있다.

여자들이 아직도 부엌일을 돌보고 있을 때

나는 아바리치야,[27] 즉 절약이란 여성 명사였다.

그 무렵엔 우리 집 살림도 넉넉했지.

담뿍담뿍 들어오기만 했지, 나가는 것은 없었으니까!

나는 함과 벽장 속을 열심히 채우기만 했다.

그것이 이제 와서 죄란 말인가.

그런데 요즘 여편네들은

절약하는 습관이 없어지고,

마구 물건을 사들이며

계산도 제대로 해보지 않으니,

남편만 죽을 지경이지.

어디를 돌아봐도 빚투성이란 말이다.

계집들은 우려낼 수 있는 대로 모조리 우려내서,

몸치장을 하거나 정부에게 바치거든.

알랑대며 접근하는 사내들과

맛있는 것을 안 먹나, 술을 안 마시나.

그래서 나는 더욱 돈이 탐이 나서

말하자면 탐욕이라는 추남이 되어 버린 거야.

여자들의 우두머리 용은 용끼리[28] 욕심을 부리면 되지,

어차피 알고 보면 죄다 속임수인걸 뭘 그래?

저 높은 사내들을 꼬드기러 왔겠지.

그렇잖아도 사내들은 골칫거린데.

많은 여자들 허수아비 같은 놈, 따귀나 갈겨 줘라!

해골처럼 비쩍 마른 것이

저런 상판을 보고 우리가 무서워할까 보냐!

저 용도 나무와 마분지로 만든 거야.

저런 건 두들겨 부숴 버려!

의전관 내 지팡이를 걸고 명령하겠소! 조용히들 하시오!

하지만, 내가 손댈 것까지는 없겠군.

보시오, 저 무서운 괴물들이

순식간에 쫓아 나와

양쪽 날개를 펼쳤소.

용은 언저리에 비늘이 돋친 커다란 주둥아리를

불을 뿜으며 격분한 듯 흔들어 대고 있습니다.

군중은 도망치고, 자리는 텅 비었습니다.

플루투스, 수레에서 내린다

의전관 내리시는구나, 정말 당당한 모습이구나!

눈짓을 하시니까 용들이 꿈틀거리고,

황금 상자를 수레에서 내려 탐욕과 함께

그분의 발아래 놓았습니다.

참으로 기적 같은 일이군요.

플루투스 (수레를 모는 소년에게)

이제 그대는 성가시기 짝이 없는 짐에서 벗어났으니,

그대는 이제 자유로운 몸. 부지런히 그대의 세계로 가라!

여기는 그대의 세계가 아니다! 여기서는 추악한 것들이,

서로 뒤얽혀 사납게 우리에게 달려들고 있을 뿐이다.

그대가 뚜렷하고 깨끗한 경지를 들여다 볼 수 있는 곳,

그대가 그대 자신의 것이 되고, 오로지 자기만을 믿을 수 있는 곳,

오직 미美와 선善만이 마음에 드는 곳,

그 고독의 경지로 돌아가라! ― 거기서 그대의 세계를 창조하라.

수레를 모는 소년 그러면 난 당신의 사자라고 자처하고 가겠습니다.

제일 가까운 친척으로 당신을 사랑하겠습니다.

당신이 머무는 곳에는 부귀가 있고,

저와 함께 있는 자들에게는 누구나 더없는 이득을 얻은 듯 느낄 겁니다.

개중에는 당신을 따를까, 저를 따를까,

모순된 세상에서는 동요하는 사람들도 많습니다.

당신을 따르면 편히 쉴 수 있지만,

저를 따르는 자는 언제나 할 일이 많습니다.

저는 남몰래 일을 하지는 않습니다.

숨만 쉬어도 벌써 탄로나 버립니다.

그럼 안녕히 계십시오! 말씀대로 제 세계로 돌아가지만,

귓속말로 속삭여만 주시면 곧 돌아오겠습니다.

왔을 때와 같은 방향으로 퇴장

플루투스 이제 보물의 결박을 풀 때가 왔다!

   의전관의 지팡이로 열쇠를 이렇게 치면,

   자 열렸소이다! 보시구료. 청동 냄비에서,

   속이 드러나서 황금의 피는 들끓고 있다.

   먼저 왕관과 목걸이, 반지 등 장식들이 나온다.

   하나 끓어올라, 장식들도 녹아서 삼켜 버릴 것 같소이다.

군중이 서로 고함치는 소리 저길 봐라, 아, 저쪽을 봐라!

   잔뜩 솟아오른다!

   상자의 테두리까지 넘친다 ―

   금 그릇이 녹는다.

   금화 꾸러미가 꿈틀거린다 ―

   지금 막 구워 낸 듯 금화가 튀어나오는구나.

   아, 가슴이 뛰는구나 ―

   보이는 것 모두 탐나는 것들이다!

   저런 바닥으로 굴러 떨어지는군 ―

   가지라는 것이다, 어서 주워라.

   많이 주워서 부자가 되자 ―

   우리들은 번개같이 잽싸게

   저 상자를 송두리째 집어 가자.

의전관 이게 무슨 수작이오? 어리석은 양반들.

이게 무슨 짓이오?

가장무도회의 여흥에 지나지 않는데.

오늘밤에는 그만 욕심을 내시오.

여러분은 진짜 금이라도 얻을 줄 아시오?

이런 장난을 치는 데는

장난감 돈일지라도 좀 지나치단 말이오.

답답한 양반들! 겉만 꾸며 보이는 것이

그대로 세련되지 못한 진실이라고 할 수 있지만

진실이란 무엇이오? — 여러분은,

막연한 망상의 꼬리를 뒤쫓고 있소 —

가장무도회의 영웅이여, 가면을 쓴 플루투스 님,

이 패들을 여기서 쫓아내주시오.

플루투스 그대의 지팡이는 이런 때 쓰기 위해 마련한 것이 아닌가.

그걸 잠깐 내게 빌려주게 —

이걸 이렇게 활활 타는 불 속에 쑤셔 넣고 —

자, 가장한 여러분, 조심들 하시오!

번쩍번쩍 빛나며, 타닥타닥 불똥이 튑니다!

지팡이가 벌써 시뻘겋게 달았구나.

너무 가까이 오는 사람은

사정없이 타버리오 —

자, 이것을 들고 한 바퀴 돌아볼까요.

비명과 혼란 아이구, 답답해라! 이거 안 되겠다 —

도망칠 수 있을 때 어서 도망쳐라!

밀지 말아요, 여보, 뒤에 있는 양반들!

내 얼굴에 뜨거운 불똥이 튄다.

시뻘건 지팡이가 나를 짓누르는구나 ─

우린 모두 이제 끝장이다 ─

비켜요, 비켜, 가장한 사람들아!

비켜요, 비켜, 정신 나간 무리들아!

날개가 있으면 날아서 도망치련만 ─

플루투스 이제 둘러섰던 무리들이 밀려났구나.

아무도 덴 사람은 없을 것이다.

군중은 물러났다.

쫓겨 간 것이다.

하지만 질서를 위해

눈에 보이지 않는 줄을 쳐놓아야겠다.

의전관 굉장한 일을 해주셨군요.

현명하신 처사에 감사드립니다.

플루투스 아직 좀 더 두고 보아야 하네,

여러 가지 소동이 일어날 것 같으니까.

탐욕²⁹ 이제야 마음껏

이 인간들을 구경할 수 있겠구나.

무슨 신기한 구경거리나 먹을 것이 있으면,

언제나 맨 먼저 여자들이 나오거든.

나 역시 아직 녹이 슨 것은 아니어서,

예쁜 계집은 언제 봐도 좋단 말이야.

게다가 오늘은 돈이 들지 않으니,

마음 놓고 여자를 구슬려 봐야겠다.

하지만 이렇게 사람들이 많아서야,

아무 말도 사람들의 귀에 들리지 않을 테니,

머리를 써서 솜씨를 부려 보자.

몸짓 손짓으로 마음을 나타내자.

몸짓만으로는 모자랄지 모르니,

희극이나 한 토막 꾸며야겠는걸.

칠흑처럼 금을 세공해볼까,

금은 무엇이든 둔갑하니까.

의전관 무엇을 할 참일까, 저 말라빠진 바보는?

저런 굶주린 놈도 장난을 칠 줄 아나?

금을 모조리 반죽하고 있군.

저놈 손에 들어가니 금이 다 물러지는구나.

이기고, 뭉치고, 주물러서

얄궂은 물건을 만들어서는

저기 있는 여자들에게 보이러 가는구나.

여자들은 질겁을 하고 도망치려 하면서

망측하다는 표정들이군.

저 바보 녀석, 제법 뻔뻔스럽군.

저놈은 풍기를 문란 시켜 놓고,

좋아하고 있는 모양이군.

이렇게 되면 잠자코 있을 수 없지.

저놈을 쫓아낼 테니 그 지팡이를 주시오.

플루투스 밖에서 무엇이 닥치고 있는지, 녀석은 모르고 있군.

어리석은 짓을 마음껏 하게 내버려 두시오,

곧 저런 장난을 칠 수 없게 될 테니.

법의 힘은 강하지만, 고난의 힘은 더욱 큰 것이오.

혼잡과 노래 사나운 무리들이 몰려나오네,

산꼭대기에서, 깊은 골짜기에서.

거침없이 밀려들어오네.

위대한 목신牧神 판을 제사지내기 위해.

남이 모르는 것을 우린 알고 있어서,

사람 없는 곳으로 밀고 들어가네.

플루투스 나는 그대들과 판[30]을 잘 알고 있다!

한데 어울려 대담한 짓을 하려는구나.

아무도 모르는 일까지도 다 알고 있다.

그러니 당연한 의무로써 이 막아 놓은 경계선을 풀어 주마.

그들에게 행운이 따랐으면 좋으련만!

불가사의한 일이 일어날지도 모르지.

그들은 어디로 가는지 모르고 있다.

조심을 아예 하지도 않으니까.

거친 노래 여봐, 번지르르한 멋쟁이들!

껑충껑충 뛰고 마구 달려서,

험악하고 상스럽게 찾아왔소이다,

쿵쾅거리고 발을 구르며.

숲의 신 판들 판의 무리들이

신나게 춤을 추네.

곱슬곱슬한 머리에

참나무 관을 쓰고,

가늘고 뾰족한 귀가

머리칼에서 쏙 빠져 나왔네.

납작코에 넓적한 얼굴이지만

그래도 여자들은 싫어하지 않는다네.

숲의 신이 춤추자고 손을 내밀면,

어떤 미인도 거절하지 못한다네.

숲의 신 사티로스 이어서 사티로스 뛰어나옵니다.

염소 발에다가 비쩍 마른 정강이.

마르고 가냘프지만 힘줄은 억세다오.

영양羚羊처럼 산마루에 올라서서는,

사방을 둘러보며 즐기죠.

그리고 자유로운 산바람을 즐기면서

안개와 연기가 자욱한 골짜기에서,

살아 있다고 뱃심 좋게 생각하는 인간들,

남녀노소를 비웃습니다.

세계는 나 혼자의 것,

오염되지 않고, 방해물도 없습니다.

흙의 요정 놈들 난쟁이 무리들이 아장아장 나옵니다.

둘씩 짝짓기를 싫어합니다.

이끼로 지은 옷에, 등잔을 손에 들고,

이리저리 왔다 갔다 합니다.

저마다 혼자서 일을 하면서,

빛을 내는 개미처럼 우글댑니다.

이리저리 분주하게 왔다갔다,

이리 가고 저리 가고 바쁘기만 합니다.

우리는 사람에게 친절한 난쟁이 요정의 가까운 친척,
바위의 의과의[31]로 그 이름도 높네.
높은 산에서 피를 빼며
충만한 그 혈관에서 피를 뽑는다.
"조심해, 조심해"하고 정다운 인사를 나누면서
무더기로 광석을 캐낸다.
이것도 세상을 위해 하는 것으로,
우리는 착한 사람들의 편이라네.
그러나 우리가 모처럼 파낸 금이
도둑이나 뚜쟁이를 도와주기도 하고,
쇠붙이가 많아지면 거드름 피는 놈이
대량 살인의 전쟁을 생각하기도 하네.
십계十戒 중 세 가지[32]를 범하는 놈은
다른 계율도 무시하는 법.
그래도 모든 게 우리 죄는 아니지만,
여러분도 우리처럼 참아 나가시구려.

거인들 사나운 사나이라 불리는 우리.
하르츠 산중에선 잘 알려져 있지.
타고난 벌거숭이로 힘이 억세고,
모두 하나같이 몸집도 크다.
오른손엔 지팡이로 전나무를 짚고
굵은 밧줄을 허리띠로 매고

가지와 잎으로 엮어 앞치마를 만들어 입어

교황도 부러워할 친위병들이오.

물의 요정들 합창 (위대한 숲의 신, 판³³를 둘러싸고) 저 분도 오셨구나! —

이 세상 모든 것을

구현하고 계신

위대한 숲의 신.

명랑하게 여러분, 저 분을 둘러싸고,

즐겁게 덩실덩실 춤을 춥시다.

엄숙한 분이지만 상냥하셔서

여러분이 즐겁게 노는 것을 원하시지요.

이분은 푸른 하늘 밑에서

늘 눈을 뜨고 계십니다.

하지만 시냇물이 졸졸 흘러내리며 속삭이고,

산들바람이 부드럽게 휴식을 청할 때면,

조용히 주무시지요. 그분이 한낮에 잠이 드시면,

나뭇가지의 잎마저 움직이지 않지요.

싱싱한 초목의 향기로운 냄새가

소리 없이 주위에 가득 찹니다.

그때는 물의 요정도 떠들지 않고

그 자리에서 잠이 듭니다.

이윽고 느닷없이

세찬 그분의 목소리가

우레같이, 노도같이 울려 퍼지면.³⁴

모두 어쩔 줄을 모르고,

전쟁터의 용맹스런 용사도 사방으로 흩어지고

혼란 속에 든 영웅도 몸을 떱니다.

그러니 숭앙해야 할 분을 숭앙합니다.

우리를 인도하신 대신大神을 찬양합시다!

흙의 요정 놈들의 대표 (위대한 판 신에게) 빛나는 풍성한 보물이

실처럼 바위틈에 줄지어 있으니,

영악한 마魔의 지팡이만이

그 미로迷路를 가리킵니다.

우리가 어두운 굴에 둥근 천장을 뚫고,

어두운 굴 속을 집으로 삼았으니

당신은 맑은 빛과 바람 속에서,

보물을 자비롭게 나누어 주십니다.

지금 우리는 바로 여기에

희한한 샘을 찾아냈습니다.

그것은 쉽사리 못 얻는 것을

손쉽게 나누어 줄 것을 약속합니다.

그것은 당신만이 할 수 있습니다.[35]

그것을 거두어 지켜주십시오.

당신의 손에 있는 보물은 모두,

이 세상에 복을 줄 것입니다.

플루투스 (의전관에게) 우리는 대범해야 하느니라.

일어난 일은 태연히 받아들여야 하느니라.

그대는 항상 억센 용기로 가득 찬 사람이었지.

이제 곧 무서운 일이

그대의 눈앞에서 일어날 것이다.

현세건 후세건 아무도 그걸 믿지 않을 것이니,

그대가 사실을 충실히 기록하라.

의전관 (플루투스가 들고 있는 지팡이를 받아들면서) 난쟁이들이 위대한 판 신을

불의 샘 쪽으로 슬슬 인도하여 갑니다.

불의 샘은 깊은 바닥에서 끓어올라와

다시 밑바닥으로 가라앉으면,

벌려진 아가리는 어두워집니다.

그리고는 다시 벌겋게 끓어오릅니다.

위대한 판 신은 기분 좋게 서서

그 이상한 물건을 즐거운 듯 바라보고 있습니다.

진주 같은 거품이 이리저리 튑니다.

저분은 저런 것을 믿을 수 있을까?

허리를 굽히고 속을 들여다보십니다 —

저런, 그분의 수염이 그속으로 떨어졌군요! —

미끈한 턱을 가진 저분이 누굴까?

정체를 숨기려고 손으로 슬쩍 가리시는군 —

아, 큰일났습니다.

불붙은 수염이 도로 날아오르더니,

그분의 관에도 머리에도 가슴에도 불이 붙었습니다.

즐거움이 금방 괴로움으로 바뀌었습니다 —

불을 끄려고 사람들이 달려들지만,

모두 불에 휩싸입니다.

아무리 치고 두들기고 털어도,

새로운 불길을 부채질할 뿐입니다.

온통 불길에 휘말려 버려서,

가면을 쓴 얼굴은 모두 타 버립니다.

그런데 이게 무슨 소릴까?

귀에서 귀로, 입에서 입으로 전해져 오는 저 말이?

아, 영원히 저주받을 밤이여,

너는 어찌 이런 재앙을 가져왔느냐!

누구나 듣기를 원하지 않는 일이

내일은 사람들에게 전해지겠지.

여기저기서 외치는 소리가 들려옵니다.

"황제께서 그런 변을 당하셨다"고

아, 꿈이었으면 좋으련만!

황제께서도 그리고 시종들도 모두 타 죽는구나.

황제를 유혹해서, 송진불은

나뭇가지로 몸을 싸고,

울부짖듯이 노래를 부르고 날뛰며

군신을 모조리 파멸로 이끈 자에게 저주 있어라!

오, 청춘이여, 그대는 환락에서,

적절한 절도를 지킬 수는 없단 말이냐!

오, 폐하여, 당신은 전능하신데,

전지熟知할 수는 없단 말입니까?

벌써 숲도 불이 붙었습니다.

불길은 뾰족한 혀를 날름거리며,

격자 천장으로 치닫고 있습니다.

온통 불바다가 될 것 같습니다.

재앙의 한도를 넘었습니다.

누가 우릴 구해 줄 것인지?

그렇듯 풍성하던 황제의 영화도 헛되이

하룻밤에 잿더미로 변하는 것입니다.

플루투스 이만하면 간담이 서늘해졌겠지.

이쯤에서 구원의 손길을 뻗치기로 할까! ―

신성한 지팡이로 힘차게 치자꾸나.

대지가 흔들리고 울리도록!

사방에 널리 퍼진 대기여,

냉랭한 기운을 가득 채워라!

습기를 품고 뻗어나간 자욱한 안개여,

이리 와서 주위에 떠돌고,

불길에 휩싸인 사람들을 덮어 주어라!

물이여 떨어져라, 주룩주룩 구름을 휘몰아 일으켜

파도치며 밀려와 은밀히 불기운을 죽여라,

사면에서 불을 끄며 싸워다오.

축축이 재앙을 누그러뜨리는 기운이여,

이 어지러운 불놀이를

한 줄기 번갯불로 변하게 하라!

영들이 우리를 해치려고 할 때는,

마법이 그 힘을 나타내리라.

즐거운 동산

아침 해

황제와 신하들. 파우스트와 메피스토펠레스, 점잖고 수수한 옷차림. 두 사람은 무릎을 꿇고 있다.

파우스트 폐하, 어제와 같은 불꽃놀이 장난을 용서해주시겠습니까?
황제 (일어나라고 손짓하면서) 난 그런 장난을 좋아하지 ―
　　　갑자기 활활 타오르는 불길 속에 갇혀,
　　　마치 지옥의 신 플루톤이 된 느낌이었네.
　　　어둠 속에서 바위의 밑바닥이 보였고,
　　　시뻘건 불길에 싸여 있더군. 여기저기 틈새에서는
　　　수없이 세찬 불길이 소용돌이치며 뿜어 나와,
　　　이글거리며 한 데 뭉쳐 둥근 천장 모양이 되더군.
　　　불길이 둥근의 용마루까지 혀를 날름거리며 올라가서,
　　　그런 둥근 천장이 생겼다가는 허물어지고, 허물어졌다가는 또 생기더군.
　　　비비 꼬인 불기둥이 늘어선 넓은 방 저편에
　　　시림들의 긴 행렬이 움직이는 것을 보았고,
　　　그것이 큰 원을 그리며 웅성웅성 이리로 다가오더니,
　　　언제나 그렇게 하듯 공손하게 절을 하더군.

그 중에는 내가 알던 얼굴들도 한둘 보이더군.

나는 마치 불의 요정 샐러맨더 왕이라도 된 것 같았네.

메피스토펠레스 사실 폐하는 바로 그런 분이십니다!

지수화풍地水火風이 모두 폐하의 존엄을 절대로 인정하니까요.

불의 충성은 방금 시험해보셨습니다.

다음에는 사나운 파도가 미쳐 날뛰는 대양大洋에 뛰어들어 보십시오.

진주가 쫙 깔린 해저海底에 폐하의 발이 닿으면

물이 부글부글 끓어올라 현묘한 자리를 만들어 낼 것입니다.

밝은 초록으로 출렁대는 물결이 보랏빛으로 단을 꾸미고

아래위로 부풀어서 폐하를 중심으로

아름답기 그지없는 궁전을 이룰 것입니다.

어디로 걸음을 옮기시든 그 궁전도 함께 따라올 것입니다.

물로 이루어진 그 벽 자체가 생명을 지니고 있으며,

화살같이 떼 지어 물고기들이 몰려가고 몰려옵니다.

바다의 괴물들이 그 새로 생긴 부드러운 빛이 그리워 몰려오지만,

마구 덤벼들 뿐 앞으로는 들어올 수가 없습니다.

거기에는 황금 비늘이 덮인 용도 빛을 내며 노닐고 있습니다.

상어란 놈이 입을 딱 벌리면 폐하는 그 속을 들여다보시며 웃으시기만 하면 됩니다.

지금도 신하들은 폐하를 모시고 즐겁게 지내긴 하지만,

바다 속의 번잡한 모습은 보신 일이 없으실 것입니다.

그리고 귀여운 여인들도 아쉽지 않으실 겁니다.

호기심 많은 바다의 요정 네레우스의 딸들이.[36]

영원히 새롭고 화려한 궁전을 보려고 다가올 것입니다.

젊은 애들은 겁을 내면서도 물고기처럼 요염하고,

나이 든 애들은 꾀가 많습니다. 허나 큰언니인 테티스[37]가 알게 되면

폐하를 제2의 펠레우스로 알고 손과 입을 내밀 것입니다.

그리고 올림푸스 산 위로 옥좌를 옮기시면 ―

황제 그런 공중의 영역은 당분간 그대에게 맡기겠다.

사후의 옥좌에 가려면 아직 멀었으니까 말이다.

메피스토펠레스 하지만 폐하! 이미 지상은 폐하가 소유하고 계십니다.

황제 마치 아라비안나이트에서 튀어 나온 듯

그대가 여기 온 것이 얼마나 다행한 일인가!

그대가 세헤라자드[38] 같은 풍부한 재치를 가졌다면,

나는 그대에게 최상의 은총을 보증하리라.

흔히 있는 일이나 현실 세계가 지긋지긋해질 때면

그대를 부를 것이니 그리 알고 있거라.

궁내 대신 (급히 등장) 폐하, 저는 평생에,

이처럼 고맙고 행복한 일을 아뢸 수 있으리라고는 생각지 못했습니다.

이건 참으로 복되기 이를 데 없어

어전에 나와도 기쁘기 한량없습니다.

그 많은 빚은 모조리 갚았고,

고리대금업자들의 날카로운 손톱도 꼼짝 못하게 하였습니다.

이제 지옥의 괴로움에서 벗어났으며,

천국에 간들 이보다 더 상쾌할 수는 없을 것입니다.

육군 대신 (급히 뒤를 이어 등장) 급료를 선불로 지불키로 하고,

군대 전체가 다시 계약을 맺었습니다.

군인들은 신선한 피가 도는 듯이 좋아하고,

술집 주인과 계집들까지 좋아하고 있습니다.

황제 그대들은 가슴을 활짝 펴고 시름을 놓았구나!

얼굴의 주름살도 펴진 것 같은데

어째 그리 급하게들 달려오느냐?

재무 대신 (모습을 나타낸다.) 이번 일을 해낸 저 두 사람에게 하문하십시오.

파우스트 재상께서 말씀드리는 것이 좋겠습니다.

재상 (천천히 등장) 오래 산 덕에 기꺼운 일을 보게 되었습니다.

그럼 이 중대한 문서를 보시고 말씀을 들어 주십시오.

이것이 모든 화를 복으로 바꾼 것입니다.

낭독한다.

"알고자 하는 자에게 널리 알리노라.

이 종잇조각은 천 크로네의 가치가 있다.

그 확실한 담보로 충당되는 것은,

제국 안에 수없이 매장되어 있는 재보財寶이다.

그 풍부한 재보는 곧 발굴되어,

언제든지 곧 보상하는 데 도움이 될 것이다."

황제 고얀 짓거리, 어이없는 사기가 자행된 것 같구나!

여기 황제의 친서를 위조하여 서명한 자가 누구냐?

이런 범죄를 처벌도 하지 않고 내버려 두었단 말이냐?

재무 대신 기억이 안 나십니까? 폐하께서 친히 서명하셨습니다.

바로 어젯밤의 일입니다. 폐하께서 위대한 신 판으로 가장하셨을 때,

재상께서 저희들과 함께 말씀드렸습니다.

"이런 훌륭한 잔치가 백성들의 행복이 되도록

한두 줄 적어 주시면 좋겠습니다"라고요.

폐하께서 흔쾌히 적어 주셔서, 어젯밤 안으로,

요술사를 시켜 수천 장을 만들게 하였나이다.

폐하의 자비가 만인에게 골고루 미칠 수 있도록

한 장 한 장 일일이 관인官印을 찍어서,

10, 30, 50, 100크로네가 준비되었습니다.

그것이 백성들을 얼마나 기쁘게 했는지 폐하는 모르실 것입니다.

도시를 보십시오. 조금 전까지는 반죽음으로 곰팡이가 슬어 있더니,

모두 활기를 되찾아 즐거움에 들끓고 있습니다.

예전에도 폐하의 어명은 백성을 즐겁게 했지만,

이번처럼 그렇게 환영을 받은 적은 없었습니다.

다른 문자는 이제 무용지물이 되었고,

어명하신 글자만으로 모두가 행복해졌습니다.

황제 그러면 백성들 사이에는 이 종잇조각이 금화 대신 통용된단 말이냐?

기괴한 일이다만, 인정할 수밖에 없구나.

궁내 대신 기왕에 날개 돋친 듯 나간 것을 회수할 수 없습니다.

눈 깜빡할 사이에 세상에 흩어지고 말았습니다.

황금 은행은 문을 활짝 열어 놓고,

물론 수수료는 떼지만,

금화와 은화로 바꾸어 주고 있습니다.

그곳에서 곧장 푸줏간이나 빵집, 술집으로 달려가고 있습니다.

세상사람 반은 오직 먹는 것만 생각하고,

나머지 반은 새 옷을 사 입고는 뽐내고 싶어 하는 것 같습니다.

피륙상에서는 천을 끊고, 재단사는 옷을 짓습니다.

"황제 만세!" 하고 술집마다 야단이고,

쟁반 소리도 요란하게 음식이 나오고 있습니다.

메피스토펠레스 공원에서 혼자 산책하고 있으면,

화려하게 단장한 아름다운 여인들이,

의젓한 공작 날개 부채로 한쪽 눈을 쌀짝 가리고,

방싯 웃음을 머금은 채 지폐를 곁눈질합니다.

그러면 애교를 부리거나 아첨하는 것보다

쉽게 색정을 맛볼 수 있지요.

지갑이나 주머니를 안 가지고 다녀도,

지전紙錢 한 장쯤은 품속에 수월하게 들어갑니다.

연애편지와 함께 넣어 두기도 편리하지요.

신부들은 점잖게 기도서에 끼워 두고,

병사들은 '뒤로 돌아'를 재빨리 할 수 있게,

전대가 훨씬 가벼워졌습니다.

시시한 이야기로 이 위대한 사업의,

품위가 깎였다면 용서해주십시오.

파우스트 무진장한 보물이 폐하 나라의

땅속 깊숙이 묻혀서 이용되지 않고 있습니다.

아무리 웅대한 사상이라도 이러한 재물에 비하면,

너무나도 보잘것없는 울안의 물건이며,

아무리 사상이 그 날개를 펴고 높이 난다 해도

공연히 힘만 들뿐, 미칠 수가 없습니다.

하지만 깊은 통찰력을 가진 사람은,

무한한 재물에 대해서 무한한 신뢰감을 갖는 법이지요.

메피스토펠레스 금이나 진주를 대신하는 지폐는

아주 편리해서 주머니 속을 환히 알 수 있지요.

우선 값을 깎거나 바꿀 필요가 없습니다.

주색의 즐거움도 쉬 맛볼 수 있고요.

금화가 필요하면 환전상이 기다리고 있습니다.

그곳에도 금이 없으면 잠깐 파오면 되거든요.

황금 잔과 황금 사슬은 경매에 붙여져서,

지폐로 상환하면 되거든요.

우리를 비웃던 젠체하던 자들은 창피해지지요.

익숙해지면 이것 없이 못 살게 됩니다.

이렇게 해서 앞으로 이 영토 안에서 어디를 가나,

보석이며 금이며 지폐가 얼마든지 있게 되는 것입니다.

황제 우리나라는 그대들 덕택에 큰 혜택을 입었다.

당장 그 공에 어울리는 상을 내리노니,

국내의 땅속은 그대들에게 맡기노라.

그대들은 가장 훌륭한 관리자이다.

보물이 매장된 넓은 곳을 알고 있으니,

발굴의 지시를 그대들에게 일임한다.

재보를 관장하는 그대들은 마음을 합하여

막중한 임무을 기꺼이 완수히고,

지하와 지상의 세계를,

서로 맺어 세상의 복지에 이바지해다오.

재무 대신 저희들은 이 두 사람과 조금도 분쟁을 일으키지 않겠습니다.

마술사가 동료라서 좋아하고 있습니다.

파우스트와 함께 나간다.

황제 궁정 안의 한 사람 한 사람에게 지폐를 줄 터이니,

　　무엇에 쓸 것인지 솔직히 말해보아라.

시동 1 (받으면서) 신나고 명랑하고 재미있게 살겠습니다.

시동 2 (마찬가지로) 곧 애인에게 목걸이와 반지를 사 주겠습니다.

시종 1 (받으면서) 앞으로는 실컷 좋은 술을 마시겠습니다.

시종 2 (마찬가지로) 주사위가 주머니 속에서 근질근질합니다.

기사 1[39] (신중하게) 성城과 밭을 담보로 얻은 빚을 갚겠습니다.

기사 2 (마찬가지로) 다른 보물과 함께 저축하겠습니다.

황제 나는 새로운 일을 시작할 의욕과 용기를 기대하였노라.

　　허나, 역시 그대들을 아는 사람은 쉽게 짐작이 가겠지만,

　　알고 보니, 아무리 보물의 꽃이 피어도,

　　그대들은 예나 다름없는 목석들이구나.

어릿광대 (앞으로 나오며) 주실 게 있으시면, 저에게도 나누어 주십시오.

황제 다시 살아났다 해도 네 놈은 이것으로 다시 마셔 버리고 말겠지.

어릿광대 마술같은 지폐라! 저는 도무지 모르겠습니다.

황제 그럴 테지, 네 놈은 어차피 변변히 쓰지도 못할 테니까.

어릿광대 다른 지폐가 떨어졌습니다. 어떻게 할까요?

황제 넣어 둬라. 네 몫이다. (퇴장)

어릿광대 5000크로네가 내 손에 들어왔다!

메피스토펠레스 두 발 달린 술통 놈아, 다시 살아났구나?

어릿광대 가끔 있는 일이지만, 이번처럼 잘 된 적은 없었죠.

메피스토펠레스 얼마나 기쁜지 땀까지 질질 흘리는군.

어릿광대 이것 좀 보세요. 이것이 정말로 돈으로 쓰인단 말인가요?

메피스토펠레스 그것으로 실컷 먹고 마실 수 있지.

어릿광대 밭이나 집이나 가축도 살 수 있나요?

메피스토펠레스 물론이지! 어떤 물건이든지 다 손에 넣을 수 있다.

어릿광대 숲과 수렵장과 양어장이 있는 성도요?

메피스토펠레스 암!

　　네가 영주가 된 꼴을 보고 싶구나!

어릿광대 그럼, 오늘밤에 영주가 되는 꿈이나 꾸어 볼까!

　　퇴장

메피스토펠레스 (혼자서) 저 어릿광대가 제일 영리한 것 같구나!

어두운 복도

파우스트, 메피스토펠레스

메피스토펠레스 왜 이런 음산한 복도로 끌고 나오십니까?

　　저 안에서는 즐거움이 모자란단 말인가요?

　　화려한 궁정의 잡다한 무리들 속에 끼이면

　　장난이나 속임수를 칠 기회가 없단 말인가요?

파우스트 그런 말 하지 마라. 자네는,

그런 짓을 옛날부터 싫증이 나도록 했을 텐데.

지금 자네가 우물쭈물 왔다 갔다 하는 것은,

내게 확실한 대답을 피하기 위해서지.

그러나 나는 꼭 해야 할 일이 있네.

궁내 대신과 시종이 성화를 부리고 있네.

황제가 헬레네와 파리스를 보고 싶다 말일세.

남자와 여자의 이상적인 모습을

산 채로 보고 싶다는 거야.

얼른 일을 시작해! 약속을 어길 수는 없으니까.

메피스토펠레스 경솔하게 그런 약속을 하다니, 분별이 없으시군요.

파우스트 이봐, 자네의 술책이 결국 우리를 어떤 파탄에 빠뜨리게 될 것인지,

자네는 생각지 않았단 말이야.

우선 우리는 황제를 부자로 만들어 놓은 바에는

이번에는 즐거움을 제공해야만 되게 되었네.

메피스토펠레스 그런 일이 당장에 척척 될 줄 아십니까?

이번에는 일찍이 없던 난관 앞에 서게 되었소.

아무 인연도 없는 세계[40]에 손을 대고,

무모한 짓을 해서 결국 새로운 빚을 지게 된 셈이지요.

금화 대신 쓰는 종이 도깨비 같은 지폐처럼,

간단하게 헬레네를 불러올 수 있다고 생각하시오? ―

얼빠진 마녀와 엉터리 도깨비나

병신 난쟁이들 같으면 당장 대령시킬 수 있지만,

악마의 정부情婦를, 그것도 나쁘지는 않겠지만,

고대의 이름난 여자 대신 내놓을 수는 없지 않소.

파우스트　따분한 잔소리가 또 나오는구나!

자네를 상대하면 언제나 이야기가 모호해지거든.

자네는 모든 장애의 원천이란 말이야.

무엇을 부탁할 때마다 자네는 새로운 보수를 바라거든.

잠깐 중얼중얼 주문만 외우면 되지 않아?

잠시 한눈을 팔고 있는 동안에 자네는 헬레네와 파리스를 데려올 수 있어.

메피스토펠레스　그런 이교도와는 아무 관계도 없습니다.

그것들은 그것들대로 다른 지옥에 살고 있단 말이오.

하기야 방법이 하나 있기는 하지요.

파우스트　말해 봐, 어서!

메피스토펠레스　깊은 비밀을 털어놓고 싶지 않지만 ―

그 여신들은 고독한 땅에 거룩하게 살고 있습니다.

거기에는 공간도 없고 시간도 없습니다.

이 여신들에 대해서는 이야기하기조차 어렵습니다.

그것은 '어머니들'⁴¹입니다.

파우스트　(깜짝 놀란다) 어머니들이라고!

메피스토펠레스　놀랐습니까?

파우스트　어머니들! 어머니들이라, 이상하게 들리는군!

메피스토펠레스　사실 그렇습니다.

당신들 죽을 운명을 가진 사람은 모르며

우리는 부르기를 꺼리는 여신들입니다.

그들이 사는 곳으로 가려면 아주 깊은 곳까지 숨어 들어가야 합니다.

일이 이렇게 된 것도 다 당신 때문입니다.

파우스트 그 길은 어디로 해서 가나?

메피스토펠레스 길 같은 건 없습니다! 사람이 가보지 않은 곳,

발을 들여놓을 수 없는 곳이지요. 부탁한다고 들여와 주지도 않고,

부탁할 수도 없는 곳으로 가는 길입니다. 갈 용의가 있습니까? ─

열어야 할 자물쇠도 빗장도 없습니다.

오직 외로움에 이리 쫓기고 저리 쫓기고 합니다.

당신은 처량하고 고독한 뜻을 알고 있습니까?

파우스트 그런 잔소리는 안 하는 게 좋을걸.

이제 그 마녀의 부엌 냄새가 나는구나.

벌써 아득한 지난날의 그 냄새가 말이야.

나도 전에는 세상과 사귀어 본 일이 있었지? ─

헛된 것을 배우기도 하고 가르치기도 하지 않았나 ─

내가 본 바를 이성적으로 이야기하면,

반대의 목소리는 갑절이나 크게 들려왔었지.

나는 성가신 알력을 피하여

고독으로, 황량한 자연 속으로 도망쳤던 것일세.

그러나 그렇게 버림받고 혼자 사는 것이 괴로워

마침내 악마에게 몸을 내맡긴 것이 아닌가.

메피스토펠레스 만약 당신이 망막한 바다를 헤엄쳐 나가서,

끝없는 세계를 바라본다면,

파도가 밀려오는 것을 볼 수 있을 겁니다.

빠져죽을지 모른다는 공포는 있을지라도 말이죠.

어쨌든 무엇이나 볼 수 있는 거지요. 잔잔한 바다의,

초록색 물을 헤치고 지나가는 돌고래도 볼 수가 있고,

흘러가는 구름이나 태양, 달과 별도 볼 수 있죠.

그러나 그 영원히 공허하고 아득한 경지엔 아무것도 보이지 않고,

자기의 발자국 소리도 들리지 않으며,

몸을 쉴 단단한 자리조차 없습니다.

파우스트 네 놈은 고래로 충실한 신입 제자를 속여 먹는

비교秘敎의 도사 두목처럼 말하는구나.

다만 속이는 게 거꾸로 된 것뿐이다.[42] 네놈은 나를 공허 속에 보내어,

거기서 내 솜씨와 힘을 늘리겠다는 것이구나.

네 놈은 나를 불속에서 밤을 집어내는

그 고양이 역할을 시키려 드는구나.

상관없다! 밑바닥까지 밝혀내 보자구나!

네 놈이 말하는 공허 속에서 모든 것을 찾아내마.

메피스토펠레스 떠나시기 전에 칭찬을 해드리겠습니다.

확실히 당신은 악마의 속을 잘 아시는군요.

자, 이 열쇠를 받으시오.

파우스트 이렇게 조그만 것을!

메피스토펠레스 우선 손에 꼭 쥐시오. 시시하게 보지 말란 말이오.

파우스트 아, 손에 쥐니 자꾸만 커지는구나! 반짝반짝 빛나기 시작했어!

메피스토펠레스 당신이 어떤 물건을 갖게 되었는지 아시기나 하오!

이 열쇠가 정확한 장소를 알아낼 것이외다.

그놈을 따라가면 어머니들한테 갈 수 있을 것이오.

파우스트 (몸서리친다.) 어머니들한테!

들기만 해도 오싹해지는구나!

정말 듣고 싶지 않은 그 말은 무슨 뜻일까?

메피스토펠레스 새로운 말에 오싹해질 말큼 평범하단 말이오?

귀에 익은 말만 듣고 싶단 말이오?

앞으로는 어떤 말을 들어도 태연해야 하오.

이상한 것에는 이미 익숙해진 지 오래지 않소.

파우스트 나는 무감각한 데서 행복을 추구하지는 않겠다.

감동이란 것은 인간의 가장 깊은 천성이야. **43**

세상은 그런 감동을 맛보기 어렵게 하지만,

인간은 감동에 사로잡혀 봐야 비로소 비상한 것을 깊이 느끼는 법일세.

메피스토펠레스 그럼, 내려가 보구료, 아니 올라가 보라해도 마찬가지지.

당신은 이미 형성된 세계를 떠나,

형태가 없는 형태만의 세계로 가보시구료!

이미 존재하지 않는 것이 형태를 찾아가는 것입니다.

그러면 오락가락하는 구름처럼 얽히고설키는 무리가 있을 것이오.

그때 이 열쇠를 휘둘러 그것을 피하시오!

파우스트 (감동한 듯) 그래! 이 열쇠를 꽉 쥐니 새로운 힘이 솟고,

가슴이 활짝 펴지는 것 같다. 자, 위대한 일을 향해 나서 볼까.

메피스토펠레스 벌겋게 단 삼발이 향로**44**가 보이면,

가장 깊은 밑바닥까지 이른 것이오.

향로의 빛으로 어머니들이 보일 것입니다.

앉아 있는 이도, 서 있는 이도, 거닐고 있는 이도 있을 것이오.

그때의 처지에 따라 다를 것이오. 모양이 생기기도, 모양을 바꾸기도 하니,

말하자면 영원한 의미를 가진 영원한 대화가 계속되며,

온갖 형상의 것들이 주위에 떠돌고 있소.

어머니들에게 보이는 것은 오직 그림자뿐이니 당신은 보지 못할 것이오.

하지만 여긴 위험하지 않으니 마음을 다잡고서,

곧장 향로에 다가가

열쇠로 그것을 건드려보시오!

파우스트는 열쇠를 들고 단호하게 명령하는 태도를 취한다.

메피스토펠레스 (그것을 보면서) 그럼 됐소!

그 향로는 당신에게서 떨어지지 않고, 충실한 하인처럼 따라올 것이오.

태연하게 올라오면 행운이 끌어올려 주니,

어머니들이 눈치채기 전에 당신은 향로와 함께 돌아올 수 있소이다.

그것만 여기 가져오면,

영웅이건 미인이건 암흑의 세계에서 불러낼 수 있소이다.

당신은 그런 일을 해낸 최초의 사람이 되는 거요.

일은 이루어지고 공은 당신의 것이오.

그 다음에는 마술의 조작으로 향로의 연기가,

떠오르며 신으로 바뀔 것입니다.

파우스트 그러면 이제 어떻게 해야 하나?

메피스토페레스 열심히 내려가시오.

발을 구르며 내려갔다가 다시 발을 구르며 올라와야 합니다.

파우스트는 발을 구르며 내려간다.

메피스토펠레스 저 열쇠를 잘 쓰면 좋으련만.

다시 돌아오게 될지, 어떨지, 어디 두고 보자.

밝게 불 밝힌 여러 홀

황제와 제후들, 신하들이 왔다 갔다 하고 있다.

시종 (메피스토펠레스에게) 당신은 유령들을 보여 주는 일막—幕을 장만해야 하오.

　곧 시작하시오! 폐하께서 기다리고 계시오!

궁내 대신 방금 폐하께서 어찌 됐나 물으셨소.

　우물쭈물하다가 폐하의 체면이 손상될 판이오!

메피스토펠레스 그 일로 내 친구가 떠났단 말이오.

　그 친구는 어떻게 하면 되는지 알고 있어서,

　혼자 틀어박혀 실험을 하고 있소이다.

　워낙 힘든 일이오.

　그 미美라는 보물을 꺼내오려면,

　최고의 기술, 즉 현자의 비법이 필요하지요.

궁내 대신 어떤 비술이 필요하건 알 바 아니오.

　황제는 어쨌거나 빨리 보고 싶어 하고 계신단 말이오.

금발의 여인 (메피스토펠레스에게) 여보세요, 잠깐만!

　보시다시피 저는 예쁜 얼굴이지만,

　지겨운 여름이 오면 그렇지 않답니다!

　밤색 부스럼이 잔뜩 돋아

　하얀 살결을 덮기 때문에 견딜 수 없어요.

　무슨 약을 좀 주세요!

메피스토펠레스 가엾어라! 이렇게 눈부신 미인이,

　5월이 되면 댁의 얼룩고양이처럼 얼룩이 지다니,

　개구리 알과 두꺼비 혀의 즙을 짜서,

　보름 달빛으로 정성껏 증류시킨 다음,

　달이 기울기 시작할 때 곱게 바르도록 하시오 —

　봄이 되면 깨끗이 사라질 것입니다.

다갈색 머리의 여인　다들 모여들어 당신을 둘러싸는군요.

　오락가락하는 구름처럼. 발에 얼음이 박혀서,

　걷는 데도 춤추는 데도 애를 먹고 있어요.

　인사를 하려고 해도 제대로 무릎을 굽힐 수가 없어요.

메피스토펠레스　내 발로 한 번 밟아 드리지요.

다갈색 머리의 여인　어머, 그것은 연인들끼리나 하는 짓이에요.

메피스토펠레스　무슨 병이든 같은 것은 같은 것으로[45] 고치는 법이죠.

　발은 발이 고치고, 다른 곳은 다른 곳으로 고칩니다.

　이리로 오시오! 어떻습니까? 맞장구를 칠 건 없어요.

다갈색 머리의 여인　(소리친다.) 아야! 아이아파! 지독하게 밟으시네요.

　꼭 말발굽에 밟힌 것 같아요.

메피스토펠레스　다 나았습니다.

　이제 마음껏 춤도 출 수 있을 겁니다.

　식사를 하면서 애인과 서로 발장난이라도 하시구료.

귀부인　(사람들을 헤치고 들이닥치면서) 좀 들어가게 해주세요!

　너무나 괴로워서 못 견디겠어요.

　가슴이 속속들이 끓어올라 뒤집히는 것 같아요.

　어제까지만 해도 그이는 내 눈을 들여다보면 황홀해 했었는데,

　벌써 다른 여자와 소곤대며, 내게 등을 돌리고 있어요.

메피스토펠레스　어려운 병이로군요. 하지만 내 말대로 해보시오.

그 사람 곁에 살짝 다가섭니다.

그리고 이 숯으로 소매나 망토나 어깨에,

적당히 줄을 쓱 그으시오.

그러면 그 사람은 틀림없이 후회하고 가슴에서 고통을 느낄 것입니다.

하지만 그 숯을 당신은 그 자리에서 삼켜 버려야 해요.

포도주도 물도 마시면 안 됩니다.

그 사람은 오늘밤에라도 당신 문 앞에 와서 한숨을 쉬리다.

귀부인 설마 독은 아니겠지요?

메피스토펠레스 (성을 내며) 무슨 소리!

이 숯은 아무 데서나 구할 수 있는 게 아니오.

이것은 전에 내가 부지런히 불을 땐

화형장의 장작에서 가져온 숯이란 말이오.

사동 저는 연애를 하고 있지만, 상대는 절 애 취급을 해요.

메피스토펠레스 (혼자말로) 누구 말을 먼저 들어야 할지 모르겠군.

(사동에게) 너무 어린 애를 상대하니까 그런 걸세.

중년 부인은 자네를 귀여워 할거야.

다른 사람들이 몰려든다.

또 사람들이 몰려오는군! 무슨 장난이 이렇게 고될까!

서투른 수작이지만,

결국 바른 말을 해서 **빠져나갈** 수밖에 없다 —

아, 아머니들, 어머니들이여! 제발 파우스트를 돌려보내 주오!

주위를 돌아본다.

홀의 불빛이 벌써 희미해졌구나.

궁중의 대신들이 갑자기 움직이더니,

얌전하게 줄을 지어

긴 복도와 먼 주랑柱廊을 지나가는 것이 보인다.

그렇구나! 해묵은 기사의 방에 모이는구나.

넓은 방인데도 다 들어갈 것 같지 않다.

넓은 벽에는 융단이 드리워지고

네 구석과 벽감壁龕에는 투구를 장식해 놨구나.

여기는 요술의 주문도 필요 없을 것 같다.

귀신이 저절로 나오고 말겠어.

기사의 방

어둠침침한 조명, 황제와 신하들이 등장한다.

의전관 연극의 개막사를 하는 나의 오랜 소임도,

유령들이 보이지 않게 거동하니 저도 잘은 모르겠습니다.

이런 얽히고 설킨 진행을 분명하게 따져서

설명한다는 것은 암만해도 헛된 일입니다.

의자와 걸상은 벌써 준비가 다 되어,

폐하는 벽을 바라보시고 좌정하셨습니다.

그러니 벽걸이 융단에 그려진 전성시대의

전쟁 그림이라도 잠시 편안히 구경해 주십시오.

이제 폐하와 신하들도 다 자리에 앉아

뒤쪽 의자도 가득 들어찼습니다.

연인들은 유령이 나오는 대목에서까지도

좋아하는 이의 곁에 자리를 차지하고 있습니다.

이렇게 모든 분들이 알맞게 자리를 잡으셨으니

준비는 다 되었군요. 유령들아, 나오너라!

나팔 소리

천문 박사 당장 연극을 시작하라.

폐하의 분부시다. 벽들아, 열리거라!

아무 꺼리김도 없다. 여기는 마법의 세상이다.

장막이 불길에 타오르 듯 말려 올라갔다.

돌벽도 문짝처럼 둘로 갈라져 열린다.

깊숙한 무대가 마련되어 있구나.

불빛이 신비하게 우리를 비치는 것도 같다.

어디 무대 앞으로 올라가 보자.

메피스토펠레스 (대사를 일러주는 구멍에서 나타난다.)

여기서 구경꾼들의 인기나 얻어 보자.

대사를 뒤에서 일러주는 것이 악마의 화술이다.

천문 박사에게

당신은 별들의 운행 주기를 알고 계시니,

나의 귀띔하는 말도 능란하게 알아차리겠지요.

천문 박사 기적의 힘으로 육중한 고대 신전이 나타났습니다.

한때 하늘을 받치고 있었다는 아틀라스처럼,

둥근 기둥이 즐비하게 서 있습니다.

기둥 두 개만으로도 큰 건물을 받치고 있을 테니,

이만하면 아마 충분히 돌의 무게를 지탱하리라.

건축가 이것이 고대양식인가요! 칭찬할 수 없군요.

어색하고 육중하다고나 할까요.

조야한 것을 고상하다 하고 거친 것을 웅대하다고 하는군요.

나는 한없이 위로 뻗어 올라가는 좁다란 기둥을 좋아합니다.

끝이 뾰족한 아치형 천장은 정신을 고양시켜 줍니다.

그런 건축이야말로 우리에게 가장 즐거운 것입니다.

성운星運이 트인 이 시각을 경건한 마음으로 받아들이시오.

마법의 주문으로 이성 따위는 묶어 버리는게 좋겠소.

그대신 희한하고 대담한 공상을

자유로이 발휘하도록 하십시오.

여러분이 대담하게 요구하는 것을 눈으로 보십시오.

불가능한 것이기에 믿을 만한 가치가 있는[46] 것입니다.

파우스트가 무대 앞 반대쪽에서 나타난다.

천문 박사 사제복장을 하고 화관을 쓴 이상한 사람이 나타났습니다.

그는 자신 있게 시작한 일을 이제 완수하려고 합니다.

향로가 그와 함께 텅 빈 구멍에서 솟아오릅니다.

벌써 향 연기가 나는 것 같습니다.

그는 이 거룩한 사업을 축복하려는 준비를 하고 있습니다.

이제부터는 모든 일이 순조롭게 되어갈 것입니다.

파우스트 (정중하게) 끝없는 경지에 좌정하여 늘 외롭게 살아가며,

그러나 정답게 모여 사는 어머니들이여,

그대들의 머리를 둘러싸고,

생명 없이 움직이는 생명의 형태가 떠돌고 있다.

한때 온갖 광명과 광휘에 싸여 존재하던 것이,

거기서 움직이고 있다. 그것은 영원을 원하기 때문이다.

전능한 힘을 가진 그대들은 그것을 갈라놓아,

어떤 것은 밝은 날의 천막 속으로, 어떤 것은 밤의 지붕 밑으로 보낸다.

그리하여 어떤 자는 인생의 즐거운 행로를 받아들이고,

어떤 자는 겁을 모르는 마술사가 찾으러 가는 것이다.

그 마술사는 자신 있게

만인이 원하는 기기묘묘한 것들을 아낌없이 보여준다.

천문 박사 시뻘겋게 달은 열쇠가 향로에 닿자마자,

안개가 무럭무럭 순식간에 방안을 가득 채웁니다.

안개는 서로 휘감기고 구름처럼 피어오르고,

늘어졌다 뭉쳤다, 얽혔다 떨어졌다, 다시 짝을 짓습니다.

자, 유령을 다루는 저 능란한 기술을 보십시오.

안개가 떠다니는 데 따라 음악 소리가 일어납니다.

아득한 음향에서 무엇인지 모를 것이 솟아나고,

자욱한 안개 속에서 모든 것이 음률이 됩니다.

기둥도, 기둥의 세 줄기 장식도 울리고,

마치 신전神殿 전체가 노래를 부르고 있는 듯 합니다.

안개가 가라앉고, 그러자 그 가벼운 베일 속에서,

아름다운 젊은이가 발걸음도 가볍게 걸어 나옵니다.

여기서 나의 소임은 끝납니다. 젊은이의 이름을 댈 필요는 없겠지요.

누가 그 귀여운 파리스를 모른다고 하겠습니까?

파리스[47] 등장

귀부인 1 어쩌면 저렇게도 아름답게 피어나는 청춘의 힘이 찬란할까!

귀부인 2 물기가 줄줄 흐르는 복숭아처럼 싱싱해요!

귀부인 3 부드럽게 부푼 입술이 탐스럽기도 해라!

귀부인 4 저런 잔에다 마시고 싶은 게로구나?

귀부인 5 기품이 있다고는 할 수 없지만 참 미남이네요.

귀부인 6 좀 더 재치가 있었으면.

기사 양치기의 냄새가 나는 것 같군.

　　귀공자 같은 구석은 없고, 궁중 예법도 전혀 모르는 것 같고.

다른 기사 옳은 말씀! 반 벌거숭이라 보기 좋지만,

　　갑옷을 입혀 놓고 봐야지 어디 알겠소.

귀부인 앉았어요, 사뿐히 기분 좋게.

기사 그의 품에 안기고 싶으신가요?

다른 귀부인 머리에다 팔을 참 맵시 있게도 고였네.

시종 저런, 버르장머리 없이! 저건 용서할 수 없다!

귀부인 남자 분들은 일일이 흠을 잡으려 드는군요.

시종 폐하의 어전에서 주책없이 기지개를 켜다니!

귀부인 연극일 뿐이죠. 혼자 있는 줄 알고 있어요.

시종 연극일지라도, 여기서는 예의를 지켜야지.

귀부인 귀엽게도 소록소록 잠이 들었어요.

시종 곧 코를 골 거요. 자연 그대로군.

젊은 귀부인 (황홀해서) 향내에 섞여 나는 냄새는 무엇일까요,

　가슴속이 시원해지는 것 같아요.

중년 귀부인 정말! 마음속까지 스며드는 향기네요.

　저이의 냄새예요.

나이 많은 귀부인 한참 피어나는 꽃향기,

　젊은이의 몸속에서 영약으로 빚어져,

　사방에 은은히 퍼지는 것이라오.

　헬레네가 걸어 나온다.

메피스토펠레스 이게 그 여자일까! 그러면 좋겠다.

　예쁘기는 하지만, 내 마음에는 들지 않군.

천문 박사 남자로서 솔직히 고백합니다만,

　저로서는 어떻게 해야 좋을지 알 수가 없습니다.

　절세미인이 나왔으니, 불같은 혀라도 소용이 없습니다.

　미인에 대해서는 여러 가지 찬양이 있지만,

　이런 미인을 보면 누구든지 넋을 잃을 것입니다.

　이런 사람을 손에 넣는 자는, 더없이 행복할 것입니다.

파우스트 내게 지금 아직 눈이 있는가? 마음속 깊이.

미의 원천이 샘솟고 있는 것을 느끼지 않느냐?

나의 무서운 여행이 지고의 복된 벌이를 가져온 셈이구나.

내가 사제司祭⁴⁸가 된 뒤로 세상은 일변해 버렸구나!

비로소 바람직하고 견고하고 영원히 계속할 수 있는 것이 되었다.

만일 내가 그대에게서 다시 떨어져 나가는 일이 있다면

생명의 숨이 끊어져도 좋다!

지난날 나를 황홀케 한 그 아름다운 자태,

마법의 거울⁴⁹에 비쳐 나를 즐겁게 해주던

그런 것쯤은 지금 이 미인에 비하면 거품 같은 환상에 지나지 않는다!

그대야말로, 나의 모든 힘의 발동을,

정열의 전부를, 동경을, 사랑을,

숭배를, 광기를 바쳐야 할 사람이다.

메피스토펠레스 (감독의 상자 속에서) 정신 차리시오. 사제의 소임을 잊어서는 안 되요.

중년 귀부인 키도 크고 맵시도 좋지만 머리가 좀 작군.

젊은 귀부인 저 발 좀 보세요! 상스럽게 크군요.

외교관 고귀한 귀부인들에게서 저런 발⁵⁰을 본 일이 있지요.

나는 머리부터 발끝까지 아름답다고 생각하는데요.

신하 잠든 젊은이에게로 사뿐사뿐 다가가는군요.

귀부인 청순한 젊은이에 비하면 정말 못생겼지 않아요!

시인 여인의 미美로 젊은이가 빛나고 있어요.

귀부인 미소년 에디미온과 달의 여신 루나! 마지 그림 같아요!

시인 옳은 말씀입니다! 여신이 허리를 굽혀,

젊은 사나이 위에 몸을 숙이고, 그 입김을 들이키려 하는군요.

부러운데! — 키스하는구나! — 더 못 참겠는데!

여관장 여러 사람 앞에서! 너무하는군!

파우스트 어린놈에게 과한 정을 베푸는군!

메피스토펠레스 쉿, 조용히들 하시오!

　　유령들이니 하고 싶은 대로 내버려 두시오.

신하 여자는 사뿐히 물러나고, 청년이 잠을 깼군요.

귀부인 여자가 돌아보아요! 그럴 줄 알았지.

신하 저 친구 놀라고 있군! 기적 같은 일이 당했으니 당연하지.

귀부인 저 여자로선 눈앞에 벌어진 일이 기적이 아니죠.

신하 얌전하게 청년에게 돌아가는군요.

귀부인 여자가 남자를 유혹하는 거예요, 익숙한 수법으로.

　　이런 때 남자란 모두 바보가 되거든요.

　　저이도 자기가 첫 번째 남자인 줄 알고 있을 거예요.

기사 나로서는 나쁘지 않군! 기품 있고, 아름답고! ―

귀부인 화냥년 같으니! 저런 걸 천하다고 하는 거예요!

시동 저 자의 처지가 되고 싶구나!

신하 누구든지 저 그물에 걸려들고 말걸.

귀부인 벌써 많은 사람의 손을 거친 보물이에요.

　　그리고 금박도 상당히 벗겨져 나갔어요.

다른 귀부인 열 살 때부터[51] 벌써 몹쓸 여자였죠.

기사 누구든 제일 좋은 것을 취하게 마련이지요.

　　나 같으면 저런 아름다운 찌꺼기라도 만족하겠소.

학자 내 눈에 똑똑히 보이긴 하지만 솔직히 말해서,

　　진짜 헬레네인지 의심스럽습니다.

　　눈앞에 있는 것은 과장해서 생각하기 쉽지요.

나는 무엇보다도 기록된 것을 존중합니다.

그래서 책을 읽어 보니, 저 여자는 사실

트로이의 모든 노인들에게 인기가 있었다고 씌어 있는데,

이번 경우에 완전히 들어맞습니다.

나는 젊지는 않지만, 저 여자가 마음에 들었소.

천문 박사 이젠 어린애가 아닙니다! 사나이는 대담한 영웅이 되어,

여자를 끌어안으니, 여자는 저항하지 못합니다.

억센 팔로 여자를 안아 올렸습니다.

데리고 도망을 갈 참인가?

파우스트 건방진 바보 놈이!

감히 그런 짓을! 무슨 짓이냐! 들리지 않느냐! 가만 있거라! 두보 보니 너무하구나!

메피스토펠레스 당신 자신이 연극을 하고 있잖아요,

저건 도깨비 장난이오!

천문 박사 한마디만 덧붙이겠습니다! 지금까지의 줄거리를 봐서,

이 연극을 '헬레네의 약탈'이라고 부르겠습니다.

파우스트 뭐 약탈! 이 자리에서 내가 가만 있을 줄 알아?

이 열쇠가 내 손에 있지 않느냐!

이것이 적막의 공포와 파도를 헤치고,

나를 견고한 물가로 인도할 것이다.

여기 나는 확고히 발을 딛고 서 있다! 여기에 현실이 있다!

여기 서서 정신이 신령들과 싸워서,

영혼과 현실이 합치된 위대한 나라를 마련하는 것이다.

그녀는 멀리 떨어져 있었지만 더 이상 가까이 올 수 있을까.

내가 저 여자를 구하겠다. 저 여자는 이중으로 내 것이 된다.[52]

자, 덤비자, 어머니들이여, 용서해주시오!

저 여자를 한번 알게 된 이상 그녀 없이는 살 수 없다.

천문 박사 무슨 짓을 하시오? 파우스트, 파우스트 —

아니 완력으로, 여자를 붙잡다니. 벌써 여자의 모습이 흐려지네.[53]

열쇠를 젊은이에게 들이대는군요.

젊은이에게 닿았다! — 아, 큰일 났군! 저런! 순식간에!

폭팔. 파우스트는 바닥에 쓰러진다. 신영들은 안개가 되어 사라진다.

메피스토펠레스 (파우스트를 어깨에 멘다.) 제기랄!

바보 녀석을 상대하면, 악마도 결국은 봉변을 당하고 말거든.

어두움, 소란스러움.

1 아리엘은 이탈리아의 아리아(공기)와 관련된 공기의 요정으로, 인간을 곧잘 도와주는 작은 요정의 우두머리. 제1부 발푸르기스의 밤의 꿈에도 나온다.

2 로마의 야경꾼은 밤 시간을 넷으로 구분하고 있었다. 파우스트도 이하 4행에 나타나 있는 휴식, 망각, 회춘, 신생의 네 단계를 거쳐 소생한다. 다음 네 절의 합창도 그것에 해당되며 저녁, 밤, 아침, 눈뜸을 나타내고 있다.

3 레테는 저승에 있는 망각의 강인데, 여기에서는 단순히 망각의 강만이 아니라, 파우스트의 죄를 씻는 것을 의미한다.

4 괴테의 활동적인 정신을 나타낸 것.

5 '지고의 존재를 향해 끊임없이 노력하라고', 소생한 대지는 파우스트에게 결심을 재촉한다.

6 생명의 횃불이란, 그리스의 횃불 계주자가 제단에서 붙인 불을 끄지 않고 목적지까지 가서, 그 불로 제2의 제단에 불을 붙이는 일에 기인하였다. 파우스트가 빛의 근원에 의해 생명의 횃불에 불을 붙이려 한 것으로 모든 근원을 인식하려 한 태도를 말한다.

7 일곱 빛 무지개의 종잡을 수 없이 변하는 모습이란, 물방울은 줄곧 변하는데 무지개는 그 변화를 초월하여 하늘에 걸려 있다는, 모순의 통일을 말한다.

8 색색가지 영상에 지나지 않는다는 것은, 인생의 실상은 직접 사로잡을 수 없고, 현상과 상징과 비유에 의해서만 사로 잡을 수 있다는 것.

9 본성은 죄악이며 정신은 악마란 본성의 충동은 죄악에 빠지기 쉽고, 교리를 믿지 않는 자유로운 정신은 악마와 맺어지기 쉽다는 뜻이다. 이 말을 하는 재상은 대주교이기 때문에 자유로운 정신을 적시한다.

10 당시의 속설로 태양은 순금, 달은 은, 금성은 구리, 목성은 수은, 화성은 철, 토성은 납이라고 하는 것이다.

11 이중으로 겹쳐 들리는 것은, 메피스토펠레스가 천문 박사에게 대사를 일러주고 있기 때문이다.

12 맨드레이크는 뿌리가 사람의 모양을 하고 있다. 불로장생과 막대한 부를 가져다 주는 마법의 약으로 사용했다. 검둥이 개를 이용하여 한밤중에 그 뿌리를 캐낸다고 말한다.

13 악사나 사람이 돌에 채이면 그곳에 보물이 묻혀 있다는 말은 예부터 전하는 말이다.

14 금송아지는 재보를 의미한다. 「구약성서」「출애굽기」23장 4절 참조.

15 도전, 그때까지 숨어 있던 여인이 장미의 꽃봉오리가 달린 가지를 들고 조화에 도전하는 것이다.

16 바이런의 친구인 폴리도리가 「흡혈귀」라는 소설을 썼는데, 그것을 독일의 호프만 등이 모방했다. 괴테는 그런 음산한 경향을 싫어했다.

17 우아함의 세 여신으로는 보통 아글라이아(영광), 탈레이아(행복), 에우프로시네(쾌활)를 가리킨다. 괴테는 탈레이아

를 헤게모네로 바꾸었 으며 증여, 수령, 감사를 대표시키고 있다.

18 운명의 세 여신들은 막내 클로토가 생명의 실을 잡고, 큰언니 라케시스가 실을 가르며, 아트로포스가 가위로 실을 자르는 피할 수 없는 운명을 지배하는 여신이다. 괴테는 아트로포스와 클로토의 역할을 바꾸어 놓았다.

19 복수의 세 여신들은 그리스 신화에서는 무서운 형상을 하고 있지만, 여기에서는 애인들 사이를 이간질할 뿐이다.

20 산더미는 국가를 상징하는 큰 코끼리를 가리킨다. 코끼리 등에 마련된 탑에는 승리의 여신 빅토리아가 타고 있다. 이 코끼리를 다루는 것은 상냥한 여인(지혜)으로서 코끼리의 좌우에는 공포와 희망이라는 두 여인을 거느리고 있다.

21 희망을 인간 최대의 적이라고 부르는 것은, 희망은 미래의 꿈으로 시간을 낭비하고 현실을 등한시하기 때무이다.

22 초일로와 테르시테스 두 사람이 한몸으로 결합되어 있는 난쟁이는 메피스토펠레스를 가리킨다. 초일로는 호메로스의 서사시의 문법이나 어법이 틀린 것을 지적하거나 비난했다.

23 수레를 모는 소년은 시를 나타낸다. 때와 장소에 제약받지 않는 시적 정신의 알레고리이다. 제3막에서 파우스트와 헬레네 사이에서 태어나는 오이포리온과 같다.

24 부귀를 갖춘 플루투스로서 등장하는 것은 바로 파우스트이다.

25 조그마한 불꽃은 시에서 우러나는 감격의 힘.

26 말라빠진 사나이는 메피스토펠레스. 그는 다른 구절에서 '나뭇잎', '허수아비 녀석', '십자가처럼 비쩍 마른 놈'이라 불린다.

27 아바리찌아란 라틴어로 욕심쟁이라는 여성 명사. 주부가 절약하지 않게 된 후부터 남자가 인색하게 되어, 욕심쟁이란 말도 der Geiz라는 남성 명사로 사용하게 되었다고 한다.

28 용은 비밀지기로 알려져 있다. 말라빠진 사내 '메피스토펠레스'도 용을 연상시킨다. 그래서 용은 용끼리 욕심을 부리라고 했다.

29 탐욕 역을 맡은 것은 메피스토펠레스.

30 판*¥₩으로 가장한 사람이 황제라는 것을 자기들은 알고 있다는 말이다.

31 바위의 외과의란, 산의 난쟁이가 광맥을 알고, 그 보물의 피를 뽑을 줄 알기 때문이다.

32 세 가지 계율은 훔치지 마라, 간음하지 마라, 죽이지 마라이다.

33 '판'이란 그리스 말로 '모든 것'을 의미한다.

34 그분(판)의 목소리가 울려 퍼지면 만물이 공포에 떤다. 패닉(경제 공황)이란 말도 여기서 비롯되었다.

35 당신만이 할 수 있다는 대목에서 황제는 지폐를 발행한다는 문서에 서명한다.

36 네레이데는, 바다의 신 네레우스의 50명(백 명이라고도 한다)의 딸들.

37 테티스는, 펠레우스와 결혼하여 영웅 아킬레우스를 낳았다. 메피스토펠레스는 황제가 미녀를 얻는 것과 관련시켜 제2의 펠레우스에 비유하여 아첨을 한다.

38 셰헤라자데는 『아라비안나이트』 이야기에 나오는 재상의 딸로, 상상력이 풍부하여 왕에게 끝없는 이야기를 들려주고 목숨을 건진다.

39 여기의 기사는 배너리트 훈작사로, 자기 집안 고유의 문장이 찍힌 깃발 아래, 부하를 거느리고 출정할 수 있는 기

사의 한 칭호.

40 인연도 없는 세계란, 메피스토펠레스가 자신은 고대 그리스와는 관계가 없기 때문에 헬레네를 불러낼 수 없다는 의미에서 한 말이다.

41 어머니들은 일체 존재의 원형, 혹은 이상이다.

42 다만 속이는 게 거꾸로 된 것뿐이란, 보통 비교의 도사는 신비적인 것을 과대하게 말하지만, 메피스토펠레스는 반대로 사람을 공허의 경지로 꾀어내어 관심을 끌려 한다.

43 감동은 인간 최대의 천성이라는 말은, 플라톤이나 아리스토텔레스와 마찬가지로 괴테도 과학적의 가장 가치 있는 성과는 냉정한 무관심이 아니라 경이에 의해서 얻는다고 생각했다. 신비적인 것에 경탄하는 것을 인간의 천성으로 여겼다.

44 삼발이 향로는 열쇠와 같이 상징이다. 델포이에 있는 것은 가장 신성한 예언을 하는 신비스러운 향료로 알려져 있다.

45 같은 것은 같은 것으로란, 옛날부터 행하여지고 있는 동종요법同種療法를 가리킨다. 1810년에 하이네만에 의해 고안된 치료법의 일종.

46 불가능하기에 믿을 가치가 있는 것이란, 초대 그리스도교의 호교가인 테르툴리아누스가 그리스도의 죽음에 대해 "불합리한 까닭에 믿을지어다"라고 했고, 그리스도의 부활에 대해서는 "불가능한 까닭에 확실하니라"하고 말한 것을 합친 것.

47 파리스는 트로이 왕자로 스파르타의 왕비 헬레네를 유혹하여 전쟁이 일어났다.

48 파우스트는 어머니들의 나라에서 돌아와 사제의 복장을 하고 있다. 그것은 헬레네에게 종사하는 미의 사제이다. 그렇게 되고 난 뒤부터 파우스트는 비로소 사는 보람을 느끼게 되었다.

49 마법의 거울은 제1부 마녀의 부엌에 나온다.

50 그리스 조각은 일찍부터 머리가 너무 작고 발이 너무 크다는 평을 받아왔다.

51 조숙한 헬레네는 열 살 때 아테네의 왕 테세우스한테 유괴당한 것으로 전해지고 있다.

52 이중으로 내 것이 된다는 것은 파우스트가 헬레네를 어머니들의 나라에서 데리고 온 다음 파리스로부터 빼앗았기 때문.

53 영적인 것에 닿으면, 그것은 사라지고 닿은 자는 생명이 위험해진다고 한다.

Act 2

제 2 막

높고 둥근 천장의 좁은 고딕식 방

지난날 파우스트의 거실, 변한 것은 없다.

메피스토펠레스 (메피스토펠레스 막 뒤에서 걸어 나온다. 그가 막을 들어 뒤돌아볼 때, 파우스트
가 구석 침대에 누워 있는 것이 보인다.) 거기 누워 있거라, 풀기 어려운,
사랑의 굴레에 묶인 가엾은 녀석아!
헬레네에게 넋을 잃은 자는
쉽사리 정신을 차리지 못한다.

주위를 둘러본다.

위를 보아도, 사방을 돌아보아도

조금도 변함없이 그대로구나.

색유리창은 전보다 더 탁해 진 것 같고,

거미줄도 많아졌구나.

잉크는 굳고 종이도 누렇게 바랬구나.

하지만 모든 것이 예전 그대로이다.

파우스트가 악마에게 몸을 판다는 증서를 쓴

그 펜조차도 여기 그대로 나뒹굴고 있구나.

뿐만 아니라 깃으로 된 펜대 속에는,

내가 꾀어서 빼앗은 한 방울의 피도 들어 있구다!

이런 둘도 없는 진품이

훌륭한 수집가의 손에 들어가면 얼마나 좋아할까.

게다가 저 낡은 털가죽 겉옷까지 녹슨 못에 걸려 있다.

저것을 보니 언젠가 학생에게 교훈을 베푼

그 장난이 생각난다. 그 녀석은 청년이 되어도,

여전히 내가 가르쳐 준 것을 되씹고 있겠지.

폭신폭신하고 따스한 털가죽 외투여,

다시 한 번 너를 몸에 걸치고,

이 세상에서 자기만이 옳다고 생각하는

대학 교수로 뽐내보고 싶구나.

학자들이면 당연히 바라고 싶은 노릇이지민

악마는 그런 재미를 잊은 지가 이미 오래다.

털가죽 옷을 내려서 턴다. 귀뚜라미, 딱정벌레, 나방 같은 것이 튀어나온다.

곤충들의 합창 어서 오세요! 어서 오세요!

옛날의 우리의 두목님이시여!

우리는 날며 노래하며

당신을 진작부터 알고 있지요.

당신은 조용히 우리를 심으셨지요.

우리는 수천의 무리가 되어

춤을 추며 찾아오지요.

가슴속에 장난꾼은

한사코 몸을 숨기지만

이는 털가죽 속에 있다가,

어느 사이 기어 나온답니다.

메피스토펠레스 뜻밖에도 어린 피조물들이 나를 기쁘게 해주는구나!

씨만 뿌려 놓으면 언젠가는 수확할 수 있는 법.

낡은 털가죽을 다시 한 번 털어 보자구나.

또 한 마리씩 여기저기서 튀어나온다.

튀어올라라! 기어 다녀라! 이 구석 저 구석으로,

얼른 숨어라, 귀여운 놈들아.

낡은 상자가 놓여 있는 저기에도

고동색이 되어 버린 이 양피지 속에도

먼지에 덮인 항아리 조각에도

저 해골의 멍하게 뚫린 '눈 속'에도 숨거라.

이런 잡동사니와 곰팡이 핀 세계에는

언제나 벌레가 있어야 되는 법이지.

털옷을 입는다.

자, 이리 와서 내 어깨를 다시 한 번 덮어다오!

오늘은 내가 다시 선생님이시다.

하지만 그렇게 되어 본들 별 수 없구나.

나를 맞이해줄 인간들은 어디 있는가?

초인종을 잡아당기자 가슴에 섬뜩한 소리가 울려 퍼지고 그 때문에 건물이 흔들리고 문이 쾅

하고 열린다.

조수 (길고 어두운 복도를 비틀거리며 온다.)

이게 무슨 소릴까! 왜 울림인가!

계단이 흔들리고, 벽이 진동하는구나.

덜거덩거리는 색유리 창으로

번갯불이 번쩍이는 것이 보인다.

마루청은 갈라지고 천장에서는

석회와 흙덩이가 부서져 떨어진다.

자물쇠를 굳게 걸어 놓은 문들이

이상한 힘으로 열려 버렸다 —

저게 뭘까? 어째 겁이 나는구나! 거대한 사나이가

파우스트 선생님의 낡은 털가죽 옷을 입고 서 있다!

그가 바라보고 눈짓이라도 한다면

그만 자리에 주저앉을 것만 같구나!

달아나야 할까? 이대로 서 있을까?

아, 나는 어떻게 될까, 큰일 났구나!

메피스토텔레스 (눈짓을 하며) 여보게 이리 오게나! — 자네는 니코테무스지?

조수 그렇습니다, 선생님! — 기도라도 드려야겠나 보군요?

메피스토펠레스 그런 짓은 그만둬!

조수 정말 반갑습니다, 저를 알고 계시다니!

메피스토펠레스 잘 아네. 나이는 들었지만 아직 학생이군.

만년 학생이라고 할까, 학자들이라 해도

연구를 계속해 나가는 것이지. 별 수가 없으니까 말일세.

그렇게 해서 소박한 공중 누각을 세우지만,

아무리 훌륭한 학자라 할지라도 준공을 시키지는 못하네.

하지만 자네의 선생 말인데, 그는 능수능란한 사람이야.

석학인 바그너 박사[1]를 모르는 사람은 없지.

현재 학계의 제일인자니까!

학계를 통틀어 진정

상아象牙의 탑을 쌓는 것은 그뿐이지.

지식에 굶주린 청강생들이,

그의 주위에 떼 지어 몰려들고 있지.

그만이 강단에서 빛이 나고,

마치 성 베드로처럼 열쇠를 자유로이 사용하여

지상의 것이건 천상의 것이건 열어젖혀서 보여주지.

어쨌든 그 누구보다도 찬란하게 빛나고 있으며,

어느 누구의 명성도 영예도 견줄 수가 없네.

파우스트 박사의 이름조차 희미해지는 판이니,

독창적인 재능은 오직 그분 한 분이니까.

조수 선생님, 이런 말씀을 드리면,

　　말대꾸 같아서 죄송합니다만,

　　지금 말씀하신 것은 전혀 문제가 안 됩니다.

　　겸양지덕이 바그너 선생의 천성이랍니다.

　　전에 고명한 선생님이 홀연히 자취를 감추시자

　　바그너 선생은 어찌할 바를 모르고 계신 듯합니다.

　　그분이 돌아오시기를 학수고대하고 계십니다.

　　방도 파우스트 박사께서 계시던 그대로

　　그냥 그대로 손도 대지 않고

　　주인이 돌아오기만을 기다리고 있습니다.

　　전 그 방에 들어갈 엄두조차 내지 못하고 있습니다.

　　지금 별의 운행 시각[2]은 어느 때쯤일까요? ―

　　벽이란 벽이 모두 겁을 먹고 있는 듯합니다.

　　문간의 기둥은 뒤흔들리고 자물쇠도 벗겨져 버렸습니다.

　　그렇지 않았던들 손님도 들어오실 수 없었을 겁니다.

메피스토펠레스 바그너 선생은 어디 가셨나?

　　날 그리로 안내하든가, 선생을 이리로 모셔오든가 하게.

조수 그분의 분부가 아주 엄하셔서

　　그런 짓을 해도 좋을지 모르겠습니다.

　　몇달 동안이나 큰 일거리 때문에

　　조용히 실험실에 파묻혀 지내고 계십니다.

　　학자들 가운데서도 가장 허약한 분이,

　　마치 숯 굽는 사내처럼

　　귀에서 코끝까지 까맣게 그을리고

불을 불어대서 두 눈은 시뻘겋게 되었습니다.

그리고 이제나저제나 일의 완성을 기다리고 계십니다.

불집게 부딪치는 소리가 바로 선생님 일의 반주지요.

메피스토펠레스 내가 들어가는 것을

선생이 거절할 이유가 있을까?

나는 그의 성공을 도우러 온 사람이야.

조수 퇴장. 메피스토펠레스는 점잖게 앉는다.

내가 이 자리에 앉기가 무섭게

저기서 낯익은 손님이 나타나시는군.

하지만 이제 최신 학파의 한 사람이 되었으니

꽤나 허풍을 떨 테지.

학사[3] (복도를 분주히 달려온다.)

대문도 방문도 열려 있구나!

이제야 비로소 전처럼

산사람이 죽은 사람같이

곰팡이 속에서 오그라들어 썩어서

산 채로 죽어가는 것 같은

어리석은 일은 없어질 것 같구나.

이 담들도 그리고 이 벽들도

기울어서 허물어질 것 같구나.

우리도 빨리 피하지 않으면,

그 밑에 깔려 죽을지도 몰라.

나는 누구보다도 대담하지만,

이 이상은 들어가지 않을 테다.

그런데 오늘은 참 이상도 하다,

여기는 내가 오래 전에

조마조마 가슴을 조이며

애송이 학생으로

찾아온 곳 아닌가?

그리고 그 텁석부리를 만나

그의 허튼 소리를 감지덕지했었지.

낡은 가죽 표지 책을 펴놓고,

그자들은 알아낸 것이라든지, 알고 있어도

자기도 믿지 않는 것으로 속여

제 생명과 내 생활까지 앗아가 버렸겠다.

아니? —

저 안쪽 작은 방의

어둑어둑한 속에 누가 앉아 있구나!

가까이 가 보니 놀랍게도

그때 그 자가

여전히 고동색 털가죽 옷을 입고

헤어졌을 때와 똑같이

털북숭이 가죽옷에 싸여 있구나!

그때는 내가 아직 철이 없어서

아주 노련한 학자로 보았었지.

오늘은 그렇게 안 될걸.

기운을 내서 어디 한번 부딪쳐 보자!

노 선생님,

망각의 강의 탁한 물결에

그 기울이신 벗겨진 머리를 적시지 않으셨다면

여기 옛 학생이 대학 교수의 교편을 벗어나서

이렇게 찾아온 것을 알아보시겠지요.

선생님은 옛날에 뵌 그대로시군요!

저는 딴 사람이 되어서 돌아왔습니다.

메피스토펠레스 내가 누른 초인종으로 자네가 와주니 반갑군.

나는 그때도 자네를 가볍게 보지는 않았지.

장차 아름다운 나비가 될 애벌레는 처음부터 아는 법.

고수머리에 레이스 깃을 달고,

어린애같이 즐거워 보였는데 ―

한 번도 머리를 땋은 일은 없는가? ―

오늘은 스웨덴 식으로 머리를 깎았군.

아주 과감하고 건강해 보이이긴 하나

그저 절대주의자가 되어 돌아온 것은 아닐 테지.

학사 선생님, 우리가 지금 같은 곳에 있긴 하지만,

시대의 변천을 생각하셔서

애매한 말씀을 삼가해주십시오.

이제 저희들은 보는 것이 달라졌으니까요.

선생님은 선량하고 천진한 젊은이를 조롱하셨습니다.

그것도 아무런 재주도 부리지 않고 해내셨지요.

지금은 감히 그런 짓을 하는 사람은 없습니다.

메피스토펠레스 젊은 사람들한테 진실을 말해 주면

애송이들은 결코 좋아하지 않거든.

그러다가 해를 거듭하면서

그것을 모두 뼈저리게 겪고 나면,

그것이 바로 자기 머리에서 나온 일인 것처럼 뽐내며,

그 선생은 바보였다고 주접을 떤단 말이야,

학사 아마 능구렁이였다고 하겠지요 ― 어떤 교사가 직접

우리 얼굴에다 맞대고 진실 따위를 말한답니다.

누구나 철모르는 아이들을 상대로 늘이고 줄여서,

때로는 정색하고, 때로는 농을 하며 약삭빠르게

다룰 뿐이지요.

메피스토펠레스 배우는 데는 물론 시기가 있지.

보아하니 자네는 가르칠 준비가 되었군.

그로부터 많은 세월이 흘렀으니

자네도 아마 충분히 경험을 쌓았겠지.

학사 경험이라구요! 그것은 거품 아니면 먼지일 뿐입니다!

정신과는 격이 워낙 다릅니다.

솔직히 말씀하십시오! 인간이 지금까지 얻은 지식은

전혀 알 만한 가치조차 없는 것이었다고 말이에요.

메피스토펠레스 (잠깐 사이를 두고) 옛날부터 생각했었지만 나는 바보였어.

이제야 내 자신이 천박하고 어리석다는 것을 안 것 같네.

학사 그 말씀 대단히 반갑군요! 분별 있는 말씀이군요.

　　이성적인 노인을 만난 것은 이번이 처음입니다!

메피스토펠레스 나는 묻힌 황금 보물을 찾으러 나섰다가

　　아무 소용도 없는 숯을 가지고 돌아온 셈이야.

학사 솔직히 말씀드려서, 선생님의 두개골이나 대머리는

　　저기 저 해골보다 값어치가 없다고요!

메피스토펠레스 (유유히) 자네는 자신이 얼마나 불손한지 모르는 모양이군?

학사 독일인으로서 '지나친 공손은 거짓과 통한다'고 하죠.

메피스토펠레스 (자기가 앉아 있는 바퀴의자를 차차 무대 앞으로 밀고 나가서 관중석을 향하여)

　　저기선 눈이 핑핑 돌고 숨이 막힐 것만 같군요.

　　여러분들 틈으로 좀 피할 수 없을까요?

학사 시대에 뒤떨어져서 이제 아무런 가치도 없는데,

　　제법 자신이 무슨 인물이나 된다고 생각하다니, 뻔뻔스럽군요.

　　인간의 생명은 피 속에 살아 있지만,

　　청년처럼 피가 들끓고 있는 곳이 있습니까?

　　싱싱한 힘을 가진 살아 있는 피야말로,

　　생명 속에서 새로운 생명을 만듭니다.

　　거기서는 모든 것이 활동하고, 무엇인가가 이루어지며,

　　약한 것은 쓰러지고, 강한 것은 전진합니다.

　　우리가 세계의 절반을 정복하는 동안,

　　당신들은 도대체 무엇을 하고 있었습니까? 다시 졸다가 생각에 잠기고,

　　꿈을 꾸고, 궁리하며, 이것저것 계획만 세웠지요.

　　확실히 나이 든 것은 차가운 열병과 같아,

　　변덕스러운 고민으로 사로잡혀 있습니다.

인간이 서른을 넘기면

이미 죽은 거나 다름없죠.

당신 같은 사람은 적시에 때려죽이는 게 상책이겠죠.

메피스토펠레스 이거, 악마도 입이 딱 벌어지는구나.

학사 내가 원하지 않은 한, 악마는 존재할 수 없소이다.

메피스토펠레스 (혼잣말로) 머지않아 그 악마가 네놈의 다리를 걸어 넘어뜨릴 게다.

학사 이것이 청년들의 가장 고귀한 사명입니다!

세계는 내가 만들어 내기 전에는 존재하지 않았고,

태양은 내가 바다에서 끄집어 올린 것이며,

달이 차고 기우는 것도 나와 함께 시작되었으며,

밝은 날은 나의 가는 길을 비춰주며

대지는 나를 맞이하여 푸른빛을 띠고 꽃을 피웁니다.

나의 눈짓 한번으로 그 첫날밤에

모든 별이 하늘 가득히 빛나기 시작했습니다.

내가 아니고 누가, 속인들의 옹졸한 사상의 속박에서

당신들을 해방시키겠습니까?

나는 자유로이 내 영혼의 소리에 귀 기울이고

즐겁게 내 내면의 빛을 추구합니다.

그리고 더없는 환희에 몸을 적시면서

광명을 가슴에 안고 암흑을 등지고서 거침없이 나아가는 것입니다. (퇴장)

메피스토펠레스 괴물같은 놈, 이디 신이 나서 해보아라! ―

어리석은 일이건, 슬기로운 일이건,

선인들이 먼저 생각지 못했던 것을 누가 생각해낼 수 있단 말이냐?

그것을 알면 네놈도 무척 괴로울 게다.

하지만 저런 놈이 있어도 위험할 것은 없다.

몇년이 지나면 그것도 달라질 테니까.

포도즙이 아무리 독하게 끓어오른다고 해도

결국에는 맑은 포도주가 될 뿐이야.

손뼉을 치지 않은 관람석의 젊은 관객들에게

당신들은 내 말을 듣고도 냉정하구료.

젊은 사람들이니 그래도 봐 드리지.

하지만 잘 생각해봐요, 악마는 늙은이요.

당신들도 나이를 먹으면 악마를 이해할 것이오.

실험실

중세풍의 공상적 목적에 쓰는 대규모의 번잡한 기계 기구류

바그너 (난로 앞에서) 요란스레 초인종이 울려서,

그을린 벽이 흔들리는구나.

성공에 대한 오랜 기대가,

이 이상 애매하게 끌지는 않겠지.

이제 탁한 것이 맑아지고 있다.

시험관의 중심부에서

활활 타는 석탄 같은 것이,

아니, 불타는 홍옥 같은 것이,

어둠 속에서 번개처럼 번쩍인다.

환한 흰 불빛이 나타나는구나!

이번만은 실패하지 않아야겠다!

아, 누가 저렇게 문을 흔들어대지? ―

메피스토펠레스 (들어오면서) 안녕하십니까! 도와드리려고 찾아왔습니다.

바그너 (불안스러운 듯이) 어서 오십시오. 마침 별의 운행이 좋은 때 오셨습니다.

(낮은 소리로) 하지만 잠시 숨을 죽이고 가만히 계십시오.

굉장한 일이 이루어질 것입니다.

메피스토펠레스 (더 낮은 소리로) 대관절, 무슨 일입니까?

바그너 (더욱 낮은 소리로) 사람을 만들어 내고 있습니다.

메피스토펠레스 인간이라고요? 어떤 연인들은,

정신을 그 그을린 유리관 속에 가두어 놓았습니까?

바그너 원, 천만에 말씀을! 지금까지 유행하던 출산 방법은

순전히 엉터리 같은 장난이라고 우리는 선언합니다.

생명이 튀어나온 그 미묘한 결합점이라든가,

체내에서 충동으로 치밀고 나와서 주거니받거니 하여

자기 자신의 모습을 본떠 내는 자혜慈惠의 힘이라든가,

처음에는 내부의 것으로 다음에는 외부의 것으로 생장하는

그 수태 따위는 이제 엄숙한 신성도 아닙니다.

동물은 앞으로도 여전히 그런 짓을 즐길시 모르나

위대한 천분을 타고난 인간은

장차 더 고원高遠한 출생이 필요합니다.

난로 쪽을 향하여

빛나고 있군! 보십시오! — 이번에는 정말 가능성이 있습니다.

수백 가지 물질을 혼합해서 —

이 혼합 방법이 중요합니다만 —

인간의 원소를 조합하여

시험관에 넣어서 밀봉하고

적당히 증류하면

일은 은밀히 완성됩니다.

난로 쪽을 향하여

되어가는구나! 덩어리가 움직이면서 맑아집니다.

확신이 점점 더 굳어져 갑니다.

자연의 신비라고 찬양해온 것을

우리는 오성의 힘으로 해결한 것입니다.

자연이 지금껏 유기적으로 이룩해온 것을

지금 우리가 결정結晶시켜서 만들어 낸 것[4]입니다.

메피스토펠레스 오래 살면 온갖 것을 경험하는 법인데

이 세상에는 새로운 일이란 하나도 일어나지 않는군요.

나는 여기저기 떠돌아 다닐 때,

결정으로 이루어진 사회를 본 적 있습니다.

바그너 (줄곧 시험관에 주의를 기울이고 있다.)

올라온다, 빛난다, 한데 뭉친다.

이제 곧 될 것입니다.

위대한 의도는, 처음에는 미친 짓으로 보이는 법이지요.

하지만 이제는 우연에 기대는 것을 비웃어 줘야겠습니다.

뛰어난 사색을 하는 두뇌도,

장차 사색가에 의해서 만들어질 것입니다.

황홀하게 시험관을 들여다보며

유리그릇이 귀여운 소리를 내는구나.

탁해졌다가는 다시 맑아진다. 드디어 되어가는 모양이다!

아, 귀여운 조그만 인간이,

사랑스런 모습으로 정답게 몸짓을 하고 있다.

이 이상 세계에 무엇을 바라겠는가!

신비가 백일하에 드러났는데,

이 소리에 귀를 기울이십시오.

그것은 목소리가 되고 말이 되는 거지요.

호문쿨루스[5] (시험관 속에서 바그너에게)

안녕하신가요, 아버지! 농담이 아니었군요.

자, 저를 가슴에 꼭 안아주세요.

하지만 너무 세게는 말고요, 유리가 깨지니까.

사물의 성질이란 이런 것입니다.

자연에게는 우주도 좁지만,

인공의 것은 한정된 공간을 원합니다.

메피스토펠레스에게

장난꾸러기 아저씨, 여기 계셨군요?

마침 잘 오셨습니다. 감사합니다.

당신이 여기 오신 것은 정말 행운입니다.

저도 태어난 이상 일을 해야 하겠지요.

곧 일할 준비를 하고 싶습니다.

당신은 세상을 잘 아시니 빠른 방법을 가르쳐 주십시오.

바그너 잠깐, 내가 한마디만! 지금까지 나는 늙은이고 젊은이고

여러 가지 어려운 질문으로 애를 먹었지.

예를 들면 이건 아직 아무도 풀지 못했지만,

영혼과 육체가 이렇게 훌륭히 어울리고

결코 떨어지지 않고 단단히 결합되어 있는데,

어째서 생활을 즐기지 못하고 괴롭게만 하는 것인지,

그리고 ―

메피스토펠레스 잠깐! 나라면 이렇게 묻겠소.

어째서 남자와 여자는 이렇게 사이가 나쁠까요?

당신은 아무리 생각해도 이 문제를 알 수 없을 것이오.

여기 할 일이 있소. 그것이 이 아이가 해야 할 일이오.

호문쿨루스 할 일이 무엇이지요?

메피스토펠레스 (옆문을 가리키며) 정말 너는 귀여운 아이구나!

옆문이 열리고 침상에 누워 있는 파우스트가 보인다.

호문쿨루스 (놀라며) 야, 대단한데! —

시험관이 바그너의 손에서 빠져나와 파우스트 위로 떠돌아가며 그를 비춘다.

정말 아름다운 광경[6]이로구나! —

울창한 숲에 맑은 물이 흐르고 여자들은 옷을 벗는구나.

정말 아름다운 여자들이다 — 야, 점점 신비하게 보이는구나.

그런데 그중 한 여자가 뛰어나게 빛나는구나.

아마 최고의 영웅이나 신의 혈통인가 보지.

저 여자는 투명한 물속에 발을 담근다.

기품 있는 몸의 우아한 생명의 불길이

연한 물결의 수정 속에서 식어간다 —

아니, 이건 또 무슨 성급하게 활개 치는 소린가.

왜 저리도 시끄럽게 거울 같은 수면을 흔들어 놓을까?

처녀들은 겁을 먹고 달아나는데, 그 여왕만은

태연한 모습으로 백조의 왕이

뻔뻔스럽고 다정하게 무릎에 달라붙는 것을,

자랑스러운 듯 여인다운 흐뭇한 감정으로 바라보고 있구나.

백조는 여왕과 친해진 것 같은데 — 갑자기 안개가 일며,

촘촘히 짠 엷은 망사로

이 기막힌 장면을 가려 버리는구나.

메피스토펠레스 못할 소리도 없이 잘도 지껄이는구나!

몸은 무척 그렇게 작은데 그대는 굉장한 공상가로다.

내게는 아무것도 보이지 않는다만 —

호문쿨루스 그럴 테지요. 당신은 북방에서 태어나

기사와 신부들이 들끓던

암흑의 시대에 자랐으니까요.

어떻게 자유로운 눈이 트일 수 있었겠어요!

암흑 세계만이 당신의 정든 곳일 수밖에 없지요.

주위를 둘러본다.

갈색으로 변한 돌 벽은 곰팡이가 펴 더럽고

끝이 뾰족한 둥근 천장은 꾸불꾸불하고 낮게 내리덮였고 —

이런 데서 저 사람이 눈을 뜨면 또 귀찮은 일이 생기겠군요.

당장에 이 사람은 목숨이 끊어질 테니까 말이오.

숲속의 샘, 백조, 벌거숭이 미인들의 꿈을

이 사람은 꾸고 있는 것입니다.

그런 사람이 어떻게 이런 곳에 정이 들 수 있겠어요!

누구보다 마음 편한 나도 참을 길이 없는데.

자, 저 사람을 다른 데로 데려갑시다.

메피스토펠레스 그거 좋은 생각이군!

호물쿨루스 군인은 전쟁터로 보내고,

처녀는 춤추는 데로 꾀어 내세요.

그러면 모든 것이 결정됩니다.

지금 막 생각이 났지만, 지금은 마침

고전적인 발푸르기스의 밤[7]입니다.

아마도 지금 할 수 있는 가장 좋은 일은

저 사람을 성품性品에 맞는 곳에 데리고 가는 것입니다.

메피스토펠레스 그런 발푸르기스 밤은 들어 보지 못했는데.

호문쿨루스 그런 것이 어떻게 당신 귀에 들어가겠어요?

당신은 낭만적 유령밖에 모릅니다.

진짜 유령은 역시 고전적인 것이라야죠.

메피스토펠레스 그건 그렇고 어디로 가나?

고대의 유령이란 생각만 해도 속이 메스껍군.

호문쿨루스 마왕님, 당신이 좋아하는 곳은 서북 하르츠 산 쪽이지만,

이번엔 남동의 그리스 쪽으로 가십시다 —

대평원에 페네이오스 강이 유유히 흐르고,

수풀과 숲에 둘러싸여 조용하고 습기찬 후미를 이루고,

평야는 산의 골짜기까지 늘어나서

그곳에 파르살루스의 신구新舊 시가가 있지요.

메피스토펠레스 맙소사! 그만둬라!

폭군 정치와 노예제도의 싸움[8] 따위는 보기도 싫다.

지루해서 못 견딘다. 끝이 났는가 하면,

또 처음부터 시작이거든.

더구나 뒤에 숨은 불화의 악마 아스모데우스[9]에게

조롱당하고 있다는 것을 아무도 모른단 말이야.

자유의 권리를 위한 싸움이라고는 하지만,

자세히 보면 노예 대 노예의 싸움과 다를 바 없단 말일세.

호문쿨루스 인간들의 고집통이 성품일랑 내버려 두세요.

누구나 어릴 때부터 힘껏

자기 자신을 지켜 간신히 성인이 되는 법입니다.

지금 문제는 어떻게 하면 이 사람을 고치냐 하는 것입니다.

방법이 있거든 여기서 시험해 보세요.

없으면 내게 맡기시구요.

메피스토펠레스 브로켄 산에서 하는 마술이라면 해볼 수도 있지만,

이교도들의 빗장은 나로서는 어쩔 수가 없단다.

고대 그리스인은 정말 쓸모가 없다고!

그런데 놈들은 자유로운 관능의 놀이로 너희들을 현혹하고,

인간의 가슴을 즐거운 죄악으로 유혹한단 말이지.

그래서 우리 죄악은 늘 어둡게만 보이지.

그래, 이제 어떻게 하지?

호문쿨루스 당신은 항상 아리숭한 편은 아니죠.

테살리아의 마녀[10]라고라고 말하면

무언가 짐작이 갈 텐데요.

메피스토펠레스 (욕정을 나타내며) 테살리아의 마녀라고!

내가 오래 전부터 찾던 여자들이지.

그것들하고 밤마다 같이 보낸다는 게

그리 기분 좋을 것도 없지만,

한번 찾아가서 시험해보는 일이라면! 좋지!

호문쿨루스 그 망토를 이리주세요.

이 기사騎士에게 덮어줍시다!

이 천 조각이 종전처럼

당신네들을 날라다 줄 거예요.

내가 길을 밝히기로 하지요.

바그너 (불안한 듯이) 그러면, 나는?

호문클루스 아참, 그렇군요.

　당신은 집에 남아 가장 중요한 일을 하세요.

　낡은 양피지 책을 펼쳐들고

　처방대로 생명의 여러 요소를 모아,

　조심해서 하나하나 배합하세요.

　'무엇'도 중요하지만

　'어떻게'는 더욱 중요합니다.

　그 동안에 나는 세상을 좀 돌아다니며

　최후의 완성[11]을 이룩하도록 해 보지요.

　그러면 위대한 목적은 이루어집니다.

　그만한 노력에는 그에 상당한 보수가 주어지는 법이죠.

　황금, 영예, 명성, 건강한 장수,

　학문, 그리고 어쩌면 덕성까지도 얻을 수 있겠지요.

　그럼 안녕히 계십시오!

바그너 (슬픈 듯이) 잘 가거라! 그 말을 들으니 우울하구나.

　너를 다시는 못 만날 것 같은 기분이 드는구나.

메피스토펠레스 자, 그럼 페네이오스 강으로 가보자.

　이 꼬마가, 제법인걸.

관객에게

　결국 우리는 자기가 만든

　인간들에게 끌려 다니게 마련이군.

고전적 발푸르기스의 밤

파르살루스의 평야

암흑

마녀 에리히토[12] 항상 그렇듯 오늘 밤 몸서리치는 잔치에

    나가렵니다. 나는 에리히토라는 밤의 마녀입니다.

    쾌씸한 시인들이 과장해서 욕하듯

    나는 그렇게 흉측한 여자는 아니에요 …… 시인들은

    칭찬도, 욕도, 끝이 없지요.

    회색 천막이 물결치는 바람에 골짜기가 희뿌옇게 보입니다.

    저것은 걱정과 공포에 찬 밤의 형상입니다.

    벌써 몇 번이나 되풀이 되었는지 몰라요!

    아마도 영원히 되풀이 되겠지요 …… 어느 누구도,

    나라를 다른 이에게 내주려 하지 않고 완력으로 빼앗아 힘으로

    지배하려는 사람에게 맡기려 하지 않습니다.

    마음의 자아를 다스릴 수 없는 자일수록,

    이웃의 의지를 자기 마음대로 지배하려 들지요.

    그 큰 예로써 여기서도 싸움이 벌어졌습니다.

    폭력이 더욱 억센 폭력에 대항하고,

    천만 가지 꽃으로 엮은 자유의 화관은 찢기고,

    뻣뻣이 굳어 버린 월계관이 지배자의 머리에 얹어졌지요.

    이쪽에서 폼페이우스가 지난간 위대한 영광의 날을 꿈꾸고,

    저기서는 카이사르가 흔들거리는 운명의 저울처럼 기웃거리며 밤을 새웠지요.

결판이 날 것은 물론이지요. 어느 쪽이 이겼는가는 세상이 다 알고 있습니다.

야관野官의 시뻘건 불길을 뿜으며 타오르고,

대지가 품은 것은 흘린 피의 반사입니다.

그리고 희귀한 밤의 이상스런 불빛에 이끌려서,

그리스 전설의 군사들이 모여듭니다.

어떤 모닥불의 둘레에도 옛이야기가 나오는 듯한 모습들이

흔들거리기도 하고 한가히 앉아 있기도 합니다…….

보름달은 아니지만 밝게 빛나는 달이

부드러운 빛을 사방에 뿌리며 올라옵니다.

천막의 환상은 사라지고 불은 파랗게 타오릅니다.

헌데 내 머리 위에 웬 난데없는 유성流星일까요?

그것은 반짝반짝 둥근 덩어리를 비쳐 추고 있군요.

살아 있는 생명의 냄새가 나는군요. 내가 해를 끼치는

샘물에 다가가는 것은 별로 떳떳하지 않군요.

그런 짓은 내 소문이 나빠지고 소용에도 닿지 않습니다.

벌써 내려오는군요! 나는 조심해서 피해야겠습니다. (퇴장)

비행하는 것들이 위로 오른다.

호문쿨루스 다시 한 번 더 원을 그려서

모닥불과 저 몸서리치는 놈들의 위를 날아봅시다.

골짜기고 바다이고

　　모조리 도깨비처럼 보이는군요.

메피스토펠레스 낡은 창으로

　　북방의 무시무시한 도깨비들을 보듯이.

　　정말 흉측스런 도깨비들뿐이라,

　　여기나 그곳이나 모두 고향 같군.

호문쿨루스 보세요! 저기 키다리 여자가

　　성큼성큼 걸어가고 있어요.

메피스토펠레스 우리가 하늘을 나는 것을 보고,

　　어째 불안해진 모양이야.

호문쿨루스 그대로 가게 내버려 두고,

　　그 사람을 내려놓아요.

　　곧 소생蘇生할 것입니다.

　　그리스의 옛이야기 속에 살고 싶은 사람이니까.

파우스트 (땅에 닿자) 헬레네는 어디 있지? ―

호문쿨루스 그건 우리도 모르겠습니다.

　　하지만 여기서 물어보면 알겠지요.

　　날이 새기 전에 서둘러서

　　모닥불을 차례로 찾으며 다니세요.

　　어머니들이 있는 곳까지 갔다 온 분이니까,

　　더 이상 무서워할 것은 없겠지요.

메피스토펠레스 나도 여기서 볼일이 있네.

　　그러나 우리들의 행복을 얻는 가장 좋은 방법은

　　저마다 모닥불을 돌아다니며

　　스스로 모험을 하는 수밖에 없겠구먼.

그리고 우리가 서로 만나려면,

꼬마 친구, 네 불빛을 소리 내며 비추어다오.

호문쿨루스 이런 식으로 번쩍이고 소리가 나게 하지요.

유리가 울리고 세차게 빛난다.

자, 그럼 새로운 불가사의를 구경하러 갑시다!(퇴장)

파우스트 (혼자서) 헬레네는 어디 있지? — 이제 더 이상 물어볼 필요는 없다……

이것이 그녀가 밟은 흙이 아닐지라도,

이것이 그녀가 맞아 출렁이던 파도가 아닐지라도,

이것은 그녀의 말을 전한 공기이다.

여기에! 기적으로 내가 그리스에 와 있다!

내가 서 있는 땅이 그곳이라는 것을 금방 느꼈다.

잠자고 있던 내 속에 하나의 새 정신이 타오르자마자,

나는 대지에 닿아 힘을 얻은 거인 안타이오스[13]와 같이 여기 섰노라.

그리고 여기 어떤 기괴한 것이 모여 있다해도,

나는 불길의 미로를 찾아다니지 않을 수 없다. (떠난다.)

페네이오스 강[14] 상류

메피스토펠레스 (주위를 살펴면서) 모닥불 사이를 돌아다니고 있으니,

완전히 낯설다는 느낌이 드는구나.

거의가 발가벗고 가끔 속옷 바람인 것들이 있을 뿐이다.

스핑크스[15]는 파렴치한이고 그리피스는 철면피다.

앞이나 뒤나 눈에 보이는 것이라고는

모두 고수머리와 날개를 가진 것들뿐……

하기야 우리도 버릇이 없지만,

고대 그리스 놈들은 너무 노골적이란 말이야.

이걸 최신의 감각으로 휘어잡아

여러 가지 현대식으로 겉칠을 해야겠다.

정말 구역질 나는 놈들이다! 하지만 내색은 말아야지.

새로 온 손님으로서 공손히 인사를 해야 겠구나!

안녕하시오! 어여쁜 아씨들, 현명한 노인들이여.

그리피스 (탁한 목소리로) 그라이스가 아니라, 그리피스야! — 누구나,

노인이라는 말은 듣기 싫어하지. 어떤 말이나,

그 출처를 말하는 어원의 여운이 남아 있는 법.

잿빛, 우울, 불평, 공포, 무덤, 진인 등.

그 의미를 규정하는 어원의 여운이 남아 있어

들으면 매우 불쾌하단 말이야.

메피스토펠레스 그러나 저러나 매한가진데,

존함인 그리피스의 첫머리는 '긁어모으다'와 통하니 마음에 드실 테지.

그리피스 (역시 탁한 소리로) 물론이지! 닮았다는 것은 이제 분명해.

좋지 못한 소리도 종종 듣지만, 칭찬은 훨씬 더 많지.

계집이나 왕관, 황금 등 무엇인든 긁어모아야 하거든,

긁어모으는 자에게는 대개 행운의 여신이 동정을 하지.

개미들 (거대한 종류) 황금이라고 하셨는데, 저희들은 잔뜩 모아서

바위틈과 굴속에 몰래 감추어 두었습니다.

그것을 외눈박이 아리마스포이족[16]이 냄새를 맡고,

멀리 가져가서 웃고 있습니다.

그리피스들 놈들을 붙잡아 고백을 시켜야 겠다.

아리마스포이 이 자유로운 환락의 밤만은 봐 주시오.

내일까지만 기다리면 모조리 써버리고 말것입니다.

이번에는 틀림없이 잘될 것입니다.

메피스토펠레스 (스핑크스들 사이에 앉는다.)

어째 여기가 편하고 즐겁구나.

한 놈 한 놈 말하는 것은 다 알아 들으니까.

스핑크스 우리들은 유령의 목소리를 토하고 있을 뿐이요.

그걸 당신들이 구체화해 보시오.

우선 이름을 대세요. 차차 자세히 알게는 되겠지만.

메피스토펠레스 다들 나를 여러 이름으로 부르고 있지 —

여기 영국인은 없나? 그들은 무척 여행을 좋아하여,

전쟁터나 폭포나 허물어진 성벽이나

고적 같은 그늘진 곳을 곧잘 찾아다니지.

여기도 그들에겐 어울리는 목적지야.

그들이 만들어 낸 것이지만 옛날 연극에서

나를 '늙은 악마'[17]라 부르지.

스핑크스 어째서 그렇게 되었나요?

메피스토펠레스 나도 모르겠어.

스핑크스 그럴지도 모르겠군요! 별에 대해 좀 아시나요?

지금이 무슨 시각이죠?

메피스토펠레스 (위를 쳐다본다.) 별들이 잇따라 흐르고, 기운 달이 밝게 비치며

그리고 나는 여기 정다운 자리에서 유쾌하고,

그대의 사자 털가죽에 아늑하게 싸여 있네.

그런데 별세계에까지 올라가려고 하는 일은 밑지는 장사지.

수수께끼나 물어 주게. 하다못해 글자풀이라도 말이야.

스핑크스 당신 자신의 이야기를 해보세요. 그러면 그것이 수수께끼가 될 테니까.

당신 이야기를 자세하게 해보세요.

"착한 이에게도 악한 이에게도 필요한 것으로서

착한 이에게는 금욕을 위한 싸움의 과녁이 되고

악한 이에게는 추태를 연출할 때의 친구가 되는 것,

어느 것이건 오로지 제우스신을 즐겁게 하기 위한 것."

그리피스 1 (탁한 목소리로) 마음에 안 드는 놈이다!

그리피스 2 (더욱 탁한 목소리로) 여긴 뭘 하러 왔지?

둘이서 저런 언짢은 놈은 여기 둘 수 없다.

메피스토펠레스 (무섭게) 네놈은 내 손톱이 네 놈의 뾰족한 발톱만 못할 줄 아느냐?

어디 한번 덤벼 봐라!

스핑크스 (상냥하게) 여기 얼마든지 계셔도 괜찮아요.

하지만 별 수 없이 도망칠 거요.

당신의 나라라면 즐거운 일도 있겠지만,

아마 여기는 별로 재미가 없을 것 같네요.

메피스토펠레스 당신의 상반신은 보기만 해도 맛있어 보이는데,

하반신은 짐승이라 소름이 끼치는군.

스핑크스 그 따위 엉터리 수작을 하면 지독한 앙갚음을 당할거요.

우리들의 앞발은 억세단 말이요.

절름발이 말발굽을 가진 당신 따위가

우리들 사이에 끼어 유쾌할 리 없지요.

바다의 요부 세이렌들,[18] 위에서 즉흥적으로 노래한다.

메피스토펠레스 강가의 버드나무 가지에 앉아
　　흔들거리고 있는 저 새는 무엇이요?
스핑크스 조심하세요! 아무리 훌륭한 분이라도
　　저 노래에는 넘어가니까.
세이렌들 아, 어째서 당신은
　　　　그런 추한 것에 정을 들이시나요!
　　　　들어보세요, 우리는 여기 몰려와
　　　　아름다운 노래를 부른답니다,
　　　　세이렌의 기쁨의 노래를,
스핑크스들 (세이렌들을 조롱하며 같은 가락으로 노래한다.)
　　　　저 새들을 끌어내려라!
　　　　나뭇가지 속에 큰 매가
　　　　추한 발톱을 숨기고 있어요.
　　　　저 노래에 넋을 잃고 있을 때,
　　　　당신에게 덮쳐서 파멸로 인도하리.
세이렌들 미움과 시기를 버리세요!
　　　　푸른 하늘 아래 뿌려진
　　　　깨끗하고 즐거움을 우리는 모릅니다!
　　　　물 위에서나 땅 위에서나
　　　　명랑한 몸짓으로

반가운 손님을 맞이합니다.

메피스토펠레스 이거 지독한 신파들이 나타났구나.

목청을 울리고, 줄을 퉁겨서 나는

소리와 소리가 얽히는구나.

어떤 소리고 내게는 소용없다.

귓전을 간지럽게 해주기는 하지만,

가슴속까지 스며들지는 않는다.

스핑크스들 가슴이니 어쩌니 그런 말은 마세요. 역겨워요.

오므라든 가죽주머니라고 하는 것이

당신 얼굴에는 꼭 맞아요.

파우스트 (다가오며) 희한하구나! 보기만 해도 흐뭇하다.

추한 것 속에도 위대하고 늠름한 모습이 있구나.

나는 벌써 복 받은 운명을 예감한다.

이 엄숙한 첫인상이 나를 어떤 경지로 옮겨갈 것인가?

(스핑크스들을 가리키며) 이런 것들 앞에 옛날 오이디푸스 왕이 서 있었겠지.

(세이렌들을 가리키며) 이런 것들의 유혹이 두려워

율리시즈는 밧줄로 자기 몸을 묶게 했을 테지.

(개미들을 가리키며) 이것들이 최고의 보물을 긁어모았을 것이다.

(그리피스들을 가리키며) 그리고 이놈들이 충실히 보물을 지켰던 것이다.

나는 싱싱한 정이 마음속에 스며듦을 느낀다.

과거의 모습이 위대한 만큼 추억도 위대하구나.

메피스토펠레스 전 같으면 이런 건 저주하며 물리쳤을 텐데,

지금은 마음에 드시는 모양이군요.

애인을 찾으러 오신 땅이라,

괴물까지도 반가우실 테지요.

파우스트 (스핑크스들에게) 여보시오, 여인네를 잠깐 묻겠는데,

그대들 중 누가 헬레네를 못 보았소?

스핑크스들 저희들은 헬레네의 시대에는 없었습니다.

저희들의 마지막 것이 헬라클레스[19]에게 맞아죽었지요.

반인반마半人半馬의 케이론[20]에게 물어보세요.

그이는 이런 영들의 축제날 밤에 잘 뛰어다닌답니다.

그이를 붙잡기만 해도 당신은 대성공이에요.

세이렌들 당신도 그래 주었으면……

오디세우스는 비웃고 지나가지 않고

저희들 곁에 머물렀을 때

여러 가지 이야기를 하셨습니다.

만약 당신이 푸른 해변의

우리들 마을에 오신다면

그 얘기를 죄다 털어놓지요.

스핑크스 귀하신 손님, 속아서는 안 돼요.

오디세우스는 몸을 묶게 했지만,

당신은 우리의 충고에 묶이세요.

그 고상한 케이론을 만나시면

제가 드린 말씀을 아시게 될 거에요.

파우스트 자리를 뜬다.

메피스토펠레스 (기분 나쁜듯이)

깍깍 울면서 날아가는 저것은 뭐지?

너무나 빨라 눈에도 안 보이게,

줄줄이 늘어서 날아가는구나.

저래서야 사냥꾼도 녹초가 될 것이다.

스핑크스 마치 북풍에 몰리는 비바람에 견줄 수도 있겠고,

헤라클레스의 화살도 당하지 못할 거예요.

저것은 잽싸기로 이름난 괴조怪鳥 스팀팔리아,[21]

꺽꺽 우는 것은 인사에 지나지 않지만,

독수리의 부리에 거위의 발을 가졌답니다.

지금 우리들 패에 끼어서

한 집안 식구라는 것을 보이고 싶은 거예요.

메피스토펠레스 (겁먹은 듯이) 그 밖에도 무언가 쉭쉭거리는 것이 있군.

스핑크스 조금도 겁낼 것이 없습니다.

저것은 레르네의 뱀대가리[22]인데,

머리통에서 잘렸는데도 온전한 체하고 있지요.

그런데 당신은 왜 그러십니까?

어째 그리 조바심을 내세요?

어딘가에 가고 싶으면 어서 빨리 가시오!

아, 알겠어요, 저기서 합창하고 있는 것들이,

당신의 목을 그리로 돌리게 하는군요. 참을 것 없이,

그리로 가세요! 예쁜 것들에게 인사나 건네세요.

라미에들[23]인데 굉장한 화냥년이죠.

미소 짓는 입과 뻔뻔스러운 이마빼기로

산야의 신 사티로스들이 대환영하는 것들이랍니다.

염소 발목만 가졌으면 거기서 무슨 짓이나 할 수 있지요.

메피스토펠레스 당신들은 여기 있겠지? 또 만나고 싶은데.

스핑크스 네! 당신은 저 바람둥이들을 만나고 오세요.

우리는 이집트 이래 천 년이나

이렇게 같은 장소에 앉아 있는데 길이 들었답니다.

우리들의 위치를 주의해서 보시라니까요.

음력 양력의 나날을 우리가 정하지요. [24]

피라미드 앞에 자리 잡고 앉아

온갖 민족의 흥망을 지켜보면,

홍수, 전쟁, 또는 평화,

어떤 일에도 끄떡하지 않아요.

페네이오스 강 하류

강의 신 페네이오스가 늪과 물의 요정에 둘러싸여서

페네이오스 속삭이는 갈대여, 한들거려라.

호젓이 숨 쉬어라, 사초여!

살랑거려라, 부드러운 버드나무 숲이여,

소곤거려라, 버드나무의 떨리는 잔가지여,

끊어진 꿈길을 좇아!……

그러나 무서운 진동이

은밀히 다가오는 땅의 울림이,

잔잔한 물의 안식에서 나를 깨운다.

파우스트 (강가에 다가서면서) 내가 잘못 듣지 않았다면, 이 엉크러진 나뭇가지와

나직하게 우거진 나뭇잎 뒤에서,

사람의 속삭임 같은 것이 들리는 듯하다.

그러나 물결도 재재거리는 듯 싶고

산들바람도 ─ 장난치며 흥겨워하는 것 같구나.

물의 요정들 (파우스트에게) 무엇보다도

여기 몸을 눕히고

시원한 곳에서,

피곤한 몸을 쉬며

늘 당신을 피하는

잠을 즐기세요.

당신을 위해서

졸졸 속삭여 드릴께요.

파우스트 이건 꿈이 아니다! 그 여인들이[25]

비할 데 없는 아름다운 여인들의 모습이

눈앞에서 현실 그대로 움직이는 것이 보이는구나.

깊은 감동이 가슴에 스며든다!

꿈일까, 추억일까?

전에도 한 번 이처럼 행복한 적이 있었다.

조용히 흔들거리는 무성한 나무숲의

산뜻한 초록 속으로 물이 흐른다.

졸졸거리는 소리조차 없이

사방에서 몰리는 맑은 샘은

깨끗하고 맑아 목욕하기 좋은
알맞게 패여 못이 되었다.
건강한 젊은 여인들의 사지가
물의 거울에 비치고 겹쳐져서
내 눈을 더욱 즐겁게 해주는구나!
젊은 여인들은 한 데 얼려 즐거운 듯 목욕도 하고,
대담하게 헤엄치고 두려운 듯 물을 건넌다.
끝내는 요란한 물 싸움질.
나는 이것을 바라보고 만족하고,
즐기면 그만이다.
그러나 내 마음은 앞으로 더 나아가
날카롭게 저쪽 숲속을 꿰뚫어보는구나.
풍성하게 우거진 푸른 잎이
고귀한 여왕을 감추고 있지나 않나 하고.

이상도 하구나! 백조 떼가
후미로부터 이리로 헤엄쳐 오는구나.
위엄 있고 당당한 모습으로
유유히 떠다니고 정답게 어울리며
오만하고 우쭐대면서
머리와 부리를 움직이고 있구나…….
그중 한 마리가 유난히 의젓하게
가슴을 활짝 펴고, 대담하고 자랑스레
무리를 헤치고, 앞으로 나아간다.

온몸의 깃털을 부풀릴 때로 부풀리고

스스로 파도가 되어 파도 위에 파도를 일으키며,

거룩한 장소로 돌진해간다…….

다른 무리들은 깃털을 조용히 번뜩이면서

이리저리 헤엄쳐 다니기도 하고,

부산하게 화려한 싸움도 벌인다.

수줍은 처녀들의 마음을 끌어

여왕을 수호하는 그들의 할 일을 잊게 하고,

제 몸의 안전만을 생각게 하려는 수작이구나.

물의 요정들 자매들이여, 모두 귀를

기슭의 푸른 언덕에 대어 보세요.

내가 잘못 들은 것이 아니라면,

말발굽 소리가 울리는 것 같아요.

오늘밤 잔치의 급한 소식을

전하러 오는 것이 누구일까요?

파우스트 대지가, 달리는 말발굽 소리에 울려서,

우렁차게 울리는 것 같구나.

저쪽을 보라, 나의 눈이여!

행운이 벌써

나를 찾아오는가?

아, 유례없는 기적!

말 탄 사람이 달려온다.

지혜와 용기를 갖춘 사람인 듯.

눈부시게 흰 말을 타고 있다…….

틀림없이 나는 저 사람을 안다.

필리라의 이름난 아들이다! ―

잠깐만, 케이론, 잠깐만! 당신에게 부탁이 있소…….

케이론 무슨 일인가! 왜그러지?

파우스트 천천히 달리면 안 되나요!

케이론 나는 쉬지 못한다.

파우스트 그럼, 제발 나를 태워주시오.

케이론 올라타게! 그럼 마음대로 물어 볼 수도 있지.

어디로 가는가? 자네는 이 물가에 서 있는데,

강을 건네 줄 수도 있다네.

파우스트 (올라타면서) 마음대로 가십시오. 은혜는 평생 잊지 않겠습니다…….

위대한 분이고 고결한 교육자시여

영웅족을 길러서 명성을 떨치시고,

저 아르고 선[26]에 탔던 용사들과

시인들이 노래 부를 이름난 사람들을 모두 키워 주셨지.

케이론 그런 말을 꺼내지 말게!

팔라스[27]조차 스승으로서는 존경을 못 받았네.

제자란 것은 배우지 않은 것이나 진배 없어,

끝내는 저마다 훌륭해지는 법이라네.

파우스트 당신은 모든 식물의 이름을 아시고

그 뿌리의 약효를 모두 알아내어

병자를 고치고 아픔을 덜어 주시는 의사이십니다.

저는 진심으로 당신을 존경하고 있습니다.

케이론 내 곁에서 영웅이 부상당하면

그를 치료하고 도와 주었다.

하지만 결국 나의 기술은

무녀와 신부들의 일이 되고 말았네.

파우스트 당신은 진정 위대한 분이군요.

칭찬의 말 따위는 귀에도 안 기울이십니다.

겸손하게 이야기를 피하려 하시고

자신 따위는 얼마든지 많다는 태도로군요.

케이론 자네는 언변이 능숙하군.

왕이나 백성의 비위를 잘 맞추겠는걸.

파우스트 하지만 이것만은 인정하시겠지요.

당신은 같은 시대의 위대한 영웅들을 만났으며

고결한 인물의 행위를 본뜨셨으며,

반은 신들과 같이 성실하게 세상을 살아오셨습니다.

그런데 그 많은 영웅들 가운데서

누가 가장 훌륭하다고 생각하십니까?

케이론 아르고 선에 탔던 용사들은

저마다 용감했고,

자신의 타고난 역량으로

다른 사람의 약점을 채워 주더군.

넘치는 청춘과 아름다움에서는,

디오스쿠로이 형제[28]가 남을 압도했다오.

결의에 찬 행동으로 언제나 자신편을 구한 공적은

보레아스[29] 자식들의 아름다운 천성이었다오.

사려 깊고 힘세며 총명하고 재치가 있던 것은 이아손이었소.

게다가 그는 여자들에게 인기가 좋았지.

오르페우스는 늘 상냥하고 얌전하여

누구보다도 칠현금을 잘 뜯었지요.

눈이 날카로운 린케우스는 밤낮없이

신성한 아르고 선이 암초와 기슭에 부딪히지 않도록 배를 몰았으며,

협력해서 위험을 벗어날 수 있었죠.

한 사람이 일하면 모두 칭찬을 해주었지.

파우스트 헤라클레스에 대해선 한마디도 안 하십니까?

케이론 아, 그 이름을 대어 나의 그리운 옛정을 부채질 하지 말아 주게!…….

나는 해의 신 포이보스를 한 번도 본 적이 없고,

싸움의 신 아레스나 신들의 사자 헤르메스 같은 이는 본 일이 없으나,

만인이 신처럼 찬양하는 그 사람만은

바로 내 눈앞에 서 있는 것을 보았네.

그는 정녕 타고난 왕자였고

젊은 때는 보기에도 참으로 훌륭한 모습이었네.

형도 잘 섬기고

귀여운 여인들에게도 상냥했지.

대지의 여신 가이아도 그런 이를 또 낳지는 못할 것이고,

청춘의 여신 헤카테도 다시는 천국에 받아들이지 못할 것이오.

아무리 애를 써도 그이를 노래할 수는 없을 것이고,

아무리 새겨 봐도 그이를 조각할 수는 없을 걸세.

파우스트 어느 조각가가 아무리 헤라클레스를 조각해놓고 뽐내도,

당신처럼 생생하게 표현할 수는 없을 겁니다.

이제 가장 훌륭한 남자 이야기는 들었으니,

이번에는 가장 아름다운 여자 이야기를 해주십시오!

케이론 뭐야? …… 여자의 아름다움이라니, 하찮은 것이지.

자칫 움직임 없는 인형이 되기 일쑤니까.

즐겁게 인생을 즐기는 모습이 아니라면,

나는 미인이라고 찬양할 수 없네.

아름다운 여인은 스스로 도취해 버리기 쉬운데,

애교가 있어야 사람을 확 끌어당기는 법이야.

내가 태워 주었을 때의 헬레네처럼.[30]

파우스트 헬레네를 태워다 주었어요?

케이론 그렇지, 이 잔등에 태웠지.

파우스트 그렇지 않아도 나는 어찌할 바를 모르고 있는데,

이런 고마운 자리에 내가 올라타고 있다니!

케이론 헬레네는 내 갈기를 움켜쥐고 있었지.

자네가 지금 하고 있는 것처럼 말일세.

파우스트 아, 나는 정말,

정신이 아찔해지는 것 같구나!

어떤 모양이었는지 이야기 좀 해주십시오.

그녀는 내가 사모하는 유일한 여자입니다.

어디서 어디로, 헬레네를 태워다 주셨습니까?

케이론 그 말에 대답하기는 쉬운 일이지.

디오스쿠로이 형제가 누이 헬레네를,

도둑의 손에서 구해 냈을 때 일이야.

그 도둑은 져본 일이 별로 없었기 때문에,

화가 잔뜩 나서 뒤쫓아 온 거야.

그때 급히 달아나는 남매 세 사람을

엘레우시스의 늪이 가로막았지 뭔가.

오빠들은 걸어서 건넜고 나는 그녀를 태우고 물을 튀기며 헤엄쳐서 건넜지.

그러자 그녀는 뛰어내려 물에 젖은

내 갈기를 쓰다듬고 상냥하게 치사했는데,

사랑스럽고 영악하고 게다가 기품이 있더군.

어찌나 매력적이던지! 이런 늙은이도 정말 기쁘더군!

파우스트 고작 열 살[31] 나이로!……

케이론 그것은 문헌학자들이

스스로를 속이고, 자네를 속인 걸세.

신화 속의 여자란 아주 특별한 것이어서

시인이 제멋대로 그려 보이기 때문에

어른이 되었다든가 늙은이가 되었다 하는 이야기는 없고,

늘 군침이 넘어가는 싱싱한 모습을 하고 있으며,

어려서도 꼬임에 빠지고 늙어서도 청혼을 받는 법.

요컨대 시인은 시간에 속박되지 않는다네.

파우스트 그럼 그녀도 시간의 속박에 얽매이지 않아야 하겠지!

아킬레우스[32]가 펠레에서 그 사람과 만난 것도

시간을 초월한 이야기였습니다. 얼마나 드문 행복일까요,

운명을 거역하고 사랑을 얻다니!

나라고 해서, 이 간절하게 사무치는 힘으로

그 비길 데 없는 모습을 살려내지 못할까?

신들 못지않게 위대하고, 상냥하고,

고귀하고, 사랑스러운 그 영원한 모습을!

당신은 옛적에 보았지만 나는 오늘 보았소.

마음을 끄는 그 아름다운 자태,

이제 내 심신이 무섭게 결박당했으니

그녀를 바랄 수가 없다면 나는 살 수 없소이다.

케이론 어디서 왔는지 모르나,

인간인 자네가 열중하는 것도 무리는 아니네만,

영들의 눈에는 미친 것같이 보이겠네.

그런데 마침 자네로선 다행한 일이군.

나는 해마다 잠깐씩

의술의 신 아스클레피오스의 딸 만토[33]를

찾아가는데, 그녀는 조용히 기도를 드려,

아버지에게 애원하고 있지 — 아버지의 명예를 위해서

이제 그만 의사들의 헛된 꿈을 깨 놓도록 하시고

터무니없이 마구 때려 죽이는 일이 없도록 해주십사고.

그애가 무녀들 중에서 내겐 제일 귀여운 놈이지.

귀신 홀린 무서운 얼굴로 하고 떠들지도 않고 정답고 상냥하다네.

자네도 그 여자 집에서 잠시 머무르면,

여러 가지 약초의 힘으로 병을 치료받을 수 있을 걸세.

파우스트 치료는 받고 싶지 않습니다. 내 정신은 건전합니다.

만일 치료를 받아 낫는다면, 속물이 되고 말 것입니다.

케이론 거룩한 샘의 영험한 경험을 소홀히 생각지 말게!

어서 내리게! 이제 다 왔네.

파우스트 당신은 이 무시무시한 밤중에

자갈 깔린 강을 건너 저를 데리고 오신 데가 어딥니까?

케이론 여기는 로마와 그리스가 맞서 싸운 곳이야.

　　페네이오스 강이 오른편에 흐르고, 올림푸스 산이 왼편에 서 있네.

　　가장 큰 제국은 모래 속에 사라지고

　　국왕은 도망치고, 백성이 승리를 거두었지.

　　눈을 들어 보게! 바로 저기에

　　달빛 속의 영원의 신전[34]이 서 있지 않은가.

만토 (신전 안에서 꿈을 꾸듯) 말발굽 소리에

　　신전의 층계가 울린다.

　　반신半神들이 오시는군요.

케이론 네 말이 옳다!

　　눈을 떠 보라!

만토 (잠을 깨며) 어서 오세요! 또 오실 줄 알았어요.

케이론 그대의 신전도 그대로 서 있듯이 나도 틀림없이 온다!

만토 여전히 지치시지도 않고 뛰어다니시나요?

케이론 그대가 신전 안에 호젓이 있지만

　　나는 뛰어다니기를 좋아하지.

만토 이렇게 가만히 있지만 시간이 제 주위를 돌고 있어요.

　　그런데 이분은 누구세요?

케이론 소문이 자자한 오늘밤의 잔치가

　　소용돌이 속으로 끌어넣어 여기까지 데리고 왔지.

　　미친 듯이 헬레네를 찾는데,

　　어디서부터 어떻게 해야 할지 모르고 있어.

　　누구보다도 아스클레피오스의 치료가 필요한 사람이야.

만토 불가능한 것을 원하는 사람이 저는 좋아요.

케이론은 벌써 멀리 사라진다.

만토 들어오세요, 철부지 양반, 당신이 좋아할 일이 있어요.
  이 어두운 길은 저승의 여왕 페르세포네[35]에게로 통하고 있어요.
  올림푸스 산기슭 굴속에서
  금지된 지상의 인사를 몰래 듣고 있답니다.
  제가 오르페우스도 몰래 들려 보내준 곳도 여기지요.
  그 사람보다 더 잘해보세요.[36] 자, 기운을 내세요.

  둘이 내려간다.

다시 페네이오스 강 상류

세이렌들 페네이오스 강물 속에 뛰어들어요!
  물소리를 치면서 헤엄을 치고
  불행한 육지의 사람들을 위해
  즐겁게 노래를 부릅시다!
  물 없는 곳에는 행복도 없어요!
  모두 왁자하게 떼를 지어
  에게 해로 서둘러 가면
  가지각색 재미를 보게 되지요.

  지진

세이렌들 거품 이는 파도는 돌아오지만

　　　이제 강바닥에는 흐르지 않네.

　　　땅은 흔들리고, 물은 막혀서

　　　갈라진 강바닥에 흙이 날리네.

　　　자, 도망가요! 어서 오세요, 모두!

　　　이 재앙은 아무도 좋아하지 않으니까요.

　　　자, 가세요! 오늘밤의 즐겁고 귀한 손님들,

　　　바다의 신나는 잔치를 보러 가요.

　　　흔들리는 물결이 번쩍이며

　　　기슭을 적시고 조용히 굽이치는 곳으로

　　　달이 하늘과 바다에 이중으로 비치고,

　　　맑은 이슬로 우리를 적시는 곳으로.

　　　여기는 무서운 지진이 있지만

　　　거기는 자유로이 약동하는 생명이 있어요.

　　　자, 누구나 영악하면 그리고 갑시다.

　　　소름끼치는 이곳에 있지 말고!

지진의 신 세이시모스 (땅속에서 으르렁대고 소동을 일으키며)

　　　한 번 더 힘껏 밀자,

　　　어깨로 왈칵 추켜 올리자!

　　　그러면 땅 위로 나갈 수 있다.

　　　위로 나가면 모두 노망질 것이다.

스핑크스들 정말 불쾌한 진동이군요.

　　　언짢고 무서운 땅울림이야!

　　　어쩌면 이렇게도 요란스레

그네처럼 위아래로 흔들거릴까!
견딜 수 없이 불쾌하군!
하지만 우리는 꼼짝도 않을 거야,

비록 지옥이 폭발하더라도.

아니, 둥근 지붕이 솟아오르네.
이상해라,
그 사람이야.
벌써 백발이 된 그 노인이야.
산고産苦에 신음하는 그녀를 위해
파도 속에 델로스 섬을 밀어 올린
그 사람이야.
기를 쓰고 밀어대고 눌러대고,
팔꿈치를 쭉 뻗고 등을 구부리네.
지구를 메는 아틀라스와 같이
모래땅도, 잔디도, 흙덩어리도,
조약돌도, 자갈도, 모래, 진흙도,
강변의 조용한 강바닥도 쳐드네.
끝내 골짜기의 평온한 땅을,
비스듬히 갈라놓고 마네.
아무리 기운을 써도 지치지 않는 꼴은
마치 기둥을 받치는 거대한 여인상 같네.
무시무시한 암산巖山을 치켜들어

아직도 가슴 아래는 땅속에 묻혀 있군.

하지만 더는 울리지 못할 거야,

스핑크스가 버티고 앉아 있으니.

세이시모스 모두 나 혼자 한 일이란 것을,

결국 세상 사람도 인정을 해줄 테지.

내가 마구 흔들지 않았던들,

어찌 이 세상이 이렇게 아름다울 수 있으랴!

너희들 산만 해도,

어찌 푸른 하늘에 솟아 있을 수 있으랴!

만약에 내가 땅속에서 쳐들어

그림처럼 아름답게 보이도록 하지 않았다면!

밤이나 혼돈 같은 태고의 선조들 앞에서,

내가 마음껏 힘을 발휘하여

거인들을 어울려 공을 굴리듯

펠리온 산과 오사 산[38]을 내던지곤 했지.

우리는 청춘의 혈기에 못 이겨 까불어대다가

싫증이 나서는 짓궂게도

파르나소스 산에다 두 개의 산을

중절모처럼 씌워 버렸지.

지금은 아폴론이 행복한 뮤즈들과 함께

거기서 즐겁게 살고 있단 말이다.

쥬피터와 그 번개를 위해서도

내가 올림푸스 산의 의자를 쳐들어 주었다.

그래서 오늘밤도 이렇게 무던히 노력하여

땅속에서 치밀고 올라와

즐거워하고 있는 사람들로 하여금

새 생활을 하도록 요구하고 있는 것이다.

스핑크스들 여기 솟아 있는 산들이

태고 적부터 있었다고 하지 않을 수 없겠지.

땅에서 몸부림치며 삐어져 나오는꼴을

우리 눈으로 보지 않았더라면.

무성한 숲 위로 퍼져나가고,

지금도 바위 더미가 포개어지고 있어요.

하지만 스핑크스들은 꿈쩍도 않고

신성한 자리에 태연히 앉아 있지요.

그리피스들 나뭇잎 같은 황금 종이가 되어 펄럭거리며

바위틈에서 반짝이는 것이 보이는구나.

저런 보물을 도둑맞아서는 안 되지.

자, 개미들아, 어서 파내라!

개미들의 합창 거인들이 이 산을

밀어올린 것처럼.

아장거리는 발을 가진 그대들도

빨리 위로 올라가거라!

날쎄게 들락날락하거라!

이런 바위틈의

작은 부스러기라도

모조리 거두어 가지란 말이다.

조그만 알맹이도

구석구석 샅샅이

재빨리 서둘러서

찾아내야 할 것이다.

우글대는 무리들아,

부지런히 일하자.

오직 금만 가져오고

돌조각은 내버려라!

그리피스들 들어와라! 들어와! 황금을 무더기로 쌓아 올려라.

우리가 그것을 발톱으로 짓누르고 있다.

이것이 최고의 자물쇠다.

어떤 보물이나 간수는 잘될 것이다.

난쟁이 피그미[39]들 우리들은 이렇게 자리를 잡기는 했지만,

어떻게 된 일인지는 도무지 모르겠소이다.

어디서 왔는지는 묻지 마세요.

어쨌든 여기에 와 있으니까 말이오!

지내기 즐거운 고장이라면

어떤 나라인들 상관이 없소이다.

갈라진 바위틈만 보이기만 하면

선뜻 난쟁이들이 자리를 찾이하게 마련이지요.

난쟁이 부부는 부지런하며 잽싸서

모는 부부의 모범이라오.

옛 낙원에서도 그랬었는지,

그것은 우리가 모르는 일이라오.

어쨌든 여기가 제일 좋군요.

행운을 가져온 별에게 우리는 감사를 드리고 싶소.

동녘이거나 서녘이거나

어머니인 대지는 어린애를 잘 낳으니까요.

가장 작은 난쟁이들 어머니 대지는 하룻밤 사이에

조그만 어린애들을 낳았습니다

아주 작은 어린애도 낳을 테지요.

그러면 어울리는 상대도 생길 테지요.

난쟁이의 장로 얼른 서둘러서

적당한 자리를 잡아라!

어서 일을 시작해라.

기운이 모자라면 속도로 보충하라!

세상이 아직도 평화로울 때

대장간을 세우고

갑옷과 무기를 만들어라,

군대를 위해서.

너희들 개미들은

모두들 떼를 지어 일을 해서

금속을 가져오너라.

제일 작고 수가 많은

너희들은

장작을 날라 오라.

명령을 내리겠다!

그것을 쌓아올려

가마 불에 구워서

숯을 만들어라.

총사령관 화살과 활을 메고

급히 출동하라!

저 연못가에

수없이 집을 짓고

건방지게 으스대는

해오라기 놈들을

단숨에 공격하여

모두 떨어뜨려라!

그리고 그 깃으로

투구를 장식하자.

개미들과 가장 작은 난쟁이들 누가 우리를 구해줄까?

우리가 쇠를 만들면

놈들은 그것으로 쇠사슬을 만든다.

하지만 달아나기에는

아직 시기가 이르다.

그러니 얌전하게 기다리자.

이비코스의 학[40] 살육의 고함 소리, 단말마의 비명 소리!

겁을 먹고 퍼덕퍼덕 홰를 치는 소리!

이 무슨 신음소리며, 앓는 소리가,

이 높은 데까지 들려오는구나!

한 마리도 남김없이 모두 맞아 죽어서

호수는 그 피로 시뻘겋게 물들었구나.

추악한 놈들의 욕망이

해오라기의 기품 있는 깃을 약탈하고

그 깃이 벌써 저 배불뚝이 구부정다리의

악한들 투구에서 하늘거리고 있다.

여보게, 우리 친구들이여,

줄지어 바다를 건너는 친구들이여,

우리는 근척들이 당한 희생에

복수로써 대할 것을 요구하노라.

모두 힘과 피를 아끼지 말고

저놈들과 끝까지 싸워라!

목쉰 소리로 울어대며 공중에서 흩어진다.

메피스토펠레스 (평지에서) 북녘의 마녀라면 잘 다룰 수 있겠는데,

이국의 유령들은 마음대로 되지 않는군.

브로켄 산은 역시 그리운 곳이지,

어디를 가나 환히 알거든.

일제[41] 마누라는 같은 이름의 일제 바위에서 망을 봐 주고

하인리히도 제 이름이 붙은 언덕에서 즐거울 거야.

코고는 바위가 가난한 마을에 콧김을 불어대건 말건

모두 천 년이 지나도 변함이 없지.

그런데 여기서는 어디를 걸어가나 서 있거나

언제 발밑이 부풀어 오를지 모른단 말이야……

즐거운 기분으로 편편한 골짜기를 거닐면,

뒤에서 느닷없이 산이 솟아오른단 말이다.

산이라고 할 것까진 없지만

어쨌든 스핑크스들과 나를 떼어 놓기에는

충분한 높이다 — 여기서 골짜기를 따라 내려가면서

많은 모닥불이 반짝이며 이상한 물건들을 비추고 있군.

아직도 요염한 여자들이 나를 유혹할 듯, 피하는 듯,

혹은 교활하게 속이려는 듯 너울너울 춤을 추는구나.

슬쩍 가까이 가 보자! 훔쳐 먹는 것은 나의 장기니까,

어디서든 하나 붙잡아 보자.

라미에들 (메피스토펠레스를 유인하면서)

빨리, 좀 더 빨리!

어서 앞으로 가자!

그리고는 걸음을 멈추고,

조잘대며 지껄이란 말이다!

저 이름난 악당을

꾀어내다가

실컷 골탕을 먹이면

무척 재미있을 것이다.

못생긴 저 발로

비틀비틀 건들건들

휘청대며 걸어오네.

우리가 도망치는 대로

발을 질질 끌면서도

열심히 쫓아오네.

메피스토펠레스 (걸음을 멈추고) 운수가 사납군! 얼빠진 놈이 됐군!

아담 이래로 사내란 여자에게 늘 속아만 왔지.

나이는 먹는데, 똑똑해지지는 않거든!

지금까지 어지간히 바보짓을 해 왔는데!

저것들이 전혀 쓸모가 없다는 거야 알고 있지.

허리통을 가늘게 보이게 하고, 얼굴에 덕지덕지 분을 처바른 것들이,

싱싱하기를 바랄 수는 없지.

어디를 만져 봐도 온몸이 썩어 문드러졌거든.

그거야 뻔하지. 보아도 알고, 만져 봐도 안다고.

그런데 저 썩은 것들이 피리를 불면 춤을 추지 않을 수 없단 말이야.

라미에들 (멈추어 서서) 잠깐만! 저치가 뭘 생각하면서 주저하고 있어.

못 달아나도록 무슨 말을 해줘.

메피스토펠레스 (걸어가면서)

가보자! 공연히 의심만 하지 말고.

만일 마녀가 없다면

제기랄, 누가 악마 노릇을 한단 말인가!

라미에들 (되도록 교태를 보이면서) 자, 이분을 빙 둘러서자.

틀림없이 우리들 가운데 누군가가

이분 마음에 들게 될 거야.

메피스토펠레스 희미한 불빛으로 보는 것이지만,

당신들은 모두 미인 같구료.

그러니 당신들 욕은 삼가야겠군.

엠푸사[42] (끼어들면서) 제 욕도 하지 마세요. 네! 역시 미인이라 하시고

당신들을 뒤따르게 해주세요.

라미에들 저 애는 늘 따돌림을 받지요.

    언제나 우리의 일을 망쳐 놓는걸요.

엠푸사 (메피스토펠레스에게) 사촌누이 엠푸사예요. 안녕하세요.

    나귀의 발을 가진 친한 친구예요.

    당신이 단지 말발굽만 가지고 있지만요,

    하지만 오라버니, 잘 부탁합니다.

메피스토펠레스 여기는 모르는 사람들뿐인 줄 알았더니,

    가까운 친척이 있었구나.

    족보라도 찾아보아야 알겠지만

    하르츠에서 그리스까지 친척들이 나타나다니!

엠푸사 저는 무엇이든지 해낼 수 있어요.

    여러 가지 물건으로 변할 수도 있고요.

    지금은 당신에게 경의를 표하려고

    나귀 머리를 해본 거예요.

메피스토펠레스 어쩐지 이 친구들 사이에선

    근친 관계라는 것이 큰 의미를 지니는 것 같군.

    하지만 무슨 일이 일어나거나 간에

    나귀 대가리만은 제발 그만뒀으면 좋겠군.

라미에들 그런 추한 여자는 내버려두세요. 그 여자는

    아름답고 귀여운 것이라곤 쫓아 버려요.

    아무리 아름답고 귀여운 것이라도

    저것이 나타나면 그만 도망쳐 버리죠!

메피스토펠레스 화사하고 가냘픈 당신들도,

    모두 수상쩍은데.

저 장미 같은 불 속에는

무언지 요괴가 숨어 있을 것 같아.

라미에들 그럼 시험해보세요! 이렇게 여럿이 있잖아요.

잡아보세요! 운이 좋으면,

제일 좋은 제비를 뽑을 테니까.

색골 같은 잔소리만 해서야 무슨 소용 있어요.

당신은 처량한 호색인가봐.

뽑내고 돌아다니면서 으스대지만 ─

자, 이제 저놈이 슬슬 우리들 패거리에 걸려 들었다.

가면을 하나씩 벗어 던지고

너희들의 정체를 나타내도록 해보렴!

메피스토펠레스 제일 예쁜 놈을 붙잡았다…….(여자를 껴안는다.) 아, 이게 뭐야! 비쩍

마른 빗자루잖아!(다른 여자를 붙잡고)

요건? …… 야, 지독한 상판이구나!

라미에들 꼴에 더 나은 걸 바라다니? 기가 막혀서!.

메피스토펠레스 요 작은 놈을 잡았더니…….

도마뱀처럼 내 손에서 쏙 빠져나가

땋아 늘인 머리채가 뱀처럼 미끈거렸다.

이건 그만두고 키다리를 잡아보자…….

손에 잡힌 것은 주신酒神의 지팡이다!

손잡이가 솔방울로 되어 있구나.

자, 어떻게 한다? …… 뚱뚱보를 잡아 보자.

이것이면 재미를 볼지도 모르겠군.

마지막이다! 한번 해보자!

몹시 물컹하고 퍼석퍼석하구나.

동양인이라면 비싼 값을 내겠는데…….

이크, 말불버섯이 두 조각이 났구나.

라미에들 저마다 뿔뿔이 헤어져서 번갯불 모양으로

흐늘흐늘 두둥실, 꺼멓게 날아다니며,

저 마녀의 아들놈을 에워쌉시다!

보이지 않는 무서운 원을 그리고

박쥐처럼 소리 없이 날개짓을 합시다!

어쨌든 별로 손해 없이 이 사내는 끝난 셈이죠!

메피스토펠레스 (몸서리를 친다.) 나도 별로 영악해지지 못한 것 같군 그래.

북녘도 엉망이지만, 여기도 엉망이군.

도깨비들은 어디서나 마음이 뒤틀렸고

시인 놈이나 국민들은 멋이 없단 말이다.

여기서도 마침 가장무도회가 열리고 있군.

어디서나 마찬가지로 육감적인 춤이야.

귀여운 가면들의 행렬 속에 손을 내밀어 보았지만,

소름이 쪽 끼치는 놈들만 잡고 말았다…….

속고도 모르는 척 재미를 보려고 했는데,

오래 놀 수 없으니 재미가 없군.

둘 사이를 배회하면서

대체 여기가 어디지? 어디로 빠져나가지?

아까는 오솔길이었는데, 지금은 돌투성이 길이구나.

줄곧 평탄한 길을 걸어왔는데

지금은 돌무더기 길이다.

공연히 올라왔다 내려갔다 한들 아무 소용도 없다.

그 스핑크스들은 어디서 다시 만날 수 있을까?

하룻밤 사이에 이런 산이 생기다니,

이런 어처구니없는 일이 일어날 줄이야!

마녀들은 새 요술이겠지,

브로켄 산을 날라 와 버렸으니.

산의 요정 오레아스 (바위 위에서) 이리 올라오세요!

나의 산은 옛날 그대로랍니다.

나의 험준한 바위 고개도 존중할 만하지요.

핀도스 산맥의 마지막 지맥이니까요.

폼페이우스[43]가 나를 넘어서 도망쳤을 때도

나는 꼼짝 않고 서 있었지요.

저 옆에 있는 환상에서 나타난 모습들은

닭울음소리와 함께 덧없이 사라집니다.

그와 마찬가지로 이야기 따위도 생겼다가는

갑자기 다시 사라져 버리는 것이 흔히 있지요.

메피스토펠레스 크고 늠름한 참나무 숲에 둘러싸인,

거룩한 산에 경의를 표하겠소!

사방을 비치는 달빛마저

저 숲의 어둠 속에는 미치지 못한다 —

그런데 무성한 숲 옆에 가냘프게

타오르는 불빛이 지나가고 있구나.

저게 대관절 뭘까?

아, 호문쿨루스구나!

어디서 오는 길인가, 여보게, 꼬마 친구?

호문쿨루스 이렇게 여기저기 날아다니고 있어요.

어떻게든 완전한 의미로 생성하고 싶소이다.

이 유리를 깨뜨리려고 나오고 싶어 안달이랍니다.

하지만 지금까지 보아온 바로는

어디고 뛰어나가고 싶은 곳이 없었소이다.

다만 당신한테만 살짝 말하지만,

실은 두 사람의 철학자를 미행하고 있었어요.

가만히 들어보면 자연, 자연이라고 합니다.

이 두 사람에게서 떨어지고 싶지 않아요.

지상의 존재에 대한 일은 잘 알고 있는 것 같거든요.

아마 끝내는 내가 어디에 몸을 의탁하는 것이

가장 현명한지 그들에게 배울 수 있을 테니까 말이에요.

메피스토펠레스 그런 것은 자기 힘으로 하는 것이 좋아.

유령이 판을 치는 데서는

철학자도 환영을 받는 법이니까.

세상은 그들을 박수갈채하도록

철학자는 새로운 유령을 금방 한 다스쯤 만들어 내거든.

미망에 빠져 봐야 분별을 갖게 되지.

완성되고 싶거든, 자기 힘으로 해야 해.

호문쿨루스 하지만 좋은 조언은 무시할 수 없습니다.

메피스토펠레스 그럼 따라가 보게! 결과를 보기로 하세나.

두 사람 헤어진다.

화성론자火成論者 아낙사고라스[44] (탈레스에게) 자네의 고집은 도무지 굽힐 줄 모르는군.

더는 무슨 증명이 필요하단 말인가?

수성론자水成論者 탈레스 파도는 바람 부는 대로 순순히 따라가지만,

완강한 바위는 피해서 가지 않네.

아낙사고라스 그 바위는 불기운 속의 가스로 생긴 거야.

탈레스 습기 속에서 생물은 만들어졌지.[45]

호문쿨루스 (두 사람 사이에서)

두 분을 따라가게 해주십시오.

저는 완성을 원하고 있어요.

아낙사고라스 탈레스군, 자네는 하룻밤 사이에

진흙으로 이런 산이 만들어 진다고 생각하나?

탈레스 자연과 그 생생한 변화도

낮이나 밤이나 시간 따위에 속박되지 않네.

자연은 만물을 법칙에 따라 형성하는 것으로서,

위대한 것 속에서도 결코 폭력이란 없는 법일세.[46]

아낙사고라스 그러나 여기 확고한 사실이 있지!

지옥의 신 플루톤의 무서운 불길과

바람의 신 아이올로스의 강력한 가스 폭발력이,

평지의 낡은 표피를 찢어 버렸기 때문에,

새로운 산이 순식간에 만들어지지 않을 수가 없었다네.

탈레스 그래 그래서 어떻게 된다는 말인가?

산은 생겼다고 하세. 그것도 좋다고 해주세.

이런 논쟁으로 시간만 허비하고,

참을성 있는 사람들을 언제까지나 이리 끌고 저리 끌고 할 뿐이야.

아낙사고라스 산에는 순식간에 개미 같은 미르미돈[47]의 일족이 우글우글 생겨서,

바위틈에 자리잡고 살려고 하지.

난쟁이와 개미와 피그미족

그 밖에 부지런한 조그만 것들이지.

(호문쿨루스에게) 자네는 한번도 위대한 것을 얻고자 노력한 적이 없고,

은자처럼 답답하게만 살아왔다.

만일 사람들의 지배자가 되고 싶다면,

그들의 임금으로 만들어 주지.

호문쿨루스 탈레스 선생님의 의견은요?

탈레스 그런 것은 권하고 싶지 않군.

작은 놈들과는 작은 일밖에 못해.

큰 놈을 상대해야 작은 놈도 커지는 법이야.

저걸 봐! 저 시커먼 구름 같은 학의 무리를.

저것들은 흥분해서 날뛰는 난쟁이 족속을 위협하고 있는데,

왕이 되면 저처럼 위협을 받을 것일세.

날카로운 부리와 뾰족한 발톱으로

학의 무리가 저 작은 무리들을 내리 덮친다.

이미 비운은 번개처럼 빛이 나고 있네.

조용한 평화의 연못을 둘러싸고

무참하게 해오라기를 죽인 결과일세.

그런 살육의 빗발 같은 화살이

참혹하고 피비린내 나는 복수심을 불러일으킨 거야.

해오라기 근친들의 분노을 사서

못된 피그미들의 피를 요구하게 된 거야.

이렇게 되니 방패고 투구고 창이 무슨 소용 있겠나?

해오라기의 깃 장식이 난쟁이한테 무슨 도움이 될까?

제일 작은 난쟁이와 개미들이 달아나 숨는 꼴을 봐!

난쟁이 군세는 벌써 동요하고, 도망치고, 무너지고 있다.

아낙사고라스 (잠시 후 엄숙하게)

나는 여태까지 지하의 힘을 찬양해왔지만

이번에는 하늘을 향해 기원해야겠구나…….

그대여, 천상에 있어 영원히 늙지 아니하고

세 가지 이름[48]과 세 가지 형태를 갖춘 자여,

지상에서는 디아나, 하늘에서는 루나, 지하에서는 헤카테라 불리는 자여,

우리 백성들의 고난을 당하여 그대를 부르노라.

그대 가슴을 펴게 하고 깊게 명상에 잠기는 자여,

그대, 조용히 내리비치고 위력 있는 은근한 자여,

그대의 어둡고 무서운 입을 벌려서

예부터 전하는 위력을 주술에 의하지 않고 나타내어라!

잠시 후

나의 소원을 벌써 들어 준 것일까?

저 하늘을 향한

나의 애절한 기원이

자연의 질서를 어지럽게 하였는가?

점점 크게, 벌써 다가온다,

달의 여신의 둥글게 테를 두른 옥좌가.

보기만 해도 무섭고 처절하구나!

그 불길이 거뭇거뭇 붉게 탄다…….

가까이 오지마라! 무섭게 위협하는 위력 있는 둥근 달이여!

그대는 우리도 뭍도 바다도 파멸시키려는가!

그럼 그것은 정말이었던가? 테살리아의 마녀[49]들이

무례하게도 마술의 노래로 정다운 체하며

그대를 궤도에서 끌어내렸기 때문에

그대가 억지로 재앙을 이 세상에 내리게 했다는 것은 정말이었던가?

밝은 원반의 주위가 어두워지기 시작하는구나.

느닷없이 터져서 번쩍이고 불꽃을 튀긴다!

타닥타닥 쉭쉭하는 저 사나운 소리!

그 소리와 뒤섞여 우레 소리에 비바람이 친다! ─

나는 공손하게 옥좌 앞에 엎드리자 ─

용서해주십시오, 내가 저지른 일입니다! (땅에 엎드린다.)

탈레스 이 친구에겐 온갖 것이 들리고 보이는 모양이야!

나는 무슨 일이 일어났는지 알 수가 없다.

이 친구가 느낀 것을 나는 느끼지 못했다.

사실 지금은 사람이 미치게 되는 시간

달은 여전히 제자리에

아주 한가히 떠 있지 않은가.

호문쿨루스 저 피그미들이 있는 곳을 보세요!

저 산은 둥글었는데, 지금은 뾰족합니다.

저는 무시무시한 충격을 느꼈어요.

달에서 바위가 떨어져

그 운석이 다짜고짜 사정없이

자기 편이건 적이건 닥치는 대로 으깨 죽였습니다.

하지만 하룻밤 사이에 창조의 힘이

밑에서부터, 동시에 위로부터

이런 산을 쌓아올린 기술에

감탄하지 않을 수 없습니다.

탈레스 진정하게! 그것은 환상에 불과한 거야.

그런 추악한 놈들은 망하는 게 좋아!

자네가 왕이 되지 않아서 다행이었네.

자, 즐거운 바다의 잔치에나 가 볼까.

거기서는 진기한 손님은 환대하고 존경하니.

그들은 사라진다.

메피스토펠레스 (반대쪽에서 기어 올라오며)

이렇게 험한 바윗길을 기어오르고,

묵은 참나무의 억센 뿌리에 걸려 넘어져야 하다니!

우리 고향 하르츠 산에서는 송진 냄새도

역청 같은 냄새가 나서 마음에 들었다.

그리고 유황도 마음에 들었었지…… 그런데

이 그리스 나라에서는 그런 냄새는 흔적도 없구나.

여러서는 지옥의 고뇌와 불길을

무엇으로 불러일으키는지 알고 싶구나.

나무의 요정 드리아스 당신은 정든 당신의 나라에선 영악했겠지만,

낯선 나라에선 별 수가 없군요.

고향만 그리워 하지 말고,

이 신성한 참나무의 진가도 알아주세요.

메피스토펠레스 누구나 헤어진 것을 그리워하는 법이지.

정든 곳은 언제나 천국이거든.

그건 그렇고, 저 굴속 흐릿한 빛속에,

웅크리고 있는 세 친구는 누구지?

드리아스 바다의 노인 포르키스의 딸[50]들이지요.

무섭지 않거든 가서 이야기해보세요.

메피스토펠레스 해보고말고! ― 하지만 놀라운걸!

남한테 지기 싫은 성미지만 고백하지 않을 수 없군.

저런 놈은 한 번도 본 일이 없다.

사실 알라우네보다도 더 고약하구나…….

저 세 귀신을 한번 보기만 해도

태곳적부터 비난을 받던 죄악쯤은

그리 추하게 보이지 않을 것 같군.

우리 고장의 가장 무서운 지옥의 문턱에도

저런 것을 놓아두고선 못 참을 것이다.

이 미의 나라 그리스에 저런 것이 뿌리를 내리고

이것을 고대적이니 어쩌니, 소문이 자자하다니…….

아, 저놈들이 움직인다. 나를 알아본 모양이지.

뻑뻑 소리를 내는구나, 박쥐같은 흡혈귀가!

포르키스의 딸 눈을 좀 빌려다오, 동생들아.

우리 신전에 누가 다가왔는지 봐야겠다.

메피스토펠레스 여러분! 실례지만 가까이 가서

여러분에게 축복을 받고 싶습니다.

안면도 없이 이렇게 찾아왔지만,

아마도 먼 친척이 될 것입니다.

예로부터 거룩하신 신들은 이미 뵈었고

옵스[51]와 레아 등 올림푸스 이전의 여신들에게도 공손히 인사를 드렸지요.

혼돈이 낳은 자식이며 당신들의 자매이기도 한

운명의 여신 파르체들한테까지도 어제 ― 아니 그저께 만났습니다.

당신들은 처음 뵙습니다만,

이제 말은 그만두고 그저 머리를 숙일 따름입니다.

포르키스의 딸들 이 유령은 사리를 아는 것 같애.

메피스토펠레스 그런데 시인이 당신을 한 번도 찬양하지 않은 것이 이상하군요 ―

들려주십시오, 어째서 그렇게 되었는지?

그림에서도 이토록 품위 있는 당신들을 본 적이 없고,

조각가들도 유노나 팔라스나 비너스보다는,

당신들을 새기려고 시도하면 좋을 텐데요.

포르키스의 딸들 적적하고 조용한 어둠에 틀어박혀 있어

우리들 세 사람은 아직 그런 생각을 해보지 못했어요.

메피스토펠레스 무리도 아니지요. 당신들은 세상을 떠나,

　　아무도 만나지 않고 아무도 당신들을 보지 못했을 테니까,

　　당신들도 영광과 예술이 다 같이 자리에 앉고,

　　대리석 덩어리가 날마다 영웅의 모습으로 변하여

　　마구 쏟아져 이 세상에 나오는

　　그런 고장에 당신들은 살면 좋을 텐데요.

　　거기서는 —

포르키스의 딸들 닥쳐요, 우리를 부추기지 말아요!

　　그것이 좋다고 생각한들 무슨 소용이지요.

　　밤에 태어나서 밤의 것들과 지내는 우리는

　　누구에게도 알려지지 않고 우리 자신도 모를 지경인데.

메피스토펠레스 그렇다면 별로 할 말이 없습니다.

　　하지만 자기 몸을 다른 사람으로 바꿀 수도 있지요.

　　당신들 세 사람은 눈 하나, 이 하나면 족하지 않소?

　　그러니 세 분의 본질을 두 분으로 줄여서

　　세 번째 분의 모습을 내게 맡겨 주신다 해도

　　신화적으로는 별 지장이 없을 것 같은데요,

　　잠깐 동안이니까.

포르키스의 딸1 어떻게 생각해? 괜찮을까?

　　다른 두 딸들 한번 해봐! 하지만, 눈과 이는 안 돼요.

메피스토펠레스 그러면 제일 좋은 것이 빼앗기는 셈이니,

　　어찌 모습을 닮을 수가 있겠습니까?

포르키스의 딸1 한 쪽 눈을 감아요. 문제없어요.

　　그리고 앞니를 한 개만 드러내 보이세요.

그러면 당신 옆얼굴이 순식간에

우리와 닮게 될 테니까요.

메피스토펠레스 영광스럽습니다! 해보지요!

포르키스의 딸들 해보세요!

메피스토펠레스 (옆얼굴이 포르키스의 딸이 되어)

자, 이만하면 나는 이제

혼돈 세계의 귀염둥이 아들이 되었습니다!

포르키스의 딸들 우리는 혼돈의 딸인 것은 확실하고요.

메피스토펠레스 이렇게 되고 보니,

나는 남녀 양성이라고 욕을 먹게 생겼는걸.

포르키스의 딸들 새로 생긴 세 자매는 정말 미인이 되었어요!

눈도 둘이고, 이도 둘이에요.

메피스토펠레스 나는 아무 눈에도 띄지 않게 숨어 있다가

지옥의 늪에서 악마들을 놀래 줘야겠다. (퇴장)

에게 해의 바위로 둘러싸인 후미

달이 중천에 걸려 있다.

세이렌들 (낭떠러지 여기저기에 앉아 피리를 불고 노래한다.)

그 옛날 무서운 밤에

테살리아의 마녀들은 그대 달님을

무도하게도 끌어내렸지만,

지금은 그대가 다스리는 밤하늘에서

일렁이는 물결이 부드럽게 반짝이고

무리지어 빛나는 것을 내려다보시고

파도 사이에서 솟아 오른 것들을

조용히 비추어 주소서!

그대를 섬기는 우리에게

아름다운 달의 여신이여, 자비를 베푸소서!

네레우스의 딸들과 트리톤들 (바다의 괴물로서)

넓은 바다에 울려 퍼지는

소리를 더 날카롭게 높여서

바다 속의 무리들을 불러냅시다!

폭풍이 휘몰아치는 심연에서

가장 평온한 바닥으로 피했다가

귀여운 노래에 이끌려서 나왔습니다.

보세요! 우리가 기쁨에 도취되어

금줄로 단장한 모습을.

게다가 보석을 새긴 관을 쓰고

팔찌와 허리띠 장식까지 찼습니다.

이것은 모두 당신들이 주신 것입니다.

당신들, 이 후미의 잉블은

난파하여 여기 가라앉은 보물을

노래의 힘으로

우리에게 끌어올려 주셨습니다.

세이렌들 시원한 바다에서

　　물고기들이 근심 걱정 모르고

　　즐겁게 살고 있는 것을 알지요.

　　하지만 축제로 법석대는 무리들이여,

　　물고기보다 훨씬 뛰어나다는 것을

　　오늘 우리는 보고자 합니다.

네레우스의 딸들과 트리톤들 그것은 우리가 여기 오기 전부터,

　　그렇게 생각하고 있었습니다.

　　자, 누이야 오라버니야 어서들 가자!

　　우리가 물고기보다 뛰어나다는 것을

　　충분히 보여 드리기 위해

　　오늘은 길을 떠나야 한다. (멀어져 간다.)

세이렌들 눈 깜짝할 사이에 가버렸군요.

　　사모트라케⁵²의 섬을 향하여

　　순풍을 타고 사라졌어요.

　　거룩한 카피렌⁵³의 나라에 가서

　　무엇을 하려고 하는 것일까요?

　　카피렌은 참으로 이상한 신들이에요.

　　끊임없이 자기가 자기를 낳으면서

　　자기들이 누군지를 끝내 몰라요.

　　정다운 달의 여신이여, 하늘 높이

　　자비롭게 언제까지나 계셔주세요.

　　긴 밤이 줄곧 계속되어,

해가 우리를 몰아내지 않도록!

탈레스 (바닷가에서 호문쿨루스에게)

바다의 신 네레우스에게 기꺼이 너를 데려다 주마.

그이가 살고 있는 동굴은 멀지 않지만,

그 고집쟁이 완고한 영감은

무뚝뚝하고 괴팍스럽지.

어찌나 까다로운지 그 영감에겐 인간 세계의 일이

도무지 마음에 들지 않는단 말일세.

하지만 그는 장래를 훤히 내다보기 때문에

그 점에서 누구나 경의를 표하고

그 사람을 그 자리에 앉혀 놓고 있는 것이라네.

그이 덕을 입은 자가 적지 않거든.

호문쿨루스 아무튼 한번 찾아가 보죠 뭐!

설마 다짜고짜 나의 유리를 깨고, 생명의 불을 끄지야 않겠지요.

네레우스 내 귀에 들리는 것은 인간의 목소리가 아닌가?

벌써 속이 메스꺼워진다!

신이 되려고 애를 쓰지만,

결국 제 자신밖에는 닮을 수 없는 저주받은 것들이지.

나는 예로부터 신답게 편안히 살 수 있었는데,

뛰어난 놈을 보면 잘해주지 않을 수 없단 말씀이야.

그런데 마지막에 그놈들이 해놓은 깃을 보면,

내가 충고를 안 한 것이나 조금도 다를 게 없거든.

탈레스 하지만 바다의 노인장, 모두들 당신에게 의지하고 있지요.

당신은 현자이십니다. 우리를 여기서 쫓지 마십시오.

이 불길을 자세히 보세요. 인간을 닮긴 했지만,

당신의 권고에 모조리 몸을 맡길 작정입니다.

네레우스 뭐, 권고라고? 한 번이라도 권고가 인간에게 통했더냐?

현명한 말도 쇠귀에 경 읽기지.

여러 번 실패하여 내 스스로 화내어 보았지만,

인간은 여전히 제 고집만 부리거든.

이방異邦의 여자가 파리스[54]의 욕정에 올가미를 씌우기 전에,

나는 마치 저의 아비처럼 경고를 해주었었지!

그리스 해안에 그가 대담하게 서 있었을 때,

나는 영의 눈으로 본 것을 그에게 알려 주었다네.

바람에 연기는 소용돌이치고, 붉은 불길은 치솟고,

대들보는 시뻘겋게 타오르고, 그 밑에는 살육과 참사!

이런 트로이의 심판의 날은 시로 읊어져서

천 년 뒤까지 그 공포가 전해지고 있지.

하지만 그 건방진 놈에게는 늙은이의 말 따위는 농담으로 들렸단 말이야.

그래서 정욕에 이끌려 일리오스의 서울은 멸망했네 —

오랜 고통 끝에 뻗어 버린 거인 트로이의 시체는

핀도스 산의 독수리들에게 좋은 먹잇감이 되었다네.

오디세우스 역시 마찬가지야! 나는 그에게 미리

마녀 키르케의 간계와 애꾸눈의 거인 키클로프스가 무섭다는 것을,

그 자신의 우유부단과 부하들의 경거망동도

모두 일러주었지. 하지만 무슨 소용이 있었던가.

여기저기 표류한 끝에, 너무나 늦게,

물결의 덕분으로 간신히 기슭에 닿을 수 있었을 뿐이었지.

탈레스 그런 인간의 행동은 현자들에겐 고통이었겠지요.

하지만 친절한 마음으로 한 번 더 해주시지 않겠습니까?

눈곱만한 감사도 받으면 기쁨이 큰 법이라,

심한 배은망덕도 메꿀 수 있을 겁니다.

실은, 한 가지 부탁이 있습니다.

이 꼬마가 기특하게도 완성되기를 원하고 있습니다.

네레우스 모처럼 좋은 기분 망치지 말게.

오늘은 다른 일을 할 참이야.

나의 딸들, 말하자면 도리스가 낳은,

바다의 미녀 네레이데들을 모두 오라고 했지.

올림푸스 산에도, 너희들 고장에도

그렇게 귀여운 얘들은 없을 거야.

그애들은 우아한 몸짓으로

해룡海龍의 등에서 해신海神의 말 잔등 위로 옮겨 타고,

물거품마저 타도 괜찮을 만큼

물과 성품이 꼭 어울린단 말일세.

가장 아름다운 갈라테이아는

색깔도 화려한 비너스의 조개 수레에 실려 올 걸세.

그애는 키프로스의 비너스가 우리를 등지고 떠난 후에

파포스의 서울에서 여신으로 숭상을 받고 있네.

그렇게 하여 그 상냥한 딸은 오래 전부터,

비너스[55]의 후계자로 파포스 신전과 수레의 옥좌를 차지하고 있지.

저리 가게. 아비가 기쁨을 맛보는 오늘,

가슴에 증오를 품고, 입에 욕을 담고 싶지 않네.

프로테우스[56]에게로 가게! 그 이상한 놈에게 물어보게,

어떻게 하면 완성될 수 있고, 모습을 바꿀 수 있는지를. (바다 쪽으로 사라진다.)

탈레스 수고는 했지만, 아무 이득도 없군.

프로테우스를 만나도 곧 모습을 감출 것일세.

상대를 해준다 해도 그자가 하는 말은 결국

깜짝 놀라게 하거나 어리둥절하게 할 뿐일 거야.

하지만 좌우간 그런 조언이 필요하니

시험 삼아 그리고 가 보기로 하세.

두 사람 퇴장

세이렌들 (바위 꼭대기에서)

저 멀리 물결치는 바다 위를

미끄러져 오는 이들은 누구일까?

마치 순풍을 받은

하얀 돛을 달고 오듯

보기에도 눈부신 모습으로 오는 것은

찬란하게 빛나는 바다의 처녀들이군요.

자, 우리도 저리로 내려가자,

벌써 목소리가 들려오는군요.

네레우스의 딸들과 트리톤들 우리들이 손에 받쳐 들고 온 것은

누구나 기뻐하는 것입니다.

바다거북의 덩허리에서는

거룩한 모습이 빛나고 있습니다.

우리가 모셔온 신들이지요.

어서어서 찬양의 노래를 부르세요.

세이렌들 모습은 작아도

지닌 힘은 커서

파선한 사람을 구하는

예로부터 숭상 받는 신들이지요.

네레우스의 딸들과 트리톤들 평화와 축제를 벌이기 위해

우리들은 카피렌을 모시고 왔습니다.

이 신들이 계시는 곳에서는

바다의 신도 얌전히 계십니다.

세이렌들 우리는 여러분께 미치지 못합니다.

배가 부러져서 가라앉을 때

여러분은 거역할 수 없는 힘으로

뱃사람들을 지키십니다.

네레우스의 딸들과 트리톤들 세 분을 모시고 왔습니다.

네 번째 분은 오시려 하지 않았습니다.

자기가 진정한 신이라고 말씀하시고

세 분을 대신해서 생각을 짜낸다고요.

세이렌들 신이라고 하시는 신이 다른 신을

조롱하기도 하지요.

당신들은 모든 온총을 존중하고

모든 재앙을 두려워하시오.

네레우스의 딸들과 트리톤들 신은 원래 일곱 분이었어요.

세이렌들 나머지 세 분은 어디 계신가요?

네레우스의 딸들과 트리톤들 우리는 대답할 수가 없습니다.

올림푸스 산에 가서 물어보세요.

거기에는 생각지도 못하던

여덟 번째 분도 계신다고 합니다.

이분들의 은총을 우리들은 기다리지만

아직 세상에 나오지 않은 분도 있어요.

이 비길 데 없는 신들은

끝없이 생겨납니다.

얻을 수 없는 것을 얻고자

허기에 괴로워하듯 동경하지요.

세이렌들 태양 속이든 달 속이든

신들이 어디에 계시건

기도하는 것은 우리의 습관.

기도는 언제나 보답이 있으니까요.

네레우스의 딸들과 트리톤들 이 잔치를 주관하는

우리의 명예는 더욱 빛납니다!

세이렌들 고대의 영웅들의 영예가

어디서 얼마나 빛나는지 몰라도

당신들의 영예와는 비교가 안 돼요.

영웅들은 황금 양피를 얻었지만

당신들은 카피렌의 신들을 모셔왔지요.

전원 합창으로 다시 반복한다.

영웅들은 황금 양피를 얻었지만

우리와 그대들은 뱃사공의 신들을 얻었으니까.

네레우스의 딸들과 트리톤들 지나간다.

호문쿨루스 저 모양 없는 신의 모습은

볼품없는 토기 항아리[57] 같군요.

그런데 슬기로운 학자들은 저런 것과 맞붙어서

딱딱한 머리를 깨는군요.

탈레스 그런 것이 사람들이 탐내는 물건이지.

녹이 슬어야 비로소 동전도 값이 나가거든.

프로테우스 (모습을 나타내지 않고)

나처럼 늙은 공상가에겐 저런 것이 반갑소.

색다를수록 진귀하거든.

탈레스 어디 있나, 프로테우스?

프로테우스 (복화술을 써서 때로는 가깝고 때로는 멀리서)

여길세! 아니, 여기야!

탈레스 자네의 그 평소의 농은 탓하지 않지만,

친구에게 헛소리는 그만두게나!

있지도 않은 곳에서 떠들고 있는 것을 알고 있네.

프로테우스 (먼 데서 말하는 것처럼) 잘 있게!

탈레스 (나직한 소리로 호문쿨루스에게) 바로 곁에 있어. 자, 힘차게 빛을 내봐!

저 친구는 물고기처럼 호기심이 많아서

어디에 어떤 형태로 숨어 있더라도

불로 꾀어낼 수 있을 거야.

호문쿨루스 불빛은 얼마든지 내놓겠지만,

유리가 깨지지 않도록 조심해야겠어요.

프로테우스 (큰 거북의 모습으로)

그렇게 우아하게 빛나는 게 무엇인가?

탈레스 (호문쿨루스를 숨기면서) 좋아!

보고 싶다면 더 가까운 데서 보여주지.

하지만 좀 힘이 들더라도,

인간처럼 두 발로 선 모습을 나타내란 말일세.

우리가 감춘 것을 보고 싶다면,

그것은 우리들의 호의와 뜻이니까.

프로테우스 (기품 있는 모습이 되어서)

그 약은 흥정에는 못 이기겠군.

탈레스 모습을 바꾸어 보이는 것이 여전히 자네의 즐거움이군 그래.

호문쿨루스를 내보인다.

프로테우스 (깜짝 놀라며) 빛을 내는 난쟁이구나? 처음 보는데!

탈레스 이 녀석은 누구 지혜를 빌어 완성되길 바라고 있네!

이 친구의 이야기를 들어 보면,

이상하게도 반밖에 태어나지 않았다네.

정신적인 소질에는 모자라는 것이 없는데,

실팍한 육체가 없다는 것일세.

여태까지 무게가 있다면 유리 정도라

어떻게 해서든 육체를 가졌으면 한다네.

프로테우스 너야말로 진정한 처녀의 아이구나.

태어나서는 안 될 때 태어났으니 말이다!

탈레스 (나직한 소리로) 다른 면에서 보아도 좀 의심스럽네.

아무래도 양성兩性인 것 같애.

프로테우스 그렇다면 오히려 더 잘 될지 모르지.

제가 생각만 있으면 교합交合 문제가 없지.

그러나 여기서 걱정해봐야 소용없네.

넓은 바다에 나가서 우선 시작하면 될 것 아닌가.

아주 작은 것에서 시작해서

아주 작은 놈을 영양분으로 먹는 거야.

그렇게 해서 점점 크게 자라서

더 높은 완성을 목표로 성장하는 것이지.

호문쿨루스 여긴 산들바람이 기분 좋게 불고 있군요.

아, 초록의 냄새, 참 기분 좋은 향낸걸요.

프로테우스 그럴 거다, 귀여운 꼬마야!

더 앞으로 나가면, 더욱 기분이 좋을 거다.

저 좁은 해변 끝에는

공기가 더욱 상쾌해서 말할 수 없지.

그 앞으로 나가면 지금 막 파도를 타고

몰려오는 행렬이 가까이 보일 게다.

자, 그리로 같이 가자!

탈레스 나도 함께 가겠네.

호물쿨루스 세 도깨비[58]의 기묘한 행차구나!

로도스 섬[59]의 정령精靈 델피네[60]들, 물고기 꼬리를 한 해룡海龍의 등에 올라앉아 바다 신의 삼

지창을 휘두르며 등장.

합창 우리는 해신海神의 삼지창을 달구었다.

그것으로 거센 파도를 잠재울 수 있도록.

우레의 신이 하늘 가득히 구름을 덮으면,

해신은 무서운 굉음으로 화답하지요.

위에선 날카로운 번갯불이

아래선 큰 파도가 연거푸 물보라를 뿜는다.

그 속에서 겁에 질려 싸우는 자는

실컷 희롱당한 끝에 물속 깊이 잠겨 버리지.

해신은 오늘 그 창을 우리에게 빌려 주셨네.

잔칫날답게 바다를 건너 축제를 즐깁시다.

세이렌들 해의 신을 숭배하고

맑은 날에 축복을 받은 이들이여.

달의 여신의 아름다움에 마음이 동하여

찬양할 마음이 일어났을 때 잘도 오셨네!

델피네들 하늘에 계시는 상냥한 달의 여신이여!

동포인 태양신을 찬양하는 소리를 들으소서.

기쁨에 넘친 로도스 섬에 귀를 기울이소서.

그곳에선 태양신에 대한 찬양이 넘쳐나고 있지요.

그분이 하루의 걸음을 내딛어, 하늘에 오르면,

불타는 눈초리로 우리를 내려다봅니다.

산도, 거리도, 기슭도, 물결도,

신의 마음에 들어 사랑스럽고 화창합니다.

안개도 우리를 덮지 않고, 비록 살며시 끼어들어도,

햇살이 비치고 산들바람이 불면 섬은 다시 맑게 갭니다!

그러면 고귀한 신은 자신의 모습을

가지가지로 만들어 내지요,

때로는 젊은이로, 거인으로, 때로는 위대하게,

때로는 상냥하게.

그러나 신의 힘찬 모습을 처음에

고상한 인간의 모습으로 만든 것은 우리들이지요.

프로테우스 제멋대로 노래하고 자랑하게 내버려 두어라!

생명을 주는 태양의 신성한 빛에 비하면

생명 없는 동상쯤은 우스개에 지나지 않는다.

놈들은 싫증도 내지 않고 녹여서 만들고 있다.

그리하여 청동으로 구워 내기만 하면,

제법 그럴 듯한 것이라도 된 줄로 생각하고 있거든.

그런 교만한 놈들이 결국 무어란 말이냐?

신들의 조상은 거창하게 서 있었다 ―

그러나 지진이 한 번 일어나자 허물어져서

다시 녹인 지도 오래되었다.

지상의 일은 어떤 것이건

결국은 헛수고에 지나지 않는다.

살아가는 데는 물결이 더욱 소용에 닿는다네.

자네를 영원한 물의 세계로 데려다 주는 것은

프로테우스의 돌고래란 말일세.

모습을 바꾼다.

어때, 됐지!

앞으로 너는 잘 풀릴 것이다.

내가 너를 등에 태워

넓은 바다와 인연을 맺어 주마.

탈레스 생명의 창조를 무無에서 시작하려는

자네의 장한 소원을 이루어 주고 싶네.

신속하게 행동할 준비는 되었는가?

영원의 규칙을 따라 활동하고

수천 가지 모양을 거쳐서

인간이 되기까지는 시간이 걸릴걸세.[61]

호문쿨루스는 프로테우스의 돌고래에 탄다.

프로테우스 정신만의 인간으로 넓은 물의 세계로 가자.

거기서 네 생명은 곧 가로세로 뻗어

마음대로 움직일 수 있을 것이다.

다만 억지로 땅위의 것들 속에 끼려 하지 말아라.

한번 인간이 되어 버리면

그것으로 너는 끝장이니[62] 말이다.

탈레스 그때의 사정에 달렸지요. 그 시대 그 시대에 있어서,

훌륭한 인물이 되는 것도 나쁘지는 않지요.

프로테우스 (탈레스에게) 자네 같은 종류의 인간이 되란 말이지!

그거라면 당분간 오래 가겠지.

창백하게 사라지는 많은 유령의 무리들 속에서

벌써 몇백 년째 자네를 보아 왔으니까 말일세.

세이렌들 (바위 위에서) 조그만 구름이 달 둘레에,

짙은 달무리를 짓고 있는 것은 무엇일까?

저것은 사랑을 애태우는 비둘기,

날개가 빛처럼 하얗구나.

비너스가 파포스에서 보낸

사랑에 가슴 태우는 저 새들의 무리.

우리들의 잔치도 이제 절정에 이르러

명랑한 기쁨이 넘쳐납니다!

네레우스 (탈레스에게 다가서며) 밤길을 헤매는 나그네는

저 달무리를 공기의 현상이라 했다지만

우리 영들은 전혀 다른

생각을 가지고 있소.

그것은 옛날에 배워 둔

이상하고 특별한 모양으로 날아다니며

조개 수레를 타고 오는 나의 딸 갈라테이아를

인도하는 비둘기라오.

탈레스 나도 그것을 최상이라고 생각됩니다.

조용하고 훈훈한 마음속에

거룩한 감정이 살아서 움직이면

훌륭한 사나이의 마음에도 드는 법이죠.

프실렌족[63]과 마르젠족 (바다의 황소, 바다의 어린 양, 바다의 숫양 등을 타고)

키프로스 섬의 거친 동굴 속에

바다의 신에게 가도 막히지 않고

지진의 신에게 흔들리지도 않고

영원한 산들바람에 싸여

옛날 옛적과 다름없이

고요한 마음으로 즐거움을 안고서

우리는 키프로스의 수레를 간수해 두었습니다.

그리고 밤마다 바람이 속삭일 때면

사랑스런 물결이 얽히고설키는 속을 헤치고

새로운 종족들의 눈을 피하여

그지없이 귀요운 갈라테이아를 모셔왔지요.

우리처럼 부지런한 자는

독수리를 상징하는 로마인이나, 날개 돋친 사자를 상징하는 베니스인도,

십자가를 상징하는 그리스도 교도도, 반달를 상징하는 회교도[64]도 두려워 하지

않습니다.

위에 서서 나라를 다스리는 자가

아무리 뒤바뀌고 흔들려도,

쫓고 쫓기고, 죽고 죽이고,

곡식과 고을을 짓밟아도,

우리는 언제나 변함없이

아름다운 아가씨를 모셔옵니다.

세이렌들 사뿐사뿐 움직이며 얌전한 걸음걸이로

　　수레를 둘러싸고 원에 원을 그리면서

　　때로는 행렬과 행렬은 흩어졌다 얽히고

뱀처럼 길게 너울지면서 가까이 오너라.

늠름한 네레우스의 딸들이여,

정답고 굳건한 여자들이여,

인정 많은 도리스의 딸들이여,

어머니를 닮은 갈라테이아를 데리고 오시오.

신들처럼 엄숙하고

불멸의 품위를 갖추고

그러면서도 상냥한 인간의 여인처럼

매력 있고 우아한 갈라테이아 공주를.

도리스의 딸들 (합창하면서 네레우스의 곁을 지나간다. 모두 돌고래를 타고 있다.)

달의 여신 루나여! 빛과 그림자를 보내어

이 젊은 꽃들을 밝게 비쳐주소서!

우리는 아버님께 청을 드려

사랑하는 남편을 소개하려 합니다.

네레우스에게

이들은 저희들이 무서운 파도의 이빨에서,

구해낸 젊은이에요.

갈대와 이끼 위에 뉘어서

몸을 녹여 소생시켰습니다.

이젠 뜨거운 입맞춤으로 그들은

저희들에게 진심으로 보답을 해줍니다.

사랑하는 이들을 너그러이 보아 주소서.

네레우스 일거양득이라더니 좋은 일이로다,

　　남도 구하고 자기도 재미를 보니 말이에요.

도리스의 딸들 아버님, 우리의 한 일을 칭찬하시고

　　우리가 얻은 사랑의 기쁨을 너그러이 보아 주신다면,

　　이들, 사랑하는 이들을 불사의 몸을 만들어

　　영원히 젊은 이 가슴에 안겨 주세요.

네레우스 너희들이 사로잡은 그 훌륭한 것들을 마음껏 즐겨라.

　　그를 한 사람의 남편으로 섬기렴.

　　하지만 제우스 신만이 줄 수 있는 불사不死를

　　내가 너희들에게 줄 수는 없다.

　　너희들을 출렁출렁 흔들고 있는 파도는

　　사랑이 영원히 계속되도록 하지는 않을 것이다.

　　그러니 사랑의 꿈에서 깨어나거든

　　이들을 조용히 뭍으로 돌려보내 주어라.

도리스의 딸들 사랑스런 젊은이들이여, 우리에겐 소중한 당신들이지만,

　　슬픈 이별을 해야겠군요.

　　영원히 변치 않는 절개를 바랐건만,

　　신들이 용서하지 않으십니다.

젊은이들 우리는 젊고 굳건한 뱃군들,

　　당신들의 고마운 신세는 영원히 잊지 않겠습니다.

　　이렇게 행복했던 일은 없었으며

　　이 이상은 바라지도 않습니다.

　　갈라테이아가 조개 수레를 타고 다가온다.

네레우스 왔느냐, 귀여운 내 딸아!

갈라테이아 아, 아버님, 반가와요!

　돌고래야, 잠깐만! 아버님의 시선이 나를 놓아주지 않는다.

네레우스 저런, 벌써 가버렸구나. 원을 그리며

　춤추듯 뛰면서 가버렸구나.

　아비의 설레는 가슴을 몰라주는구나!

　아, 나도 같이 데려가 주지!

　하지만 단 한 번의 이 기쁨으로도

　헤어져 다시 일 년은 메울 수 있으리라.

탈레스 만세! 만세! 만만세!

　아름다움과 진실이 뼛속까지 스며

　너무 기뻐 어쩔 줄 모르겠구나…….

　만물은 물에서 발생했다![65]

　만물은 물에 의해 유지된다!

　바다여, 우리를 위해 영원한 삶을 계속해다오.

　만일 그대가 구름을 보내어

　넘쳐흐르는 여울에게 베풀어 주지 않았던들,

　냇물을 여기저기 굽이치게 하지 않았던들,

　강을 이루어 주지 않았던들,

　산들과 들의 세계는 다 어떻게 되었을까?

　생기 넘치는 생명을 유지시켜 주는 것은, 바로 그대뿐이다.

메아리 (모두의 합창) 생기 넘치는 생명을 유지시켜 주는 것은, 바로 그대뿐이다.

네레우스 내 딸들이 파도에 흔들리며 아득히 돌아간다.

　이제 눈과 눈이 마주칠 수도 없게 되었다.

길게 뻗어 원무를 추며

무수한 무리들이 축제의 기분을 내며

빙빙 돌고 있구나.

갈라테이아의 조개껍질 옥좌가

역력히 보인다. 아직도 확실히 보인다.

붐비는 군중 속에서

마치 별처럼 빛나고 있다.

귀여운 모습이 붐비는 인파 속에서도 빛난다.

저렇게 멀어져 갔는데도

아직도 환하게, 또렷하게,

언제까지나 가깝고, 참되게.

호문쿨루스 이 자비로운 물의 세계에서는

내가 무엇을 비추어도

모든 것이 아름다운 매력을 가지고 있습니다.

프로테우스 생명을 주는 이 물의 세계야말로

비로소 자네가 비치는 빛도

화려한 소리를 내며 빛나는 것일세.

네레우스 저 행렬의 한가운데에서 어떤 새로운 신비가

우리들 눈에 펼쳐지려 하는 것인가?

조개 수레 근처, 갈라테이아 발밑에서 반짝이는 것이 무엇일까?

때로는 억세게, 때로는 사랑스럽고 달콤하게 흔들거린다,

마치 사랑의 맥박에 감동이나 된 듯이.

탈레스 저건 프로테우스가 꾀어낸 호문쿨루스일세…….

저 빛은 강한 동경에 사로잡힌 징조지요.

몸부림치며 신음하는 소리가 들리는 듯합니다.

빛나는 옥좌에 부딪쳐서 박살나지 않을까?

아, 탄다, 번쩍인다. 벌써 녹기 시작한다.

세이렌들 서로 부딪쳐 반짝이며 부서지는 파도를

이상한 불빛이 비추고 있구나!

빛났다가 흔들거리고

다시 환하게 피어오른다.

저 모습은 달밤의 물길에서 휘황하게 빛나고

사면은 녹아 불에 싸여 흘러내리고 있습니다.

모든 것을 낳는 사랑의 신 에로스여,[66] 이대로 다스려라!

성스러운 불길에 둘러싸인

바다를 찬양하자! 파도를 찬양하자!

물을 찬양하자, 불을 찬양하자!

신기한 모험에 행운이 있으라!

모두들 마음씨 상냥한 바람을 찬양하자!

신비를 간직한 동굴을 찬양하자!

이 세상에 있는 것 모두 높이 찬양하자!

물과 불과 바람과 흙, 이 네 가지 모두를!

---

1 바그너 박사는, 제1부에서 파우스트의 조수였는데, 지금은 대학자가 되어 인조인간을 만들고 있다.

2 점성술사는 별의 위치로 시간을 판정한다. 인조인간의 완성 여부를 별의 운행과 결부시킨 것이다.

3 이 학사는 제1부에서 학생으로 등장하여, 파우스트로 변장한 메피스토펠레스에게 조롱당한 사나이.

4 결정시켜서 만들어낸 것이란, 바그너와 같이 내적 생명이 부족한, 돌로 화한 인간을 조롱하는 말.

5 호문쿨루스는 라틴어의 호모(인간)의 작은 것이라는 뜻. 중세기에는 연금술로 인간을 만들려고 했다. 파라셀수스에 의하면, 남자의 정자를 시험관에 밀폐해 두면 곧 생기가 발동하여 움직이는 것이 보인다. 그것이 호문쿨루스라는 것이다.

6 아름다운 광경이란, 호문쿨루스가 천리를 내다볼 수 있는 영적 힘에 의해 파우스트가 꿈꾸고 있는 광경을 꿰뚫어보고 서술한 것.

7 고전적 발푸르기스의 밤이란 괴테의 시적 상상력에서 나온 것으로 제1부 브로켄 산에서 펼쳐지는 낭만적 발푸르기스의 밤에 대응한다. 일 년에 한 번 있는 이날 밤 제전에는 고대 그리스의 온갖 영들이 모인다.

8 시저와 폼페이우스의 싸움은 폭군제도와 노예제도의 싸움과 다를 바 없다. 자유를 위한 싸움이라고는 하지만 실은 권력쟁취를 위한 싸움이라, 어느 쪽이 이겨도 민중이 노예가 되는 데는 변함이 없었다.

9 아스모데우스는, 앞에서는 부부의 금실을 갈라놓는 아스모디로 나왔지만, 여기서는 일반적으로 불화를 선동하는 악마를 뜻한다.

10 테살리아는 마녀나 요괴가 많이 나오는 곳으로 유명하다.

11 최후의 완성이란, 육체를 갖지 않은 호문쿨루스를 완전한 인간으로 만드는 것을 가리킨다.

12 에리히토는 테살리아의 마녀. 무서운 형상을 한 복수의 여신으로 그려져 있다. 폼페이우스는 시저와 결전하기 전에 승패를 그녀에게 물어보았다.

13 안타이오스는 바다의 신 포세이돈과 대지의 여신 가이아와의 사이에 태어난 거인. 발이 어머니인 대지에 닿아 있으면 새로운 힘을 얻는다는 거인으로 헤라클레스에게 공중에서 정복당함.

14 페네이오스 강 상류라는 말은 판版마다 다르다.

15 스핑크스는, 하반신은 사자이고 상반신은 매혹적인 여인으로 그려져 있다. 그리피스는 독수리 머리에 사자의 몸으로 날개를 가지고 있어 보물, 묘지, 궁전의 수호자로서 황금을 노리는 아리마스포이족의 강적이다.

16 아리마스포이족은 우랄 지방의 외눈박이 민족으로, 황금을 수호하는 그리피스족과 곧잘 투쟁을 한다고 전한다.

17 늙은 악마란 Old Imiquity라는 영어로 중세 영국의 교화극 속에는 '늙은 너구리'로 나오며, 악마의 길동무지 악마는 아니다. 메피스토펠레스는 자기를 이렇게 부름으로써 본성을 속이려고 했다.

ACT 2

18 바다의 요녀 세이렌들은 해변에서 매혹적인 노래로 뱃사람들을 현혹시켜 난파시킨다. 처음에는 여자의 머리를 가진 새의 몸이었는데, 차차 여체의 부분이 많아졌다.

19 헤라클레스는 지상의 유해한 괴물을 퇴치했는데, 스핑크스를 죽였다는 것은 괴테의 독창이다.

20 케이론은 상반신은 인간, 하반신은 말인 켄타우로스족의 지자智者. 헤라클레스와 아킬레이아의 스승이며, 스핑크스의 태고 부터 헬레네의 시대에 이르는 교량적 역할을 한다.

21 스팀팔리데는, 그리스의 아르카디아 스팀플로스 호수에 사는 괴상한 새. 자신의 깃털을 화살처럼 쏘아 인간을 잡아먹었다. 헤라클레스가 퇴치한다.

22 레르네의 뱀도 헤라클레스에게 퇴치당한 괴물. 아무리 목을 잘라도 다시 목이 생겨난다고 한다.

23 라미에는 흰 유방을 드러내어 남자를 유혹한다. 특히 남자의 피를 빨아먹는 무서운 마녀.

24 스핑크스는 움직이지 않기 때문에, 시간과 세월을 재는 표준이 되어 있다.

25 꿈의 모습은 백조로 화한 제우스가 레다에게 접근하여 헬레네를 낳게 하기에 이른 장면. 그 다음은 대낮에 그것을 꾼 파우스트의 꿈 이야기.

26 아르고 선에 탄 것은 영웅 이아손을 대장으로 아르고라는 배를 타고 황금의 양가죽을 되찾기 위하여 흑해로 원정했다.

27 제우스의 딸 팔라스(아테네)조차도 테레맛하를 안내했을 때는 쓸모가 없었다는 것이 『오디세이아』에 나온다.

28 디오스쿠로이 형제는, 헬레네의 형제로서 쌍둥이 형제 카스토르와 폴리데우케스. 두 사람은 테세우스에게 유괴당한 헬레네를 도로 빼앗았고, 아르고 원정에도 참가했다.

29 보레아스는 바람의 신으로, 날개 있는 아들 제테스의 아버지.

30 케이론이 헬레네를 태워 왔다는 것은 괴테의 창작.

31 '고작 열 살'이라는 대목은, 괴테는 처음에는 일곱 살이라고 썼기 때문에 일곱 살로 되어 있는 판版도 많다. 뒤에 괴테는 열 살로 고치도록 에커만에게 했다.

32 아킬레우스는 죽은 후 역시 죽은 헬레네와 결혼한다는 불가능한 일을 이루어서 오이포리온을 낳았다.

33 만토(여자 예언자라는 뜻)는 테베의 예언자 티어레시아스의 딸인데, 고대에는 예언과 의술이 같이 다루었기에 괴테는 의술의 신 아스클레피오스의 딸이라 했다.

34 영원의 신전은 올림푸스의 아폴로 신전.

35 페르세포네는 제우스의 딸로, 꽃을 꺾다가 저승에 끌려가 왕비가 된다.

36 아내를 저승에 빼앗긴 악인惡人 오르페우스는 노래의 힘으로 아내를 데리고 돌아오게 되었으나, 약속을 어기고 다시 돌아보았기 때문에 아내를 다시 잃는다. 만토가 그때 인도해주었다는 것은 괴테의 창작.

37 레토가 헤라의 질투로 진통에 신음하고 있을 때, 늙은 바다의 신인 델로스 섬을 바다 밑에서 솟구쳐 올려 아폴로(해의 신)와 디아나(달의 신)를 낳게 해 주었다.

38 펠리온 산과 오사 산은, 올림푸스 산에 이웃하는 산, 거인들은 신들을 습격하기 위해 올림푸스 위에다 오사를 쌓아 올렸다고 한다.

39 피그미들은 호메로스에 의하면, 지구의 남단에 사는 난쟁이들이 강 위를 날아 옥수수밭을 노리는 두루미들과 전쟁을 한다는 것이다. 괴테는 이것을 땅속의 광맥을 파내는 난쟁이로 다뤘다.

40 이비코스는 기원전 6세기의 그리스 시인. 그가 길에서 도둑떼에 살해되는 것을 본 학이 그 죄를 폭로하여 복수하는 기회로 삼게 했다. 실러의 시로 유명.

41 일제는 하르츠 산에 있는 강 일젠슈타인으로, 이하의 지명과 함께 제1부의 발푸르기스의 밤에 나온다.

42 여자 괴물 엠푸사는, 라미에와 같은 종류의 괴물. 청동의 나귀발을 가지고 있으며, 여러 가지로 모습이 변하는 괴물.

43 폼페이우스가 시저에게 졌을 때, 핀두스 산을 넘어 도망했다는 것은 사실이 아니고, 실은 테베에서 바다로 도망쳤다.

44 아낙사고라스(기원전 500~428년)는 화성론자로 되어 있고, 탈레스(기원전 639~546년)는 수성론자로 되어 있다. 괴테는 지구의 생성이 화산이나 지진에 기인하는 급격한 변화로 돌아간다는 화성론 보다 물의 끊임없는 작용으로 돌아간다는 수성론을 취했다.

45 습기 속에서 생물이 만들어졌다는 말은, 괴테의 수성론적 의견을 반영한 것.

46 자연은 만물을 법칙에 따라 형성하는 것으로써 폭력에 의하지 않는다. 이 몇 행도 질서 있는 영위를 귀중히 여긴 괴테 사고방식의 요약이다.

47 미르미돈은 개미에서 발생한 종족을 뜻한다.

48 세 가지 이름이란, 달이 지상에서는 루나, 천상에서는 디아나, 저승에서는 헤카테라 불리는 것을 가리킨다.

49 테살리아의 마녀, 주문의 힘으로 달이나 별을 땅위로 끌어내릴 수 있다고 한다.

50 포르키스의 세 딸은, 바다의 노인 포르키스와 바다의 괴녀 케토 사이에 태어났으며, 그라이아이라고도 한다. 셋이서 한 개의 눈과 하나의 이를 가지고 있으며, 필요할 때는 서로 빌려 준다. 볕이 들지 않는 곳에 살며, 태어날 때부터 백발 노파로, 늙은이를 상징한다.

51 옵스는 물과 불의 여신, 레아는 대지의 어머니. 뒤에 이 두 사람은 동일시되었는데, 올림푸스 이전의 신들이다.

52 사모트라케 섬은 에게 해에 있고, 흑해 입구에 가깝다. 절벽이어서 난파 선원들이 쉽게 접근할 수가 없다. 그런 자들을 구원한 것이 카피렌이다.

53 카피렌은 항해를 보호하는 신들. 사모트라케인과 페니키아인들에게 수호신으로 숭배 받은 신들로, '위대한 것'이란 뜻.

54 파리스가 헬레네를 약탈, 그리스 해안에서 소아시아로 돌아가려 했을 때, 늙은 바다의 신 넵튠이 트로이의 멸망을 예언했다는 것이 호라즈의 노래에 나온다.

55 비너스 또는 아프로디테, 즉 바다의 거품에서 태어난 미의 여신으로 키프로스 섬에 올라갔기 때문에 키프로스라고도 불린다. 비너스가 올림푸스로 옮긴 뒤 그 대리로서 키프로스 섬의 파포스에 있는 키프리스 신전에 모셔지게 되었다는 것.

56 프로테우스는 오디세이아에 나오는 바다 노인으로, 온갖 것으로 변신할 수 있고 예언을 잘 하기 때문에 옛날부터 유명했다.

57 카피렌은 가끔 토기 항아리로 표현되었는데, 그런 꼴사나운 신들을 비꼬았다.

58 세 도깨비들의 기묘한 행차는, 탈레스의 망령, 완성되지 않은 인간 호문쿨루스, 온갖 것으로 변하는 프로테우스를 가리킨다.

59 로도스 섬은 해의 신 아폴로의 영이 자리 잡은 곳으로, 여기서는 안개도 한 시간 이상 끼지 못한다. 텔피네들은 로도스 섬의 원주민으로 해저에서 분화를 일으키는 괴물인데, 청동과 철을 가공하여 바다의 신 넵튠의 삼지창을 만들었다.

60 신들의 상을 인간의 모양으로 만든 것은 텔피네들이 최초이다.

61 호문쿨루스는 가장 간단한 형태에서 한 단계 한 단계 진화하여 인간이 되라는 뜻.

62 인간이 되어 버리고 나면 끝장이라는 것은, 호문쿨루스는 인간이 되기 전에는 끝없는 변화의 가능성이 있지만, 인간에 이르면 변화의 능력을 잃어버린다는 뜻이다.

63 프실렌은 리비아의, 마르젠은 이탈리아의 땅꾼 종족. 괴테는 이들을 범이 많은 키프로스에 옮겨 비너스의 수레 수호자로 삼았다.

64 키프로스 섬은 로마(독수리), 베니스(날개 돋친 사자), 그리스도 교도(십자가), 터키(반달)에 잇따라 지배되었는데, 땅꾼들은 그러한 변화를 개의치 않고 키프로스의 예배를 계속했다.

65 '만물의 물에서 발생' 등도 괴테의 수성론적 견해이다.

66 에로스(사랑의 신)는 혼돈 속에서 생성된 것이며 모든 신들 중에서 최초의 것이며 자연 발생의 신이었다. 괴테는 자신이 즐겨 읽던 플라톤의 『향연』에 의거했다.

Act 3

제 3 막

스파르타의 메넬라오스[1] 궁전 앞

헬레네 등장, 붙잡혀서 합창하는 트로이 여인들. 판탈리스가 합창을 지도한다.

헬레네 찬양도 많이 받고 욕도 많이 먹은 헬레네입니다.

　　간신히 상륙한 바닷가에서 오는 길입니다.

　　파도의 끊임없는 거센 요동에 아직도 취해 있지만,

　　그 큰 파도가 프리기아의 평야에서

　　치솟은 높다란 등을 타고

　　바다 신의 호의와 바람 신의 힘을 빌어,

　　간신히 조국 후미에 당도하게 되었습니다.

저 밑에서는 메넬라오스 왕이 그의 전사들과

지금 승리를 축하하고 계십니다.

오, 거룩한 궁전이여, 나를 반겨 맞아 다오!

이것은 부왕 틴다레오스[2]가 이국에서 돌아오셔서,

팔라스의 언덕 비탈에 세우신 궁전이지만

내가 클리타임네스트라와 자매로서

또한 카스토르, 폴리데우케스와도 즐겁게 노닐며 자라던 곳.

스파르타의 어느 집보다도 근사하게 단장한 궁전이지요.

그대들 청동의 문짝이여, 내게 인사를 해다오!

그 옛날 많은 사람들 속에서 선택되어 내 앞에,

메넬라오스가 신랑의 모습으로 눈부시게 나타났을 때

손님을 맞이하기 위해 활짝 열린 그대들을 지나서였지.

임금님의 급한 분부를 왕비로서

충실히 수행할 수 있도록 다시 열려 다오.

나를 들어가게 해다오! 여지껏 불운하게 날 따라다니며

괴롭히던 것들은 모두 밖에 남겨두고.

내가 거룩한 의무를 다하고자 마음 편히 이 문을 나서서

키테라[3]의 신전에 찾아갔다가

프리기아의 도둑 파이스에게 유혹을 당한 후,

많은 일이 일어났는데

그걸 보고 세상 사람들의 이야깃거리가 되었지만.

누구든 자기 이야기가 과장되거나

조작되면 듣기 싫은 법이죠.

합창 오, 아름다운 여왕님,

님이 가지신 보배를!

누구보다 뛰어난 아름다움,

지고의 복은 당신에게만 주어진 거예요.

영웅의 이름은 사방에 울려

그는 뽐내며 걸어가지만

아무리 긍지 놓은 영웅이라도

당신의 아름다움 앞에는 무릎을 꿇습니다.

헬레네 그만해요! 나는 남편과 함께 배를 타고 와서

이제 남편의 분부로 먼저 오게 되었습니다.

하지만 그이의 속마음은 모르겠어요,

과연 나는 아내로서 왔나요? 왕비로서 돌아왔나요?

아니면 그의 쓰라린 상처나 그리스인들이

오랫동안 참아온 슬픈 운명의 희생물로서 돌아왔는지.

나를 싸워서 빼앗았어요. 하지만 사로잡힌 몸인지도 몰라요!

불사不死의 신들은 아름다운 여인의 의심스러운 동행으로서,

명성과 슬픈 운명을 내게 주었어요.

나를 따라다니는 이 불길한 길동무는, 지금 이 문턱에서 음산하게 위협하듯

내 곁에 서 있어요.

왜냐고요? 텅 빈 배 안에서도 남편은

나를 거의 쳐다보지 않았으며, 위로의 말 한마디도 해주지 않았으니까요.

무언가 불길한 일이라도 생각하듯 그저 마주 앉아 있었어요.

그런데 앞서가는 배의 뱃머리가

에브로타스 강의 깊숙한 후미로 들어가 물에 닿자,

"여기서 병사들의 대오를 정돈하여

해안에 정렬시키고 열병을 해야겠소.

당신은 먼저 가시오. 신성한 에브로타스 강의

비옥한 기슭을 따라 줄곧 거슬러 올라가서

이슬에 젖어 꽃피는 초원으로 말을 달려서,

아름다운 들판에 이를 때까지 가시오.

그곳에는 일찍이 비옥한 들이었던 라케다이몬의 서울이

주위의 험준한 산에 둘러싸여 서 있을 것이오.

그리고 높은 탑이 솟은 왕궁에 들어가서

내가, 영리한 늙은 여집사와 함께

남겨 두고 온 시녀들을 점검하시오.

늙은 하녀에게 보물도 내오게 하여 조사하시오.

그것은 장인이 남기고 가신 것들,

내가 전시와 평화 시에, 항상 늘리고 쌓아서

푸짐하게 모아둔 보물들이 빠짐없이 정리되어 있을 것이오.

집에 돌아왔을 때 모든 것이 전과 다름없이

본래의 자리에 그대로 놓여 있는 것을

보는 것은 왕후로서의 특권이오.

신하는 무엇 하나 바꿀 권리가 없기 때문이오."

합창 자, 줄곧 불어난 훌륭한 보물로

눈과 가슴을 즐기세요!

아름다운 사슬 장식과 왕관의 보석이 그대로,

자랑스레 오만을 부리고 있습니다.

들어가셔서 아름다움을 겨루세요.

저것들은 황급히 몸을 도사릴 것입니다.

황금, 진주, 보석과 겨루시는

여왕님의 아름다움을 보고 싶어요.

헬레네 그리고 왕은 이어 이렇게 분부를 내렸어요.

"모든 것이 정돈되어 있는 것을 확인한 다음,

희생을 바치는 자가 신성한 의식을 행하는 데 있어야 할,

여러 가지 제기祭器와

당신이 필요하다고 생각하는 향로香爐따위를 준비하시오.

냄비와 접시와 납작한 쟁반과,

거룩한 샘에서 길어 온 물은 길쭉한 항아리에 담아 놓고,

불이 잘 붙는 마른 장작도 마련하시오.

마지막으로, 잘 간 칼도 잊어서는 안 되오.

다른 것은 당신의 재량에 맡기겠소."

이렇게 남편은 말했습니다, 어서 떠나라고 재촉하면서.

그러나 올림푸스의 신들을 찬양하기 위해

제물로 무엇을 잡으라는 지시는 없었습니다.

궁금하기는 하지만, 그 이상 마음에 두지 않고

모든 것을 거룩한 신들에게 맡기겠어요.

신들께서는 뜻대로 이루실 것입니다,

인간들의 시시비비에도 불구하고.

죽어야 할 운명을 지닌 인간이 참을 수밖에 없지요.

지금까지 몇 번이나 제물을 바치려던 사람이

땅에 누운 짐승의 목에 무거운 도끼를 엄숙히 쳐들고도,

죽이지 못한 때가 여러 번 있었습니다.

적이 들이닥치거나 신이 말려기 때문이지요.

합창 무슨 일이 일어날지 모르지만,

여왕님, 안심하시고

앞으로 나아가세요!

좋은 일이고 나쁜 일이고

느닷없이 사람을 찾아오지요.

미리 알게 되어도 인간은 믿지 않아요.

트로이는 불타 없어지고,

그 비참한 죽음을 목격한 우리들,

그래도 우리들은 여기 와서

기꺼이 당신을 따르고 섬기며

하늘의 눈부신 태양을

그리고 지상에서 가장 아름다운 이를 보고,

그런 당신이 우리를 인자하고 행복하게 하는 것을 아시지 않나요?

헬레네 어찌되든 상관없어요! 무엇이 기다리고 있든지,

지체없이 왕궁에 올라가는 것이 나의 임무일 것이다.

멀리 떨어져 줄곧 그리워하며 돌아오지 못할 뻔했던

아, 그 왕궁이 다시 내 눈앞에서 서 있구나.

어릴 때는 높은 계단을 단숨에 뛰어올라갔지만,

지금은 힘차게 오르기 힘들구나. (퇴장)

합창 오, 자매들이여,

슬픔에 사로잡힌 사람들이여,

괴로움을 멀리 내던져 버립시다.

오래 지체는 했어도

그러기에 한결 확실한 걸음걸이로

조상님이 살던 옛 고향으로
즐거이 돌아오시는
여왕님과 기쁨을 나눠 가져요.
헬레네와 기쁨을 나눠 가져요.

복되게 일을 마련하고
떠난 이를 고향에 데려다 주시는
거룩한 신들을 찬양합시다!
해방된 사람들은
마치 날개라도 돋친 듯이
아무리 험준한 곳도 훨훨 뛰어넘지만,
사로잡힌 이들은 애타는 심정으로
감정의 벽 위로 팔을 벌리고
헛되이 슬퍼하며 말라갑니다.

하지만 신께서는
아득한 곳에서 슬퍼하는 여왕님을
일리오스의 폐허에서
새로 단장한 조상들의 옛 궁전으로
그분을 다시,
모셔 왔어요.
이루 다 말할 수 없는
기쁨과 괴로움을 겪은 뒤에
젊었던 옛 시절을

새로이 추억할 수 있도록.

판탈리스 (합창을 지휘하는 여인으로서) 기쁨에 젖은 노래의 오솔길만 더듬지 말고,

출입구의 문들을 보세요!

웬일일까요? 여러분? 여왕님이

흥분하신 걸음으로 돌아오시지 않아요?

오, 여왕님, 무슨 일이세요?

하인들의 인사 대신에

궁전의 넓은 방에서

이상한 일이라도 보셨습니까? 숨기지 마세요!

얼굴에 불쾌한 빛이 뚜렷하십니다.

뜻밖의 놀라움과 싸우시는 고귀한 노여움이 보입니다.

헬레네 (문짝을 열어젖힌 채 흥분해서)

신들의 신 제우스의 딸이 하찮은 일로 놀란다면 부끄러운 일이다.

한순간 가볍게 스치는 공포도 무섭지 않다.

하지만 태고의 암흑의 품에서 생겨나

화산에서 솟구치는 불길의 구름처럼

솟아오르는 공포는

영웅의 가슴까지 뒤흔들리라.

오늘은 지옥의 악령들이

이 집에 들어가리라 미리 짐작했나 봐요.

그래서 나는 지난날 자주 드나들고, 오랫동안 그리워한 문턱에서,

내쫓긴 손님처럼 달아나고 싶었겠어요.

하지만 달아나진 않았어요! 밝은 곳으로 물러나긴 했지만

요괴들아, 너희들이 누구라도 이 이상 물러서지는 않겠다.

액막이 방법을 생각해야겠다. 그리고 액이 풀리면,

부엌의 불은 남편과 나를 맞이해 줄 것이다.

합창을 지휘하는 여인 여왕님, 당신을 공경하여 시중드는 저희에게,

무슨 일이 있었는지 말씀해주십시오.

헬레네 너희들 눈으로도 똑똑히 볼 것이다,

만일 그 태고의 암흑이 자기가 낳은 모습을

그 깊고도 기괴한 품속으로 삼켜 버리지 않았다면.

하지만 너희들이 알도록 이야기하리라.

내가 엄숙한 내부로

우선 해야 할 일을 생각하며 천천히 들어섰더니,

황량한 복도가 괴괴한 데 섬뜩했지.

부지런하게 오가는 발소리도 들리지 않고,

바쁘게 일하는 사람들의 모습도 보이지 않았고,

하녀도 여집사도 나오지 않았다.

전에는 어떤 사람이 와도 정답게 맞아 주었는데.

불 꺼진 미지근한 잿더미 곁에

얼굴을 가린 몸집 큰 어떤 여자가 앉아 있는 것을 보았어요.

잠자고 있다기보다 생각에 잠긴 사람 같았어요.

남편이 마음을 써서 남아 있도록 분부해둔

여집사인가 하고 생각하면서,

내가 주인다운 말투로, 일어나 일하라고 일러도,

꼼짝도 않고 있었어요.

결국 내가 호통을 치자 그제야

나를 부엌과 홀에서 나가라고 하듯 오른손을 흔들었어요.

화가 난 나는 돌아서서 얼른 계단으로 달려왔죠.

그 위에는 부부의 침실이 높다랗게 마련되었고

그 곁에는 보물창고가 있지요.

그런데 갑자기 괴물이 바닥에서 벌떡 일어나더니,

도도하게 길을 가로막잖아요.

큰 키에 비쩍 마르고, 움푹 꺼진 눈에는 핏발이 서고

눈과 마음을 어지럽히는 기괴한 꼴이었어요.

하지만 이야기한들 무슨 소용이에요. 아무리 말을 해도

모습들은 조물주처럼 설명해 낼 수는 없지요.

저기를 봐요! 밝은 데로 나오고 있어요.

여기서는 왕인 남편이 오실 때까지 내가 주인이에요.

암흑의 자식은 태양신이

동굴 속으로 몰아넣거나 잡을 수 있을 거예요.

포르키스가 문지방에 나타난다.[4]

합창 고수머리는 젊은이답게 관자놀이에서 물결치지만

　　　　나는 많은 경험을 했어요!

　　　　전쟁의 비참함.

　　　　일리오스 성이 함락되던 날 밤의 광경 등

　　　　무서운 일을 많이 보아 왔습니다.

　　　　전운戰雲에 휩싸여 먼지를 일으키며

　　　　소란하게 웅성대는 전사들 속에서

　　　　신들이 무섭게 외치고

들을 넘어 성벽을 향해 불화의 여신의 청동 쇠 소리가
울려 퍼지는 것을 들었지요.
아, 일리오스의 성은 그래도 버티고 있었어요.
하지만 활활 타는 불길은 이미
이웃에서 이웃으로 옮아가
스스로 일으킨 돌풍에 휘말려
여기저기서 불길을 일으키며
밤거리를 뒤덮었습니다.

연기와 불길과
혀를 날름거리며 타오르는 불바다 속을,
무섭게 분노한 신들이
불에 휩싸인 먹구름 속으로
거인처럼 사라지는 것을
우리는 도망치면서 보았습니다.

우리가 그것을 정말로 본 것일까요.
불안에 사로잡힌 마음이
그런 혼미의 그림을 그렸을까요.
말할 수는 없지만
지금 우리 눈에 보인다는 것
그것만은 확실히 알고 있습니다.
만약에 공포가 우리들로 하여금
위험에 다가가지 못하도록 붙잡지만 않는다면,

내 손으로 그것을 잡을 수 있겠어요.
너는 대체 포르키스의
딸들 가운데 누구냐?
나는 너를 그 추한 일족으로
보았기 때문이다.
백발에
한 눈과 한 이를 번갈아 쓴다는,
그리피스의 딸들 가운데 하나가
나타난 것일 게다.

너같은 추물이
아름답기 그지없는 여왕님과
훌륭한 식별의 눈을 가진 태양신 앞에
대담하게 모습을 보인단 말이냐?
좋아, 자, 앞으로 나오너라.
태양의 신은 추한 것은 보지 않을 것이다.
그 거룩하신 눈은 지금까지 한 번도
그늘이라는 것을 보신 적이 없다.

하지만 아, 슬픈 운명으로
죽어야하는 우리 인간들은
아름다움을 사랑하기에 오히려
추악하고 영원히 불행한 것을 보면
말할 수 없는 눈의 고통을 느낀다.

그러니 뻔뻔스럽게 우리들 앞에

다가오는 자여, 들어라, 저주의 소리를.

신들이 창조하신 복된 자의

분노의 입에서 나오는

온갖 비난과 욕설을 들어라.

포르키스 수치[5]와 아름다움이 손을 잡고

지상의 푸른 오솔길을 함께 가는 일은 결코 없다는 말이

예부터 있지만 그 뜻은 언제나 진실하지.

이 둘 사이에는 오랜 증오가 깊이 뿌리박혀

언제 어디서 만나더라도

서로 원수처럼 등을 돌린다.

그리고 서로 총총히 사라져버린다,

수치는 슬퍼하고 아름다움은 자랑스럽게.

만일 나이가 둘을 미리 억제하지 않는다면,

둘은 끝까지 저승의 허허로운 어둠 속으로 걸어갈 것이다.

보니, 너희들 뻔뻔스러운 것들은

다른 나라로부터 오만한 얼굴로 찾아왔구나,

마치 쉰 목소리로 크게 울며 날아가는 학의 꼬락서니로.

학이 우리 머리 위를 기다란 구름처럼 이어 지나가면

요란한 소리가 아래까지 들려, 묵묵히 걷던 나그네가,

저도 모르게 하늘을 쳐다본다.

그러나 학은 학, 나그네는 나그네라, 저마다 자기 길을 간다. 우리도 그렇다.

너희들은 대체 누구냐? 임금님의 거룩한 궁전에서

주신의 반려인 주정뱅이 마이나데스처럼 떠들어대다니.

너희들을 대체 누구란 말이냐? 달을 보고 짖는 개떼처럼,

왕궁의 관리자인 나를 향해 짖어대다니.

너희들이 어떤 신분인지 모를 줄 아느냐?

전쟁 속에서 태어나 싸움터에서 자라난 애송이들.

너희들은 사내들에게 속고 사내들을 속이고,

병사와 시민 양쪽의 힘을 빼놓는 탕녀들이야!

너희들이 떼 지어 있는 것이, 마치 메뚜기 떼가

우르르 몰려와 푸른 곡식밭을 뒤덮는 것 같구나.

남이 정성들여 가꾼 것을 좀먹는 계집들.

싹트는 나라의 복지를 모조리 먹어치우는 것들.

약탈당하고, 장에서 사고팔고나 할 물건들!

헬레네 여주인 앞에서 하녀들을 욕하는 것은

집안을 다스리는 주부의 권리를 무례히 짓밟는 짓이오.

잘한 것은 칭찬하고, 나쁜 것을 벌주는 것은,

여주인만이 할 수 있는 일이에요.

그리고 나는 이 사람들이

강대한 일리오스가 함락되고 멸망했을 때,

내게 보여준 수고에 만족하고 있어요. 게다가

유랑하던 길에서도, 나를 위해 숱한 고생을 참아 주었어요.

제 몸이나 돌볼 생각을 할 처지에서도

이들이 나의 시중을 기꺼이 들어 주었어요.

주인은 하인이 일하는 것만이 문제지, 사람이 어떻다는 것은 묻지 않는 법이오.

그러니 그대도 입을 다물어요. 무서운 얼굴을 하지 말고.

그대가 이 궁정을 나 대신 지금까지

잘 지켜 주었다면, 그것은 그대의 공이에오.

하지만 내가 돌아온 지금은 물러가도록 해요,

당연한 보답 대신 벌을 받지 않도록.

포르키스 종을 꾸짖는 일은 신의 은총을 받은 왕의 고귀한 왕비가,

오랜 세월 슬기롭게 집안을 다스렸다면,

마땅히 가질 수 있는 큰 권리입니다.

당신은 다시 인정을 받는 왕비로서

주부로서 다시 옛자리를 차지하게 되신다니,

오랫동안 느슨해진 고삐를 다잡아 다스리시고

보물과 우리들 모두를 받아 주십시오.

아름다운 백조 같은 여왕님 곁에서 꽥꽥 떠들어대는

날개도 제대로 나지 않은 거위 같은 이 여자들을 나무라고

나이 먹은 저를 두둔해주세요.

합창을 지휘하는 여인 아름다움 분 곁에서는 추한 여자는 더 추해보이지.

포르키스 영리한 사람 곁에서는, 바보가 더 바보로 보이지.

이하 합창대 가운데서 한 명씩 나와 서로 묻고 대답한다.

합창대원 1 아버지응 에레보스,[6] 어머니인 밤이라고 말하렴.

포르키스 네 육친의 사촌 바다 괴물 스킬라[7]에 대해 말해라.

합창대원 2 너희 집 족보에는 온갖 도깨비들이 다 나타나지.

포르키스 저승에 가서, 네 일가나 찾아라!

합창대원 3 지옥에 사는 여자는 네게는 너무 젊어.

포르키스 장님 예언자 테이레시아스의 정부라도 되려무나.

합창대원 4 오리온[8]의 유모는 네 고손高孫쯤 되지?

포르키스 괴상한 새 하르푸이아[9]가 너를 똥 속에서 길렀지, 아마.

합창대원 5 무엇을 먹었기에 그렇게도 말랐느냐?

포르키스 너희가 그렇게 빨고 싶어 하는 피는 빨지 않아.

합창대원 6 자기가 송장이면서 송장을 먹고 싶어 하는구나.

포르키스 뻔뻔스러운 네 주둥이에서 흡혈귀의 이가 번쩍이는구나.

합창을 지휘하는 여인 네 정체를 폭로해 말문을 막아 주랴?

포르키스 그럼 네 이름이나 먼저 대라. 그러면 서로 수수께끼가 풀리겠지.

헬레네 이 심한 말다툼을 말리기 위해

　　화는 안 나지만 슬픈 기분으로 내가 나서야겠다.

　　충실한 종들 사이가 나빠진 것만큼이나

　　주인에게 손해되는 것은 없는 법.

　　그러면 주인의 어떠한 명령도

　　당장 실행된 행동으로 메아리쳐 오지 않는다.

　　그 메아리는 오히려 당황하여 헛되이 꾸짖고 있는 주인의 주위에서

　　제 멋대로 소란스레 떠돌 뿐이지.

　　그뿐 아니라 너희들은 하찮은 일에 화을 내어

　　불길한 저승의 무서운 요괴들을 마구 불러내고

　　그들이 내 주위에 날뛰는 바람에

　　나는 고향 땅에 와 있으면서 저승에 끌려들어가는 듯한 기분이구나.

　　그것은 추억일까? 아니면, 나를 사로잡는 망상일까?

　　여러 고을을 황폐시킨 저 여자[10]의 무섭고 꿈같은 모습은,

　　과거의 나였을까? 지금의 난가? 미리에 그렇게 될 것인가.

　　태연하게 서 있으니 알아듣도록 내게 말해 다오.

포르키스 오랜 세월 여러 가지 행복을 누려온 사람도,

　　　끝내는 더없는 신의 은총도 한낱 꿈처럼 여기는 법이죠.

　　　하지만 끝없이 높은 은총을 받으신 당신이

　　　평생에 만나신 것은, 사랑을 위해,

　　　어떤 무모한 짓도 당장에 해내는 사내들뿐이었죠.

　　　먼저 헤라클레스처럼 늠름하고 아름다운 테세우스가

　　　젊은 당신을 사랑하여 사로잡았죠.

헬레네 겨우 열 살 밖에 안 된 어린 새끼사슴 같은 나를,

　　　유괴해서 아티카의 아피드나이 성에 가두었지.

포르키스 그러나 곧 카스토르와 폴리데우케스에게 구출되어

　　　당신은 뭇 영웅들의 구혼의 대상이 되었지요.

헬레네 하지만, 솔직히 내가 몰래 좋아한 분은

　　　펠리데를 닮은 파트로클로스였어.

포르키스 그런데 아버님의 뜻으로 메넬라오스에게

　　　대담한 항해자이며 집을 잘 다스리는 그와 혼인을 했지요.

헬레네 아버님은 딸과 나라의 통치권까지 맡기셨다오.

　　　그 부부 사이에서 헤르미오네가 생겼지.

포르키스 그런데 유산인 크레타 섬을 싸고 원정 나간 사이에,

　　　외로워진 당신 앞에 너무나도 아름다운 손님이 나타났지요.

헬레네 그 당시 과부나 다름 없었던 생활과

　　　불행이 잇따라 일어난 일을 왜 회상하게 만들지?

포르키스 그 때문에 크레타 섬에서 자유의 몸으로 태어난 저도

　　　사로잡혀서 오랫동안 노예가 되었지요.

헬레네 그분은 그대를 이곳의 시녀장侍女長으로 삼으시고

성과 애써 손에 넣은 보물을 그대에게 맡기지 않았소?

포르키스 당신은 그 성과 보물을 버리고

성과 탑에 에워싸인 일리오스와

그칠 줄 모르는 사랑의 즐거움을 찾으셨지요.

헬레네 사랑의 즐거움이라니 말도 말아요. 이 가슴과 머리는,

너무나 쓰라린 괴로움에 잠겨 있었다오.

포르키스 하지만 소문으로 들으니, 당신은

모습이 두 개[11]로 분신하여 일리오스에도, 이집트에도 계셨다던데요?

헬레네 이 거친 마음의 어지러움을 더 휘젓지 말아요.

지금도 어느 쪽이 참된 나인지 모르니까.

포르키스 그리고 또 아킬레우스[12]가

허망한 그림자의 나라에서 나와 당신을 열렬히 사모하는 데 한몫하셨다구요.

그는 전에도 운명의 결정을 거역하고 당신을 사랑했지요.

헬레네 그것은 환상인 내가 환상인 그이와 인연을 맺었을 뿐이에요.

그것은 꿈이었다고 전설에서도 말하고 있어요.

아, 나는 이대로 사라져서 환상이 돼 버리고 싶어요.

합창대 한 사람의 팔에 쓰러진다.

합창 입을 닥쳐라, 입을 닥쳐!

건방진 눈길, 건방진 말투!

그 무서운 외이빨의 입술에서

그 소름끼치는 흉악한 목구멍에서

무슨 말을 토해내는 거지!

양털 가죽을 쓴 이리처럼,
인정스러운 듯이 보이는 악당아.
머리가 셋 달린 지옥 개의
아가리보다 훨씬 더 무섭구나.
겁을 먹고 우리는 여기서 엿보고 있다,
언제, 어디서, 어떻게,
음흉한 꾀를 가진 괴물이
틈을 타서 뛰쳐나올까 하고.

친절하게 넉넉히 위로하고
근심 걱정을 잊게 하는 부드러운 말 대신,
너는 과거사를 모조리 들추어내어
좋은 일보다 궂은일은 더 쳐들어
현재의 밝은 빛뿐 아니라,
부드럽게 비쳐드는 미래의 빛까지
모두 함께
지워 버린다.
입을 닥쳐라, 입을 닥쳐!
금방 꺼져 버릴 듯한
여왕님의 넋을 꼭 붙들어,
태양이 비치는 모든 모습 가운데
가장 아름다운 그 모습을
단단히 잡고 있어야 한다.

헬레네는 기운을 되찾고, 다시 무대 가운데에 선다.

포르키스 안개에 가리워도 황홀하게 하고 눈부시게 빛나며 다스리시는

높이 솟은 오늘의 태양이시여, 흐르는 구름 속에서 나와 주세요.

세계가 당신을 향해 펼쳐져 있듯이

당신도 상냥한 눈으로 정답게 보아 주십니다.

모두들 나를 추하다고 욕하지만,

나 역시 아름다운 것은 잘 알고 있지요.

헬레네 나는 적막한 곳에서 비틀거리고 나왔더니

아직 피로에 지친 몸이라 쉬고 싶구나.

어떤 무서운 일이 느닷없이 닥치더라도

마음을 단단히 갖고 용기를 내는 것이

여왕으로서 인간으로서 어울리는 태도겠지.

포르키스 당신은 위엄과 아름다움으로 계시지만,

그 눈길은 분부할 일이 있다고 말씀하십니다.

무슨 분부십니까? 말씀하세요.

헬레네 너희들의 입씨름으로 시간을 허비했으니,

서둘러서 제물을 바칠 준비를 해라. 국왕의 분부대로.

포르키스 다 마련되어 있습니다.

쟁반도, 향로도, 날카로운 (도끼)도, 정수와 땔감도.

하지만 제물은 무엇으로 하시나요.

헬레네 그것은 국왕께서 지시하지 않았다오.

포르키스 안 하셨어요? 아, 딱해라!

헬레네 딱하다니?

포르키스 제물은 바로 당신이에요!

헬레네 나라고?

포르키스 그리고 이 여자들도!

포르키스 도끼 밥이 되는 것이지요.

헬레네 참혹하구나! 짐작은 했지만 가련한 신세로다!

포르키스 어쩔 수 없는 일인 것 같습니다.

합창 아, 우리는 어떻게 되지요?

포르키스 여왕님은 거룩하신 최후를 마치실 거야.

　　　하지만, 너희들은 지붕 추녀를 받치고 있는 높다란 대들보에,

　　　그물에 걸린 지빠귀처럼 나란히 매달려서 버둥거리게 될 거야.

　　　헬레네와 합창대는 떼를 지어 겁을 먹고 서 있다.

포르키스 망령들아! ─ 너희들은 동상처럼 꼼짝도 못하고 서 있구나.

　　　본래 너희들 것이 아닌 이 밝은 세상과 헤어지는 것이 그렇게도 두려우냐.

　　　인간들도 너희들과 같은 망령이지만,

　　　그것들도 이 장엄한 햇빛을 단념하기 싫어한단다.

　　　하지만 인간을 그 최후로부터

　　　구해 주려고 탄원하는 자도 구해 주는 자도 없으며,

　　　누구나 알고 있지만, 단념하는 놈은 적단 말이다.

　　　어쨌든 너희들은 끝장이다! 자 어서 일을 시작하자.

　　　손뼉을 친다. 문간에 가면을 쓴 난쟁이들이 나타나서 명령대로 재빨리 수행한다.

이리 오너라, 이 음산하고 동그란 도깨비들아!

이리 굴러 오너라, 너희들 멋대로 설쳐라.

황금의 뿔이 달린 계단은 여기에 놓고

이 도끼는 은빛 나는 모서리 위에 놓아라.

물단지에 물을 가득 채워라. 더러워진 피로, 몸이 오싹하게

더러워진 것을 씻어야 한다.

이 흙먼지 위에 양탄자를 멋지게 깔아라.

제물이 될 왕비께서 왕비답게 무릎을 꿇으면,

당장 목이 떨어지고, 둘둘 말려서

그러나 지체에 어울리게 훌륭한 장사를 지낼 것이다.

합창을 지휘하는 여인 왕비께선 수심에 잠겨 서 계시고

종들은 베어진 풀처럼 시들하구나.

가장 나이 많은 내가 노인이신 당신과

이야기하는 것이 거룩한 나의 의무인 것 같군요.

당신은 경험이 많고 현명하며

우리들에게 호의를 보이시는 것 같습니다,

이 애들은 철없이 오해하고 당신에게 대들었지만.

말씀해 주세요. 혹시 우리가 살아날 길이 있는지.

포르키스 그거야 쉬운 일이지. 여왕의 마음에 달려 있지.

자신과, 너희들도 같이 구하시는 것도

결심이 필요하다, 그것도 아주 빨리.

합창 운명의 여신 가운데 가장 귀하고, 슬기로운 무당님,

생명을 끊는 황금 가위는 그냥 두시고

우리에게 구원의 빛을 비추어 주소서.

우리의 귀여운 다리가 벌써 허공에 매달려서 흔들리는 것 같아요,

우리들은 우선 춤추며, 즐기다가 사랑하는 이의

품에서 쉬고 싶은데.

헬레네 이 애들이 무서워하는 것은 어쩔 수 없어요.

나는 슬프지만 무섭지는 않아요.

하지만 그대가 구원의 길을 알고 있다면, 고맙게 받아들이겠어요.

현명한 사람이나 앞날을 볼 줄 아는 사람에겐 흔히

불가능도 가능해지는 법이니까. 자, 말해주세요.

합창 자, 말해주세요. 어서 들려줘요. 우리들이 어떻게,

당치 않은 목걸이가 되어 우리 목에 감기려는,

저 무섭고 끔찍한 올가미를 면할 수 있는지.

당신이 가엾게 여겨 주지 않는다면

불쌍한 우리는 벌써 숨이 끊어지고 질식할 것 같아요.

모든 신들의 거룩한 어머님!

포르키스 이야기를 질질 끌어 길어져도 참고 조용히

들어 주겠소? 여러 가지 이야기가 있단 말이오.

합창 참고말고요! 듣는 동안은 살아 있을 수 있으니까.

포르키스 집에서 귀중한 보물을 간수하고

갈라진 궁전의 벽을 때우거나

지붕이 새는 것을 막을 줄 아는 이는,

평생을 행복하게 지낼 수 있을 것입니다.

하지만 신성한 문턱을

경솔하게 넘어가는 자는

다시 돌아와서 보면 그대로 제자리에 있기도 하고

별로 무너진 데가 없다고 하더라도 모조리 변하는 법이죠.

헬레네 왜 그렇게 빤히 아는 말을 새삼 늘어놓지?

이야기를 해준다면서 또 불쾌한 일을 들추진 말아요.

포르키스 이건 사실이지 결코 비난이 아닙니다.

메넬라오스 왕은 해적질을 하면서 후미에서 후미로 저어 다녔고,

해안에서, 섬에서 약탈하지 않은 곳이 없으며,

약탈한 물건을 갖고 돌아와 성에 가득가득 쌓았지요.

일리오스를 공격하는 데 10년이란 긴 세월이 걸렸지만.

돌아오는 데 또 얼마나 걸렸는지 모릅니다.

그러나 틴다레오스의 장엄한 이 궁전은

어떻게 되었지요? 주위의 영토는 어떻게 되었지요?

헬레네 그대는 욕지거리가 완전히 몸에 베어서,

악평을 빼고는 입을 놀리지 못하는구나.

포르키스 스파르타의 뒤쪽 북쪽으로 높이 올라가서

타이게토스 산을 등진 골짜기에는 여러 해 동안 사는 사람도 없이 버려진 땅인데, 그곳에서

에브로타스 강이 힘차게 흘러내리고

갈대가 무성한 골짜기를 폭넓게 흘러

백조들을 키웁니다.

그 골짜기 깊숙이 아무도 몰래 대단한 종족이

북녘 밤의 나라에서 이주해 와 살고 있습니다.

기어오를 수도 없는 견고한 성을 쌓고

거기서 멋대로 주위의 토지와 백성을 괴롭히고 있습니다.

헬레네 그런 짓을 정말 했나요? 도저히 안 믿어지는데.

포르키스 오래 걸렸지요. 그럭저럭 이십 년은 됐을걸요.

헬레네 두목이 있나요? 도둑떼는 많나요?

포르키스 도둑떼는 아니지만 두목이 한 사람 있죠.

　　　　나도 습격을 받았지만 그의 욕은 하지 않겠어요.

　　　　모조리 뺏을 수도 있었는데 자진해서 얼마간

　　　　선물을 하니 흡족해 하더군요. 공물이 아니고 기부라고 하더군요.

헬레네 그들의 꼴은 어떤가요?

포르키스 흉하진 않아요! 내 마음에는 들었어요.

　　　　명랑하고, 과감하며 몸집이 좋고,

　　　　그리스인으로는 보기 드문 사려 깊은 사나이지요.

　　　　그 종족을 야만인이라고 욕도 하지만 일리오스 성 밖에서

　　　　식인종처럼 굴던 그리스의 많은 영웅들에 비하면

　　　　그런 참혹한 짓을 하는 자는 아닌 것 같더군요.

　　　　저는 그 자의 너그러움을 존경하고 믿습니다.

　　　　그리고 그의 성! 그것은 직접 한 번 보세요!

　　　　애꾸눈의 거인 키클로프스[13]가 한 것처럼

　　　　당신들의 조상들이 거친 돌 위에

　　　　거친 돌을 마구 쌓아올린 거친 축대와는

　　　　모양부터 다릅니다.

　　　　거기는 모두 수직, 수평으로 규칙적입니다.

　　　　밖에서 보세요! 하늘로 치솟아 올라가

　　　　참으로 튼튼하고 이은 자리 하나 없이 강철같이 미끈합니다.

　　　　기어오르자 — 하고 생각만 해도, 생각하는 순간 미끄러져 떨어집니다.

　　　　성 안에는 넓은 안마당도 있고

그 주위를 갖가지 용도의 건물들이 에워싸고 있지요.

거기에는 크고 작은 기둥, 아치,

성 안팎을 보기 위한 발코니와 회랑,

그리고 문장紋章 등이 보입니다.

합창 어떤 문장이지요?

포르키스 저 아이아코스가

얽힌 뱀 문장을 방패에 달았던 것은 너희도 보았겠지.

테베에 쳐들어간 일곱 용사[14]도 저마다 방패에

의미심장한 무늬를 달고 있었지.

그 가운데는 밤하늘에 비치는 달과 별도 있었고,

여신도 영웅도, 사다리도 검도 햇불도,

평화로운 고을을 위협하는 위압적인 것도 있었다.

그러한 무늬은 내가 얘기하는 영웅의 무리들도

선조 대대로 빛깔도 찬란하게 달고 있어요.

거기에는 사자, 독수리 발톱, 부리,

그리고 물소의 뿔, 날개, 장미, 공작 꼬리,

금·은·흑·청·홍 등 빨간 줄무늬진 것도 있어요.

그런 것이 즐비하게 걸려 있단 말예요,

이 세상처럼 넓고 끝없는 방에.

거기는 너희들은 춤도 출 수 있을걸.

합창 거기에 춤주는 분도 있나요?

포르키스 기막힌 친구들이 있지! 금발의 싱싱한 젊은이들이지.

청춘의 형용할 수 없는 향기! 그런 향기가 나는 것은

파리스가 왕비에게 다가섰을 때, 그때뿐이지요.

헬레네 그대의 이야기는

　　자기 소임에서 벗어났군! 결국 어떻게 하라는 말이지.

포르키스　그것은 왕비께서 말씀하셔야죠. 진정으로

　　분명하게 말씀하세요. 그러면 당장 그 성으로 안내하겠습니다.

합창　제발 그 한마디를 해주세요.

　　그리하여 당신은 물론 저희들을 구해 주세요!

헬레네　뭐라고? 설마 메넬라오스 왕이

　　나를 죽이다니, 그런 짓을 하실 까닭이 없어.

포르키스　벌써 잊으셨나요? 파리스의 동생인

　　데이포부스가 과부가 된 당신을 억지로 손에 넣어

　　애인으로 삼았을 때, 왕께서 코와 귀를 잘라내고,

　　난도질까지 하여 너무도 끔찍한 복수를 한 것을?

헬레네　그것은 나 때문에 한 것이지.

포르키스　그 남자 때문에 당신에게도 같은 짓을 할 것입니다.

　　미인을 나누어 가질 수는 없어요. 미인을 완전히 소유하려는 자는,

　　나누어 갖는 것을 저주하고, 차라리 죽여 버립니다.

　　멀리서 나팔 소리, 합창대는 벌벌 떤다.

　　저 나팔 소리가 귀와 창자를 날카롭게 찢어 놓는 듯 하군요.

　　국왕의 가슴속에는 질투가 미친 듯이 소용돌이 치고 있습니다.

　　이미 독점할 수 없게 되니 잊을 수가 없어

　　사내의 가슴속에 쓰리게 후벼 대는 것이지요.

합창　저 피리 소리가 들리지 않으세요?

번쩍이는 무기가 보이지 않으세요?

포르키스 잘 돌아오셨습니다. 국왕님, 자세한 것은 보고를 드리겠습니다.

합창 하지만, 우리는?

포르키스 뻔한 일이지, 왕비의 죽음을 눈앞에 보고

　　　궐내에서 너희들도 죽는 것은 뻔한 일, 살아나다니 어림도 없지.

　　잠시 후에

헬레네 우선 급한 대로 해볼 수 있는 일을 생각해보았다.

　　　그대가 악령이라는 것은 잘 알고 있다.

　　　좋은 일을 나쁜 것으로 돌려놓을까 겁도 난다.

　　　어쨌거나 그대를 따라 그 성으로 가 보련다.

　　　그밖의 일은 내가 알아서 하겠다. 왕비로서 이런 일을 당하여,

　　　가슴 속 깊이 숨기고 있는 지는

　　　아무도 모를 것이다. 자, 앞장을 서요!

합창 아, 우리는 발걸음도 가볍게

　　　　기쁨에 넘쳐서 떠나갑니다.

　　　　뒤에는 죽음

　　　　앞에는 또

　　　　치솟은 성의

　　　　넘을 수 없는 성벽.

　　　　트로이의 성은 끝내

　　　　비열한 목마의 계략에 빠졌지만

　　　　우리를 지켜 주었다.

그와 같이 이 성도 우리를 지켜 주겠지.

안개가 퍼져서 배경을 덮는다. 가까운 경치도 적당히 잠긴다.

아니, 이것은 어찌 된 일일까?
모두들 돌아봐요!
좋은 날씨였는데
안개가 하늘하늘
에브로타스의
신성한 강물에서 솟아오르네.
갈대로 관을 쓴 아름다운 강변도
벌써 시야에서 사라졌네!
자유롭게 우아하며 당당하게,
나란히 즐겁게 헤엄치면서
한가로이 미끄러져 가던 백조도
아, 이제는 보이지 않네!

하지만, 하지만,
백조의 노래가
쉰 소리가 멀리서 들려오네!
죽음을 알리는 노래라 하는데
아, 저 소리가 우리들에게
약속된 구원의 행복 대신,
파멸을 알리는 것이 아니면 좋으련만.

백조를 닮은, 길고
아름다운 흰 목을 가진 우리도 우리지만,
백조에서 태어나신 우리 왕비님!
아, 슬프구나, 슬프구나!

사방이 온통
벌써 안개에 뒤덮였네.
서로의 얼굴도 보이지 않는구나!
어찌 되었을까? 우리는 걷고 있는 것일까?
우리는 그저 땅 위를 스치듯
종종걸음으로 떠가는 것일까요?
그대는 아무것도 안 보이나요? 죽음의 안내자 헤르메스[15]가
앞장서서 떠나간 것은 아닐까요?
그의 번쩍이는 금 지팡이가,
걷잡을 수 없는 것으로 차 있는
즐거움도 없이 잿빛으로 날이 새는
영원히 공허한 지옥으로 돌아가라고,
우리를 재촉하고 있지나 않을까요?

아, 문득 어두워지더니, 안개가 빛을 잃고 사라져 가네.
어두운 잿빛 벽처럼. 성벽이 우리들 눈앞에
환히 트인 눈앞에 나타나네. 안뜰일까, 깊은 웅덩이일까?
소름이 끼치는구나! 아, 알았다! 우리들은 사로잡혔어요.

전에 겪지 못한 식으로 사로잡혔어요.

성 안의 안마당

중세의 호화롭고 환상적인 건물에 둘러싸여 있다.

합창을 지휘하는 여인 지레짐작에다 어리석고, 진정 전형적인 계집들이군!

　　눈앞의 일에 사로잡혀 행복과 불행 따위의 낌새에 놀아나고

　　태연하게 행복에도 불행에도

　　이겨낼 줄 모르는군.

　　늘 한 사람이 다른 사람한테 대들고

　　거꾸로 다른 것들이 그 애한테 덤벼들지, 다만 기쁘거나

　　슬퍼서 울거나 웃고 할 때만은 가락이 맞는군.

　　자! 조용히 하고 왕비께서 이 자리에서

　　당신과 우리를 위해 어떤 고매하신 결정을 내리실지 귀를 기울여라.

헬레네 그대는 어디로 갔느냐? 피토니사라는 무당아,

　　이 음침한 천장이 덮인 성의 방안에서 나오너라.

　　만일 그대가 그 불가사의한 영웅인 성주에게

　　내가 온 것을 전하고, 환영할 준비를 시키러 갔다면 고마운 일이다.

　　냉큼 나를 그에게로 인도하여라!

　　이제 방랑을 끝내고 쉬고 싶을 따름이다.

합창을 지휘하는 여인 여왕님, 사방을 둘러보셔도 헛된 일입니다.

　　그 보기 흉한 모습은 사라졌어요.

저 안개 속에 머물러 있는 것일까요? 아마 우리들이,

걷지도 않았는데 이상한 걸음으로 갑자기 빠져나온

저 안개의 속에라도 처져 버린 것이 아닐까요.

혹은 왕후다운 훌륭한 인사를 차리기 위해,

성주를 찾아 여러 조각이 이상하게 하나가 된

미로 속을 방황하면서, 헤매고 다니는지도 모르겠어요.

하지만, 보세요. 저 위에는 벌써 많은 사람들이

회랑과 창가와 현관에 오락가락하고,

종들이 이리저리 부산하게 오가고 있습니다.

저것은 공손히 손님을 맞이하겠다는 뜻이지요.

합창 이제 안심이 되는구나! 자, 저쪽을 보세요.

상냥한 젊은이들이 조심스런 걸음으로

줄을 지어 얌전히 내려오고 있어요.

대체 누구의 명령으로 저 훌륭한 시동들은

이렇게도 빨리

줄을 지어 나타나고 있을까요?

가장 놀랄 만한 일은 무엇일까? 우아한 걸음걸일까?

눈이 부신 이마에 덮은 고수머리일까,

아니면 복숭아처럼 발그레하고,

보드라운 **솜털**이 난 귀여운 누 볼일까?

물어주고 싶지만 무서워요.

비슷한 경우가 있었는데, 말하기도 싫지만,

입 속에 재[16]를 가득 물린 적이 있었으니까!

하지만 멋지고 아름다운 젊은이들이

이쪽으로 오고 있어요.

대체 무엇을 들고 오는 것일까?

옥좌로 올라가는 계단과

양탄자와 걸상과 휘장과

장식품이에요.

그런 장식이

여왕님의 머리 위를

동그라미 지으며,

겹겹으로 물결치고 있어요.

여왕님은 벌써 인도되어

화려한 보료 위에 앉으셨어요.

자, 앞으로 나아가요,

한 단 또 한 단

엄숙하게 늘어서요.

훌륭하고 훌륭한, 참으로 훌륭한,

이 환영을 축복해요!

합창대의 가사가 모두 차례로 이루어진다.

파우스트, 시동과 시종들이 긴 줄을 지어 내린 뒤에, 파우스트가 계단 위에서 중세 기사의 궁

중복을 입고 나타나 천천히 품위 있게 내려온다.

합창을 지휘하는 여인 (파우스트를 찬찬히 바라보면서)

신들께서 곧잘 그러시듯, 저분에게

희한하기 그지없는 모습과 고귀한 거동과

사랑스러운 풍채를

임시로 빌려 주신 것이 아니라면,

저분이 하는 일은 언제나 성공할 거예요,

남자끼리의 싸움에서나, 아름다운 여자와의 알력에서나.

평판이 자자한 분을 많이 보아왔지만,

저분은 어느 누구보다도 훌륭하십니다.

천천히 엄숙하게 경건한 걸음걸이로,

저분이 오십니다. 여왕님, 저쪽을 보세요!

파우스트 (결박당한 사나이를 데리고 다가온다.)

이런 경우에 어울리는 경사스러운 인사 대신에

공손한 환영사 대신에 저는

사슬로 묶은 이 하인을 데리고 나왔습니다.

이 자는 의무를 게을리 하고 저에게도 의무를 게을리 하게 하였습니다.

여기 꿇어 앉아 귀하신 부인에게 네 죄를 고백하라!

고귀하신 여왕이시여, 이 자는 눈이 드물게 날카로워서

높은 탑에서 사방을 둘러보는 소임을 맡겼지요.

저 하늘과 넓은 땅을 뚫어지게 감시하여,

여기저기서 나타나는 것들과

주위의 언덕에서 골짜기의 굳건한 요새를 향하여

움지이는 것은 물결 같은 가축의 부리건

혹은 군대건 간에 놓치지 말아야 합니다.

가축이면 보호하고,

군대라면 맞서 싸워야 합니다.

그런데 오늘은 이 무슨 소홀한 짓이겠습니까!

귀부인이 오시는데도 이자는 알리지 않았습니다.

그래서 이처럼 귀하신 손님을

공손히 맞아들일 기회를 잃어버렸습니다.

실수를 하여 제 목숨을 버렸으니, 마땅히

피를 쏟고 쓰러져 있어야 할 것입니다만,

벌하시건 용서하시건 당신의 뜻대로 하십시오.

헬레네 당신은 저에게 부여한 높은 지위로,

재판을 하라, 명령을 하라 하시니 추측하건대,

저를 시험해 보시려는 생각 같으시군요.

아무튼 재판관의 첫째 의무로서

피고의 말을 들어 보겠어요. 어디 말해보아라.

파수꾼 린케우스[17] 꿇어앉게해주십시오. 우러러보게해주십시오.

죽게해주십시오. 살려주십시오.

신께서 보내신 이 부인에게

저는 이미 몸을 바쳤으니까요.

날이 새는 즐거움을 기다리면서

동녘에 해가 뜨는가 — 살피고 있었는데

이상하게도 느닷없이

태양이 남쪽에서 솟았습니다.[18]

그쪽으로만 눈이 끌려서

골짜기나 언덕도 보지 않고

넓은 천지도 보지 않고,

다시없는 분을 보려 하였습니다.

높은 나뭇가지에 사는 삵괭이 같은

시력을 지닌 저이지만

어쩐지 깊고 어두운 꿈에서 깨어난 듯

눈도 제대로 뜰 수 없었습니다.

저는 분간을 할 수 없었습니다.

성인지, 탑인지, 닫힌 문인지,

안개가 너울대고 사라지더니

여신 같은 분이 나타나셨습니다!

눈과 가슴을 그쪽으로 돌려서

저는 부드러운 빛을 마셨습니다.

눈부신 그분의 아름다움이

가엾은 저의 눈을 멀게 하였습니다.

저는 파수꾼의 소임도 잊고

피리를 부는 것도 모조리 잊었습니다.

죽이겠다고 꾸짖어 주십시오 —

아름다우신 모습이 모든 원망을 없애줍니다.

헬레네 니로 인한 실수를 어찌 내가 벌할 수 있겠어요.

불쌍한 이 몸, 이 가혹한 운명이,

나를 따라다녀 어디를 가나 사내들의 마음을

이토록 홀려서, 자신과 그 밖의 것까지도

등한시하다니!

반신半神도, 영웅도, 신도, 악령들까지,

나를 **빼앗**고, 유괴하고, 싸우고,

이리저리 끌고 다니면서 서로 가지려 하는군요.

혼자일 때도 세상을 어지럽혔으니, 두 몸일 때는 말할 나위도 없고,

이제 삼중, 사중의 몸[19]이 되어 재앙을 거듭하고 있어요.

이 착한 사람을 데려다가 풀어 주세요.

사랑의 신에게 미혹당한 자를 욕되게 하지 마세요.

파우스트 오, 여왕이여, 영락없이 사랑의 화살을 쏘는 분과

맞은 자를 보고 그저 놀랄 뿐입니다.

그 화살을 쏜 활과, 상처 입은 자를 저는 봅니다. 그런데 화살은

계속 날아들어

저에게 맞습니다. 상 안 어디로 가나 화살은

여기저기 가로세로로 화살은 깃을 울리며 날고 있는 것 같습니다.

그런데 저는 무엇일까요? 당신은

단번에 나의 충신을 반역케 하고, 나의 견고한 성벽을

위태롭게 합니다. 그리기에 이미 저의 군대도 질 줄 모르는 부인에게

순종하지나 않을까 걱정입니다.

이제 나 자신과, 내 것이라고 생각하고 있는 모든 것을,

당신에게 바치는 수밖에 도리가 없군요.

당신의 발아래 엎드려 자진해서 충성을 다하여

당신을 주군으로 섬기게 해주십시오.

당신은 오자마자 이 성과 옥좌를 차지하셨습니다.

파수꾼 린케우스 (상자 하나를 들고 등장. 다른 상자를 든 사나이들 뒤따른다.)

여왕님, 저는 다시 돌아왔습니다.
부자라도 한번 뵙자고 졸라대고
당신을 한번 보면 당장에, 나는
거지처럼 가련하고 왕후처럼 뿌듯함을 느낍니다.
처음에 저는 무엇이었죠? 지금은 무엇일까요?
무엇을 원하고 무엇을 해야 할까요?
눈빛이 아무리 예리한들 무슨 소용 있습니까?
눈빛이 당신의 자리에 부딪치면 다시 튕겨 나옵니다.

동쪽에서 우리는 찾아왔습니다.
그것은 서쪽에는 재앙이었지요.
길고 폭이 넓은 민족의 대군大群으로
앞장 선 자는 끝 사람을 모를 정도였지요.

앞 사람이 쓰러지면 둘째 사람이 나서고
셋째 사람은 벌써 창을 겨눕니다.
저마다 백배로 용기가 나서
천 명쯤은 죽어도 눈치도 못 챕니다.

아우성치며 쳐들어가서
언덕아 마을을 섬멸했습니다.
오늘 내가 지배하고 명령한 땅에
내일은 다른 자가 와서 약탈하지요.

우리는 살피고 돌아다녔습니다 ─ 재빨리,
어떤 자는 예쁜 여자를 붙잡고,
어떤 자는 다리가 튼튼한 황소를 사로잡고,
말은 깡그리 끌어갔습니다.

하지만 저는 남들이 보지 못한
천하의 진품을 좋아합니다.
다른 사람이 가지고 있는 것은
저에게는 마른 풀잎과 같았습니다.

저는 보물을 찾아다녔습니다.
날카로운 눈에 의지하여
어떤 주머니 속도 꿰뚫어보았으며,
어떤 장롱도 제게는 훤히 보였습니다.

그리하여 산더미 같은 금이 제것이 되었지요.
그러나 가장 희한한 것은 보석이었습니다.
당신의 가슴을 푸르게 단장할 만한 것은
오직 이 푸른 구슬 하나뿐이올시다.

귀와 입 사이에 바다 밑에서 건져 낸
물방울 모양의 진주를 달아 한들거려 보세요.
홍옥은 불의 붉은 빛에 무색해져서
달아나버리고 말 것입니다.

이렇게 최상의 보물을
당신 앞에 옮겨 놓습니다.
피비린내 나는 많은 싸움의 전리품을
당신의 발아래 바칩니다.

이렇게 많은 상자를 끌고 왔습니다.
쇠로 만든 통이라면 더욱 많지요.
저를 당신 곁에 있게만 해주신다면
보물 창고를 가득 채워 드리지요.

당신이 옥좌에 오르시면
당장 지혜도, 부귀도, 권력도,
비길 데 없는 자태 앞에
머리를 숙이고 허리를 굽힐 테니까요.

제것이라고 단단히 쥐고 있던 것이
죄다 당신 것이 될 것입니다.
귀하고 값진 것이라 생각했는데
이제는 보잘것없는 것으로 보이는군요.

제가 가졌던 것은 다 사라지고
베어서 시든 풀이 되었습니다.
당신의 아름다운 눈길을 보내시어
원래 지닌 값어치를 되찾게 하십시오!

파우스트 용감하게 손에 넣은 그 짐짝들을 냉큼 치워라.

꾸짖지는 않겠다만 칭찬은 못하겠다.

이 성 안에 간직된 것은 모두 이분의 것이니

특별히 내드린다는 것은 쓸데없는 짓이다.

가서 보물 위에 보물을 차곡차곡 쌓아 올려라.

일찍이 보지 못한 화려하고 숭고한 광경을 보게 되리라!

둥근 천장을 밝은 하늘처럼 빛나게 하고

생명 없는 보물로 생명 넘치는 낙원을 세워라!

여왕님이 걸으시면 얼른 앞에 가서

꽃무늬의 양탄자를 차례로 깔아

보드라운 바닥에 발걸음이 닿게 하고

보시는 눈길에는, 거룩하신 분이 어지럽지 않도록

그지없는 빛을 스치도록 하여라!

린케우스 성주님의 명령은 쉬운 일입니다.

그까짓 일은 장난이나 같습니다.

보물이건 생명이건 이 아름다운 분의

위력이 지배하고 있으니까요.

벌써 전군의 맥이 다 풀어지고

칼은 무디어져서 쓸모가 없습니다.

이 빛나는 모습 앞에서는

태양도 빛을 잃고 차가워집니다.

눈으로 보는 것이 풍성한 나머지

모든 것이 허전하고 허무해집니다. (퇴장)

헬레네 (파우스트에게) 이야기가 하고 싶어요.

어서 이리 제 곁으로 올라오세요! 여기 빈자리가

주인을 부르고 있어요.

그러면 제 자리도 안정될 것입니다.

파우스트 먼저 꿇어앉아 진심으로 몸을 바치게 해주십시오.

귀하신 분이여, 저를 당신 곁으로

끌어올려 주시는 그 손에 입을 맞추게 해주십시오!

가이없는 당신 나라의 공동 통치자로

인정해주십시오. 당신의 숭배자, 종, 파수꾼을,

이 한 몸에 겸한 사람으로서 저를 받아 주십시오.

헬레네 갖가지 이상한 일을 듣고 보아 깜짝 놀라서,

여러 가지를 물어보고 싶어요.

하지만 먼저, 어째서 저 사람이 한 말이 이상하게,

더구나 그렇게 들렸는지 가르쳐 주세요.

한 가지 소리가 다음 소리에 가락을 맞추고,

한 마디 말이 귀에 들어오면,

다른 말이 와서, 처음 말을 어루만지는군요.

파우스트 우리의 말씨가 마음에 드셨다면,

노래도 틀림없이 당신을 즐겁게 할 것이며

귀와 마음을 속속들이 흡족하게 해드릴 것입니다.

하지만, 확실한 것은 당장 연습을 하는 겁니다.

주고받는 말이 그것을 꾀어내고 불러냅니다.

헬레네 대체 어떻게 하면 저도 그렇게 아름답게 이야기할 수 있을까요?

파우스트 아주 쉬운 일입니다. 가슴에서 우러나오면 됩니다.

그리운 정이 가슴에 넘치면,

　사람은 주위를 둘러보고 묻지요 ―

헬레네 누가 함께 즐거워할 거냐구요?

파우스트 이제 마음은 앞뒤도 보지 않고 오직 현재에만 ―

헬레네 우리의 행복이 있지요.

파우스트 현재만이 보물이고, 이익이고, 소유이고, 담보이지요.

　그 보증은 누가합니까?

헬레네 저의 손이 보증하겠어요.

합창 누가 의심하였으리오?

　　　왕비께서 이 성의 주인에게
　　　천절을 베푸시리라는 것을.
　　　솔직히 말해서 일리오스가
　　　창피하게 망하고 미로와 같은
　　　불안하고 괴로운 방랑을 더듬은 후,
　　　여러 번 있었던 일이지만
　　　언제나 사로잡힌 몸이었으니까요.

　　　사나이들의 사랑에 익숙해진 여자는
　　　좋다 나쁘다 가리지는 않지만
　　　사나이의 진가를 아는 법이에요.
　　　그래서 금발의 양치기에게도
　　　검고 억센 머리칼의 숲의 신에게도
　　　기회만 있으면
　　　포동포동한 그 사지를
　　　송두리째 내어 맡기지요.

벌써 두 분은 차츰 더 가까이 다가앉아

벌써 서로 기대고 계시군요.

어깨와 어깨, 무릎과 무릎을 맞대고

손과 손을 마주 잡고

옥좌의 푹신한 보료 위에서

몸을 흔들고 계시군요.

자체가 높은 분들이란

남의 눈을 피하는 즐거움이라도

여러 사람의 눈앞에서

예사로 드러내 보여 주시나 봐요.

헬레네 저는 아주 멀리 떨어져 있는 듯해도 가까이 있는 듯 느껴요.

하지만 "저는 여기 있다고"고 말하지 않을 수 없어요.

파우스트 난 숨쉴 수가 없고 몸이 떨리며 말이 막힙니다.

이것은 꿈입니다. 시간도 장소도 사라졌습니다.

헬레네 저는 다 산 것도 같고 새로 시작하는 것 같기도 해요.

낯선 당신께 몸과 마음을 다 바치고, 당신과 하나가 된 듯 합니다..

파우스트 둘도 없는 이 운명을 너무 의심하지 맙시다!

비록 순간일지라도, 산다는 것은 의무지요.

포르키스 (허둥지둥)

사랑놀이도 좋고

희롱하며 사랑을 의심하고

한가로이 따지면서 사랑하는 것도 좋지만,

이제는 그럴 때가 아닙니다.

저 아득한 땅울림이 들리지 않소?

저 나팔 소리를 좀 들어 보시오.

파멸이 멀지 않았단 말이오.

메넬라오스 왕이 대군을 이끌고

파도처럼 들이닥치고 있다구요.

격전의 준비를 하세요!

당신은 승리자의 무리에 둘러싸여

데이포부스처럼 난도질을 당하고,

이 여자를 손에 넣은 값을 치러야 해요.

우선 이 경박한 여자들이 축 늘어지면

곧 이 부인에겐

시퍼런 도끼가 제단에서 기다리죠.

파우스트 건방지게 방해만 일삼는구나! 지겹게도 쫓아다니는군.

위급할 때라도 나는 성급한 짓은 않는다.

불행한 소식을 가져오면 아무리 아름다운 사신이라도 추하게 보이는 법인데,

그렇지 않아도 추한 그대는 늘 나쁜 소식만 가져오는구나.

하지만 이번만은 헛수고다. 헛된 숨을 내뱉어

공기를 뒤흔들기나 하라. 여기는 위험이 없어.

있더라도 헛된 위험뿐이야.

봉화, 탑 위에서 터지는 폭음, 금속 나팔과 목관 나팔, 군악, 당당한 대군의 행진

파우스트 걱정마십시오. 지금 당장

정예 군대를 집결시키겠습니다.

여성을 늠름하게 지킬 수 있는 자만이

여성의 사랑을 맏을 자격이 있지요.

대열에서 떠나서 다가오는 대장들에게

꾹 참고 있던 투지를 안고 나서라,
그러면 틀림없이 승리를 거둘 것이다.
너희들 북방의 청춘의 꽃들이여,
너희들 동방의 꽃다운 힘들이여,

강철로 몸을 싸고, 강철을 번쩍이며,
나라마다 쳐부수고 무찌른 용사여,
너희들이 나타나면 대지가 흔들린다.
너희들이 지나가면 우레 소리 뒤따른다.

우리가 필로스[20]에 상륙했지만
노장 네스토르는 이미 없었다.
모든 작은 왕국들을
용맹한 우리 군이 짓밟았다.

지체하지 말고 이 성벽에서
메넬라오스를 바다로 몰아내라.
바다에서 헤매고 약탈하고 염탐하고,
그것이 그의 취미요, 운명이다.

스파르타 왕비의 명에 의해, 여기서
나는 그대들 장군들에게 인사하노라.
산과 계곡을 여왕에게 바쳐라.
정복하는 영토는 너희들 것이다.

게르만 장군이여, 성채를 쌓아
코린트의 뒤쪽을 지켜라.
그리고 수많은 계곡의 아카이아[21]는
고트 장군이여, 그대에게 맡긴다.

엘리스는 프랑크군이 진격하고,
메세네는 작센군이 담당한다.
노르만군은 바다를 소탕하여
아르고스 영토를 확장하여라.

그리고 저마다 그 지방에 정착하여
밖으로 국위을 떨쳐라.
왕비가 계시는 옛 성 스파르타는
너희들 위에
군림하도록 하리라.

너희들이 저마다 번영하는 고을에서
생활을 즐기는 것을 여왕께서는 보시리라.
너희들은 안심하고 여왕의 발아래

보증과 권리와 빛을 얻으리라.

파우스트는 계단을 내려온다. 제후들이 그를 둘러싸고 자세히 명령과 지시를 받는다.

합창 으뜸가는 미인을

    얻고자 하는 분은

    무엇보다도 빈틈없이,

    무기를 점검해두어야 해요.

    비단같이 고운 말로

    절세의 미인을 손에 넣어도,

    안심하고 같이 지낼 수는 없지요.

    엉큼한 놈이 교활하게 훔치고

    도둑이 대담하게 빼앗아 가거든요.

    그것을 막을 채비를 하세요.

    그래서 이 성주님을

    나는 찬양하고

    다른 누구보다 훌륭하다는 거예요.

    슬기롭고 용감하게 조화를 이루어

    힘센 이들이 언제 어느 때라도

    일일이 지시를 기다리고 있다가

    명령을 충실히 이행해 나가지요.

    그것은 저마다 자기 이익도 되고

    성주는 감사의 보답을 해주시니,

양쪽이 높은 명예를 얻지요.

이제 와서 어느 누가 왕비님을
저런 억센 주인에게서 뺏을 수 있겠어요?
왕비는 마땅히 저분의 것이고,
우리가 간절히 그렇게 바라는 것은
왕비님과 우리를
안으로는 견고한 성벽으로
밖으로는 강력한 군대로 지켜주시니까.

파우스트 각자에게 풍성한 영토를 주는 것이니 —
여기서 내려지는 상은
크고도 훌륭한 것이로다. 자, 싸움터로 나아가라!
우리는 중앙을 지키겠다.

그리하여 모두들 다투어서 지키자,
사방에서 파도가 튀고
너울진 언덕에서 유럽 최후의
산줄기와 이어지는 이 반도를.

태양이 비치는, 어느 나라보다도 뛰어난,
이 나라는 모든 종족을 위해 영원히 번영하라.
일찍 왕비님을 우러러본 이 나라는
이제 왕비님의 영토가 되었다.

에브로타스 강의 갈대 속삭임과 더불어
껍질을 깨고 빛나게 탄생하였을 때,
고귀하신 어머니와 형제들보다도
눈에 서린 빛이 부셨던 것이다.

오로지 당신만 바라보는 이 나라는
가장 아름다운 꽃을 피울 것입니다.
지구 전체가 당신 것이지만,
태어난 조국은 더욱 그리운 것!

산등성이에는 뾰족한 봉우리가
태양의 싸늘한 광선을 감수하고 있지만
벌써 바위틈에는 푸르스름한 빛이 보이고
염소가 모자라는 먹이를 게걸스레 뜯는다.

샘물이 솟아나 시냇물을 이루어 흐르고
골짜기와 산허리의 풀은 이미 푸르르다.
평야에 이어졌다 끊어졌다 하는 수없는 언덕 위에는
양떼가 흩어져 풀 뜯는 것이 보이리라.

뿔 돋친 소늘은 따로따로 떨어져
조심스런 걸음으로 가파른 벼랑 쪽으로 간다.
암벽에는 둥글게 파인 무수한 동굴이 있어
모든 짐승이 비바람을 피하기에 알맞다.

목신牧神이 그들을 지켜 주고
생명을 주는 물의 요정은 상쾌한 물가에 산다.
빽빽이 들어선 나무가 가지를 뻗어
더 높은 곳을 그리워한다.

여기는 오랜 숲! 떡갈나무는 힘차게 치솟아,
고집스레 가지와 가지가 서로 버티고 있다.
단풍은 상냥하게 달콤한 물을 머금고,
시원하게 뻗어서 묵직한 잎사귀는 하늘거린다.

고요한 나무 그늘에서는 훈훈하게
젖이 솟아, 어린애와 어린 양을 기다린다.
들판의 무르익은 식물, 과실도 가까이에 있다.
움푹하게 팬 등걸에서는 꿀이 흐른다.

여기 안락한 생활이 자손에게 이어져서
사람들의 불도 입도 명랑하고
누구나 제 곳을 얻어 불사신이 되어
만족하고 건강하게 살고 있다.

이렇듯 맑은 빛을 받아 철없는 아이가
자라서 훌륭한 어른이 되어
그것을 보고 우리는 놀라 물어본다.
저것이 신이냐, 아니면 사람이냐 하고.

그래서 아폴론도 양치기의 모습을[22] 하고 있었고,
가장 아름다운 양치기는 아폴론를 닮았던 것이다.
자연이 자연 그대로 지배하는 곳에서는
신의 세계와 인간의 세계가 서로 교류한다.

헬레네의 곁에 앉으면서

이렇듯 나도 당신도 잘되었습니다.
과거는 뒤로 던져 버립시다.
당신은 최고의 신에서 태어난 것을 깨달으십시오.
당신만이 최초의 세계에 속하는 분입니다.

견고한 성채가 당신을 가두지는 않습니다!
스파르타의 이웃에는 아르카디아[23]가
지금도 영원한 청춘의 힘을 간직하고
우리들의 환희에 찬 생활을 계속할 수 있도록
기다리고 있다오.

축복된 땅에 사시라는 권유를 받고,
당신은 더없이 밝은 운명 속으로 피해 오셨습니다!
옥좌는 그대로 변하여 정자가 될 것입니다.
우리의 행복이 낙원처럼 자유롭기를!

나무 그늘이 짙은 숲

무대가 완전히 바뀐다. 늘어선 바위의 동굴 앞에 닫힌 정자가 몇 채나 붙어 서 있다. 주위를 둘러 싸는 암벽 곁에까지 나무가 우거져 어두컴컴하다. 파우스트와 헬레네는 보이지 않는다. 함창대 원들이 여기저기 흩어져서 잠들어 있다.

포르키스 이 계집애들이 얼마나 오래 잤는지 모르겠다.

　내가 내 눈으로 똑똑히 본 것을, 이 애들도

　꿈에서 보았는지, 그것도 모르겠고.

　그러니 깨워서 애들을 놀래주자.

　뻔한 기적의 해결을 이제나저제나 볼까 하고,

　관중석에 앉아 기다리고 있는 당신들 텁석부리들도 놀랄테지.

　일어나라! 일어나! 얼른 고수머리를 추스르고.

　깨어나라! 꿈벅거리지 말고 내 말을 듣거라.

합창 어서 말해주세요, 무슨 이상한 일이 일어났는지!

　전혀 믿을 수 없는 일이 제일 듣고 싶어요.

　이런 바위만 바라보고 있으니 따분해 죽겠어요.

포르키스 겨우 눈을 비비고 일어났는데 벌써 지루하단 말이냐?

　그럼 들어봐라. 이 동굴, 이 바위 집, 이 정자 안에,

　동화에 나오는 연인처럼, 우리 성주님과 왕비님이

　숨어 계신단다.

합창 어머, 저 속에요?

포르키스 세상을 떠나서 두 분만이.

　나 혼자만 불러가서 몰래 시중을 들고 있다.

총애를 받는 만큼 되도록이면 딴전을 부려 이리저리 몸을 도려야 하고

여러 가지 효능을 모두 알기에, 나는 나무뿌리와 이끼와 나무껍질에 시선을 돌렸다.

그래서 저렇게 두 분은 줄곧 재미를 보신다.

합창 마치 저속에 넓은 세계가 그대로 들어있는 것 같애.

숲도, 풀밭도, 개울도, 호수도. 이야길 잘도 꾸며내시네!

포르키스 정말이다. 이 철부지들아! 저 안은 날 수 없을 만큼 길단다.

방과 방들이 마당과 마당들이 잇달았는데, 내가 찬찬히 살펴보았다.

그런데 느닷없이 간드러진 웃음소리가 동굴 속에 메아리치잖겠니.

보니 한 사내아이[24]가 왕비님 무릎에서 성주님 무릎으로,

아버지한테서 어머니에게로 뛰놀고 있더라.

응석을 부리고, 장난을 치고, 귀엽다고 놀리고,

재미있다는 듯이 환성을 지르고 야단법석이라, 나는 귀가 멀 지경이었다.

날개 없는 벌거숭이 천사인데, 숲의 신 같았지만, 짐승은 아니더라.

단단한 바닥에 뛰어내리니 바닥이 휘청거려 아이를 공중으로 퉁기더구나,

두세 번 뛰는 동안 높은 둥근 천장에 닿았고,

걱정스레 어머니가 소리치더라.

"마음대로 뛰어라, 하지만 공중을 나는 것은 조심해야 해. 너 멋대로 날아서는 안 된다."

그러자 인정 많은 아버지도 훈계를 했다.

"땅에는 너를 뛰어오르게 하는 탄력이 있다. 발끝으로 땅바닥에 닿기만 하면, 너는 안타이오스처럼 금방 힘이 세어질 게다."

아이는 공이 부딪쳐서 뛰어오르듯

바윗덩이 위를 이리저리 뛰었다.

그러다가 갑자기 험한 바위 틈새로 사라져 버려,

아, 끝장이구나 생각했지. 어머니는 탄식하고 아버지는 달래고,

나는 걱정이 되어 우두커니 서 있었지.

그런데 다시 보기 좋게 나타나지 않겠니!

거기에는 보물이 감춰져 있었던지

아이는 꽃무늬 옷을 점잖게 입고 있더란 말이다.

소매 끝에는 술이 살랑살랑, 가슴에는 리본이 팔랑팔랑,

금으로 된 칠현금을 들고, 아이는 마치 조그만 아폴론처럼 신나게,

툭 튀어나온 바위 끝에서 나왔다. 우리는 넋을 잃었지.

양친은 좋아서 어쩔 줄 몰라 번갈아 꼭 끌어안고.

그애의 머리가 얼마나 빛나던지!

무엇이 반짝였는지 나도 모른다.

황금의 노리개인지, 엄험한 영혼의 힘으로 된 불길인지?

아직도 어린데 벌써 영원한 선율이, 온몸에 감돌고

온갖 아름다움을 대변하듯

몸짓을 하고 있더라. 너희들도 그 소리를 듣고,

그를 한번 본다면 정말 감탄하리라.

합창 크레타 태생의 아주머니,

　　　당신은 그것을 기적이라고 하나요?

　　　노래에 담긴 뜻있는 말을

　　　당신은 한 번도 귀담아 들은 적이 없군요.

　　　이오니아나 헬라스에,

　　　먼 조상으로부터 전해지는

　　　풍부한 신화나 영웅 이야기를

들어 본 일도 없나요?

오늘날 우리 시대에
일어나고 있는 일은 모두
빛나는 조상들 시대의
슬픈 여운에 지나지 않아요.
마이아[25]의 아들을 노래 부른
사랑스러운 이야기가
사실보다 더욱 그럴 듯하게 만들어져 있는데,
당신 이야기는 아무것도 아니에요.

예쁘고 튼튼했지만
그 젖먹이를
수다스런 유모들이
경솔히 잘못 알고
깨끗한 강보에 싸서
훌륭한 장식으로 묶었지요.
그런데 튼튼하고 예쁜 그 장난꾸러기는
부드럽지만
탄력 있는 손발을
옹케 빼내어,
다칠세라 꼭 두른 새빨간 강보를
살짝 벗어놓고 나갔대요.
다 자란 나방이

답답하고 딱딱한 번데기 속에서
날개를 펴고 재빨리 빠져나와
태양이 빛나는 대기 속을
대담하게 마음껏 팔랑팔랑 날아가듯.

이렇듯 이 날쌘 아이는
도둑들과 악당들과 욕심꾸러기들에게
영원히 자비로운 영혼임을
아주 교묘한 솜씨로
금방 증명했지요.
바다를 다스리는 신에게서
재빨리 삼지창을 훔치는가 하면
싸움의 신 아레스의 칼을
어느새 칼집에서 뽑았답니다.
태양의 신에게서는 활과 화살을,
불의 신에게서는 불집게를.
불이 무섭지만 않았던들
아버지 제우스의 번개도 빼돌렸을걸요.
사랑의 신과는 씨름을 하여
다리를 걸어서 이겼지요.
키프로스의 여신이 애무하는 사이에
가슴에서 허리띠[26]를 빼앗기까지 했대요.

매혹적인 맑은 멜로디의 현악이 동굴 속에서 울려온다. 모두 귀를 기울이고 있다가 이윽고 깊이 감동하는 표정이다. 여기서부터 쉴 때까지 줄곧 조화로운 음악이 따른다.

포르키스 저 아름다운 소리를 들어 봐요,
　　　　　지어낸 이야기는 집어치우고!
　　　　　묵은 신들의 이야기 따위는
　　　　　내버려둬요, 잠꼬대니까.

　　　　　아무도 너희들의 말은 듣지 않는다,
　　　　　우리는 더 절실한 것을 요구하거든.
　　　　　사람의 마음을 감동시키려면
　　　　　진심에서 우러나야만 하는 법이니까.

바위 쪽으로 물러난다.

합창 무서운 할머니인 당신도
　　　　저 고운 소리는 좋아하는군요.
　　　　우리는 니무 좋아 눈물이 다 나네요,
　　　　마치 방금 새로 태어난 듯이.

　　　　햇빛 따위는 사라져도 좋아요,
　　　　영혼 속에 날이 밝아 온다면,
　　　　온 세계가 줄 수 없는 것을
　　　　자기 마음속에서 찾아낼 수 있다면.

헬레네, 파우스트, 위에서 설명한 의상을 입은 오이포리온

오이포리온 어린애의 노랫소리가 귀에 들리면

그것이 당장 당신들의 재미가 되지요.

박자를 맞추어서 내가 뛰는 것을 보면,

당신들의 가슴은 어버이답게 뛸 거예요.

헬레네 인간답게 행복해지기 위해

사랑은 고결한 두 사람을 맺어 줍니다.

하지만 신과 같은 기쁨을 맛보려면

사랑은 세 사람을 더욱 즐겁게 만들어 놓지요.

파우스트 이제 모두 것이 갖추어졌소.

나는 당신의 것, 당신은 나의 깃[27]

이렇게 해서 맺어졌으니

이것이 변해서는 안 되겠소!

합창 오랜 세월의 행복이

아드님의 모습에 반영되어,

두 분 위에 모입니다.

아, 이 단란함, 부럽기도 하여라!

오이포리온 저를 춤추게 해주세요.

뛰게 해주세요!

공중 어디로나

마구 치솟고 싶은 것이

저의 소원이에요.

벌써 그 소원에 사로잡혀 버렸어요.

파우스트 대강 해두어라!

　무모한 짓을 하다가

　네가 떨어져서

　다치지 않도록!

　소중한 아들아, 그런 일로 우리를,

　파멸시키지 말아 다오!

오이포리온 저는 이 이상

　땅에 붙어 있기는 싫어요.

　제 손을 놓아주세요!

　옷자락을 놓아주세요!

　머릿단을 놓아주세요!

　이건 모두 제것이에요.

헬레네 잘 생각해다오! 생각 좀 해다오,

　네가 누구의 것인지!

　간신히 손에 넣은

　나의 것, 그대의 것, 그이의 것을

　그대가 파괴해 버리면,

　우리가 얼마나 슬퍼할 것인지!

합창 얼마 안 가서 이 단란함이

　깨지지 않을까 걱정입니다!

헬레네와 파우스트 억눌러라, 억눌러!

　어버이를 생각하여

　지나치게 활발하고

　격렬한 충동을!

여기서 평화롭게, 이 숲속의

한가로운 고장의 자랑이 되어다오!

오이포리온 두 분을 기쁘게 해드리려고

꾹 참고 있는 거예요.

합창대들 사이를 누비면서 모두를 춤으로 이끈다.

즐거운 무리들의 주위를

빙빙 돌아 다니고 있어요.

가락은 이만하면 좋을까요?

몸짓은 이러면 돼요?

헬레네 그래, 그만하면 됐다.

아름다운 여인들을 인도하여

멋진 윤무를 이끌어 보렴!

파우스트 빨리 끝났으면 좋겠는데!

이런 속임수는

조금도 즐겁지 않다.

오이포리온과 합창대, 춤추고 노래하며 서로 얽혀 움직인다.

합창 두 팔을

정답게 흔들며

빛나는 고수머리

훨훨 날리며,

발을 가볍게

땅 위에 스치면서

춤추는 행렬이

이리저리 움직이니

그만하면 됐어요,

귀여운 도련님.

우리는 모두

도련님이 귀여워요.

잠시 후에

오이포리온 너희들은 모두

걸음 빠른 사슴이야,

새 놀이를 시작하자.

활짝 흩어져라.

나는 사냥꾼이고

너희들은 사슴들이야.

합창 우리를 붙잡으려고

서둘 것은 없어요.

우리들은 어차피

도련님을 안고 싶은

생각뿐이랍니다.

아름다운 도련님!

오이포리온 숲속을 지나가자,

곧장 앞으로!

쉽게 잡은 것은

마음에 들지 않는다.

힘들여 손에 넣어야

재미있단 말이야.

헬레네와 파우스트 이 무슨 방자한 짓일까. 무슨 난폭한 꼴이냐!

얌전은 바랄 수가 없구나.

뽈피리라도 불 듯이

계곡과 숲속이 어수선하구나.

이 무슨 소동이며, 이 무슨 외침이냐!

합창 (한 사람씩 달려 나온다.)

그분은 우리를 지나가 버렸네.

우리를 깔보고 업신여기나봐.

우리들 가운데 가장 난폭한 애를

사냥이나 한 듯이 잡아가 버렸네.

오이포리온 (한 젊은 처녀를 안고 오면서)

이 말괄량이를 끌고 가서

억지로라도 재미을 봐야겠다.

싫어하는 가슴을 눌러 대고,

싫어하는 입에다 입을 맞추어

내 힘과 고집을 보여 주어야

더 재미있고 즐거울 거야.

처녀 놓아요!

나에게도 고집은 있어요.

당신의 고집처럼 내 고집도

쉽사리 꺾이지는 않을걸요.

내가 궁지에 몰린 줄 아시나요?

당신의 팔을 너무 믿으시는군요!

단단히 붙잡아요! 나도 재미를 볼겸,

어리석은 당신을 불로 지져 줄 테니.

그녀는 불길이 되어 높이 타오른다.

가벼운 공중으로 날 따라오세요,

무덤 속까지 따라와요,

사라진 목표를 붙잡아 보세요.

오이포리온 (마지막 불길을 털어 버리면서)

여기는 숲의 덤불 사이에

바위가 첩첩이 쌓여 있다.

이런 옹색한 곳은 싫다.

나는 젊고 기운이 팔팔하다.

바람이 울고 있다.

파노가 출렁댄다.

하지만 모두다 아득히 들릴 뿐이다.

더 가까이 가 보았으면!

그는 바위 위로 점점 높이 뛰어올라간다.

헬레네와 파우스트 합창 영양羚羊의 흉내라도 내는 것이냐?

떨어질까 두렵구나.

오이포리온 더 높이 올라가야지.

좀 더 멀리 바라봐야지.

이제 내가 어디 있는지 알았다.

바다와 산과도 인연이 깊은

섬의 한복판이다.

펠로프스 땅의 한가운데다.

합창 이 산과 숲속에서

평화로이 살고 싶지 않으세요?

즐비하게 들어선 포도나무,

언덕 끝에 서 있는 포도나무,

무화과에 금빛 능금 등

곧 찾아 드리겠어요.

아, 이 정다운 나라에서

한가로이 살아가세요!

오이포리온 너희들은 평화로운 날을 꿈꾸느냐?

꿈을 꾸고 싶은 자는 꾸거라!

전쟁! 이것이 우리의 암호!

승리! 이것이 뒤따르는 소리다.

합창 평화로운 시대에 살면서,

전쟁을 그리워하는 사람은,

희망이라는 행복에서

떨어져 나간 사람이지요.

오이포리온 이 나라가 위험한 시대에

위험 속에다 낳아놓고

자유로운 정신과 끝없는 용기로

제 피를 흘리기를 두려워 않는 사람들,

억제할 수 없는

거룩한 뜻을 위해

싸우는 모든 사람들에게

승리가 돌아가기를!

합창 보세요, 얼마나 높이 올라갔는가!

하지만 조그맣게 보이지는 않아요.

갑옷을 입고 승리를 위해 나가듯

쇠붙이나 강철을 몸에 두른 것 같아요.

오이포리온 보루도 없고 성벽도 없이

믿는 것은 오로지 자기뿐이다.

끝까지 버티는 굳은 성벽은

오직 사나이의 강철 같은 가슴이다.

정복당하지 않고 살아가려면

당장 무장하고 싸우러 나가라!

어지들은 모두 어멈이 뇌고,

아이들은 저마다 용사가 되어라.

합창 저분은 거룩한 시의 화신,

하늘로 올라가세요!

저분은 가장 아름다운 별,

멀리 더욱 멀리서 빛나세요!

그래도 그 시는 언제까지나

들려오고 있어요. 그 목소리를,

모두 기쁘게 듣고 있어요.

오이포리온 아냐, 난 어린애로서 오지 않았어.

무장한 청년으로서 찾아온 거야.

억세고, 자유롭고, 대담한 사람들과 어울려

마음속에서는 이미 용감히 싸웠다.

자, 가자!

자, 저기

명예의 길이 열려 있다.

헬레네와 파우스트 (간신히 이 세상에 나와서)

맑은 날을 보기가 무섭게

너는 어지러운 층계에 올라가

고통에 찬 곳을 동경하느냐.

우리야 어떻게 되건

아무렇지도 않느냐?

그 즐거웠던 단란함은 꿈이었단 말이냐?

오이포리온 바다 위에 울려 퍼지는 소리가 들리시나요?

골짜기에도 메아리치고 있어요.

먼지와 물결 속에 병마兵馬들이 맞붙어 싸우고,

엎치락뒤치락 싸우고 있어요.

그리고 죽음은

피할 수 없어요.

그것은 당연한 숙명이지요.

헬레네와 파우스트와 합창

아 얼마나 놀랍고 무서운 말인가.

너에게는 죽음이 숙명이라니!

오이포리온 그냥 멀리서 보고만 있으란 말인가요?

저는 근심과 고통을 함께하렵니다.

헬레네와 파우스트와 합창 무모하고 위험한 짓!

죽을 것이 뻔한데.

오이포리온 그래도! ― 양쪽 날개를

활짝 펴고 날아가겠어요!

저쪽으로 가야지! 무슨 일이 있어도 가야겠어요!

날아가게 해주세요!

그는 공중에 몸을 던진다. 한순간 의상이 그의 몸을 지탱한다. 그의 머리가 빛나고, 한 가닥
빛이 꼬리를 끈다.

합창 이카로스[28]다! 이카로스야!

정말 딱하기도 하여라.

아름다운 젊은이가 양친의 발아래 떨어진다. 죽은 것을 보니 유명한 사람[29]의 모습 같다. 하
지만 그 형체는 곧 사라지고 후광이 혜성처럼 하늘로 올라가 옷과 망토와 칠현금만 남는다.

헬레네와 파우스트 기쁨 뒤에 곧 슬픈 고통이 찾아왔구나.

오이포리온의 목소리 (땅속에서) 어머니, 이 어둔 나라에
　　　　　　　저를 혼자 내버려 두지 마세요!

　　잠시 후

합창 (애도의 노래[30])
　　　　혼자가 아닙니다, 어디에 계시거나!
　　　　우리는 당신을 알며, 잊을 수가 없습니다!
　　　　당신은 이 세상을 급히 떠나셨지만,
　　　　누구의 마음도 당신을 떠나지는 않습니다.
　　　　우리는 당신을 서려워하기는커녕,
　　　　당신의 운명을 부러워하며 노래 부릅니다.
　　　　맑게 갠 날에도 흐린 날에도
　　　　당신의 노래와 용기는
　　　　아름답고 위대했습니다.

　　　　고귀하신 조상님과 크나큰 능력을 지니고서,
　　　　이 세상의 행복을 타고 난 당신인데
　　　　애석하게도 일찍이 당신은 이 세상을 떠나시어
　　　　꽃다운 청춘을 불태워 버리셨습니다.
　　　　세상을 보시는 날카로운 눈초리
　　　　가슴에 치미는 충동에 동조하여
　　　　훌륭한 부인들에게는 정열을 불태우시고
　　　　또한 비할 데 없는 시를 지으셨습니다.

하지만 당신은 억제할 길 없는 자유의 충동에 사로잡혀

차가운 운명의 그물 속에 뛰어들어

이 세상의 어떤 풍습이나 법률도

단호히 깨부수려 하셨습니다.

이윽고 더없이 높은 생각이

그런 순수한 용기를 중히 여겨

빛나는 성과를 거두시려 했지만,

끝내 성공하지 못하셨습니다.

누가 그 일에 성공할 수 있을까?

이 슬픈 물음에 운명도 입을 다뭅니다.

그 그지없이 불행한 날[31]에,

모두가 피를 흘리며 침묵하고 있을 때에.

새로운 노래를 다시 생생하게 하십시오.

더는 허리를 굽히고 서 있어선 안 됩니다.

대지는 여태까지도 노래를 빚어냈듯이

지금도 여전히 빚어낼 것입니다.

완전한 침묵. 음악이 그친다.

헬레네 (파우스트에게)

행복과 아름다움은 언제나 맺어져 있지 않다[32]는 옛말이

섭섭하지만, 너무도 절실합니다.

생명의 줄도, 사랑의 끈도 다 끊어졌습니다.

그 양쪽을 서러워하면서 저는 떠나가겠습니다.

그러니 다시 한 번 당신 품에 안기게 해주세요.

저승의 여신이여, 아들과 나를 받아주세요.

파우스트를 껴안는다. 육체는 사라지고 옷과 면사포만이 그의 팔에 남는다.

포르키스 (파우스트에게)

당신의 손에 남은 것을 단단히 잡으세요.

그 옷을 놓아서는 안 됩니다. 벌써

악령들이 옷자락을 휘어잡고 지옥으로,

끌고 가려 합니다. 단단히 잡으세요!

여신은 이미 당신을 잃어 없어졌습니다.

하지만 그 옷은 거룩합니다. 헤아리기 어려운

귀한 은총의 구원으로 높이 올라가십시오.

온갖 속된 것을 떠나 당신을 하늘 높이 싣고 올라갈 것입니다, 당신의 몸이 있

는 한.

또 만납시다, 여기서 멀고 먼, 아주 먼 곳에서.

헬레네의 옷이 흩어져 구름이 되어, 파우스트를 감싸고 하늘 높이 이끌며 그를 데리고 가버

린다.

포르키스 (오이포리온의 옷과 망토와 칠현금을 땅에서 집어 올려 무대 앞으로 나와 유물을 쳐들

며 말한다.)

이것만이라도 남았으니 다행입니다.

불길은 물론 꺼졌습니다만

그것은 조금도 섭섭하지 않습니다.

이것만 남으면, 시인에게 밝히고,

동업 조합이나 수공업을 하는 사람을 부럽게 하기에 충분지요.

저는 없는 재능을 빌려 줄 순 없지만,

의상쯤은 빌려 줄 수 있거든요.

무대 전면의 둥근 기둥 옆에 앉는다.

합창을 지휘하는 여인 자, 서둘러요! 마술은 풀렸어요.

그뿐 아니라 마음속을 몹시 어지럽히던,

시끄럽게 얽히고 설킨 음악의 악취도 끝났어요.

자, 저승으로 내려갑시다! 여왕님은

엄숙한 걸음걸이로 내려가셨으니,

충실한 종이라면 곧 따라가야 해요.

황천의 여왕 옥좌 곁에서 그분을 뵐 거예요.

합창 왕비님이면 어디나 기꺼이 가시겠지요.

저승에 가더라도 높은 자리를 차지하고

같은 신분과 자랑스레 어울리고

저승의 여신 페르세포네와도 친해지시겠지요.

하지만 우리는 백합[33]입니다.

무성한 풀밭 속에서,

길게 뻗은 백양나무나

열매도 열지 않는 수양버들이 친구이니,

무슨 재미가 있겠어요?

박쥐처럼 우울하게 울거나

유령처럼 메마르게 속삭일 뿐이지요.

합창을 지휘하는 여인 이름도 내지 못하고 높은 뜻도 갖지 못하는 자는,

자연의 원소로 돌아가는 거예요. 자, 가요!

여왕님과 함께 있는 것이 나의 뜨거운 소원이오.

공로만이 아니라 충절이 인격을 지켜줘요.³⁴ (퇴장)

모두들 우리는 밝은 곳으로 돌아왔지요.

하지만 이젠 인격도 없다는 것은

느끼고 하고 또 알고 있습니다만,

그러나 다시 황천으로는 돌아가지 않겠습니다.

영구히 살아 있는 자연은

우리들 요정들이 필요한 것이며,

우리도 자연이 필요할 것입니다.

합창대의 제1부³⁵ 이 수많은 가지들이 속삭이고,

떨고, 웅성대고, 흔들리는 속에서 우리는,

간지르고, 부추기고, 살짝 꾀어서 생명의 샘을,

뿌리에서 가지로 올리지요. 때로는 잎과 꽃을 듬뿍 달아 주고,

풀어진 머리를 단장하고 자유로이 공중으로 자라나게 합니다.

열매가 떨어지면 즐거운 사람들과 가축 무리가

엎치락뒤치락 달려와서 줍기도 하고 먹기도 합니다.

그리고 태초의 신들 배알하듯

모두 우리 주위에서 허리를 굽힙니다.

합창대의 제2부³⁶ 우리는 멀리 반짝이는 매끄러운 거울 같은 절벽에

잔잔한 물결처럼 흔들거리며 아양을 떨듯 붙어 있습니다.

새의 노래, 갈대의 피리 소리, 숲의 판 신의 무서운 소리

어떤 소리일지라도 귀를 기울이고는 곧 메아리쳐 줍니다.

웅성대면 웅성대면서 화답하고, 천둥이 울리면,

두 곱, 세 곱, 열 곱으로 우렁차게 되돌려 주지요.

합창대의 제3부[37] 자매들이여! 아무것도 거리끼지 않는 마음 가벼운 우리들은

냇물과 함께 서둘러서 갑니다.

저 멀리 초목으로 꾸며진 언덕이 마음에 들어

점점 아래로 더 나직이 마이안드로스 강[38]처럼 굽이치며

지금은 초원을, 다음에는 목장을,

이윽고 집 둘레의 과수원을 축여 줍니다.

저기 늘씬한 삼나무 가지가 들과 기슭과 수면을 제쳐 놓고

하늘에 치솟고 있습니다.

합창대의 제4부[39] 당신들은 마음대로 흘러가구료.

우리는 사방에 포도나무를 심어서,

시렁에 푸른 포도가 매달린 언덕에 바람처럼 떠돌겠어요.

거기서는 일 년 내내 언제나

일꾼들이 포도나무에 손질을 하는 열성과,

정성을 기울려도 수확이 될지 근심하는 빛이 보입니다.

파고, 헤치고, 긁어모으고, 가지를 자르고, 묶으면서

어리 신들에게, 득히 태양의 신에게 기도드립니다.

방탕한 바커스는 충성스런 하인들은 아랑곳없이

정자에서 빈둥거리거나 동굴 속에 드러누워

젊은 숲의 신 판과 장난을 칩니다.

이 주신酒神이 꿈꾸듯 얼큰해지는 데 필요한 술은,

가죽부대나 항아리나 술통에 담아서

서늘한 지하광 속 양쪽에 언제까지나 간직해둡니다.

모든 신들이, 특히 태양의 신이

바람을 넣고, 비로 적시고, 햇빛으로 쬐어,

익은 포도송이를 주렁주렁 매달면

농부들이 조용히 일하던 장소는 갑자기 활기를 띠고,

정자 안은 시끄럽고 줄기에서 줄기로 바스락 소리가 번집니다.

바구니가 우지직, 통은 덜거덕, 광주리는 삐걱거리고,

모두 큰 통에 옮겨지면, 포도 짜는 사람들의 춤이 흥겨워집니다.

이렇듯 신에게서 담뿍 혜택을 받고

깨끗하게 태어난 물기 많은 과즙은

사정없이 짓밟히고, 거품을 내고, 물을 사방에 튀기면서

서로 으깨어져 섞입니다.

이윽고 심벌즈와 징소리가 요란하게 울립니다.

주신 디오니소스가 신비의 장막을 헤치고

염소 발굽의 숲의 신과 함께

숲의 여신과 춤을 추며 나타났기 때문입니다.

그와 더불어 주신의 스승 실레누스가 타는

귀가 긴 나귀가 괴상하게 울어댑니다.

엉망진창이죠! 호색적인 염소의 쪼개진 발톱이

예절 따위를 모두 짓밟아 버리고,

모든 관능이 비틀거리고 소용돌이치며

왁자한 소란에 귀가 먹어 버립니다.

주정뱅이는 큰 잔을 손으로 더듬어,

머리고, 배고 온통 술로 가득 찹니다.

한두 사람이 시중을 들지만 오히려 소란을 더욱 떨게 할 뿐입니다.

새 술을 담기 위해 헌 술부대를 급히 비워야 하기 때문이지요.

막이 내린다. 포르키스는 무대 전면에서 거대한 모습으로 일어나, 굽이 높은 무대용 신을 벗고 가면과 베일을 뒤로 젖혀 메피스토펠레스의 정체를 드러내고, 필요한 경우에는 에필로그를 말하고 각본에 주석을 덧붙인다.

---

1 메넬라오스는 스파르타의 왕으로서 헬레네가 트로이의 왕자 파리스한테 유괴당하자 그리스의 대군을 이끌고 10년간 트로이를 포위한 끝에 헬레네를 되찾는다. 그는 일리오스 공략의 총대장 아가멤논의 아우이다.

2 틴다레오스는 스파르타 왕으로, 헬레네의 어머니 레다의 남편. 그가 없는 동안 레다는 백조로 변한 제우스에게 유혹당하여 헬레네를 낳았다.

3 키데라는 스파르타의 섬. 헬레네가 그곳 신전의 디아나에게 갔을 때, 파리스가 배를 타고 와서 그녀를 유괴해 갔다. 여기에는 여러 설이 있다.

4 포르키스는 메피스토펠레스이다. 헬레네가 조금 전에 서 있던 문간에 메피스토펠레스가 출현함으로써 파우스트와

헬레네의 결합이 예고된다.

5 포르키스가 수치란 말을 끄집어 낸 것은 그가 기독교의 악마이고 역시 기독교 중세의 도덕관을 가지고 있기 때문이다. 그리스의 자유로운 관능의 해방에 대해서 반발심을 갖는 것이다.

6 암흑(에레보스)은 태고 때 혼돈에서 태어났다.

7 스킬라는 포르키스의 딸로 바다의 괴물. 다리가 없고 배 둘레에 개의 머리 세 개가 나온 흉한 모습을 가졌다. 남자를 잡아 먹으며 개처럼 짖는다. 즉 이 합창의 여인들을 스킬라의 친척이라고 하는 것이다.

8 오리온은 그리스 신화 속에 나오는 거대한 어부. 포르키스의 크기는 오리온을 연상시키는 것이다.

9 하르푸이아이는 얼굴은 여자, 몸은 독수리이며 날카로운 발톱을 가진 괴물이다. 다른 사람의 먹이를 빼앗고, 남은 것을 오물로 더럽혔다고 한다. 여기서는 다른 사람의 애인을 빼앗는 호색의 여자를 풍자한 것.

10 여러 고을을 황폐시킨 여자는 헬레네를 말한다. 유리피데스의 희곡 『일리오스의 여자들』속에서 헬레네는 그렇게 불리고 있다.

11 파리스가 데리고 간 헬레네는 환상에 지나지 않고, 진짜 헬레네는 신들에 의하여 이집트로 끌려갔기 때문에 두 개의 모습이라고 한 것.

12 아킬레우스는, 일리오스의 성벽 위에서 헬레네를 보고 열정에 사로잡혔으며, 그의 어머니가 꿈속에서 헬레네를 만나게 해 주었다고 한다. 또 아킬레우스는 죽은 뒤 저승에 있는 헬레네와 결혼했다고 한다.

13 미케네이 등의 대성벽은 외눈박이 거인 키클로프스들이 만든 것이라고 한다.

14 테베에 쳐들어간 일곱 용사는 아이스킬로스의 희곡으로 유명. 그 희곡 속에 사자가 이 일곱 사람의 방패를 설명하는 대목이 나온다. 테베는 중부 그리스에서 가장 큰 고을.

15 헤르메스는 신들의 사자인데, 여기서는 죽은 자의 영혼을 저승으로 인도하는 자로 나온다.

16 합창은 젊은이들의 볼을, 재와 먼지로 채워진 소돔의 능금에 비유하고 있다. 죄 많은 소돔 거리의 능금은 줄기에서 마르면 재가 된다고 했다. 그와 같이 젊은이들은, 닿기만 하면 재로 변할지도 모른다고 합창은 두려워 하고 있는 것이다.

17 파수꾼 린케우스라는 이름은 산고양이라는 어원을 가지고 있어 멀리까지 본다는 뜻이다. 린케우스는 『파우스트』속에 세 가지 의미로 나온다. 첫째, 아르고 선의 키잡이로서, 둘째, 헬레네 극의 감시자로서, 셋째, 제5막에 탑의 파수꾼으로 나온다.

18 태양이 남쪽에서 돈다는 것은, 헬레네가 남쪽의 스파르타에서 북쪽으로 온 것을 태양에 비유하여 말한 것.

19 헬레네가 네 개의 몸이 되어 세계를 흘렸다는 것은 다음의 것을 의미한다. 첫째는 스파르타에서 총애를 받았을 때, 둘째는 파리스에 의하여 부르야로, 신들에 의해 이집트로 끌려갔을 때, 셋째는 스파르타에서 메넬라오스의 왕비였을 때, 넷째는 지금 파우스트의 성에서.

20 필로스는 펠레폰네소스 반도의 으뜸가는 항구 도시. 일리오스 전쟁 때의 용사 네스토르의 영지.

21 아카이아는 펠로폰네소스의 지명. 이 반도를 옛 독일의 여러 민족에게 나누어 방어시킨다.

22 아폴론은 외눈박이 거인 키클로프스를 죽인 벌로, 아르도메토스 왕의 양치기가 되어야만 했다. 단 그것은 테살리

아에서의 일이지 펠레폰네소스에서의 일은 아니다.

23 아르카디아는 펠로폰네소스 반도에 있는 한 지역. 스파르타의 북쪽에 이웃해 있는 산악 지대. 소박하고 부지런하고 명랑하며, 음악을 좋아하는 주민에 의하여 낙원이란 별명이 붙어 있다. 다음 무대는 낙원 아르카디아로 바뀐다.

24 사내아이는, 즉 오이포리온.

25 마이아(그리스어로 어머니라는 뜻)는 신들의 사자 헤르메스(로마 신화의 메르쿠리우스)의 어머니.

26 키프로스 섬에 모신 비너스의 허리띠는 사나이를 매혹하는 힘을 지니고 있었다.

27 나는 당신의 것, 당신은 나의 것이란 말은 옛날 독일의 약혼의 형식.

28 아카로스는 그리스 다이달로스의 아들. 다이달로스는 날개를 두 개 만들어서 자기와 이카로스 등에다 밀초를 붙여 하늘로 나는 데 성공했다. 그런데 이카로스는 아버지의 훈계를 듣지 않고 너무 태양 가까이에 날아갔기 때문에 밀초가 녹아 날개가 떨어져 바다에 빠져 죽었고, 다이달로스만 무사히 시칠리아로 돌아왔다고 한다.

29 유명한 사람의 모습이란 바이런을 가리킨다.

30 이 애도의 노래는 오이포리온을 위한 것이 아니라 실은 바이런을 위한 것이다. 그리스 군이 최후의 거점 메솔롱기온이 함락된 것은 1826년인데 바이런도 이곳에서 전사했다. 괴테가 바이런의 전사 보도를 들은 것은 마침 제2부의 완성을 구상하고 있던 1824년이었다.

31 불행한 날은 그리스 독립 전쟁의 거점 메솔롱기온이 1825년 12월에 함락되어 그리스 국민이 비탄에 잠긴 날을 가리킨다.

32 행복과 아름다움은 언제까지나 맺어져 있지 않다는 구절을 괴테는 열 번이나 고쳐 쓰고 열한 번째에 이 형태로 정했다.

33 아스포델로스는 백합과 비슷한 꽃나무로, 저승에 무성하여 죽은 자의 영혼을 달랜다고 하는데, 개간되지 않은 그리스나 이탈리아 여기저기서 흔히 볼 수 있다.

34 공로만이 아니라 충절이 인격을 지켜 줘요. 이것 또한 괴테가 자주 밝힌 신념으로, 그는 노력과 더불어 끈기와 성실성만이 발전을 위한 힘이라고 믿었다.

35 합창대 제1부는 나무의 요정들.

36 합창대 제2부는 산의 요정들.

37 합창대 제3부는 샘의 요정들.

38 마이안드로스 강은 소아시아에 있으며, 굴곡이 많은 곳으로 유명하다.

39 합창대 제4부는 포도의 요정들.

Act 4

제 4 막

높은 산

하늘을 찌를 듯 치솟은 바위 봉우리. 한 덩어리의 구름이 다가와서 바위에 붙어 앞으로 튀어나온
평평한 바위 위로 내려온다. 구름이 흩어진다.

파우스트 (구름 속에서 걸어 나온다.)

    깊고 깊은 고적한 경지를 발아래 보면서

    생각에 잠겨 이 정상의 바위 끝에 발을 디딘다.

    이 맑게 갠 날에 육지와 바다를 건너 조용히

    나를 실어다 준 구름의 수레를 보낸다.

    구름은 흩어지지 않고 천천히 떠나간다.

그 덩어리는 둥그렇게 뭉쳐서 동쪽을 향한다.

나는 놀라 감탄하며 그 뒤를 좇는다.

구름[1]은 흘러가면서 파도처럼 형태를 바꾸며 갈라진다.

그러나 어떤 모습으로 뭉치려고 한다 ―

그렇다! 잘못 본 것이 아니다! ―

햇빛에 빛나는 보료 위에 우아하게 몸을 눕히고

거인처럼 크지만 신들과 닮은 여인의 모습이,

확실히 보인다! 유노, 레다, 헬레네 모두를 닮은 모습이,

언제나 기쁨있고 아름답게 내 눈앞에 어른거린다.

아, 벌써 허물어진다! 형태가 흩어져서 넓게, 그리고 높게 솟아올라,

아득한 빙산처럼 동쪽 하늘에 머물러

덧없는 나날의 큰 뜻을 눈부시게 반영한다.

그러나 부드럽고 밝은 안개의 띠가 아직도

가슴과 이마 언저리에 감돌며, 시원하고 아양 떨 듯 기분을 돋운다.

이제 그것이 가볍게 서성이며 점점 높이 떠올라

한데 뭉친다 ― 착각일까, 저 묘한 모습은

그 옛날 잃어버린 내 청춘의 값진 보물이 아닐까?

마음속 가장 깊은 곳의 추억이 솟아오른다.

그것은 가슴 설레게 한 오로라[2]의 사랑.

슬쩍 받아들여 놓고 자기도 몰랐던 첫 눈길.

그 눈길에 사로잡히면 모든 보물이 빛을 잃는다.

그 정든 모습은 영혼의 아름다움처럼 부풀어서

녹지 않고 대기 속으로 올라가

내 마음속의 최선의 것을 이끌며 사라진다.

7마일 장화[3] 한짝이 걸어 나오고, 곧 나머지 한짝도 나타난다. 메피스토펠레스가 그것을 벗어 놓고 내려서자 7마일 장화는 금방 사라진다.

메피스토펠레스 이번엔 정말 혼이 났습니다.

　　그런데 당신은 무슨 생각이 들었지요.

　　이런 무시무시한 곳에서 무섭게 아가리를 벌리고 있는

　　이런 바위산에 내리다니요.

　　나는 이 바위를 잘 알고 있지만, 이 장소가 아닙니다.

　　원래 이것은 지옥의 밑바닥에 있었으니까요.

파우스트 자네는 언제나 어리석은 진설은 빼놓지 못했지만

　　이번에도 그런 것으로 선심을 쓸 작정이로군.

메피스토펠레스 (진지하게)

　　주님께서 ― 왜 그러셨는지 그 이유를 알고 있지만

　　우리를 공중에서 깊고 깊은 밑바닥으로 쫓아냈을 때,

　　한가운데에서 뜨거운 불길을 사방에 튀기면서

　　영원한 불길이 훨훨 타고 있었지요.

　　그곳이 너무나 밝아서, 우리는

　　아주 답답하고 옹색한 꼴들을 하고 있었습죠.

　　악마들은 모조리 기침하기 시작하고

　　위에서도, 아래서도 소란스레 헉헉거렸습니다.

　　지옥은 유황의 악취와 유산硫酸으로 가득 찼고

　　결국 가스가 발생했지요! 그것이 어마어마한 것으로 변해서

이윽고 이 땅의 평평한 지각이

순식간에 우지직하고 폭발하였죠.

그래서 위와 아래가 거꾸로 뒤집혀서[4]

전에는 바닥이었던 곳이 이제는 봉우리가 되어 버렸죠.

여기에 세상에서 가장 얕은 것이 가장 높은 것과

뒤바뀔 수 있다는 그럴 듯한 교리의 근거가 있지요.

하긴 우리들도 고역을 치르듯 뜨거운 굴에서

자유로운 공기가 있는 곳으로 도망쳤죠.

이것은 공공연한 비밀이지만 잘 간직되어

후일에 가서야 비로소 사람들에게 알려진 것입니다. (「에베소서」6장 12절[5])

파우스트 산맥은 나에게 위풍당당히 침묵을 지키고 있다.

어떻게, 왜 생겼는지 나는 묻지 않는다.

자연은 자기 자신 속에 기초를 세웠을 때

지구를 온전히 둥글게 만들었다.

봉우리와 골짜기를 만들어 좋아했고

바위에 바위를, 산에는 산을 늘어놓았다.

그리고 언덕을 느릿하게 비탈지어

부드러운 선을 그리며 골짜기에 이었다.

거기서는 초목이 푸르게 싹트고 성장한다.

자연은 즐기기 위해 광기어린 이변을 구하지 않는다.[6]

메피스토펠레스 당신은 그렇게 말씀하시죠! 당신에겐 명백히 그렇게 보일 테니까.

하지만, 그 자리에 있었던 자는 그렇지 않다는 것을 알고 있지요.

땅 밑에서 심연이 끓어오르고 부풀어서

불길이 흐르고 있을 때 나는 그곳에 있었다오.

몰로크[7]의 망치가 바위와 바위를 두들겨 만들고

산 덩어리를 멀리 내던지곤 하였소.

이 지방에는 딴 데서 온 수천 관의 바위 덩이가 깔려 있는데,

누가 그것을 던진 힘을 알아내겠습니까.

철학자 따위는 알 턱도 없습니다.

바위가 거기에 있다, 그러니 그 사실을 인정할 수밖에 없다고 하지요.

우리도 온갖 생각을 다해보았습니다 ─

순박한 민중들만이 이것을 이해하고

그 생각을 굽히지 않소.

그것은 기적이다, 마왕의 짓이다 하는

진리가 그에게는 오래 전부터 무르익었으니까요.

그래서 나를 믿는 순례자들은 신앙의 지팡이를 의지하고

절름거리며 악마의 바위나 악마의 다리를 찾아가는 것입니다.

파우스트 악마가 자연을 어떻게 관찰하고 있는지

들어 보는 것도 재미있군 그래.

메피스토펠레스 나로서는 아무래도 좋습니다.

자연이 어떻게 되었거나!

중요한 점은 ─ 악마가 그 일에 한몫 끼었다는 사실이죠.

우리도 큰일을 해낼 수 있는 무리란 말이오.

소동과 폭력과 부조리! 이 바위가 그 증거란 말이오.

이제 누구나 알 수 있는 이야기를 하겠소.

당신은 이 지구에서 마음에 드는 것이 없소?

당신은 끝없이 넓은 세상을 돌면서,

온갖 나라와 그 영화를 내다보았지요. (「마태복음」 4장 8절)

하지만 당신은 만족을 모르는 사람이니

아마 욕심 나는 것도 없었겠지요?

파우스트 아니야, 있어. 굉장한 것이 내 마음을 끌었지.

알아맞혀 봐!

메피스토펠레스 그야 문제없지요.

나 같으면 이런 도시를 택하겠어요.

도심에 시민이 먹을 것을 사러 다니는 북적대는 거리,

꼬불꼬불한 골목, 뾰족한 파풍破風,

비좁은 시장, 양배추, 순무, 양파,

기름진 불고기감에

파리가 날고 있는 푸줏간도 있지요.

그런 곳은 언제 가 보아도

냄새가 나고 분주하지요.

그리고 넓은 광장, 넓은 한길이

점잔을 빼고 이어져 나갑니다.

성문 밖으로 한 걸음 나아가면,

교외의 정경이 끝없이 펼쳐집니다.

거기서 나는 방울달린 삯마차가 시끄럽게 오가며

흩어진 개미떼처럼 사람들이,

끊임없이 오가는 것을 보고 즐깁니다.

마차를 타건, 말을 타건,

나는 언제나 그들의 중심이 되어,

수만의 사람들에게 존경을 받지요.

파우스트 그런 것은 나를 만족시키지 못한다!

인구가 늘어나서

저마다 나름으로 안락하게 먹고 살며

교양과 학문을 쌓으면

세상에선 부러운 노릇이라고 하지만

그러면 오로지 반역자[8]를 만들어 낼 뿐이지.

메피스토펠레스 그리고 나같으면 내 위력을 보이기 위해

유흥을 위해 환락의 별궁을 지을 것입니다.

숲과 언덕과 평지와 목장과 들을,

화려하게 개조하여 정원으로 만듭니다.

푸른 산울타리 앞에 비단 같은 잔디밭,

쪽 곧은 길, 잘 다듬은 가로수,

바위에서 바위로 단을 지어 떨어지는 폭포수,

그리고 온갖 종류의 분수.

중앙에서는 당당하게 뿜어 올리고

옆에서는 수없이 갈라져서 졸졸졸 뿜어냅니다.

그리고 절세의 미인들을 위하여,

조그맣고 아늑한 집을 지어,

거기서 한없는 시간을

정답고 은밀하게 보낼 것입니다.

내가 미인들이라고 했지만 그 미인란 것을

나는 언제나 복수로 생각하고 있지요.

파우스트 현대판 악취미[9]야! 음탕한 사르다나팔로스 왕의 영화군!

메피스토펠레스 그러고 보니 당신의 소원도 알겠어요.

그건 확실히 숭고하리만큼 웅대한 것이었지요.

　　그렇게 달 가까이까지 날아간 당신이니,

　　역시 같은 병이 당신을 끌어올리는 모양이군요.

파우스트　단연코 그렇지 않아! 이 지구에는

　　아직도 위대한 일을 할 여지가 남아 있다.

　　놀랄 만한 일을 할 참이다.

　　나는 대단한 노력을 해야 할 힘을 잃지 않고 있다.

메피스토펠레스　그래서 명성을 얻고 싶단 말이지요?

　　과연 그리스의 여걸한테서 오신 분답군요.

파우스트　지배하고 소유하는 것이다.

　　사업이 전부이고, 명성은 필요 없다.[10]

메피스토펠레스　그래도 시인이란 자가 나타나서

　　후세에 당신의 영광을 전하고

　　어리석은 이야기로 어리석은 일에 불을 지를 겁니다.

파우스트　내 생각을 자네는 몰라.

　　인간이 무엇을 갈망하는지 알고 있나?

　　혹독하고, 신랄하고, 심술궂은 자네가,

　　인간이 원하는 것을 어떻게 알겠는가?

메피스토펠레스　그럼 뜻대로 해보십시오.

　　그 변덕스러운 생각부터 대강 들어봅시다.

파우스트　내 눈은 아득한 바다에 끌렸다.

　　그것은 부쑬어 오르고 높다랗게 솟아올랐다가

　　허물어지면서 파도를 흩뿌리며

　　광활한 해안을 덮쳐 들더군.

　　나는 그것이 화가 났다. 그것은 마치

오만불손한 마음이 정열에 들뜬 혈기를 믿고

온갖 권리를 존중하는 자유로운 정신을

불쾌한 기분으로 뒤바꿔 놓은 것과 다름없다.

이것을 우연이라 생각하고 지켜보니

파도는 쉬었다가 너울져 밀려가며

의기양양하게 도달한 목표에서 멀어져 가더군.

그리고 때가 오면 다시 같은 장난을 되풀이하는 법.

메피스토펠레스 (관객을 향해) 그런 것은 나에게 조금도 새로운 것이 못되오.

십만 년 전부터 알고 있는 것이니까.

파우스트 (열정적으로 말을 계속한다.)

가는 곳마다 펼치려고 밀려든다,

비생산적인 파도는 그 비생산적인 힘을.

부풀어 오르고, 솟아올라, 굴러가서는,

황량하고 음산한 해안지대를 덮친다.

밀려오고 밀려가는 파도는 힘에 넘쳐 멋대로 휩쓸지만,

물러난 뒤에는 아무것도 남지 않는다.

불안하고 절망하고 싶구나!

아무 목적도 없는 자연의 횡포한 폭력이다!

그때 내 정신은 내 자신을 뛰어넘고 말았지.[11]

여기서 나는 싸우고 싶다. 나는 이것을 이기고 싶다.

그리고 그것은 가능한 일이다! 파도는 아무리 밀려와도

언덕이 있으면 반드시 돌아나간다.

파도가 제아무리 기를 쓰고 날뛰어도

조금만 높은 곳이면 쉬 파도와 맞설 수 있고

조금만 움푹 패인 곳이면 힘차게 파도를 끌어들인다.

그래서 나는 재빨리 마음속으로 여러 가지 계획을 세웠다.

저 광포한 바다를 기슭에서 밀어내고

습지의 경계를 좁혀서

파도를 바다 멀리 쫓아버리는

그런 값진 기쁨을 맛보고 싶다고

이 계획을 하나하나 검토해보았다.

이것이 나의 소원일세, 자, 이 일을 촉진시켜 주게.

북소리와 군악 소리가 관객들 뒤 멀리 오른쪽에서 들려온다.

메피스토펠레스 그거야 쉬운 일입니다! 멀리 북소리가 들리지오?

파우스트 또 전쟁인가! 현명한 사람은 저런 소리를 듣기 싫어한다.

메피스토페레스 전쟁이건 평화건 잘 이용해

　　이득을 보는 것이 현명하지요.

　　좋은 기회를 빈틈없이 노리고 있어야 해요.

　　기회가 왔소이다. 자, 파우스트 선생, 붙잡으시오!

파우스트 그런 수수께끼 같은 장난은 집어치워라!

　　간단히 말해서 어쩌라는 건가? 똑똑히 설명하게.

메피스토펠레스 이곳으로 오다가 들었는데

　　그 호인인 황제께서 큰 근심걱정이 있다는군요.

　　당신도 알고 계시죠, 우리가 그를 도와서

　　속임수로 치부시켜 주었을 때,

그는 온 세계를 살 듯한 기세였지요.

원래 젊어서 왕위에 올라

통치하는 것과 동시에 향락하는 것이

잘 양립할 수 있었고

아주 바람직하고 훌륭한 것이라고,

잘못 판단을 내리고 싶어했던 것도 우리가 아니오.

파우스트 대단한 잘못이다. 명령을 내려야 하는 자는

명령을 내리는 데서 법열法悅을 느껴야 하는 법이다.

그의 가슴은 원대한 뜻이 넘치고 가득 차 있어도

그가 충직한 신하의 귀에 속삭인 일이

한 번 실행되고 보면 온 세상이 놀라는 것이다.

그래서 그는 늘 최고자이며 최대의

권위자이다 — 향락은 사람을 천하게 만든단[12] 말이다.

메피스토펠레스 그 사람은 다릅니다! 자기가 향락을 누렸지요, 엄청나게 많이!

그 동안 나라는 무정부 상태에 빠지고

위아래가 없이 서로 얽혀 싸우고

형제들이 서로 쫓아내고, 죽이고,

성은 성끼리, 고을은 고을끼리,

장인 조합은 귀족과 반목하고

사교는 교회나 교구와 싸웠습니다.

무릇 얼굴을 맞대는 자는 모두 원수였지요.

교회 안에서 살인이 벌어지고, 성문 밖에서는

상인이나 나그네들이 목숨을 잃었지요.

모두 더욱더 대담하게 되었습니다.

산다는 것은 자기를 지키는 일이니까요 — 그런 형편이었습니다.

파우스트 그런 형편 — 절룩거리고, 쓰러지고, 또 일어나고,

그리고 넘어져서 꼴사납게 겹쳐 뒹굴곤 했지.

메피스토펠레스 그런 상태를 아무도 탓할 수 없었습니다.

저마다 자기주장을 하려고 했고, 할 수 있었으니까요.

보잘것없는 놈도 제대로 된 놈으로 통했습니다.

하지만 마침내 선량한 사람들이 이건 너무 심하다고 생각하여,

유능한 사람들이 실력으로 일어나

선언했습니다. "치안을 다스리는 것이 군주다.

황제는 그런 능력도 없고, 할 뜻도 없다 — 우리가 새 황제를 뽑아서

나라에 새 영혼을 불어넣자.

그리고 국민의 안전을 부탁하자.

새로 만들어지는 국가에서는

평화와 정의가 혼연일체가 될 것이다"라고.

파우스트 제법 설교 냄새가 나는군.

메피스토펠레스 사실 사제 놈들이 한 말입니다.

놈들은 통통하게 살진 배를 안전하게 만들었지요.

놈들은 누구보다도 많이 가담했지요.

반란은 커지고 교회에선 그것을 성업聖業이라 불렀소.

우리가 기쁘게 해준 그 황제가 지금

이리로 진군해 오고 있소. 아마도 마지막 결전이 되겠지요.

파우스트 딱하군. 아무 거리감도 없는 호인이었는데.

메피스토펠레스 가십시다, 동태나 보지요. 살아 있는 한,

사람은 희망을 가져야 합니다. 이 좁은 산골에서 황제를 구합시다.

한 번 구원을 받으면, 영원히 구원받는 거나 다름없지요.

주사위가 어떻게 구를지 누가 알겠소?

황제가 운이 좋으면, 부하는 얼마든지 생기지요.

두 사람은 중간 산맥을 넘어가 골짜기의 군대 배치를 바라본다. 북소리, 군악소리가 아래에서 울려 온다.

메피스토펠레스 진은 잘 쳤는데요.

우리가 도와주면 승리는 틀림없지요.

파우스트 여기서 무엇을 할 참인가?

속임수나 환술이나, 엉터리 요술이겠지.

메피스토펠레스 싸움에 이기기 위한 전략이지요!

당신도 목적을 잘 생각해서

배짱을 크게 가지시오.

황제의 왕위와 국토를 유지시켜 주면

당신이 황제 앞에 무릎을 꿇고

끝없는 해안지대를 영지로 받을 것이란 말이오.

파우스트 자네는 지금까지 여러 가지 일을 해냈지.

그러니, 이 싸움도 이겨봐!

메피스토펠레스 아니, 이번에는 당신이 이겨야합니다!

당신이 최고 사령관입니다.

파우스트 아주 좋은 신분이로군.

아무것도 모르면서 명령을 내리다니!

메피스토펠레스 일은 참모에게 맡기면 됩니다.

그러면 사령관은 안전하지요.

전쟁의 위험성은 벌써 짐작하고 있으니,

참모도 미리 원시 산악의

원시인들로 짜놓았지요.

그 패들을 긁어모은 자는 이기지요.

파우스트 저기 오는 게 누구지? 저 무기를 가진 자들은?

자네는 산의 백성들을 선동했나?

메피스토펠레스 아니오! 그러나 페터 스크벤츠[13]와 마찬가지로,

시시한 놈들 중에서는 골라낸 놈입니다.

세 사람의 용사[14] 등장 (「사무엘 후서」) 23장 8절

메피스토펠레스 자, 내가 말한 놈들이 왔습니다!

보시다시피 나이들도 많이 다르고

옷이나 무기도 각각이지만,

그러나 꽤 쓸모가 있을 것이오.

관객을 향해

요즘은 어떤 애들이고

투구나 기사의 옷깃을 딜고 싶어 합니다.

그리고 이 놈팡이들은 비유적인 인물이니

그만큼 더욱 마음에 드실 것입니다.

싸움패 (청년, 가벼운 무장, 화려한 옷차림)

나에게 정면으로 대드는 놈은

주먹으로 턱주가리를 갈겨 줄 테다.

도망을 치는 겁쟁이라면

목덜미를 움켜쥐고 끌어올 테다.

날치기 (중년, 충분한 무장, 사치한 옷차림)

그런 실속 없는 싸움은

어릿광대 노릇이다.

날치기에만 정신을 써라.

다른 일은 나중에 해도 된다.

구두쇠 (노년, 중무장, 옷을 안 입었다.)

그래 봐야 별로 소득이 없을걸.

커다란 재산도 순식간에 없어지고

생활의 흐름에 떠내려가고 말지.

날치기도 좋지만, 뚝심 좋게 붙잡고 있는 게 더 좋지.

이 백발 노인에게 맡겨 둬.

당신 것은 아무도 빼앗지 못하게 할 테니.

그들은 함께 아래로 내려간다

앞산 위

북소리와 군악이 아래에서 들린다. 황제의 천막을 치고 있다. 황제, 최고 사령관, 근위병.

최고 사령관 이 요지의 계곡에

　　전군을 후퇴 결집시킨 이 전략은

　　역시 용의주도했던 것 같습니다.

　　이 방법이 성공하리라는 것을 확신합니다.

황제 어떻게 될지는 곧 알게 될 테지.

　　그러나 이 도주하는 것 같은 퇴각은 마음에 들지 않아.

최고 사령관 폐하, 저 오른쪽을 보십시오!

　　저러한 지형은 전략상 꼭 알맞습니다.

　　언덕이 험준하지도 않고, 너무 완만하지도 않습니다.

　　아군에겐 유리하고, 적에겐 위험합니다.

　　아군이 파상波狀 지대에 반쯤 숨어 있고,

　　적의 기병도 감히 다가오지 못할 것입니다.

황제 칭찬하지 않을 수가 없군.

　　드디어 아군의 힘과 용기를 시험할 수가 있겠구나.

최고 사령관 저 중앙의 초원에서

　　돌격부대가 사기를 떨치며 싸우는 것이 보입니다.

　　창끝이 햇빛 속에서 아침 안개를 뚫고

　　공중에서 번쩍번쩍 빛나고 있습니다.

　　강력한 방어 진지가 시커멓게 물결치고 있습니다.

　　수천 병사들이 큰 공을 세우려고 열을 올리고 있습니다.

　　이것으로 아군의 위력을 아실 것입니다.

　　저만하면 적의 세력을 분열시킬 수 있다고 믿습니다.

황제 이렇게 희한한 광경을 보기는 처음이다.

　　이런 식으로 배치된 군사는 갑절은 많아진 듯하구나.

최고 사령관 왼쪽 아군에 대해서는 보고할 것이 없습니다.

험준한 바위를 믿음직한 용사들이 사수하고 있으니까요.

지금 무기가 번쩍이는 저 절벽이

좁은 골짜기의 중요한 길목을 지키고 있습니다.

저기서 적군이 기습당하여

붕괴하는 모습이 벌써 눈에 선합니다.

황제 음, 저기 뱃속이 시커면 친척들이 오는구나.

저놈들은 나를 백부니, 사촌이니, 형제니 하고 부르며

날이 갈수록 안하무인이 되어

빛나는 위력에서 힘을 빼앗고, 옥좌의 위엄을 빼앗으며,

이윽고는 서로 물고 뜯고 하여 나라를 황폐케 하더니,

지금은 한통속이 되어 나에게 반역을 했다.

민중들은 마음의 갈피를 잡지 못 잡고 동요하여

결국 물결에 휩쓸려 흘러갈 뿐이다.

최고 사령관 정찰하러 나간 충실한 사나이가

급히 바위를 타고 내려오는군요. 성공했으면 좋으련만!

척후 1 교활하고 대담무쌍하게 하자는

우리의 책략은 성공하여

잘 염탐하고 돌아왔습니다.

그러나 신통한 정보는 별로 없습니다.

충실한 신하들처럼 폐하에게

진심으로 충성을 맹세하는 자도 많지만,

무위도식하며 입으로만,

국내가 불안하니, 민심이 흉흉하니 합니다.

황제 제 목숨이나 살려보자는 것이 이기주의의 선조지.

은혜고, 의리고, 의무고, 명예고 없는 법이다.

부채가 워낙 많으면

이웃집 화재로 자기도 타죽는다는 것을 생각지 못하는가?

최고 사령관 두 번째 척후가 옵니다. 매우 천천히 내려오고 있군요.

피로에 지쳐서 온몸을 부들부들 떨군요.

척후 2 처음에는 재미있어서

심한 혼란상을 보고만 있었습니다.

그러나 뜻밖에도 느닷없이

새로운 황제가 나타났습니다.

그리고 명령된 길을 따라

군중이 들판을 나아갔습니다.

새로 펼친 가짜 깃발이 나부끼고

그 뒤를 모두 따라가더군요. 양떼같은 놈들이지요!

황제 가짜 황제가 나타난 것은 내게는 이롭다.

이제 비로소 나는 내가 황제라는 것을 느끼게 되었다.

나는 다만 군인으로서 갑옷을 입은 것에 불과한데,

이제는 더 높은 목적을 위해 입은 것이 되었다.

잔치 때마다, 그것이 비록 아무리 화려하고

아쉬운 게 없다지만, 한 가지, 위기감이 결여되어 있었다.

그대들이 잘하던 고리꿰기[15]를 권했을 때도

나는 가슴이 설레고, 마상시합馬上試合이라도 하는 기분이었다.

그대들이 나에게 전쟁을 말리지 않았더라면,

지금쯤 나는 혁혁한 공훈을 세워 빛났으리라.

그 가장무도회에서 내가 불바다에 싸여 있었을 때,

나는 내 가슴속에 자주 독립 정신이 있음을 확인했다.

불길이 무섭게 나를 엄습해 왔었지.

그것은 환영에 지나지 않았지만, 대단한 것이었다.

나는 승리와 명성을 막연하게 꿈꾸고 있었지만,

거만하게 게을리한 것을, 이제 되찾아야 겠다.

반역 황제에게 도전하기 위해 사자가 파견된다.

파우스트, 갑옷을 입고 투구로 얼굴을 가리고 등장.

세 용사, 전과 같은 무장과 복장.

파우스트   저희들이 이렇게 나선 것을, 꾸짖지는 않으시리라 믿습니다. 위급한 것은

없으나 조심하시는 것이 상책입니다.

아시다시피 산중의 백성들은 생각과 궁리가 많고,

자연이나 바위에 나타난 문자에 정통합니다.

오래 전에 평지를 단념한 영들은

점점 더 바위산에 애착을 가지고 있습니다.

그들은 미로 같은 골짜기를 누비며

철분이 가득한 향내 나는 안개 속에서 묵묵히 활동하고 있습니다.

줄곧 골라내고 시험하고 결합시키고 하면서

그들의 유일한 욕망은 새로운 것을 만드는 일입니다.

영력이 깃든 조용한 손끝으로

갖가지 투명한 보양을 만들어 냅니다.

그리고 그 결정과 영원한 침묵 속에서

　　　지상 세계에서 일어나는 일을 판독하는 것입니다.

황제　그것은 나도 들었고, 또 믿겠네.

　　　하지만, 지금 그것이 어떻다는 것인가?

파우스트　사비엘 사람으로 노르치아[16]에 사는 한 요술쟁이는,

　　　폐하를 진심으로 존경하고 충성을 바치고 있습니다.

　　　일찍이 무서운 운명이 그를 위협했었지요.

　　　화형의 불쏘시개가 타닥타닥 소리를 내고

　　　불길이 혓바닥을 날름거렸습니다.

　　　주위에 얼기설기 쌓아올린 마른 장작더미에는

　　　역청瀝靑과 유황 막대가 섞여 있었습니다.

　　　인간도 신도 악마도 구할 길이 없는 이때,

　　　폐하께서 벌겋게 달아오른 사슬을 끊어주셨습니다.

　　　그때 이후로 그는 완전히 자기 몸을 잊고,

　　　별이나 지옥을 점치는 것도 오직 폐하를 위해서였습니다.

　　　이번에도 그는 화급한 일이라며, 폐하를 도와 달라고

　　　우리에게 부탁했습니다. 산의 힘은 위대합니다.

　　　자연이 산에서 비상하게 자유의 힘을 쓰는 것을

　　　우둔한 성직자들은 마술이라고 비난합니다.

황제　기쁜 날에 명랑하게 즐기기 위해

　　　명랑하게 찾아오는 손님들을 맞을 때,

　　　밀치락달치락 잇따라 넓은 빙 안을 메워 주는

　　　손님 하나 하나가 우리는 반가운 법이다.

　　　그러나 운명의 저울이 어떻게 기울 것인지,

　　　몹시 불안스러운 아침에,

우리를 돕기 위해 힘차게 찾아와 주는

성실한 사람이야말로 가장 큰 환영을 받아야 한다.

그러나 이 중대한 순간에,

뽑고 싶어 하는 칼에서 그 억센 손을 놓아 다오.

수천 명이 나의 적이 되고 편이 되어

싸우려 하고 있는 이 순간을 존중해다오.

대장부는 혼자 힘으로 해야 한다! 황제의 관과 옥좌를 바라는 자는,

스스로 그 명예에 어울리는 자여야 한다.

나를 거역하고 나타나

황제다, 군주다, 대원수다,

제후의 지배자이다 하고 떠드는 유령들은,

내가 손수 죽음의 나라로 처넣을 참이다!

파우스트 그러나 큰일을 완수하려면

폐하의 목숨을 거는 것은 좋지 않습니다.

투구는 계관鷄冠이나 깃으로 장식되어 있지 않습니까?

투구는 용기를 고무하는 폐하의 영명하신 머리를 보호해줍니다.

머리 없는 수족이 무엇을 하겠습니까?

머리가 잠들면 수족은 축 늘어지고

머리를 다치면 당장 모든 것은 상처를 입습니다.

머리가 빨리 나으면 손발도 개운하게 기운을 되찾아

팔은 바로 그 억센 권리를 행사하여

방패를 들고 정수리를 방어하며

칼은 바로 제 의무를 일아차리고

힘차게 받아넘기고 치게 될 것입니다.

튼튼한 발도 그 행운에 한몫 끼려고

쓰러진 적의 목덜미를 힘차게 밟습니다.

황제 나의 노여움도 그러하다. 나도 그놈에게 그와 같이 해주고 싶다.

그 오만한 머리를 발판으로 삼고 싶다.

사자들 (돌아온다.) 우리들은 거기 가서

그저 적당히 놀림을 받았습니다.

우리들의 엄숙한 통고를,

저쪽은 얼빠진 희극이라고 비웃었습니다.

"너희들의 황제는 행방불명이다.

저 좁은 골짜기에는 메아리만 치고 있다.

굳이 생각하자면

동화에서 말하듯이 ― 옛날 옛적이지"라고 하더군요.

파우스트 이것으로 끝까지 폐하에게 충성을 다하는

정예들의 소원대로 된 셈입니다.

저기 적이 접근하고 있습니다. 우리 편은 기세등등하게 대기하고 있습니다.

공격을 명령하십시오. 좋은 기회입니다.

황제 내가 직접 지휘하지는 않겠다. (최고 사령관에게)

후작, 그대의 임무를 확고하게 행하라.

최고 사령관 그러면, 우익군, 전진하라!

지금 기어오르고 있는 적의 왼편을

최후의 일보를 내디디기 직전에

용감무쌍한 우리 정예가 무찌른다.

파우스트 그렇다면 이 씩씩한 용사가,

지체 없이 당신의 전열에 참가하여

병사들과 일체가 되어 서로 도와서

용맹스런 힘을 발휘하게 허락해주십시오.

오른쪽을 가르킨다.

싸움패 (걸어 나온다.) 내 앞에 얼굴을 내미는 놈은

아래위 턱주가리가 부서질 줄 알아라.

내게 등을 돌리는 놈은, 목이고 대가리고 머리채고 간에

당장 등허리에 축 늘어지게 될 거다.

그때 우리의 병사들이

내가 날뛰듯 칼이나 몽둥이로 휘둘러 주면

적은 겹겹이 쓰러져서

저희들의 피바다에 빠져 죽을 거다. (퇴장)

최고 사령관 중앙의 우리 방어진은 천천히 따라가면서

전력을 다하여 적군을 무찔러라.

저기 약간 오른편에서는 벌써 아군이 분격하여

적의 작전이 흔들리고 있다.

파우스트 (가운데 사나이를 가리키면서)

그렇다면 저 사람도 명령에 따르게 해주십시오.

민첩해서 뭐든지 가로채고 나아갑니다.

날치기 (걸어 나온다.)

아군의 사기에는

약탈에 대한 욕심이 따르지 않으면 안 됩니다.

가짜 황제의 사치스런 천막을

모두의 목표로 삼도록 하십시오.

그놈도 오래 그 자리에 으스대고 있지는 못합니다.

내가 선발대의 선두에 서지요.

들치기 (주막의 여자, 날치기한테 달라붙으며)

이분의 여편네가 된 것은 아니지만

이분의 나의 가장 귀한 서방님이죠.

우리의 추수 때가 온 셈이에요.

여자란 움켜잡을 때면 사납지요.

빼앗아야 할 때는 인정사정이 없지요.

이기는 싸움에는 앞장을 서야죠! 무슨 짓이라도 할 수 있으니까요.

두 사람 퇴장

최고 사령관 예상한 대로 아군의 왼편으로

적의 오른편 군대가 공격해 오는군.

저 바위투성이 비좁은 통로를 점령하려는 적군의

필사적인 공격에 병사마다 저항을 할 것이다.

파우스트 (왼쪽에 눈짓을 한다.)

폐하, 이자를 눈여겨 보십시오.

강한 놈이 더 강해진다고 해서 해로울 것은 없습니다.

구두쇠 (걸어 나온다.)

왼편에 대해서는 걱정 마시오!

나만 있으면 가진 것은 안전합니다.

늙은이는 쥐면 놓지 않지요.

번갯불도 내가 쥔 것은 뺏지 못할 것이오. (퇴장)

메피스토펠레스 (위에서 내려온다.)

자, 보십시오. 배후의 험준한 바위틈에서

무장한 병졸들이 쏟아져 나와

좁은 길을 꽉 메꾸고 있습니다.

투구와 갑옷과 칼과 방패로

아군 배후에 성벽을 쌓고

치고 들어갈 신호를 기다리고 있습니다.

사정을 알고 있는 관객들에게 나직한 소리로

저것들이 어디서 나타났느냐고 물어보지 마십시오.

물론 제가 지체하지 않고

근처의 무기고를 털었지요.

저것들은 보병입네 기마병입네 하고,

이 세상의 주인인양 뻐기고 있었습니다.

예전에는 기사나 황제가 입었던 것이지만

지금은 빈 달팽이 껍질에 불과하다오.

많은 도깨비들이 그것을 입고

저렇게 중세의 광경을 재연하고 있는 것이라오.

어떤 마귀라 하더라도

지금은 제법 도움이 되지요.

(큰소리로) 들으시오. 저놈들은

싸우기도 전에 벌써 노기충천하여

쇠붙이들을 덜거덕거리며 왁작거리고 있습니다.

너덜너덜한 군기도 펄럭이며

상쾌한 산들바람을 쐬고 싶어 기다리고 있습니다.

이것은 옛사람들이 준비를 갖춰

새로운 싸움에 뛰어들고 싶어 하고 있습니다.

놀랄만한 나팔 소리가 위쪽에서 울려오고, 적군 속에서 심한 동요가 일어난다.

파우스트 지평선이 어두워졌구나.

오직 여기저기서 심상치 않은

붉은 빛이 의미심장하게 빛나고 있을 뿐이다.

칼날이 벌써 핏빛으로 번쩍이고 있다.

바위도, 숲도, 바람도,

하늘마저도 싸움에 말려들었다.

메피스토펠레스 오른편은 든든하게 버티고 있소이다.

그 중에서도 뛰어나게 보이는 것은

날쌘 거인인 싸움패 한스가

제 버릇대로 설치는 것이 돋보입니다.

황제 한 팔을 치켜드는 듯하더니,

이젠 벌써 열두 개나 날뛰고 있는 듯 보이는구나.

흔히 있을 수 있는 일은 아닌걸.

파우스트 시칠리아 해안에 길게 뻗친

안개의 띠에 대한 이야기를 들으신 적이 없으십니까?

그곳에서는 백일하에 하늘거리면서 역력하게

중천에 높이 솟아

이상한 아지랑이에 비치어

희한한 광경이 나타난다고 합니다.

그 속에서 도시가 나타났다가 없어지고,

꽃밭이 떠올랐다가는 가라앉곤 한답니다. 여하간

여러 가지 광경이 대기를 뚫고 나타나는 것입니다.

황제 하지만 어쩐지 이상하구나! 높다란 창끝이 모조리

번개가 치고 있는 듯이 보인다.

아군의 방어진 창끝에

조그마한 불꽃이 날렵하게 춤을 추고 있다.

너무 요사스런 것 같구나.

파우스트 사실은 폐하, 저것은 이 세상에서

사라진 신령들의 흔적입니다.

어떤 뱃군이건 축원을 드리는

디오스쿠로이 형제[17]의 불입니다.

그들은 여기서 최후의 영력靈力을 쥐어짜는 것입니다.

황제 자연이 우리를 향해서

이렇듯 영묘한 힘을 모아 주는 것은

누구의 덕택인가?

메피스토펠레스 폐하의 운명을 걱정하고 있는

그 거룩한 요술사가 아니고 누구겠습니까?

폐하의 적들의 억센 협박으로 인하여,

그는 진심으로 격분하고 있습니다.

그리고 폐하에 대한 은혜를 갚으려고

자기는 파멸할지라도 폐하를 구원하려는 것입니다.

황제 대관식을 마쳤을 때 백성들은

환호성을 올리면서 나를 화려하게 끌고 다녔지.

나도 제법 무엇이 된 기분으로 권력을 시험해보고 싶었지.

우쭐한 마음으로, 좋은 기회다 싶어 별생각도 없이,

화형대에 있던 그 백발노인을 살려준 것뿐이야.

그 때문에 사제들은 모처럼의 기분을 망쳤다며

나에게 좋지 않은 얼굴을 했었지.

그 일이 있은 지 몇 해가 지난 오늘에 와서

내가 좋아서 한 행위의 보답을 받는단 말인가?

파우스트 가벼운 마음으로 한 선행에는, 풍성한 이자가 붙죠.

하늘을 보십시오!

이제 그 요술사가 길조를 보내는 것 같습니다.

잘 보십시오. 곧 징조가 있을 것입니다.

황제 독수리가 한 마리가 하늘 높이 떠 있고,

이상한 새 그리피스가 사납게 위협하며 대들고 있구나.

파우스트 조심스럽게 보십쇼. 저건 아주 길조로 보입니다.

그리피스는 옛이야기에나 나오는 새인데,

어찌 감히 제 주제에 진짜 독수리하고

힘을 겨룰 생각이 들 수가 있을까요?

황제 음, 원을 그리 가며 서로

빙빙 돌고 있구나 — 그러자 순식간에,

그놈들은 서로 덤벼들어서,

가슴과 목을 찢어 놓으려 하는군.

파우스트 잘 보십시오. 저 흉측한 그리피스는

찢기고, 뜯기고, 상처투성이로

사자꼬리를 축 늘어뜨리고

봉우리 숲속으로 추락해 버렸습니다.

황제 이런 길조대로 되었으면 좋으련만!

이상한 일이긴 하지만 믿어 두기로 하자.

메피스토펠레스 (오른쪽을 향하여)

연거푸 거듭되는 공격에

적은 견디지 못해 물러난다.

어설프게 저항하면서

오른쪽으로 몰려갔기에

적군의 중앙 주력의 좌익을

싸우면서 혼란시키고 있다.

아군 방진方陣 부대의 견고한 선두는

오른쪽으로 이동하여 번개같이

적의 허를 찌르고 있다 ―

폭풍에 미쳐 날뛰는 파도처럼,

세력이 엇비슷한 양군이 두 군데에서,

불꽃을 튀기며 사납게 미쳐 날뛰고 있다.

이보다 장렬한 장관이 어디 있겠는가?

이 전투는 아군의 승리올시다.

황제 (왼쪽에서 파우스트에게)

보라! 저쪽이 위태로워 보이는구나.

아군의 수비가 위태롭다.

돌덩이가 나는 것도 전혀 보이지 않는다.

아래쪽 바위에는 적이 기어오르고,

위쪽 바위를 아군이 포기하고 말았다.

아! ─ 적이 한 덩어리가 되어

점점 더 가까이 육박해오는구나.

저 고개는 점령된 것 같다.

이것이 사교도의 헛된 노력의 결과였던가?

그대들의 마술은 헛된 수작이구나.

잠시 후

메피스토펠레스 저기 제 까마귀[18] 두 마리가 날아옵니다.

무슨 소식을 전하러 온 것일까요?

나쁜 소식이 아니면 좋겠는데.

황제 저 흉악한 새가 무엇이란 말인가?

검은 돛을 올리고 격전이 벌어지고 있는

바위산에서 이쪽으로 오고 있구나.

메피스토펠레스 (까마귀를 향하여)

내 귀 바로 가까이에 앉아라.

너희들이 지켜 주는 자는 망하지 않는다.

너희들의 충고는 틀림없으니 말이다.

파우스트 (황제에게) 비둘기는 아무리 먼 나라에서도

둥지의 새끼와 먹이가 있는 데로 돌아온다는 말을

들으신 적이 있으시겠지요.

여기에 중대한 차이점이 있다면

비둘기는 평화의 사자이지만

까마귀는 전쟁에 보내는 사신이란 것입니다.

메피스토펠레스 비보입니다.

보십시오. 우리 용사들이,

저 바위 끝에서 고전하고 있습니다!

가까운 고지는 빼앗겼습니다.

적이 통로마저 점령한다면

우리들은 중대한 곤경에 빠질 것입니다.

황제 그렇다면 나는 결국 속임수에 넘어갔구나.

그대들은 나를 그물 속에 끌어들였구나.

나를 농락하다니 몸서리가 친다.

메피스토펠레스 용기를 내십시오! 아직 패한 것이 아닙니다.

최후의 난관을 돌파하려면 인내와 책략이 필요합니다.

마지막 고비가 격렬해지는 것은 흔히 있는 일이지요.

나는 확실한 사자使者를 두고 있습니다.

명령권을 저에게 주십시오!

최고 사령관 (그 사이에 가까이 다가와서)

폐하께서 이자들과 결탁을 하셨지만

그것이 제게는 줄곧 걱정이었습니다.

마법과 요술로 확고한 행운을 얻을 수는 없습니다.

저에게는 이 전황을 돌이킬 방법이 없습니다.

이들이 시작한 일이니, 이들이 결말을 내겠지요.

저는 지휘봉을 돌려 드리겠습니다.

황제 때가 호전되면 행운이 올지도 모를 것이니,

　　그때까지 그것을 맡아 두시오.

　　나는 저 흉측한 자와

　　저자가 까마귀와 정답게 구는 데 몸서리가 났네.

　　(메피스토펠레스에게) 이 지팡이를 너에게 줄 수는 없네.

　　네가 적임자라고는 생각되지 않으니까.

　　어서 명령하여 우리를 구하도록 해보게!

　　어떻게 되든지 될 대로 되어라.

　　최고 사령관과 함께 천막 속으로 들어간다.

메피스토펠레스 그 하찮은 막대기로 몸을 지키려 들다니!

　　우리에게 그런 것은 한 푼의 값어치도 없다.

　　어쩐지 십자가 같은 꼴이 싫단 말이다.

파우스트 어떻게 하면 좋을까!

메피스토펠레스 벌써 다 되어 있어요!

　　자, 검둥이 사촌들아, 어서 일을 보아 주게나.

　　커다란 산중 호수로 가서, 물의 요정 운디네에게 인사드리고,

　　홍수의 환영을 청해 오너라!

　　쉽사리 알아내지 못하는 여성의 술책으로,

　　실체와 환영을 분리시키는 능력을 가지고 있소이다.

　　모두들 그 환영을 실체인 줄 알지요.

　　잠시 후

파우스트 까마귀들이, 물의 요정 아가씨에게

그럴 듯하게 비위를 맞춘 것이 틀림없구나.

저기서 벌써 물이 졸졸 흘러내리기 시작하는군.

여기저기 메마르고 벗어진 바위틈에서

물이 신나게 솟아나고 있구나.

적의 승리도 이제 끝장이다.

메피스토펠레스 저렇게 희한한 인사를 받으니,

제 아무리 용맹스럽게 기어오르던 자도 얼떨떨하겠지.

파우스트 벌써 한 줄기 냇물이 몇 갈래로 불어서 세차게 흘러내리고,

바위 구덩이에 들어가면 갑절이 되어 또 나타나는구나.

큰 물줄기는 활처럼 휘어 폭포를 이루며 떨어지고

갑자기 평평한 넓은 바위 위에 퍼져서,

이리저리 도도히 거품을 일으키며 흐르고,

층층으로 이루어 골짜기로 떨어진다.

아무리 용감하게 버티려 해도 소용이 없다!

거센 물줄기가 그들을 휩쓸어 내려간다.

이런 사나운 홍수를 보니 나도 소름끼치는 구나.

메피스토펠레스 내겐 그런 가짜 물 따윈 도무지 보이지 않소이다.

인간의 눈만이 속게 마련이지요.

나는 이 신기한 사건이 재미있어 못 견디겠소이다.

적군은 모조리 덩어리로 굴러 떨어지는군요.

저 어리석은 것들은 물에 빠져 죽는 줄 생각하는군.

아무 일 없이 땅 위에 있건만 숨을 헐떡이면서

우스꽝스럽게도 헤엄치는 꼴로 달아나고 있어.

여기저기서 큰 혼란이 일어나고 있다.

까마귀들이 돌아온다.

너희들은 나중에 위대하신 스승 앞에서 칭찬해주마.

하지만 여기서 너희들이 스스로 악마다운 솜씨를 보여 주고 싶거든,

불이 이글거리는 대장간으로 달려가거라.

그곳에는 난쟁이들이 피곤한 줄도 모르고

쇠붙이와 돌을 두들겨 불꽃을 튀기고 있다.

그자들을 간곡히 타일러서

거룩한 뜻으로서 언제고 꺼지지 않는

빛나고 번쩍이고 불꽃 튀기는 불씨를 얻어 오너라.

아득히 멀리서 번갯불이 비치고,

높은 별이 눈을 깜박이듯 순식간에 떨어지는 일은,

여름밤에는 언제나 있을 수 있는 일이지만,

얽히고설킨 숲속의 번개나,

축축한 땅을 스치고 지나가는 별은

그리 쉽사리 볼 수 없을 것이다.

별로 애를 태울 필요까지는 없고

처음엔 공손히 청해 보고, 안 들으면 내놓으라고 명령하도록 해라.

까마귀들 사라진다. 지시된 대로 된다.

메피스토펠레스 적에게 짙은 어둠의 장막이 내려덮친다!

걸음마다 발밑이 위태롭다!

어느 구석을 봐도 도깨비불이 번쩍인다.

느닷없이 눈을 멀게 하는 불빛!

이제 모든 일이 잘 되어 간다.

그러나 이제 무시무시한 소리도 필요하단 말이다.

파우스트 무기고에서 나온 빈 갑옷들이

시원한 바람을 쐬고 기운이 나는 모양이군.

저기서 아까부터 덜걱덜걱 삐걱삐걱,

괴상한 소리들을 내는군.

메피스토펠레스 옳습니다! 이젠 말릴 수가 없습니다.

그리운 옛날로 돌아간 것처럼

기사가 대결하는 소리가 울려 오는군요.

팔과 정강이에 대는 철갑들이 저마다,

옛날의 교황파와 황제파로 갈라져서,

다시 영원한 싸움을 시작하고 있습니다.

완고하게 조상대대의 기분을 지켜

타협할 기색이라곤 전혀 보이지 않습니다.

시끄러운 소리가 벌써 온통 퍼지고 있습니다.

악마의 축하연 때마다 그렇지만,

결국은 당파의 증오가 극도로 되살아나,

소름끼치는 결말로 번집니다.

숲의 고요를 깨뜨리는 판 신의 불쾌한 고함소리,

그 사이사이에 날카롭게 곤두선 마왕 같은 소리,

공포의 커다란 소리가 골짜기에 울려 퍼지는군요.

악대석에서 전쟁의 소음, 이윽고 그것이 명랑한 군악으로 변해 간다.

반역 황제의 천막

옥좌 주위가 사치스레 꾸며져 있다.
날치기, 들치기.

들치기 역시 우리가 가장 먼저 들어왔어요!

날치기 까마귀도 우리만큼 빨리 달리지는 못할걸.

들치기 어머나, 보물이 굉장히 많아요!

　어디서부터 손을 대고, 어디서 그쳐야 할까?

날치기 천막 속이 가득 찼군 그래.

　어디부터 손대야 할지, 도무지 모르겠는걸.

들치기 이 양탄자는 내게 꼭 알맞은 물건이군요.

　내 잠자리는 정말 지독할 때가 많거든요.

날치기 여기 강철로 된 금성봉金星棒[19]이 걸려 있군.

　오래 전부터 갖고 싶었던 거야.

들치기 금실로 단을 박은 붉은 망토,

　이런 것을 내가 꿈꾸고 있었어요.

날치기 (무기를 집어 들며) 이것만 있으년 손쉽게 될 수 있지.

　때려죽이고 앞으로 나갈 수 있단 말이야.

　넌 벌써 무척 많은 것을 들치기한 모양인데,

　신통한 것은 하나도 없구나.

그런 잡동사니는 내버려 두고

이 궤짝을 집으란 말이다!

군인들에게 지불할 월급인데

속에 들어 있는 것은 금화야.

들치기 굉장히 무겁군요.

난 들 수가 없으니 가져갈 수도 없어요.

날치기 허리를 굽혀! 엎드리란 말이야!

그 억센 등에 지워 줄 테니.

들치기 아야야! 안 되겠어요.

무거워서 허리가 두 동강이 나겠어요.

상자가 떨어져서 뚜껑이 열린다.

날치기 이것 봐, 번쩍번쩍하는 금화가 가득이야 —

어서 긁어모아.

들치기 (쪼그리고 앉는다)

어서 이 앞치마에 담아 줘요!

이만하면 충분해요.

날치기 그래 이만하면 됐다! 자, 빨리 가!

들치기 일어선다.

이거 안 되겠다, 앞치마에 구멍이 뚫렸잖아!

너는 가는 곳마다, 서는 곳마다

노다지를 마구 뿌려 대는구나.

근위병들 (아군 황제 측)

　이봐, 이 거룩한 장소에서 뭣들 하고 있어?

　어째서 폐하의 재산을 뒤지고 있지?

날치기 우리는 우리 몸뚱이를 싸구려로 판 이상,

　전리품 가운데 우리 몫을 받아 가는 거야.

　적군의 천막에 오면 의례 있는 법.

　그리고 우리 역시 병정이란 말이다.

근위병들 그런 말은 우리한테 통하지 않는다.

　군인과 동시에 도둑놈이 되다니 있을 수 없다.

　황제의 편에 들려는 자는

　정직한 군인이어야만 한단 말이다.

날치기 그 정직이라면 진작부터 알고 있지.

　말하지면 징발이라면 된단 말이지.

　너희들도 똑같은 처지라구.

　"이리 내놔!"하는 것이 패거리들의 인사지.

　들치기한테

나가자, 가지고 있는 것을 끌고 가자.

　우리 여기서 환영받을 손님이 못 된다. (퇴장)

근위병 1 이것 봐, 어째서 당장에

　저 뻔뻔스런 놈의 따귈 갈기지 않았나?

근위병 2 왜 그런지 힘이 빠져 버렸어.

　　이상하게 도깨비 같은 놈들이었어.

근위병 3 눈앞이 아찔아찔해서

　　잘 볼 수가 없었네.

근위병 4 나도 뭐라 해야 좋을지 모르겠는데.

　　하루 종일 지독하게 덥고,

　　짜증이 나고 숨이 콱콱 막히도록 무더웠어.

　　서 있는 놈이 있는가 하면, 쓰러진 놈이 있지.

　　더듬더듬 곧장 내리치고

　　칼을 휘두를 때마다 적이 쓰러지더군.

　　눈앞에 엷은 안개 같은 것이 떠돌고,

　　귓속에는 윙윙거리고 쉭쉭 소리가 울리잖아.

　　줄곧 그러는 동안에 여기까지 왔지.

　　어째서 이렇게 되었는지 도무지 모르겠단 말일세.

　　황제, 네 명의 후작을 거느리고 등장.

　　근위병들 퇴장.

황제 어쨌든 싸움은 우리의 승리로 끝났다.

　　적은 흩어져서 패주하고, 들판으로 사라져 버렸다.

　　여기 빈 옥좌만 허무하게 남아, 반역도의 보물은

　　양탄자에 싸인 채 방이 비좁도록 놓여 있구나.

　　우리들은 공손하게 근위병들의 호위를 받으며

　　황제에 어울리는 위엄으로 여러 나라 사신을 기다린다.

　　도처에서 반가운 소식이 들려온다.

나라 안은 평정되고, 기꺼이 나를 지지하고 있다고 한다.

이 전쟁에서 요술의 힘까지 빌렸지만,

역시 우리는 우리의 힘으로 이겼다.

여러 가지 우연한 사실이 싸우는 자를 돕는 셈이지.

하늘에서 돌이 떨어지고, 적군에게 피의 비가 내리고

바위 구멍 속에서는 이상하고 무서운 소리가 울려나와,

우리의 용기를 복돋아 주고 적의 가슴을 답답하게 한다.

패한 자는 쓰러져서 후세의 조소를 받고,

승리를 뽐내는 자는 호의를 가져다 준 신을 찬양한다.

명령할 것도 없이 모두 소리를 합하여,

목청을 돋우어 "주여, 우리는 당신을 찬양합니다!"하고 외친다.

그러나 최고의 보상을 생각하며, 나의 경건한 눈길은,

좀처럼 없었던 일이지만, 내 가슴으로 향한다.

젊고 힘있는 군주는 나날을 헛되이 보낼 수도 있겠으나,

세월의 흐름에 따라 그때그때의 중대성을 배우게 되었다.

그래서 나는 때를 놓치지 않고 궁정과 국가를 위해서

그대들 네 명의 공신들과 굳게 합심할 것이다.

첫 번째 충신에게

후작! 군대를 정연히고 현명하게 배지하여,

중대한 때에 과감한 조처를 취한 것은 그대다.

이제는 시대의 요청에 따라, 평화 속에서 일해 다오.

그대를 궁내 대신으로 임명하고 이 검을 내리노라.

궁내 대신 이제까지 국내의 치안에 종사하고 있던 폐하의 충성스러운 군대가,

　　국경을 지키고 평화와 옥좌를 수호하게 된 이상,

　　선조 대대의 드넓은 성 안에서 축연이 있을 때면,

　　성찬이나 차릴 것을 저에게 분부해주십시오.

　　그때 저는 이 번쩍이는 칼을 들고 옆에서 모시겠습니다.

　　위풍당당한 폐하의 영원한 보필로서.

황제 (두 번째 충신에게)

　　용감한 사람이며 상냥하고 남을 보살피기 좋아하는

　　그대는 나의 시종장이 되라! 이 임무는 쉽지 않다.

　　그대는 궁중에서 일하는 사람들의 장長이네.

　　그들 사이에 내분이 있으면 신하로서 좋지 못하오.

　　앞으로는 군주와 궁정의 모든 사람들이 만족하도록,

　　그대가 훌륭한 모범을 보여 주기 바란다.

시종장 가장 착한 자를 돕고, 악한 자라 할지라도 해치지 않으며,

　　책략을 쓰지 않고 공평하며, 속이지 않고 침착하며,

　　폐하의 큰 뜻을 넓히고, 폐하의 은혜에 참여하렵니다.

　　이런 제 마음을 살펴주신다면, 저는 더는 만족이 없겠습니다.

　　그 축제에까지 널리 생각해 보아도 좋을까요?

　　폐하께서 식탁에 앉으시면, 저는 황금 대야를 받쳐 들고,

　　즐거운 한때를 보내시기 위해 손을 씻으시는 동안,

　　빼 놓으신 반지[20]를 맡아가지고 있으면서 폐하의 얼굴을 뵈면

　　얼마나 기쁠지 모르겠습니다.

황제 지금은 잔치를 생각하기엔 너무 엄숙한 기분이다만,

　　그것도 좋겠지! 즐거운 모임을 갖는 것도 좋을 것이다.

세 번째 충신에게

그대는 대사옹大司饔 대신에 임명한다! 앞으로,

사냥이나 새 사육이나 채원의 관리는 그대가 맡는다.

언제나 다달이 생산되는 것 가운데서

내가 좋아하는 것을 골라 정성들여 조리시키도록 하라.

대사옹장 산해진미가 어전에 차려져서 그것이 마음에 드실 때까지,

엄하게 단식斷食하는 것을 가장 즐거운 의무로 삼겠습니다.

주방의 요리사들과 협력하여,

먼 곳에서 물건을 들여오고, 계절마다 햇것을 마련하겠습니다.

하기야 폐하께서는 먼 곳의 진품이나 햇것으로 수라상을 차리기보다는,

평범하고 검소하게 영양 많은 것을 좋아하시는 줄 알고 있습니다만.

황제 (네 번째 충신에게)

이렇게 되니 잔치에 대한 화제를 피할 수 없을 것 같으니,

젊은 용사인 그대에게 술 따르는 일을 맡기겠네.

헌작관獻酌官이여, 나의 술광에 좋은 술이

풍성하게 마련되어 있도록 마음을 써 주기 바란다.

그러나 그대 자신은 절도를 지킬 것이며,

마침 잘됐다 하고 기회에 끌려 도를 넘지 않도록 하라.

헌작관 폐하, 젊은 사람이라도 신임을 받으면

아무도 모르는 사이에 이른이 되는 법입니다.

저도 그 성대한 축연을 상상해봅니다.

폐하의 찬장을 더없이 훌륭하게 꾸미겠습니다.

호화로운 그릇은 모조리 금이나 은으로 만들고

폐하를 위해서는 가장 우아한 잔을 마련하겠습니다.

그것은 반짝이는 베니스의 유리잔으로, 그 속에 쾌락이 숨죽여 기다리고

술맛을 더하게 하나 결코 취하게 하지는 않습니다.

그런 희한한 보물에 사람들은 흔히 지나치게 신뢰하는 법인데,

폐하 자신의 절제가 옥체를 가장 잘 보호해 줄 것입니다.

황제 이 엄숙한 시간에 내가 그대들에게 하고자 한 말을,

그대들은 믿을 수 있는 입으로부터 들었을 것이다.

황제의 말은 중한지라 제수한 것에 틀림이 없느니라.

그러나 명확히 하려면 귀한 서류와 서명도 필요하다.

그것을 정식으로 갖추기 위해서

마침 적당한 인물이 알맞은 때 찾아왔구나.

대사교 겸 대재상 등장

황제 둥근 천장도 주춧돌에 의지하고 있기에,

한없이 안전하게 서 있을 수 있소.

여기 네 사람의 후작이 있소! 우리는 마침

궁정을 유지하는 데 필요한 것을 우선 의논하였소.

그러나 나라 전체를 보전하는 일은

그대들 다섯 사람에게 단단히 맡기겠노라.

봉토封土에 있어 그대들은 다른 자보다 우대하리라.

그래서 반란자들의 영토로서 그대들의 영지와 경계를 넓혀 주겠노라.

그대들 충신에게는 되도록 좋은 토지와 더불어

동시에 계승, 매입, 교환 등으로

기회가 있을 때마다 그것을 확장할 수 있는 지상의 권리를 주노라.

또 그대들 영주에 속하는 권한을

어려움 없이 할 수 있다는 것을 굳게 약속하노라.

재판관으로서 그대들은 최종 판결을 내릴 수 있노라.

그대들의 최고심에 다시 상고하는 것을 인정치 않겠네.

그리고 조세, 사용료, 공물, 통행세, 관세, 채광, 제염,

화폐 주조 등의 특권도 그대들에게 속하는 바일세.

나의 감사의 뜻을 충분히 표하기 위해,

그대들을 제위 다음 가는 지위로 끌어올린 셈이네.

대재상 일동을 대표하여 충심으로 감사드립니다.

덕택에 저희들은 굳건해지고 폐하의 왕권은 더한층 빛나실 것입니다.

황제 나는 그대들 다섯 사람에게 더한층 높은 권위를 부여하리라.

나는 나라를 위해서 살고 앞으로도 그러고 싶소.

그러나 선조 대대의 사슬은 나의 신중한 눈초리를

성급한 공명심에서 미래의 위협으로 돌리게 한다.

나도 언젠가는 정든 사람들과 헤어지게 될 것이오.

그때 후계자를 선택하는 일은 그대들의 의무요.

그를 즉위시키거든 거룩한 제단 위에 높이 올려 세워,

지금의 떠들썩한 세상이 평화롭게 끝나도록 힘써주오.

대재상 궁지는 가슴 깊이 품고, 행동에는 겸양을 보이며

지상 제일인자인 제후들이 어전에 깊이 고개 숙입니다.

충성의 피가 혈관 속에 흐르는 한

저희는 일심동체가 되어, 폐하의 뜻대로 움직이겠습니다.

황제 그럼 끝으로 지금까지 정한 일을

후일을 위해 서류와 서명으로 보증해 두겠노라.

그대들은 영주로서 소유 영토를 자유로이 처리해도 좋으나,

분할하지 못한다는 조건으로 한다.

그대들이 나에게서 받은 것을 아무리 불렸더라도

그것은 고스란히 장남이 계승하도록 할 것이다.

대재상 제가 양피지에 기꺼이

나라와 저희들의 복지를 위한 중요 조항을 기록하겠습니다.

정서나 봉인은 기록계에서 할 것입니다.

폐하께서는 거룩하신 친서로써 확인해주십시오.

황제 그렇다면 모두들 물러가오. 이 중대한 날에

저마다 마음을 가다듬고 명심하도록 하오.

세습 후작들이 물러간다.

대사교 (남아서 비장한 말투로)

재상으로서는 물러갔으나 대주교로서 남았습니다.

진지한 간언을 드리기 위해서입니다!

황공하오나 저는 어버이 같은 마음으로 폐하가 걱정됩니다.

황제 이 즐거운 때 무슨 걱정이란 말이오? 말해 보오!

대사교 거룩한 왕관을 쓰신 폐하의 영혼이

마왕과 결탁하고 계신 것을 보고,

저는 지극히 괴롭습니다.

옥좌에 앉아 계시면, 겉보기로는 평안하신 듯하지만,

슬프게도 주이신 신과 아버지이신 교황을 모독하시는 것입니다.

교황께서 이 일을 아신다면 당장에 벌을 내리시어,

그 거룩한 빛으로 이 죄 많은 나라를 멸하실 것입니다.

왜냐하면 폐하께서 그 대관식 날에

마법사를 석방하신 일을 교황은 아직도 잊지 않으셨기 때문입니다.

폐하의 왕관에서 나온 첫 은사의 빛이,

하필이면 저주받은 머리에 비치어 그리스도계에 해를 끼치셨습니다.

그러니 가슴을 두드리고, 참회하셔서,

불의의 복 가운데 얼마간이라도 교회에 기부하십시오.

폐하의 천막이 서 있던 그 넓은 언덕 일대는,

악령들이 폐하를 지키기 위해 결집했고,

폐하께서 허위의 제후들에게 귀를 기울인 곳입니다.

신앙심을 돋구어 그곳을 거룩한 목적을 위해 기증하십시오.

아득하게 뻗어나간 산과 밀림,

초록빛 풀로 덮이어 기름진 목장이 되어 있는 고지,

물고기들이 풍성한 맑은 호수, 그리고

가파르게 꼬불꼬불 계곡으로 쏟아져 내리는 수많은 개울,

풀밭과 평원과 낮은 땅 등을 포함한 넓은 골짜기도 함께 기부하십시오.

그래서 회한의 정을 쏟으면, 신의 은혜를 받으실 것입니다.

황제 나의 어이없는 과실로 심히 황송하게 생각하네.

기증하는 토지의 경계는 그대가 적당히 정하도록 하오.

대사교 첫째, 그처럼 죄악을 지질러 부성하게 된 고장은,

즉시 신의 성역으로 하겠다고 선언하십시오.

마음속에 벌써 생생하게 떠오릅니다 ―

튼튼한 석벽이 솟고, 아침 햇살이 벌써 그 안을 비추며,

완성되어 가는 성당 건물은 십자 모양으로 퍼져 나가고,

본당이 넓고 높아져서 신자들이 기뻐하며

첫 종소리가 산과 골짜기에 울려 퍼져

신자들은 황홀히 장엄한 문에 줄을 잇고

하늘에 치솟는 높은 탑에서 종소리가 이어지면

참회하는 사람들이 새 삶의 혜택을 입으려고 몰려드는 — 그런 광경이.

거룩한 헌당식獻堂式 — 빨리 그날이 왔으면 좋겠습니다! —

그 식에는 폐하의 머릿돌이 그날 최고의 영광이 될 것입니다.

황제 그런 대공사로 신을 존경하는 나의

마음을 널리 알려주었으면 좋겠다.

주를 찬양하고, 나의 죄를 씻기 위해서,

알았소, 좋소! 나도 벌써 마음이 설레고 있네.

대사교 그러면 이번에는 재상으로서

결재와 형식적인 수속을 촉진하겠습니다.

황제 교회에 기증하는 정식 서류를 그대가 제출하오, 기꺼이 서명하겠소.

대사교 (하직 인사를 하고 입구에서 다시 돌아본다.)

그리고 세워질 건물에는 동시에

십 분의 일 세금이나 사용료, 헌납 등 그곳 수익금을 모두

영구히 기부하십시오. 격에 어울리게 유지하려면 돈이 많이 들고,

조심스럽게 관리하려면 대단한 비용이 듭니다.

게다가 그런 황무지에다 시급히 세우려면,

폐하의 전리품 중 얼마간의 황금을 내놓으셔야 합니다.

그 밖에도 말씀드리지 않을 수 없습니다만,

먼 나라의 재목, 석탄, 슬레이트 등도 필요합니다.

설교단에서 설교만 하면 운반은 백성들이 할 것입니다.

교회에 봉사하여 운반을 하는 자에게는 교회가 축복을 내릴 것입니다. (퇴장)

황제 허, 내가 젊어진 죄는 크고도 무겁구나.

몹쓸 마술꾼들 덕에 지독한 손해를 입는구나.

대사교 (다시 돌아와서 공손하게 절을 한다.)

용서하십시오, 폐하! 한마디만 더!

그 악명 높은 자에게, 이 나라의 해안 지대를 주셨더군요.

그러나 만일 폐하께서 뉘우치시는 뜻으로 그 땅의

십 분의 일 세금, 사용료, 헌납, 수익 등을 교회에

기부하시지 않으신다면 그자는 파문당하고 말 것입니다.

황제 (못마땅한 듯이) 그 땅은 아직 존재하지도 않아, 바다 속에 널찍하게 가라 앉아

있단 말이오.

대사교 권리를 갖고 참는 자에게는 때가 오는 법입니다.

저희들로서는 폐하의 말씀이 언제까지나 효력을 잃지 않기를 바랍니다. (퇴장)

황제 (혼자서) 이러다가는 멀지 않아 나라 전체를 기증하게 되겠는걸.

---

1 이 구름에 대해 괴테의 『파우스트』 초안에 '구름의 반은 헬레네로서 남동쪽으로, 반은 그레첸으로서 북서쪽으로 올라간다'고 되어 있으며, 이 구름은 이상적인 여성에 대한 동경을 상징한다.

2 오로라는 새벽빛. 오로라의 사랑은 덧없는 첫사랑을 가리킨다. 마음속에 그레첸을 그린 것.

3 7마일 장화는 독일 동화에 나온다. 한 걸음에 7마일을 걸어갈 수 있는 마법의 구두.

4 '가장 얕은 것이 가장 높은 것과 뒤바뀔 수 있다'는 화성설을 빈정댄 것. 지옥을 천상의 세계로 끌어올리면, 암흑에 있는 자들은 밝아서 오히려 더 괴로워한다.

5 이것은 괴테의 비서 리마가 붙인 것. 그 다음 성서의 주도 마찬가지다. 「신약성서」 「에베소서」 6, 12,에 '우리는 혈육과 싸우는 것이니라'로 되어 있다.

6 자연은 스스로 즐기면서 광기어린 이변을 구하지 않는다는 것은, 급격한 변화 보다는 조용히 발전을 지향하는 괴테의 사고방식을 말한다.

7 몰로크라는 악마는 신과 다투어 산의 여러 바위를 함부로 깨뜨려서 지옥의 주위에 성채城砦를 쌓고 싸운 반신半神.

8 반역자를 만들어 낼 뿐이지만이라는 말은, 1830년 7월 혁명에서 기인한 것이다. 교육이 높아지면 욕망도 강해져서, 어떤 정부에도 불만을 품는 다는 것.

9 현대판 악취미는 자연스럽고 건전한 고대인에 비해 지나치게 말초신경적이고 퇴폐한 현대의 향락을 지적한 것. 사르다나팔로스은 앗시리아 최후의 왕으로 영화를 다한 것으로 유명하다.

10 사업이 전부이고 명성은 필요없다란, 헬레네와 지낸 뒤 파우스트는 사업에 정력을 기울이게 된다. 제1부에서 그레첸을 사랑하고 있을 때 '감정이 모두이다'라고 말한 것과 비교된다.

11 내 정신은 내 자신을 뛰어넘고 말았지. 이것도 파우스트의 초인적인 정신을 나타냄.

12 향락은 사람을 천하게 만든다란, 참다운 지배자는 비범한 세계에 고립되어 있다. 이와 반대로 향락은 항상 비속한 세계로 이끈다. 향락은 고귀한 인간이 할 짓이 못 된다는 뜻.

13 페터 스크벤츠는 「한여름 밤의 꿈」을 흉내낸 그리피우스(1616~64)의 작품에서 아주 서투른 배우들이 모여 연극을 상연하는 대목이 있다.

14 세 사람의 용사는 주에 표시된 「사무엘 후서」 23, 8.에 나오는 다윗의 세 용사를 모방하여 창작된 인물로서, 전쟁, 살육, 폭력 등의 성격을 나타내는 알레고리적 인물.

15 고리꿰기는 말을 달리면서 긴 창으로 고리를 꿰는 놀이.

16 노르치아는 중부 이탈리아의 도시. 이 지방 일대에는 마술사가 많다고 한다. 그런데 그 마술사의 한 사람이 로마에서 화형을 당하게 되었는데, 대관식차 로마에 와있던 젊은 황제에게 구원을 받았다는 것은 괴테의 창작이다.

17 디오스쿠로이 형제는 쌍둥이자리의 별이며, 항해자의 보호자로 알려져 있다.

18 독일의 악마는 옛 북방의 최고 신 보탄에게서 이어받은 두 마리의 까마귀를 후자로 갖고 있다고 전해지고 있다.

19 금성봉은 별 모양의 돌기물이 붙은 철봉.

20 반지는 황제 권력의 상징으로써 도장이 새겨져 있으며, 손을 씻는 동안은 뺀다.

Act 5

제 5 막

넓게 트인 땅

나그네 그렇다! 저것이다. 저기
　　　푸르게 우거진 늙은 보리수가 있다.
　　　이렇게 오랫동안 방랑한 끝에
　　　저 나무를 다시 보게 되었구나!
　　　폭풍우로 성난 밤의 파도가
　　　나를 저 모래 언덕에 팽개쳤을 때
　　　나를 살려준 것은
　　　저 그리운 장소, 저 오두막이었다!
　　　저 오두막집 주인을 축복해주고 싶다.

사람을 도와주기 좋아하는 정직한 부부였지.

그때도 이미 늙은이였었다.

오늘 다시 만날 수 있을까.

아, 참으로 좋은 사람들이었다!

문을 두드릴까? 불러 볼까? — 안녕하십니까!

손님에게 지금도 여전히 손님 대접을 좋아하고

선행의 기쁨을 즐기고 계시다면 인사를 드리겠소이다.

바우치스[1] (할머니, 무척 늙었다.)

나그네 양반! 조용히! 조용히 해주세요!

영감님을 가만히 쉬게 해주세요!

노인은 오래오래 잠을 자야 잠깐 깨어 있는 사이에도

일을 잽싸게 할 수 있으니까요.

나그네 말씀해주십시오, 당신이시지요,

저의 감사를 받아야 할 분이?

옛날에 한 젊은이를 구하기 위해

영감님과 함께 애써 주셨습니다.

할머니가, 바삐 서둘러 다 죽게 된 사람의 입에

기운 나는 것을 먹여 주신 바우치스 노부인이시지요?

늙은 남편이 등장.

그렇게도 억센 파도 속에서

저의 보물을 꺼내 주신

필레몬 노인이신가요?

두 분은 재빨리 불을 피우시고,

종을 요란스레 울려,

그 무서운 난파의

뒤처리를 해주셨습니다.

다시 밖으로 나가서,

끝없는 바다를 바라보게 해주십시오.

저는 진정 가슴이 벅찹니다.

모래 언덕 앞으로 걸어 나간다.

필레몬 (바우치스에게) 얼른 식탁을 마련하도록 하구료.

꽃이 싱싱하게 만발한 마당에다 말이오.

저 사람은 한 바퀴 돌면서 놀라게 내버려 두구려.

자기의 눈에 보이는 것이 믿어지지 않을 테니까.

나그네와 나란히 선다.

사나운 파도가 계속 거품을 일으키며 밀려와

당신을 무섭게 학대하던

그 바다가 지금은 꽃밭이 되고

낙원 같은 모습으로 바뀌었소.

너무 늙어서 나는 전처럼 도울 수는 없었지만,

내 힘이 쇠퇴되어 감에 따라

거친 파도도 물러갔습니다.

현명한 영주들의 대담무쌍한 신하들이

개천을 파고, 둑을 쌓아,

바다의 권력을 좁히고,

바다 대신 주인이 되려고 하오.

보시오, 푸른 목장에 목장이 이어지고,

풀밭과 채원과 마을과 숲이 이어진 것을 —

하지만 이젠 이리 와서 식사를 드시구료.

해도 곧 지니까요 —

저기 아득히 먼 바다에

돛대가 지나가오.

밤을 지낼 항구를 찾는가 봅니다.

새도 제 집을 알고 있는 법이지요.

실은 저기 항구가 생겼소이다.

저 멀리에 희미하게

바다의 푸른 끝이 보이지만,

이 일대는 오른쪽이고 왼쪽이고 눈이 닿는 끝까지,

집들이 촘촘히 들어선 마을이 되었소.

조그만 뜰에서 셋이 식탁에 앉는다.

바우치스 왜 그렇게 잠자코 계세요?

시장하실 텐데, 아무것도 안 드시네요?

필레몬 이분은 이곳의 이런 기적이 궁금하신가 보오.

당신은 이야길 좋아하지, 들려 주구료.

바우치스 해드리지요! 정말이지 이상한 일이었어요!

지금도 나는 마음이 가라앉지 않아요.

아무튼 일이 모두

떳떳하게 행해진 것이 아니니까요.

필레몬 이 해안을 그분에게 내리신 황제께서

그런 죄를 저지를 수야 없지 않소?

의전관이 나팔을 붙어 대면서

그것을 전하고 다니지 않았소?

이 모래 언덕에서 별로 멀지 않은 곳에

공사가 시작되었단 말이오.

천막과 판잣집이 세워지더니 ─ 순식간에,

푸른 숲속에 궁전이 서 있지 않겠소.

바우치스 낮에는 부하들이 괭이와 삽을 들고

와자하게 흙을 파헤칠 뿐이었는데,

밤에 조그만 불꽃이 떼를 지어 복작거리면,

이튿날 아침엔 벌써 둑이 되어 있더란 말이오.

사람을 제물로 바쳐 피를 흘렸다는 것이 틀림없어요.

밤이면 고통스러운 비명이 울렸거든요

바다 쪽에 훨훨 타오르는 불길이 흐르면,

이튿날 아침엔 운하가 되어 있었어요.

그분은 신도 두려워 하지 않는 사람으로

우리의 이 오두막과 숲을 탐내고 있어요.

그분이 이웃에서 뽐내고 있으니

우리야 굽실거릴 수밖에 없지요.

필레몬 그 대신 그분은 우리에게

　　새로 개간한 훌륭한 토지를 주겠다고 하셨잖소!

바우치스 바다를 메운 땅 따위를 믿으면 안 되오.

　　정든 이 언덕을 고집해야 해요!

필레몬 예배당 쪽으로 갑시다.

　　그리고 지는 해를 바라봅시다!

　　종을 울리고, 꿇어앉아 기도드리고,

　　변함없는 신에게 의지합시다!

궁전

넓고 즐거운 동산, 크면서 똑바로 뚫린 운하.

파우스트, 몹시 늙었다.² 생각에 잠겨 거닐고 있다.

파수꾼 린케우스 (메카폰으로) 해가 집니다. 마지막 배들이

　　기운차게 항구로 들어오고 있습니다.

　　큰 화물선이 운하를 거쳐

　　이리로 오고 있습니다.

　　색색가지 깃발이

　　즐거운 듯이 바람에 나부끼고

　　굳건한 돛대는 만반의 준비를 갖추고,

　　사공은 당신을 보고 제 몸의 행복을 찬양하고,

　　행운은 이 가장 즐거운 때에 당신에게 인사합니다.

모래 언덕에서 작은 종이 울린다.

파우스트 (움찔하면서)

저주스러운 종소리다! 저 소리는

숨어서 쏘는 음흉한 화살처럼

너무나도 염치없이 내 마음을 상하게 하는구나.

눈앞에 내 영지는 끝없이 넓지만,

배후에서 불쾌의 씨가 나를 조롱하고,

시기에 찬 종소리가 이런 상념想念을 일으키는구나.

나의 광대한 영토에도 흠이 있는 것이다.

저 보리수도 갈색 오두막도

쓰러져 가는 예배당도 내 것이 아니라고 하는구나.

저기서 좀 쉬고 싶어도

무언가 낯선 것이 나를 소름끼치게 한다.

저것은 눈에 가시, 발바닥의 가시로다.

차라리 여기서 멀리 떠나고 싶구나!

파수꾼 (전처럼) 멋진 화물선이 즐거운 듯이,

상쾌한 저녁 바람에 오색 깃발을 날리며 옵니다!

크고 작은 궤짝과 자루를 가득 싣고

쏜살같이 미끄러져 옵니다.

화려한 화물선, 외국 산물을 풍성하고 다채롭게 싣고 있다.

메피스토펠레스, 세 사람의 용사.

합창　자, 뭍에 오르자.

　　　이제 다 왔구나.

　　　축하합니다, 주인 영감님.

　　　선주님, 축하합니다!

그들은 배에서 내린다. 짐이 육지로 운반된다.

메피스토펠레스　이제 우리의 실력을 보였다.

　　주인께서 칭찬해주시면 만족이지.

　　단지 두 척으로 떠났는데

　　스무 척이 되어 항구로 돌아왔다.

　　얼마나 큰일을 했는지는

　　우리의 짐을 보면 알 것이다.

　　자유로운 바다는 정신도 자유롭게 만든다.

　　바다에 나가서는 분별이 필요 없다!

　　뭐든지 당장 움켜잡는 것이 상책이다.

　　물고기도 잡고, 배도 잡는다.

　　먼저 세 척을 손에 넣으면

　　네 번째는 갈고리로 낚아친단 말이다.

　　그러면 다섯 번째도 문제가 없지.

　　힘이 있으면 권리도 쥐는 법.

　　무엇을 나꾸느냐가 문제지, 어떻게 잡느냐는 문제가 아니다.

　　내가 배를 부리는 데 풋내기면 모르되,

　　전쟁과 무역과 해적질은

　　삼위일체라 떼어 놓을 수가 없단 말이다.

세 용사　치사致詞도 않고, 인사도 않는다!

　　인사도 않고 치사致詞도 없다니!

　　우리가 무슨 구린내 나는

　　물건이라도 가지고 온 것처럼,

　　못마땅한 얼굴을

　　나리는 하고 있다.

　　임금님의 보물이라도

　　마음에 들지 않을 것 같다.

메피스토펠레스　더 이상 보수를

　　기대하지 마라!

　　너희들은

　　제 몫을 받지 않았느냐.

세 용사　그것은 단지

　　심심풀이에요.

　　분배를 하자구요,

　　평등하게 모두.

메피스토펠레스　궁전의

　　각 방마다

　　값진 물건들을

　　늘어놓아라.

　　나리가 나와서

　　푸짐한 물건을 보시고

　　하나하나 자세히

검사하고 나면

인색한 짓은

절대 하시지 않고

승무원들에게 밤낮으로

잔치를 베푸실 거다.

고운 계집들은 내일이면 들어온다.

그 뒷바라지는 내가 해주마.

짐들을 운반한다.

메피스토펠레스 (파우스트에게)

당신은 이맛살을 찌푸리고 어두운 눈초리로

자기의 기막힌 행운에 관한 이야기를 듣고 있구료.

고매한 지혜가 훌륭히 열매를 맺어

바다와 기슭이 이어지게 되었습니다.

바다는 기슭에서 기꺼이 배를 맞아들여,

재빠른 뱃길을 마련해 줍니다.

당신은 이 궁전에 앉아

온 세계를 끌어안고 있다고 말할 수 있지요.

바로 이 장소에서 시작했지요.

여기 맨 처음의 판잣집이 서 있었소.

좁다랗게 파헤쳐진 도랑이

지금은 운하가 되어 배가 바쁘게 오가고 있습니다.

당신의 높은 뜻과 부하들의 근면이

바다와 육지의 영광을 차지하였던 것이오.

바로 이곳에서 ─

파우스트 바로 이 장소가 저주스럽단 말이야!

이 장소가 못 견디게 싫단 말이야.

세상을 잘 아는 자네라 실토하지만

내 가슴을 쿡쿡 찌르는 것이 있어서

이제 더 참을 수가 없게 되었다!

말하는 것조차 창피한 노릇이야.

저 언덕에 사는 늙은 부부를 물러가게 하여

보리수를 내 것으로 만들고 싶다.

내 것이 아닌 저 몇 그루의 나무들이

나의 세계 소유권을 망치고 있다.

나는 저기서 훤히 사방을 둘러보기 위해

가지에서 가지로 발판을 만들고 싶다.

시야가 확 트이게 하여

내가 이룩한 모든 것을 바라보고,

현명한 뜻을 가지고

백성들의 넓은 복지의 땅을 마련한,

인간 정신의 걸작을

한눈에 바라보고 싶단 말이야.

이렇듯 부귀를 지니고도 부족을 느끼는 일처럼

우리를 가혹하게 괴롭히는 것은 없다.

저 조그만 종소리를 듣고 보리수의 향기를 맡으면

교회나 무덤 속에 갇혀 있듯이 나를 에워싼다.

아무것도 두려워하지 않는 의지의 자유가

저 모래 언덕에 부딪히면 부서지고 만다.

어떻게든지 내 마음속에서 저것을 쫓아내고 싶다!

저 종소리가 울리면, 나는 미칠 것만 같다.

메피스토펠레스 당연하지요! 커다란 고민이 있으면,

인생이 쓰디쓰게 될 것은 틀림없지요.

정말입니다! 귀인의 귀에는

저 소리가 불쾌하게 들릴 것입니다.

저 저주스런 뎅 뎅 뎅 하는 소리는,

맑게 갠 저녁 하늘을 안개로 싸듯이

세례에서 장례식에 이르기까지

온갖 사건 속에 끼어들거든요.

일생이 뎅 — 뎅 — 뎅 하는 사이에

마치 덧없이 사라지는 꿈이라도 되는 듯이.

파우스트 반항과 고집 때문에

어떤 훌륭한 성공도 이지러진다.

그래서 부아가 치미는 커다란 고통 때문에,

정의심마저 지쳐 버리고 마는 것이다.

메피스토펠레스 그까짓 일을 무엇 때문에 주저하십니까?

진작 옮겨 살게 했더라면 좋았을 텐데,

파우스트 그러면 가서 그들을 치워 주게! —

내가 그 노인 부부를 위해 골라 놓은

좋은 땅은 자네도 알고 있겠지.

메피스토펠레스 그들을 번쩍 들어다가 옮겨 놓으면

　지난 일은 깨끗이 잊을 것입니다.

　완력으로 당한 것은 일시적이고

　아름다운 집이 그들의 화를 풀어 주겠지요.

　날카롭게 휘파람을 분다.

　세 용사 등장

메피스토펠레스 자, 나오너라, 나리가 부르신다!

　그리고 내일은 뱃사람들의 잔치가 있을 것이다!

세 용사 늙은 나리에게 푸대접을 받았지만

　푸짐한 잔치쯤은 우리한테 베푸셔야 옳지요. (퇴장)

메피스토펠레스 (관객을 향하여) 아득한 옛날 일이 여기서도 일어나는 것이죠.

　그 나봇의 포도밭[3] 이야기 말입니다. (『열왕기』상 21)

깊은 밤

파수꾼 린케우스 (망루에서 노래를 부른다.)

　보기 위해 태어나

　살피라는 명령을 받고

　망루에 서 있으니

　세상은 참으로 재미있구나.

　먼 곳을 바라보고

가까이를 둘러본다.

달과 별을

숲과 새끼 사슴도,

이렇듯 만물 속에서

영원한 장식을 본다.

그것이 내 마음에 들듯이

나도 내 마음에 든다.

복 받은 두 눈이여,

너희들이 지금까지 본 것은

무엇이거나

진정으로 아름다웠다.

잠시 후

그러나 나 혼자 즐기기 위해

이런 높은 곳에 있는 것은 아니다.

소름끼치는 공포가

어둠의 세계에서 엄습해온다!

한결 어두운 보리수 그늘에서

불꽃이 튀고 있지 않은가.

불어 지나가는 바람으로 기운을 얻어서,

불길이 점점 더 거세어진다.

아, 이끼 끼고 축축하게 서 있던

숲속의 오두막이 타는구나!

빨리 구해 줘야겠는데,

이제 구해줄 도리가 없다.

아, 그 선량한 늙은이들은

늘 그렇게도 불조심을 했는데,

화염의 밥이 되어 버리는구나!

이 얼마나 끔찍한 재앙인가!

불길이 타오르고 이끼 낀

검은 오두막이 불길 속에서 시뻘겋다!

무서운 불길의 지옥 속에서

착한 두 사람이 살아났으면!

날름거리며 번쩍이는 불길이

잎과 가지 사이로 솟아나온다.

바싹 마른 가지가 훨훨 타올라

순식간에 불덩어리가 되어 떨어진다.

내 눈으로 저것을 지켜보다니!

먼 곳을 볼 수 있는 재간 때문에!

타서 떨어지는 가지에 눌려

조그만 예배당이 찌그러진다.

뾰족한 불길이 마치 뱀처럼.

벌써 잔가지에 말려 붙었다.

속이 빈 줄기가 뿌리 밑끼지

시뻘건 불길에 휩싸였구나.

오랜 휴식, 노랫소리

언제나 눈을 즐겁게 해주던

몇백 년의 노목이 사라졌구나.

파우스트 (발코니 언덕 위에서 모래 언덕을 향하여)

이 무슨 구슬픈 노랫소리냐?

허나 이제 말도 노래도 소용이 없구나.

망루지기가 애통하고 있지만 나도 마음속으로는

저런 참을성 없는 짓에는 화가 난다.

그러나 보리수는 타서

반 숯덩이로 되어 버렸지만,

끝없이 바라볼 수 있는

망루가 곧 세워진다.

그 늙은 부부를 들게 할

새로운 집도 저기 보일 것이다.

그 부부는 나의 너그러운 마음을 고마워하며

남은 생을 즐겁게 보내겠지.

메피스토펠레스와 세 용사 (밑에서)

부랴부랴 달려왔습니다.

용서하십시오! 일이 순조롭게 되지 않아서요.

내가 줄곧 문을 두드렸지만,

아무리 해도 열어 주지 않더군요.

흔들면서 자꾸 두드렸더니

썩은 문짝이 쓰러졌습니다.

큰 소리로 외치고 위협했지만

도무지 들은 척도 않더란 말이오.

이런 경우에 흔히 그렇듯이

말은 전혀 들리지도 않고, 들으려고도 않는 거죠.

하지만 우리도 지체거리지 않고

당장 그들을 내쫓았지요.

노부부는 별로 고통도 없이

놀라 넋을 잃고 쓰러졌지요.

그곳에 숨어 있던 어떤 나그네 녀석이

덤비다가 뻗어 버렸지요.

거칠게 다루는 잠깐 사이에

숯불이 사방에 흩어져서

지푸라기에 붙어 버렸단 말이오. 그러자 불은 제멋대로 타올라

세 사람의 화장까지 해버린 셈이 되었죠.

파우스트 네 놈들은 내 말을 듣지 않았느냐?

나는 교환을 원했지 약탈을 바라지 않았다.

그 분별없는 난폭한 소행을 나는 저주하겠다.

내 저주를 네놈들이 나누어 가져라!

합창 예부터 내려오는 말이 들리는 듯 합니다.

폭력에는 순순히 순종하란 말이다!

대담하게 대들려거든,

집과 터전도 ― 그리고 목숨까지 걸어라. (퇴장)

파우스트 (발코니 위에서)

별은 반짝이던 빛을 숨기고

불도 가라앉아 모닥불이 되었구나.

한 줄기 비바람이 부채질하여,

연기와 물기를 이쪽으로 몰아오는구나.
서둘러 명령한 것이 성급하게 실행되었다!
저게 무엇일까, 그림자처럼 떠오는 것이?

한밤중

잿빛 여자 넷[4] 등장

여자 1 내 이름은 결핍이에요.

여자 2 내 이름은 죄구요.

여자 3 내 이름은 근심,

여자 4 내 이름은 곤궁이에요.

셋이서 문이 닫혀 있어서 못 들어갈 수가 없군요.

　　안에는 부귀한 분이 살고 있어서 들어가기도 싫고요.

결핍 그럼 나는 그들이 되어야겠다.

죄 그럼 난 없어져 버릴 거야.

곤궁 사치스런 생활에 익숙한 사람은 나를 외면하지요.

근심 당신들은 들어갈 수도 없고 들어가서도 안 되오.

　　하지만 근심은 열쇠구멍으로 살며시 들어가지요.

　　근심 사라진다.

결핍 쓸쓸히 돌아가요.

죄 나는 네 곁에 딱 붙어 다니겠다.

곤궁 나는 너희들 발꿈치만 따라가야지.

셋이서 구름이 움직이고, 별이 사라지네!

　저기, 저 뒤, 아득히 멀리서

　어머, 그이가 오네, 형제가, 그이가 와요 — 죽음이 와요. (퇴장)

파우스트 (궁전 안에서)

　넷이 오는 것이 보였는데, 돌아간 것은 셋뿐이다.

　이야기의 뜻은 알 수가 없었다.

　귀에 남은 여운은 — 곤궁이라고 하는 것 같았는데,

　계속해서 운이 들어 있는 말은 음산한 토트(죽음)이었다.

　허전하고 기분 나쁜 둔한 소리였다.

　나는 아직도 자유의 경지를 쟁취하지 못했구나.

　마법을 나의 갈 길에서 멀리하고

　주문의 구절은 모두 잊고 싶구나.

　자연이여, 내가 한 사람의 사나이로서 그대 앞에 설 수 있다면

　인간으로서 존재하는 보람이 있으련만.

　나도 전에는 그랬다. 어두운 마법을 구하거나,

　모독적인 언사로 내 몸과 세계를 저주하기 전까지는.

　그러나 지금은 요귀의 입김이 공중에 가득 차 있어,

　어떻게 그것을 피해야 할지 모르겠다.

　비록 낮이 밝게 이성적으로 웃어 주어도

　밤은 우리를 꿈의 그물 속에 옭아 넣는다.

　싱싱한 들에서 즐겁게 돌아오면,

　새가 운다. 뭐라고 우는가? 흉사라고 우는 것이다.

밤낮으로 미신에 얽매여 있어,

징조가 나타나고, 이상한 모습이 보이고, 경고를 듣는다.

해서 나는 겁을 먹고 언제나 홀로 서 있다.

문이 삐걱 거렸는데 아무도 들어오진 않았구나.

(움찔하며) 거기 누구냐?

근심 그렇게 물으시면 네라고 해야겠지요.

파우스트 대체 너는 누구냐?

근심 어쨌든 여기 온 사람이에요.

파우스트 물러가거라!

근심 여기가 바로 제가 있을 곳이지요.

파우스트 (처음에는 화를 냈다가 곧 마음을 가라앉히고 혼잣말)

조심하라, 주문 따윈 외지 마라!

근심 내 목소리는 귀로는 못 들어도

마음에서는 틀림없이 울릴 거예요.

나는 여러 가지 모습을 바꿔서

무서운 힘을 발휘합니다.

오솔길에서나 파도 위에서나,

영원히 불안을 자아내는 길동무로서

결코 오라고 하는 일은 없지만, 언제나 따라다니죠.

저주도 받고, 아첨도 받지요 —

당신은 아직도 근심을 모르셨나요?

파우스트 나는 한결같이 세상을 줄달음쳐 왔다.[5]

온갖 향락의 머리채를 움켜잡고

흡족하지 않는 것은 놓아 버리고,

빠져나가는 것은 가는 그대로 내버려 두었다.

나는 오로지 갈망하고, 그것을 이루었다.

또다시 소망을 품고, 그렇게 기운차게

일생을 치달아 왔다. 처음에는 위세당당했지만

지금은 현명하고 신중히 나아가고 있다.

이 지상의 일은 알고도 남는다.

허나 천상의 일은 아무것도 모른다.

눈을 끔벅거리며 하늘을 쳐다보고 구름 위에 저같은

놈이 없나 하고 꿈꾸는 놈은 천치로다!

그보다는 이 땅에 확고부동하게 발을 붙이고 주위를 둘러보아라.

유능한 인간에게 이 세계는 침묵하지 않으리라.

무엇 때문에 영원의 천국으로 헤매어 들어갈 필요가 있을까?

자기가 인식한 것은 손아귀에 넣을 수 있는 법.

이렇게 해서 이 땅 위의 날을 보내면 된다.

유령이 나오건 말건 내 갈 길만 갈 것이다.

나아가는 동안 괴로움도 행복도 만날테지.

인간은 어떤 순간에도 만족할 수 없으니까!

근심 누구든 나한테 붙잡히면 온 세계가 소용없어지지요.

영원한 암흑이 덮쳐오고

해는 뜨지도 지지도 않습니다.

눈과 귀는 멀쩡하지만

마음속에는 어둠이 깃들지요.

또한 온갖 보화 중 어느 하나도

제 것으로 할 수가 없을 것입니다.

행도 불행도 다같이 화근이 되어

풍요 속에서 굶주립니다.

기쁜 일이건 괴로운 일이건

모조리 내일로 밀어붙이고

오로지 앞날만을 기다릴 뿐

완성이라고는 없을 것입니다.

파우스트 닥쳐라! 그런 말에 흔들릴 내가 아니다!

그 따위 잠꼬대는 듣기 싫다.

썩 물러가라! 그 시시한 광장설廣場舌에

가장 똑똑한 인간이라도 홀리겠다.

근심 가야할지, 와야할지,

그런 사람은 결단을 내리지 못합니다.

훤히 뚫린 길 한복판에서

발걸음이 자꾸만 비틀거립니다.

점점 깊숙이 길을 잃고

무엇이건 뒤틀리게 보기만 해서

저와 남에게 귀찮은 길이 되고

숨을 쉬면서도 질식할 것 같지요.

질식까지는 안 해도 생기를 잃고

절망은 않지만 사는 보람이 없지요.

줄곧 이리저리 동요하며

그만두자니 괴롭고, 고통당하자니 불쾌하고,

해방되었는가 하면 속박되어 있으며,

잠도 제대로 자기 못하고, 휴식도 제대로 못하고

제자리에서 움쭉달싹 못하게 되어,

결국 지옥으로 갈 차비나 차리게 되지요.

파우스트 저주받은 악령들아! 네놈들은

그런 식으로 인간을 무수히 희롱해왔다.

아무 탈도 없는 온화한 나날마저 네놈들은

그물에 얽힌 번뇌에 흉측한 혼란으로 뒤바꾸어 놓는 것이다.

악령들에게서 벗어나기 어렵다는 것은 안다.

영들과 맺은 엄격한 인연은 여간해서는 풀 수가 없다.

그러나 근심이여, 숨어드는 너의 크나큰 힘을

나는 인정하지 않으련다.

근심 내가 당신을 저주하고 나서

떠나고 나면 그 힘을 알 것이오!

인간은 평생 장님이란 말이오.

자, 파우스트 선생, 당신도 장님이 되세요!

파우스트에게 입김을 뿜는다.[6] 퇴장

파우스트 (장님이 되어서)

밤이 점점 깊어지는 모양이구나.

그러나 내 마음속은 밝은 빛이 빛나고 있다.

자, 내가 생각한 일을 서둘러 완성하자.

주인의 말만큼 무거운 것은 없을 것이다.

자리에서 일어나거라, 하인들, 한 놈도 빠짐없이!

내가 대담하게 계획한 것을 훌륭하게 이루어 다오!

연장을 잡아라! 삽과 괭이를 놀려라!

지시한 바를 바로 완수하라!

엄격히 질서를 지지고 열성껏 일하면

그지없이 훌륭한 보답을 받으리라.

이 위대한 사업을 완성하려면

천 개의 손을 부리는 정신이면 충분하다.

궁전의 큰 앞뜰

횃불

메피스토펠레스 (현장 감독으로서 선두에 서서)

여기다, 모여라! 들어오너라, 들어와!

휘청대는 죽음의 영 레무르[7]들아,

인대와 힘줄과 뼈로 엮어 만든,

이 반편 놈들아!

죽음의 영들 (합창으로)

당장에 이렇게 달려왔습니다.

슬쩍 엿들은 말입니다만,

무언가 드넓은 땅이 있는데

우리가 그것을 파야 한다지요.

뾰족한 말뚝을 가지고 왔습니다.

측량을 하기 위한 긴 사슬도요.

그런데 어째서 불려왔는지

그걸 그만 잊었습니다.

메피스토펠레스 여기선 기술적으로 애쓸 필요는 없다!

치수는 자기 몸으로 재면 된다.

가장 키 큰 놈이 번 듯이 드러누우란 말이다.

다른 놈은 그놈 둘레의 떼를 뽑아라.

우리들의 아비들을 파묻었을 때와 같이

긴 네모꼴 구덩이를 파라!

궁전에서 이 옹색한 집 속으로 영감께서 이사를 한다.

결국엔 이렇게 어리석게 되는 법이다.

죽음의 영들 (익살맞은 몸집으로 땅을 파면서)

나도 젊고 원기 있게 사랑을 했을 때는

생각하면 참으로 달콤하고 근사했다.

즐거운 음악 소리, 신나는 춤.

내 발은 가볍게 움직였었지.

그런데 심술궂은 늙음이 찾아와서

고무래 지팡이로 나를 후려쳤단다.

무덤의 문 앞으로 비틀거리며 넘어졌는데

공교롭게도 그 문은 활짝 열려 있었다!

파우스트 (궁전에서 나와 문기둥을 더듬으면서)

삽으로 흙 파는 소리가 정말 유쾌하구나!

저것은 나를 위해 부역에 종사하는 무리들이다.

바닥에 가라앉은 땅을 육지로 돌려주고,

파도에는 그 한계선을 설정해주고,

바다를 제방의 띠로 둘러치는 것이다.

메피스토펠레스 (혼잣말)

네가 제방을 쌓고 둑을 막고 하지만

실은 우리를 위해서 애를 쓸 뿐이다.

물의 악마 넵튠에게

성대한 잔치를 마련하고 있는 셈이거든.

어떻든 너는 살아날 수 없을 것이다 ―

자연의 힘은 우리들과 손잡고 있으니,

결국은 파멸이 있을 뿐이다.

파우스트 감독은 있는가!

메피스토펠레스 예!

파우스트 무슨 수를 쓰더라도

많은 인부를 모아라.

맛좋은 음식과 채찍으로 격려하고

돈을 뿌리고 꾀어내고 협박해라!

계획한 수로水路가 얼마나 깊어졌는지

날마다 보고하도록 해라.

메피스토펠레스 (목소리를 낮추어) 내가 받은 보고에 의하면

수로가 아니라 무덤을 파고 있다던데.

파우스트 저 산줄기의 기슭에 늪이 하나 있어

그 독기가 지금까지 간척한 땅을 더럽히고 있다.

썩은 웅덩이 물을 빠질 수 있게 하는 것이

최후의 일이며 최대의 일이다.

나는 수백만의 백성에게

안전하지는 못하나 일하며 자유로이 살 땅을 마련하였다.

들은 푸르고 비옥하여 사람도 가축도

새로운 땅에서 즐겁게,

대담하고 부지런한 백성들이 쌓아올린

육중한 언덕 곁으로 당장에 이주할 것이다.

밖에서는 파도가 안벽을 치더라도,

그 안은 낙원과 같은 복지福地가 되는 것이다.

만일 바닷물이 억지로 집어삼키려고 덤벼들어도,

또한 밀물이 억세게 밀려와 무너뜨리면,

모두 힘을 합하여 구멍을 에운다.

그렇다! 나도 어디까지나 이 생각에 따르리라.

인간의 예지의 최후의 말은 이렇다 —

자유와 생명은 날마다 싸워서 쟁취하는 자만이

누릴 자격이 있는 것이다.

그러니 여기서는 위험에 둘러싸여서

아이도 어른도 노인도 유익한 세월을 보내는 것이다.

나도 그러한 사람들을 보면서

자유로운 땅에서 자유로운 백성과 함께 살고 싶다.[8]

그러면 나는 그 순간을 향해 이렇게 부르짖어도 좋을 것이다.

멈추어라! 너는 진정 아름답구나![9]

내가 이 지상에 남겨 놓은 흔적은[10]

영원히 사라지지 않을 것이다 —

이런 더없는 행복을 예감하면서

이제 나는 이 지고의 순간을 즐기는 것이다.

파우스트, 쓰러진다. 죽음의 영들이 받아 안고 땅에 눕힌다.

메피스토펠레스 이 친구는 어떤 향락과 행운에도 만족하지 못하고

변화하는 갖가지 모습을 찾아 헤맸다.

그리고 최후의 하찮은 허망한 순간을,

가엾게도 단단히 붙잡아 두려고 원했다.

내게는 무척 억세게 항거한 놈이지만

시간을 이기지 못해 늙은 것이 여기 누웠구나.

시계는 멎었다 ─

합창 멎었다! 한밤중처럼 침묵하고 있다.

바늘은 떨어졌다.

메피스토펠레스 바늘은 떨어졌다. 일은 끝났다.

합창 지나갔다.

메피스토펠레스 지나갔다고! 바보 같은 소리!

어째서 지나갔단 말이냐?

지나간 것과 전혀 없다는 것과는 완전히 동일한 것.

영원한 창조가 대체 뭐란 말이냐?

청조된 것을 무로 돌아갈 뿐이다!

지나갔다! ─ 여기에 무슨 뜻이 있느냐?

그러면 처음부터 없었던 거나 마찬가지 아닌가?

그런데 마치 무엇이 있기나 한 듯 쳇바퀴를 돌고 있다.

나는 오히려 영원한 허무가 좋단 말이다.

매장[11]

죽음의 영 (독창) 이 집을 삽과 괭이로

　　　　이렇게 조잡하게 지은 자가 누구냐?

죽음의 영들 (합창) 수의를 입은 우울한 손님에겐

　　　　이 정도면 훌륭하지요.

죽음의 영 (독창) 방도 어지간히 조잡하게 꾸몄구나.

　　　　탁자와 의자는 어디로 갔나?

죽음의 영들 (합창)

　　　　목숨은 잠시 빌렸던 것이라오.

　　　　빚쟁이[12]들이 수없이 득실거려요.

메피스토펠레스 육신은 쓰러지고, 영혼은 빠져나가려 하는구나.

　　재빨리 이놈에게 피로 서명한 증서를 들이대야겠다 —

　　그런데 난처하게도 요즘은

　　악마에게서 영혼을 가로채는 수법이 많아졌단 말이야.

　　옛날 방법으로 하면 욕을 먹고

　　새로운 방법은 내게 서툴다.

　　옛날 같으면 나 혼자서 해치웠는데

　　이젠 조수를 불러야 할 판이다.

　　모든 것이 우리에겐 형편이 나빠졌다!

　　재래의 관습도, 예로부터의 권리도

　　이젠 아무것도 믿을 수 없게 되었다.

옛날에는 마지막 숨과 함께 영혼이 튀어나오면,

나는 지키고 있다가 재빠른 쥐를 잡듯이,

홱 낚아채어 내 손아귀에 잡아넣곤 했지.

요즘에는 영혼이 어물어물 그 음침한 장소,

그 고약한 송장의 구역 나는 집에서 나오려 하지 않거든.

끝내는 서로 미워하는 육체의 여러 원소들이

영혼을 사정없이 쫓아내게 마련이다.

그래서 아침부터 저녁까지 고생을 하는데

언제 어떻게 어디서 나오는지 이것이 까다로운 문제란 말이다.

죽음이란 늙은 놈이 힘이 다 빠져서

과연 죽었는지 어떤지 쉬 분간도 하지 못하는 형편이다.

내가 굳어진 몸에 곁눈질을 보내고 있으면

죽은 것 같은데 다시 꿈틀거리던 놈도 있었다.

기괴한 몸짓으로 악마를 부른다.

자, 냉큼 나오너라! 빨리 달려와!

거기 곧은 뿔을 가진 양반, 구부러진 뿔을 가진 양반,

당신들은 모두 유서깊은 명문의 악마들,

어서 오는 길에 지옥의 아가리를 가지고 오너라.

하긴 지옥에는 하도 아가리가 많아서

신분과 지위에 따라 삼키지.

그러나 이 마지막 차별도

앞으로는 그리 까다롭지 않을 것이다.

무서운 지옥의 아가리가 왼쪽에서 벌어진다.

송곳니가 드러난다! 둥근 천장 같은 목구멍에서
불길이 맹렬히 뿜어져 나온다.
그 안쪽의 들끓는 연기 속에는
영원한 뜨거운 불에 싸인 불의 도시가 보인다.
시뻘건 불의 파도가 이빨까지 밀려오면
지옥에 떨어진 망령들이 살아나려고 헤엄쳐 나온다.
그러나 커다란 승냥이 같은 입에 물어뜯길 것 같아,
다시 몸부림치면서 불구덩이로 되돌아선다.
구석에는 또한 여러 가지 것들이 보일 것이다.
그 비좁은 곳에 실로 무시무시한 것들이 있다!
이런 식으로 죄인들을 위협하는 것은 좋지만
세상 놈들은 이것을 거짓이나 속임수,
꿈이라 생각하고 있다.

짧고 곧은 뿔이 달린 뚱뚱한 악마들에게

여봐, 불 같은 뺨을 가진 뚱보들아!
너희들은 지옥의 유황을 다 처먹고 잘도 타는구나.
통나무처럼 직딜막한 목을 못 움식이는 녀석들!
이 시체에서 인燐같은 게 나오는지 밑구멍을 잘 지켜봐라.
그것이 영혼이다. 날개를 가진 나비[13] 모양의 영혼이다.
그 날개를 쥐어뜯으면 추악한 구더기가 되지.

내가 거기다 내 것이라는 봉인을 해 줄 테니

그것을 가지고 불길이 소용돌이치는 속으로 도망쳐 다오!

몸뚱이 아래쪽을 잘 살펴라.

야, 뚱뚱보들아, 그게 너희들의 임무다.

영혼이 그런 곳에 살기를 좋아하는지

분명한 것은 알지 못한다.

하기야 배꼽 속에 살기를 좋아하는 것 같더라만 —

정신 바짝 차려라. 배꼽에서 빠져나갈지도 모르니까.

길고 구부러진 뿔을 가진 빼빼마른 악마들에게

너희들, 으스대고 거들먹거리는 키다리들아,

너희들은 뭐든지 허공을 움켜잡아라, 쉬지 말고.

팔을 쭉 뻗고, 날카로운 손톱을 보이면서,

너울너울 나비처럼 달아나는 놈을 붙잡아야 한다.

이제 슬슬 그 낡은 집에 있기가 싫어졌을 시간이다.

그리고 영혼이라는 놈은 흔히 위로 올라가고 싶어 하지.

천국의 영광이 오른쪽 위에서 비친다.

천사의 무리 하늘의 사자들이여,

천상의 겨레들이여,

유유히 날아가자.

죄지은 이를 용서하고

> 티끌로 돌아간 자를 살리기 위해
>
> 두둥실 줄을 지어
>
> 떠돌아 가면서
>
> 생명을 가진 모든 것에
>
> 사랑의 자취를 남기자.

메피스토펠레스 불쾌한 소리가 들린다. 추악한 소리다.

> 그것이 반갑지도 않은 햇살과 더불어 위에서 내려오는구나.
>
> 사내인지 계집인지 모를 괴상한 노랫소리,
>
> 저것이 믿음이 깊네 하는 자의 마음에 드나 보지.
>
> 우리들이 될 대로 되라고 생각했을 때 인간 족속들을,
>
> 전멸시키려 했던 일을 너희들도 알 것이다.
>
> 그런데 우리가 생각해 낸 가장 지독한 죄도
>
> 저놈들은 예배에 꼭 어울리는 재료로 삼는단 말이야.
>
>
> 점잖게 오고 있구나, 위선자 같은 천사녀석들!
>
> 저렇게 와서 몇 명이나 가로채 갔지.
>
> 우리들의 무기로 우리들을 치겠다는 속셈이구나.
>
> 저들도 악마야, 단지 가면을 쓰고 있을 뿐이지.
>
> 여기서 지면, 영원한 치욕이란 말이다.
>
> 무덤을 둘러싸고 가장자리를 단단히 붙들어라!

천사의 합창 (장미꽃을 뿌리면서)

> 눈부신 장미
>
> 그윽한 향기여!
>
> 너울너울 떠돌면서

은밀히 소생시켜

작은 가지를 날개삼고

봉오리에서 피어나

어서 꽃을 피워라.

봄이여, 싹터 나오라.

빨간 꽃이여, 파란 잎이여.

조용히 쉬는 자에게

낙원을 가져다주어라.

메피스토펠레스 (악마들에게)

왜 목을 움츠리고, 움찔거리느냐?

그것도 지옥의 버릇이냐?

딱 버티고 서서, 꽃을 뿌리게 내버려 둬라.

바보 같은 것들, 모두 제 자리를 지켜!

놈들은 이런 꽃을 눈처럼 뿌려서

불같은 마귀들을 묻어 버릴 생각이로구나.

너희들이 입김만 불면 녹아 오그라들 것이다.

자, 확 뿜어라, 풀무 귀신들아! — 됐다, 이제 됐다!

너희들의 뜨거운 입김으로 꽃이 죄다 시들고 있다 —

너무 세게 불지 마라! 입과 코를 틀어막아 둬라!

너무 심하게 내뿜었단 말이다.

그래, 너희들은 절제를 모르는 놈들이야!

오그라들었을 뿐만 아니라 갈색으로 말라 타버렸다.

벌써 독기 서린 시뻘건 불길이 피어 날라오는구나.

모두 버티고 서서 한데 뭉쳐라!

기운이 빠지고 용기가 사라졌구나.

악마들이 천사의 어지러운 불길에 홀린 모양이군.

천사의 합창 깨끗한 꽃

　　　　즐거운 불길은

　　　　사랑을 펴고

　　　　기쁨을 가져 오네.

　　　　마음이 바라는 대로

　　　　진실한 말씀

　　　　해맑은 대기

　　　　언제까지나 모든 이에게

　　　　고루 빛을 뿌린다.

메피스토펠레스 이 못난 것들아, 창피한 줄 알아라!

악마란 놈들이 머리를 거꾸로 처박고 서다니!

꼴사납게 재주를 넘으면서,

엉덩이부터 지옥으로 떨어지다니

자업자득이니 끓는 물이나 뒤집어써라!

나는 끝까지 여기서 버티겠다 —

공중에 떠도는 장미를 떨쳐 버리면서

이놈의 도깨비불들, 꺼져라, 이놈아, 아무리 억세게 빛을 내도

잡으면 구역질나는 곤죽 덩어리다.

왜 이리 너풀대느냐? 썩 꺼져 버려라!

콜타르나 유황처럼 내 목덜미에 달라붙는구나.

천사의 합창 그대들의 것이 아닌 것에는

그대들은 손을 댈 수 없어요.

그대들의 마음을 어지럽히는 것을

그대들은 견디어 낼 수 없어요.

그래도 억세게 덤벼든다면

우리도 씩씩하게 싸우렵니다.

오직 사랑의 힘만이

사랑하는 이를 인도해드립니다!

메피스토펠레스 아, 내 머리가 타는구나. 가슴이, 간장이 타는구나.

악마 이상의 불기운이구나!

지옥의 불보다 더 쓰리다 ―

그렇다, 실연한 놈이, 버림을 받을 때면

목을 외로 꼬고 애인의 기색을 살피며

그다지도 지독하게 괴로워하는구나!

어쩨 나도 이상하다, 왜 내 머리가 자꾸 저리로 잡아 끄는 것일까?

나는 저놈들과 불구대천의 원수로

언제나 저놈들만 보면 몹시 화가 치밀었는데,

이상한 기운이 내 몸에 배어들은 것일까?

그 귀여운 것들이 보고 싶어졌다.

내 저주를 말리는 것이 무엇일까?

내가 여기서 홀린다면,

장차 나 말고 누가 천치 소리를 듣겠는가?

언제나 싫어하는 심술쟁이들이지만

마냥 귀엽게만 보이는 구나!

예쁜 아이들아, 말 좀 물어보자,

너희들도 신들을 배반한

천사 루시페르의 일족이 아니냐?

참으로 귀엽구나. 진정 너희들에게 입을 맞추고 싶어졌다.

마침 좋은 때에 찾아와 주었구나.

너희들을 이미 몇 번이나 만나 본 것처럼

무척 흐뭇하고 기분이 좋다.

은근히 고양이 같은 욕심이 동하는구나.

볼수록 점점 더 귀여워지니,

아, 더 가까이서 한 번 보게 해다오!

천사 가고말고요. 왜 물러서지?

가까이 갈 테니, 될 수 있으면 가만히 있으렴.

천사들은 빙빙 돌면서 무대 전체를 메운다.

메피스토펠레스 (무대 앞으로 밀려 나온다.)

너희들은 우리를 저주받은 악령이라고 욕하지만,

너희들이야말로 진짜 마술사들이다.

남자고 여자고 다 홀리니 말이다 —

이 무슨 급살맞은 꼴을 당한담!

이것이 사랑의 불꽃이라는 것이냐?

온몸이 사랑의 불에 휩싸여서

목덜미에 장미의 불이 떨어지는 것도 모르겠다.

거기서 이리저리 공중을 날지 말고, 이리 내려와서,

그 귀여운 팔다리를 좀 더 요염하게 움직여 보렴!

확실히 그 진지한 꼴 너희들답구나!

하지만 한 번이라도 살짝 웃는 얼굴이 보고 싶구나.

그러면 나는 영원히 황홀해질 텐데.

이봐, 날씬한 친구, 나는 자네가 제일 마음에 드네.

사제 같은 표정은 조금도 네겐 어울리지 않는다.

음탕한 눈으로 나를 보아 주렴!

그리고 좀 살짝 속살이 보이도록 걸어도 괜찮아.

그 주름 잡힌 속옷은 너무 점잖구나 ―

아니, 저것들이 다 돌아서는구나 ― 뒷모습도 볼 만한데 ―

그것들 정말 입맛을 돋우는구나!

천사의 합창 사랑의 불길이여,

　　　　맑은 곳으로 향하여라!

　　　　스스로를 저주하는 자를

　　　　진리여, 구하여라.

　　　　그리하여 즐거이

　　　　악에서 빠져나가

　　　　즐거운 단락 속에서

　　　　축복을 받도록.

메피스토펠레스 (정신을 가다듬고)

이게 어찌된 일이냐! ― 욥[14]처럼 온몸이

불에 덴 불집이 생겨 내가 봐도 소름이 끼치는구나.

그러나 나는 내 자신의 본성을 알고

나와 나의 혈족을 믿고 만세를 부른다.

악마 세계의 귀인 한 사람은 구원이 되었고

사랑의 도깨비 따위는 단지 살갗을 스쳐 갔을 뿐

그 가증스런 불길은 이제 다 타 버리고 말았다.

나는 천사들을 저주한다. 전부를 저주한다!

천사들 합창 거룩한 불길이여!

　　　이 불에 감싸이는 사람은

　　　이 세상에서 착한 이들과 더불어

　　　행복하게 살 것입니다.

　　　모두 한 덩어리가 되어

　　　일어나 찬양합시다!

　　　대기는 맑아졌으니

　　　넋이여, 이제 숨을 쉬어라!

천사들은 파우스트의 불사不死의 영을 받들고 날아오른다.

메피스토펠레스 (주위를 둘러본다.)

아니, 어찌 된 일이지? ― 놈들은 다 어디 갔지?

아직 철도 들지 않은 것들이 느닷없이 나타나서

내 수확물을 가지고 하늘로 도망쳤구나.

그것이 탐나서

이 무덤가에 내려와 추파를 던졌구나.

나의 둘도 없는 큰 보물을 빼앗기고 말았다.

담보로 잡아 두었던 그 고상한 영혼을,

놈들은 교활하게 가로채 가버렸구나.

이 일을 어디 가서 호소해야 한담?

누가 나의 기득권을 되찾아 주지?

아, 나잇살이나 먹어가지고 감쪽같이 속았구나.

자업자득이지만, 그래도 기분 나쁘군.

창피스런 실수를 저질렀단 말이야.

고생만 실컷 하고, 재산만 허비해버렸다.

내노라하는 악마가,

천박한 욕정으로 이 꼴이 되었다.

그런 철부지 같은 허망한 일에

산전수전 다 겪은 내가 걸려들어

끝내 깨끗이 당하고 말았으니

정말 어이없구나.

산골짜기

숲, 바위, 황량한 땅

거룩한 은자隱者들. 산 위로 올라가며

흩어져서 바위들 사이에서 쉬고 있다.

합창과 메아리 숲은 바람에 흔들리고

　　　　　바위는 그것에 몸을 기대고

나무뿌리는 서로 얽히고

줄기는 **빽빽**이 하늘로 치솟는다.

시냇물은 물보라를 퉁기면서 흐르고

깊숙한 동굴은 어둑어둑하다.

사자死子는 묵묵히 정답게

우리들 주위를 말없이 맴돌며

축복받은 장소를

거룩한 사랑의 은신처를 지킨다.

법열에 잠긴 신부[15] (아래위로 떠다니며)

영원한 법열의 불길,

불타는 사랑의 인연,

끓어오르는 가슴의 쓰라림,

거품 내는 내 신의 즐거움.

화살이여, 나를 꿰뚫어라.

창끝이여, 나를 찔러라.

곤장이여, 나를 짓이겨라.

번갯불이여, 나를 태워 없애라.

덧없는 것은 모두

모조리 날려 보내라.

영원한 사랑의 정화인

영원의 별을 빛내**듯**이!

명상에 잠긴 신부[16] (깊은 곳에서)

내 발밑의 바위 절벽이

심연 위에 육중하게 걸려 있듯이

수많은 개울이 빛나며 흘러내려

저 혼자만의 힘찬 충동으로

나무줄기가 하늘로 치솟듯이

만물을 창조하여 만물을 기르는 것은

전능한 사랑이다.

나의 주위에 사나운 물소리가 울리니

마치 숲과 바위 더미도 물결치는 듯

그 풍성한 물은 정다운 소리를 내며

깊은 계곡을 흘러 떨어진다.

그것은 신속히 골짜기의 평지를 적시며

불꽃을 내리치는 번갯불도

독기와 악취를 품은 대기를

정화하여 줍니다.

이들은 사랑의 사신으로 영원히 창조하며,

우리를 둘러싸는 것이 있음을 알립니다.

그것이 내 마음에도 자비의 불을 붙여 주었으면!

이 마음속 정신은 혼란해서 냉정하고,

어두운 관능의 장벽 속에 갇혀 괴로워하며

굳게 얽어매려는 고통의 사슬에 몸부림친다.

아, 신이여! 이런 망상을 가라앉혀 주시고

저의 가난한 마음에 빛을 주소서!

천사와 닮은 신부[17] (중간쯤의 높이에서)

어쩌면 저렇게 아침녘의 구름이,

전나무의 한들거리는 가지 끝에 둥실 떠 있을까!

저 속에 살고 있는 것이 무엇일까?

저것은 어린 영의 무리인 것이다.

승천한 소년들의 합창[18] 아버지시여, 저희들이 어디를 날고 있는지 가르쳐 주세요.

착하신 분이여, 저희들이 누군지 가르쳐 주세요.

저희들은 행복해요, 모두, 모두.

이 세상은 이다지도 온화하니까요.

천사 같은 신부 아이들이여! 한밤중에 태어나

정신도 관능도 반쯤 눈을 뜬 채,

부모에게는 일찍 잃은 아이가 되어

천사들의 무리에 끼게 되었지.

여기에는 사랑하는 이가 여기 한 사람 있다는 것을

너희들은 알겠지. 자, 이리 오너라!

그러나 너희들은 복 받은 아이들이다!

험한 세상길을 걸어온 흔적도 없다.

세상과 이 땅을 아는데, 쓸모 있는 연모인

내 눈 속으로 내려오너라.

너희들은 이 눈을 써서

이 고장을 두루 살펴보아라![19]

소년들은 자기 몸속에 받아 넣는다.

저것은 나무다, 이것이 바위.

저것이 흐르는 물인데,

무섭게 굴러 떨어져서

험준한 산길을 내닫는다.

승천한 소년들 (내부에서)

굉장한 구경거리네요.

하지만 이곳은 너무 음산하여

무서워서 몸이 떨려요.

고귀하신 분, 우리를 내보내 주세요!

천사 같은 신부 차츰 높은 곳으로 올라가도록 해라.

신께서 가까이 계시며 지켜보시고

영원히 순결한 방법으로 힘을 주시니,

알지 못하는 사이에 점점 크거라.

그것이 가이없는 대기 속에 가득 찬

신께서 주시는 영들의 양식이며

천상의 더없는 행복으로 발전해가는

영원한 사랑의 계시니라.

승천한 소년들의 합창 (산의 정상을 떠돌면서)

기쁨에 넘쳐 손을

둥글게 잡고

춤추며 노래합시다,

거룩한 마음의 노래를!

고귀한 가르침을 받았으니

이제 마음 놓고 몸을 맡기고

우리들이 사모하는

신의 모습을 우러러봅시다.

천사들 (파우스트의 불멸의 영혼을 나르면서 더욱 높은 공중에서 떠돈다.)

영의 세계의 고귀한 분이

악에서 구원을 받았습니다.

언제나 노력하며 애쓰는 자를,

우리는 구할 수 있습니다.[20]

그리고 이와 같은 분에게는

천상의 사랑까지 더하였으니

축복받은 사람들의 무리가

진심으로 환대할 것입니다.

젊은 천사들 사랑에 넘쳐 거룩히 속죄하는

연인들의 손에서 뿌려진 장미꽃이

우리들의 승리를 도왔습니다.

그 고귀한 일을 성취시켜서

이 영혼의 보배를 손에 넣었습니다.

우리가 꽃을 뿌리니 악이 물러났습니다.

우리들의 꽃을 던지니 악마들은 달아났습니다.

낯익은 지옥의 형벌 대신에

악마들은 사랑의 고통을 받았던 것이지요.

그 늙은 악마의 대장까지도

쓰라린 고통으로 온몸이 타올랐지요.

만세를 부릅시다! 성공했으니까요.

성숙한 천사들 지상의 남은 것을

나르려면 힘이 듭니다.

비록 불붙지 않는 석면으로 되어 있어도

절대로 깨끗하지 않습니다.

굳건한 정신의 힘이

가지가지 원소들을

제 한몸에 긁어모아 놓고 있으면,

육과 영이 밀착되어

하나가 된 이중체를[21]

어떤 천사도 떼어 놓지 못합니다.

영원한 사랑만이

그것을 갈라놓을 수 있을 뿐이지요.

젊은 천사들 바위 더미 위를 안개처럼 감돌며,

지척에서 움직이는

영들의 생명을

우리는 지금 느낍니다.

안개가 걷히면

승천한 아이들의

쾌할한 무리들이 보입니다.

지상의 압박을 벗어나서

둥그렇게 어울려서

천상계의

새로운 봄단장에

활기를 띠고 있습니다.

이 분도 우선

이 아이들의 무리에서

더 높은 완성으로

올라감이 좋겠어요!

승천한 소년들 번데기 상태에 있는 이 분을

　　　　우리들은 기꺼이 맞이하지요.

　　　　이 분과 함께 우리도 자라서

　　　　훌륭한 천사가 되는 거예요.

　　　　이 분을 싸고 있는

　　　　고치를 벗겨주세요.

　　　　벌써 이 분은 거룩한 삶을 지녀

　　　　아름답고 크게 자랐습니다.

마리아를 숭배하는 박사[22]　(가장 높고 깨끗한 동굴 속에서)

　　　　여기서는 전망이 터져

　　　　정신이 고양된다.

　　　　저기 여인들이 위를 향하여

　　　　떠들면서 지나가는구나.

　　　　그 한가운데에 별의 관을 쓴

　　　　훌륭한 분이 계신다.

　　　　천상의 여왕인 것은

　　　　그 빛으로도 알 수 있다. (황홀해서)

　　　　세계를 지배하는 지고의 여왕이여!

　　　　파랗고 광활한

　　　　하늘의 천막 속에 든

　　　　당신의 신비를 보게 하소서,

　　　　사내의 가슴을 엄숙하고

　　　　부드럽게 움직여

　　　　거룩한 사랑의 기쁨으로

모든 것을 당신께 향하게 하는 것을 가상히 여기소서.

당신이 숭고하게 명령을 내리시면,

우리의 용기를 당할 자는 없습니다.

당신이 우리를 만족케 하여주시면

불길 같은 마음이 부드러워집니다.

그지없이 아름다운 뜻에서 순결한 처녀여,

우러러보아야 할 어머니시여,

우리를 위해 선택된 여왕이시여,

신들과 지체를 같이 하는 분이시여.

가볍고 조그만 구름이

저분의 주위에 얽혔습니다.

속죄하는 여인들,

저분의 무릎을 에워싸고,

영기靈氣를 흡수하고

은총을 간구하는

상냥한 무리들입니다.

성처녀라 불리는 당신이지만

유혹에 넘어가기 쉬운 자들이

정다운 듯 당신께 찾아오는 일은

금지되어 있지는 않습니다.

관능의 약점에 끌려들면

그들을 구하기란 어렵습니다.

그 누가 자기 힘으로 정욕의 사슬을

끊어 버릴 수 있겠습니까?

기울어진 미끄러운 마루에서

누가 쉬 미끄러지지 않겠습니까?

추파와 인사와 아양을 떠는

입김에 그 누가 매혹당하지 않겠습니까?

영광의 성모가 하늘에 떠서 다가온다.

속죄하는 여자들의 합창

영원한 나라의 높은 곳으로

당신은 떠오르십니다.

우리의 소원을 들어주세요.

비길 데 없는 분이시여!

자유로우신 분이시여!

죄 많은 여인[23] (「누가복음」 7장 39절)

바리새 사람들의 조소를 받으면서도

승화하여 신이 되신 성자의 발에,

향유처럼 눈물을 흘리게 한

사랑으로 당신께 빕니다.

그다지도 풍성하게

향유를 쏟아 놓은

항아리로 인하여, 그리고,

그다지도 부드럽게 거룩한 손발을 문지른

고수머리를 인하여 기원합니다 ―

사마리아의 여인[24] (「요한복음」 4장)

그 옛날 아브라함에게 양떼를

몰아가게 한 샘물을 두고,

구세주의 입술에 시원하게

닿을 수 있었던 두레박으로 인하여 또한,

그곳에서 쉴 새 없이 쏟아져 나와

넘쳐서 영원히 맑게

온 세계를 끝없이 적시어 주는

맑고 풍성한 샘물을 두고 기원합니다 ―

이집트의 마리아[25] (「사도행전」)

주님을 쉬게 해드린

고귀하고 거룩한 장소에 맹세코

성당의 문에서 저를

훈계하여 밀어젖힌 팔로 인하여,

사막에서 정성껏 행하여 온

40년간의 속죄로 인하여

제가 모래에 적은

복된 작별의 인사로 인하여 기원합니다 ―

셋이서 크나큰 죄를 지은 여인들에게도

당신 곁에 가까이 감을 거절하지 않으시고

속죄한 공덕을

영원한 경지로 높이시는 당신이여,

오직 한 번 스스로를 잊었을 뿐,[26]

실수인 줄을 깨닫지 못한

이 착한 영혼에게도

기쁜 용서를 내리소서!

속죄하는 한 여인 (지난날에 그레첸이라 불린 여인.[27] 성모에게 매달리면서)

비길 데 없는 성모님,

광명이 넘치는 성모님,

자애롭게 얼굴을 돌려

저의 복됨을 보아주세요!

지난날, 사모하던 분으로

이제는 아무런 더러움 없이

그분이 돌아오셨습니다.

승천한 소년들 (원을 그리면서 다가온다.)

이분은 벌써 팔다리도 늠름하게

우리들보다도 우람차게 되었습니다.

정성껏 보살펴 드린 보수를

듬뿍 받을 수 있겠지요.

우리들은 세상에 사는 무리 속에서

일찍 떨어져 나왔지만

이분은 많이 배웠으니

우리들을 가르쳐 주시겠지요.

속죄하는 한 여인 (지난날에 그레첸이라 불린 사람)

고귀한 영의 무리에 둘러싸여서,

새로운 삶으로 들어오신 분은 깨닫지도 못하고,

새로운 생명을 짐작도 못 하시지만,

벌써 거룩한 분들을 닮아갑니다.

보세요! 저 분은 낡은 껍질을 벗으시고,

지상의 인연을 끊으셨습니다.

그리고 새로 입은 영기 어린 옷자락에서

젊은 기운이 솟아나고 있습니다.

제가 저분에게 가르쳐 드리게 해주세요.

아직 새로운 햇빛을 눈부셔하고 있습니다.

영광의 성모[28] 자, 오너라! 더 높은 곳으로 올라오너라!

그 자도 그대인 줄 알면 따라오리라.

마리아를 숭배하는 박사 (엎드려 예배하면서)

모두 회개하는 연약한 여인들아,

모두 저 구원의 눈초리를 우러러보라.

거룩하신 신의 섭리를 따라서

감사하며 스스로를 변모시키기 위해!

무릇 마음씨 착한 사람은

당신을 섬기기를 원합니다!

동정녀여, 어머니시여, 여왕이시여,

여신이시여, 길이 자비를 내리소서!

신비의 합창[29] 무상한 것은 모두

한낱 비유에 지나지 않는 것.[30]

지상에서 이루어지지 않은 것이

여기에서 실현된다.[31]

말할 수 없는 것이

여기서 이룩되었네.

영원하신 여성은[32]
우리를 인도한다.

---

1 바우치스와 필레몬은 오비디우스의 『변형 설화』에 나온다.

두 사람은 제우스와 헤르메스를, 그런 줄도 모르고 후하게 대접했기 때문에 다른 자가 홍수를 당했을 때도 그 오두막이 신전으로 변하여 그 관리인이 될 수 있었다. 괴테는 이 이야기를 『친화력』 등에 쓰고 있다. 다만 이 자리의 필레몬과 바우치스는 이런 전설과는 관계없이 같은 이름을 쓴 데 불과 하다고 괴테 자신이 말하고 있다.

2 몹시 늙은 파우스트는 꼭 백 살이어야 한다고 괴테 자신이 에커만에게 말하고 있다.

3 나붓의 포도밭은. 구약 『열왕기』상 21장에 나온다. 사마리아의 궁전 근처에 경건한 나붓이 가진 포도밭이 있었다. 왕은 그 밭을 사려고 했지만 나붓이 거절했다. 부유한 국왕은 포도밭이 남의 것이라고 생각하니 자기처럼 없는 것이 많은 사람은 없다고 생각한다. 왕비가 간계를 꾸미서 나붓은 고소를 당하고 돈으로 매수한 증인의 증언으로 신을 모독한 자로서 돌로 쳐죽임을 당한다.

4 잿빛 여자 넷. 즉 결핍과 죄와 근심과 곤궁은 인간이 괴로운 운명에 직면할 때 인간을 절망으로 몰아붙이는 힘이다. 파우스트도 그러한 순간에 쫓긴다. 그의 사업은 이룩했지만 필레몬과 바우치스를 비참한 운명에 빠뜨린 데 대해 죄를 자각하고 마음속으로 충격을 받는다. 그래서 이 네 힘이 숨어들어온다. 그러나 결핍과 곤궁은 억센 파우스트에게 당하지 못한다. 죄의식(후회의 마음)도 위대한 인물을 압도하지 못한다. 그러나 근심만은 인간의 마음속에 깃들어 있는 비판적인 목소리라. 파우스트도 이것을 몰아내지는 못한다.

5 "나는 한결같이 세상을 줄달음쳐 왔다." 이하는 파우스트의 일생을 요약한 것이다.

6 입김을 뿜는다는 것은. 근심은 파우스트를 장님이 되게 했지만 그는 점점 더 마음에 광명을 더하게 된다.

7 레무르들은 죽은 인간들의 망령들이다.

8 "자유로운 땅에서 자유로운 백성과 함께 살고 싶다." 이것은 파우스트, 괴테의 아름다운 이상이다. 전제주의가 아닌 참다운 자유를 누리는 이들로 구성된 공화국이 괴테의 눈에 떠올랐던 것이다.

9 "멈추어라! 너는 참으로 아름답다!"는 (제1부의 계약 깅변) 이하에 해당한다.

10 "내가 지상에 남겨 놓은 흔적은,"의 유명한 두 줄은, 파우스트의 전 작품 가운데 괴테가 쓴 마지막 구절로, 죽기 몇 주 전에 썼다고 한다.

11 매장, 이 장면은 중세 카톨릭적 분위기로 표현되어 있다.

12 목숨을 돌려 달라고 받으러 온 것은 유족 이외의 신과 악령과 구더기 등.

13 그리스 신화에서는 영혼을 날개 가진 나비로 표현했다. 따라서 날개를 쥐어뜯으면 구더기와 마찬가지가 된다.

14 구약 「욥기」 2장 7절에 "사탄은 곧 여호와의 앞에서 물러가 욥을 때려 그 머리끝에서 발끝까지 종기가 나게 한지라"라고 되어 있다.

15 신과의 결합을 열렬히 동경하는 신부로서, 육체감이 없기 때문에 떠돌 수 있다. 이런 이름을 받고 있던 신부가 그리스도교 사상 몇 있었는데, 여기서는 순수한 사랑을 구현하는 자의 상징으로 되어 있다. 뒤에 등장하는 신부들은 사랑의 깊이를 상징한다.

16 특히 깊은 신비적 인식을 아는 자.

17 천사에 가까운 성질을 가졌으며, 천사와 가장 다정한 자.
아시지의 성 프란체스코는 이렇게 불리고 있다.

18 승천한 소년이라고 간단히 씌어 있지만, 태어나자마자 죽어서 승천한 아이들. 현세에서 죄를 범하지 않았기에 승천할 수가 있다.

19 너희들은 이 손을 써서 이 고장을 두루 살펴보아라! 괴테의 편지 여기저기에 남아 있다. 영은 예언자 속에 들어가서 그의 눈으로 본다는 스웨덴보리의 생각에 기인한 것.

20 "줄곧 노력하며 애쓰는 자를 우리는 구할 수 있습니다." 이 유명한 구절에 대해서 괴테는 "이 시구 속에 파우스트 구원의 열쇠가 있다. 파우스트 스스로 숭고하고 청순한 활동이 마지막까지 계속되어 하늘에서는 영원한 사랑이 그를 구원하러 온다. 이것은 우리 스스로뿐만 아니라 신의 가호로 행복을 얻을 수 있다는 생각과 완전히 조화된다"고 에커만에게 말하고 있다. (1831년 6월6일)

21 하나가 된 이중체란 영과 육의 이원성을 뜻한다. 인간의 이원성은 죽어도 해소되지 않으며 물리적 요소 때문에 방해가 된다. 영원한 사랑만이 영을 구원할 수가 있다.

22 마리아의 예배에 전념하는 박사.
괴테는 여기서도 처음에는 신부라고 썼으나 뒤에 박사라고 고쳤다. 마리아의 예배는 중세 후기 이후의 일이기에 신부라는 말 대신에 박사라는 칭호를 쓴 것이다.

23 죄 많은 여인은 막달라 마리아를 말한다. 예수의 발을 눈물로 적시고 입을 맞추며 향유를 뿌렸다.

24 사마리아의 여인은 야곱의 우물가에서 그리스도와 만나 영원히 마르지 않는 물을 약속받았다. (「요한 복음」4, 12.이하)

25 이집트의 마리아는 음탕한 여자였기 때문에 성 십자가 축제 때 예루살렘의 그리스도 묘지에 들어가려 했으나 눈에 보이지 않는 손에 의해 거절당했다. 그래서 크게 죄를 뉘우치고 마리아에게 기도했더니, 신기하게도 사원 앞에 옮겨져 요단 강가에서 평화롭게 지내라는 계시를 받고, 48년 동안 사막에서 참회 생활을 하고 모래에 세상을 떠나는 하직 인사를 남겼다.

26 오직 한 번 스스로를 잊었다는 것은 그렌첸을 가리킨다. 파우스트와의 사랑으로 자신을 잊었지만 참회에 의해 구원된 그녀는 파우스트가 용서되기를 기원하였다.

27 지난날에 그레첸이라 불리었다는 말은, 노시인이 특히 뒤에 덧붙여 쓴 것으로 괴테가 그레첸에게 느낀 감정을 엿보이게 한다.

28 영광의 성모는 '괴로움 많으신 마리아님'과 대조된다. 특히 영광의 성모는 '속죄하는 여인들의 합창' 표제 앞에도 나타나지만 대사는 이 두 줄뿐이다. 그런만큼 그레첸을 향해 "자, 오너라! 더 높은 곳으로 날아오너라. 그 사람(파우스트)도 그대인 줄 알면 따라오리라" 라는 말은 깊은 의미를 갖는다.

29 신비의 합창은, 천사의 무리, 신부, 참회하는 여인들 등에 의하여 불리어지고, 마리아를 숭배하는 박사에 의해 지휘될 것이다.

30 "무상한 것은 모두 한낱 비유에 지나지 않는다." 지상의 모든 것은 영원한 신의 뜻을 상징적으로 표현한 데 불과하다는 뜻.

31 "지상에서 이루어지지 않은 것이 여기에서 이루어진다." 우리들이 현실 세계에서 알고 행하는 것은 모두 불완전하여 행복을 실현하는 데는 부족하다. 그것이 영원한 천상에서 실현된다. 지상에서 천상에 오른다는, 설명하기 어려운 것도 무한한 신의 사랑에 의해 이루어지는 것이다.

32 '영원하신 여성'은, 즉 신의 사랑을 구현하고 있는 이상적인 여성이다. 일체의 낮은 욕망에서 정화된 사랑, 모든 것을 용서하는 사랑, 죄인을 끌어올리는 사랑이다. 괴테는 그 영원한 상징으로서 마리아를, 지상적인 상징으로 그레첸을 그렸다.

해설

요한 볼프강 폰 괴테johann Wolfgang von Goethe는 1749년 8월 28일 독일 중부 마인 강변의 프랑크푸르트에서 태어났다.

괴테의 성장기는 독일의 도시 시민 계급이 흥성興盛해가던 시기였고, 이는 정신사적精神史的으로 계몽주의의 최성기最盛期에 해당한다. 독일은 이 계몽주의에 의해 참다운 의미의 근대로 진입했다고 해도 좋을 것이다.

문학 분야에서 시詩는 클로프슈토크, 소설은 빌란트, 희곡戲曲의 레싱 등 위대한 문인들을 낳았다. 그들이 마련한 문학 기반에 괴테라는 천재의 등장은 독일문학에 새로운 전기轉機를 마련하는 결정적인 계기가 되었다.

괴테의 집안은 유복裕福하였다. 장인匠人으로부터 입신立身하여 많은 재산을 모은 할아버지의 힘으로 대학 교육은 받았지만 일정한 직업을 갖지 않고 있던 아버지는, 아들에게 법률학을 공부시켜 가문을 빛내고자 하였다. 프랑크푸르트의 시장市長이었던

외조부의 딸인 어머니는 명랑한 성격이었다. 이 양친의 슬하에서 괴테는 모든 교육
을 자택에서 받고 다복스런 시절을 보냈다.

　그는 좋은 환경에서 태어났을 뿐만 아니라 자신에게 주어진 자질資質을 충분히
살렸다. 애틋한 정精으로 어머니를 따랐으며, 이 어머니로부터 물려받은 쾌활함과,
아버지로부터 물려받은 진지함과 사내다움을 조화시켜, 청춘의 격렬한 정열적인 삶
으로부터 장년기의 진지한 책임 있는 삶으로 성장했고, 만년의 웅대한 예지의 경지
에 이를 수 있었다.

　그의 일생은 인간의 존재와 사색思索이라는 다양한 영역을 섭렵하며, 갖가지 착오
와 실험을 거쳐 총체적總體的인 자기실현에 이르는 도정道程이었다.

　16세 때 괴테는 아버지의 뜻대로, 처음으로 고향을 떠나 작센에 있는 라이프치히
대학에 입학했다. 아버지의 모교母校인 이 대학에서 법률학을 전공하게 된다.

　그러나 자신의 무한한 가능성을 예감하여, 배우고 놀고 그러면서도 자기 안에 무
엇 하나 확실한 것이라고는 갖지 않은 무력無力의 자각과 좌절감을 맛보며 지낸 라이
프치히에서의 3년 면학勉學 시기는, 거센 초조감에 마음을 죄면서도 아직 자신에게
맞는 적합한 세계를 찾아내지 못한 모색의 시기이기도 했다.

　라이프치히에서 병을 얻어 프랑크푸르트의 집으로 돌아온 괴테는 한때 생사를 넘
나들 만큼 중태重態에 빠지기도 했으나 가까스로 고비를 넘겼다. 이 병상생활病床生活은
반 년이 넘었으며 그 동안 괴테는 차츰 종교에 마음이 이끌렸다. 더구나 외가의 친
척인 클레텐베그르(1723~1774)라는 부인의 경건주의에 의한 감화感化가 커, 그의 내
면에는 범신론적汎神論的 경향이 강하게 심어졌다. 괴테는 『빌헬름 마이스더의 수업시
대』의 제6권 『아름다운 혼의 고백』에서 클레텐베르그 부인을 기리고 있다.

　괴테에 앞서, 경건주의의 결실로서 웅대한 종교 서사시 『구세주』에 의해 시단詩壇
에 신풍神風을 불러일으킨 것은 클롭슈톡였다.

시詩라고는 하지만 그것은 어렸을 때부터 경건주의에 깊이 물든 시인의 종교적 정조에서 분출噴出돼 나온 싱싱한 서정성의 연속이었으며 시인 자신의 넘쳐날 듯한 정감情感의 표백表白이었다. 그는 송시頌詩에서도 뛰어난 많이 작품을 썼지만, 괴테의『젊은 베르테르의 슬픔』을 읽은 사람이라면 "클롭슈톡!"라 말한 것만으로도 베르테르와 롯테의 마음이 통하는 장면을 상기할 수 있을 것이다.

건강을 회복한 괴테는 다시금 집을 떠나고 싶은 마음이 생겨 이번엔 다시 프랑스 영이었던 슈트라스부르크 대학에 적籍을 두었다. 슈트라스부르크의 법률학은 실용적인 학문으로 괴테에게는 그다지 어려울 것이 없었는데, 이곳의 친구들, 즉 의과대생이 많은 것이 동기가 되어 의학에 관심을 둔다. 그는 의학, 화학, 해부학의 강의에 나가는 한편 카드놀이와 댄스 등 사교 생활에도 열중했다. 여름 학기가 끝날 무렵에는 학사 후보 시험에 합격했다.

1770년 9월 요한 고트프리트 헤르더가 안질眼疾 수술을 받기 위해 슈트라스부르크로 와서 머물게 되었다. 이미 신진 비평가로서 명성을 떨치고 있던 헤르더와 알게 되었다는 것은 괴테에게는 운명적인 사건이었다. 헤르더는 괴테에게 감성적 인간의 종교적·문학적 창조력에 관하여 이야기하고, 세계사의 넓음과 민요의 감성적·구상적인 언어를 제시해 보여 주었으며, 나아가서 호메로스, 하만, 오시안, 셰익스피어, 민요의 세계를 알게 되었다. 모두가 자연에 기초한 인간의 진실한 외침이었다. 헤르더는 괴테의 잠자고 있는 시인적 천재성을 불러일으켰다. 거기에는 프랑스 문화의 영향이 짙은 오성만능悟性萬能의 계몽사상에 반발해서 독일인 특유의 창조력이 폭발하고 있었다. 헤르더와 괴테의 만남은 슈투름 운트 드랑(질풍노도)이라고 부르는 문학 운동과 직결된다.

헤르더와 괴테, 그리고 괴테보다도 열 살 젊은 쉴러 등에 의해 일어난 시투름 운트 드랑이란 무엇인가. 이성理性 내지 오성悟性의 개념槪念에 대한 비합리적 감정의 폭발이라는 외적 모습은 계몽주의와 어긋나는 것이지만, 이 운동이 계몽주의 속에서 이미 준비되어 있었다는 것은 셰익스피어나 경건주의가 이 운동의 원천이 된 것으로도 알 수 있다. 일단 이성理性에서 해방된 인간의 주체성이, 그 이성의 비이성적非理性的 지배 때문에 비뚤어지고 억압되어 개체個體의 신전神殿이 얻어지지 않는 데 대한 반발로서, 문명에 의한 인간 퇴락頹落의 위기를 막고, 창조력을 갖춘 자연에 바탕을 둔 인간성 회복, 이것이 바로 이 운동이 의미하는 것이었다. 이 운동의 원천은 루소이다. 또 정치적 사회적 이념에서 보면 계몽주의 이념을 한층 첨예화尖銳化해서 계승했다고도 할 수 있다.

그런데 루소가 요구하는 인간성 실현을 이룩할 수 있는 개성은 천재가 아니어서는 안 되었다. 이 운동을 '천재 시대'라고 부른 것은 여기서 비롯된다.

괴테는 1771년 박사학위 논문을 각하당하고 구술시험을 치르고 8월 법률 수업사受業士 학위만을 받은 뒤, 프랑크푸르트로 돌아왔다.

얼마 뒤 괴테는 변호사 일을 시작하였다. 그러나 실제의 사무는 아버지가 대개 처리해 주었기 때문에 괴테는 전부터 뜻을 두어 오던 문학과 여행에만 골몰했다. 그는 강직하고 긍지 높은 남자의 모습을 중세 독일에서 끌어와 전하고 싶다는 열망에 불타, 1771년(22세) 가을에 희곡의 형식을 빌어 「괴츠 폰 베를리힝엔」이라는 작품을 단숨에 썼다. 강직한 괴츠는 동란動亂 속에서 자기의 자유를 주장하다가 밀어닥치는 근대近代의 힘에 눌려 짓밟혀 간다. 이 희곡의 초고草稿를 헤르더에게 보냈는데, 그는 "셰익스피어가 당신을 망쳐 놓았다"고 혹독한 비평을 보내왔다.

괴테는 이 초고를 실제의 무대에 알맞도록 개작改作해서 1773년 자비로 출판하였다. 그런데 이 작품은 뜻밖에도 커나란 반향을 불러일으켜, 시투름 운트 드랑의 대표작이라는 평評까지 받았다.

『괴츠 폰 베를리힝엔』가 출판되기 전 1772년 5월 괴테는 프랑크푸르트의 북쪽에 있는 베츨러의 고등법원에 근무했다.

　바로 그곳 베츨러 교외의 작은 마을에서 열린 무도회에서 괴테는 롯테를 만나게 되었다. 건강하고 상냥한 샤를롯테 부프에게 그는 격정적인 연정을 품었지만, 그녀는 이미 케스트너와 약혼한 사이였다. 삼각관계에 빠진 것을 알고 괴로워하다 괴테는 결국 베츨러를 떠났다. 이 샤를롯테가 『젊은 베르테르의 슬픔』의 모델이 되었다. 전에 라이프치히에서 공부할 무렵 알고 지내던 젊은이가 역시 베츨러에 파견되어 와 있다가 불행한 연애 때문에 자살했다는 것을 그는 그 고장을 떠난 뒤에야 알았다. 괴테 자신이 체험한 절망적인 사랑과, 이 젊은이의 행한 파멸을 소재素材로 하여 쓴 작품이 『젊은 베르테르의 슬픔』이다. 이 작품은 1774년, 그의 나이 25세 때 출판되었다.

　이 작품은 당시의 젊은이들에게 커다란 반향을 일으켰고 베스트셀러가 되어 유럽 전역으로 출판되었고, 독일 문학이 이 작품에 의해 비로소 '세계 문학'으로 발돋움하게 되었다. 나폴레옹도 이집트 원정을 떠날 때 이 책을 가지고 가, 몇 번이나 되풀이해 읽었다고 한다. 내면의 솔직한 토로吐露와 청춘의 풋풋한 표현, 아름다운 자연의 적확的確한 묘사, 이러한 것들이 이 작품을 근대 이후 독일의, 유럽 소설의 한 원형原型이 되게 한 것이다.

　『젊은 베르테르의 슬픔』의 작자로서 괴테의 이름은 유럽뿐만 아니라 중국에까지도 알려지고 슈투름 운트 드랑의 대표자로서 많은 사람들이 프랑크프르트로 그를 찾았다. 그는 문학적 성장을 계속하여 우주적인 넓이와 높이에 이르는 뛰어난 장시長詩를 많이 지었다. 그 중에서 특히 그의 마음을 끈 것은 16세기에 실재한 인문주의자이며 연금술사鍊金術士인 파우스트 박사였다.

　루터와 동시대 인물인 파우스트 박사에 대해서는 그의 사후死後 갖가지 민간 전설이 생겨나, 악마에게 혼을 팔아 마법을 몸에 지녔지만 결국은 비참한 종말을 고했다는 이야기가 전해 내려오고 있었다. 자연의 불가사의한 힘을 지배하고 모든 것을 알고자 하는 인간의 근원적인 욕구가 파우스트의 모습에 결정結晶되어 있다. 이것은 이를테면 신에 대한 반역이었다. 하늘과 땅 사이에서 오직 인식에의 충동으로만 내달린 인물, 파우스트 — 이 사내의 전설은 독일인 괴테의 마음을 사로잡고 놓아 주지 않았다. 16세기 말에 이미 괴테의 출생지인 프랑크푸르트에서 파우스트 전설에 대한 민중본民衆本이 인쇄되어 있으며, 그것이 영국으로 건너가 셰익스피어와 같은 시대의 극시인 크리스토퍼 말로에 의해 극화劇化되었고 그것은 다시 독일로 역수입逆輸入되어 민중본의 개작되었으며 인형극으로까지 만들어졌다.

괴테는 어릴 때부터 인형극으로 이 파우스트와 친해졌었는데 프랑크푸르트에서 20대 전반기에 이 인물을 극화해보려고 생각했었다. 학문과 지식이 인생과의 직접적인 연관을 상실하고 메말라 버린 데 절망한 주인공은 직접 인생과 진리를 파악하려고 한다. 그래서 신의 닮은꼴인 초인超人이 될 것을 갈망하고 세계로 나간다. 그러나 어두운 서재에서 나간 그가 한 일은 소녀 그레첸을 사랑하고 거인주의적인 욕망 때문에 이 소녀를 죽음의 파멸로 몰아넣은 것이었다. 이러한 내용의 희곡을 그는 끓어오르는 정열을 가지고 썼다. 이것이 「초고 파우스트」라고 불리는 것이다.

괴테는 바이마르에서 노년에 이르기까지 집필을 계속해 이를 세계문학의 가장 위대한 작품으로 이루어 놓았다.

1775년 가을 괴테는 젊은 바이마르 카알 아우구스트 공의 초청을 받아 프랑크푸르트를 떠나게 된다.

괴테는 여기서 서른 살에 대신에 임명되어 국정에 참여하게 되어 그의 성제생활이 자유업(당시는 아직 시인이나 시인의 인세 수입이 완전한 법칙 뒷받침을 받지 못하고 있었다)의 불안정한 생활에서 벗어나 확실한 기반을 갖게 되었다.

궁정에선 물론 『젊은 베르테르의 슬픔』의 시인이 국정에 참여하는 데 대해 반대의견이 없지 않았다. 그러나 카알 아우구스트 공은 젊기는 하나 괴테의 본질本質을 꿰뚫어보고 그에 대한 신뢰를 늦추지 않고 1782년에는 로마 황제에게 청원請願하여 괴테를 귀족으로 승격시켜 궁정에 있어서의 그의 위치를 확고하게 했다. 이때부터 괴테에게 폰 괴테라는 귀족의 칭호가 붙게 된 것이다. 폰von은 영국의 서sir에 해당하는 것이다. 이후 그는 재상이 되어 재정은 물론 교육 등에 걸쳐 공인公人으로서의 직무를 수행하게 되었다. 그의 이 생활은 약 십 년 간 계속된다.

괴테가 쉴러를 처음 만난 것은 그가 이탈리아 여행에서 돌아와 얼마 안 된 1788년이었다. 처음 그는 청년기의 격정에 넘치는 정열적인 쉴러를 별로 좋아하지 않았다. 그러나 1794년 어느 강연회에서 돌아오는 길에 쉴러가 말을 건 것이 계기가 되어 두 사람의 해후邂逅는 아름다운 우정으로 자라갔다. 괴테가 눈目의 사람이며 직감과 자연에의 사랑으로 사는 사람이라고 한다면, 쉴러는 이지와 사변思辨과 타오르는 듯한 이상주의에 사는 사람이었다. 이렇듯 자질이 다르고 연령도 열 살이나 쉴러가 젊었지만, 자연과 예술의 본질적 통일이라는 점에서 두 사람은 서로 깊이 공감하고 창작 방법의 차이를 넘어서 서로 협력하기에까지 이르렀다. 그들은 서로 상대의 입장을 이해하고 존경하고 또 서로 비판했다. 이렇듯 십 년에 걸친 우정은 시계 문학사에도 유례가 드문 일이다. 오랫동안 중단되었던 『파우스트』도 쉴러의 격려에 의해 다시금 손을 대게 되었다. 희곡 제작을 놓고 서로 격려하고 편지를 주고받으며 발라드에 대해서 얘기하고, 많은 명작을 썼다. 소설 『빌헬름 마이스터의 수업 시대』를 쓴 것도 이 시기였다. 문학사가 결코 풍요롭지 못한 독일이 이 두 사람의 고전주의 시인의 우정과 창작을 한꺼번에 가졌던 이 시기는, 확실히 철학, 음악 등의 모든 영역과 더불어 세계사상世界史上의 위관偉觀이다.

1805년 둘도 없는 친구 쉴러가 죽자 괴테는 정신적 충격을 크게 받고 깊은 고독감에 빠지나, 아우그스트 공으로부터 증정 받은 바이마르의 아름다운 집에 살면서

부터 온 세계에서 오는 많은 방문객을 맞이하게 되었다. 그 중에는 베토벤도 있었고 멘델스존도 있었다. 허무에 빠진 그는 삶의 의미를 깊이 통찰하고 고독한 가운데서 생명의 빛을 찾는 길을 계속 추구했다.

1815년 가을, 고향 프랑크푸르트로 돌아온 괴테는 한 은행가의 아내 마리안네에게 강하게 이끌렸다. 그들 두 사람의 사랑은 페르시아 시인 하피스에 의한 시에 자극되어 이룩된 시집 『서동시집』에 깊이 반영되었다. 두 사람의 사랑은 절도가 있어서, 시의 교환이라고 하는 지극히 순수한 정신적인 사랑이었다.

그러나 1816년에 아내 크리스티아네 불피우스를 잃고, 슈타인 부인도 아우구스트 공도 죽고, 외아들 아우구스트도 여행지 이탈리아에서 객사客死(1830)하여 만년의 괴테의 고독과 내면의 정적은 더욱 깊어 갔다. 그러나 파우스트처럼 그도 불모不毛의 정체停滯라는 것을 몰랐다. 마리엔바드에서 알게 되어 구애까지 한, 그리고 얼마 안가 곧 단념한 17세의 처녀 울리케 폰 레베초브의 사랑과 고뇌에서 『마리엔바드의 애가哀歌』(1823)가 나왔다. 이 해에는 또, 늙어서도 여전히 시작詩作과 문화와 예술 활동을 하고 『괴테와의 대화』를 쓴 에커만이 찾아와 그의 비서가 되어 주었다.

외면으로는 조용한 생활을 보내면서도 내면에서는 쉼 없는 창조 활동을 계속하고 있던 괴테는 그 뒤로 많은 시를 짓고 단편소설 『노벨레』 등을 썼는데, 평생을 걸려 완성하고 그것에 의해 인생의 도정道程을 완결한 것이 소설 『빌헬름 마이스터의 수업시대』(1829)와 『파우스트 제2부』(1831)이다.

1832년 3월 16일 가벼운 감기로 자리에 누운 괴테는 3월 22일 여든두 해 남짓한 생애를 닫고 쉴러와 같이 바이마르에 묻혔다. 죽음 직전에도 손을 움직여 손가락으로 w라고 쓴 것은 자기 이름 볼프깅의 머리글자였던가. 행동에 살고, 영원의 생명을 문사로 표현하려고 한 시인의 면목을 여실히 나타내고 있다.

그의 마지막 유언은 '더 빛을'이었다고 한다.

파우스트

르네상스와 종교 개혁 시대에 해당하는 16세기 후반의 독일에 파우스트 박사라고 하는 인물에 관한 전설이 항간에 퍼져 있었다. 이 전설은 당시의 민중본民衆本 유행의 물결을 타고 1587년에 프랑크푸르트의 출판업자 슈피스에 의해 『요한 파우스트 박사 이야기』라는 제목으로 출판되어 많은 호응을 얻어 외국에도 번역되었다. 이 민중 본에 의하면 파우스트의 생애는 대략 다음과 같다.

농부의 아들로 태어난 파우스트는 뷔텐베르크 대학에서 신학을 공부하여 신학박 사가 되었으나, 원래 영민하고 지식욕知識慾이 강한 그는 신학에만 만족할 수 없어 의 학을 배워 의학박사가 되었다. 또한 천문天文, 수리數理와 마술 연구까지 손을 대어 우 주 궁극의 이치를 모두 알려고 했지만 인간의 힘으로는 도저히 불가능하다는 것을 깨닫고 이 욕망을 성취하기 위해서 악마 메피스토펠레스와 계약을 맺는다. "24년간 악마의 도움으로 지상地上의 모든 지식과 쾌락을 얻는 대신 그리스도교의 적이 되고 두 번 다시 신에게 돌아오지 않으며 24년 뒤에는 그의 영혼을 악마에게 매도한다"는 조건으로 혈약을 맺는다.

이리하여 파우스트는 메피스토펠레스와 같이 천국과 지옥을 탐방하며 여러 가지 기괴한 일을 경험한다. 그의 모험은 시간의 제약制約을 뛰어넘어 명부冥府에서 고대 그리스 전설의 미녀 헬레네를 불러내어 그녀와 결혼하고 아들까지 낳기에 이른다. 파우스트는, 그리스도교의 신앙으로 돌아가기를 열심히 권하는 친구의 충고를 냉정히 물리치고 더욱 독신瀆神행위를 계속하며 24년의 세월을 보낸다. 끝내 그의 탄식과 후회도 헛되이 그의 생명은 굉음轟音과 더불어 순식간에 끊어지고 그의 영혼은 악마의 소유로 떨어지게 된다.

이 얘기의 주인공은 실존 인물로 그의 행적에 대한 기록은 얼마 없지만 그의 행적과 마술사 전설이 결부되어 파우스트 전설이 성립된 것 같다. 슈피스의 민중본 머리말에 "모든 그리스도교도가 악마의 유혹을 알고 자신을 삼가 경계하도록"이라고 쓰여진 것처럼, 이 전설의 근저根底에는 악마를 믿던 중세적 종교 관념이 짙게 깔려 있다. 또 한편으로 주인공에게서 볼 수 있는 왕성한 지식욕, 현세 향락, 자연 탐구, 고대 그리스에의 동경 따위는 중세에서 근세로의 전환기인 르네상스 시대 인간성의 특징을 나타내는 것이기도 하다.

영역英譯된 민중본 『파우스트 박사 이야기』는 셰익스피어와 같은 시대의 극시인인 말로에 의해 『파우스트 박사의 비극적 이야기』(1758)라는 제목으로 희곡화戱曲化되었는데, 이것은 다시 독일로 역수입되어 민중본으로 17세기 독일 각지에서 널리 공연되고 다시 인형극으로 개작改作되어 민중 사이에 널리 퍼졌다. 그동안 슈피스의 민중본 파우스트의 강렬한 인간적 성격은 차츰 사라지고, 대신 오락 중심적 요소가 짙어졌다.

그러나 18세기가 되자 열렬한 진리 추구자로서 파우스트 상像이 부활하게 되었다.

계몽시대의 극시인 레싱의 『파우스트 박사』(1759)가 가장 좋은 예이다. 이 작품은 그 일부만 전해지지만 가장 주목할 점은 진리를 찾아 그 걸음을 멈추지 않는 자는 결국 신의 은총을 받는다는 구원의 관념이다. 얘기의 결말에 이르러 파우스트의 영혼을 손에 넣은 악마들이 승리의 노래를 부르려 할 때, 천상天上으로부터 "신이 모든 욕망 가운데 가장 고귀한 지식욕을 인간에게 준 것은 인간을 영원한 불행에 떨어뜨리기 위함이 아니다. 너희들이 붙잡은 것은 파우스트의 환영幻影에 불과하다"고 한다. 천사가 파우스트를 잠재우고 악마들에게는 그의 환영을 내주었던 것이다. 그래서 꿈에서 깨어난 파우스트는 하늘의 경고에 감사하고 한층 정진한다.

소년 시절 이미 인형극이나 민중본을 통해 파우스트 전설을 잘 알고 있던 괴테가 자기도 이 이야기를 써보고자 생각하게 된 것을 1770년부터 1771년까지에 걸쳐 슈트라스부르크에서 헤르더와 친하게 지내던 무렵이다. 1773~1775년 최초의 저작著作이 완성되었는데 괴테는 그 원고를 가지고 바이마르로 가서 가끔 사람들 앞에서 낭독하곤 했다. 이 원고는 극히 일부를 제외하고는 전해지지 않지만 바이마르 공작 어머니의 한 시녀였던 게치하우젠이 필사筆師했는데, 1887년에 에리히 슈미트에 의해 그녀의 유품에서 발견되었고 그것이 『초고 파우스트』라고 이름 지어졌다. 이는 『파우스트』제1부 와 마찬가지로 '밤'의 장면에서 시작하여 감옥에서 끝나는 이른바 '그레첸 비극'이 중심 테마를 이루는 것으로, 메피스토펠레스와의 만남과 계약을 하는 여러 장면, '마녀의 부엌', '숲과 동굴'의 주요 부분, '발푸르기스의 밤', '발푸르기스의 밤의 꿈' 등은 아직 들어 있지 않았다.

1788년 이탈리아에서 괴테는 이것을 다시 개작할 생각으로 새로운 장면의 일부를 쓰기 시작하고 귀국 후에도 일을 계속하여 '마녀의 부엌', '숲과 동굴' 등이 가필되었고 '아우어바흐 지하실'을 수정해서 이를 1790년에 『단편斷片 파우스트』라는 제목으로 발표했다.

그후 정체停滯 상태에 빠졌던 저작은 친구 쉴러의 격려를 받아 다시 완성을 향해 활발히 움직이기 시작했다. 1797년 6월 괴테는 쉴러에게 보내는 편지에서 "파우스트에 착수할 결심을 했다"고 쓰고 이어 '헌사'를 썼다. 그로부터 1801년까지 '무대에서의 서막', '천상天上의 서곡序曲', '밤', '성문 앞', '서재', '발푸르기스의 밤' 등이 완성되었고 많은 가필수정이 있었다. 극의 줄거리와 직접 관계가 없는 '발푸르기스의 밤의 꿈'은 본래 쉴러의 『시신연감詩神年鑑』Musenalmanach(1797)을 위해 쓰여진 것인데 거기 싣지 않게 되자 가필을 해 실은 것이다. 이것이 1806년에 나온 『파우스트 비극』 제1부 이다.

『파우스트』 제2부 구상의 싹은 슈트라스부르크 시절의 최초 계획 중에 들어 있었는데 『초고 파우스트』에서는 아직 씌어져 있지 않다. 이탈리아 여행 중 『파우스트』 완성의 구상을 하던 괴테의 머릿속에서 제1부의 구상과 더불어 주인공의 구원救援을 다루는 제2부의 그것도 퍽 명확한 형태로 떠올랐었으리라고 추측된다. 그리하여 제1부의 완성을 향해 마지막 걸음을 치달리기 시작한 1797년에는 이미 제2부가 착수되고 1800년에는 제3막의 이른바 '헬레네 극'의 첫 부분이 완성되었다. 그러나 그 후에는 집필이 중단되고 1816년경에는 작품의 완성을 단념하려고까지 생각했는데 그 대신 계획의 줄거리만이라도 자서전 『시와 진실』에 삽입해서 남기려고 『파우스트 복안腹案』이라는 것을 쓰기 시작했다. 이것은 그의 생존 중에는 발표되지 않았다.

1825년 괴테의 내부에는 제2부 완성에 대한 의욕이 다시 솟구쳐 올랐다. 쉴러가 없는 지금, 격려자 역할을 맡은 것은 『괴테와의 대화』의 저자로 알려진 에커만이었다. 괴테는 이제까지의 초고와 줄거리를 다시 읽어 본 다음 우선 제3막의 '헬라나'를 다시 집필하여 이듬해 6월에 완성했다. 1827년 봄, '헬라나, 고전적 낭만저 환·싱극. 파우스트의 막간극'이라는 제목의 독립된 한 편의 『파우스트 복안』을 썼는데 에커만 등의 설득으로 이 복안은 끝내 발표되지 않았다.

제1막과 제2막의 개작은 1826~1830년에 완성되었다. 이어 1831년에는 제4막,

제5막의 제작에 심혼心魂을 기울였다. 이리하여 그해 8월 중순경에 마지막 부분이 완성되어 봉인되었는데, 그 뒤에도 괴테는 다시 여기에 추고를 가하려고 한 흔적이 있다. 1832년 3월에 괴테가 세상을 떠나자 관계자들이 출판에 착수, 그해 안에 『파우스트 비극』 제2부 전5막이 괴테 유작집遺作集 제1권 형식으로 발표되었다.

이상에서 밝혀진 것처럼 기고起稿 이래 60년의 세월을 거쳐 이루어진 『파우스트』는 참으로 괴테 필생筆生의 대작이라고 부르기에 조금도 손색이 없는 작품이다. 그것은 단지 저작상 긴 세월이 걸렸다는 것뿐만 아니라 작품 그것이 시인의 인간적 성장과 걸음을 함께 해왔기 때문이다. 『파우스트』는 그대로 괴테의 생애가 투영投影된 결정체結晶體라고 할 수 있다. 더욱이 그것은 괴테 개인의 성장을 반영할 뿐만 아니라 「괴테시대」라고 부르는 독일 문학 사상에서도 가장 다채롭고 변화 많은 한 시대의 발전적 기념비라고 할 수 있다.

비극의 제1부 '헌사'는 젊은 날에 착수해서 오랫동안 중단했던 작업을 다시금 계속하려는 시인의 감회를 말한 것이고, '무대에서의 서막'은 무대가 허용하는 한 자유를 누리고자 하는 시인의 입장을 밝히는 것으로 둘다 극의 줄거리와 직접 관계가 없는 것이다. 이에 대해 '천상의 서곡'은 형이상학적形而上學的인 차원次元에서 줄거리의 발단을 설정하는 장면으로 파우스트를 악의 길로 끌어들여 그의 영혼을 손에 넣으려고 하는 메피스토펠레스와 '착한 인간은 암흑의 충동에 쫓기더라도 결코 올바른 길을 잊지 않는다.'고 하는 주主의 사이에 파우스트의 영혼을 건 내기가 성립되는데 메피스토펠레스는 주의 허락을 받고 파우스트의 유혹을 시작한다.

제1부의 막이 오르면, 천상에서 무슨 일이 일어났는지 아무것도 모르는 파우스트의 독백이 시작된다. 줄거리 진행이 파우스트의 독백으로 시작되는 것은 말로 이래 파우스트 극의 정석定石이다. 파우스트는 이 세상을 깊은 속의 속에서 다스리고 있는 것이 무엇인지를 알 수가 있고 일체의 작용의 힘과 씨앗을 볼 수 있고, 또 그 모두를

알아내고 파악하고 싶은 욕구에 불타는 거인적巨人的인 인간이다. 그래서 학문을 열심히 연구를 했지만 자기 능력의 한계를 깨닫지 않을 수 없어 드디어 "그 대신 나는 모든 기쁨을 빼앗겼다"고 고백한다. 파우스트는 마법의 길로 들어가 우주의 비밀을 탐구하고자 하지만 그 시도도 결국 스스로의 무력을 새삼 뼈저리게 느끼는 결과밖에 안 되었다. 지상의 생활이 비좁은 것을 통감痛感한 그는 피안彼岸에 존재하는 순수한 활동의 신천지로 향해 나는 마음의 준비를 하여, 독배를 마시려고 한다. 그 순간 울려 퍼지는 부활제 종소리가 그리운 어린 시절의 회상을 불러일으키고 그의 목숨은 다시금 차안此岸의 세계로 되돌려진다.

이튿날, 부활제로 떠들썩한 문 밖으로 산책을 나가던 파우스트는 석양을 바라보며 자기 가슴속에 있는 '두 가지 충동衝動'을 고백한다. 그러자 이 기회를 기다렸다는 듯이 삽살개로 둔갑한 메피스토펠레스가 다가와 그들 사이에 계약이 생긴다. 민중본의 「파우스트」에서는 악마와의 계약은 그의 영혼의 마지막 소유권이 악마에게 옮겨지는 것이지만, 여기 "저 세상 일은 내게는 아무래도 좋다"고 하는 괴테의 파우스트에게는 그러한 계약의 중세적 의미는 이미 중요하지 않았다. 악마의 계획이 성취되느냐 안 되느냐는 그로서는 아무래도 좋은 것이었다. 그래서 그는 "내가 순간을 향해 멈추어라, 너는 정말 아름답다!고 말한다면 자네는 나를 꽁꽁 묶어도 좋다"고 말하여 '어리석은 짓'이라고는 생각하면서도 계약에 동의한다. 이점에 괴테 파우스트의 근대적 성격이 있다.

민중본의 파우스트는 계약을 마치자 메피스토펠레스를 거느리고 넓은 세상으로 모험을 떠나 온갖 쾌락을 경험한다. 그 중에도 그리스 전설의 미녀 헬레네와의 정사情事는 최고의 것이다. 그러나 괴테의 「파우스트」 전개는 '아우어바흐 지하실' 이외에는 전설의 줄거리와는 아주 동떨어져 있다. 그래서 제1부에서는 이른바 '그레첸 비극'이 삽입揷入되면서 다른 소재들은 모두 밀려나 버린 것 같은 느낌을 준다. '마녀의 부엌'에서 다시 젊어지는 비약秘藥을 마신 파우스트는 거리에서 처녀 마르가레테를 만나자마자 그 청춘 가련한 매력의 포로가 된다. 악마의 의도는 파우스트로 하여금 관능적官能的 사랑에 깊이 빠져들게 하는 데 있었으며, 결국 파우스트는 그레첸을 유혹하여 임신케 한 나머지 그녀의 어머니와 오빠를 죽게까지 한다. 이윽고 메피스토펠레스를 따라 브로켄 산의 마녀제魔女祭에 참석한 파우스트는 한창 소란스러운 속에서 사형당하는 그레첸의 환상幻像을 본다. 혼자 남은 그레첸은 낳은 아기를 물속에 던져 버리고 감옥에 갇히어 처형을 기다리고 있다. 파우스트는 인간으로서의 분노를 메피스토펠레스에게 거세게 터뜨려 감옥으로 급히 가 거기서 미쳐 버린 연인戀人을 본다. 그녀는 파우스트의 목소리를 알아듣지만 탈옥의 권고를 물리치고 신의 재판에 몸을 내맡긴다. 메피스토펠레스는 "심판받았다"고 말하지만 이때 천상에서는 "구원을 받았느니라"라고 외친다. 그레첸 구원의 모티브는 결정고決定稿에서 비로소 채택된 것이고 제2부 마지막의 파우스트 구제와 관련되어 있다.

『젊은 베르테르의 슬픔』이 샤를롯테 부프와의 연애에서 나온 것처럼 '그레첸 비극'은 프리데리케 브리온과의 연애 체험을 창작의 근본 동기로 하고 있다. 슈트라스부르크 시절 사랑하면서도 마침내 버린 연인에 대한 괴테의 죄의식에다, 1772년 1월 프랑크푸르트에서 일어난 미혼 처녀 마르가레테의 영아 살해 사건이 소재가 되어 마침내 문학적 결실을 본 것이다.

비극의 제2부는 5막으로 나뉘어져 언뜻 정연整然한 구성을 갖고 있는 것 같지만 실제로는 제1부에 비해 줄거리도 내용도 훨씬 복잡하다. 제1부가 주인공의 가슴속에 사는 두 가지 영혼의 상극, 즉 사랑의 기쁨과 이어서 비롯되는 죄라고 하는 개인적인 체험을 주요 테마로 하고 있는데 비해, 제2부에서는 (주인공이 아닌) 외부의 드넓은 세계와의 접촉을 통해 성장해가는 과정을 그린다.

제1막이 오르면 파우스트는 아름다운 땅에 누워 있다. 그레첸의 운명에 대한 죄의식에 눌려 쓰러진 그가 다시금 활동을 시작하기 위해서는 요정妖精들로 상징되는 자연의 치유력治癒力에 의한 심신의 회복이 우선 필요했던 것이다. 자연의 힘만이 아니라 외부의 모든 힘의 작용을 받아들일 수 있기 위해서는 파우스트 자신의 수용 동화受容同化의 능력을 전제前提로 하지 않으면 안 되지만, 그 점에서 파우스트는 작자 자신의 닮은 꼴이라고 보아도 좋을 것이다. 어쨌든 제2부는 인간의 갖가지 사념思念과 욕망이 서로 얽히어 여러 층을 이룬 입체적 세계를 꿰뚫고 상승上昇하는 바 그의 정신의 한결 같은 상승을 제각각의 단계에서 그에게 작용하는 모든 현상을 객관적으로 그림으로써 표현코자 했다. 따라서 그러한 현상은 객관적 사실임과 동시에 혹은 비유比喩로써 혹은 상징象徵으로써 주인공의 정신 상황을 묘사하고 있는 것이 된다.

극의 전반前半은 헬레네로 상징되는 고전적인 미美의 추구를 주요 테마로 한다. 그러나 사랑하는 아들 오이포리온(괴테는 시인 바이론을 염두에 두고 이 인물을 그렸다)의 추락사에 의해 순수의 미 헬레네를 수중手中에 간직해두고자 하는 시도는 좌절되고, 다시금 그 자신의 시대로 되돌아온 파우스트는 간척자干拓者로서 인류의 미래를 위해 일하는 인간이 된다. 이제 그는 백발의 노인이다. 그의 숭고한 노력은 사업의 성공을 눈앞에 두고, 해적 행위와 필레몬, 바우치스 살해와 같은 메피스토펠레스의 파괴 작업으로 차례차례 붕괴되어 간다. 그것은 악마의 도움으로 이루어진 건설이었기 때문에 당연한 귀결歸結이라고 할 수밖에 없다. 양심의 가책에 괴로워하는 파우스트에게 '근심'이 스며들어와 그를 실명失明케 한다. 그러나 그의 용기는 조금도 쇠퇴하지 않는다. 그는 "나는 자유로운 땅 위에 자유로운 백성과 더불어 살고 싶다"고 말하고, 그러한 찰나를 향해 "그때는 순간을 향해 이렇게 말해도 좋을 것이다. 멈추어라! 너는 참으로 아름답다!"라고 외치고 숨이 끊어진다. 이는 계약에 의해 금지된 말이었던 것이다.

그러나 마지막 승리자는 메피스토펠레스가 아니다. 천상에서 천사들의 무리가 내려와 파우스트의 혼을 천상으로 데려간다. 그들은 "누구이건 줄곧 노력하며 애쓰는 자를 우리는 구할 수 있습니다"라고 합창한다. 그리고 최후에는 그레첸의 혼이 나타나 파우스트를 마리아에게 데리고 가 드디어 두 사람은 용서를 받는다. 이리하여 극의 끝은 극의 시작과 연결되어 세계 문학사상 유례없는 대단원을 이루게 되는 것이다.

연보

1749년 | 8월 28일 프랑크푸르트 마인에서 태어난다. 요한 볼프강이라 이름지어지다. 아버지 요한 카스파르 괴테는 법학자로서, 학문도 있고 부유한 집안 출신으로 명목상의 황실 고문관皇室顧問官이고, 어머니는 카타리나 엘리자베스로 부친은 프랑크푸르트 시장을 지낸 바 있다. 모친은 성격이 명랑하고 학식이 풍부한 여성이었다.

1750년(1세) | 누이동생 코르넬리아 출생.(다른 두 동생과 두 누이동생은 태어나자마자 곧 죽다.)

1755년(6세) | 이 무렵부터 독일어, 프랑스어, 라틴어, 수학, 성서 등을 공부하다.

1757년(8세) |외조부모에게 신년시新年時를 보내다. 보존된 괴테의 시자詩作 중 가장 오래된 것이다.

1759년(10세) | 프랑스 군에 의해 프랑크푸르트가 점령되다. 군정 장관 트랑 백작이 약 1년 간 괴테의 집에 머물다. 이때 프랑스 연극을 접하면서 인형극에서 파우스트를 알게 된다.

1763년(14세) | 모차르트가 프랑크푸르트에서 연주. 『시와 진실』에 의하면, 이때 괴테는 소녀 그레첸을 사랑하였다.

1765년(16세) | 9월 말 라이프치히 대학에 입학, 에젤에게서 스케치를 배우다. 판화를 공부하다. 「그리스도의 지옥행地獄行에 관한 시상詩想」을 쓰다.

1766년(17세) | 프랑크푸르트의 친구 쉬로사가 찾아온 것을 계기로 술집 쉰코프에 출입, 그집 주인딸 케트헨에게 사랑을 고백하다. 친구 베리슈가 괴테의 처녀 시집 『아네테』를 정서하여 보존하다.

1768년(19세) | 드레스덴의 미술품 보다. 사랑으로 시작되었던 케트헨과의 교제는 우정으로 끝나다. 그리스 연구가 빙겔만이 살해된 데 큰 충격을 받다. 8월 말, 라이프치히를 떠나 고향으로 돌아온다. 『아네테』의 시 '베리슈에의 찬가', 희곡 『연인의 변덕』 등이 남아 있음. 『동죄자同罪者』는 귀향 후 손질. 경건파인 클레텐베르그 부인과 교제, 그녀의 감화로 신비주의를 연구, 화학 및 연금술에까지 연구하다.

1769년(20세) | 『라이프치히 소곡집』 처녀출판하다. 브라이트코프가 작곡하였는데 그의 시가 처음 작곡된 것이다.

1770년(21세) | 3월 말 슈트라스부르크 대학에 입학하다. 대사원을 찬미, 그 인상이 『독일 건축술에 관해서』(1772년)가 되다. 10월 제젠하임 목사 브리온 집을 방문, 그 딸 프리데리케를 사랑하게 되다. 순진하고 귀여운 프리데리케와의 사랑과 한적한 전원생활이 그에게 몇 편의 서정시 '환영과 작별', '오월의 노래' 등을 남겨 주다. 또한 헤르더를 사우師友로 하여 민요 및 문학관에 관해서 큰 감화를 받다.

1771년(22세) | 프리데리케를 읊은 서정시를 많이 쓰다. 희곡 『괴츠』 및 『파우스트』를 구상하다. 8월 법학사 수료. 법률 이외에 의학을 청강하고 셰익스피어도 읽다. 그녀와 스스로 관계를 끊고 8월 중순 귀향하여 변호사를 개업하다. 10월 셰익스피어 기념제에서 예찬 연설을 하다. 고대 아일랜드의 영웅 시인 오시안의 작품을 번역하다. 『괴츠』의 초고初稿 완성하다.

1772년(23세) | 5월 23일 베츨러 고등법원의 법관시보가 되다. 6월 9일 샤를롯테 부프와 알게 되어 사랑에 빠지지만 그녀의 약혼자 케스트너와 삼각관계임을 알고 단념한다. 9월 21일 베츨러에서 도피하여 라인 강으로 나와 여류 시인 라로슈 부인을 방문, 그녀의 딸 막시

밀라아네와 알게 되다. 프랑크푸르트로 돌아가다. 친구 옐자렘의 자살 소식을 듣고 베츨러로 가다.

1773년(24세) | 6월 『괴츠』를 출간하다. '마호메트', '프로메테우스' 등의 시를 프랑크푸르트 학예보에 기고하다.(72년부터 계속)

1774년(25세) | 1월 막시밀리아네가 결혼하다. 그녀를 사랑하던 괴테는 삼각관계에 놓이게 되고, 여기에 자극을 받아 『젊은 베르테르의 슬픔』을 쓰다. 12월 마인츠에서 바이마르 공公 카알 아우구스트를 처음으로 만나다. 가을에 희곡 『클라비고』와 『젊은 베르테르의 슬픔』가 간행되다.

1775년(26세) | 1월 릴리 쇠네만을 사랑하게 되어 4월에 약혼(가을에 파혼). 5월, 슈톨베르크 백작 형제와 스위스에 가다. 도중에서 바이마르 공을 만나다. 7월 집으로 돌아오다. 슈타인 부인을 알게 되다. 희곡 『쉬텔라』를 집필하다.

1776년(27세) | 1월 7일 슈타인 부인에게 최초의 편지를 보내, 둘 사이에 애정이 싹트다. 라이프치히를 여행하다. 일메나우 광산을 개발하면서 광물학을 연구하다. 헤르더가 찾아오다. 슈타인 부인에 대한 시와 희곡 『자매』 등을 쓰다. 게치하우젠 여사가 『초고 파우스트』를 필사筆寫하다.

1777년(28세) | 누이동생 코르넬리아 사망. 전해부터 『빌헬름 마이스터의 연극적 사명』에 착수하다.

1779년(30세) | 3월말 『타우리스 섬의 이피게니에』 완성, 4월에 상연하다. 12월, 추밀고문관樞密顧問官에 임명되다. 9월부터 다음해 1월까지 바이마르 공과 함께 스위스를 여행하다.

1780년(31세) | 신축된 바이마르 극장 개장하다. 7월, 『파우스트』를 낭독하다. 9월, 일메나우의 키케켈한에서 『나그네의 밤노래』를 만들다. 희곡 『탁소』에 착수하다.

1782년(33세) | 2월 『에그몬트』를 집필하다. 징병관에 종사하다. 부친 사망. 황제로부터 귀족 칭호를 받다. 『마왕魔王』『마이스터』를 계속 쓰다. 『젊은 베르테르의 슬픔』을 개작하다.

1783년(34세) | 슈타인 부인의 아들 프리츠를 맡아 교육시키다. 제2차 하르츠 여행. 블루멘

바하 및 그밖의 자연 과학자들과 교제. '일메나우', '눈물을 흘리며 빵을' 등의 시를 쓰다.

1784년(35세) │ 1월 『화강암에 관해서』를 쓰다.

1785년(36세) │ 6월~8월 처음으로 보히미아의 카알스바트에 여행하다. 모차르트가 괴테의 '제비꽃'을 작곡하다. '괴로움을 아는 자만이' 등의 서정시를 발표하다. 『빌헬름 마이스터의 연극적 사명』을 탈고하다.

1787년(38세) │ 운문형韻文形으로 개작한 『이피게니에』를 헤르더에게 보내다. 2월 말에는 나폴리를 거쳐 6월 로마에 돌아오다. 광물, 식물의 연구와 스케치에 몰두하다. 『에그몬트』를 완성하다.

1788년(39세) │ 4월말 로마를 출발 스위스를 거쳐 6월 18일 바이마르에 도착하다. 정무政務에서 물러나, 공화국의 학문 기관과 예술 기관을 지도하다. 7월 13일 조화 공장 여직공 크리스티아네 불피우스와 동거생활을 시작하여 세상 사람들을 놀라게 하다. 쉴러와 처음으로 만났으나 서로 친밀해지지는 못하다. 크리스티아네에 대한 시 '로마의 애가哀歌' 등의 작품을 쓰다. 『파우스트』를 집필하다.

1789년(40세) │ 6월 8일 슈타인 부인에게 마지막 편지를 보내다. 12월 25일 크리스티아네가 아들 아우구스트를 낳다.(그후로도 네 아이를 낳았으나 모두 사망.)

1790년(41세) │ 3월 베네치아에 가다. 『베네치아 경구警句』 발표. '두개골의 척추설脊椎說'를 발견. 자연과학에 몰두하여 『식물의 변형을 설명하다』를 쓰다. 『단편斷片 파우스트』를 발표하다(겟센 판 제7권에), 『색채론色彩論』의 초고草稿.

1791년(42세) │ 4월 바이마르 궁정극장 개장하다. 색채론 및 광학光學을 연구하다.

1792년(43세) │ 프라우엔플란의 집(후의 괴테하우스)를 아우구스트 공公으로부터 기정 받아 여기에 머물러 살다. 9월, 베르텡 공격에 종군, 라인 강 하류를 거쳐 12월 귀착하다. 이 종군기가 뒷날 『프랑스 출정』에 씌여졌다.

1793년(44세) │ 『시민 장군』, 『독일 피난민의 대화』, 『흥분한 자들』 등을 발표.

1794년(45세) | 예나에 식물원을 만들다. 자연과학 연구, 식물의 원형原型에 대한 의견이 맞아 쉴러와 친해지다. 슈타인 부인과의 서신 왕래 다시 시작.

1795년(46세) | 홈볼트 형제와 사귀다. 쉴러와 『크세니엔』의 공저共著를 시작하다. 여름에 카알스바트에 가다.

1796년(47세) | 『크세니엔』이 무르익다. 『헤르만과 도로테아』 집필 시작, 다음 해에 완성하다. 『편력시대의 결말』을 간행하다.

1797년(48세) | 라이프치히로 여행하다. 곤충 연구. 『파우스트』 집필.

1798년(49세) | 셸링을 예나의 조교수로 추천. 개축극장改築劇場을 쉴러의 『바렌슈타인』과 프롤로그로 열고 괴테는 열심히 연출을 맡다. 쉴러의 격려로 『파우스트』를 진행하다.

1799년(50세) | 잔 파울, 슐레겔, 티그 등 내방. 쉴러가 바이마르에 정주하다. 『사생私生의 딸』를 집필하다.(1803년 완성)

1800년(51세) | 볼테르의 『마호메트』를 직접 번역 상연하다. 자기磁氣 실험하다. 『파우스트』 제2부 헬레나 장면 집필.

1802년(53세) | 라흐슈테트의 신극장이 괴테의 『우리들이 가져오는 것』으로 개관, 그 지도에 임하다. 그곳의 출판업자 프롬만과 그의 양녀 민나 헤르츠리프와 가까워지다.

1803년(54세) | 리마가 와서 괴테의 비서 겸 그의 아이들 가정교사가 되다. 『첼리니전傳』를 완성하다.

1804년(55세) | 칸트 죽다. 『빙켈만론論』를 집필하다.

1805년(56세) | 신장연으로 앓다. 5월 9일 쉴러의 죽음에 괴테는 몹시 슬퍼하다. 8월 자작自作의 『쉴러의 종노래의 서곡』를 가지고 쉴러 기념제를 베풀다. 제4차 하르츠 여행하다.

1806년(57세) | 4월 13일 『파우스트』 제1부를 완성하다. 여름에 카알스바트에 가다. 10월 14일 예나의 회전會戰. 바이마르에도 프랑스군이 침입. 10월 19일 크리스티아네와 교회에

서 정식 결혼하다

1807년(58세) | 바이마르 공의 어머니 안나 아말리아가 죽다. 베티나 봄, 가을 두 번 찾아 오다. 11월부터 12월 중순까지 예나의 프롬만 집안에서 마나 헤르츠리프를 사랑하다. 『소네트』를 쓰다. 『편력시대』, 『판도라』를 착수하다.

1808년(59세) | 아들을 하이델베르크 대학에 보내다. 9월 13일 어머니 돌아가다. 10월 나폴레옹과 회견하다. 『파우스트』 제1부를 발표하다.

1809년(60세) | 판화와 전기傳記를 연구하다. 『친화력親和力』를 간행하다.

1810년(61세) | 여름에 카알스바트 및 테프리츠를 여행, 22장의 풍경 스케치를 하다. 『색채론』를 완성하다.

1811년(62세) | 『시와 진설』의 제1부 발표.

1812년(63세) | 7월 19일 베토벤과 만나다. 『시와 진실』 제2부 발표.

1813년(64세) | 빌란트 죽다. 마이센, 드레스덴, 테프리츠를 여행하다.

1814년(65세) | 파리 함락 평화축전극平和祝典劇 『에피메니테스의 각성』을 만들다. 라인 지방 여행하다. 『서동시집』을 쓰기 시작하다. 『시와 진실』 제3부 발표.

1815년(66세) | 크리스티아네 중병으로 눕다. 12월 바이마르와 예나의 학술 및 예술기관의 총감독과 공화국의 문화연구소를 총괄하다. '서동시집' 및 '온순한 크세니엔'의 시를 쓰다.

1816년(67세) | 6월 6일 아내 크리스티아네 죽다. 『예술과 고대古代』(총 6권 출간) 출간. 『이탈리아 기행』 제1부가 간행되다.

1817년(68세) | 4월 극장 감독을 그만두다. 6월 아들 결혼. 바이런과 인도 문학을 연구하다. 『이탈리아 기행』 제2부, 『자연과학 일반에 관해서, 특히 형태학形態學에 관해서』가 나오기 시작하다.

1818년(69세) | 첫손자 출생. 여름 카알스바트에 가다. 『한밤중』 등의 시를 쓰다.

1819년(70세) | 8월 카알스바트에 가다. 『서동시집』를 간행하다.

1820년(71세) | 4월 마리엔바트에서 카알스바트로 가다. 5월 말에서 10월 말까지는 예나에 머물면서 『방랑시대』, 『온순한 크세니엔』를 속고續稿하다.

1821년(72세) | 11월부터 2월까지 예나에 머물다. 에커만이 최초의 편지 『시와 진실』 제4부를 구술口述하다. 셸터, 멘텔스존 등이 내방.

1822년(73세) | 만츠오니의 『나폴레옹 찬가』를 번역하다. 괴테의 색채론에 관한 강의가 이해부터 1835년까지 여름학기마다 베를린 대학에서 행해지다. 『마이스터의 편력시대』의 위작僞作이 나오다. 매주 화요일, 괴테의 집에서 사교의 밤이 열리다. 『프랑스에의 출정』, 『마인츠 공방攻防』를 간행하다.

1823년(74세) | 1월 18일부터 약 3주간 심낭염心囊炎을 앓다. 6월 10일 에커만이 처음으로 찾아와서 괴테를 방문. 올리케에게 구혼하다. 8월 25일 올리케 일행의 뒤를 쫓아 카알스바트에 가다. 9월 5일 카알스바트를 떠나 에가로, 차안에서 올리케를 그리워하며 『마리엔바트의 애가哀歌』를 쓰다.

1824년(75세) | 『베르테르』 출판 50년 기념판을 위해 시를 쓰다. 4월에 바이런이 죽자 그에 대한 많은 글을 쓰다.

1825년(76세) | 2월, 힌리히의 『파우스트』 주석註釋을 보다. 1816년경부터 중단했던 『파우스트』 제2부를 완성하기로 하다. 파나마 운하 계획에 흥미를 나타내다. 3월 말 바이마르 궁정 극장이 불타다. 마지막이 된 괴테전집의 출판을 코타사에 10만 타알러로 허용하다. 9월 아우구스트 공의 재위在位 20년 기념제. 11월 7일 괴테의 사관仕官 50년 기념제. 기상학 실험하다.

1826년(77세) | 프랑스 잡지 『르 그르브』를 읽기 시작, 프랑스의 젊은 시인들에 흥미를 가지다. 2월 11일 이 날부터 『파우스트』를 중요한 일이라고 일기에 적다. 서정시인 빌헤름 뮐러 및 그릴파르처가 찾아오다. 『쉴러의 두개골을 보고서』라는 시를 쓰다.

1827년(78세) | 1월 6일 슈타인 부인 사망. 수에즈 운하를 예견하다. 『탓소』의 영역英譯, 『파우스트』의 불역佛譯을 허락하다. 쉴러의 유해가 귀족 묘지로 옮겨지다(후에 괴테도 그곳에 함께 묻힘). 『온순한 크세니엔』를 속고하다. 코타 판 전집 40권 나오다.

1828년(79세) | 6월 아우구스트 공公이 죽다. 『파우스트』가 파리에서 상연되다. 『쉴러와의 편지』가 출판되다.

1829년(80세) | 『제2차 로마 체재』를 쓰다. 베를리오즈가 악보 『파우스트의 8장場』을 작곡해 보냈으나 대답을 하지 않았다. 8월 28일 탄생 축하로 바이마르와 프랑크푸르트 두 곳에서 『파우스트』가 초연되다. 파가니니의 바이올린 연주를 듣다. 식물의 나선 경향螺旋傾向을 연구하다.

1831년(82세) | 유언을 작성하다. 8월 중순에는 완성된 『파우스트』 제2부를 봉인, 죽은 뒤에 발표할 것을 유언. 일메나우에서 생의 마지막 생일 지냄.

1832년(83세) | 3월 16일 발병. 1775년 이래 단속적斷續的으로 1807년부터는 써온 마지막 일기를씀. 17일 최후의 편지를 훔볼트에게 보내다. 3월 22일 11시 반 세상을 떠나다.